KB150491

문학적 절대

프리즘총서 019
문학적 절대: 독일 낭만주의 문학 이론

발행일 초판1쇄 2015년 9월 15일 • **지은이** 필립 라쿠-라바르트, 장-뤽 낭시 • **옮긴이** 홍사현
펴낸곳 (주)그린비출판사 • **펴낸이** 임성안 • **편집** 강혜진 • **디자인** 이민영 • **등록번호** 제313-1990-32호
주소 서울시 마포구 동교로17길 7, 4층(서교동, 은혜빌딩) • **전화** 02-702-2717 • **이메일** editor@greenbee.co.kr

ISBN 978-89-7682-241-3 93850
이 도서의 국립중앙도서관 출판예정도서목록(CIP)은 서지정보유통지원시스템 홈페이지(http://seoji.nl.go.kr)와
국가자료공동목록시스템(http://www.nl.go.kr/kolisnet)에서 이용하실 수 있습니다.(CIP제어번호: CIP2015012800)

나를 바꾸는 책, 세상을 바꾸는 책 www.greenbee.co.kr

문학적 절대

독일 낭만주의 문학 이론

필립 라쿠-라바르트, 장-뤽 낭시 지음 | 홍사현 옮김

낭만주의

오, 제노바여, 내가 수천 갈래로 나누어져
너의 항구에서 파도로 함께 흘러갈 수 있다면,
너의 황금빛 오렌지로 무르익을 수 있다면,
너의 대리석 기둥들로 과감히 뻗어 나갈 수 있다면.

영웅이여, 너의 많은 딸들에게로 서둘러 달려
불타는 눈들로부터 베일을 벗겨 낼 수 있다면,
넥타르가 담긴 잔들을 모두 음미하며
한 잔도 남김없이 다 마셔 비워 버렸으면!

머나먼 동경의 안개 같은 꿈은 사라져 버리라,
키테라 섬의 여신 비너스의 대리석상을
거울 속이 아니라 껴안아 향유하리라!

이런 꿈을 꾸었다. — 이때 바다의 거품이 솟구쳐 올라
여신 친히 장미의 향으로 퍼져 나왔다.
향기 속에서 울리는 말: "나는 형성한다, 나는 변형시킨다!"

차하리아스 베르너

목차

서문/ 문학적 절대 • 9

서곡

1. 체계-주체 • 47
2. 「독일 관념론의 가장 오래된 체계 구상」 • 70

1장/ 단상

1. 단상의 요청 • 77
2. 프리드리히 슐레겔 「비판적 단상」 • 119
3. 프리드리히 슐레겔 「아테네움 단상」 • 145

2장/ 이념

1. 예술의 한계 내에서의 종교 • 267
2. 프리드리히 슐레겔 「이념들」 • 310
3. 프리드리히 슐레겔 「철학에 대하여」 • 334
4. 셸링 「하인츠 비더포르스트의 에피쿠로스적 신앙고백」 • 368

3장/ 시

1. 이름 없는 예술 • 389
2. 프리드리히 슐레겔 「시문학에 관한 대화」 • 432
3. 아우구스트 슐레겔 『문학과 예술에 대한 강의』 • 516

4장/ 비평

1. 성격의 형성 • 563
2. 셸링 『예술철학』 서문 • 602
3. 프리드리히 슐레겔 「비평의 본질에 대하여」 • 621

종결

1. 낭만주의적 모호성 • 639
2. 프리드리히 슐레겔 「아테네움」 소네트 • 652
3. 노발리스 「대화들」 1, 2 • 654

옮긴이 후기: 포에지와 철학은 합일되어야 한다 • 664 | 서지사항 • 670
참고문헌 • 672 | 연대표 • 674 | 『아테네움』 목차 • 678 | 찾아보기 • 682

| 일러두기 |

1 이 책은 Philippe LACOUE-LABARTHE와 Jean-Luc NANCY의 *L'Absolu littéraire: Théorie de la littérature du romantisme allemand*(Paris: Editions du Seuil, 1978)를 완역한 것이다.

2 본문의 주석은 모두 각주로 표시되어 있다. 옮긴이 주는 끝에 '—옮긴이'라고 표시했으며, 표시가 없는 것은 모두 지은이 주이다.

3 본문 중에 독자의 이해를 돕기 위해 옮긴이가 추가한 내용은 대괄호([ ])로 묶어 표시했다.

4 본문에서 「아테네움 단상」을 직접 인용하는 경우에는 인용문 끝에 단상 번호를 '(A 82)'와 같이 표시했다.

5 이 책의 원서에서 저자들이 문학적 절대라는 자신들의 사유와 개념을 설명하기 위해, 원래 대문자로 시작하지 않는 프랑스어 단어에 대문자를 사용하는 경우가 있다. 이 경우 한국어에서는 소문자, 대문자의 구별을 표시하는 적당한 기호를 찾을 수 없어, 단어 앞에 '[큰]'을 붙여 표시했다. 가령 주체(sujet), 작품(œuvre), 장르(genre) 등과 구별되는 Sujet, Œuvre, Genre 등의 단어는 [큰]주체, [큰]작품, [큰]장르 등으로 옮겼다.

6 단행본·전집·정기간행물은 겹낫표(『』)로, 논문·단편 등은 낫표(「」)로 표시했다.

7 외국어 고유명사는 2002년에 국립국어원에서 펴낸 외래어표기법을 따르는 것을 원칙으로 하되, 관례가 굳어서 쓰이는 것들은 관례를 따랐다.

서문 문학적 절대

I

"분류 그 자체로서는 참으로 형편없지만, 모든 국가와 시대를 지배하는 …… 그런 분류들이 있다." 이렇게 시작하는 「아테네움 단상」 55번의 첫번째 문장은 다른 그 어떤 분류보다 역사와 문학 이론에서 낭만주의라는 항목을 별도로 취급하기 위한 근거가 되는 분류에 잘 들어맞는 것 같다. 이 점을 주목한 것이 우리가 처음은 아닐 것이다.[1] 적어도 이 분류가 특히 '낭만주의'가 시작된 초창기 선구적 순간, 즉 독일인들이 프랑스인들과는 달리 항상 '초기낭만주의'Frühromantik라는 명칭으로 특별히 구별짓고자 했던 그런 시기를 포함하고 있을 때, 이 분류의 '형편없음' — 또는 근거 없음 — 은 이론의 여지없이 확실한 것이다.

이 '초기낭만주의'premier romantisme가 사실은 본래의 '낭만주의'romantisme

---

1) 리차드 울만과 헬레네 고트하르트는 Richard Ullmann & Helene Gotthard, *Geschichte des Begriffes 'Romantisch' in Deutschland*, Berlin: E. Ebering, 1927의 결론에서 우리와 동일한 관찰을 하고 있다. 위의 책에 대해서는 이 서문에서 몇 번 더 언급이 있을 것이다.

premier이며, 바로 여기서 이후 낭만주의 일반의 전체적인 가능성만이 아니라 문학사(및 역사)가 진행될 방향도 결정되었다. 이 책 전체가 다루고자 하는 것이 바로 이 '초기낭만주의'다. 그리고 우리는 지금 이 몇 쪽의 서문과 이후 이어지는 모든 부분에서 '낭만주의'라는 명칭이 이 책의 주제와 얼마나 맞지 않는지 여러 차례 확인하게 될 것이다. 보통 사람들이 이해하듯이 — 혹은 그렇게 이해하지 않듯이 — 이 명칭은 미학적 범주의 측면에서나 혹은 역사적 범주의 측면에서나 모두 정확성을 결여하고 있다(전자의 경우 이 명칭이 또한 환기에 대한 환기, 즉 질퍽한 감상성이나 먼 곳에의 아련한 향수에 대한 환기로 요약된다는 점에서, 후자의 경우 한편으로는 고전주의와 반대되고, 다른 한편으로는 사실주의나 자연주의와 반대된다는 점에서 그렇다). '초기낭만주의'의 낭만주의자들 자신은 결코 이 '낭만주의'라는 이름으로 스스로를 칭한 바 없다는 점에서도 이 명칭은 적절하지 않다(게다가 우리가 앞으로 이 명칭을 사용하는 일이 있을 때에도, 그것은 단지 굳어진 습관 때문이지 진지한 의도가 있는 것은 아니다). 결국 낭만주의라는 명칭은 원래 오직 특정한 과거에 속할 어떤 것 — 시대, 학파, 양식, 개념 — 을 규정하고자 한다는 점에서 일반적으로 잘못된 것이다.

이러한 주장들은 모두 때가 되면 해명될 것이다. 왜냐하면 우리는 그 반대로 이 주장들이 그 자체로 자명하다는 것을 말하려는 것도 아니며, 더구나 '낭만주의자들'이 어떤 면에서는 '낭만주의'를 애매하게 사용한 최초의 사람들이 아니라는 점을 말하려는 것도 아니기 때문이다. 물론 이 문제에 대해 어느 정도의 거리와 신중함을 유지하는 일이 가능하고도 절박하게 되기까지는 꽤 긴 역사가 필요했다. 그러나 '낭만주의'라는 단어를 둘러싼 잘못된 해석이 상당히 일반적이라 한다면(우리가 근거로 삼게 될 몇몇 작업들은 여기서 제외한다), 그러한 해석은 분명 그 어디보다 프랑스에서 — 단순히 무지의 소치로 — 특히 더 뿌리가 깊고 집요하다. 프랑스에서 슐레겔Schlegel 형제의 이름이나 그들이 만든 잡지의 이름 '아테네움'*Athenaeum*이 전혀 생소한 것이 아니라 해도, 그리고 그들이 쓴 텍스트 중 상당수의 구절이 인용되며 회자되고 있다 해도(그중 가장 자주 인용되는 것은 「단상들」Fragmente[2]인데, 어쨌든 이렇게 맥락에서 분리되어 인용됨으로써 몰이해로 인한 애매성을 더욱 배가시키고 있다), 초기낭만주의의 가장 중요한 텍스트들이 프랑스에서 번역되어 있지 않다는 점은 분명 이 국가의 문화와 출판계가 물려받고 있는 독특한 전통이 보여 주는 가장 심각한 결함들 중 하나이다.[3]

그런데 **예나 낭만주**의라고도 하는 — 예나Jena라는 지명을 붙이는 이유에 대해서는 다시 언급할 것이다 — '초기낭만주의'에서 문제가 되는 것은 적어도 처음에는 **이론적 낭만주의**로서 나타낼 수 있는 것이며, 좀더 정확하게는 문학에서 **이론적** 기획의 출발점으로서 우리가 검토할 필요가 있는 그러한 것인데, 이 출발점이란 달리 말해서 그후 2백 년이 지난 오늘날 문학의 영역뿐 아니라 나아가 현대의 이론 작업에서 그것이 차지했던 위치를 우리가 너무나도 잘 알고 있는 어떤 기획의 출발점이다. 우리가 이 책에서 말하고자 하는 유산의 흔적 — 사실 단순한 '유산' 이상인 그 무엇의 흔적 — 을 멀리서 찾을 필요는 없다. 그것은 이 책의 속표지에서도 찾을 수 있다. 총서나 잡지 제목에 '시학'poétique이라는 이름을 붙이는 것,[4] 그것은 바로 발레리와 몇몇 사람들 이전, 이미 1802년에 아우구스트 빌

---

2) 이 텍스트를 보통 「아테네움 단상」이라 부른다. — 옮긴이

3) 우리가 후에 언급하게 될 『독일론』(*De l'Allemagne*)에서 이미 스탈 부인(Madame de Staël)은 2부 '문학과 예술'의 첫번째 장을 다음과 같은 주제로 시작하고 있다. "프랑스인들은 왜 독일 문학의 가치를 제대로 인정하지 않는가?"

헬름 슐레겔August Wilhelm Schlegel이 『문학과 예술에 대한 강의』*Vorlesungen über schöne Literatur und Kunst* [5)]의 내용에서 개진한 용어와 일부 개념을 다시 활성화시킨 것이라 할 수 있다. 이 강의로 말하자면 그 몇 년 전 예나 그룹에서 생겨났던 일반 시학을 개진한 것이다. 앞서 말한 프랑스의 결함이 정말 심각한 문제라면, 이 책을 통해 그 문제를 해결해 보고자 하는 것은 당연히 바람직하다고 생각한다.

이제 우리는 시작하면서부터 사실상 본질적인 것으로 간주해도 지나치지 않을 초기낭만주의 텍스트와 주제 자체로 바로 들어갈 것이다. 그에 대한 모든 문제를 철저히 다 파헤칠 수는 없지만, 적어도 그것이 무엇과 관련이 있는지 파악할 수는 있을 것이다. 또 그러한 작업의 의도가 무엇일 수 있는지에 대해서도 다루어야 할 것이다. 우선 말해 두자면, 우리가 하고자 하는 것은 문서보관소 직원의 일이 아니다. 또 (이 점에서는 역시 낭만주의와의 계승 관계를 지니고 있는) 니체가 말한 의미에서[6)] 우리와 기념비적 역사 또는 골동품적 역사의 관계만을 맺고 있는 그런 과거 이야기를 재구성하려는 것도 아니다. 우리의 의도는 낭만주의의 역사를 그 어떤 형태로든 기술하는 것이 아니다. 그것보다는 궁극적으로 낭만주의 내에서의 역사를 일부분 기술하는 것이다. 하지만 일반적으로 초현실주의에서 일어난 것처럼 (그리고 그만큼 강하지는 않지만 알베르 베갱Albert Béguin을 비롯한 몇몇의 학자들에게서 보이는 것처럼[7)]) 그 어떤 낭만주의 모델을 제시하

---

4) 이 책의 프랑스어 원서는 쇠이유(Seuil) 출판사 시학 총서(collection Poétique)의 한 권으로 출판되었다. 이 총서의 기획은 제라르 주네트(Gérard Genette)와 츠베탕 토도로프(Tzvetan Todorov)가 맡고 있었다. ─옮긴이

5) 이 텍스트는 이 책 3장에 일부 발췌되어 실려 있다.

6) 니체의 『반시대적 고찰 II: 삶에 끼치는 역사의 유용함과 해로움』(*Unzeitgemäße Betrachtungen* II)에서 기념비적 역사와 골동품적 역사에 대한 비판 내용 참조. ─옮긴이

고 권장할 의도도 없다. 낭만주의 자체는 모방하거나 그로부터 '영감을 받을' 필요가 있는 그 어떤 것으로 우리를 이끌지 않는데, 왜냐하면 낭만주의는 본질적으로 우리를 우리 자신으로 '이끌기' 때문이다. 물론 이 말은 낭만주의와의, 혹은 낭만주의를 통한 전적인 동일성을 제안하는 것도 아니며, 우리 자신은 낭만주의를 통해 심연 속으로 빠져들게 되어 있다는 의미도 아니다. 우리는 낭만주의자들이 어떤 의미에서 낭만주의를 낭만화시킨 최초의 인물들이라 할 수 있는지, 그리고 그들이 — 이 낭만주의에 모든 현대성을 부여하는 가운데 — 특히 18세기 영국 소설을 통해 접하게 되는 문학적 심연의 형태와 작용에 대해 전체적으로 얼마나 철저히 성찰했는지 너무나 잘 알게 될 것이다.

따라서 언급된 이 결함은 아무 방식으로나 대강 처리되어서는 결코 안 되며, 조건을 달고 '해결'해야 할 문제이다. 즉 '낭만주의'라는 용어 자체가 안고 있는 엄청난 모호성을 — 이로부터 벗어나는 것이 가능한 한 — 해독할 수 있는 방식으로 이루어져야 한다.

이런 점을 감안하면 낭만주의자들의 텍스트 자체를 읽어 보지도 않은 상태에서 낭만주의 텍스트에 대한 강조와 이해를 주장하는 어떤 분석의 근거로 인용하기 위해 그 텍스트를 불러오는 것에는 우리가 만족할 수 없다는 점이 충분히 납득이 되리라 생각한다. 또 역으로 텍스트를 '있는 그대로' 제시하고, 그래서 모호성을 다른 형식의 절차 없이 간단히 다시 반복하는 것도 피하고자 했다. 이것이 이 책이 낭만주의의 기본 텍스트들과 함께, 이 텍스트들의 단순한 기록도 아니며 그에 대한 단순한 이론도

7) 그러한 경우는 한편으로 항상 환상적 낭만주의의 문제였다. 우리는 이것이 결국 외적인 것이며 예나 낭만주의 이후에 해당되는 것임을 알게 될 것이다.

아닌 어떤 작업에 대한 몇 가지 구상들을 번갈아 가며 싣는 다소 색다른 방식을 택한 이유이다.

그렇다면 이론적 낭만주의, 즉 우리가 문학 장르의 (혹은 문학 그 자체의, 절대로서의 바로 그 문학의) 이론적 정립으로 특징짓게 될 그 낭만주의는 어떤 문제를 다루고 있는가? 이 질문은 다시 다음의 질문을 요구한다. "낭만주의 포에지"poésie romantique의 모든 '개념'이 담겨 있는 저 유명한 「아테네움 단상」 116번이, 또는 "낭만주의 책"으로서의 소설에 대한 정의를 설명하고 있는 「시문학에 관한 대화」Gespräch über die Poesie가 말하는 것은 어떤 내용인가? 여기서 우리는 텍스트로 들어갈 필요가 있다.

그러나 그전에 선행되어야 할 것은 이 텍스트들 자체에 들어 있는 다소 고의적인 모호성 내지 환상을 바깥에서부터 불식하는 것이다. 다시 말하면, '낭만[주의]적'이라는 말이 무엇인지, 혹은 적어도 이 텍스트들에서 그 말이 갖는 위치가 의미하는 것이 무엇인지 이미 알고 있다고 전제하고 텍스트를 읽기 시작해서는 안 된다는 것이다. 사실 우리는 서로 매우 다른 방식의 두 가지 낭만주의라는 말을 알고 있다고 할 수 있다. 즉 그 단어에 18세기 전체를 통해 전달되고 성숙해 온 전승된 유산의 자리를 부여할 수도 있으며, 또는 그와 반대로 전적으로 독창적 혁신의 자리를 부여할 수도 있다. 그러나 '진실'은 이 두 가지 중에서가 아니라 전혀 다른 어떤 곳에 있다. '낭만적'이라는 말과 개념은 '낭만주의자들'에게 잘 전달되었는데, 이들의 독창성은 '낭만주의'를 고안해 낸 데 있는 것이 아니라, 반대로 이 용어를 통해 한편으로는 자신들이 고안해 낸 것에 명칭을 붙이고 표현할 줄 모르는 무능함을 덮어 가린 것에, 다른 한편으로는 (어느 경우에든 프리드리히 슐레겔Friedrich Schlegel을 떠올릴 수 있는데[8]) 이 용어가 그들에게 물려준 것을 모든 점에서 능가하는 어떤 '기획'을 은폐한 것에 있다고 할 수 있다.

그러므로 **낭만주의적**romantique이라는 용어의 운명과 관련하여 역사적으로 알려진 몇 가지 사실들을 간단히 살펴보자. 우리는 로망어roman가 성직자들이 사용하던 라틴어와 대조적으로 로마의romain 서민적 속어로부터 파생된 속어라는 것을 알고 있다. 또 로망어계 문학이 이 언어로 쓰여졌으며, 그 형태나 장르는 아주 일찍부터 '로망'romant, '로만체'romanze, '로만세로'romancero로 불리어졌다는 점도 알려져 있다. 요컨대 17세기, 특히 영국과 독일에서 **낭만[주의]적**romantick; romantisch이라는 단어가 등장했을 때, 이 단어는 항상 이 유형의 문학과 함께 근대 이전의 어두운 시대로 던져 버려야 한다고 사람들이 믿고 있는 것, 가령 불가사의한 기적들, 비현실적인 기사도, 열광의 감정들 같은 것에 대한 폄하뿐 아니라 심지어 도덕적 비난까지도 거의 포함하고 있었다. 많은 사람들이 이미 지적했듯이, 소설 『돈키호테』*Don Quijote*는 '낭만주의적'인 것이 발생한 때의 초기 조건을 보여준다. 한편으로는 가령 섀프츠베리Shaftesbury의 영감의 철학이, 다른 한편으로는 특히 보드머나 브라이팅거와 같은 스위스인들에게서 문학 비평의 초기 형태가 발생한 것과 때를 같이하여, 이 용어는 기술記述적이거나 긍정적인 의미를 갖기 시작했다. 이 용어의 역사는 그렇게 17세기와 18세기의 모든 이론사에서 각각 근대적 '이성'에 대해 논쟁적이거나 이성으로부터 출발하는 철학을 대표하는 것, 혹은 취미 비판의 문제, 좀더 넓게는 미학의 문제를 대표하는 것과 불가분의 관계에 있다.

18세기를 지나면서 이 용어는 미학적인 동시에 역사적인 의미를 지

---

8) Walter Benjamin, *Der Begriff der Kunstkritik in der deutschen Romantik*, Frankfurt a. M.: Suhrkamp, 1973, p.93 참조(이 책에 대해 나중에 다시 언급하게 될 것이다).

니기 시작했다. 이때 사람들은 우리가 방금 언급한 기본적 사실들을 아주 간단한 방식으로 재조명했는데(「시문학에 관한 대화」에 나오는 「소설에 관한 편지」에서 암시하고 있는 것도 이와 같은 맥락에 있다), 그것은 독일에서의 경우 역사적으로나 지리적으로 **고대**와 대조되는 것으로서의 **고딕** 개념과 연결시키고, 그럼으로써 '낭만적 시'romantisches Gedicht의 역사적 개념을 구성하기 위한 것이었다. 이 개념은 가령 1784년 (모든 점에서 낭만주의자들과는 거리가 먼 작가인) 빌란트Christoph Martin Wieland가 「이드리스와 제니데: 낭만적 시」Idris und Zenide: Ein romantisches Gedicht를 쓰면서부터 하나의 시문학 장르를 규정짓기 시작했다. 장르로서의 낭만적인 것은 '고딕적' 영웅 무훈시 및 서사시 장르(여기서 가령 다시 빌란트의 「오베론」Oberon을 찾아볼 수 있다), 그리고 음유시인들의 '궁정 연애시'를 서로 연관된 모델로 삼고자 했다. 즉 고대의 '고전 작품'의 모델들에 대한 반대인 동시에 상황에 따라 그 대안으로 선택할 수 있는 또 다른 모델들로 보았던 것이다. 하지만 장르로서의 낭만주의적인 것은 고대 그리스 비극이나 고대 양식과는 전적으로 구별되는 것으로서, 셰익스피어의 드라마를 전형으로 삼기 시작한 장르 혹은 정신이기도 하다.

장르와 함께 어떤 분위기 전체가 형성되기 시작한다고 할 수 있다. 낭만적인 것은 — 특히 그 영국적인 유래에서 볼 때 — 사람들이 그 앞에서 자연에 대한 감정이나 과거의 서사적 위대함에 대한 감정, 또는 그 두 가지가 혼합된 감정, 즉 원시적 자연의 폐허 앞에서와 같은 감정을 느끼게 되는 그러한 풍경이다. 하지만 낭만적인 것은 또 이러한 광경에 반응하고, 그것이 환기하는 것을 상상하거나, 더 정확히 말해 이러한 광경을 재창조하는, 즉 **공상으로 만들어 내는**phantasieren 감수성이기도 하다. 때로는 '소설적'이고 때로는 '시적'인 이러한 문학적 감수성은 18세기 말 특히 독일에서 유행mode이 맡았던 현대적이고 '눈부신' 역할의 주된 결과 중 하나로 간주되기에 이르렀다. '낭만[주의]적'이라는 말은 꼭 써야 하는 말이었고, 자신의 책에 꼭 부여해야 하는 장르였다. 간단히 말하자면, 1795년경의 낭만적 문학은 오늘날 몇몇 '매체들'에 의해 소위 '대중문학'pub-littérature이라고 불리는 것과 같은 것이다. 그러므로 이에 대해서는 더 이상 설명하지 않겠다. 초기낭만주의가 구성하게 될 것은 이 유행의 영향을 받은 것이 아니기 때문이다. 그보다는 차라리 「소설에 관한 편지」에서 보게 될 것처럼, 동어반복에 가까운 말을 사용하여 '소설적 낭만주의'romantisme romanesque라고 부를 수 있는 작품들에 대한 반어적 독서를 제시하게 될 것이다.

초기낭만주의는 어떤 위기의 갑작스러운 출현을 상징하는데, 이 위기는 소설적 낭만주의가 보이는 몇 가지 징후로 인해 오히려 은폐되었던 것이다. 한편으로는 '낭만화'가 무분별하게 남용되었고, 그 반면에는 문학 형식이나 고유한 문학 주제로서의 "낭만주의적인 것"은 부분적인 범주 내에서 제한적으로 사용되었는데(1870~1880년대에 일어났던 '슈투름 운트 드랑'[질풍노도]Sturm und Drang 운동과 함께 헤르더나 초기 괴테, 그리고 초기 실러에게서는 이 두 가지 특징 모두를 발견할 수 있다), 이때 이 모든 것은 어떤 새로운 문학의 단순하고 자연스러운 발생으로 보였을 것이다. 달리 말하자면, 사실 그 혁신들은 계몽주의에 대한 반작용 속에서 일어나기는 했지만, 진보에 대한 일반적인 의식, 즉 경제적·사회적·정치적·도덕적 문제로 이끌어 내지는 못하고 단순한 발전이나 성숙 과정에 머물렀다는 것을 의미한다.

그와는 달리 초기낭만주의는 많은 측면에서 18세기 마지막 후반의 — 경제적·사회적·정치적·도덕적으로 — 뿌리 깊은 위기와 연결된다.[9] 물론 이것은 이 자리에서 다룰 문제는 아니지만, 그럼에도 불구하고 경제적인 위기와 함께 끊임없는 폭동으로 이어지곤 하던 심각한 사회 불안을 안고 있던 이 시기의 독일이, 지금 우리의 관점에서 그 상황을 도식화해 보자면 삼중의 위기에 처해 있었다는 점은 반드시 상기할 필요가 있다. 즉 첫번째 위기는 (프리드리히 슐레겔이 말하는 장 파울의 교양 독자들처럼[10] 소설적 낭만주의를 소비하며) 문화 계층을 이루고 있었지만 전통적으로 자식들의 장래에 보장되어 있었던 성직자나 법관이라는 직업을 더 이상 기대하기 힘들게 된 소시민 계급의 사회적·도덕적 위기이다(물론 자식들이 그런 직업을, 특히 목사직을 원치 않는 경우도 있었다[11]). 두번째 위기는 프랑스 대혁명이라는 정치적 위기인데, 어떤 사람들에게는 불안감을 유발했고 어떤 사람들에게는 매혹적이었던 이 혁명은 프랑스인들의 [독일] 점령으로 인해 그 모호성이 더욱 현저하게 감지되었다. 마지막으로 어떤 사람들에게는 이해하기 어려웠고, 또 어떤 사람들에게는 해방적이면서도 파괴적이었던 칸트의 비판은 고유의 비판력을 회복하도록 시급히 요구하는 것처럼 보였다. 우리가 보게 될 예나 그룹의 구성원들은 이 세 종류의 위기에 가장 직접적으로 공감했다. 그들의 기획 역시 문학적 기획이 아닐

---

9) 예나 낭만주의와 직접적 연관이 있는 이러한 위기에 관한 역사적 연구로서 Henri Brunschwig, *Société et Romantisme en Prusse au XVIIIe siècle*, Paris: Flammarion, 1973(이 책은 *La Crise de l'État prussien à la fin du XVIIIe siècle et la Genèse de la mentalité romantique*, Paris: PUF, 1947의 개정판이다), 특히 228쪽 이하와 239쪽 이하를 보라. 우리는 이 책의 모든 해석을 받아들이지는 않는다 하더라도 이 책을 분석하는 것은 유용한 일이라고 생각한다.

10) 「아테네움 단상」 421번 참조. — 옮긴이

11) 이 이유들 중 어떤 하나로 인하여 거의 모든 예나 낭만주의자들은 힘든 시기를 경험하게 되었는데, 그 시기는 정확히 '아테네움' 시기와 겹친다. 그럼에도 불구하고 특히 예나 그룹의 수장 프리드리히 슐레겔을 비롯하여 그 주창자들은 화려한 경력을 쌓게 되었다.

것이며, 문학 내에서 위기를 불러오는 것이 아니라 문학이나 문학 이론을 통해 특히 유리하게 표현할 수 있을 보편적 위기와 비판을 유발하는 것이다(즉 사회적·도덕적·종교적·정치적 위기를 말하며, 이 모든 측면을 우리는 「아테네움 단상」에서 발견하게 될 것이다). 문학에 그러한 특권 — 이것이 지금까지 문학이 사회 및 정치와 맺어 왔다고 할 수 있는 관계의 모든 역사를 보여 주는데 — 이 부여되는 이유에 대해서는 앞으로 이 책에서 이어지는 내용을 통해, 특히 텍스트 자체의 독서를 통해 드러날 것이다. 그러나 만약 예나의 이론적 낭만주의가 조금 전 언급되었던 복잡다단한 역사적·개념적 조건하에서 문학에 대한 **비판적** 문제 제기로서 특징지어진다는 사실을, 혹은 심지어 현대사의 **위기 그 자체**에 대한 (위기라는 이 용어가 가진 모든 의미와 범위 중에서) 가장 고유한 의미의 비판적 표명으로 특징지어진다는 사실을 처음부터 상기하지 않는다면, 우리는 그 텍스트들을 제대로 읽어 내지 못할 것이다.

바로 이러한 이유로 '낭만주의자들' 스스로는 이 낭만주의자라는 이름으로 자신들을 칭하지 않을 것이며, 어떤 한 장르로의 회귀도, 새로운 장르의 고안도 주장하지 않을 것이며, 또 어떤 하나의 미적 성향을 이론적 신조로 내세우지도 않을 것이다. 그들에게서 문학적 열망은 그것이 그 어떤 형태를 취하든 항상 작가에게 요구되는 전적으로 새로운 사회적 역할에 대한 열망으로부터 생겨나며(이때 작가란 그들에게 미래의 인물이며, 「아테네움 단상」 20번에서 읽을 수 있듯이, **직업**으로 치자면 가장 현실적인 직업이다), 따라서 어떤 다른 사회를 목표로 삼는 데서 생겨나는 것이다. 이 책에서 계속해서 문제 삼게 될 "낭만주의 포에지"는 도로테아 슐레겔Dorothea Mendelssohn-Veit이 다음과 같이 — 다소 반어적이고도 모호하게 — 말하고 있는 바를 항상 의미하고자 했다. "낭만주의 포에지가 소시민적 질서에 완전히 대립되고, 낭만주의 포에지를 삶에 끌어들이는 일이 절대적으로 금지되어 있다면, 차라리 삶을 낭만주의 포에지 속으로 들어가게 하라. 어떤 경찰관도 어떤 교육 제도도 여기에 반대할 수 없다."[12)]

예나의 낭만주의자들은 스스로를 낭만주의자로 칭하지 않았다. 겨우 노발리스가 유고로 남긴 단상에서 '낭만주의자'라는 말을 다음과 같이 정의하면서 사용했을 뿐이다. "삶은 색깔과 소리, 그리고 동력과 같은 무엇이다. 낭만주의자는 화가와 음악가와 기술자가 색깔과 소리와 동력을 연구하듯이 그렇게 삶을 연구한다."[13)] 그가 남긴 유고의 여러 다른 단상에서 낭만파Romantik는 시학Poetik, 물리학Physik, 또는 신비주의Mystik와 유사하게 하나의 '학문' 분야이다. 그러나 우리는 이 점이 바로 노발리스를 예나의 낭만주의와 정확히 구분하는 특징들 중 하나라는 것을 수차례 확인하게 될 것이다.

이들에게 명칭을 부여하여 '낭만파'라고 규정하게 되는 사람들은, 처음에는 이들의 반대자들이었고(1798년부터 이들을 공격하는 팸플릿이 출판되었다), 그다음에는 그들을 연구하는 초기 역사가들(1804년의 장 파울도 이미 여기에 속한다)과 비평가들이었다. 하지만 그들은 모두 1805년 이후 '유파'école를 이루며 이어지는 시기와 우리가 위기의 시대라 부르는 초기를 철저하게 구분했다.

이 위기의 주창자들은 두 가지 방식으로 '낭만주의'라는 말을 사용했

---

12) 도로테아 슐레겔이 아들들에게 보내는 편지. 이 서문의 각주 1번에 언급된 울만과 고트하르트의 책 61쪽에서 재인용.

13) Novalis[Friedrich von Hardenberg], *Allgemeine Brouillon*, Nr. 1073. 프랑스어로 출간된 노발리스 전집(*Œuvres complètes*)에는 들어 있지 않다(이 책의 참고문헌 참조).

다(사실 더 정확히 말하자면 이들에게는 어떤 '-주의'도 찾아볼 수 없다는 점에서 '낭만파'라고도 할 수 있다). 우선 가장 빈번히 사용된 용법은 당시의 **고전주의적** 용법(우리는 이것이 전혀 역설이 아님을 보게 될 것이다), 즉 빌란트와 괴테 혹은 실러의 용법이다. 이것은 여러 문학 범주 가운데 하나일 수 있지만, 그럼에도 불구하고, 가령 **서정적인 것**을 **낭만적인 것**보다 더 우위에 두고 있는 「비판적 단상」 119번이 보여 주듯 최상의 범주는 아니다.

'낭만주의'라는 말에 대해 그들이 사용한 '본래적' 용법과 관련해서 말하자면, 이 용법이 바로 우리가 여기서 읽게 될 텍스트들의 **원래부터 정의되지 않는** 구상을 이루는 것이라 할 수 있는데, 이 텍스트 모두에는 프리드리히 슐레겔이 그의 형 아우구스트 빌헬름 슐레겔(이하 아우구스트 슐레겔)에게 보낸 편지 속에 들어 있는 다음과 같은 반어가 동반되어야 한다. "나는 형에게 낭만주의라는 말에 대한 설명을 전혀 적어 보낼 수 없어. 왜냐하면 그것은 125쪽이나 되기 때문이야."

II

이런 식의 반어적 정의 — 혹은 이런 식의 정의 부재의 반어 — 는 사실 상징적 가치를 가질 만하다. 낭만주의의 모든 '기획'의 의미가 여기에 있다. 낭만주의의 모든 '기획', 즉 짧고 강렬하며 섬광을 번쩍이는 **글쓰기의 순간**(2년이 채 안 되는 시간과 수백 쪽의 분량)은 홀로 한 시대 전체를 열어젖혔지만 자신의 본질과 목표를 유지할 수 없을 정도의 한계에 이르렀고, 결국 장소(예나)와 잡지(『아테네움』) 외의 다른 정의는 찾지 못할 것이다.

우리는 이 낭만주의를 '아테네움'이라 부르기로 하자.

'아테네움'의 창시자는 익히 알려진 대로 슐레겔 형제, 즉 아우구스트 슐레겔과 프리드리히 슐레겔이다. 이들은 문헌학자이며, 고전 연구에서 이미 명성을 얻고 있었다. 이들이 발표한 글들뿐만 아니라 이들이 참여했던 잡지도 그 사실을 입증하고 있다. 아우구스트 슐레겔과 프리드리히 슐레겔은 각각 「시문학과 운율과 언어에 관한 편지」Briefe über Poesie, Silbenmaß und Sprache 와 『그리스 시문학 연구』*Über das Studium der Griechischen Poesie* 를 출간했으며, 괴테와 실러의 『호렌』*Die Horen* 과 라이하르트J. F. Reichardt 의 『순수예술학교』*Lyceum der schönen Künste* 라는 잡지 활동에 함께 참여했다. 두 사람 모두 매우 젊었으며, 1795~1796년경부터는 대학 교수로서의 매우 유망한 앞날이 보장되어 있었다.

그러나 여러모로 보아 이들은 단순히 '미래의 대학 교수'도 아니었고, 물론 순수한 문헌학자도 아니었다. 두 사람 모두 무엇보다도 **작가**에의 명백한 야망을 가지고 있었다(이 점에 있어서는 형인 아우구스트 슐레겔보다 프리드리히 슐레겔이 틀림없이 더 강했을 것이다). 그들이 바이마르에 자주 드나들었던 것은 우연이 아니다. 그들은 곧이어 "칸트 이후"의 독일 철학에 스며들어 곧 사변적 관념론을 태동시키게 될 운동에 아주 많은 관심을 보이고 있었다. 그들은 피히테의 강의를 들었으며 리터Carl Ritter 를 읽었고, 셸링과 접촉하려고 노력했으며, 야코비F. H. Jacobi 에 대해 토론했다. 프리드리히 슐레겔은 베를린에서 슐라이어마허와 친교를 맺었다. 그들은 정치적으로 '진보적'인 입장을 취한 것으로 알려져 있다(그 당시 진보적이라는 말은 '혁명적', '공화적', 혹은 '자코뱅적'임을 의미한다). 당시 뵈머Böhmer 의 미망인이었고 곧 아우구스트 슐레겔과 결혼을 하게 되며, 프리드리히 슐레겔에게는 조언자 역할을 했던 카롤리네 미하엘리스Karoline Michaëlis 는 반역죄로 또는 (프랑스) 점령군에 동조했다는 이유로 마인츠에서 감옥 생활을 했다. 그러나 그들은 특히 '문학적'이고 사교적인 분위기의 베를린에서 활발히 활동하였는데(베를린에는 라헬 르빈Rahel Revin이나 장차 프리드리히 슐레겔의 부인이 될 도로테아의 '유대인' 살롱들이 있었다), 이것이 그들을 그 당시에 널리 퍼져 있던 프랑스적 모델에 따라 완벽한 '지식인'으로 만들어 주었다. 물론 이 지식인 유형이 백과전서학파의 파리로부터 이후 유럽 전체에 유행하면서 18세기의 후반부에 생겨난 것이 사실이라면 말이다.

'아테네움' 그룹이 만들어지게 된 것도 이러한 분위기의 소산이다.[14] 즉 서로 긴밀하고 비교적 폐쇄적인 성격의 이 모임은 적어도 처음에는 지적인 동지애와 우정, 집단행동에 대한 갈망, 더 나아가 모종의 '공동체적' 삶을 토대로 했다. 이 모임은 잡지의 '편집 위원회'가 아니었다(게다가 곧 알게 되겠지만, 잡지 자체는 거의 전적으로 슐레겔 형제가 주도하게 된다). 단순히 친구들만의 모임도 아니었으며(이 모임에는 다른 구성원들과 애정 관계나 성적 관계에 있는 여자들도 포함되어 있었고, 가령 "네 명 사이의 결혼" Ehe à quatre[15]에 대해 꿈꾸는 것도 가능하게 하는 도덕 '실험'에 대한 선구적 의식이 있었다), 그저 지식인들의 소모임도 아니었다. 그보다는 오히려 '그물망'을 이루게 되어 있는 어떤 조직의 소집단이자 새로운 생활 방식의 실천 모델로서, (전적으로 비밀 모임이라고 할 수는 없지만) 주변부적인 일종의 '기본 단위'라고 할 수 있었다. 이러한 형태의 공동체에 가장 큰 의미를 두었으며, 그룹의 실제적인 지도자였던 프리드리히 슐레겔은 궁극적으로는 비밀결사라는 말을 사용하고 싶어 했다. 그는 적어도 예술가들의 '연대' 또는 '동맹'이라는 이상향을 꿈꾸고 있었다. 그 싹을 이루고 있었던 것이

---

14) 아테네움 그룹의 형성과 잡지 창간에 대한 상세한 역사는 Roger Ayrault, *La genèse du romantisme allemand*, III, 1re partie, pp.11~95 참조.

15) Jean-Jacques Anstett, "Introduction", Friedrich Schlegel, *Lucinde*, Paris: Aubier, 1971 참조[「아테네움 단상」 34번 참조].

'아테네움'이었으며, 이 모임은 프랑스 혁명기 독일 내에서의 이념 전파와 정치 투쟁에서 중요한 역할을 한 것으로 알려져 있는 '프리메이슨 단원'의 조직 방식으로 구성되어 있었다. 여러 측면에서 볼 때 '아테네움'은 분명 계몽주의로부터 물려받은 모델들을 벗어나지 못했다. 그럼에도 불구하고 이것은 곧 이어질 세기뿐 아니라 우리의 시대에서도 지식인들과 예술가들이 만들어 내게 될 집단 구조의 방식을 분명히 예견하고 있다. 사실 '아테네움'이 역사상 최초의 '아방가르드' 그룹이라 말해도 전혀 과장이 아니다. 우리의 시대에 아방가르드로 불리는 것에서(그리고 '아테네움'과 마찬가지로 사실 '학파'라는 오래된 개념과는 상관없는 것에서), 거의 2백 년 전부터 시작된 이러한 형태와 비교하여 그 어떤 차이도 찾아낼 수 없다. '아테네움'은 우리가 탄생한 곳이다.

정확성을 기하기 위해 이 그룹의 구성원들을 구별하여 소개할 필요가 있다. 좁게 제한하면 이 그룹은 기껏해야 10명 정도로 이루어진다. 즉 최초의 세 명(아우구스트 슐레겔, 프리드리히 슐레겔, 카롤리네)에서 도로테아가 들어와 네 명이 되었고, 슐라이어마허, 노발리스(1792년 초부터 알고 지내 왔다), 티크Ludwig Tieck, 셸링이 차례로 합류한다.[16] 경우에 따라 휠젠도 포함시킬 수 있다. 여기서 또 언급해야 할 점은, 셸링은 비교적 나중에 합류하였고 잡지 『아테네움』에는 글을 한 편도 싣지 않았는데, 어쨌든 그가 이 그룹에 참여한 주된 '동기'들 가운데 하나는 카롤리네였다는 점이다(셸링은 1803년 이 그룹이 해체된 직후 카롤리네와 결혼했다). 그러나 전체적으로 고려해 본다면, 또 과거의 모습을 (즉, 베를린에서나 예나에서나 일종의

16) 슐라이어마허만 제외하고 그들 모두 1799년 가을 예나에서 마지막으로 만나게 되며, 한편 「시문학에 관한 대화」의 등장인물들이 된다. 이 책 3장 참조.

인기 있는 화제의 중심지였음을) 생각해 본다면, 이 그룹은 비교적 훨씬 더 큰 세력을 지닌 어떤 것이었을 것이다. 사람들은 이 그룹 가까이 몰려들었고, 이곳을 거쳐 갔으며, 또 이 그룹이 모이곤 했던 특정한 장소들을 자주 드나들었으며, 이때 슐레겔 형제 중 어느 한 명을 방문하기도 했다. 티크의 누이 소피는 그녀의 남편인 언어학자 베른하르디를 소개했으며, 말년의 바켄로더도 몇 달 동안 참여했다. 여류 시인인 소피 메로는 브렌타노와 결혼하기 전에 프리드리히 슐레겔과 내밀한 관계를 맺었는데, 브렌타노 자신은 해체 직전에 참여하여 그룹의 운명을 같이했다. 또한 그의 누이인 베티나도 여기에 모습을 보인다(베티나는 뒷날 아르님의 부인이 된다). 스테펜스는 드레스덴에서 이들 중 몇몇과 만났으며, 장 파울은 베를린으로부터 여행을 왔다. 게다가 아주 많은 편지들이 남아 있는데 이것들은 그룹의 구성원들이 서로 교환한 것으로, 베를린과 바이마르와 예나 사이를 오고 간 것들이며 또 피히테와 바더[17] 또는 리터와 주고받은 서신들이다. 가령 카롤리네를 비롯한 몇 사람은 이 엄청난 양의 편지들 속에 낭만주의에 관한 가장 훌륭한 기록들이 보관되어 있다고 생각한다.

그러나 '아테네움'의 본질은 어디까지나 잡지이다. 잡지 『아테네움』은 겨우 2년의 지속 기간을 통해 6호까지 발간했는데 (사실 그 이후로도 많은 글들이 발표되긴 했지만) 항상 일정한 '수준'을 유지하지도 않았으며, 어조에는 일종의 자만이 들어 있었고(물론 이것은 나중에 엄격함이 된다), '아방가르드' 식의 약간 대담한 구석이 있었다.[18] 하지만 또한 잡지 『아테네

---

17) 「이념들」 97번의 각주 참조. —옮긴이

18) 한창 성공적일 때 이 잡지는 대단한 스캔들이었다. 소설 『루친데』(*Lucinde*)의 출간이 그런 경우였다.

움』과 비교되거나 적대적이었을 모든 것과 이 잡지를 뚜렷이 구별 지으며, 미래를 위한 모델로서의 모든 역량을 결정짓는 '작동 방식'도 존재한다. 잡지 『아테네움』은 '형제애'를 기반으로 하고 있다. 잡지 서문에서 "지식과 재능의 형제애"라는 말을 하고 있다. 그리고 형제애가 의미하는 바는 결국 집단적 글쓰기이다. "우리는 단순히 이 잡지의 편집인이 아니라 필자들이다. …… 외부 원고를 실을 때는 우리의 것으로 책임질 수 있다고 생각할 때뿐이다." 로제 에로가 이 구절을 인용한 후 말하고 있듯이, "이러한 단언은 노발리스라는 이름하에 일련의 아포리즘 모음 「꽃가루」 Blütenstaub를 싣고 있는 [1798년의 잡지] 권호의 서두에서 매우 중요하게 나타난다".[19] 분명한 사실은, 그런 일은 어떤 "일사 분란함"이나 일종의 독재적 실행 없이는 잘 진행되기 어렵다는 점이다. 그런데 그 일을 주로 맡은 사람은 프리드리히 슐레겔이다(그는 형 아우구스트와 함께 '독일의 비평가-독재자'가 되고 싶어 했다). 잘 알려진 '교황' 현상은 이로써 이미 시작되었으며, 우리는 머지않아 곧 '고전적'이 될 장면들이 자리를 잡는 것을 목격하게 된다. 즉 연합과 떠들썩한 결별, 제명 또는 축출, 요란한 불화와 요란한 화해 등등, 이런 종류의 조직을 축소된 형태의 정치권으로 만드는 모든 장면들이 등장한다(왜냐하면 그것은 분명히 하나의, 의심할 바 없는 정치이기 때문이다). 게다가 내적으로 취약한 부분도 있었다. 프리드리히 슐레겔의 활동에는 '출세욕'이 깔려 있었음을 부인할 수 없으며, 그는 자신의 이전 입장을 갑자기 바꾸기도 했다. 6년도 채 안 되어 가톨릭으로 개종했으며, 10년이 채 지나지 않아 메테르니히와 만찬을 한 것이다. 그러나 사실을 말하자면 상황은 그리 단순하지 않다(또 비록 프랑스에서는 이들 독일

19) R. Ayrault, *La genèse du romantisme allemand*, III, p.42 참조.

낭만주의자들이 분명 나폴레옹에 적대적이었다는 이유로 반동적이라 비난받고 있지만, 그들의 정치관과 관련된 부분 역시 단순하지 않다. 이 점은 오늘날까지도 시사하는 바가 많다). 상황이 그리 단순하지 않은 이유는 정확하게 말해 낭만주의적 글쓰기의 모든 '경험'(즉 모든 장르의 활용, '단상'에의 요구, 문학적 소유권과 '저자로서의 권리autorité'에 대한 문제 제기, 더 나아가 익명성의 실험까지도)을 이끌어 내고, 그룹의 이러한 '이론적 실천'(끊임없는 토론, 규칙적으로 지정된 작업 시간, 공동 독회, '문화' 여행 등)에 토대를 제공한 것은 바로 이러한 작동 방식이기 때문이다. 오직 이것만이 2년이라는 짧은 기간 동안의 놀랄 만한 작업과 지속적인 창작 활동, 빠른 속도의 진행 과정, 그리고 지금까지 실로 전례 없는 급진적인 '이론적 혁신'의 성취를 설명해 줄 수 있다.

물론 이 모든 것은 오래가지 못했다. '아테네움'은 그 정도의 많은 '부담'을 감당하지 못했던 것이다. (그 무엇도, 그 누구도 그럴 수 없었을 것이다.) '아테네움'은 고갈된 것이라기보다는 분해된 것이다. 내적 대립과 질투, 이론적 충돌이 이에 대해 많은 책임이 있다는 점은 부인할 수 없다. (그 흔적을 텍스트 자체에서도 발견하게 될 것이다.) 그러나 그보다 중요한 것은 모든 것이 너무나 빨리, 그리고 흥분 속에서, 오늘날 말하듯 '광적으로' 말해지고 시도되었다는 점이다. 이미 대학 교수였던 셸링까지 포함하여 그들 모두가 마치 미래라는 것은 존재하지 않거나, 혹은 (단순히 문학만이 아니라) 세상 자체가 — 무한한 전망을 열어 주면서, 그러나 예측할 수 있고 과감하게 수용할 수 있는 사건에 상응하는 그 어떤 것은 당장 제시하지 않은 가운데(그것이 물론 아직 이름 붙일 수 없고 얼굴도 없는, 지금 막 태어나 세상에 나오려 하는 순수한 '것'이었음에도 말이다) — 다른 시대로 바뀌거나 돌아서려 하고 있다는 것을 의식하고 있었던 것처럼 말이다.

이것이 '아테네움'이 근대적 '비평 유파'의 모든 특징을 보이고 있음에도 불구하고 진정한 '운동'으로 간주되지 못하는 이유이다. '아테네움'은 단절을 요구하지 않았다. 즉 과거를 잊고 완전한 백지 상태로 돌아갈 것을 주장하지도, 새로운 것의 창시를 주장하지도 않았다. 그와 반대로 오히려 현존하는 것에 대한 비판적 '회복' 의지로 나타났다(가령 이로부터 괴테와의 관계를 설명할 수 있다). '아테네움'이 문헌학과 비평에 뿌리를 두고 있는 것은 우연이 아니다.

'아테네움'이 가장 먼저 출발점으로 삼은 중요한 문제가 있다. 1794년 모든 것은 이 문제를 중심으로 결정되었고, 단번에 '구체화'되었는데, 그것은 고대 그리스이며, 그중에서도 고대 그리스의 시문학이다. 고대에 대한 새로운 전망은 프리드리히 슐레겔의 첫번째 작업(이것이 결국 '아테네움'의 중심축이 된다)에서는 아직 모호한 형태로 시도된다. 우리는 또 빙켈만Johann Joachim Winckelmann이 어떤 점에서 그들에게 지속적인 지표가 되었는지 알게 될 것이다. 이는 단순히 그의 뒤를 따를 것을 주장한다거나 그가 남긴 것을 활용한다는 의미가 아니라, 그리스인들에 대한 심도 있는 이론적 작업이 시작될 수 있었던 것은 빙켈만이 성공적으로 이루어 놓은 업적이 토대가 되었기 때문이라는 의미에서이다. 그리고 우리는 이때 갑자기 등장한 것이 무엇인지 알고 있다. 그것은 그리스 '고전기' 안에 아직 감춰져 있는 어떤 공백, 즉 미개한 선사시대와 공포를 불러일으키는 종교의 흔적들이다. 그리스적 '명랑성'에 숨겨져 있는 어둡고 수수께끼 같고 신비로운 얼굴, 이는 광기나 '통음난무적'orgiaque(슐레겔 형제가 특히 좋아했던 말이다) 흥분과도 아주 가까운 어떤 모호한 예술로 말할 수 있다. 그것은 바로 그리스 비극이다. 동시대의 횔덜린과 마찬가지로 슐레겔 형제가 고안해 낸 것은 결국 아폴론적인 것과 디오니소스적인 것의 대립이다(어떤 이름으로 부르건 간에 상관이 없다). 물론 이 대립은 셸링의 중간 역할을 통해 횔덜린에서와는 차이를 보이는 것이며, 헤겔에서 초기 니체에 이르기까지 우리가 잘 알고 있는 '변증법적인' 방식을 이루고 있는 것이다. 하이데거가 제대로 강조하고 있듯이 그들은 이와 동시에 또한 역사철학도 정립해 놓았다. 이후 이러한 대립에 있어 어쨌든 슐레겔 형제가 (희미하긴 하지만) 모태가 되기 때문이다. 사실 그들의 역사철학은 엄밀한 의미의 관념론에서보다 덜 엄격할 것이다(덜 변증법적일 것이다). 많은 점에서 훨씬 더 단순하며, (근원의 상실, 합리성의 필수적 매개, 미래에 이루어질 분열된 인류의 화해를 말하는) '루소적' 모델에 가깝지만, 그럼에도 불구하고 데카당스 현상(알렉산드리아적 양식)에 대한 상당한 관심과 경향으로 인해 그리고 한 시대의 붕괴와 다른 시대로의 — 기계론적, 화학적, 유기체적 — 이행의 움직임을 매우 자세하게 분석함으로 인해 훨씬 복잡해진다. 가령 로마의 경우 그 중요한 모델이 될 것이다. 이 모든 것이 목표로 하고 있는 것, 즉 우리가 낭만주의라는 이름으로 부르게 될 것의 독특한 특징, 그것은 바로 **고전적인 것**이다. 현대적인 것에서 고전적인 것을 위한 전망과 가능성을 찾는 것이다.

'비판적 회복'은 건설적 주제를 동반한다. 즉 그것은 — 괴테가 있음에도 불구하고 — 시대에 부재하는 위대한 고전적 작품을 만드는 것이며 (혹은 현대적 방식으로 다시 만드는 것이며), 이것이 낭만주의 기획의 일관된 지평이다. 더 정확하게 말하면, **모방**에 대한 비판적 문제 제기가 (세기말 전반에서와 마찬가지로) 바로 역사철학의 발생 장소가 될 것이기 때문에, 고대보다 더 훌륭하게 또는 더 많이 만들어 내는 것이 중요했다. 즉 완성되지 않았거나 완료되지 않은 고대 그리스, 기대했던 고전적 이상을 실현하는 데 성공하지 못한 그 고대 그리스를 극복하는 동시에 완성하는 일

말이다. 이는 결국 고대와 현대의 '종합'을 수행하는 것, — 또는 헤겔의 단어(꼭 개념이어야 할 필요는 없다)를 선취하여 말하자면 — 고대와 현대의 대립을 **지양**aufheben하는 것을 의미한다. 낭만주의의 기획이 그러한 논리에 의해 고무되었다는 것은 결코 낭만주의자들이 칸트 이후의 철학으로부터 유래하는 체계를 '적용'하는 데 그쳤다는 것을 의미하지 않는다.[20] 오히려 막 태동하는 관념론과 (관념론 내에서, 그리고 관념론을 넘어서) 결합함으로써 낭만주의는 (문헌학, 비평, 예술사와 같은) 자기 고유의 영역 안에서 유사한 임무를 수행했으며, 이것은 가장 강력한 의미에서 완성의 임무라고 할 수 있었다. 여기서 중요한 것은 분할과 분리, 역사를 구성하고 있는 구분과 결별하는 것이며, 사람들이 역사의 근원에서조차 이미 사라져 결코 도달할 수 없는 '황금기'로 생각하는 바로 그것을 구성하고 생산하며 실행하는 것이다. 변증법이 사변적 물리학에서만이 아니라 낭만주의의 예술철학에서도 고안되었다는 것, 이것은 아마도 칸트와 플라톤을 화해시키려는 과제가 호메로스와 괴테를 결합하려는 시도와 구분하기 어렵다는 사실로부터 설명할 수 있을 것이다.

바로 이런 이유에서 낭만주의는 완전히 새로운 무엇을, 완전히 새로운 무엇의 **생산**을 의미한다고 할 수 있다. 사실 낭만주의자들은 이 무엇에 대한 이름을 알지 못했다. 그들은 때로는 시문학에 대해, 때로는 작품에 대해, 때로는 소설 등등에 대해, 그리고 특히 낭만주의에 대해 말했던 것이다. 하지만 그들은 결국 그것을 모두 통틀어 **문학**littérature이라고 부르게 되었다. 그들이 고안해 낸 것이 아닌 이 용어를 받아들여, 후대에서는

---

20) 낭만주의자들이 헤겔을 선취한 점은 Peter Szondi, *Poésie et poétique de l'idéalisme allemand*, Paris: Gallimard, 1975에 잘 나타나 있다.

(그들을 바로 뒤따르는 후대를 포함하여) 오늘날에도 아마 여전히 정의하기 어려울 어떤 개념을 다시 포괄하여 지칭하기 위하여 사용하게 된다. 물론 낭만주의자들 자신은 이 단어의 경계를 제한하는 데 전력을 기울였지만 말이다. 어쨌든 그들은 이것을 명시적으로 어떤 새로운 **장르**의 여러 종류들로서 의도하였고, 이 장르란 고전 (또는 현대) 시학의 분할 영역을 넘어서 있으며, 문자화된 것의 태생적('발생적') 구분들을 무화할 수 있는 것으로 생각되었다. 어떤 분할이나 모든 정의dé-finition를 넘어서 있는 가운데, 이 **장르**는 곧 낭만주의에서 진정한 의미에서의 문학 **그 자체**에 대한 장르 **그 자체**로서 계획되었던 것이다. 그것은 완전히 새로운, 무한히 새로운 하나의 [큰]작품Œuvre[21] 속에서 스스로를 포착하고 스스로를 생산해 내는 그러한 문학의 (이렇게 말해도 된다면) '총칭적 성격'généricité, 그리고 '생성적 성격'générativité에 있다. 따라서 그것은 문학의 **절대**absolu이다. 하지만 또한 문학의 **해방**[구속으로부터 벗어남]ab-solu, 즉 「아테네움 단상」 206번에 나오는 유명한 고슴도치의 비유에서와 같이 자기(자신의 고유한 조직성 organicité) 주위에 완벽한 울타리를 치는 가운데 스스로를 고립시키는 것이기도 하다.

그런데 그와 동시에 이러한 목적은 훨씬 더 엄청난 것을 드러낸다. 문학의 절대, 이것은 포에지[시문학]poésie라기보다는 (이에 대한 현대적 개념 역시 「아테네움 단상」 116번에서 만들어지는데) **포이에시스**poiesis이며, 이는

---

21) 이 책의 원서에서 저자들이 문학적 절대라는 자신들의 사유와 개념을 설명하기 위해, 원래 대문자로 시작하지 않는 프랑스어 단어에 대문자를 사용하는 경우가 있다. 이 경우 한국어에서는 소문자, 대문자의 구별을 표시하는 적당한 기호를 찾을 수 없어, 단어 앞에 '[큰]'을 붙여 표시했다. 가령 주체(sujet), 작품(œuvre), 장르(genre) 등과 구별되는 Sujet, Œuvre, Genre 등의 단어는 [큰]주체, [큰]작품, [큰]장르 등으로 옮겼다.—옮긴이

분명 낭만주의자들에게 부족하지 않았던 어원학적 연구에 기초한 것이다. 포이에시스, 그것은 생산이다. 일반적으로 말하자면, '문학 장르'에 대한 생각은 문학적인 것의 생산이라기보다는 생산 **그 자체**와 더욱 관련이 깊다. 낭만주의 포에지는 포이에시스의 본질에까지 꿰뚫고 들어가려 하며, 문학적인 것은 여기서 생산 그 자체의 진리를 생산해 낸다. 그리고 이 책에서 계속 밝혀지게 되듯이, 그것은 곧 **자기 스스로를** 생산하는 것, 즉 아우토포이에시스[자기생산성]autopoiesis의 진리인 것이다. 그리고 (헤겔이 낭만주의에 **전적으로 반대하면서** 곧 입증하게 되듯이) 자기생산이 사변적 절대의 궁극적 요구 단계와 최종 귀결을 형성하는 것이 사실이라면, 낭만주의 사유에서는 문학의 절대만이 아니라 절대로서의 문학도 인식되어야 한다. 낭만주의, 그것은 **문학적 절대**의 개시이다.

결론적으로 다시 한번 강조하자면, 이것은 사람들이 보통 생각하고 있는 낭만주의가 아니다. 스탈 부인은 자신의 방식으로 이 점을 이미 꿰뚫어 보았다. 스탈 부인은 비록 이론적 토대에 있어서는 다소 부족했지만(그리고 매우 '프랑스적'이었지만), 적어도 1800년대의 독일에서 새로운 것은 '문학'이 아니라 비평이라는 것을, 혹은 그녀 스스로 말하고 있듯이 "문학 이론"[22]이라는 것을 알고 있었다. 물론 모든, 또는 거의 모든 유럽에 걸쳐 '낭만적 감성'이 이미 영향을 끼치며 존재했듯이 '낭만주의 문학'이라는 것도 존재했으며, 스탈 부인은 누구보다도 이 사실을 잘 알고 있는 인물이었다. '아테네움'을 중심으로 (또는 '아테네움' 내부에도) 작가나 시인들이 있

22) Madame de Staël, *De l'Allemagne*, vol. III, Paris: Garnier-Flammarion, 1968, 3e partie, chap. IX, p. 162 참조.

었고, 가령 슐레겔 형제도 티크나 장 파울의 소설들, 바켄로더의 이야기들, 소피 메로의 시들이 디드로나 영국의 소설과 동등한 수준으로 취급될 수 있는 현대적 (또는 낭만적) 작품들이라는 것을 분명히 인식하고 있었다. 그러나 슐레겔 형제는 이런 문학이 아직 '그것'은 아니라는 점도 알고 있었다. 이런 문학은 환상적이거나 감성적인 것이었지만 상상력도 성찰도 아니었다. "대상으로서 그것들을 가지고 즐길" 수 있는 그런 작품들이었지만, 자기 고유의 이론을 자기 안에 내포하고 있는 작품들은 아니었다. 또 그들에게는 괴테가 ('아테네움'에서 강조하는 대가 '3인방'trinité, 즉 단테와 셰익스피어, 그리고 세르반테스가 했던 것과 같은) 위대한 이상을 전혀 구현할 수 없었던 것은 아니었지만, 괴테에게는 철학이 꽤 많이 부족했으며, 아직 시대에 완전히 부합하지 못했다. 요약하자면 괴테는 그들이 낭만주의로서 기대하고 있는 것, 또는 낭만주의로 만들어 내고자 시도하는 것의 징후만을 보이고 있을 뿐이었다.[23] 그래서 그들은 바이마르뿐 아니라 베를린에 대해서도, 고전주의적 이상뿐 아니라 환상적 문학에 대해서도 똑같이 비판적 입장을 보였던 것이다. 이제 예나가 이들을 **계승**[지양]relève하려 하고 있었다.

바로 여기서 스탈 부인이 전혀 이해하지 못했던 사실이 드러나는데 (이로 인해 사실 오늘날까지도 프랑스 대학과 그 주변의 학계가 이 문제에 대해 무지하게 된 것이다), 그것은 결국 낭만주의자들이 의미하는 낭만주의는 '문학'도 아니며(그들은 이 개념을 새롭게 정의하기 때문에 그렇다), 단순히 (고대와 근대의) '문학 이론'도 아니며, **문학으로서의 이론 그 자체** 또는

23) 앞으로 나오겠지만 이 일은 프리드리히 슐레겔이 『루친데』를 통해 본격적으로 시도하게 될 것이다.

같은 말이지만, 자기 고유의 이론을 생산해 내는 가운데 스스로를 생산해 내는 문학이라는 것이다. 문학적 절대, 그것은 그 무엇보다도 절대적인 **문학 작용**opération littéraire 자체이다.

결국 예나는 '소설의 이론은 그 자체로 소설이어야 한다'라고 말해진 그 장소로 남아 있게 된다. 우리들의 '현대성'에 비추어 보아도 전혀 손색이 없는 그들의 요청은 잡지 『아테네움』 창간 1년 전에 발표된 「비판적 단상」 115번에 다음과 같이 표현되어 있는데, 이것이 '아테네움'의 구상 전체를 이루게 된다.

> 근대 시문학의 역사 전체는 짧은 철학 텍스트에 대한 끊임없는 주석이다. 즉 모든 예술은 학문이 되어야 하고, 모든 학문은 예술이 되어야 한다. 포에지[시문학]와 철학은 합일되어야 한다.

우리가 낭만주의에 대해 엄밀한 의미의 철학적 작업을 감행할 필요가 있다고 (즉 여전히 시급하다고) 생각한 것도 바로 이런 이유에서였다. 이것은 요즘 다소 유행하는 이론적 전문성에 대한 취향에서 나온 것도 아니고, 어떤 종류이건 간에 일종의 '직업적 습벽'에서 나온 것은 더구나 아니다. 우리가 지금 분명히 알고 있듯이, 그것은 상황 자체에 내재하는 필연성의 결과로부터 나온 것이다. 말하자면 문학 자체에 내재하고 있는 필연성의 결과라고도 할 수 있는 것이다. 왜냐하면 문학이 자신의 운명이 "짧은 철학 텍스트"에 매여 있다는 것을 알게 된 것은 어제의 일도 아니고, 또 예나에서부터도 아니기 때문이다(물론 그렇게 생각하도록 우리를 가르쳐 준 것은 바로 예나이지만 말이다). 적어도 플라톤과 아리스토텔레스 이후 철학 텍스트에서 시문학과 철학의 결합은 일반적으로 전제되고 요구되어 왔던 것이다. 스탈 부인을 다시 인용하자면(물론 이 점에서 그녀는 비판적 지성의 귀감이라는 것을 인정해야 하겠지만), 그녀는 슐레겔의 작업에 대해 매우 혼란스러워하며 호메로스와 단테와 셰익스피어가 "위대한 작가가 되기 위해 이런 형이상학을 필요로 했는지" 질문했으며, 이러한 서투른 질문을 구실로 — 왜냐하면 호메로스의 경우 모두에게 그렇듯 슐레겔 형제에게 어떻게 말할 수 없는 어려운 대상이었지만, 다른 두 사람은 그렇지 않았기 때문이다 — "문학에 적용된 철학 체계"[24]에 대한 자신의 열광을 자제하려 했다. 그 모든 것에도 불구하고 우리는 많은 측면에서 여전히 그와 같은 수준에 머물러 있다. 그 증거로 사람들은 다음과 같은 질문을 던져 볼 수 있을 것이다. 오늘날 아무리 강한 의도를 지닌 사람들이라 해도 — 읽을 수도 없었던 — 예나를 다시 반복할 수 있는 사람이 과연 몇 명이나 될까?

그러나 이러한 예나 시대의 텍스트들에 철학적으로 접근하겠다는 결정이 우리가 '낭만주의 철학'에만 몰두하겠다는 의미는 전혀 아니다(철학적 접근에 대한 좀더 구체적인 내용은 이 책의 '서곡'에서 읽을 수 있다). 물론 우리가 이미 알고 있듯이 '낭만주의 철학'은 이미 존재하고 있으며, 게다가 프랑스에서는 '문학 이론'보다 더 잘 알려져 있다. 또한 우리가 시도하는 모든 분석의 배후에 항상 낭만주의 철학이 전제되어 있다는 것도 분명하다. 그러나 이 책의 대상은 전적으로 **문학의 문제**이다. 이러한 이유로 우리가 과학이나 정치, 그리고 미학, 특히 음악에 관련된 주제들을 비롯하여 많은 다양한 주제들을 포기하거나 언급 대상에서 제외시켜야 했다는 점이 앞으로 단상 전체에 대한 독법에서 충분히 드러날 것이다.

---

24) Mme de Staël, *De l'Allemagne*, vol. III, p. 162.

우리가 이 책에 선별한 텍스트와 우리의 구상도 그와 관련이 있다.

이 책에 실려 있는 낭만주의자들의 텍스트와 관련하여 말하자면, 문학의 문제에 대한 '예비적 상황'을 기술하기 위해 '서곡'에 싣는 것이 불가피하게 보였던 「독일 관념론의 가장 오래된 체계 구상」Das älteste Systemprogramm des deutschen Idealismus을 제외하고는, '아테네움' 시기의 가장 중요한 이론적 텍스트에 집중할 필요가 있었다. 그러다 보니 1797년이나 1798년에서 1800년 사이라는 '아테네움'의 제한된 시기를 거의 벗어나지 않았고, 특히 밀접하게 이 시기에 속했던 것에 한정하게 되었다. 사실 우리는 프리드리히 슐레겔이 초기에 시도한 단상들에서부터(「비판적 단상」Kritische Fragmente[25]) '비평' 자체의 개념에 대한 본격적인 설명에 이르기까지(「비평의 본질에 대하여」Vom Wesen der Kritik), 우리가 추적한 그의 저술 과정에 부합하여 텍스트를 선택했다. 이 시기는 1797년에서부터 1804년까지에 해당한다.

그래서 이 책에는 열두 편의 텍스트가 실리게 되었다. 사실 그중 하나인 프리드리히 슐레겔의 소네트 「아테네움」Das Athenaeum은 매우 짧은데, 이것은 다른 두서너 편의 텍스트와 함께 잡지 『아테네움』의 마지막 호에 실렸던 것이다. 열 편의 텍스트는 전문을 온전히 실었으며, 나머지 두 편의 텍스트는 사후에 출판된 강의의 수고手稿로부터 부분 발췌한 것이다. 그 하나는 아우구스트 슐레겔이 1801년에 강의한 『문학과 예술에 대한 강의』이며, 다른 하나는 셸링이 1802년에 강의한 『예술철학』*Philosophie der Kunst*이다. 분량을 고려하여 그럴 수밖에 없었다. 하지만 그 외 다른 텍스트들에

25) 잡지 『순수예술학교』(*Lyceum der schönen Künste*)에 실렸기 때문에 '뤼케움(Lyceum) 단상'이라 불리기도 한다. ―옮긴이

대해서는 전문 게재의 원칙을 지켰으며, 특히 지금까지는 보통 어느 정도 맥락에 적합하고 연관되는 부분만을 따로 '골라내어' 편집하는 데 익숙해져 있는 단상집의 경우 반드시 원래의 원문 전체 그대로를 싣고자 했다.

이 텍스트들 중 다섯 편은 잡지 『아테네움』 자체로부터 나온 것이다. 이들은 「아테네움 단상」을 당연히 포함하며, 「이념들」Ideen, 「철학에 대하여」Über die Philosophie ('도로테아에게 보내는 편지'로 더 잘 알려져 있다), 그리고 저 유명한 「시문학에 관한 대화」, 마지막으로 방금 위에서 언급한 소네트이다. 이 소네트를 제외하면 모든 텍스트가 잡지 『아테네움』에 연재된 가장 중요한 글들이라 할 수 있다.[26] 게다가 이 모두가 부분적로든 아니든 프리드리히 슐레겔에 의해 쓰여진 것은 우연이 아니다. 부분적이거나 아니라고 한 이유는 프리드리히 슐레겔이 그토록 큰 의미를 부여했던 낭만주의 글쓰기의 극단적 지점을 보여 주는 「아테네움 단상」이 슐레겔 형제, 이들의 부인들, 노발리스, 슐라이어마허가 익명으로 함께 작업한 공동 작품이기 때문이다. 그리고 바로 이 점에서 「아테네움 단상」은 비록 프리드리히 슐레겔의 특징을 강하게 보이고 있다는 점은 부인할 수 없다고 하더라도 분명히 그들 모두의 작품이며, 그래서 이 텍스트에 대한 역사적 비평에서는 백여 개의 단상에 대한 저자의 문제가 복잡하게 얽혀 해결되지 않고 있다.

잡지 『아테네움』에 발표되었던 다섯 편의 글 외에 1795년의 「독일 관념론의 가장 오래된 체계 구상」(이 글 역시 익명의 저자를 두고 의견이 분분하다)을 제외하면 프리드리히 슐레겔의 또 다른 두 편의 텍스트를 읽을 수 있다. 이미 언급된 「비판적 단상」과 「비평의 본질에 대하여」가 그것이다.

26) 이 책의 부록에 실린 '『아테네움』 목차' 참조.

그리고 아우구스트 슐레겔의 1801년 강연 내용을 발췌한 텍스트 한 편, 셸링의 두 편의 (또는 세 편의) 텍스트(풍자적이고 사변적인 시「하인츠 비더포르스트의 에피쿠로스적 신앙고백」Epikurisch Glaubensbekenntnis Heinz Widerporstens 그리고 1802년에 강의한『예술철학』의 서문), 그리고 마지막으로 노발리스의 텍스트가 있는데, 이 글은 노발리스가 원래 잡지『아테네움』을 위해 썼으나 잡지에는 결국 발표되지 않았던 다섯 편의「대화들」[27] 중 처음 두 편의 대화이다.

그런데 셸링과 노발리스와 관련해서 두 가지 문제가 있다. 이들의 작품은 프랑스어로 많이 번역되어 있고, 노발리스를 (거의) 완역한 번역본도 있다. 하지만 이들 번역에는 종종 문제가 있으며, 또 셸링의 비판본이 나오기를 학수고대하고 있는 것이 사실이다. 그럼에도 불구하고 어쨌든 이 두 사람 모두 현재 쉽게 접할 수 있으며, 프랑스에서 폭넓게 읽히고 있다. 게다가 대부분 '독일 낭만주의'라는 이름으로 말이다. 다른 한편으로 우리에게는 이들과 관련한 또 다른 문제가 있는데, 그것은 이 두 사람 모두 서로 완전히 다른 방식을 취하고 있기는 하지만, 우리가 생각하는 낭만주의의 고유성에 견주어 볼 때 여러 면에서 상대적으로 주변적인 위치에 있는 것으로 보인다는 점이다. 따라서 우리가 셸링과 노발리스에게 부여되어야 마땅하다고 생각하는 부분이 있음에도 그 부분을 줄이기로 결정한 것은, 단지 프랑스어 번역이 '대단하지 않기' 때문만은 아니다. 이에 대해 앞으로 설명할 것이다.

우리가 계획한 구상 자체는 매우 단순하다. 우리는 가능한 한 낭만주

---

27) 이「대화들」(Dialogen)은 총 여섯 편이다. 저자들은 이 책의 '종결'에서는 여섯 편이라고 제대로 밝히고 있다.—옮긴이

의의 내적 형성 과정을 재구성하고 낭만주의의 '수업시대'를 그려 내고자 하는 목적에 몰두했다(물론 이 책을 '소설'로 만들려는 의도는 전혀 없다[28]). 이런 이유로 우리는 상당히 숙고하여 이 책의 진행 체계를 아주 근소한 차이가 있기는 하지만 '아테네움'의 연대기와 일치시키고자 했다.

따라서 책의 구성은 먼저 장르로서의 (또는 '장르' 자체로서의) 단상의 문제에서 출발한다. 즉 문학이라는 문제가 처음으로 제기되는 지점에서 출발하여(1장 단상), 이 문제 자체를 통해 필연적으로 생겨나는 사변적 '단계'를 거쳐(2장 이념), 그다음에 이 문학을 위해, 그리고 문학 내에서 문학이라는 문제를 논의할 것이며(3장 시), 그리고 마지막으로 반성에 대한, 혹은 '2차 문학'littérature au carré[문학^2, 문학의 제곱]에 대한 낭만주의 고유의 계기를 살펴볼 것이다(4장 비평).

III

우리가 이러한 작업을 시작하고 소개하는 이유는 '고고학적' 차원도 아니고, 또 이미 밝힌 바 있듯이 역사적인 것도 아니며, 우리의 관심과 현재 우리의 상황과 가장 뚜렷한 관계가 있는 것임을 사람들은 짐작할 수 있을 것이다.

물론 우리는 그 어떤 종류의 '낭만주의의 현재적 의미'라는 것을 염두에 두고 있지 않다. 우리는 이런 종류의 구상이 보통 어떤 결과를 동반하는지 잘 알고 있다. 즉 역사의 무조건적이고 지나친 무게로 인한 부담, '현재화'한다고 주장하는 대상에 대한 애매한 영속화, 현재의 특수한 성격에

28) 괴테의 소설 『빌헬름 마이스터의 수업시대』를 빌려 비유적으로 표현한 것. —옮긴이

대한 (의도적) 은폐 등이 그것이다. 우리가 낭만주의에서 관심을 가지는 것은 그와 정반대로 우리는 여전히 낭만주의가 열어 놓은 시대에 속해 있다는 점이며, 또 (반복에 따른 불가피한 차이로 인해) 우리 자신을 규정하는 이러한 귀속감을 바로 우리 시대가 끊임없이 거부하고 있다는 점이다. 우리들이 말하는 '현대성'의 거의 모든 중요한 주제들 속에서 확인할 수 있듯이, 바로 오늘날에 진정한 의미의 낭만주의적 **무의식**이 있다. 게다가 위에서 말한 소위 현대성이라는 것이 이미 발견한 것을 되풀이하는 것 외에 다른 능력은 별로 없다는 사실은 고려하지도 않고 — 혹은 고려하지 않기 위해 —, 자신을 돋보이게 하는 배경으로 낭만주의를 이용할 수 있다는 것은 낭만주의가 지닌 정의 불가능한 성격으로부터 나온 결과가 전혀 아니다. 슐레겔 형제가 지닌 모호함 속에 숨어 있는 함정을 추측해 내기 위해서는, 또 이 함정이 완벽한 역할을 해냈다는 것을 파악하기 위해서는 발터 벤야민의 예리한 통찰 같은 것이 전적으로 필요했다.

사실 이 함정은 우리의 시대가 '낭만주의의 현재적 의미'를 입증하려고 할 때마다 여전히 작동하고 있다. 이것은 (최근의 모든 경향이 그렇듯이) 이성과 국가의 제국주의적 성격 및 코기토Cogito와 체계Système의 전체주의적 성격에 대한 근본적인 거부를 표명하는 그 '낭만주의'의 주제와 관련되어 행해진다. 즉 무정부적이고 문학적인 반항을 나타내면서 이때 무정부적이기 때문에 문학적이며, 또 그 예술이 저항을 구현하는 그러한 낭만주의 말이다. 물론 이 주제가 단순히 잘못되었다는 것은 아니다. 그러나 그 이면(또는 표면 등)을 무시한다면 그렇게 되기가 쉽다. 왜냐하면 문학적 절대는 전체성과 주체의 사유를 더욱 악화시키고 극단적으로 끌고 나가기 때문이다. 문학적 절대는 이 사유를 **무한화시키며**, 바로 그럼으로써 자신의 모호성을 유지한다. 물론 이 말은 낭만주의 자체가 이 절대성의 동요에 영향을 끼친 것은 아니라거나, 이 동요에도 불구하고 자신의 [큰]작품을 약화시키려 하지 않았다는 뜻이 아니다. 그보다는 이 같이 아주 얇고 복잡한 균열의 징후를 면밀히 파악해 내는 것이 중요하며, 따라서 무엇보다도 이 징후들을, 즉 낭만주의에 대한 소설적romanesque 독법이 아니라 낭만주의적romantique 독법의 특징을 읽어 낼 줄 아는 것이 중요하다는 것이다.

사실 오늘날 우리가 낭만주의에 대해 알고 있는 것은 — 혹은 알고 싶어 하는 것은 — 모두 간접적으로 전달된 것뿐이다. 경우에 따라 영국의 전통을 통해서(낭만주의자들을 아주 잘 독해했던 콜리지에서, 모든 것을, 그리고 항상 사람들이 짐작하는 그 이상을 알고 있었던 조이스까지), 혹은 쇼펜하우어나 니체를 통하거나(이들은 자신들이 낭만주의로부터 받아들인 것이 무엇인지 말하지 않았다), 마지막으로 — 이 경우는 더욱 간접적인데, 거기에는 이유가 있다 — 헤겔과 말라르메를 통해 (또는 프랑스에서는 '상징주의'라는 특히 낭만주의적인 제목을 달고 있는 것들을 통해) 이루어지기도 했다. 그런데 어쨌든 우리가 낭만주의에 대해 알고 있는 (거의) 모든 경우, 비록 고의적인 은폐나 왜곡은 없었다고 하더라도 본질적인 것이 포착되지 못했으며, 또는 포착한 것으로 보인다고 할지라도 그것은 오해로 인해 그리고 맥락을 전혀 모른 채 반복된 것이라고 말할 수 있다.

하지만 이 본질은 우리 자신과 많은 관련이 있다. 그것이 바로 우리가 살고 있는 시대를 특히 **비판적** 시대로 규정하는 것이다. 즉 문학이 (또는 다른 이름으로 불러도 상관없을 무엇이) 자신을 비롯해 철학과 (사람들이 이상하게도 **인문학**이라 부르는) 몇몇 학문의 전체 또는 부분을 함께 움직이는 가운데, 또 — 낭만주의자들이 특히 좋아했던 말이며 — 오늘날 우리가 '이론'이라고 부르는 그 공간을 이끌어 내는 가운데, 자신의 고유한 정체성에 대한 절대적인 추구에 몰두하는 '시대'(어쨌든 두 세기 가까이 지속된 시대) 말이다.

그 때문에 이 책에 실린 텍스트들이 무엇을 탄생시키는 장소가 되는지, 또 우리의 지평을 한정하는 것이 무엇인지 도출해 내는 것은 사실 그리 어렵지 않다. 즉 문학에 있어 가능한 형식화의 이념에서부터 (혹은 모든 문화 창조 전반으로부터) 언어학적 모델의 사용까지 (그리고 언어의 자기 구조화 원리에 기초하는 모델의 사용까지), 혹은 자기 생성의 가설에 근거하는 작품들의 분석에서부터 모든 주관주의에 (예를 들면 영감이나 말로 표현할 수 없는 것이나 작가의 기능 등등에) 고하는 결정적인 결별 통고를 내세우고 있는 주체 문제의 극단화에 이르기까지, 그리고 이러한 (말을 하고 있는, 혹은 글을 쓰고 있는) 주체의 문제에서부터 역사적이고 사회적인 주체에 대한 일반 이론에 이르기까지, 작품 속에 작품의 창조나 생산 조건이 기록되어 있다는 확신에서부터 주체의 심연 속에 모든 생산 과정이 해체된다는 주장에 이르기까지, 요약하면, 문학을 자기-비평으로, 그리고 비평을 문학으로 동시에 요구하는 모든 것에 전제되어 있는 것은 바로 우리 자신이다. 우리 앞에 되놓여져 있는 것은 — 문학적 절대라는 거울 속에 있는 — 우리 자신의 이미지이다. 우리 앞에 놓인 이 엄청난 진실, 그것은 우리가 [큰]주체Sujet의 시대를 벗어나지 못했다는 것이다.

이러한 고찰의 목적은 분명 낭만주의에서 우리 자신을 인식하고 즐거워하기 위한 것이 아니다. 그와 반대로 진정한 부정으로서 실제로 기능하는 것의 역량을 측정하고, 그와 동시에 매혹과 유혹을 경계하기 위한 것이다. 왜냐하면 우리는 모두 우리 자신인 한, 단편화, 절대적 소설, 익명성, 집단적 실천, 잡지와 선언서에 사로잡혀 있기 때문이다. 우리는 모두 명백한 권위, 작은 독재들, 또 몇 십 년을 위한 중요한 문제 제기를 가로막을 수도 있는 단순하고 거친 토론으로 인해 위태로운 상태에 있으며, 이는 어쩔 수 없는 결과이다. 그리고 우리는 모두 여전히 그리고 항상 [큰]**위기**Crise를 의식하고 있으며, 우리는 모두 '중재'가 필요하며, 아무리 작은 텍스트라도 언제라도 즉시 '작동'한다고 확신하고 있다. 그리고 당연한 말이겠지만 우리는 모두 정치적인 것은 문학을 (혹은 이론적인 것을) 통해 발생한다고 생각하고 있다. 낭만주의는 우리의 **순진성**이다.

이는 낭만주의가 우리의 오류라는 뜻이 아니다. 반복적 강박의 불가피성을 인식해야 한다는 뜻이다. 때문에 이 책에는 어떤 요청이 들어 있다. 우리는 그 요청을 '비판'이라고 말하고 싶지는 않다. 그보다는 기껏해야 '조심성'이라 말하고 싶을 뿐이다. 우리는 낭만주의와 결별하기 힘들다는 것을 매우 잘 알고 있다(우리는 순진성을 쫓아 버릴 수 없기 때문이다). 그렇지만 최소한의 통찰력은 발휘할 수 있으며, 이것이 초인적인 과제는 아닐 것이다. 오늘날에는 그것만으로도 이미 대단한 일일 것이다.

서곡
OUVERTURE

1. 체계-주체

철학이 풀어야 할 가장 중요한 과제로서 비판적 관념론에 대한 완전한 서술이 항상 첫번째 자리를 차지한다면, 두번째로 중요한 과제로 보이는 것은 다음과 같다: 물질적 논리, 시문학적 시학, 실증적 정치학, 체계적 윤리학, 실천적 역사.

—「아테네움 단상」 28번

비록 겉보기에는 전체적으로 철학적 지위를 지니기는 하지만 프랑스의 일반 독자에게 알려지지도 않았을 뿐 아니라, 정확히 말해 낭만주의의 기초 자료에도 속하지 않는 텍스트 하나를[1] 우리의 원칙을 벗어나 여기 '서곡' 부분에 제시한다 해도 사람들이 그리 놀라지는 않을 것이다.

하지만 역설이라는 징후를 피하여 어떻게 낭만주의를 나타낼 수 있었을까?

「독일 관념론의 가장 오래된 체계 구상」(이하 「체계 구상」)은 — 이렇게 붙여진 제목으로 인해 — 수수께끼 같은 텍스트이다. 게다가 1917년 로젠츠바이크Franz Rosenzweig가 헤겔의 것이었던 종이 뭉치 속에서 이 몇 쪽

1) 그중 한 가지 번역본은 데니스 네빌(Denise Naville)에 의한 것으로, 횔덜린 전집(Friedrich Hölderlin, *Œuvres*, Bibliothèque de la Pléiade, no. 191, Paris: Gallimard, 1967, p.1156, note)에서 발견할 수 있다. 우리가 여기에 제시하는 번역은 호르스트 푸어만(Horst Fuhrmann)에 의해 정착된 텍스트(F. W. J. Schelling, *Briefe und Dokumente*, I, Bonn: Bouvier, 1962, p.69)에 의거한 것이며, 헤겔이 필사하는 과정에서 생겨난 것으로 추측되는 몇몇 구절의 오류에 대해 이 텍스트에서 문법적으로 올바른 독해를 위해 수정한 부분을 반영한 것이다.

의 미완성의 글을 발견한 이후로, 이 글에 대한 수많은 연구 문헌들이 쏟아져 나왔다.[2)]

사실 이 글의 저자가 누구인지는 아무도 모른다.

가장 신빙성 있는 가설에 따르면, 헤겔의 손에 맡겨진 이 원고는 (그 시기는 1796년 3월, 또는 여름으로 추정된다) 그 얼마 전에 셸링이 작성한 글을 필사한 것이라고 한다(고증학자들은 적어도 이 글이 셸링의 문체라는 점에는 의견을 같이한다). 다른 한편으로 셸링의 이 글은 부분적으로 볼 때는 1795년 — 헤겔이 없는 동안 — 슈투트가르트에서 만난 횔덜린의 영향을 직접적으로 받은 것이라고도 한다.

그러므로 이 글은 단순히 '저자 없는' 텍스트나 '집단 저자'에 의한 텍스트가 아니다. 익명성과 '공동철학'Symphilosophie 사이를 오가는 이러한 흔들림이 바로 낭만주의 글쓰기의 전형적인 특징 중 하나이다. 그러나 저자로 추정되는 이 세 명 가운데 그 누구에 대해서도 전적으로 낭만주의적이라고는 말할 수 없다. 심지어 셸링에 대해서조차 그러한데, 그는 예나의 그룹과 아주 친밀한 관계를 가졌음에도 불구하고 잡지 『아테네움』에 결국 한 편의 글도 싣지 않았고, 엄밀한 의미의 낭만주의에서 볼 때 오히려 많은 점에서 '주변인'으로 남게 되었다.

그럼에도 불구하고, 뒤에 가서 강조할 기회가 있겠지만[3)] 실제로 체계적 관점에서 이 「체계 구상」을 완성한 사람은, 더 정확히 말해 완성하려고

---

2) 이 「체계 구상」 텍스트의 원저자가 누구인지를 둘러싼 논쟁들에 관한 설명은 헤겔 전집(G. W. F. Hegel, *Frühe Schriften, Werke in zwanzig Bände* I, Frankfurt a. M.: Suhrkamp, 1971)에 수록된 이 텍스트에 대한 각주를 참조하라.

3) 이 책의 마지막 장 '종결' 참조. 또한 "Le dialogue des genres", *Poétique*, no. 21, pp.168~171도 보라.

노력한 사람은 진정 셸링이다. 왜냐하면 횔덜린도, 헤겔도, 심지어 예나의 낭만주의자들조차도 이를 실행시키고자 시도하지 못했고, 그 일에 성공하지도 못했다(횔덜린의 경우 그의 시적인 태도에 대해 "독일 관념론의 형이상학과는 거리가 멀다"[4]라고 본 하이데거의 지적은 이유가 있었으며, 헤겔은 분명한 방식으로 독일 관념론을 뒤집게 된다. 그리고 낭만주의자들의 경우는 엄밀하게 말해 체계에 도달하지 않았다고 할 수 있다). 게다가 미리 언급해야 할 또 다른 사실은, 셸링조차도 — 헤겔을 별도로 하면 아마도 그가 이 작업에 필요한 의지와 능력을 소유한 유일한 인물이었음에도 불구하고 — 결코 이 구상을 끝까지 끌고 가지 못했을 것이라는 점이다. 그것은 셸링에게 어떤 (또는 그) 체계를 구축할 능력이 없었기 때문이 아니라, 그가 철학이 완성되어야 할 곳으로 생각했으며 1795~1796년의 체계 구상에서 "이성의 새로운 신화"라는 지침 아래 예고했던 위대한 사변적 시를 창작하는 데 계속 실패하였고, 마침내 자신의 저술 능력을 완전히 포기하는 지경에 이르렀기 때문이다.

요컨대 이 「체계 구상」이 제시하는 낭만주의의 낯선 배경 안에서 「체계 구상」 그 자체가 단상의 형태로 우리에게 이르렀다는 것은 아마도 하나의 상징일 것이다. 즉 우리를 여전히 구속하고 있으며, 완성의 의지가 자신의 운명으로 의식하고 있는 그러한 미완성에 대한 상징 말이다. 이런 이유에서 모토exergue라는 것이 노발리스가 말한 대로 "어떤 책의 음악적 주제"처럼 들려야 하는 것이라면, 더 나은 모토는 상상할 수 없을 것이다. 그래서 서곡Ouverture이며, 여러 의미에서 서곡이다.

---

4) Martin Heidegger, *Schelling*, p.327.

그렇다면 왜 '서곡' 안에 이 텍스트「체계 구상」이 있는 것인가? 이 질문을 더 정확히 표현하면, 왜 서곡에 철학적 텍스트가 들어 있는가?

앞에서 언급된 내용을 통해 추측할 수 있듯이, 이 텍스트는 전적으로 철학적인 것도, 단순히 철학적인 것도 아니다. 먼저 첫번째로, 그 텍스트 안에는, 혹은 그 '배후에는' 횔덜린의 존재가 어렴풋이 숨겨져 있다. 그래서 독일 관념론의 발생에 있어 (동시에 낭만주의의 어떤 특정한 방식의 발생에 있어) 횔덜린도 관여되어 있는 것이 분명 사실이라면,[5] 방금 위에서 하이데거를 빌려 나타냈던 횔덜린에 대한 판단은 유보할 수 있다. 그럼에도 이 시대 이후 횔덜린이 자신의 것으로 주장했던 시적이며 드라마적인 업적, 거의 유일하게 실러의 미학과만 나눈 대화, 그에 따라 자신에게 요구되는 것이라고 생각했던 일종의 '칸트로의 회귀'에 대한 강조, 이러한 요소들이 당시 철학적(즉 사변적) 노력이 전개되고 있는 장소에서부터 그를 멀어지게 했다는 점도 틀림없는 사실이다. 또 이러한 요소들이 '문학'이라는 이름하에 낭만주의에서 이미 일어나고 있는 것으로부터도 그를 멀어지게 했다는 점도 역시 마찬가지의 사실이다. 하지만 두번째로, 횔덜린의 흔적이 여기서는 상대적으로 눈에 띄지 않는다고 상정한다고 해도, 이 텍스트가 처음 생겨나는 데 기여한 헤겔과 셸링의 합작이 어떤 철학적 통일성을 구성하고 있는 것은 전혀 아니라는 점 역시 변함이 없다. 적어도 이것은 말할 수 있다.

---

5) 횔덜린이 1794년에서 1796년 사이에(혹은 그 이후에), 좀더 단순히 말하면『휘페리온』(*Hyperion*)의 집필과「엠페도클레스의 죽음」(Der Tod des Empedokles)의 처음 두 버전 사이의 시기에, 낭만주의와 관념론의 발생기에 차지했던 자리 혹은 그의 역할을 명시하는 것은 많은 시간을 요할 뿐 아니라 어려운 일일 것이다. 이때 횔덜린은 셸링이나 헤겔과 여전히 비교적 가까운 관계를 유지하고 있었고, 이 시대의 사람들 모두가 어느 정도는 그랬듯이 피히테의 영향을 받았다(횔덜린은 아마 예나에서 피히테의 강의를 들었던 것으로 보인다). 그의 초기 시론

그러나 이 모든 것에도 불구하고, 그리고 비록 어떤 불확실한 문제가 있다고 해도 지금 우리가 여기서 이야기하고 있는 것은 **철학적으로** 평가해야 할 절대적인 필요가 있으며, 철학적인 것 자체로 표현해야 하는 어떤 텍스트이다. 왜냐하면 기본적인 출발점에서나 중요성에서나 이 텍스트는 철저히 철학적이기 때문이다. 바로 여기에 이 텍스트를 '서곡'에 배치하는 것이 적절함을 넘어 불가피하게 보이는 이유가 있다. 즉 낭만주의가 그 자체로는 전적으로 철학적이지도 않고, 단지 철학적이기만 한 것도 아니지만, 오직 철학으로부터 출발할 때만, 또 철학적인 것에 대한 자신의 고유하고도 독특한 (달리 말하면, 완전히 새로운) 표현을 통해서만 낭만주의는 엄밀히 이해될 수 있는 것이다. 단순한 '문학 운동'도 아니며, '새로운

(試論)들은 특히 장르 시학에 관한 것들이었는데, 장차 등장할 사변적 변증론에, 혹은 더 정확히 말해 이것을 막 수립하기 시작하는 때에 포함된다(이와 관련하여 쏜디P. Szondi의 분석을 참조하라). 아주 오래전부터 비평가들은 횔덜린의 1795년 단상 「케팔루스에게 헤르모크라테스가」(Hermocrates an Cephalus)와 1795년 9월 4일자로 실러에게 보내는 그의 편지에서 동시에 「독일 관념론의 가장 오래된 체계 구상」의 기본적인 내용이 대부분 그려져 있다는 점을 주목했다. 특히 — 이 시기의 셸링이 주장했고 또 헤겔이 항상 주장했던 것처럼 학문의 차원에서가 아니라 — 오직 미적 차원에서만 가능한 철학의 완성이라는 사유는 오직 횔덜린에게만 고유한 것으로 보인다. 실러에게 보내는 앞의 편지에서 횔덜린은 다음과 같이 쓴다. "나는 개인적으로 철학의 무한한 전진에 대한 사유를 발전시키고자 시도하고 있습니다. 모든 철학 체계로부터 끊임없이 요구해야 하는 것, 즉 절대적 자아 안에서의 주체와 대상의 합일이라는 것(혹은 그 이름을 어떻게 부르든지 간에)은 분명 미적 차원에서, 지적 직관 안에서 가능하며, 이론적 차원에서는 '원을 향한 사각형의 접근'[Annäherung des Quadrats zum Zirkel]과 같은 무한한 접근이라는 방법을 제외하고는 가능하지 않다는 것을 입증하고자 시도하고 있습니다. 행위의 체계를 현실화하는 데 그러한 것처럼, 사유의 체계를 현실화하기 위해서도 불멸성은 꼭 필요한 것이라는 점을 밝히고자 합니다." 하지만 그 무엇도 횔덜린 자신이 결코 실제로 속하지 않았던 이러한 "형국"(constellation)으로부터 결정적으로 벗어나는 것을 막을 수는 없었던 것도 사실이다(Maurice Blanchot, *L'entretien infini*, p.518). 특히 무엇보다 그리스 비극과 소포클레스에 대한 그의 이론적 작업이 나타내듯이, 자신이 참여하여 그 모체를 만들어 내고자 했던 변증법적 모델을 문제시하는 것 역시 막을 수 없었다(Philippe Lacoue-Labarthe, "La Césure du spéculatif", *L'imitation des modernes: Typographies* II, Paris: Galiée, 1986. 그리고 F. Hölderlin, *Antigone des Sophokles* 참조).

감성'—그것이 무엇인지는 확실히 모르겠지만—의 출현은 더더구나 아니다. 심지어 어떤 의미에서건, 예술 이론이나 미학 이론에 대한 고전주의적 문제의 재개라고도 할 수 없다. 낭만주의는 단절 없는 진화나 발전의 모델에 따라서도, 또 유기체적 성장 모델에 따라서도 접근될 수 없다(전자의 경우 결국 낭만주의의 '발생'을, 낭만주의가 거부했던 '계몽주의'의 도식과 결부시키는 것이 될 것이며, 후자의 경우는 이미 낭만주의적일 것이며, 따라서 낭만주의에 의한 일종의 자기 해석을 조장할 것이다). 만약 낭만주의라는 현상에 그 자체로 접근할 수 있다면, 그것은 어떤 식으로든지 '양자의 중간'에서, 방금 언급된 '모델들'에 의한 강제적 힘이 주어질 경우에 있을 수 있는 가장 좁은 통로를 통해, 즉 **침입**, **사건**, **돌발**, **분출**로서(한마디로 말하자면, '혁명'으로서), 또는 어떤 하나의 **위기**와 같은 그 무엇으로 지칭할 수 있는 모든 것을 통해서만 가능하다. 달리 말해 낭만주의가 접근 가능한 것이라면, 그것은 오로지 '철학적 길'을 통해서일 것이다. 이 위기가 결국 철학적 위기라는 것이 사실이라면, 또 우리가 보게 될 것처럼 여기서 문제가 되는 위기가 오직 **비판철학**Critique을 통해서만 열린다면 말이다.

그렇다고 해도 「독일 관념론의 가장 오래된 체계 구상」이 철학적이라고 한다면(그리고 이 이유에서만 낭만주의의 시작이 된다면), 이 텍스트가 철학적인 것 안에 철학과의 거리, 변형과 차이를 포함시킨다는 사실에는 변함이 없으며, 이를 통해 철학에 대한 진정으로 **현대적인** 입장의 발단이 되었다는 점도 역시 변함이 없다(이 입장은 여러 측면에서 여전히 우리와 같은 것이다). 여기에 대해서는 앞으로도 살펴볼 것이다.

그러므로 철학이 낭만주의를 지배한다.

우리의 맥락에서 이 말을 완전히 바꾸어 보면 칸트가 낭만주의의 가능성을 열어 놓았다는 의미가 된다. 강조해야 할 또 한 가지 사실이 있다. 낭만주의의 역사적-경험적 발생 과정들이 아무리 정확하다 하더라도(그리고 정확할 수 있다. 이 점은 부인할 수 없다. 하지만 그 경우 그러한 발생들이 언제 일어나는지를 고려해야 한다), 디드로에서 슐레겔로, 심지어 헤르더로부터도 슐레겔로 넘어갈 수 있다거나, 또는 '아테네움'의 초기 텍스트들을 슈투름 운트 드랑[질풍노도]의 연속으로, 또는 레싱이라는, 빌란트라는, 바움가르텐의 후계자들이라는 우회로를 거쳐 비롯된 것이라고 말하는 것은 잘못이다. 낭만주의자들에게는 그 어떤 선구자도 없다. 특히 미학이라는 이름하에 18세기가 만들어 낸 것 속에는 결코 있을 수 없다. 낭만주의로의 '이행'이 가능할 수 있었던 것은 오히려 칸트를 통해 미학과 철학 사이의 완전히 새롭고 예측하지 못했던 관계가 맺어졌기 때문이다. 물론 여기서 언급되어야 할 것은 칸트에게서 찾을 수 있는 이 관계가 단순한 '관계 맺음'으로 축소할 수 있는 종류의 것이 전혀 아니라는 점이다. 즉 다리가 놓아져야 할 곳에 실제로는 어떤 심연이 열린다는 것이 강조되어야 하며, 여기서 관계들이, 가령 예술과 철학의 관계와 같은 것들이 형성된다면 그 관계들은 결국 분리déliaison나 하이데거가 말하는 벗어남ab-solution[해방]의 역설적 형태 속에 존재한다는 것이 강조되어야 한다. 철학의 가능성 일반과 관련하여 초월적 감성론을 통해 시작되는 위기의 상황에서, 칸트의 『미와 숭고의 감정에 대한 고찰』*Beobachtungen über das Gefühl des Schönen und Erhabenen*(교수 의무 기고로서 이후 대학 교과 과목으로 등록되는 미학적 문제들에 관한 글)과 『판단력 비판』을 구분하는 차이가 아니라면, 낭만주의로 이르는 '이행'에서 **아무것도** 이행되지 못했을 것이라는 점이 설명되는 것이다(이 '제3비판서'는 이성의 **문제**에 대한 '미감적' 설명이기 때문에 예술의 문제를 철학의 문제로 남겨 놓았다).

그렇다면 초월적 감성론은 무엇을 말하고자 하는가? 감각적인 것과 지성적인 것의 전통적 구분이 아니라, '감각적인 것' 자체, 즉 직관적인 것 내에서 (선험적인[a priori]) **두** 형식을 구분하는 것이다. 첫번째이자 가장 근본적인 결론은 **본원적 직관**[intuitus originarius]은 없다는 것이다. 또는 지금까지 그것이 아르케[arche]로서든 텔로스[telos]로서든, 신적인 것으로서든 인간의 능력으로서든 (데카르트에서는 순수 지성적 자기의식, 흄에게서는 순수 경험적 감성으로서) 항상 철학을 확고히 하기 위해 존재해 온 것은 이제 없다는 것이다. 따라서 **주체**로서 남아 있는 것은 "나의 표상들을 동반하는" "텅 빈 형식"으로서의 "자아"밖에(이것을 칸트는 순수 논리적 필연성이라 말하고, 니체는 문법적 요구라고 말할 것이다) 더 이상 아무것도 없다. 이것은 "내적 감각 형식"인 시간 형식이 그 어떤 **실체적** 표상도 허용하지 않기 때문이다. 칸트의 '코기토'는 잘 알려져 있듯이 텅 빈 코기토이다.

낭만주의에게 유산으로서가 아니라 가장 어려운, 아마 가장 풀기 어려운 '자신의' 문제로서 주어지게 될 것이 무엇인지 이해하고자 한다면, 바로 여기, 스스로 떳떳이 주장할 수 없는 주체에 대한 문제 제기와 모든 실체론의 제거에서부터 출발해야 한다. 왜냐하면 주체가 모든 실체로부터 빠져나가는 순간, 이후 주체가 구성하는 순수 형식은 단지 통일성 또는 종합의 **기능**[fonction]에 지나지 않는 것으로 축소된다고 말할 수 있기 때문이다. 이것은 초월적 상상력으로서, 즉 '구상력'[Einbildungskraft]으로서 통일성을 형성해 내야[bilden] 하고, 이 통일성을 '상'[Bild]으로, 표상과 화면으로 형성해 내야 하는 기능이다. 다시 말하면, 가상('단순한 현상')의 질서에도 속하지 않으며, '있는 것'의 존재론이 그곳에 자리를 잡을 수 있는 그런 강한 의미에서의 **현상**[Erscheinung], 즉 현시의 질서에도 속하지 않는 것을 거기에서 생각한다는 전제하에 하나의 현상으로 형성해 내야 하는 기능이다. 따라서 초월적 상상력이 형성하거나 구성하는 것, 그것은 선험적 직관의 제한 아래 포착할 수 있는 대상이지만, 이성 자체로부터 유래하는 참된 형상으로서의 **에이도스**eidos나 이데아의 개념으로 생각할 수 있는 것은 아니다(이미 알려져 있듯이 칸트에게서 이제 이데아는 앎과 관련해서는 부차적인 역할, 비생산적이며 안전한 조절 원칙의 역할만을 할 뿐이다). 이로부터 말할 수 있는 것은 선험적으로 가능한 경험의 제한 안에서의 인식일 것이다. 그런데 그러한 인식은 그 어떤 경우에도 주체와 같은 무엇을 회복해 낼 수 없다. 물론 '가상 인식의 주체'로 만족할 사람들과 실증주의에서 실용주의로, 실용주의에서 구조주의로 금세기 최근 10년까지도 이어지는 흐름을 주도하는 사람들을 제외하고 말이다.

주체의 이러한 약화는 **도덕적 주체**의 '지위 상승'을 동반하는데, 이는 분명 상황을 상쇄시키기 위한 것이며, 또 다양한 철학적 '운명'에게는 이미 잘 알려져 있던 것이다. 그러나 우리는 오랜 분석이 필요한 문제의 굴곡을 엄청나게 단순화시키거나 심화시키지 않고서도, 도덕성의 주체로서 적합한 '주체'는 결국 부정적으로만, 즉 앎의 주체가 아닌 주체로서만(여기서 앎은 '믿음에 자리를 내주기 위하여' 금지된 앎이다), **보편학**mathesis이 없는 주체로서만 정의될 수밖에 없다는 것을 인정하지 않을 수 없다. 물론 도덕적 주체는 분명 자유로 상정된다. 그리고 이 자유는 '자기의식'이 일어나는 장소이다. 하지만 그렇다고 해서 그것이 자유에 대한 그 어떤 앎이 존재함을 의미하지는 않으며, 더구나 자유에 대한 의식을 의미하지도 않는다. 비록 자유라는 것이 단지 우리 안에 있는 도덕법칙의 '존재근거'ratio essendi로서 상정된 것이라 해도, 도덕법칙은 '사태'('이성적 사태' actum rationis라고 칸트는 분명히 말한다)에 지나지 않기 때문에 결국 자유로부터 어떤 앎도 실제로 생산하지 않는 '인식근거'ratio cognoscendi만을 제공할 뿐이기 때문이다. 이러한 사태(정언명법, 법칙의 보편성)는 직관도 아니고 개념도 아니다. 요약하자면 도덕적 주체로서 주체는 실체로부터 아무것도 되찾지 못한다. 오히려 그와 완전히 반대로 이제 주체의 단일성의 문제가 — 따라서 "존재-주체"의 문제가 — 가장 극단적인 긴장 상태로 이르게 되는 것이다.

칸트의 '후계자들' 중 이것을 모르는 사람은 없다. 심지어 지금 이 책에서 우리가 문제 삼고 있는 그 시기가 시작되기 거의 몇 년 전, 『판단력 비판』에서 이러한 긴장을 완화시키는 듯한 태도가 어렴풋이 나타나는 것처럼 보였을 때에도 마찬가지이다.

『판단력 비판』은 그에 대한 윤곽을 두 가지 방식으로 그리고 있다.

한편으로, 주체 문제를 완화하려는 시도는 '주체'의 종합적 역할에 대한 **반성**反省 속에서, 즉 판단력과 초월적 상상력에 대한 반성을 통해서 이루어졌다. 물론 여기서 **반성**réflexion이라는 말이 **사변**spéculation을 의미하는 것은 아니다(칸트의 반성 개념은 '거울 단계'가 아니다. '환호'로 가득 찬 주체의 반응assomption도, 실체에 대한 의식으로서의 자기 의식도 전혀 만들어 내지 않는다[6]). 칸트의 반성이 의미하는 것은 결국 단순한 시각적 장치를 통해 일어나며, 불투명한 거울 뒷면과 같은 활기 없이 죽은 몸의 매개를 전제하는 그러한 순수한 반송搬送이나 반사일 뿐이다. 반성이 상상력의 자유로운 놀이로서의 (즉 더 이상 대상을 만들어 내지 않는 가운데 **순수한** 상태에서 종합

6) 라캉의 개념 '자신의 거울 이미지에 환호를 지르며 반응함'(assomption jubilatoire de son image spéculaire)을 가리킴. Jacques Lacan, "Le stade du miroir comme formateur de la fonction de Je", *Écrits*, Paris: Seuil, 1966, p.94 참조. — 옮긴이

하는 기능으로서의) 취미 판단 속에서 실행되는 한, 반성이 실현할 수 있는 주체의 단일성이란 오직 개념도 없고 목적도 없는 그 무엇의 이미지Bild 안에서 제공되는 그러한 단일성일 뿐이다.

다른 한편으로, 주체 문제의 완화는 결코 실체적이지 않은 '실체'에 대한 **표현**, 즉 (예술이나 자연 또는 교양 속에서의) **미**美를 통한 '주체'에 대한 '표현'Darstellung [7](설명, 형상화, 연출 — 이 단어는 정말 애매하다) 속에서 시도되었다. 보다 정확히 말하면, 우리는 이 세 가지, 예술과 자연과 교양을 미의 심급으로 결정짓는 가운데 이미 낭만주의의 영역으로 침범해 들어간 것이다. 이로 인하여 이제 칸트에게서 나타나는 주체 문제의 완화는 주체의 '표현' 속에서 다음의 세 가지 차원에서 일어나게 되었다. 첫째, 예술작품의 미를 통해(즉, 자유와 도덕성을 비유적으로 나타내는 능력이 있는 '상들'Bilder을 형성하는 가운데), 둘째, 자연이나 자연 속의 삶에 내재하는 '형성하는 힘'bildende Kraft을 통해(즉, 유기체의 형성을 통해), 그리고 마지막으로 인간성의 '도야'Bildung를 통해(즉, 역사와 문화의 개념 아래 우리가 간직하고 있는 것을 통해) 이루어졌던 것이다. 여기서 좀더 엄밀하게 칸트적 방식으로 bilden[만들다, 형성하다]이라는 단어를 부각시킬 필요가 있는데, 이를 통해 드러내고자 하는 것은 다음과 같다. ① **단지** 유비적이기만 한 **표현**의 성격(유비 개념 자체는 여기서 전통적 의미에 비해 매우 느슨해졌는데, 굳이 예로 들자면 가령 표현 불가능한 것의 표현으로서의 **숭고**에 주어진 역할이 이를 입증하고 있다). ② 우리에게는 그와 '유사한 것'analogon이 없기 때문에, 우리가 전혀 알 수 없는 삶과 형성력의 성격. ③ 인간 도야 과정의 무한한 성격(이를 통해 칸트는 18세기에 계몽주의로부터 완전히 벗어나 목적telos

---

7) 이 책의 프랑스어 원서에 계속해서 독일어 단어 Darstellung으로 표기하고 있다. — 옮긴이

에 무한을 가리켜 보이는 최초의 역사관을 제시한다).

따라서 만약 주체 문제를 둘러싼 긴장이 완화되었다면, 그것은 역사적이고 유비적인 이중의 **미결 상태**를 전제 조건으로 한 것이라 해도 과언이 아니다. 또는 그것은 어떠한 동일성이나 동일화의 논리도 사실상 설명할 수 없는, 그리고 특히 모든 해체Auflösung뿐 아니라 모든 지양Aufhebung과도, 모든 해소나 해결뿐 아니라 교체와도 비교될 수 없는 '완화'résolution의 (특히 칸트적인) 방식에 따른 것이라고 말할 수 있다. 사변적 관념론이 주장할 만한 용어를 사용하여 달리 표현하면, 칸트에게서 이념은, 이 이념이 주체의 이념, 즉 주체의 표현 불가능한 형식인 한, **조절하는 이념**으로 머무른다. 이것이 말하는 바는, 독창적 직관을 통해 자기 현재성을 갖추고 있으며, **기하학적 방식에 근거하여**more geometrico 기본적 명증성의 **보편학**으로부터 앎과 세계의 총체성을 조직하는 능력이 있는 주체가 부재할 때, 근원적 의미에서의 체계는 칸트의 그 모든 요구(『유고』*Opus postumum*에 모여 있는 메모들에서 읽을 수 있다)에도 불구하고 체계가 요청되어야 할 곳에서조차 여전히 결여되어 있다는 것이다. 주체 한가운데로 침투한 단절은 체계의 의지를 북돋우겠지만 소용이 없을 것이다.[8]

그러므로 주체의 문제에서 시작된 이러한 위기가 결국 칸트를 계승하는 모든 것들을 만들어 냈으며(적어도 어떤 위기를 '계승'할 수 있다고 한다면 말이다), 그중에서도 특히 낭만주의를 '발생'시키는 계기가 된다.

사실 여기서 '그중에서도 특히'라고 하는 이유는 낭만주의가 유일하

8) 사변적 관념론에서 체계의 문제에 관해서는 M. Heidegger, *Schelling*, pp.35~111 참조. 이 책은 분명 이러한 맥락에서 지금 우리가 다루고 있는 텍스트에 대한 가장 좋은 주석서가 될 수 있을 것이다.

게 이 위기를 겪은 것은 아니며, 더 정확히 말해 유일하게 이 위기에서 역설적인 탄생의 기회와 가능성을 발견한 것은 아니기 때문이다. (예나 그룹의 구성원들이 즐겨 말했던 것처럼) "선택의 기로에서"부터가 아니라, '칸트 후예'가 제공한 저 '가능성들'의 3과trivium 로부터[9] 낭만주의가 선택할 방향을 정확하게 나타내며 그 이유를 명확히 설명하는 데 가장 적절한 것은 이번에도 역시 「독일 관념론의 가장 오래된 체계 구상」 텍스트이다. 그 유래로 보나(즉 그 '저자들'을 구성했던 셸링, 횔덜린, 헤겔이라는 유례없는 조합에서), 그리고 거기에 각인되어 있는 독특한 특징으로 볼 때도 그렇다. 달리 말하면, 사변적 관념론의 길도 아니고, "포에지의 포에지"(하이데거가 횔덜린을 말하면서 이 표현을 사용했을 때의 의미에서[10])의 길도 아닌, 그 중간에 있는 길 — 그리고 매우 자주 이 둘로부터 벗어나 있는 길 —, 즉 낭만주의의 길이자 문학의 길이 어떻게 쾨니히스베르크에서 튀빙겐을 거쳐 예나로 스스로 개척해 나갈 수 있었는지를 보여 주는 데, 이 텍스트는 가장 적합하다고 할 수 있다.[11]

---

9) 이 책 57쪽의 내용 참조. — 옮긴이

10) 즉 낭만주의의 "시문학에 대한 시문학", 혹은 "초월적 시문학"과 가장 가까이에 있는 동시에 가장 큰 거리를 두고 있다는 점에서(이 책 3장 '시'와 4장 '비평'을 보라).

11) 우리가 낭만주의의 발생에 있어 피히테를 항상 일종의 필수 단계로 상정했던 통상적인 서술과 거리를 두는 것은 전적으로 의도적인 것이다. 이러한 태도는 그런 종류의 낭만주의 발생들에 대한 "비판"이 결코 아니다. 단지 피히테를 거쳐 가는 길은 오래전부터 잘 닦여 있었고, 그리로 가는 것은 (심지어 벤야민이 이미 *Der Begriff der Kunstkritik in der deutschen Romantik*, I, 1과 2에서 분석했듯이, 자아[Ich]의 원리와 관련한 피히테와 낭만주의의 차이점이라는 문제에 있어서도) 당연히 별로 이점이 없다는 사실만이 문제가 아니다. 특히 여러 번 대화할 기회가 있었던 피히테를 넘어 낭만주의가 그 격렬한 여파를 모두 겪어야 했던 엄청난 영향력의 철학적 위기와 낭만주의를 연관시키는 것이 우리에게는 더 시급한 것으로 여겨졌다. 곧이어 살펴보게 되겠지만, 또 앞에서 인용된 횔덜린의 편지가 이미 부분적으로 나타내었듯이(이 책 50쪽 각주 5번 참조), 이제 남아 있는 것은 「체계 구상」이 자신의 방식으로 세 개의 기본적 정립판단, 즉 '나는 존재한다, 인간은 자유롭다, 이것은 아름답다'에 대한 무한한 접근

제목이 잘 나타내고 있듯이 「독일 관념론의 가장 오래된 체계 구상」은 전체적으로 일종의 목적, 혹은 주도적 노선에 맞춰져 있다. 이러한 경향은 모든 신칸트학파에 공통되며, 따라서 실질적 사변의 가능성을, 즉 주체의 고유 형식으로서의 이념의 자기 재인식 가능성을 되찾고자 하는 기획을 이러한 명칭에서 조금이라도 정밀하게 살펴볼 경우, **사변적 관념론**으로 분류할 수 있는 모든 것에 공통된다.

우리가 짐작할 수 있는 바, 이러한 일반적인 노선은 — 용어 각각을 똑같이 강조하여 — [큰]**체계의 의지**라고 불러야 하는 것의 기본 방향에 따라 그려진다. 사실 체계의 의지는 이 텍스트 첫 단락부터 다음 세 가지 사항 속에서 표현되고 있다. 우선, [큰]이념Idée 전반에 상정된 — 심지어 '당연한 우위'를 내세우며 자기의식으로서의 주체의 이념idée에 상정된 — 존재론적 입장을 통해, 둘째, (관념적 앎으로서의 세계지知의 이념 — "일반 물리학" —, 즉 세계의 참된 형식에 대한 주체의 자기 표현을 위

이라는 피히테의 사유에 대답하는 일이다(이 점에 관해서는 특히 Camille Schuwer, "La part de Fichte dans l'esthétique romantique", Albert Béguin, *Le romantisme allemand*, Paris: Cahiers du Sud, 1949, pp.137 이하 참조). 낭만주의와 칸트에 대한 거의 직접적인 표현은 앙투안 베르만에 의해 다음과 같이 잘 언급되어 있다. "칸트 이후의 혹은 칸트 시대의 시문학을 생각해 보자. 시문학의 흐름이 하나의 철학을 통해 둘로 나누어진다는 것은 있을 수 없는 것처럼 보인다. 하지만 이것이 그런 경우다. 즉 노발리스와 슐레겔, 또 마찬가지로 횔덜린과 클라이스트, 콜리지와 토머스 드 퀸시는 칸트주의에 의해 진정으로 압도되었는데, 내게는 이 칸트주의가 종종 시인들의 철학으로 보이긴 하지만 시문학의 철학은 아닌 것으로 보인다. 철학의 코페르니쿠스적 혁명에 상응하는 어떤 코페르니쿠스적 혁명이 시문학에도 있다. 철학의 코페르니쿠스적 혁명은 순수 이성의 거대한 영역을 탐험했다. 시문학의 코페르니쿠스적 혁명은 초월적 상상력의 안개 속을 과감하게 뚫고 들어간다. 노발리스는 시문학의 법칙을 거슬러 올라가는 사변을 '환상적인 것' 혹은 '천재학'(Geniologie)이라고 불렀다. 초월적 도식론, 즉 칸트가 존경 어린 경외감으로 그 앞에서 멈춰 섰던 이 **인간 영혼 깊숙한 곳에 숨어 있는 예술**이 그 출생지이다"(Antoine Berman, "Lettres à Fouad-el-Etr sur le romantisme allemand", *La Délirante*, no. 3, Paris, 1968, pp.89 이하).

시하여[12]) '특수 형이상학'metaphysica specialis의 모든 항목들의 연쇄, 또는 더 정확히는 접목을 통해, 마지막으로는 미래에의 공표를 통해서이다. 즉 이 [큰]체계가 요청과 욕망의, 혹은 의지의 이름과 형식으로 목표하는 것에 따라 '구상하고 있는' 사태를 공표하는 것인데, 그 내용은 다음과 같다. 즉 [큰]체계는 없다(존재하지 않는다). 체계는 '만들어야 할' 것이다(목표 역시 '실천되는' 것이다). 물론 만들어야 할 최후의 것으로서, 인류의 마지막 과제이자 작품으로서 말이다.

이 운동 전체는 칸트의 극복으로 정리될 수 있다. 물론 칸트의 전복으로도 정리될 수 있을 것이다. 분명한 것은 이 운동이 칸트적 '주체'를 (도덕적 '주체'인 경우) 절대적으로 자유롭고, 따라서 자기를 의식하는 주체의 이념으로 전향시키는 것을 전제로 하고 있다는 점이다. 피히테의 그림자 혹은 흔적 속에서는 **자기의식**Selbstbewußtsein으로서의 절대적 자아의 우월성이 주장된다. 하지만 그 반면 이런 식의 전환은 극도로 복잡하게 작동되는 어떤 절차를 전제로 하는데, 이 절차는 말하자면 칸트의 등 뒤에서 몰래 일어나며, [큰]체계의 필연적 상관개념으로서, 심지어 [큰]체계의 가능성으로서 의식의 절대적 자유를 상정하게 되는 것이다. 그러나 이것이 끝이 아니다. 왜냐하면 두번째 부분에서 체계적 구상 작업은 주체의 필연적

12) 따라서 이때 세계는 재현과 ("무로부터의 창조"라는 관념이 생겨나는) 의지로서의 자기의식의 결과인 동시에 좀더 "실재적인" 의미에서 세계 자체로 이해된다. 그러므로 여기서 구상된 "일반 물리학"의 뿌리는 칸트 혹은 심지어 데카르트에서 — 이곳에서도 그 체계적 위상의 영향을 발견할 수 있는 『에티카』(*Ethica*)의 저자 스피노자를 거쳐 — 브루노나 야콥 뵈메까지 거슬러 올라간다. 우리는 특히 셸링이 1795년 『독단론과 비판주의에 관한 철학적 편지』(*Philosophische Briefe über Dogmaticismus und Kriticismus*)를 썼으며 저 유명한 범신론 논쟁을 넘어서고자 시도했다는 사실을 잊어서는 안 될 것이다(M. Heidegger, *Schelling*, pp.113 이하; R. Ayrault, *La genèse du romantisme allemand*, III, pp.525 이하 참조).

상관개념으로서의 세계 자체의 지위에 기대게 되기 때문이다. 이러한 태도는 만약 주체가 이번에도 역시 자유로운 주체 자체가 아니라면, 그래서 그에 따라 세계가 **창조된 것**으로서, 즉 주체의 **작품**으로서 놓여져 있는 것이 아니라면 — 혹은 절대적 자유와 (칸트 목적론의 완성과 전도에 의한 동시적 결과로서) 도덕에 따라 질서 지어진 세계로서 놓여져 있는 것이 아니라면 —, 그때는 결국 칸트와 완전히 일치될 것이다. 그렇다면 '일반 물리학'에 — 이번에는 — 어떤 창조물의 지위를 부여하는 것이라 할 수 있다. 이것은 만약 앞서 데카르트의 주체가 적어도 생각 가능한 어떤 **창조자**의 위치에서만 세계를 알고 있었다고 한다면, 쉽게 데카르트주의를 알아볼 수 있게 하는 계기를 제공한다. 결국, 인간의 이념 자체가 "가장 먼저" 놓이게 되면 — 이것은 분명 인간 자체가 "가장 먼저" 놓인다는 것을 의미하는데 —, 어떤 질문에 대한 대답 하나가 적어도 암묵적으로 주어지게 된다. 그 질문은 '인간이란 무엇인가?'이다. 알려진 대로 칸트는 철학은 이 질문에 대해 영원히 대답할 수 없다고 분명히 말한 바 있다. 그런데 주체성 전반의 경계를 어떤 경우에도 넘어갈 수 없는 하나의 대답이 제공하는 바로 그러한 가능성이 자유를 근거로 하는 사회성에 대한 요청을 직접적으로 끌어들이게 된다. 따라서 '사변적 루소주의'라고 부를 수 있는 경우들이 거의 항상 그렇듯이, 그 가능성은 순수하게 도덕적인 사회성을 통해, 더 정확히 말하면, 주체에 근거한 사회 존재론을 통해 정치적인 것을 극복함을 의미하는 것이다. 물론 이때의 주체는 자기 안에, 자신의 관념성 안에 "지성의 세계"를 소유하고 있어야 한다. 즉 주체가 모든 진리와 모든 정당성을 동시에 지니고 있어야 하는 것이다.[13)]

이 모든 것에서 독일 관념론의 형이상학적 본질이 (정치의 문제를 제외하고) 전체적으로 명확해졌는데, 바로 이것이 또한 당위성에 있어서나 사실적으로나 극복 불가능한 낭만주의의 지평을 구성하는 것이다. 그럼에도 불구하고 낭만주의를 고유하게 만드는 것이 무엇인지는 아직 드러나지 않았다. 다시 말해, 관념론 내에서 낭만주의의 성격을 가장 엄격하게 규정하는 것, 즉 관념론이나 (이때 아직 등장하지 않았던) 헤겔, 그리고 절대적 자아의 존재론을 통해 낭만주의 운동 전체에 적어도 가장 직접적으로 자극을 주었던 피히테, 이 모두로부터 낭만주의를 동시에 구분짓는 것이 무엇인지는 아직 설명되지 않았다.

그러한 차이는 무엇에 기인하는가? 어디서, 그리고 어떻게 관념론으로부터 바로 이 낭만주의가 발생하게 되었는가? 요컨대 낭만주의에 어떤 실제적 특수성이 있는가? 있다면 무엇인가?

지금 우리의 맥락에서 그에 대한 결정적인 윤곽은 「체계 구상」 후반부의 중심을 이루고 있을 뿐 아니라, 후반부 전체를 구성하고 있는 다음 문장을 통해 나타난다. "정신의 철학은 미적 철학이다"(넷째 단락).

"정신의 철학", 그것은 분명 [큰]주체 자체의 철학(이후 [큰]체계로 칭함)을 가리키며, 이때의 주체는 자신의 관념성, 혹은 자신의 절대성 속에 있는 주체이다. 다시 말하면 상당히 엄밀한 의미에서 [큰]**체계-주체**라 불릴 수 있는 것이다. 그리고 정확히 바로 이곳이 낭만주의가 사변적 관념론과 연결되어 있는 지점이다.

---

13) 「체계 구상」의 정치적 극단주의(횔덜린?), 명백한 반(反)성직자주의(셸링?), 그리고 무엇보다도 국가의 문제를 다루는 방식에 대해서는 매우 긴 논의가 필요할 것이다. 여기서는 반국가적 요소가 후에 독일 관념론의 정치학이 될 내용에 비하면 예외적인 것이라는 점을 언급하는 데 그칠 것이다. 가령 헤겔을 생각해 보면, 그에게서 국가는 "현실화된 윤리적 이념"으로서 윤리학의 궁극적 계기를 형성하며, 따라서 — 적어도 실현의 관점에서는 — 체계의 궁극적 계기를 형성한다. 이 텍스트와 이 텍스트가 셸링의 정치적 사유에 끼친 영향에 대해서는 R. Ayrault, *La genèse du romantisme allemand*, IV, pp.247~248 참조.

그러나 「체계 구상」의 마지막 전개 부분에서 작동하고 있는 전체 논리에서 생각해 보아야 할 문제는, "정신"은 또한 유기체의 개념을 지시한다는 것이다. "정신의 철학", 그것은 분명 [큰]체계-주체이지만, 이 주체가 살아 있는 것인 한, 유기체적이라고 말할 수 있다. 즉 그것은 **살아 있는 [큰] 체계**인 것이며, 형이상학의 역사 전체에서 전통에 속하는 것이면서도, 문자뿐인 철학(죽은 철학)과 그저 표나 도식적 분류를 통한 '구획'에 지나지 않는 체계와는 대립되는 것이다. 여기서 사변적 관념론의 본질적인 계기가 여전히 중요한 문제라는 점은 부정할 수 없다. 헤겔에서 [큰]개념은 삶이고, 삶은 '[큰]정신의 삶'이라는 것을, 그리고 [큰]체계는 유기적 전체라는 것 등등을 우리 모두 잘 알고 있다. 따라서 이러한 측면에서는 낭만주의와 관념론 사이에 어떠한 차이도 없다. 하지만 낭만주의에서 의미하는 삶은 **아름다운** 삶이고, 이 아름다운 삶이 거기서 살고 있으면서 생명력을 불어넣어 주는 유기체는 (나중에 셸링이 지칭하듯이 '오르가논'[기관, 조직체]organon이라고 부르는 것이 더 좋을 것이다[14]) 본질적으로 **예술 작품**이다. 그리고 당연히 이것이 모든 것을, 거의 모든 것을 바꾼다.

우선 첫번째로, 이것은 '칸트와의 관계'라는 측면에서 모든 것을 바꾼다. 「체계 구상」이 '미적 철학'(즉 사변적 미학으로 전환된 체계-주체)을 분명히 요청하며 표현하는 바와 같이, 만약 진정으로 "진리와 선은 오로지 미 안에서만 자매 관계에 있다"고 한다면, 중요한 것은 『판단력 비판』에서 칸트가 추구했던 바로 그 통일성이다. 칸트에서와 마찬가지로 이 통일성은 엄밀한 의미의 관념론에서처럼 정치나 국가보다는 오히려 예술에서 찾을 수 있는 것이다(이 주장은 단순화시킨 면이 있지만, 전체적으로 보았을

---

14) 특히 셸링의 『초월적 관념론 체계』(*System des transzendentalen Idealismus*)에 나타나 있다.

때 틀린 말은 아니다). 그럼에도 불구하고, [큰]이념 그 자체, 즉 [큰]주체의 이념, 또는 자신의 관념성 속에서의 [큰]주체('모든 이념들 중 최상의 이념' 혹은 이념들의 체계의 원리 자체)는 여전히 관념성 일반에서 일종의 안으로 접힌 시접과 같은 효과로 인하여 "모든 것을 통합하는 이념"이자 가족의 비유가 암시하듯이 극도의 유기체적 통일성의 이념인 아름다움에 귀속된다는 점을 고려하지 (그리고 인정하지) 않을 수 없다. 따라서 아름다움은 [큰]이념의 보편성 자체이다. 모든 조건들이 사변적 논리가 그 자체로 작동할 수 있도록 이미 결합되어 있기 때문에 좀더 정확하게 다음과 같이 말해야 할 것이다. 즉 아름다움이 모든 유기체적 대립을 **지양**止揚하는 한, 이 아름다움은 바로 통일시키는 [큰]이념 혹은 [큰]이념의 보편성, [큰]이념의 관념성이다. 그런데 이러한 측면은 모든 유기체적 대립들 중 우선 가장 본질적인 대립, 즉 [큰]체계와 자유의 대립으로부터 시작할 경우 쉽게 드러날 수 있을 것이다.

그런데 두번째, 여기서 어쨌든 함축적으로 나타나는 사실은 이러한 지양이 **표현**Darstellung 자체 속에서, **표현** 자체를 통해, 그리고 **표현** 자체로서 일어난다는 점이다. 말이 아무리 부재한다 해도, 전체적으로 표현 형식이 아무리 생략적이라 해도, 그럼에도 「체계 구상」 텍스트 중의 다음 내용은 너무나 명확히 주장할 수 있다. "철학자는 시인과 동일한 정도의 미적인 힘을 지녀야 한다." 달리 말하면 아름다움의 이념은 [큰]이념의 관념성 자체이기 때문에, [큰]체계-주체가 정점을 이루고 있는 사변적 미학 역시 필연적으로 미적 사변으로 전환될 수밖에 없다. 즉 그 자체로 미적인 설명이나 진술이 되지 않을 수 없는 것이다. 철학은 예술 작품 속에서 완성되어야 한다. 예술은 진정한 의미의 사변적 '오르가논'이기 때문이다.

아름다움의 이념이 [큰]이념의 관념성이어야 한다는 점은 이념이 그 자체로 아름다운 이념으로 규정되어야 한다는 것을 함축하고 있다. 그리고 일반적으로 존재의 이념이라는 것은 그것에 대한 이념이 존재하는 그 어떤 것에 대한 표현이라고 한다면 — 따라서 만약 이념이 기본적으로 항상 에이도스[형상]로 머물러 있다고 한다면 —, 아름다운 이념으로서 [큰]이념의 이념은 (아름다운 표현으로서의) 표현의 "표현성" 자체이다. 이것이 '미적인 힘'ästhetische Kraft으로서의 '구상력'bildende Kraft이다. 형성하는 힘은 미적인 힘이기 때문이다. 이를 통해 한편 왜 이념의 목적이 활동(이것은 힘이나 의지, 그리고 주체, 이 두 측면을 모두 전제한다)이며, 왜 아름다움의 이념의 목적이, 즉 심미적 활동이 이성의 최고 활동이라고 말해질 수 있는지 설명된다. 여기서 이야기되고 있는 것은 현실성effectivité과 실현effectuation의 문제, 즉 Wirklichkeit[현실성]와 Verwirklichung[실현]의 문제이다.

여기에 왜 철학적 '오르가논'이 구상의 차원에서 포이에시스poiesis[생산][15]의 산물이나 결과effet로, 즉 작품Werk으로, 혹은 시문학적 작품poétique opus으로 생각되는지에 대한 본질적인 이유가 있다(결국 2천 년 이래 포이에티케[시학, 시 창작술]poietike에 종속되어 온 상태가 남긴 영향력이 그런 것이기 때문이다). 철학은 포에지로서 스스로 작동해야 한다. 즉 포에지로서 완성되고 성취되고 실현되어야 한다.

아직까지 표현Darstellung 문제에 대해서 구체적 설명이 이루어지지 않았다.

분명 "오로지 시문학만이 다른 모든 학문들과 예술들보다 오래도록

15) 모든 종류의 예술에 공통된 것으로서 생산적 성격을 나타내는 데 이 그리스어 단어를 근거로 삼는 경우는 아우구스트 슐레겔의 『문학과 예술에 대한 강의』(이 책 3장에 일부 발췌되어 실려 있다)의 제1강에서 찾을 수 있다.

살아남을 것"이며 따라서 시문학이 철학을 (그리고 역사를) 대체할 것이라 주장할 수 있다. 그러나 이 주장은 비록 명확하기는 하지만 미학과 교육학으로 즉시 방향을 바꿀 수 있다. 달리 말하면 정치로도 바꿀 수 있는 것이다. 역사-체계적 도식, 또 이로부터 도출되는 역사철학은 비록 사변적 차원으로 고양되었음에도 불구하고 여전히 뿌리 깊이 '루소적'이기 때문에, 시문학이 결국 (역사의 끝에서) "좀더 높은 가치", 원래의 가치를 회복할 수 있는 것은 오로지 "인간의 교육자"로 되돌아갈 수 있을 때이다. 여기서 또다시, 하지만 가장 보편적이고 가장 섬세한 의미에서의 교양Bildung의 문제가 등장한다. 이 독일어 개념에서는 형성과 도야, 예술과 문화, 교육과 사회성, 그리고 역사와 형상화에 이르는 모든 의미들이 서로 중첩된다. 실현effectuation의 문제 안에는 항상 그렇듯이 **실효성**efficacité에 대한 강박관념이 숨겨져 있다. 오르가논organon은 완전히 조직organisation이 된다.

그러나 사변적 관점에서 보았을 때 정치의 문제는 단지 국가의 문제일 뿐 아니라 종교의 문제이기도 하다. (사변적 관념론의 의미에서의) [큰] 체계 가능성의 조건을 열거하면서 하이데거는 "지식의 지위 속에서 기독교적 신앙의 절대적 지배는 몰락하게 된다"고 이야기하는데, (이것은 어쨌든 "존재 전체에 대한 기독교적 경험"의 "지양"을 배제하지 않는 몰락이다) 이러한 몰락은 동시에 "자기 자신으로의 인간의 해방"으로 이해되는 몰락이다. 여기서 자코뱅적인 (또는 지롱드의?) '급진주의'의 관점을 생각해 보면, 그리고 "정신들의 보편적 자유와 평등"에 대한 혁명적인 구호를 생각해 보면, 「체계 구상」이 실제적으로 의도하는 것은 사실 이러한 질서의 몰락이다. 무엇보다 여기에 [큰]이념의 미학화가 (즉 포에지가) "새로운 신화", 즉 '이념들에 종사하는 이성의 신화'의 주창을 유도하게 되는 이유가 들어 있다. 이러한 관점에서 볼 때 물론 그 전제가 되는 것은 사변적 오르가논

이 천상으로부터 보내진 새로운 정신에 의한 새로운 '빛', 즉 '새로운 종교'를 통해 일신론과 다신론의(기독교와 이교도의) 대립을 지양해야 할 뿐 아니라, 신화와 철학의 상호작용을 통해 이념들은 다시 "민중"에게 접근 가능한 것이 되어야 한다는 것이다. 철학의 현실성-실효성이 바로 민중으로 이해될 수 있는 인류-주체를 상정한다(이때의 민중은 그 자체로 구체적인 본보기와 형상성과 구상력의 가능성으로서 생각할 수 있는, 심지어 한정된 언어의 가능성으로 생각할 수 있는 신화적인 것이 선택받은 장소가 된다). 그럼으로써 [큰]주체 자체는 자기에게 고유한 앎과 자기확실성, 그리고 자기의식 그 자체를 통해 마침내 생겨날 수 있는 것이다.

결국 이 모든 것이 서술하고 있는 것은 주체성의 요소 속에서 서구적 형상론eïdétique을 마지막으로 반복한 것이다. 적어도 플라톤이라는, 또는 플라톤주의라고 하는 주된 흐름 속에서 이제 형상론은 미학esthétique으로 방향을 바꿀 수 있게 되었으니 말이다. 그러한 형상미학eïdesthétique은 — 이런 '혼성 개념'concept-valise을 만들어 내도 된다면[16)]— 사실 전반적으로 관념론의 상황에서 낭만주의에 고유한 지평을 열어 주는 것이다. 그것은 낭만주의의 철학적 지평이다.

이 지평은 헤겔과 횔덜린이 각자 자신의 방식으로 — 즉 한 사람은 관념론을 보다 더 완성시키기 위해, 다른 한 사람은 분명 관념론의 운명을 받아들이지 않기 위해 — 극복하고자 노력했던 바로 그 지평이다. 그렇지만 아주 단순한 차이로 (어쨌든 공동의 글이라 단정 지을 수 없는) 이 「체계 구상」이 낭만주의 **전체**를 구성해 낸다고 할 수는 없다. 만약 셸링이 ('철

16) 형상미학이라는 개념은 eïdétique와 esthétique를 결합하여 만든 개념이다. — 옮긴이

학적 낭만주의'의 모든 가능성을 결집하고 있는 가운데) 어느 정도까지는 계속 「체계 구상」에서와 같은 생각이라면, 엄밀한 의미의 낭만주의는 다른 길도 역시 따르게 될 것이라는 점은 여전히 힘주어 강조할 필요가 있다(만약 그렇게 하지 않을 경우 이 '서곡'은 즉시 '종결'이 될 것이다). 그 방향은 같을 것이다. 그러나 적어도 그 경우 작품이 철학적 작품의 유형, 즉 사변적 오르가논의 유형에 따라 구상되지는 않을 것이다. 다른 유형의 작품이 시도될 것이다. 만약 작품의 이념들이, 그리고 유형의 이념들이 이 모험에서 온전히 그대로 살아남게 된다면 말이다.

2. 「독일 관념론의 가장 오래된 체계 구상」

…… **하나의 윤리학**. 앞으로 형이상학 전체는 **도덕**이 될 것이기 때문에 — 이에 대해 칸트는 두 가지 실천적 요청들을 통해 단 하나의 **예**만을 제시했고, 아무것도 **충분히 설명하지** 못했다 — 이러한 윤리학은 모든 이념들의 완전한 체계가 되거나, 또는 같은 말이지만 모든 실천적 요청들의 완전한 체계가 될 것이다. 첫번째 이념은 당연히 절대적으로 자유로운 존재로서의 **나 자신**에 대한 표상이다. 자유롭고 자기의식적인 존재와 동시에 **세계** 전체는 — 무로부터 — 등장한다 — 이는 **무로부터의 창조** 중 참되고 생각할 수 있는 유일한 것이다. 여기서 나는 물리학의 영역으로 내려와 다음과 같은 질문을 던지겠다. 도덕적인 존재에게 세계는 어떤 것이어야 하는가? 나는 실험으로 인해 오래 걸려 힘겹게 겨우 나아가는 우리들의 물리학에 다시 한번 용기를 주고 싶다.

그래서 — 만약 철학이 이념들을 알려 주고, 경험이 자료들을 알려 준다면, 우리는 결국 내가 후대로부터 기대하는 그런 일반 물리학을 가질 수 있을 것이다. 현재의 물리학이 우리의 정신과 같은, 또는 우리의 정신이 추구하는 그런 창조적인 정신을 만족시킬 수 있을 것 같지 않다.

자연으로부터 이제 **인간의 업적**으로, 가장 먼저 인간의 이념으로 넘어가 보자. — 나는 국가라는 것은 **기계적인 것**이며, **기계**의 이념이란 존재하지 않는 것이므로, **국가**의 이념이라는 것은 없다는 것을 밝히고 싶다. 오로지 **자유**의 대상이 되는 것만이 **이념**이라 불린다. 그러니 우리는 국가도 넘어서야 한다! — 왜냐하면 모든 국가는 자유로운 인간을 마치 기계적인 톱니바퀴 장치처럼 다룰 수밖에 없기 때문이다. 국가는 그렇게 해서는 안 되며, 이제 **달라져야** 한다. 너희들은 영원한 평화 등등의 모든 국가적 이념들이 어떤 더 높은 이념에 **종속된** 이념들이라는 것을 자연히 알게 될 것이다. 동시에 나는 여기서 **인간 역사**를 위한 원칙들을 기록해 두고 싶으며, 국가, 헌법, 정부, 입법이라는 초라한 인간의 업적 전체를 철저히 파헤치고 싶다. 마지막으로 도덕적 세계, 신성, 불멸성의 이념들이 도래할 것이며, — 모든 미신은 타파되고, 최근 들어 이성적인 척 가장하고 있는 사제는 이성 자체를 통해 추방될 것이다. — 지성의 세계를 자기 안에 지니며, 신도 불멸성도 **자기 밖에서** 찾을 필요가 없는 모든 정신들의 절대적 자유가 완성될 것이다.

결국 모든 것을 통합하는 이념은 플라톤적인 더 높은 의미에서의 **아름다움의 이념**이다. 이제 나는 이성은 모든 이념들을 포함함으로써, 이성의 최고 활동은 심미적 활동이라는 것을, 그리고 **진리와 선은 오로지 미 안에서만 자매 관계에** 있다는 것을 확신한다. — 철학자는 시인과 동일한 정도의 미적인 힘을 지녀야 한다. 미적 감각이 없는 인간은 자구字句를 따르는 우리들의 철학자들이다. 정신의 철학은 미적 철학이다. 미적 감각이 없다면 그 어떤 것에서도 탁월할 수 없으며 심지어 역사에 대해서도 탁월한 비판을 할 수 없다. 여기서 이념을 이해하지 못하는 사람들이 — 그리고 목록과 표 이상을 넘어가면 모든 것이 수수께끼같이 모호하게 보인다는 것을 충분히 솔직하게 인정하는 사람들이 — 본래부터 결여하고 있는 것이 무엇인지 드러나야 한다.

이로써 포에지는 좀더 높은 가치를 부여받고, 결국 최초에 그랬던 상태로 — 인간의 교육자로 — 다시 되돌아간다. 왜냐하면 더 이상 철학도 역사도 없으며, 오로지 포에지만이 다른 모든 학문들과 예술들보다 오래도록 살아남을 것이기 때문이다.

이와 동시에 우리들은 대중이 감성적 종교를 가져야 한다는 말을 종종 듣는다. 대중뿐만이 아니라 철학자 역시 감성적 종교를 필요로 한다. 이성과 마음의 일신론, 상상력과 예술의 다신론, 그렇다. 이것이 바로 우리에게 필요한 것이다!

나는 여기서 내가 아는 한 아직 어떤 인간에게도 떠오르지 않았던 어떤 이념에 대해 처음으로 이야기하려고 한다. — 즉 우리는 새로운 신화를 가져야 한다는 것이다. 그런데 이 신화는 이념들에 종사해야 한다. 이성의 신화가 되어야 한다.

우리가 이념을 미적인 것으로, 즉 신화적인 것으로 만들기 전에는, 이념들은 민중에 그 어떤 관심도 가지지 않으며, 반대로 신화가 이성적이기 전에는 철학자는 신화에 부끄러워해야 한다. 그렇게 마침내 계몽된 자들과 계몽되지 않은 자들은 서로 손을 내밀어 악수를 해야 한다. 신화는 철학적으로 되어야 하고, 민중은 이성적으로 되어야 하며, 철학은 철학자들을 감성적으로 만들기 위해 신화가 되어야 한다. 그렇게 되면 우리들 가운데 영원한 통일이 지배할 것이다. 경멸의 시선은 더 이상 없을 것이며, 현자와 사제들 앞에서의 민중의 막연한 두려움도 더 이상 없을 것이다. 그때야 비로소 모든 힘들과 개별자와 모든 개체들의 동등한 형성이 우리를 기다리고 있다. 더 이상 어떠한 힘도 박해를 받지 않을 것이며, 그래서 정신들의 보편적 자유와 평등이 지배하게 될 것이다! — 천상으로부터 보내진 더 고귀한 정신은 새로운 종교를 우리들에게서 창시하게 될 것이며, 이 종교는 인류 최후의 위대한 업적이 될 것이다.

1장

단상

LE FRAGMENT

1. 단상의 요청

> 너무나 많은 시문학이 있다. 하지만 시만큼 드문 것도 없다! 그래서 습작시, 연구, 단상, 경향성, 폐허 그리고 자료들이 엄청나게 생겨난다.
>
> — 프리드리히 슐레겔, 「비판적 단상」 4번

낭만주의는 따라서 이제 '작품'에 대한 다른 '유형'을 새로 시도하는 것이 될 것이다. 더 정확히 말해, 작품을 다른 방식의 작품으로 만드는 것이 될 것이다. 이 말은 낭만주의가 '철학적' 관념론의 '문학적' 계기나 측면 혹은 기록이 될 것이라는 의미는 아니다. 또는 그 반대가 옳다는 의미도 아니다. 낭만주의의 특수성을 분명히 규정하기 위해 셸링과 '아테네움' 사이에서[1)] 찾아내야 할 작품화mise en œuvre의 차이는 — 또는 **작동**opération의 차이라고 할 수도 있다 — 결코 철학과 문학의 차이로 환원되지 않는다. 그것은 오히려 철학과 문학의 차이를 비로소 가능하게 하는 것이다. 그것 자체가 이 위기의 순간에 '작품'(예술적, 이론적 작품뿐 아니라 도덕적, 정치적, 종교적 작품) 일반에 대한 생각에 영향을 미치는 내적 차이이기 때문이다. 그

---

1) 앞에서 언급한 바대로, 횔덜린을 예나 그룹 전체와 구별시키는 차이가 분명히 존재한다. 그러나 이 장에서는 그보다는 낭만주의자들과 횔덜린이 근본적으로는 매우 가깝다는 점이 드러날 것이다.

래서 우리는 이어지는 프리드리히 슐레겔의 모든 단상들에서 — 다소 놀라운 일이기는 하지만 — 어렵지 않게 문학에 낯선 모든 종류의 분야나 활동과 관련된 주장들을 발견할 수 있을 것이다. 또 오직 이 시도의 **총체적** 성격을 고려할 때만이 낭만주의 '문학 이론'을 어느 정도 명확하게 정립할 수 있다는 사실을 여러 번 확인할 기회를 가질 것이다.

이 총체적 성격에 있어 명확히 이러한 시도의 방향을 잡아 주고 그 형태를 부여하는 것이 사실 문학 작품 또는 시문학 작품의 이념이라는 점에는 — 이 이념이 구체적으로 무엇인지는 우선 접어 두더라도 — 여전히 변함이 없다. 그리고 우리는 바로 여기서 다시 출발해야 한다. 이 시도의 방향을 잡고 형태를 부여한 것, 그것은 무엇보다 예나 시대 낭만주의자들이 쓴 가장 유명한 텍스트들의 장르를 통해서인데, 이 장르와 그 텍스트들의 이름은 거의 필연적으로 결합되어 있다. 이 장르는 바로 **단상**Fragment이다. 심지어 이론적 낭만주의의 '장르'보다[2] 단상이 낭만주의의 전형으로 훨씬 더 많이 간주되며, 또 낭만주의의 독창성을 나타내는 가장 뚜렷한 특징이자 철저한 현대성의 징후로 평가된다. 사실 단상은 특히 프리드리히 슐레겔과 노발리스가 방식은 서로 다르지만 함께 주창한 것이다. 단상은 진정한 의미의 낭만주의 장르이다.[3]

그러나 이 말은 어떤 특정한 조건하에서만 가능한데, 단상의 문제를 본격적으로 논의하기 전에 이 조건에 대해 명확히 밝혀야 한다.

---

2) 이 책 「서문」 11쪽 이하 '이론적 낭만주의' 언급 부분 참조. — 옮긴이

3) 아우구스트 슐레겔은 프리드리히 슐레겔이 가지고 있었던 단상의 이상을 공유하지 않았을 뿐 아니라, 어떤 점에서는 18세기 전통적 형식의 장르를 실천했던 것으로 보인다. 그룹 내에서도 "단상"에 대한 반대가 있었는데, 가령 카롤리네 슐레겔의 입장이 그러한 것이었다. '아테네움' 그룹이 일시적이었다고 한다면, 단상의 실천 기간은 그보다 더욱더 짧았으며, 그래서 심지어 일종의 "아방가르드" 내에서의 "아방가르드"를 상징한다.

그 첫번째 조건은 단상이라는 장르가 예나의 그룹에서 처음 고안된 것이 아님을 잊지 말아야 한다는 것이다. 사실 단상은 프리드리히 슐레겔이 1795년 샹포르Nicolas de Chamfort의 유고로 출판되었던 『성찰과 경구, 일화』 초판에서 소위 재발견한 것이다.[4] 샹포르에게서 나타나는 단상의 장르와 주제는 영국과 프랑스의 모랄리스트 전통 전체를 반영하고 있으며(대표적인 이름 두 개만 거명하자면, 섀프츠베리와 라로슈푸코La Rochefoucald이다), 이 전통은 여러 복잡한 상황 속에서 파스칼의 『팡세』 출판을 통해 다시 '장르'로 부상하게 되었고, 몽테뉴의 『수상록』이 근대 이후 이 장르의 모범을 이루게 되었다. 우리는 나중에 이러한 맥락의 중요성을 다시 언급해야 할 것이다. 그러나 지금 여기서는 전체적인 대강의 윤곽만을 그리고자 하며, 낭만주의자들이 사실은 단상과 함께 적어도 외적으로는 세 가지 특징을 지니고 있는 어떤 장르를 유산으로 상속받았다는 사실을 상기시키는 데 우선 만족하고자 한다. 그 장르의 세 가지 특징은 첫째, 상대적으로 불완전한 성격을 가지고 있거나(『수상록』) 각 부분들의 논증적 발전이 전개되지 않는다는 점(『팡세』), 둘째, 부분들로 이루어진 하나의 전체라 부를 수 있을 대상들이 다양성과 복합성을 지니고 있다는 점, 셋째, 그 반면 전체의 단일성은 어떤 의미로는 작품 바깥에서, 작품 내에서 보여지고 있는 주체 속에서, 혹은 그의 신조들을 제공하는 판단 속에서 구성된다는 점이다. 단상이 상당 부분 물려받고 있는 유산의 역할을 강조하는 것이 낭만주의자들의 독창성을 축소하기 위한 것은 아니다. 그와 반대로 그들이 끝

4) 프리드리히 슐레겔이 샹포르의 텍스트와 맺고 있는 관계의 역사, 슐레겔의 단상 개념과 그 실천의 발전 양상, 그리고 우리가 여기서 그 지위를 빼앗고자 하는 것이 아닌 "장르"의 분석 전체에 대해서는 R. Ayrault, *La genèse du romantisme allemand*, III, pp.111 이하 참조.

까지 이행하고자 했던 독창성이 어떤 것이었는지 제대로 평가하기 위한 것이다. 이 독창성이 만들어 내고 있는 것이 바로 완전히 독창적인 장르이며, 일반적으로 말하자면, 주체가 『방법서설』의 형식 속에서는 (더 이상) 이해될 수 없을뿐더러[5] 주체로서의 자신의 성찰을 아직 제대로 시도하지 않았다는 점에서 주체의 장르라 할 수 있다.

두번째 조건은 자주 오해하거나 간과해 온 어떤 사실을 강조하는 데 있다. 즉 예나 그룹의 구성원들에 의해 쓰여진 단상은 서로 구별되지 않는 동질적 전체를 이루고 있지 않다는 점을 인지하고 있어야 하는데, 그들의 모든 단상들은 아마 "노발리스의 단상 중 하나가 말하고 있는 바는……" 과 같은 일반적인 인용으로부터 추측할 수 있는 그러한 의미에서 "단상들"이라고 할 수 있기 때문이다. 사실 「단상들」Fragmente이라는 한 단어로 된 제목으로만 발표되었던 단상 모음이 있는데, 오직 이것만이 전적으로 (혹은 가능한 한) 모든 점에서 낭만주의적 단상의 이상에 부합하는 것이다. 특히 어떤 특수하고 고유한 대상을 지니지 않는다는 점에서, 그리고 여러 다양한 작가들의 작품 조각들을 모아 구성한 익명의 것이라는 점에서 말이다. 사실 이 두 가지 성격은 예나 낭만주의의 단상들을 이전 형태의 단상들과 형식 면에서 구별하는 것이기도 하다. 대상도 없이 작가도 없이 '아테네움'의 「단상들」은 절대적으로 독자적인 것, 즉 자기정립적인 것이고자 한다. 하지만 장르의 "순수성"을 이렇게 상징하고 있는 것은 「아테

5) 이 자리에서 논의할 문제는 아니지만, 데카르트의 『방법서설』은 그 출발점에서나 심지어 '장르'에 있어서도 몽테뉴의 『수상록』 이후 정착된 것에 속하지 않는다는 점에서는 적어도 그렇다. 여기서 사용되는 단순화된 대비로 인해 낭만주의적인 "위기"가 사실상 얼마나 강하게 데카르트주의의 작동 영향 아래 종속되어 있는지 잊어서는 안 될 것이다. 이 점에 대해서는 앞으로 종종 언급될 것이다.

네움 단상」뿐이며, 「아테네움 단상」의 전체 부피가 어떻든지 간에, 그 독특하고 역설적이게도 세심한 존재 방식은 장르의 특징적 서술과 분명 무관하지 않다. 프리드리히 슐레겔이 그 이전에 쓴 「비판적 단상」은 형용어구와 번호로 인해 구별되는 특징을 지닌다. 이는 역시 「아테네움 단상」이 출판되기 이전, 노발리스가 잡지 『아테네움』에 발표한 단상들에서도 거의 마찬가지이다. 더 정확히 말하면, 그 단상집의 제목인 '꽃가루' 및 모토와 종결부(마지막 단상)[6] 속에서 그의 단상들은 완전히 새로운 작품 유형을 목적으로 하는 단상 이론 자체를 씨앗처럼 숨기고 있다. 노발리스가 쓴 다른 단상 (또는 아포리즘) 모음을 언급할 필요는 없을 것이다. 그 제목 「믿음과 사랑」Glauben und Liebe만으로 이전 단상들과 충분히 구분된다. 또 잡지 『아테네움』에 발표된 것으로는 두번째인 프리드리히 슐레겔의 단상 모음 역시 그 종결부에 단상 형식에 대한 이론을 담고 있다. 하지만 그 단순한 제목에서부터 보다 결정적인 어떤 차이를 드러내고 있다. 즉 「이념들」이라는 이 단상 모음의 제목은 결국 순수한 단상들 이외의 다른 무언가를 예고하고 있기 때문이다. 따라서 우리는 이 차이들을 다시 언급해야 할 것이며, 특히 「이념들」과 관련하여 자세히 다루어야 할 것이다.[7]

그러나 우선 다른 복잡한 문제 하나를 해결해야 한다. 사람들은 보통 낭만주의자들이 유고로 남긴 상당 분량의 글들로부터 (특히 프리드리히 슐레겔의 글로부터) 일부분을 발췌하여 인용하면서 '단상'이라 지칭하는 습관이 있는데(심지어 항상 '유고'라고 밝히는 것도 아니다), 이때 그들은 그것

---

6) 「꽃가루」의 모토는 다음과 같다. "친구들이여, 대지는 척박하다. 풍성한 수확을 얻기 위해 우리는 많은 씨앗을 뿌려야 한다." 마지막 단상은 나중에 인용될 것이다. 위의 본문 중 바로 아래에서 우리가 언급하는 「믿음과 사랑」은 1798년 다른 잡지에 실렸다.

7) 이 책의 2장 '이념' 참조.

이 미처 완성되지 못하고 중단된 글인지, 아니면 그 상태 자체로 출판하기로 의도하고 쓴 단상인지 구별하려는 노력을 전혀 하지 않는다.[8)] 그렇게 해서 어쩔 수 없이 불완전하게 내던져져 있는 조각인지, 의도적으로 단편斷片의 상태로 만들려고 한 단상인지의 구별은 불분명한 상태로 그대로 남아 있다(사람들은 때로 이 점을 이용하기도 한다). 적당하게 희미한 음영 속에 이 장르가 함축하고 있는 본질적인 것은 묻혀 버린다. 즉 그것은 단편화fragmentation의 우연적이고 무의지적인 측면을 수용하거나 승화시키는 가운데, 단상은 본질적으로 단호하고 확신에 찬 진술이라는 점이다.

여기서 이제 마지막으로 세번째 조건이 덧붙여져야 한다. 그 조건은 단상이 낭만주의자들의 유일한 표현 형식이 아니었다는 점이다. 요컨대 잡지 『아테네움』 자체에도 단상보다는 평론, 서평, 대담, 서간 등 일련의 다양한 텍스트들이 더 많이 실렸으며, 그룹 구성원 이외의 다른 작가들이 쓴 여타 원고는 물론이고 슐레겔 형제의 수많은 강연과 강의 원고도 마찬가지이다. 다시 말하면, 낭만주의자들은 이론에 대한 '낭만주의적'인 진술로 — 표면적으로 — 간주되고 있는 것, 즉 단상에 매여 있지 않았다. 특히 슐레겔 형제를 비롯한 낭만주의자들은 자신들의 이론을 고전적 서술 형식으로 설명했는데, 우리는 그들의 (더 정확히는 프리드리히 슐레겔과 노발리스의) 유고를 통해 그들이 완전하고도 너무나 명확한 서술에 대한 계획을 구상하고 있었다는 것을 알 수 있다. 다시 말하면, 이 계획들이 고전 철학의 성격과 (피히테 또는 『초월적 관념론 체계』에서의 셸링과) 관련하여 모종의 차이를 보인다 하더라도, 그들 역시 이론의 체계적 설명, 이론에 고유한 설명을 의도했다는 것이다. 우리는 앞으로 이러한 주장을 좀더 복잡

---

8) 이 점에 관해서도 R. Ayrault, *La genèse du romantisme allemand*, III, pp.111 이하 참조.

하게 이끌고 나가게 되겠지만, 그전에 먼저 단상이 체계적 서술을 배제하지 않는다는 단순한 지적에서부터 시작해야 할 것이다. 이는 체계적 서술이 단순히 부수적인 잉여물이라거나 학계의 관습이 남긴 잔해라는 것을 말하고자 하는 것이 아니다. 단상과 체계적 서술의 공재共在는 이중적이고 결정적인 의미를 지닌다. 그것은 이 두 가지 모두 예나에서는 동일한 지평에서 확립되었다는 것을, 그리고 이 지평은 낭만주의가 물려받았으며 또다시 요청하고 있는 바로 그 [큰]체계의 지평이라는 것을 함축한다.

이상과 같은 예비적 서술로부터 이 책의 1장에 실린 텍스트가 특히 여기에 선택된 이유를 설명할 수 있다. 이 장에는 가장 본래적인 의미에서의 '단상' 모음 두 편이 들어 있는데, 물론 이 두 편의 단상 모음이 노발리스의 「꽃가루」와 연결되어 있다는 점도 잊어서는 안 된다. 프리드리히 슐레겔의 「이념들」은 다음 장에 속하게 될 것이다. 그 이유는 아마 추측할 수 있을 것인데, 이후 좀더 분명히 드러날 것이다. 이 장에 실린 단상 텍스트는 다음과 같다.

「비판적 단상」은 1797년 프리드리히 슐레겔이 라이하르트가 만든 잡지 『순수예술학교』(베를린, 제1권 2부)에 실었던 글이다. 이 작품은 슐레겔이 당시 샹포르 및 단상 장르를 발견한 후 얼마 지나지 않아 발표한 최초의 단상들로 이루어져 있다. '아테네움' 결성을 계획하던 때와 같은 시기이다. 잡지 『아테네움』은 바로 그 이듬해에 창간하기로 되어 있었는데, 우리는 「비판적 단상」 114번에서 오직 "비평 자체를 점차 현실화"하는 데 몰두하는 그룹을 결성하고 이를 위한 잡지를 창간할 것을 요청하는 내용을 읽을 수 있다. 하지만 결국 슐레겔은 라이하르트와 사이가 틀어지게 되었는데, 그 이유는 「비판적 단상」 113번에서 슐레겔이 호메로스 번역의 권위자로 평가받는 문헌학자 포스Johann Heinrich Voß를 조롱했기 때문이었다.

「아테네움 단상」은 1798년 잡지 『아테네움』의 제1권 2호에 실린 글들이다. 이 단상들이 익명으로 발표된 이후 몇몇 저자들이 자신의 이름을 밝힘으로써(특히 1801년 이후에 아우구스트 슐레겔), 혹은 높은 수준의 고증학적 지식을 보여 주는 현대의 연구서들을 통해서 많은 중요한 단상들의 실제 저자가 누구인지 점차 알 수 있게 되었다. 통용되고 있는 대부분의 판본들은 프리드리히 슐레겔에 의한 것으로 되어 있는 단상 목록에 의거하는데, 이것은 프리드리히 슐레겔의 편집인이었던 미노르Jacob Minor에 의해 작성된 것이다. 그러나 가장 최근의 연구들, 특히 아이히너Hans Eichner가 작업한 프리드리히 슐레겔 비판본[9]에서는 단상들의 상당 부분이 다른 저자들에 의한 것이라 밝히고 있다. 우리는 이 책에 실린 「아테네움 단상」의 프랑스어 번역 마지막 쪽에 아이히너에 따른 「아테네움 단상」 저자들의 단상 번호 목록을 붙여 놓았다.[10]

외부에서부터 단상에 접근할 때 지녀야 할 신중함들은 결국 단상을 [큰] 체계에 대한 의도나 일반적 기획과 관련되는, 분명하고 일정하게 정해진 장르나 형식으로서 상정하는 것에 있다. 그러나 낭만주의자들 중 그 누구도 그러한 틀 안에 내용을 즉시 제공해 주는 단상의 정의를 어디에서도 명시하지 않았다. 우리는 단상의 본질과 목적을 알기 위해서 단상들에 대한 경험적 지식으로부터 출발해야 한다.

---

9) 이 책 부록의 '참고문헌' 참조.

10) 이 책에 수록된 「아테네움 단상」 저자들의 단상 번호 표기에 대해서는 146쪽 각주 1번을 보라. —옮긴이

먼저 '단상'의 용어 사용에서부터 시작하자. 낭만주의자들의 단상 텍스트에서는 단상이 그저 부서진 조각,[11] 하나의 전체가 깨어져 남아 있는 부스러기 잔재에 지나지 않는 것으로 혼동되어 사용된 적이 거의 없다(이 의미로 낭만주의자들이 사용한 단어는 Bruchstück, 파편, 말 그대로 깨어진 조각이다). 혹은 형태가 정해지지 않은 덩어리와도 혼동되지 않는다(「아테네움 단상」 421번에서 장 파울의 소설이 되살리고 있다는 "몇몇 괜찮은 덩어리들Massen"과 같은 의미에서의 덩어리도 아니다[12]). 단상이 만약 하나의 단편fraction이라고 한다면, 이것을 만들어 내는 단절fracture을 특히 강조하지도, 절대적으로 강조하지도 않았을 것이다. 그런 만큼 단상은 적어도 — 이런 표현이 가능하다면 — 단절의 가장자리들을 자율적 형식으로서만이 아니라 [단절 사이의] 균열의 무형식성 혹은 기형적 성격으로도 나타내고 있다. 그러나 난해한 용어라고 할 수 있는 단상은 또한 고상한 용어이기도 하다. 특히 단상은 문헌학적 어의語義를 가지고 있는데, 우리는 단상의 고대적 유형과 많은 고대 그리스 텍스트들의 단상적 상태 사이에 존재하는 중요한 연관성에 대해 다시 언급할 것이다. 문헌학적 단상은 특히 디드로의 전통 속에서 **잔해**의 의미를 가진다. 잔해와 단상은 기념비의 역할과 회상의 역할을 결합한다. 일종의 스케치(또는 청사진) 속에서 사라

---

11) 모호한 경우들은 정말로 모호하다. 즉 그러한 경우들은 텍스트에 대한 이중적 독해로 이끈다. 가령 이 장의 모토에 인용된 단상(「비판적 단상」 4번)으로 볼 수도 있고 혹은 다음과 같은 「아테네움 단상」 24번과 같이 볼 수도 있다. "고대의 많은 작품들은 단상이 되어 버렸다. 요즘의 많은 작품들은 생겨나면서 바로 단상이 된다." 이 단상에서 에로는 단상이라는 용어에 대한 경멸적 의미만을 읽어 낸다(R. Ayrault, *La genèse du romantisme allemand*, III, p. 120). 그러나 여기서 아이러니는 단상의 탄생에 대한 의식을 매우 잘 동반하며, 뒤에 나오겠지만, 현대 시문학에서는 "카오스"를 동반한다. 단상-기획이라는 주제와 관련하여 단상에 대한 쏜디의 해석(P. Szondi, *Poésie et poétique de l'idéalisme allemand*, p. 104) 참조.

12) 「아테네움 단상」 305번도 참조하라.

진 것으로 기억되는 동시에 현재하는 것, 그것은 항상 어떤 위대한 개체, 작가 혹은 작품의 살아 있는 통일체인 것이다.

단상은 또한 문학 용어이다. 「단상들」은, 더 정확히 말하자면 형식적으로 몽테뉴 스타일의 『수상록』과 같은 것은 이미 18세기에, 심지어 독일에서도 출판되었다.[13] 단상은 철저함을 열망하지 않는 서술을 추구하며, 미완의 것이 발표될 수 있다는 — 또는 그렇게 되어야 한다는 — 현대적 사유와 일치한다(혹은 발표된 글은 결코 완성되어서는 안 된다는 사유와도 일치한다). 이러한 방식으로 단상은 이중의 차이에 의해 경계가 확정된다. 즉 한편으로 만약 단상이 단순한 조각이 아니라면, 다른 한편으로 모랄리스트들이 사용했던 장르 용어들 중 그 어떤 것에도 해당되지 않는다는 것이다. 즉 단상은 성찰, 격언, 금언, 의견, 일화, 고찰 등과 같은 것이 아니라는 것이다. 이러한 용어들은 어느 정도 '파편'에 새겨진 것에서조차 완성을 요구하고 있다는 점에서 모두 공통적이다. 하지만 단상은 그와 반대로 본질적인 미완성을 포함하고 있다. 이것이 「아테네움 단상」 22번에서 읽을 수 있듯이 단상이 '기획'projet, 즉 "미래에서 본 단상들"과 동일한 이유이다. 기획의 구성적 미완 상태는 "대상들을 직접적으로 관념화하는 동시에 실재화할 수 있는 능력"으로 인해 단상과 정확히 같은 것이 되기 때문이다.[14] 이런 의미에서 모든 단상은 기획이다. 단상-기획은 구상programme이나 전망prospective으로서가 아니라, 여전히 완성되지 않는 것의 **직접적인** 투사projection로서 작동하기 때문이다.

---

13) 가령 그 예로서 두 가지만 들자면, 스위스인 요한 라바터(Johann Caspar Lavater)의 『인상학적 단상』(*Physiognomische Fragmente*)과 레싱(Gotthold Ephraim Lessing)의 『어느 무명씨의 단상』(*Fragmente eines unbekannten*)이 있다.

14) '기획'의 모티브에 관해서는 2장에 수록된 「철학에 대하여」의 마지막 부분도 참조하라.

이러한 내용은 단상이 개체의 흔적이자 개체로서 동시에 작용한다는 것을 말한다. 이 점에서 단상이 무엇인지 결코 정의할 수 없으며, 단상을 정의하면 할수록 모순적으로 되는 이유도 또한 알 수 있다. 프리드리히 슐레겔이 "아포리즘은 단상과 밀접한 관계가 있다"라고 말했을 때,[15] 그는 통일성과 완결성의 결여가 단상의 고유한 속성 중 하나라는 것을 지적하고 있는 것이다. 하지만 잘 알려진 「아테네움 단상」 206번에서는 단상은 "고슴도치처럼 그 자체로 완성되어 있어야 한다"고 분명히 표현되어 있다. 단상의 존재 의무devoir-être는 — 단상의 존재être가 그렇지는 않다 해도 — 바로 유기체적 개체의 질적·양적 전체성에 의해 형성되는 것이다 (그런데 '단상의 존재가 그렇지는 않다 해도'라고 했지만, 사실 단상은 오로지 존재 의무만을 존재로 가지며, 그리고 이 고슴도치는 칸트적 동물이라는 것으로 이해해야 하지 않을까?).

그러나 우리는 이 단상 206번을 전체 맥락에서 읽어야 한다. "하나의 단상은 작은 예술 작품 하나와 같이 주위 세계로부터 완전히 분리되어 있고, 고슴도치처럼 그 자체로 완성되어 있어야 한다." 따라서 단편화fragmentation는 여기서 분리 혹은 고립으로 이해되어야 하는데, 이것은 바로 완결성과 총체성을 내포하고 있는 것이다. 낭만주의와의 관계 없이는 존재하지 못했을 이후의 전통, 즉 쇼펜하우어와 니체로부터 빌려 온 용어를 사용하여, 단상의 본질은 개체화에 있다고 말할 수도 있을 것이다. 상태가 아니라 과정을 가리키는 말로서의 이 개체화라는 개념은 매우 중요한 「아테네움 단상」 116번과 부합하는데, 이 단상에서는 "영원히 생성되고 있으며 결코 완성될 수 없다는 것"이 낭만주의 포에지의 "고유한 본질"이라 말

15) R. Ayrault, *La genèse du romantisme allemand*, III, p. 119 참조.

하고 있다. 116번 단상은 몇 가지 방식으로 "낭만주의 포에지"의 총체성, 즉 포에지[시문학]의 총체성을 분명 단상으로 정의하고 있다. 사실 우리가 방금 읽은 것도 단상이 작품의 성격을, 그리고 예술 작품의 성격을 지녀야 한다는 것을 의미한다.

하지만 "진행 중인 보편" 시문학을 통한 단상에 대한 순환적 정의가, 그리고 역으로 단상을 통한 "진행 중인 보편" 시문학에 대한 순환적 정의가, 단상의 문제를 더욱 첨예화시키기만 할 뿐임은 물론, — 116번 단상의 "낭만주의" 포에지가 낭만주의자들의 총체적이고 무한한 시문학의 이념 혹은 이상을 철저히 규명하고 있는 것은 아니라는 사실을 잠시 덮어 두더라도 — 단상이 단순히 이러한 시문학의 작품-기획인 것도 더 이상 아니다. 단상은 그 이상이자 그 이하이다. 단상은 "진행 중인" 시문학과는 기본적으로 반대되는 것인 데도 전체적인 종결을 요구한다는 점에서 그 이상이며, 반면 206번 단상을 비롯한 다른 많은 단상에서처럼 '단상'이 예술 작품과의 비교를 통해서만, 그리고 하나의 **작은** 예술 작품과의 비교를 통해서만 정의된다는 점에서 그 이하이다. 단상적 작품^œuvre^이 곧바로 그리고 반드시 '[큰]작품'^Œuvre^인 것은 아니다. 그럼에도 불구하고 단상의 고유한 개체성은 작품과의 관계 속에서 파악되어야 한다.

단상의 개체성은 무엇보다도 이 장르에 본질적인 다수성의 개체성이다. 낭만주의자들은 어쨌든 유일한 **단상**을 출판하지는 않았던 것이다. 단상을 쓴다는 것은 단상들을 쓴다는 것이다. 그런데 이 복수형은 단상이 단수^單數^의 총체성을 의도하고 가리키며, 또 어떤 특정한 방식으로 정립하도록 하는 특수한 양태이다. 프리드리히 슐레겔이 '이념들'을 말하기 위해 사용한 '그들 모두 각각 "중심을 가리킨다"(「이념들」 155번)'라는 표현을 어느 정도까지는 모든 단상들에 적용하는 것은 정당하다. 하지만 여기서 사용된 두 개념들 중 어떤 것도 엄밀한 의미의 단상의 영역에 속하는 것이 아니다. 정확히 말하면 "가리키고" 있지도 않으며, "중심"이라고 할 수도 없기 때문이다. 차라리 고슴도치의 논리라고 부를 만한 것에 비추어 말하자면, 단상적 총체성은 그 어떤 한 점에 자리 잡을 수 없다. 단상적 총체성은 전체와 개개의 모든 부분에 동시적으로 깃들어 있다. 단상 하나하나는 자신을 위해 그 자체로 존재하며, 또 이 단상과 분리되는 다른 것을 위해서도 존재한다. 총체성, 그것은 완성된 개체성 속의 단상 자체이다. 따라서 단상들의 복수적 총체성 역시 하나의 전체를 (말하자면 수학적 방식으로) 구성하는 것이 아니라, 각각의 단상 속에서 전체를, 즉 단상적인 것 자체를 만들어 내는 것이다. 총체성은 각각의 단상 속에서 그 자체로서 나타나야 하며, 전체는 총합이 아니라 부분들의 동시 공존, 즉 자기 자체와 병존하는 전체라는 것(왜냐하면 전체도 어쨌든 분리이며 부분의 고립이기 때문에), 이것이 단상의 개체성으로부터 생겨나는 본질적 필연성이다. 분리되어 있는 전체, 그것이 개체이며, "각각의 개체에 대해 무한히 많은 실제적인 정의를 내릴 수 있다"(A 82). 단상들은 단상으로 된 단상의 정의들이다. 이것이 복수성으로서 단상의 총체성을 자리 잡게 하고, 또 그 무한의 미완성으로 단상의 완성을 정착시키는 것이다.

이렇게 볼 때 낭만주의자들에게 단상이라는 '장르'가 사실 어떤 점에서 형식으로서의 단상에만 제한되지 않는지에 대한 분석이 또한 필요할 것이다. 하지만 여기서는 간단한 언급에 그치겠다. 우리는 「아테네움 단상」 77번에서 대화나 편지, 그리고 '회고록'(기념비의 다른 형태)이 단상적인 것으로부터 어떻게 생겨나는지 읽을 수 있다. 이 책의 다음 장에서 — 우리가 조금 전에 '체계적' 서술의 맥락에서 원용했던 바로 그 — 낭만주의자들의 '일련의' 텍스트들 대부분이 구성 면에서 사실 단상적이라 불러야 할 종류의 성격을 보이고 있음을 알게 될 것이다. 이러한 성격은 분명 진정한 체계적 서술을 실천하기에 어느 정도 부적당하거나 무능력한 측면에 기인한다. 하지만 여기서 무엇보다 분명히 표현되고 있는 사실은, 이성들의 질서를 작동시키는 원리들의 질서가 결여되어 있는 이상, 그러한 체계적 서술의 실행은 근본적으로 불가능하다는 것이다. 그런 원리들의 질서는 여기에 결여되어 있다. 그러나 그것은 부족에 의한 것이라기보다는 과도함으로 인한 것이라 할 수 있다. 서술은 어떤 원칙이나 근거를 출발점으로 삼아 전개될 수 있는 것이 아닌데, 그 이유는 단편화에 전제되어 있는 '토대'라는 것은 정확히 말해 단상적 총체성에, 그 유기체적 성격organicité에 있기 때문이다. 단상은 따라서 개체적 조직성organicité에 대한 가장 "모방론적인"mimologique[16)] 글쓰기를 구성하고 있는 것이다. 우리는 같은 식으로 「비판적 단상」 103번에서 "연결이 훌륭하다고 칭찬받는 작품"을 반대하며, 오히려 "잡다한 착상들의 무더기"야말로 각 부분들의 "자유롭고 동등한 공존"을 토대로 하는 근원적이고 본질적인 통일성을 지닌다고 높이 평가하고 있는 것을 볼 수 있을 것이다. 이상적 정치는, 그리고 그와 함께 형이상학적 정치학의 가장 안정된 전통에 따라 말하자면, 유기체적 정치는 단편화의 모델을 제공한다. 유사한 방식으로 만약 성서가 여전히 책의 모델로 남아 있거나 다시 그렇게 된다면, 그것은 여러 가지로, 특히 「이념들」 95번 같은 곳에서 볼 수 있는 바와 같이 '복수의 책'ta biblia으로서, 그리고 그 자체로 하나인 것으로서 그렇게 될 것이다.

적어도 한 번 실천에 옮겨졌던 단상들의 집단적 글쓰기 원칙도 같은

16) 제라르 주네트의 용어. 언어의 낭만주의적 개념과 관련하여 주네트의 *Mimologiques*, Paris: Seuil, 1976을 다시 언급하게 될 것이다.

논리를 따르고 있다.[17] 소위 "공동철학" 혹은 "공동포에지"를 통해 익명성 아래 작가들을 숨기는 것은 오로지 전체의 목적이 가진 보편성을 더 많이 보장하기 위해서이다. 그러나 여기서 다시 문제가 되는 것은 모두를 더해서 얻은 보편성도 아니며, 오로지 개체들의 상보성을 통해 얻은 보편성도 아니다. 이것은 사실 진리에로 접근하기에 알맞은 **방법** 자체의 문제라고 해야 할 것이다(우리는 여기서 의도적으로 데카르트의 이 주요 개념[방법]을 사용하겠다). 「아테네움 단상」 344번이 말하고 있듯이 공동체는 철학에 대한 정의의 일부를 이룬다. 철학의 대상인 "모든 것에 대한 앎"은 그 자체로 공동체의 형식과 본성을, 다시 말하면 유기체적 성격을 가지고 있다. 데카르트에서처럼, 그리고 데카르트로 인하여 여기서 철학의 대상은 주체에 따라 정의되며, 단상들의 익명성은 『방법서설』의 익명성처럼 그들 주체의 절대적 위치를 더 많이 보장하는 데 기여한다. 이러한 의미에서 단상들은 단지 『방법서설』의 집단화라고 말하는 것은 과장이 아닐 것이다.

다른 의미에서 단상들은 『방법서설』의 극단화 혹은 첨예화를 의미하기도 한다. 대상(즉 철학이 생각해야 할 관념pensée)은 주관을 토대로 하는 것이기 때문에(단상적인 것, 또는 단상적인 것의 이상을 주관적인 것과 객관적인 것의 일치에서 찾고 있는 「아테네움 단상」 77번을 다시 참조하라), 이

17) 「아테네움 단상」의 작업이 집단적 익명성으로 이루어지기 이전에, 노발리스가 저자인 「꽃가루」에도 이미 프리드리히 슐레겔과 슐라이어마허의 단상이 몇 개 포함되어 있었는데, 이것은 프리드리히 슐레겔이 덧붙인 것이다. 동시에 프리드리히 슐레겔은 또 나중에 공동 출판에 사용할 목적으로 노발리스의 원고로부터 몇몇 단상을 빼내어 따로 보관하기도 하였다. 따라서 집단적 글쓰기의 이러한 실천은 신중하게 다루어야 할 문제다. 즉 그것은 프리드리히 슐레겔과 특히 노발리스에게만, 그것도 일시적으로, 하나의 이상을 상징했던 것이다. 게다가 이것은 또한 상당히 독재적이었던 프리드리히 슐레겔의 실천과도 부합했던 것으로 보인다. 물론 이것이 이상 그 자체에 대한 분석을 방해하는 것은 아니지만 말이다…….

제 "인상"人相; Physiognomie(A 302)을 지녀야 한다. 인상은 무엇보다 "펜대를 몇 번 움직이는 것으로 그 특징이 표현"(A 302)되어야 하는 것이다. 인상은 철학적 방법으로서 스케치 혹은 단상을 요구하고 있으며, 그와 동시에 이 "혼합된 생각들"(A 302)의 철학은 복수의 저자들을 전제로 한다. 왜냐하면 진리는 논증이라는 외로운 길을 통해서 도달하게 되는 것이 아니라(「아테네움 단상」 82번은 논증을 조롱하고 있다), 교환과 혼합과 우정의 길을 통해,[18] 그리고 사랑의 길을 통해 도달하게 되기 때문이다. **공동철학**은 활발한 교환과 개체-철학자들의 대결을 전제한다. 또한 "단상들의 화관"(A 77)이라 표현된 **대화**와, 게다가 분명 낭만주의적 드라마의 이상이 되어야 할 이 대화의 완성을 내포하고 있다.[19] 즉 무엇보다 자연적 교환의 이상과 그것의 **자연스러운** 순서에 따른 상연의 이상적 형태를 찾아내기 위해서는 **단상들** 전체에서 눈에 잘 띄지 않지만 지속적으로 등장하는 주제를 따라가야 하는 그러한 대화의 완성으로서 말이다. 그와 같이 단상들의 완성은 개체 사유들 속의 사유 개체들이 일으키는 절대적인, 즉 절대적으로 자연적인 교환 (혹은 변화) 속에서 그 모습을 드러내는데, 이 역시 각각의 단상 내에서는 예술 작품과 같은 진정한 자연성의 산물이다. 즉 단상의 진리는 전적으로 "낭만주의 포에지"의 무한한 "진행성"에 있는 것이 아니라, 단상적 장치에 의해 작동 중인 진리 과정 자체의 무한성 안에 있는 것이다. 그리고 만약 이 점에서 단상이 정확히 대화라고 할 수 없다면, 그건 아마 이미 그 이상이기 때문이며, 단상에서 낭만주의 고유의 방식으로 대화

---

18) 「아테네움 단상」 37번도 참조하라.

19) 하지만 낭만주의자들에게는 진정한 드라마의 — 즉 고대 드라마와 셰익스피어 드라마의 — (창조적) 역량과 (대중적) 의미도 이미 잃어버리고 없는 것이다.

적인 것에서 **변증법적**인 것으로의 이행이 감행되었기 때문이다. 이 변증법적이라는 용어를 하이데거와 함께 어쨌든 모든 형이상학적인 것에 있어 비동일성을 매개로 하는 동일성의 사유를 포함하고 있다는 의미에서 이해한다면 말이다.[20] 바로 이것이 단상적 총체성의 토대를 형성하는 것이기 때문이다.

이런 점에서 하이데거의 분석과 함께 벤야민의 입장을 고려해 볼 때,[21] 만약 '[큰]체계'System를 통해 어떤 전체의 소위 체계적인 배열이 아니라, 하나의 전체를 비로소 통일체로 존재하게 하는 수단과 그 최적의 양태를 잘 이해해 내야 한다면(이 이유로 우리는 체계라는 단어를 대문자로 시작했다), 단편화야말로 [큰]체계에 대한 낭만주의 고유의 목적을 구성한다는 점을, 그리고 단편화는 — 하이데거의 단어를 사용하자면 — "시스타시스"[조직 구성적 결합]systasis를 만들어 내는 자기 연접의 자율성 속에서 자기 스스로를 위해 자신을 건립한다는 점을 명시할 필요성이 생겨난다.

하지만 여기서 오해가 있어서는 안 된다. 우리는 낭만주의 사유가 체계적인 사유라는 것을 주장하고자 하는 것이 아니다. 여러 가지 측면에서 낭만주의 사유는 분명 체계적 유형의 사유와 반대하는 것으로 상정되었고, 이 점은 텍스트를 통해 확인될 것이다. 그러나 더욱 분명히 확인할 수 있는 것은 낭만주의 사유는 스스로를 [큰]체계의 사유로서 인정하고 있다는 점이다. 벤야민이 프리드리히 슐레겔에 대해 쓴 다음의 말은 이에 대한

---

20) 이 부분과 관련하여 M. Heidegger, *Schelling*, pp.91 이하에서 전개하고 있는 '체계'와 '절대지'의 목적에 대한 중요한 분석 전체를 참조할 필요가 있다.

21) W. Benjamin, *Der Begriff der Kunstkritik in der deutschen Romantik*, pp.35 이하[1부, III. '체계와 개념'] 참조.

가장 훌륭한 표현일 것이다. "아테네움 시기의 프리드리히 슐레겔에게 절대성은 어쨌든 예술의 형상을 한 체계였다. 그러나 이때 그는 **체계적으로** 이 절대성을 추구하지 않았다. 오히려 그와 반대로 **절대적으로 체계를** 포착하고자 하였다."[22]

체계 그 자체가 절대적으로 포착되어야 한다는 바로 이 이유로 인해 유기체적 개체로서의 단상은 작품, 즉 오르가논[조직체]을 의미하게 되는 것이다. '시스타시스'는 필연적으로 어떤 기관의 조직성organicité 으로서 일어나게 되어 있다. 이 기관은 살아 있는 생물체('고슴도치')이거나 사회성일 수도 있고 또 예술 작품일 수도 있다. 아니 그보다는 차라리 **동시에 이 모든 것**이라고 해야 할 것인데, 「아테네움 단상」의 총체성에 구체적 대상이 부재한다는 점에서 이렇게 말할 수 있다. 더 정확히 말하면, '동시에 이 모든 것'이기 때문에(그리고 단편화와 공동철학의 '동시성'으로 인하여), 결국 기관은 오로지 예술 작품으로서만 존재할 수밖에 없다.

단상이 그 자체로 작품을 구현하는 것은 아니다. 우리는 단상이 작품에 대한 유사 대체물analogon 로서만 나타난다는 것을 앞에서 이미 보았다(이 점은 다시 언급하게 될 것이다). 텍스트 속 그 어디에서도 단상으로서의 작품에 대한 이론은 찾아볼 수 없을 것이다. 물론 어디에서나 그 흔적과 징후는 알아볼 수 있겠지만 말이다. 낭만주의자들에게 작품은 항상 완성이라는 근본 주제를 의미했다. 사실 바로 낭만주의자들에게서 이 주제는 그 절정에 이르게 되었다. 진정한 작품, 즉 절대적이고 조화롭고 보편적인

---

22) "Das Absolute war für Friedrich *Schlegel* in der Athenäumszeit allerdings das System in der Gestalt der Kunst. Aber er suchte dies Absolute nicht *systematisch*, sondern vielmehr umgekehrt das *System absolut* zu erfassen"(W. Benjamin, *Der Begriff der Kunstkritik in der deutschen Romantik*, p.36). ―옮긴이

작품은 "모든 개체들이 그 안에서 살고 있는" "정신의 삶"이다. 이것은 「아테네움 단상」의 마지막 451번에서 표현되고 있으며, 이 정신적 삶은 그 완성까지도 미완성으로 남아 있는 "각각 분리되어 있는 시문학과 철학 작품들"(즉 단편화된 작품들)과는 분명히 구별되는 것이다. 이런 의미의 작품에는 작품들이 부재한다. 그리고 단편화는 항상 이러한 부재의 징후이기도 하다. 하지만 이런 유형의 사유에서 — 부정신학이 그 대표적인 모델이 될 것이다 — 가장 오래 지속성을 유지하고 있는 논리에 따르면, 이 징후는 적어도 양가적이다. 단상들의 화관을 에워싸고 있는 공허한 공간은 바로 [큰]작품Œuvre의 윤곽을 정확히 드러내고 있는 것이다. [큰]작품이란 모든 "분리되어 있는" 예술을 넘어서 있는 예술 작품이라는 것을 이해하기 위해서, 그리고 "단상들의 체계"(A 77)는 이 체계를 이루는 단상적 배치의 특징들을 통해 [큰]예술작품의 명백히 외적인 윤곽들인 동시에 바로 자신에게 고유한 그런 **윤곽**을, 즉 그 절대적 인상Physiognomie의 윤곽을 그려 낸다는 것을 이해하기 위해서, 우리는 한 걸음만 더 내디디면 된다. 이 한 걸음이란, 작품œuvre으로서의 [큰]작품, 기관과 개체로서의 [큰]작품은 바로 그것의 **형식** 속에 주어진다는 생각으로 되돌아가는 것이다.

이런 방식으로 단상 그 자체는 어느 정도 직접적으로 모든 작품의 진리 역시 보여 준다. 단상은 작품을 넘어서나 작품 안에서나 똑같이 작동성 자체를 제시한다. 왜냐하면 작품은 개체이기 때문이다. 모든 작품 각각도 개체이며, 여러 단상에서 읽을 수 있듯이 작품들의 집합체 각각도 저 고대 그리스처럼 하나의 개체이다. 개체보다도 더욱 개체에 고유한 것, 혹은 극단적 개체성을 이루는 것, 그것은 개체의 가장 내밀한 삶과 진리를 알리는 서곡이자 표시이다(「아테네움 단상」 중 가장 긴 336번은 이 문제를 다루고 있다). 작품들은 이러한 표시를 필요로 하는데, 이는 역설적이고 이후 예측할 수 있는 방식으로 단상을 통해 일어날 수 있다. 고대의 단상이 고대 작품 특유의 독창성을 드러내고 있는 것과 마찬가지로, 현대의 단상은 이 독창성을 '특징화'하며, 그리하여 같은 태도로 미래 작품의 "기획"도 구상하고 있는데, 이 미래 작품의 개체성은 고대 단상과 현대 단상 사이의 사유하며 살아 있고 활동하고 있는œuvrant 대화를 변증법적으로 재통일하고 지양할 것이다(이는 사실 예술에 관한 태도만 제외하면 헤겔에 매우 가까운 것이다).

단상과 체계와의 관계, 혹은 단상적으로 포착된 [큰]체계의 절대성은 이 때문에 [큰]작품Œuvre이라는 주제를 통해 단상 내에서 일어나는 변증법과 관계가 있다. 단상이 시, 시대, 과학, 관습, 인물들, 철학, 이 모든 것에서 — 만약 어떤 윤곽을 가지고 있다면, 즉 작품으로 형성되어 있다면(그리고 **스스로** 형성했다면) — 그 고유의 윤곽을 포착하여 "간명히 서술하는" 것을 과제로 삼는 한, 단상은 특정한 방식의 [큰]작품 그 자체, 혹은 적어도 "작은 예술 작품 하나와 유사한" 것이다(그래서 형식을 만든다는 의미의 형성과 문화로서의 형성, 두 가지 성격의 의미를 지닌 Bildung[교양]이라는 모티브가 단상들 전체에 걸쳐 지속적이고 중요하게 나타나고 있는 것이다. 인간이나 예술 작품이나 모두 그들이 마땅히 그렇게 되어야 할 것의 형식과 형상을 취하는 가운데, 오직 **도야된**gebildet 것으로서만 존재한다. "인간 교육"의 주제는 레싱과 헤르더와 실러를 넘어 절대적으로 본질적이며 절대적으로 개체적인 인간성의 총체적 형성이라는 모티브 아래 예나에서 활발히 꽃을 피웠고 또 승화되었다. 이러한 인간성 속에서 "모든 무한한 개체는 신"이며, 이러한 인간성 속에는 "이상理想만큼이나 많은 신들이 있다"[A 406]. 이는 Bildung의 완성이란 이상을 형식으로 표현하는 것 — 이것은 "범접 불가능한 것"이 아니라 이념을 현실화하는 것이다[A 412] —, 혹은 작품으로서의 이상이라 말하는 동시에, 개체와 마찬가지로 이상 역시 단상만큼 무수하다는 것, 또는 단상적 복수성을 이루고 있는 것은 바로 이 이상성이라는 것을 의미한다).

따라서 단상은 미니어처로서 혹은 [큰]작품의 소우주로서 분명 "작은 예술 작품"이다. 그러나 또한 단상이 어떤 의미로는 작품의 작품으로서의 기능 혹은 작품의 작품화로서의 기능을 하는 가운데, 항상 작품을 향해 가는 동시에 작품을 넘어 작동한다면, 이 점에서도 단상은 "작은 예술 작품"이다. 단상은 작품에 본질적인, 작품 자체보다 작품에 더욱 본질적인 작품 바깥을 형상화한다(그러나 형상화하는figurer 것, 즉 형성하고bilden 형태화하는gestalten 것, 그것은 여기서 활동하고 나타내는 것, 즉 표현하는darstellen 것이다). 단상은 그리스어 동사 exergazômai의 두 가지 의미에서 모토exergue로서 기능을 한다. 즉 단상은 작품 바깥에서 나타난다는 의미에서, 그리고 단상은 작품을 완성한다는 의미에서. 낭만주의 단상은 작품의 분산과 파열을 감행하고자 하는 것이 전혀 아니라, 자신의 복수성을 총체적이고 무한한 작품의 모토로서 드러내고자 하는 것이다.

물론 무한은 언제나 모토를 통해서만 나타나며, 만약 무한에 대한 **표현**이 칸트 이후, 혹은 칸트에도 불구하고 관념론의 본질적 관심 영역을 구성하고 있다면, 낭만주의는 단상으로 이루어진 문학을 통해 철학적 관념론의 모토를 형성하고 있다는 점 또한 분명한 사실이다. 이미 이 책의 '서곡'에서 언급되었던 횔덜린의 입장을 낭만주의자들이 공유하는 지점도 바로 여기이다. 「아테네움 단상」 451번뿐만 아니라, 철학과 시문학의 재합일을 강력하게 요구하고 있는 다른 많은 작가들이 한결같이 말하고 있듯이, 순수히 이론적인 완성이란 결국 불가능한데, 왜냐하면 이론적 무한은 함께 계속 가지만 결코 서로 만나지는 않는 점근적인asymptotique 것이기 때문이다. 활동 중인 무한은 예술 작품의 무한성이다. 하지만 횔덜린과는 달리, 그리고 관념론과는 매우 유사하게, 낭만주의자들은 단상의 논리가 단상 자신의 이상의 주변을 가까이 맴돌며 끈질기게 압축하고 있는 작품에 이미 실현되어 있는 현재적 무한이라는 계기뿐 아니라 — 이와 연관된 — 작품의 현실태로서의 잠재적 무한 그 자체의 계기를 동시에 제안한다. 「아테네움 단상」 116번으로 다시 되돌아가 말해 보면, 고대 이후와 모든 미래를 통틀어 "낭만주의 포에지"가 모든 시문학의 진리를 형성하고 있는 것은 사실 바로 그 "진행성" 자체와 운동의 무한성 내에 있는 것이다. 이미 알려진 대로, 활동 중에 있지 않은 낭만주의란 결코 **어디에도** 없다(특히 자신들을 낭만주의자라고 부르지 않는 그 사람들의 시대에 없으며, 이는 그들이 「아테네움 단상」 116번을 쓸 때에도 마찬가지다). 심지어 "단상적이라고 할 만한 것도 아직 없다"(A 77). 그러나 어디에도 없는 가운데, 아직까지 한 번도 존재한 적이 없는 가운데 낭만주의와 단상은 **존재한다**, 절대적으로. 이제 '진행 중인 작품'Work in progress이라는 말은 작품의 무한한 진리를 진술하게 된다.

이 책에서 이미 등장했던 개념을 사용하여 다시 말하자면, 「아테네움 단상」 116번의 '무한한 시문학', 혹은 「비판적 단상」 93번의 포에지의 "생성되고 있는 정신", 혹은 「비판적 단상」 87번의 "무한한 가치의 시문학"은 **생산적**poïétique 성격을 지니는 한에서만 본질적으로 시문학이 된다. 시문학적인 것, 그것은 작품이라기보다는 작품이 되고 있는 것이며, 조직체organon라기보다는 조직하고organiser 있는 것이다. 이것이 낭만주의자들이 마음속으로, 그 깊숙한 곳에서, 즉 텍스트에 흩뿌려져 있는 이 "가장 깊은 내밀함" 속에서 바라고 있는 바로 그곳이며, 우리는 이곳을 결코 (개체와 체계의) 감상적 내재성으로 잘못 환원시켜서는 안 될 것이다. 그들은 항상 **포이에시스**, 즉 **생산**을 생각하고 있다. 개체를 만드는 것, 그리고 이 개체를 결합된 통일체로 만드는 것, 그것은 개체를 생산해 내는 '시스타시스' [조직 구성적 결합]이다. 그 개체성을 이루고 있는 것, 그것은 생산해 내는 능력이며, 무엇보다 자기 자체를 생산해 내는 능력인데, 이 내적인 "형성력"bildende Kraft(칸트의 유기체 개념으로부터 물려받은 이 개념을 낭만주의자들은 **시적인 힘**vis poetica으로 전이했다)을 통해 "자아 속에서는 모든 것이 유기체적으로 형성되고"(A 338), "모든 인간은 시인일 수 있다"(A 430).

결국 [큰]체계를 포에지로 규정하고, 그 생산의 자리에서 그리고 그것의 산물로서 이해하는 것, 즉 근원적 산물로 보여 주는 것이 중요하다. 따라서 위와 마찬가지의 깊숙한 내면에서 인공적 산물(즉 예술)과 자연적 산물의 변증법적 통일을 포착해야 한다. 생식과 배아와 탄생의 변증법적 통일 말이다. 우리는 이 텍스트들에서 **소박한**naïf이라는 용어를 (특히 고대의 **소박**naïve문학과 관련하여) 만나게 되면, 실러[23] 이후 이 단어는 소박성naïveté(순진무구함)과 **탄생**nativité을 동시에 포함한다는 것을 결코 잊어서는 안 된다. 단상들에서 매우 자주 나타나듯이, 고대와 현대의 재결합이라는 주제는 항상 근대문학의 관점에서 고대의 소박성을 재탄생시키고자 하는 요청으로 귀결된다. 이것이 다시 단상으로 되돌아가게 한다. 단상은 아직 완전히 완성되지 않았다는 점에서(A 77 참조) 배아의 상태에 지나지 않는다. 단상은 하나의 싹, 하나의 씨앗이다. 노발리스의 「꽃가루」 마지막에 다음과 같은 말이 나온다. "이런 장르의 단상들은 문학적 씨앗들이다. 물론 그중에는 불모의 알갱이들도 무수히 많을 것이다. 그러나 그것이 무

---

23) 1795년 출판된 실러의 「소박문학과 감상문학」(Über naive und sentimentalische Dichtung) 참조. 프리드리히 슐레겔은 『그리스 시문학 연구』의 서문에서 이 책에 대해 길게 이야기하고 있다. 더 정확히 말하면 "소박한" 것은 예술을 통한 (잃어버린) 자연성의 재탄생과 회복을 포함하고 있다.

슨 상관이란 말인가, 그중 단 몇 개라도 꽃을 피운다면!"[24] 그러니 단편화는 흩뿌림dissémination[25]이 아니다. 그보다는 파종과 미래의 수확을 위한 분산dispersion이라고 해야 할 것이다. 단상의 장르는 발생의 장르다.

만약 이런 방식으로 단상 자체가 본질적으로 유기체적인 것의 질서에 속한다는 것을 스스로 알리고 있다면, 그것은 분명 유기체적인 것이 단상으로부터, 또 단상을 통해 생겨나기 때문이며, 유기체적인 것은 본질적으로 자기-형성auto-formation, 혹은 주체의 진정한 형식이기 때문이다. 앞에서 이미 읽은 대로, 자아 속에서는 "모든 것이 유기체적으로 형성된다". 이런 의미에서 단상은 — 하이데거의 말을 빌리자면 — 헤겔에게서 완성되는 것과 같은 그러한 사변적 담론으로서의 주체성의 형식이다.

더 정확히 말해, 단상은 이 담론의 중복이거나 반대이다. 앞서 피히테의 담론에서와 마찬가지로 헤겔에게도 담론성discursivité 그 자체는 결국 나머지 모든 것들을 생겨나게 하는 총체적 기관의 본원적 존재를 통해 가능한 것이 되었다. 여기서 적어도 헤겔에서의 '시작'이 가진 극단적 어려움을 잠시 접어 두고, 낭만주의적 태도에 대한 헤겔의 반대를 통해 그의 '시작'을 한번 생각해 본다면, 어쨌든 철학적 담론에서 체계적 능력은 처음부터 이미 실행되고 있는 것으로 주어져야 하는 것이다. 이 근원적 상태로부터 아주 조금이라도 벗어나자마자 — 사실 이러한 멀어짐이 바로 관념론의 한가운데에서 낭만주의의 가능성 및 문학적 장르 그 자체의 가능성을

24) 「꽃가루」 114번. — 옮긴이

25) 데리다(Jacques Derrida)가 『산종』(*La dissémination*, 1972)에서 말하는 "의미"(sens)에서, 그리고 일반적으로 씨앗(semence)이나 의소(sémique; 意素)가 결실을 맺지 못하고 분산되어 있다는, 즉 기호나 의미가 헛되이 뿌려져 있다는 의미에서.

열어 주는 것인데 — , 우리는 철학으로부터 벗어나지도 못한 채 가령 셸링의 본원적 무차별성이라는 훨씬 더 난해한 (심지어 저자 자신에게도 난해한 것으로 남아 있는) 어려움에 봉착하게 된다. 무차별성Indifferenz은 (슐레겔의 재치Witz 개념에서 다시 보게 될 것이지만) 여전히 개념의 차원에 있다. 그러나 말하자면 씨앗들의 체계 상태에 있는 무차별성의 개념concept이, 아니 그 **발상**conception 자체가 단상으로 주어져 있으며, 그래서 그 모든 것에도 불구하고 여전히 기초공사가 진행 중인 상태로 주어져 있기 때문에 낭만주의적 조직체organon는 상황을 더욱 악화시키는 것이다. 단상의 유기체적인 성격은 또 조직의 단편화를 나타내며, 어떤 성장의 순수한 과정 대신에 유기체적인 개체성을 구성하고 또 재구성할 필요성을 의미하기도 한다. 이 모델은 — 아마 진정한 모델, 원형으로서의 모델의 지위를 완전히 얻지는 못하겠지만 — 여기서 여전히 단상으로 된 고대, 폐허의 풍경으로 남아 있다. 그리스, 로마, 낭만주의 같은 개체는 우선 재구성되어야 하는 것이다.

이는 "아직 단상적인 것이 존재하지 않기" 때문에, 단상이 부분 조각, 고정되지 않은 덩어리를 표현**하기도** 한다는 것을 말한다. 그것은 '단상'이라는 말의 의미가 변하거나 다양한 단상들의 기능이 서로 달라서가 아니다. 단상이 체계를 이루기도 하고 그렇지 않기도 하는 것은 전적으로 단편화의 동시성과 성격 자체에 기인한다. 단상-고슴도치에 대한 단상[「아테네움 단상」 206]은 바로 이 명제 속의 그러한 하나의 고슴도치**이다**. 그리고 이 명제를 통해 단상이 동시에 진술하고 있는 것은 고슴도치는 **없**다는 것이다. 말하자면 단상은 자신에게서 완성과 미완성을 하나로 통합한다. 물론 훨씬 더 복잡한 방식으로, 단상은 완성과 미완성의 변증법을 완성하는 동시에 완성하지 않는다고 말하는 것도 가능할 것이다. 철학적 담론이 가령 헤겔에서처럼 자신의 미완성을 대상으로 삼아, 그것을 제압하여 자신의 완성인 "순수한 사유"의 영역으로 인도하도록 하는 그러한 과정을, 단편화는 하나의 지점에 집중시키거나 몰아넣는다. 고슴도치에 대한 단상이 고슴도치를 둘러싸고 있는 모든 것을 통해 드러내고 있으며 또 드러나도록 하는 것, 그것은 고슴도치의 순수한 윤곽, 즉 부재하는 [큰]작품Œuvre의 순수한 윤곽이다. 이와 동일한 태도로서 단상의 글쓰기는 당연히 작은 예술 작품œuvre으로부터 무한히 새로이 되풀이된 모호성을 통해 단상을 [큰]작품으로부터 벗어나게 하여, 결국 단상을 다시 단편화한다. 그래서 이것은 고슴도치의 유기체적 단일성을 해체하게 되고, 단상들의 단편화를 단지 '흩뿌려진 단편들'membra disjecta의 통일적 전체로서만 구현하게 된다. 다시 말하면 단상의 예술적 의미 한가운데에 갑자기 문헌학적 의미를 재부여하며, 오직 현대성이 고대를 수용하는 방식을 통해서만, 즉 위대한 개체의 완결된 상실이라는 측면으로서만 현대성의 자율성을 인정하게 된다.

낭만주의의 근원, 그것은 조직체organon의 '항상-이미-사라졌음'에, 즉 카오스chaos에 있다. 「비판적 단상」 103번에 등장하는 "잡다한 착상들의 무더기"는 물론 "정신"에 의해 진정한 체계의 조화로서 이해될 수 있을 것이다. 하지만 그것은 곧바로 다시 "잡다한 무더기"로 주어진다. 이런 점에서 낭만주의 시대는 작품들의 카오스의 시대, 혹은 카오스적 작품들의 시대라고 할 수 있는 것이다. 이미 「아테네움 단상」 이전에 프리드리히 슐레겔은 다음과 같이 쓰고 있다. "만약 우리가 현대 시문학 전체에서 이러한 무목적성 및 무법칙성과 함께 개별 부분들의 고도의 탁월함을 동시에 주목해 본다면, 이 전체는 마치 소멸된 아름다움의 작은 부분들, 부수어진 예술의 단편 조각들이 희뿌연 혼합 속에서 서로 얽혀 마구 움직이고 있는 그런 투쟁하는 힘들의 바다와 같이 나타날 것이다. 우리는 그것을 숭고하고 아름다우며 유혹적인 모든 것의 **카오스**라 부를 수 있다."[26] 그래서 「아테네움 단상」 421번에서는 장 파울[프리드리히 리히터]에게서 "카오스"를 말하고, 또 「시문학에 관한 대화」에서는 바로 이 장 파울의 작품에 대해 "비낭만주의적인 요즘 시대에 그렇게 그로테스크한 것들과 고백들이야말로 유일하게 낭만주의적 창작물"일 거라고 말하는 것이다.[27] 문학적 시대뿐 아니라 당연히 모든 시대가 카오스적이다. 여러 경우 중에서 특히 프랑스 혁명이 잘 드러내고 있듯이 말이다(「아테네움 단상」 424번 참조). 카오스는 결국 항상-이미 사라진 소박성naïveté과 아직 한 번도 존재하지 않은 절대적 예술의 상황이며, 이런 의미에서 카오스는 인간의 조건을 명확히 표현하는 것이기도 하다. 프리드리히 슐레겔이 한 유고 단편에서 말하고 있듯이 "우리는 잠재력이 있는 '카오스적' 유기체"인 것이다(그리고 이런 측면에서 낭만주의의 특수성 속에서 **유한성**에 대한 칸트의 사유가 부분적으로나마 지속되고 있거나 혹은 저항을 받고 있다고 보는 것은 정당하다[28]).

그럼에도 불구하고, 한번 말해 보자면, 카오스가 있고 또 카오스가 있다. 「아테네움 단상」 389번은 문학에 등장하는 소위 "중국 정자"의 현대

---

26) 『그리스 시문학 연구』[Friedrich Schlegel, *Kritische Schriften und Fragmente: Studienausgabe in sechs Bänden*, Bd. 1: 1794~1797, p.71]. (Friedrich Schlegel, *Kritische Schriften und Fragmente, Studienausgabe* in 6 Bd. Hrsg. von Ernst Behler u. Hans Eichner, Paderborn: Schöningh 1988.)

27) 이 책 3장 '시' 참조[3장에 수록된 프리드리히 슐레겔의 「시문학에 관한 대화」 중 「소설에 관한 편지」에 등장하는 장면이다].

28) 특히 칸트에게서 나타나는 카오스 개념과 관련시켜야 할 것이다. 칸트에게는 이념의 규제적 용법을 — 그리고 판단력의 반성적 용법을 — 보장할 필요성이 곧 이러한 용법 이상을 넘어설 수 있는 능력이 없이도 가능한 카오스로부터의 보호 조치를 의미한다. 이 보호 조치 없이는 유한한 이성이 카오스에 내맡겨지게 되는 것이다(특히 『판단력 비판』 '제1서론' 참조).

적 "그로테스크함"을 이전의 여러 철학에서 보이는 "정교한 카오스"[29]와 상반된 것으로 놓는데(그리고 이 맥락에서 그로테스크는 카오스의 동반자이다), 이전의 몇몇 철학은 "고딕 성당보다 오래 살아남을 정도로 견고하며", "해체를 배울 수 있는 곳, 혹은 혼란Konfusion이 질서정연하게 구성되어 있고 대칭적인 곳"이기 때문이다. 여기서 우리는 낭만주의적 원리에 따라 아이러니의 진리를 읽어 내야 한다.[30] 즉 카오스는 **구성되는** 어떤 것이기도 한데, 바로 이 지점에서부터 이제 "잡다한 착상들의 무더기"에 관한 단상[「비판적 단상」 103번]의 보충적 독해가 필요하다. 낭만주의 — 혹은 시창작술poïétique — 고유의 과제는 카오스를 제거하거나 축출하는 것이 아니라, 카오스를 구성하거나 해체로부터 [큰]작품Œuvre을 창조해 내는 것이다. "잠재력이 있는 유기체"에 있어 조직과 발생은 해체의 한가운데서 일어날 수 있으며 그렇게 일어나야 한다. 자기 자신에 대한 패러디로서, 그와 동시에 체계의 "질서정연함과 대칭"에 따라서 말이다. 이 경우 단상은 작품화를 패러디하는 장르, 혹은 패러디적 작품화이며, 이것은 결국 표본적 [큰]작품**으로서도** '카오스'를 항상 지시하게 된다. 이런 사실은 특히 로마의 풍자시나 더 분명하게는 셰익스피어의 드라마에서 확인할 수 있

29) Kunstchaos(정교한 카오스), 이것은 즉 예술 혹은 철학적 기예를 통해 생산되는 카오스이며, 따라서 마치 "자연적인" 것과 "소박한" 것이 구별되는 것처럼 그렇게 실제 카오스와 구별되는 카오스다.

30) 즉, 잡지 『아테네움』 마지막 호에 발표되었던 텍스트 「이해 불가능성에 대하여」(Über die Unverständlichkeit)에서 프리드리히 슐레겔 자신이 쓴 내용에 따라 그렇게 해야 할 것이다. 여기서 슐레겔은 아이러니에 대한 단상들로부터 잡지에 실린 텍스트들에 있는 아이러니를 해독할 줄 알아야 한다는 점이 이해되지 않았다는 것에 놀라움을 표현했다. 우리가 나중에 피상적으로만 언급하게 될 슐레겔의 아이러니 개념에 대해서는 Beda Allemann, *Ironie und Dichtung*, Pfullingen, 1959, pp.55 이하 참조. 그 외 우리는 베다 알레만에 따라(*Ibid.*, p.60) 프리드리히 슐레겔 자신에서는 (이후 졸거K. W. Solger의 체계화에서 전개될 내용과는 반대로) 재치의 개념과 아이러니의 개념이 상당 부분 서로 관련된다는 점에 주목할 것이다.

다(「아테네움 단상」383번 참조). 단상은 이런 방식으로 자신을 드라마화로도 나타내는 가운데, 패러디적이면서도 동시에 진지하게 자기 자체가 된다. [큰]작품이라는 장르로서 자기 고유의 카오스가 되는 것이다.

사실 패러디의 이러한 이중성은 익히 알려져 있던 것인데, 당연히 여기에 바로 카오스의 또 다른 의미가 애초부터 들어 있었다. 우리는 여러 점에서 근대 포에지의 카오스에 대해 앞에서 인용된 텍스트를 계속 이어서 읽어 볼 필요가 있다. 그 구절은 다음과 같다. "우리는 그것을 숭고하고 아름다우며 유혹적인 모든 것의 **카오스**라 부를 수 있다. 신화가 전하고 있듯이 세계의 질서를 생겨나게 하는 모태가 되었던 고대의 카오스와 유사하게 근대의 카오스도 **사랑**과 **증오**를 배태하고 있는데, 이는 상이한 요소들은 서로 떼어 놓고 같은 종류는 결합시키기 위해서이다."[31] 카오스는 가능 상태의 발생들이 머무르고 있는 장소이기도 하다. 카오스는 생산력이다. 데카르트 이후 주체가 자신의 앎과 능력을 발휘해 온 것은, 혹은 아주 단순히 말해 자신을 **주체**로서 세울 수 있었던 것은 이러한 원초적 카오스로부터 세계를 재구성함으로써 가능한 일이었다.

이제 카오스라는 주제가 어떻게 발전되는지의 문제로 되돌아가야 할 것인데, 이 발전이 「이념들」에서, 정확히 말해 단상들의 바깥에서 이루어진 것은 우연이 아니다. 하지만 지금 이 자리에서는 우선 카오스로서의 단편화는 세계 창조자에게 제공된 재료이기도 하다는 점을, 또 이러한 이유로 낭만주의의 단상은 [큰]작가와 [큰]창조자로서의 예술가적 전형을 결정적으로 확립하고 정착시켰다는 점을 상기하는 데 만족하기로 하자.

---

31) 『그리스 시문학 연구』(F. Schlegel, *Kritische Schriften und Fragmente*, Bd. 1: 1794~1797, p.71). —옮긴이

하지만 이 창조자는 **코기토**cogito의 주체가 아니며, 자기에 대한 직접적 앎의 의미도 없으며, 주체의 실체적 위치를 말하는 것도 아니다.[32] 칸트에서 행해진 결정적 비판에 비추어 보면, 창조자는 판단의 주체이며, 비판적 활동의 주체, 더 정확히 말해 양립 불가능한 것들은 구별하고, 양립 가능한 것들에서는 객관적 통일을 구성하는 활동의 주체이다. 결국 낭만주의에서 말하는 창조자란 프리드리히 슐레겔에 따르면 근대 포에지에서의 카오스가 배태하고 있다고 하는 "증오와 사랑"이라는 활동의 주체, 혹은 이러한 활동**으로서**의 주체인 것이다. 주체가 지닌 명백히 **활동적인** 지위는 [큰]작품의 목적에 부합한다.

이 활동적 지위는 낭만주의의 가장 유명한 모티브들 중 하나인 '재치' Witz를 통해서도 나타나는데, 재치의 문제는 단편화와 매우 밀접한 관계를 맺고 있다.[33] 재치라는 개념에서 우리는 단편화에 있어 가장 특징적이고 궁극적인 요소를 만나게 된다. 그뿐 아니라 특히 재치 개념을 통해 낭만주의를 규정할 경우, 낭만주의의 영역을 일반적인 경우보다 더욱 좁게 제한하게 된다. 이 경우 오로지 (또는 거의) 프리드리히 슐레겔, 장 파울, 그리고 이후의 졸거K. W. Solger에만 해당되며, 여기에 노발리스의 몇몇 텍스트에

32) 벤야민이 강조하듯이(W. Benjamin, *Der Begriff der Kunstkritik in der deutschen Romantik*, p.24), 정확히 이것이 낭만주의자들이 피히테를 벗어나는 본질적인 부분들 중 하나이다. 피히테가 데카르트에 반대하여 사유보다 실체적 자아에 우선권을 부여한 반면, 낭만주의자들은 피히테와 달리 자아보다는 반성의 우위를, 만물의 자기반성의 우위를 주장했다. 벤야민은 다음과 같이 말한다. "피히테에게 의식은 '나'(Ich)이고, 낭만주의자들에게 의식은 '자기 자체'(Selbst)이다."

33) 재치에 대해서는 R. Ayrault, *La genèse du romantisme allemand*, III, pp.139 이하; B. Allemann, *Ironie und Dichtung*, pp.55 이하 참조. 특히 전적으로 재치에 의해 구성되는 **화학적 혼합**(mélange chimique)이라는 주제에 대한 연구는 Peter Kapitza, *Die frühromantische Theorie der Mischung*, München, 1968 참조.

나타나는 단 하나의 측면도 덧붙일 수 있는데, 이렇게 보면 낭만주의 예술에 대한 헤겔의 집중적인 비판이 재치를 중심으로 하는 좁은 영역의 낭만주의에 해당되는 것은 우연이 아니다.

특히 재치와 단상, 이 두 '장르'(이렇게 부를 수 있다면)는 모두 '착상' Einfall(우리에게 '갑자기 떠오르는' 생각을 말하며, 그래서 발견하는 것이라기보다는 우리에게 오는 것이다)을 전제한다는 점에서 서로 만난다. "잡다한 착상들의 무더기"[「비판적 단상」 103번]가 재치의 특성을 지니고 있다면, 이와 마찬가지로 "재치 있는 많은 착상들은 가까운 관계에 있는 두 생각이 오랫동안 떨어져 있다가 예기치 않게 다시 만난 것과 같은"(A 37) 것이기 때문에, 재치는 방금 약술된 단상적이고 대화적이며 변증술적인 구조 전체를 자기 안에 함축하고 있는 것처럼 보인다. "착상"의 본질은 그것이 사유의 종합이라는 데 있다. 적어도 17세기 이후 이어지는 전통에 따르면 재치의 근본적인 성격은 이질적 요소들을 통합하는 것이었다. 즉 (동질적인 것을 통해, 그리고 동질적인 것 속에서 일어나는) 진정한 **발상**conception의 대체물인 동시에 (오직 동질적인 것을 통제함으로써 이질적인 것을 서로 연결하는) 판단의 닮은꼴이기도 하다. 사실 의미론적 기원에서뿐 아니라 (재치[기지]Witz는 앎[지]Wissen과 한 쌍이다) 역사적으로도 프랑스어 esprit이나 영어 wit와 같은 형태로서, 재치는 앎의 다른 이름이자 다른 '개념'을 이루고 있다. 혹은 다른 종류의 앎, 즉 분석적이고 술어적인 담론성의 앎과는 다른 앎에 대한 이름이자 '개념'이다. 이것이 의미하는 바는, 낭만주의가 물려받아 격상시킨 그 재치는 헤겔이 "절대지"라는 확고한 명칭으로 부르게 될 것과 가장 유사하게 구성되어 있다는 것이다. 이 절대지라는 개념에서 절대적이라는 의미는 무한한 앎이라는 뜻이라기보다는 자신이 아는 것이 무엇인지 모두 아는 가운데 스스로를 알며, 그래서 지의 실행 중인 무한함과 자신의 [큰]체계를 형성하는 앎이라는 의미에서 절대적이다.[34] 재치는 바로 칸트적 의미에서 선험적 종합을 나타내기는 하지만, 칸트의 제한적 조건과 비판적 절차가 제거된 종합이며, 이것은 대상의 종합과 함께 주체의 종합도 동반한다. 물론 이 주체를 적어도 생산적 주체의 능력이라는 의미로 이해한다 하더라도 말이다. 이러한 이유로 재치는 결국 우리가 '서곡'에서 논의한 바대로 초월적 도식론의 수수께끼에 대한 해답이 된다.

그러므로 재치는 단순히 하나의 '형식'이나 '장르'가 아니다. 물론 재치는 단상들에서 볼 수 있는 바와 같이, 대화 혹은 **사교성**(「비판적 단상」9번 참조)에 가장 어울리는 장르이며, 예술가들 집단에서, 가령 「아테네움 단상」의 저자들이 속한 그룹 같은 곳에서 말이나 생각들, 그리고 마음들이 생생하고 자유롭게 교환되는 것을 표현하는 문학 장르이다. 재치는 또한 낭만주의자들의 텍스트에서 쉽게 발견되는 가치의 복수성에 의거하여 모든 장르와 작품에 부여할 수 있는 어떤 특징이기도 하고, 정신적 능력이기도 하며, 또 동시에 정신의 한 유형이기도 하다. 혹은 이질적 요소들이 얽혀 있는 카오스의 상태에서 지금까지 존재하지 않았던 새로운 관계들, 즉 창조적인 관계들을 단번에, 섬광 같은 속도로 포착하여 이를 분명히 드러낼 수 있는 능력을 지닌 정신 유형이기도 할 것이다(비록 이 책에 실린 단상들에서는 나타나지 않지만, 같은 발음이 반복되는 '번쩍이는 재치'Blitz-Witz라

34) 그래서 하이데거는 우리가 앞에서 언급한 것과 같은 방식으로 변증법을 정의한 후 다음과 같이 썼다. "프리드리히 슐레겔은 「아테네움 단상」 82번에서 '재치가 없는 정의는 아무 쓸모가 없다'라고 말했다. 여기서 우리는 관념론적 변증법의 낭만주의적 전환을 발견할 수 있다"(M. Heidegger, *Schelling*, p.99). 그럼에도 불구하고 이 주장은 동시에 어떤 문제를 보여 주는데, 그것은 바로 정확히 이 **전환**(transposition)에서 일어나는 것, 혹은 관념론과 낭만주의 사이에 남아 있는 "놀이"(jeu)의 문제이다.

는 말은 이런 맥락에서 자주 사용되어 왔다). "재치는 창조적이다. 재치는 유사성을 생산한다"라고 노발리스는 「꽃가루」에서 쓰고 있다.[35] 재치는 직접적이고 절대적인 '보는 법'이다. 즉 도식론의 맹목적 관점에 다시 주어진 통찰이며, 작품의 생산력을 직접 조망하는 통찰이다. 낭만주의적 재치에서는 우리가 앞에서 형상미학eïdesthétique[36]이라고 부르기로 한 것의 승화assomption가 일어난다. 즉 재치는 이념의 형이상학, 즉 자기 표명을 통한 이념의 자기 인식의 형이상학을 모으고 결집시켜 그 절정에 이르게 하기 때문이다. 재치는 괴상하고 신랄하고 특이한, 혹은 여러 단상 중 가령 「아테네움 단상」 429번에서 발견할 수 있는 단어를 다시 끄집어내자면 한마디로 "기괴한" 작품들의 범주에만 속하는 것은 결코 아니다. 오히려 그와 반대로 이 단상에서는 어떻게 "무한히 기괴한" 것이 모든 장르와 "최고의 교양"에까지 확장될 수 있는지를 읽어 낼 수 있을 것이다. 다른 식으로 표현하여, 기괴한 것이 무한할 수 있다면, 그건 아마도 무한함이라는 것은 비록 자신의 본질상으로는 그렇지 않다 하더라도 자신을 표명하는 데 있어서는 오로지 기괴할 수밖에 없기 때문이라는 것도 읽어 낼 수 있다는 것이다. 이질적인 것들의 기괴한 조합들을 통해, 재치는 바로 사변적 지식의 역할을 한다(그래서 「비판적 단상」 59번에서처럼 재치는 "그 자체가 목적"이라 할 수 있을 것이다. 「비판적 단상」 16번과 126번도 참조하라).

낭만주의자들과 가까웠던 베른하르디는[37] 1805년 『언어론』*Sprachlehre*에서 다음과 같이 말하고 있다(아우구스트 슐레겔이 이 책에 대한 서평에서

---

35) "Der Witz ist schöpferisch — er macht Ähnlichkeiten." 이 인용문의 출처는 「꽃가루」가 아니라 Novalis, *Allgemeine Brouillon*, Nr. 732이다. — 옮긴이

36) 이 책 '서곡'의 「세계-주체」, 68쪽 이하 참조. — 옮긴이

37) August Ferdinand Bernhardi(1769~1820). 독일의 언어학자이자 작가. — 옮긴이

인용하는 구절이다).[38] “진리의 본질은 재치라는 것에 있다. 왜냐하면 모든 학문은 지성의 재치이고, 모든 예술은 상상력의 재치이며, 정곡을 찌르는 모든 예리함은 진리의 재치를 상기시키는 한에서만 재치 있는 것이기 때문이다.” 우리는 재치에 관한 단상들의 그물망 속을 두루 읽어 나가다 보면, 비록 거기서 이와 완전히 동일한 표현은 결코 발견하지 못한다 할지라도 — 그 이유는 곧 알려질 것이다 — 적어도 그 가장 가까운 곳에는 종종 도달해 있음을 알게 될 것이다. 이러한 점에서 재치는 사실 단상의 본질을 제공해 주는 것인데, 이 점을 「비판적 단상」 9번은 다음과 같이 표현하고 있다. “재치는 전적으로 사교적 정신이거나 단상적 독창성이다.” 단상의 독창성이 가장 우선적으로 의미하는 것은 카오스의 미완성 한가운데서 체계의 완성된 형태를 번쩍이는 섬광 속에서 순간적으로 창조하는 시적 독창성이다. 단상적 사변, 체계와 카오스의 변증법적 동일성은 바로 재치의 폭발 속에서 **생겨난다**(「비판적 단상」 34번과 90번 참조).

하지만 바로 그 순간에 재치는 단상적 해체를 재생산하거나 표현한다. 재치의 그물망 속에서 우리는 저속하고 애매하며 위험한 재치에 대해 경고하고 있는 일련의 단상들을 여기저기서 만날 수 있을 것이다. 재치와 같은 편에 속해 있으면서도 재치에 대해 보이는 이러한 경계의 태도는 재치의 전통만큼이나 오래된 것이다. 재치가 실제로 어떤 장르나 작품과 동일시될 수 있었던 적은 없다. 재치는 전적으로 다양한 요소들의 조합으로 이루어져 있기 때문에, 그중 저급하고 일시적이며 거의 무정형적인 성격

---

38) 이 책의 저자들이 기입한 연도 1805년은 오류로 보인다. 아우구스트 슐레겔이 1803년 잡지 『유럽』(*Europa*)에 서평을 쓰기도 한 베른하르디의 『언어론』이 출간된 연도는 1801~1803년이다. — 옮긴이

으로 인해 저속함의 위험에 항상 처해 있다. 그래서 「아테네움 단상」 116번이 말하고 있듯이 재치 그 자체도 **포에지가 되어야** 하는 것이다. [큰]작품의 절대적 이념, 그것은 여전히 작품화되어야 하는 '작품조차 아닌 것' le même-pas-œuvre이기도 하다. 이에 따라 재치라는 모티브는 계속해서 둘로 나뉘어 있다. 한편으로 그것은 프리드리히 슐레겔의 많은 유고 단편들에 나타나는 표현들처럼 "공포와 마비"를 불러일으키는 "카오스적", "지하의" 재치를 간직하고 포함해야 한다. 그러나 다른 한편으로는, 사실 이것이 재치가 요구하는 주된 사항이기도 한데, 근본적으로 무의도적인 재치의 성격에 내맡겨야 한다(「아테네움 단상」 32번과 106번 참조). 재치Witz를 억지로 가지려고 하면 그것은 "시시한 농담Witzelei"(A 32)이 된다. 즉 셰익스피어의 드라마가 아니라 강제적이고 부자연스러운 재치, "중국 정자"가 되어 버리는 것이다. 역설적이게도 그 해결책이라 부를 만한 것이 있다면, 그것은 「아테네움 단상」 394번의 다음 구절에서 찾을 수 있다. "진정한 재치는 오로지 쓰여진 형태로만 생각할 수 있다." 살롱에서 재치가 처해 있는 것과 같이 너무 즉각적인 방식으로 행해지는 폭발적이고 위험한 상황으로부터 벗어나야 한다는 것이다. 달리 말하면, 재치가 작품이 되도록 해야 하는 것이다.[39] 그러므로 단상의 글쓰기는 결국 재치의 내적인 이율배

---

39) **글쓰기** 일반의 이점이라는 주제에 대해 프리드리히 슐레겔과 관련해서는 이 책의 2장에 실린 「철학에 대하여」에서, 노발리스와 관련해서는 '종결'에 실린 「대화들」에서 언급될 것이다. 이 이점이 무엇이든 간에, 낭만주의에서는 아직 우리 현대성에서의 글쓰기에 대한 사유, 특히 블랑쇼나 데리다의 그것과 비교할 수 있는 그러한 글쓰기에 대한 사유를 시작한 것은 결코 아니다. 우리는 가령 이어지는 텍스트에서 적어도 양가적 방식으로 항상 작동하는 "정신과 문자"라는 모티브를 따라가 보면 이를 확인하게 될 것이다. 그럼에도 불구하고, 앞으로 우리가 살펴볼 것처럼, 낭만주의가 글쓰기에 대한 사유의 어떤 가능성을 열어 놓았다면, 그것은 글쓰기라기보다는 단편화의 모티브로부터 나온 것이라 해야 할 것이다.

반을 변증법적으로 지양하는 것에 있다. “단상적 독창성”은 재치를 작품으로 유지하고, 비작품non-œuvre, 아류작품sous-œuvre, 반작품anti-œuvre으로서는 재치를 폐기한다. 이것이 의미하는 바는 분명 독창성은 의도적인 것과 무의도적인 것의 ‘지양’도 만들어 낸다는 것이다.

따라서 글쓰기와 독창성은 단상의 실마리들을 제공하는 듯하다. 형식에 이르는, 즉 작품의 형식적 정당성에 이르는 통로로서의 글쓰기는 「아테네움 단상」 394번에서처럼 적절한 비유를 통해 표현될 수 있다. “진정한 재치는 법률구문과 같이 오로지 쓰여진 형태로만 생각할 수 있다.” 또 재치의 자기승화auto-assomption, 혹은 재치 안에 들어 있는 정신의 자기승화로서의 독창성은 「아테네움 단상」 366번에 다음과 같이 나타나 있다. “오성은 역학적 정신, 재치는 화학적 정신, 그리고 천재는 유기체적 정신이다”(「아테네움 단상」 426번도 함께 참조).

오르가논[조직체]의 진리가 독창성을 통해 접근 가능하다는 것은 그리 놀랄 일이 아닌데, 이 점에서 낭만주의는 낭만주의적이라기보다는 18세기와 칸트의 유산이다. 낭만주의에 가장 고유한 것은 오히려 단상적인 것의 모든 문제가 단상 텍스트 내에서 천재와 관련하여 다시 등장하는 방식이다(천재는 결국 단상이나 재치와 마찬가지로 정의된다). 만약 “재치가 단상적 독창성이다”[「비판적 단상」 9번]라고 한다면, 하지만 또한 재치를 넘어서 있는 작품, 진정한 시문학 작품이 낭만주의적인 무한한 “진행성” 속으로 휩쓸려 들어가 버린다면, “유기체적” 천재가 카오스의 시대에서 과연 자신을 드러낼 수 있을지 질문해 보아야 한다. 물론 이 천재는 그렇게 할 수 없을 것이다. 그것이 만약 “절대적으로 위대하며 유일무이하고 범접 불가능하다고 칭하는 것이 결코 과장이 아닌 유일한 천재”인 고대라면 말이다(「아테네움 단상」 248번). 천재는 개체와 마찬가지로, 그리고 개체이기 때문에 '항상-이미 사라진 것'이며, 또 고대로서 천재는 오로지 단상에만 존재한다.

사실 "천재"라는 용어가 텍스트 여러 곳에서 번갈아 가며 유일한 천재, 그리고 개체로서의 고대, 그다음으로 창조자 유형이기는 하지만 앞의 다른 두 유형보다 낮거나 이 유형들 뒤로 물러나 있는 어떤 유형, 더 정확히 말해 교양인이 만들어 낸 이상에 지나지 않는 유형, 이 세 가지를 차례로 지칭하고 있다는 것을 우리는 발견할 수 있다. "교양 있는 신사"와 "계몽주의자"의 낭만주의적 절대화로서의 이 교양인은 총체적 형식 속에서 완성된 탁월한 이성의 주체이다. 이것이 「아테네움 단상」 419번에서 찬양되고 있는 "완성된 것", 즉 "영웅의 파괴력과 예술가의 구성력이 없는 고요한 신성"이다. 완성으로서의 '도야'[형성]Bildung는 생성으로부터도, **형성하려**는 노력 자체로부터도 벗어나 있는 그 무엇을 지칭한다. 어떤 의미에서 Bildung은 형식이 자기 자신과 맺는 순수한 결합으로서의 [큰]체계를 구성한다. **상**Bild은 (혹은 이념Idée은) 결국 자기 자신에게 **나타나며**, 무엇보다 특히 자기 자신에게 **나타나는** 것이기 때문이다. 이와 반대로 천재는 재치와 마찬가지로 형식화의 능력으로서 상대적인 무정형성informité을 의미한다(기형difformité은 아니라 할지라도 말이다). 즉 천재가 함축하는 것은 **통찰**과 **작품** 사이의 간극이다. 「아테네움 단상」 432번에서 이것을 읽을 수 있다. "무엇이 만들어져야 하는지에 대한 아주 명료한 인식과 분명한 통찰로부터 완성으로의 도약은 항상 무한한 것으로 남아 있을 것이기 때문이다." 이 무한한 차이를 천재는 극복한다. 물론 이 극복은 무정형적이고 맹목적인 도약을 통해서만 가능한 것이다. 작품들의 창조는 아직 행해지지 않았으며 지금까지 한 번도 그렇게 되어야만 하는 그 상태에 이르지 않았다. 즉 '[큰]작품-주체' 자체 내지 '[큰]작품-자기인식' 자체와 동일한 자기생산에 이르지 않았다. 하지만 단상적 장치가 의도하는 것이 바로 이러한 자기생산이다(이에 대해서는 앞으로 살펴볼 것이다). 그런데 단상적 의도는 단상의 경계들을 형성하는 적어도 다음 세 가지 요청을 분명한 전제로 한다(그리고 이 경계들이 바로 단상의 조건을 규정하고 모든 단상을 절대적 단편화로부터 구분해 내는 것이다).

— 자신이 나타내는 것 속으로 사라질 수 있는 포이에시스(「아테네움 단상」 116번 참조).
— 재치의 고양된 승화로서의 아이러니, 창조적 자아와 작품들의 소멸이 절대적 동일성이라는 설정, "초월적 익살"(「비판적 단상」 42번, 그리고 108번도 참조).
— 철학이 "더 이상 천재적 착상을 기다리지 않도록"(「아테네움 단상」 220번) 하며, 그래서 재치와 천재의 우연성을 벗어날 수 있도록 허용하는 절대적이고 "결합시키는 예술".

여기서 알 수 있는 바와 같이 이 세 가지 요구는 단상-고슴도치의 이상을 위해 필요한 형식을 정확히 그려 내고 있다. [큰]작품은 모든 개체와 모든 작품이 사라지는 곳에서 절대적이고 필연적으로 일어나는 자기생산 이외의 다른 그 무엇일 필요가 없다. 이것은 결코 예술적 천재성 안에 내재하는 것이 아니다. 더 엄밀히 말하자면 그것의 (낭만주의적 의미에서의) 이상을 만들어 내는 것 속에, 필연적 자기생산 속에, 그리고 [큰]체계-주체의 구조, 모든 상Bild 너머에 있는 단상의 상Bild, **말하자면 절대적인 것의** 상이 이후 거주하게 될 생산의 자기필연성 속에 내재하는 것이다. 왜냐하면 고슴도치가 상징하는 것이 바로 이러한 ab-solutum[벗어남, 해방], 모든 것으로부터 분리된 해방이기 때문이다.

절대적인 것의 길, 단상의 절대적 해방의 길 위에서 낭만주의는 이제부터 서로 분명히 구분되면서도 영원히 교차하는 두 길을 따라가게 된다. 하나는 노발리스의 길로서, 이 길은 재치를 결합인 동시에 해체로 재규정한다. "친화력의 원리인 재치는 동시에 **보편적 용해제**menstruum universale이다"[「꽃가루」의 57번 단상]. 보편적 용해제는 체계적인 모든 것을 해체하고, 시인의 동일성을 해체하여 이를 "노래 속에서의 해체"로 옮겨 가게 하는데, 이 해체는 『하인리히 폰 오프터딩엔』*Heinrich von Ofterdingen*을 위한 유고 단상 하나에서 그려지고 있으며, 시인의 — 매우 모호한 — 희생을 포함하고 있다("그는 거친 사람들에 의해 희생될 것이다"). 그러나 희생(신성화)의 모호성은 해체라는 모티브의 모호성과 부합하는 것이다. 이것이 재치의 화학을 용해제의 연금술로 다시 이끌고, 그래서 위대한 [큰]작품에까지 되돌아가게 한다. 이와 동시에 특히 칸트에게서 발견할 수 있는 그런 유기체적 동화 작용, 즉 "영양 섭취"intussusception의 의미에서[40] 해체Auflösung에까지 다시 되돌아가게 한다.

다른 한 가지, 프리드리히 슐레겔의 길은 「아테네움 단상」 375번이 지시하고 있는 길일 것이다. "힘"énergie 또는 "힘을 가진 인간"을 향해 가는 이 길은 "전인적 인간이 스스로를 형성하고 행동할 때 사용하는 보편적

---

40) Immanuel Kant, *Kritik der reinen Vernunft*, hrsg. von Raymund Schmidt, Hamburg: Felix Meiner, 1956, p.749(II. '초월적 방법론', 3. '순수이성의 건축술') 참조. "Das Ganze ist also gegliedert (articulatio), nicht gehäuft (coacervatio); es kann zwar innerlich (*per intus susceptionem*), aber nicht äußerlich (*per oppositionem*) wachsen." — 옮긴이

힘"의 "무한한 탄력성"을 통해 규정되며, 이런 점에서 "작품을 완성시키는" 천재를 넘어서 있다. 힘은 작품과 체계의 경계를 향해 뻗어 간다. "엄청나게 많은 구상"과 결부되어 있는 힘의 "무한한 탄력성"은 작품과 체계를 무한히 계속 단편화시킨다. 그러나 이 탄력성이란 정확히 말해 형식의 무한한 능력, 즉 형식의 절대성의 무한한 능력이 아니라면 무엇이란 말인가? 그리고 이 힘, en-ergeia[그리스어로 '활동성']는 작품화 그 자체가 아니라면, 그리고 오로지 잠재력일 뿐인 (천재의) 모든 작품들의 완성된 조직체organon가 아니라면 무엇이란 말인가? (아리스토텔레스의 **현실성**acte, 그것은 dynamis[가능성]와 대비되는 energeia, 힘이다.[41)])

따라서 해체와 힘, 단상의 이 두 가지 궁극적 형식들은 필연적으로 작품-주체로 다시 되돌아갈 것이다.

그렇다고 해도 힘에 대한 이 단상 375번은 여전히 독특하며, 「아테네움 단상」 전체 속에서 떠돌아다니고 있는 하나의 조각일 뿐이라는 사실에는 변함이 없다. 또한 노발리스가 "시인의 해체"를 말하는 텍스트를 쓰지 않았다면, 그 이유는 그가 죽었기 때문이 아니라, 이 작품이 더 위대한 그의 모든 기획들과 마찬가지로 자신의 씨앗들의 번식 속으로 끊임없이 모습을 감추어 버렸기 때문이라는 것도 여전한 사실이다. 적어도 단상에서 이것이 의미하는 바는, 낭만주의에 가장 특징적인 태도, 아주 미세하지만 그만큼 더 결정적으로 낭만주의를 형이상학적 관념론과 구별해 주는 태도는 [큰]작품에 대한 탐구나 이론 속에서도 아주 신중하게, 그리고 그것을 진정으로 원하지 않은 채 [큰]작품 자체를 포기하거나 잘라 내며, 그래서 알아차리지도 못하는 사이에 — 블랑쇼가 표현한 대로 — "작품 부재

---

41) 아리스토텔레스, 『형이상학』, 1048a~1051b 참조. —옮긴이

의 작품"[42]으로 변화시킨다는 것이다. 단상의 모티브(단상의 형식이나 장르, 이념 그 어느 것도 아닌)가 눈앞에 보여 주지 않으면서도 우리로 하여금 계속해서 깨닫도록 하는 것은 바로 이 변화에 들어 있는 아주 사소하면서도 선명한 특징이다. 여기서 문제가 되는 것은 다른 어떤 것으로 인한 변화라기보다는 아주 미미한 이동이나 차이인데, 이것이 분명 낭만주의 중에서도 가장 낭만주의적인 측면, 모든 종류의 현대성을 넘어 가장 현대적인 측면을 이루는 것이다. 그러나 동시에 이것이 또한 낭만주의 자신이 끊임없이 낭만주의와 현대성의 이념 바로 그 뒤에서 감추어 온 것들이기도 하다.

단상이 (낭만주의적으로 약간의 아이러니를 섞어 말하면) 항상 무화시키는 가운데 끊임없이 예감하게 하는 것, 그것은 바로 (블랑쇼를 빌려 표현하면) "다양한 방식으로 전체를 중단시키는 가운데 이 전체에 움직임을 일으키는 — 변화를 주는 — 완성의 새로운 형식의 추구"라고 말해 보자. 이런 점에서 "단상의 요청은 총체성을 배제하는 것이 아니라 넘어서는 것이다". 노발리스가 말하는 씨앗들의 분산도 이런 점에서 발생을 넘어서거나 혹은 그 안에서 약화시켜 발생을 흩뿌리는 것이다. 사실 낭만주의 작품에는 낭만주의 작품의 중단과 흩뿌림이 있다. 그러나 그런 것들은 작품 자체에서는 읽어 낼 수 있는 것이 아니며, 심지어 거기서 단상이나 재치, 카오스를 강조한다 하더라도 사정은 결코 다르지 않다. 그보다는 블랑쇼의 또 다른 표현에 따라, 누구도 이름을 부여한 적도 없고, 제대로 생각해 본 적도 없는 '무위'désœuvrement 속에서 읽어 낼 수 있다. 이 하지 않음, 무위가 낭만주의 작품들 틈새로 도처에 스며든다. 무위는 미완성이 아니다. 왜

42) M. Blanchot, *L'entretien infini*, pp. 517 이하.

냐하면 앞에서 이미 보았듯이 미완성은 자신을 완성하며, 그것은 단상 그 자체이다. 그에 비해 무위는 아무것도 아니며, 단상의 중단일 뿐이다. 단상은 동일한 지점에서 자신을 닫고 중단한다. 그럼에도 불구하고 단상은 하나의 점이 아니다. 마침표도 아니며, 단상적 [큰]작품에서 깨뜨려져 나온 하나의 조각도 결코 아니다. 「아테네움 단상」 383번이 이것을 말하고 있다. 아마 우리는 이 단상이 말하고 있는 것에도 불구하고 지금 바로 다시 읽어 보기 시작해도 좋을 것이다. "어떤 종류의 재치는 그 견고함과 상세함과 대칭성으로 인해 사람들이 건축술적인 재치라고 부르기를 좋아한다. 이 재치가 풍자적으로 표현되면 그것은 신랄한 조롱이 된다. 재치는 잘 짜인 체계여야 하고, 그럼에도 체계적이어서는 안 된다. 모든 것이 완벽한 가운데 무언가 빈 곳이 있는 듯, 어딘가 끊어진 듯 보여야 한다……."

2. 프리드리히 슐레겔 「비판적 단상」

1 예술가라 불리는 많은 사람들은 원래 자연의 예술 작품들이다.

2 모든 민족은 무대 위에서 자신들의 평범한 천박함만을 보고 싶어 할 뿐이다. 그러니 그들에게는 영웅이나 음악 또는 광대로 즐거움을 선사해야 할 것이다.

3 디드로는 『운명론자 자크와 그의 주인』*Jacques le fataliste et son maître*에서 정말 독창적인 어떤 것을 만들어 내게 되면, 보통 자신이 그 직후 직접 뒤따라 등장하여 그렇게 독창적으로 된 것에 대한 기쁨을 이야기한다.

4 너무나 많은 시문학이 있다. 하지만 시만큼 드문 것도 없다! 그래서 습작시, 연구, 단상, 경향성, 폐허 그리고 자료들이 엄청나게 생겨난다.

5 몇몇 비판적 저널들이 모차르트의 음악에 대해 때때로 관악기를 과도하게 사용한다고 비난하는 것은 잘못이다.

6 사람들은 괴테의 시가 운율을 무시한다고 혹평한다. 하지만 독일의 육보격六步格 운율 법칙이 괴테 시의 특성만큼 그토록 철저하고 보편타당하단 말인가?

7 그리스 시문학 연구에 대한 나의 글은[1] 시문학의 객관성을 찬양하는 기교적 형식의 산문으로 된 찬가이다. 여기서 가장 심각한 결함으로 보이는 것은 꼭 필요한 아이러니가 완전히 빠져 있다는 것이다. 반면 가장 뛰어난 점은 시문학은 무한히 많은 가치가 있다는 확고한 전제인데, 이것은 마치 약속된 사실인 것처럼 나타난다.

8 훌륭한 서문은 그 책의 제곱근인 동시에 제곱수여야 한다.

9 재치는 전적으로 사교적 정신이거나 단상적 독창성이다.

10 널빤지의 가장 두꺼운 곳에 구멍을 뚫어야 한다.

11 고대인들에 비견할 만큼 철저함, 에너지, 재능을 지닌 그 어떤 뛰어난 것도 아직 제대로 쓰여지지 않았다. 특히 그들의 시문학에 비견할 것은 아직 없다.

12 사람들이 예술철학이라고 부르는 것 속에는 보통 두 가지 중 하나가 없다. 즉 철학이 없거나 예술이 없다.

13 보드Johann Jakob Bodmer는 길이만 긴 모든 비유들을 호메로스적이라 부르곤 한다. 마찬가지로 자유분방함과 선명함 외에는 전혀 고전적이지 않은 재치를 아리스토파네스적이라 부르는 경우도 있다.

14 시문학에서도 모든 전체는 불완전할 것이며, 반면 모든 불완전한 것은 원래 전체일 것이다.

---

1) 프리드리히 슐레겔의 이 글 『그리스 시문학 연구』는 1795년에 작성하여 1797년에 '그리스인들과 로마인들의 시문학 역사'(*Geschichte der Poesie der Griechen und Römer*, 1798)라는 대작업의 첫번째 권으로 발표되었는데, 이 작업 전체는 결국 완성되지 못했다. 이 글에 대해 슐레겔 자신은 다음과 같이 소개한다. "고대 시인들 혹은 현대 시인들에 대한 일방적인 옹호자들 사이의 오랜 갈등을 중재하기 위한 시도, 그리고 아름다움의 영역에서 분명한 경계 규정을 통해 자연적 형성(Bildung)과 인위적 형성 사이의 일치를 다시 회복시키기 위한 시도"[F. Schlegel, *Kritische Schriften und Fragmente*, Bd. 1: 1794~1797, p.63].

15 디드로의 『운명론자 자크와 그의 주인』에 나오는 어리석은 주인이 어쩌면 바보 같은 하인보다 디드로에게 더 많은 존경심을 안겨 주는 인물일지도 모른다. 물론 그는 거의 천재적일 정도로 어리석기만 할 뿐이다. 그러나 아마도 그렇게 만들어 내기가 완전히 천재적인 바보를 그려 내는 것보다 더 어려웠을 것이다.

16 천재성은 자의성의 문제는 아니지만 자유의 사태일 수 있으며, 재치나 사랑이나 믿음과 같이 언젠가는 예술과 학문이 되어야 할 것이다. 우리는 모든 사람에게 마땅히 천재성을 요구해야 하지만, 그것을 기대해서는 안 된다. 칸트주의자라면 이를 천재성의 정언명법이라 칭할 것이다.

17 슬픈 재치보다 더 경멸스러운 것은 없다.

18 주기도문의 시작처럼 소설들도 지상에 존재하는 신의 왕국으로 끝나는 경우가 많다.

19 몇몇 시들은 마치 예수가 수녀들에게 사랑받듯이 그렇게 사랑받는다.

20 고전 텍스트는 결코 완전히 이해될 수 없어야 한다. 그러나 교양이 있고 스스로 교육하는 사람은 고전 텍스트를 통해 점점 더 많이 배우고자 한다.

21 아이란 사실 인간이 되기를 원하는 사물이다. 이와 마찬가지로 시도 예술 작품이 되고자 하는 자연물에 지나지 않는다.

22 가장 적확하고 재치 있는 발상의 불길이 번쩍거린 후 이제 그 열기가 퍼져 나가야 할 때, 단 하나의 분석적 단어로 인해 — 설령 칭찬으로 한 말이라도 — 이 재치 있는 발상은 즉시 차갑게 식을 수 있다.

23 훌륭한 시에서는 모든 것이 의도적이고 모든 것이 본능적이어야 한다. 그럼으로써 그 시는 이상적이 된다.

24 가장 보잘것없는 작가들은 하루의 작업을 끝마친 후 "보아라, 그가 만든 것이 얼마나 훌륭한지"라고 자기 자신에게 말하곤 한다는 점에서는 적어도 천지를 창조한 위대한 작가와 비슷한 점이 있다.

25 소위 말하는 역사적 비평의 두 가지 근본 명제는 평범함에 대한 요청과 일상성의 원리다. 평범함의 요청에 깔려 있는 생각은 다음과 같다. 진정으로 위대하고 선하고 아름다운 모든 것은 있을 법하지 않은 것인데, 왜냐하면 그런 것은 비범하거나 적어도 뭔가 의심스러운 것이기 때문이다. 일상성의 원리에 깔려 있는 생각은 다음과 같다. 우리 자신과 주위에 있는 것처럼 모든 곳에 그렇게 있어야 하는데, 그래야 모든 것이 너무나 자연스럽기 때문이다.

26 소설은 우리 시대의 소크라테스적 대화이다. 삶의 지혜는 틀에 박힌 지식으로부터 이 자유로운 형식으로 피신했다.

27 비평가는 되새김질하는 독자이다. 그러니 비평가는 하나 이상의 위를 가져야 할 것이다.

28 (어떤 특별한 예술, 학문 또는 어떤 인간 등등에 대한) 감각은 나누어진 정신이다. 그것은 자기제한, 즉 자기창조와 자기파괴의 결과이다.

29 기품은 올바른 삶이며, 자기 스스로를 관조하고 스스로를 형성하는 감성이다.

30 근대 비극에서는 때때로 주 하느님이 운명의 역할을 대신한다. 그러나 그 역할을 더 자주 하는 것은 악마이다. 그런데 이것이 악마적 문학 장르 이론을 형성하도록 예술사가들에게 어떤 영향도 끼치지 못한 것은 어떻게 된 일인가?

31 소박한 것과 감상적인 것으로 예술 작품을 분류하는 것은 어쩌면 예술 평론에도 매우 유익하게 적용될지 모른다. 완전히 '소박'하기에는 표지 장

식과 모토를 제외하고는 아쉬운 것이 없는 '감상적' 예술 평론들이 있다. 표지 장식 그림으로는 트럼펫 부는 마부를, 모토로는 대학에서의 어떤 축사를 마칠 때 늙은 토마지우스[2)]가 말한 다음의 문구를 권한다. "이제 음악가들이 정말로 팀파니와 트럼펫으로 연주를 하겠습니다."Nunc vero musicantes musicabunt cum paucis et trompetis.

32 건조한 성질과 습한 성질로 나누어지는 화학적 분리는[3)] 문학에서 최고의 정상에 도달한 후 가라앉아야 하는 작가들의 소멸에도 적용할 수 있다. 어떤 작가들은 증발하고 다른 몇몇은 물이 된다.

33 꼭 말해야 할 어떤 것들을 말하지 않거나, 전혀 말할 필요가 없는 어떤 것들을 말하는 것, 이 두 가지 중 하나는 모든 작가들에게서 거의 항상 나타나는 지배적인 경향이라 할 수 있다. 전자의 경우 종합하는 성격의 사람들이 가진 원죄이고 후자는 분석적 성격의 사람들이 가진 원죄이다.

34 재치 있는 발상은 갑작스럽게 분리되기 전에는 틀림없이 내밀히 잘 섞여 있었을 정신적 성분들이 해체되는 것이다. 상상력은 자유로운 사교성의 충돌을 통해 전류가 흐르게 되고, 그래서 아주 사소한 친밀한 접촉, 혹은 아주 사소한 적대적 접촉만으로도 그 자극이 여기서 번쩍거리는 섬광과 환하게 빛나는 빛줄기, 또는 강력한 전기 충격을 일으켜 낼 수 있을 때까지, 먼저 모든 종류의 삶으로 충분히 채워져 있어야 한다.

35 몇몇 사람들은 독자에 대해 마치 라이프치히의 대시장에 있는 호텔 드 작세에서 같이 점심이라도 먹어 본 사람인 것처럼 이야기한다. 이 독자는 누구인가? — 독자는 사실이 아니라 생각일 뿐이다. 즉 교회와 마찬가지로 하나의 요청이다.

---

2) Christian Thomasius(1655~1728). 법학자이자 철학자.
3) 당시 화학에서 일상적으로 사용되었던 분류.

36 자신의 영역을 완전히 벗어난 바깥에 있으며 자신은 전혀 이해할 수 없는 그런 위대함이 있을 수 있다는 분명한 통찰에 아직 이르지 못한 사람, 그리고 이 위대함이 인간 정신의 지형도 대략 어디쯤에 놓여 있는지에 대해 막연한 추측조차 하지 못하는 사람, 그런 사람은 자신의 영역에서 천부적 재능이 없거나 아니면 교양의 정도가 아직 모범적인 수준에까지 도달하지 않은 것이다.

37 어떤 대상에 대해 잘 쓸 수 있기 위해서는 그 대상에 대해 더 이상 관심을 가져서는 안 된다. 냉철한 상태로 표현해야 할 생각은 이미 완전히 지나가 버린 것이어야 하며, 그래서 더 이상 거기에 신경을 쓰면 안 된다. 예술가는 무언가를 생각해 내고 거기에 열광하는 동안 소통의 측면에서는 적어도 자유롭지 못한 상태에 있다. 그래서 그는 모든 것을 말하려 하는데, 이것은 젊은 천재들의 잘못된 경향이거나 또는 무능력한 늙은이의 제대로 된 편견에 속하는 것이다. 그럼으로써 그는 예술가에게나 보통 사람들에게나 가장 중요하고 소중한 것, 가장 절실하고 최상의 것이라고 할 만한 자기제한의 가치와 품위를 잘못 이해하는 것이다. 자기제한이 가장 절실한 이유는 사람들이 스스로를 제한하지 않는 모든 곳에서는 세계가 그들을 제한하게 되며, 그렇게 되면 사람들은 노예가 되기 때문이다. 자기제한이 최상의 상태인 이유는 자기창조와 자기파괴의 무한한 힘을 지니게 되는 그러한 지점이나 측면에서만 스스로를 제한할 수 있기 때문이다. 심지어 완전히 자의적으로 행한 것이며, 언제든지 마음대로 중단되지 않는 그러한 다정한 대화에서조차도 자유롭지 못한 무언가가 있다. 하지만 속마음을 완전히 터놓기를 원하며 또 그럴 능력이 있는 작가, 아무것도 숨기지 않으며 또 알고 있는 모든 것을 말할 수 있는 그런 작가는 불쌍한 사람이다. 세 가지 실수만 조심해서 피하면 된다. 첫번째, 무조건적인 자의로 보이고 그래서 비이성이나 지나친 이성으로 보이는 것은 그럼에도 기본

적으로 꼭 필요한 것이며 이성적인 것임에 틀림없다. 그렇지 않으면 변덕스러운 기분은 고집이 되고 구속이 되며, 자기제한은 자기파괴가 되어 버린다. 두번째, 자기제한에 있어 지나치게 서둘러서는 안 되며 먼저 자기창조, 창작, 열광의 상태가 끝날 때까지 우선 여유를 주어야 한다. 세번째, 지나친 자기제한은 금물이다.

38 몇몇 위대한 애국적 창시자들이 만들어 낸 독일 정신의 원형에서 비난할 수 있는 것은 잘못된 배치뿐이다. 이 독일 정신은 우리 뒤에 놓여 있는 것이 아니라 우리 앞에 있는 것이다.

39 주로 외국에서 행해지고 있는 고대 시문학에 대한 모방의 역사가 특히 유용한 점은 비의도적인 패러디와 수동적인 재치에 대한 중요한 개념들이 여기서 가장 간결하고 완벽하게 발전되었다는 것이다.

40 독일에서 만들어졌고 독일에서 통용되는 의미로 '미학적'Ästhetisch이라는 단어는 지시된 대상과 지시하는 언어 모두에 대해 똑같이 완전한 무지를 드러내 주는 말이다. 이 단어는 왜 아직도 사용되고 있는 것인가?

41 사교적인 재치와 사교적인 쾌활함에 있어 『포블라 기사의 사랑』[4]과 비교할 만한 책은 많지 않다. 이 소설은 그 장르에 있어서의 샴페인이다.

42 철학은 사람들이 논리적 아름다움이라 정의하곤 하는 아이러니의 원래 고향이다. 왜냐하면 말이나 글을 통한 대화로 철학이 행해지는 곳 어디에서나, 그리고 이것이 완전히 체계적으로 행해지는 곳만 제외하고는 어디서나 아이러니를 실행해야 하고 요구해야 하기 때문이다. 심지어 스토아 학파까지도 세련됨을 미덕으로 간주했다. 물론 드물게 사용되어 특히

---

4) *Les amours du chevalier de Faublas*(1787~1790). 프랑스의 작가이자 혁명가인 루베 드 쿠브레(Jean-Baptiste Louvet de Couvray, 1760~1797)의 소설.

논쟁에서 뛰어난 효과를 내는 수사적 아이러니도 있다. 그러나 이러한 수사적 아이러니는 소크라테스적 뮤즈의 고상한 세련과는 다른 것이고, 화려한 기교적 화술의 현란함에 있어 문체가 매우 뛰어난 고대 그리스 비극과도 완전히 다른 것이다. 오로지 시문학만이 이런 측면에서도 철학의 위치에까지 도달할 수 있으며, 시문학은 수사법처럼 아이러니적 부분을 발판으로 삼고 있는 것이 아니다. 전체적으로나 각 부분 부분 어디서나 아이러니의 신적인 숨결을 느끼게 하는 고대의 시들과 근대의 시들이 있다. 이 시들에서는 정말로 초월적인 익살이 살아 움직이고 있다. 내적으로는 모든 것을 두루 관조하고 한정된 모든 것들을 너머, 심지어 자신의 예술이나 미덕, 또는 천재성까지도 넘어 무한히 무한히 고양되는 기운이 있다. 외적으로는 시의 제작 방식에 있어서 어떤 평범하면서도 훌륭한 이탈리아 익살극 광대와 같은 모방 방식이 있다.

43 칸트에 따르면 히펠[5]은 "변덕스럽게 서술되어 있는 맛있는 음식이 있으면 거기에다 숙고라는 양념을 가미해야 한다"라는 추천할 만한 신조를 가지고 있었다고 한다. 칸트가 이렇게 칭찬했는데, 히펠은 이 신조의 추종자를 왜 더 이상 발견하지 못하게 되었을까?

44 우리는 고대의 정신을 마치 어떤 권위를 빌려 말하는 식으로 끌어와서는 안 된다. 정신들에는 고유의 문제가 있으며, 자신을 다른 사람의 손에 분명히, 이것을 다른 사람의 손에 분명히 잡히게 하지도, 그래서 다른 사람에게 드러나 보이게 하지도 않는다. 정신들은 오로지 정신들에게만 모습을 드러낸다. 아마 이 경우에도 가장 간단하고 확실한 것은, 오직 유

---

5) Theodor Gottlieb von Hippel(1741~1796). 쾨니히스베르크 출신의 해학적 소설가[히펠은 또 정치인이자 사회 비판가로서 계몽주의 철학을 대중화하고자 노력했으며 여성 해방 운동의 선구자였고, 칸트의 친구이기도 했다].

일하게 우리를 구원해 주는 것인 믿음을 가지고 있다는 것을 뛰어난 작품을 통해 입증해 보이는 것일 터이다.

45 근대 시인들이 자신의 작품을 칭할 때 그리스어 용어를 유독 즐겨 사용하는 것은 어떤 프랑스인이 고대 로마 공화정의 새로운 축일에 "그럼에도 우리는 여전히 프랑스인으로 남아 있도록 위협받고 있다"[6]라고 단순하게 말했던 것을 연상시킨다. — 중세 봉건시의 이런 몇몇 명칭들이 후세의 문필가들로 하여금 왜 단테가 자신의 위대한 작품을 '신곡'이라 칭했는가와 같은 연구를 하게 만들었을 수 있다. — 만약 그리스적인 무언가가 제목에 들어 있다고 할 경우 슬픈 풍자극이라고 칭하는 것이 가장 적절할 그런 비극들이 있다. 이런 비극들은 아마도 일찍이 셰익스피어에서 나타난 후, 특히 근대 예술사에서 매우 보편적으로 확대된 비극 개념으로부터 영향을 받은 것처럼 보인다. 즉 비극이란 퓌라무스가 스스로 목숨을 끊는 드라마라고 보는 것이다.[7]

46 그리스인들보다는 로마인들이 우리에게 더 가깝고 더 이해하기 쉽다. 그럼에도 불구하고 우리가 로마인들을 진정으로 이해하는 경우는 그리스인들의 경우에 비해 훨씬 더 드문데, 그 이유는 로마인들에게 종합적 성격보다는 분석적 성격이 훨씬 더 많기 때문이다. 사실 민족들을 이해하는 데에도 어떤 특별한 감각이 있다. 즉 단지 실천적 장르나 예술 혹은 학문들에 대한 감각뿐만 아니라 역사적 개체들이나 도덕적 개체들에 대해서도 고유의 감각이 존재하는 것이다.

---

6) 이 인용문은 프리드리히 슐레겔의 독일어 원서에 프랑스어로 되어 있다.

7) 퓌라무스는 오비디우스의 『변신이야기』에 등장하는 신화적 인물이다(4권에 수록되어 있는 '퓌라무스와 티스베' 이야기 참조). 셰익스피어의 『한여름밤의 꿈』에서는, 로미오와 줄리엣처럼 오해로 인해 죽음을 맞이하게 되는 퓌라무스와 티스베의 이야기가 극중극 형태로 꾸며진다. — 옮긴이

47 무한한 것을 원하는 자는 자신이 원하는 것이 무엇인지 모른다. 그러나 이 문장의 역은 성립되지 않는다.

48 아이러니는 역설의 형식이다. 역설은 훌륭한 동시에 위대한 모든 것이다.

49 영국인들에게서 나타나는 드라마적이고 낭만주의적인 예술의 가장 중요한 수단 중 하나는 기니[옛날 영국의 금화 이름]이다. 특히 결말의 카덴차 부분에서 저음 악기들이 제대로 웅장하게 울려 퍼지기 시작할 때 이 금화들이 아주 많이 사용되었다.

50 개인적이거나 민족적인 특성들을 일반화하려는 경향이 인간 속에 얼마나 깊게 뿌리박혀 있는지! 심지어 샹포르마저도 이런 말을 했다. "시행은 때때로 지적 능력이 별로 없는 인간의 생각에 지적 능력을 덧붙인다. 이것이 바로 사람들이 재능이라 부르는 것이다."[8] — 이것이 프랑스인들의 보편적 어법인가?

51 복수의 도구로 사용하는 재치는 예술이 감각을 자극하는 도구로 쓰일 때처럼 수치스러운 것이다.

52 몇몇 시들의 여러 군데에서 우리는 정작 시적 표현들은 찾지 못하고, 대신 원래 그 자리에서는 이렇게 저렇게 표현되어야 하지만 예술가의 사정으로 그렇게 할 수 없었으니 진심으로 양해를 바란다고 알리는 언급만 발견하게 된다.

---

8) 이 구절은 프리드리히 슐레겔의 독일어 원서에 프랑스어로 인용되어 있는데, 뒷부분은 잘려 있다. 계속 이어지는 샹포르의 말은 다음과 같다. "그러나 때로 그것은 매우 지적인 사람의 생각에서 그 능력을 빼앗는다. 그때는 이것이 바로 그에게 시에 대한 재능이 없다는 확실한 증거가 된다." — 따라서 원래의 맥락으로 볼 때 이 경구는 슐레겔이 쓴 방식처럼 그렇게 악의적으로 해석될 수 없다.

53 단일성의 측면에서 생각해 볼 때 대부분의 근대시들은 알레고리(신비극, 교훈적 종교극)이거나 아니면 노벨레(모험담, 음모극)이다. 즉 혼합물이거나 이들이 묽게 희석된 것이다.

54 절대적인 것을 마치 물처럼 들이켜 마시는 작가들이 있다. 그리고 개들조차도 무한한 것과 관계되어 있는 책들이 있다.

55 진정으로 자유롭고 교양 있는 인간은 철학적이거나 문헌학적으로, 비평적이거나 시문학적으로, 역사적이거나 수사학적으로, 또 고대적이거나 현대적으로 자신을 마치 악기를 조율하듯이 언제라도, 또 어떤 정도로도 맞출 수 있다.

56 재치는 논리적인 사교성이다.

57 모든 비평을 향유의 해체로 간주하고, 모든 분석을 향유의 파괴로 간주하는 몇몇 신비주의적 예술 애호가들이 만약 이와 일관되게 사고한다면, 아마도 가장 훌륭한 작품에 대한 최상의 예술 평론은 '제기랄'일 것이다. 물론 더 이상 아무 이야기도 하지 않고 훨씬 더 장황하게만 늘어놓는 비평들도 있다.

58 사람들이 보통 정의로운 행동보다는 차라리 거창한 행동을 원하는 것처럼, 예술가들도 교화시키고 교훈을 주고 싶어 한다.

59 샹포르는 불가능한 행복감을 재치가 대체할 수 있다는 생각을 즐겨 했다. 마치 파산한 인물이 엄청난 재산에 대해 갚아야 할 빚을 아주 적은 부분만으로 대신 변상하는 것처럼 말이다. 이런 생각은 재치가 진리의 시금석이라거나, 좀더 흔히 통용되는 선입견에서처럼, 도덕적 향상이 예술의 최고 목적이라는 섀프츠베리의 생각보다 특별히 더 나은 생각은 아니다. 재치는 미덕이나 사랑, 예술과 마찬가지로 그 자체가 목적이다. 천재적인 인간은 재치의 무한한 가치를 느낀다. 그렇게 보인다. 그런데 이를 이해하

기에 프랑스 철학으로는 충분하지 않기 때문에 샹포르는 본능적으로 자신이 가진 최상의 능력을 이 철학에서 가장 뛰어나고 최고인 것과 연결시킨다. 그리고 현자는 항상 '풍자시를 짓는 기분으로'[9] 운명에 맞서야 한다는 생각은 격언으로서는 아름답고 진정 냉소적이다.

60 엄밀하고 순수한 형식의 모든 고전적 문학 장르들은 이제 우스꽝스러워 보인다.

61 엄밀히 말해 학문적 시라는 개념은 시적인 학문이라는 개념처럼 모순적인 것 같다.

62 문학 장르들에 대한 이론은 이미 너무 많다. 그런데 왜 아직도 문학 장르에 대한 개념은 없는가? 그렇다면 아마 우리는 문학 장르들에 대한 단 하나의 이론에 의지해야 할 것이다.

63 예술가를 만드는 것은 기예와 작품이 아니라 감성과 열광과 충동이다.

64 음악과 철학의 경계를 규정하기 위해 새로운 '라오콘'[10]이 필요하다. 몇몇 저술들에 대한 올바른 안목을 형성하는 데 필요한 문법적 음악의 이론조차도 아직 없다.

65 시문학은 공화주의적 연설이다. 즉 그 자체가 자신의 법이고 목적인 연설이다. 여기에서는 모든 구성원들이 자유 시민이며 함께 참여할 권리가 있다.

66 이전에 내가 철학적 저술들에서 드러냈던 객관성에 대한 혁명적인 욕구에는 라인홀트[11]가 지배하던 때의 철학에서 그토록 강하게 주장되었던

---

9) "en état d'épigramme." 프리드리히 슐레겔의 독일어 원서에 프랑스어로 인용되어 있다.
10) 레싱의 유명한 논문 「라오콘, 혹은 회화와 시문학의 경계에 관하여」(Laokoon, oder über die Grenzen der Malerei und Poesie, 1766).
11) Karl Leonhard Reinhold(1758~1823). 독일의 철학자이며, 칸트의 제자.

토대에 대한 욕구는 별로 없다.

67 영국에서 재치는 예술은 아닐지 몰라도 적어도 하나의 직업이다. 거기서 모든 것은 전문적인 것이 되고, 심지어 그 섬의 난봉꾼roués조차 매우 꼼꼼하다. 마찬가지로 그들의 위트wit라는 것도 재치처럼 보이는 무조건적인 자의를 현실에 도입한 것인데,[12] 재치처럼 보이는 그 외양이 재치에 낭만적이고 자극적인 것을 부여하여 똑같이 그렇게 재치 있게 살고 있는 것이다. 그들이 바보 같은 짓을 잘하는 것도 이로부터 비롯된 것이다. 그들은 자신들의 신념을 따라 죽는다.

68 문필가 가운데 작가는 과연 몇 명이나 될까? 이때 작가란 창작자를 말한다.

69 0보다 훨씬 더 좋은, 하지만 훨씬 더 드문 그런 부정[결여]negativ 의미가 있다. 우리는 스스로 가지고 있지 않기 때문에 무언가를 진심으로 사랑할 수 있는데, 이것은 적어도 여운을 남기지 않는 기대감을 준다. 우리가 이미 잘 알고 있으며 심지어 강한 반감까지 동반하는 명백한 무능력조차도 완전한 결핍의 상태에서는 전혀 가능하지 않으며, 그래서 적어도 부분적인 능력이나 공감을 전제한다. 플라톤적 에로스와 마찬가지로 아마 이 부정 의미 역시 과잉과 빈곤 사이에서 태어난 아들일 것이다.[13] 부정 의미는 누군가가 글자 없이 정신만 가지고 있거나, 반대로 정신은 없이 물질이나 형식만 지닐 때, 즉 알맹이 없이 생산적 천재성의 마르고 딱딱한 껍질만

---

12) 프리드리히 슐레겔의 독일어 원서에 roués는 프랑스어 단어로, 독일어 Witz(재치)에 해당되는 wit는 영어 단어로 표기되어 있다.

13) 우리는 플라톤의 『향연』에서 에로스의 부모가 포로스(Poros)와 페니아(Pénia)라는 것을 알고 있다. 즉 통용되는 정확한 번역에 따르면, "수단"과 "궁핍"이다. "과잉"(Überfluß)이라는 애매한 [독일어] 번역어를 앞서 사용한 경우는 노발리스의 한 단상["Plato macht die *Liebe* schon zum Kinde des *Mangels*, des *Bedürfnisses* und des *Überflusses*.": Vorarbeiten(1798), Nr. 225], 그리고 「대화들」 1(이 책의 '종결' 참조)에서 찾을 수 있다.

지니고 있을 때 생겨난다. 전자의 경우, 순수한 의도들만이, 푸른 하늘처럼 저 멀리 있는 기획들이 있다. 혹은 좀더 높이 올라가면, 개략적으로 그려진 상상들이 있다. 후자의 경우에는 조화롭게 형성된 저 예술적 진부함이 나타나는데, 영국의 매우 위대한 비평가들이 그 전형적인 예들이다. 전자의 유형, 즉 정신의 부정 의미의 특징은 능력도 없으면서 항상 원하기만 하는 것, 혹은 제대로 이해하지도 못하면서 항상 들으려고 하는 것이다.

70 책을 쓰고 난 후, 그 책을 읽은 독자들이 일반 대중이며, 그들이 틀림없이 대중을 형성할 거라고 착각하는 사람들이 있다. 이들은 얼마 지나지 않아 소위 독자 대중을 단순히 경멸하는 정도를 넘어 증오하게 된다. 물론 그렇다고 해도 아무 일도 일어나지 않지만 말이다.

71 재치 없이 재치에 대한 감각이 있는 것도 자유정신의 기본이다.

72 그들은 원래 어떤 문학 작품이 다소 비열한 측면을, 특히 중간 부분에 담고 있다면, 이를 좋아한다. 다만 품위를 지나치게 떨어뜨려서는 안 되며 결국에는 모든 것이 좋게 끝나야 한다.

73 보통 수준으로 훌륭하거나 뛰어난 번역들이 살려 내지 못한 바로 그것이 최고의 것이다.

74 화를 내지 않으려는 사람에게 모욕을 주는 것은 불가능하다.

75 악보는 문헌학적 에피그람들Epigramme이다. 번역은 문헌학적 모방이다. 단지 자극이나 비非자아에 지나지 않는 본문에 대한 몇몇 주해들은 문헌학적 전원시이다.

76 가장 뛰어난 사람들 가운데에서 둘째가 되기보다는 최하위의 사람들 중에서 첫째가 되기를 바라는 명예욕이 있다. 그것은 구식이다. 두번째 부류 가운데 첫째가 되기보다는 타소의 가브리엘과 같이 "가장 뛰어난 사람들 가운데 둘째"[14)]가 되기를 바라는 또 다른 종류의 명예욕이 있다. 이것

이 최신식이다.

77 이제 금언들, 이상들, 명령들, 요청들이 때때로 도덕성의 대용 화폐가 된다.

78 몇몇 훌륭한 소설들은 어떤 천재의 정신적인 삶 전체에 대한 편람 혹은 백과사전이다. 그런 작품들은 가령 『현자 나탄』*Nathan der Weise*[15)]과 같이 전혀 다른 형식에서조차 소설의 특징을 지니게 된다. 교양이 있고 수양을 쌓는 모든 사람들 역시 자신의 내면에 한 편의 소설을 간직하고 있다. 그것을 표현하거나 글로 쓰는 것은 필요하지 않다.

79 독일의 책들은 어떤 위대한 한 명의 인물로 인해, 혹은 저명 인사들로 인해, 혹은 인간 관계로 인해, 혹은 노력으로 인해, 혹은 적당한 비도덕성으로 인해, 혹은 완전한 이해 불가능성으로 인해, 혹은 조화로운 무미건조함으로 인해, 혹은 여러 종류의 지루함으로 인해, 혹은 절대적인 것에 대한 끊임없는 추구로 인해 인기를 얻게 된다.

80 나는 칸트의 근본 개념들의 가계도에 '거의'라는 범주가 없어서 아쉽다. 이 범주는 틀림없이 그 어떤 다른 범주만큼 세계와 문학에 영향을 끼쳤고, 또 그만큼 해를 끼쳤던 것이다. 그것은 자연적 회의론자의 정신에서 나머지 모든 개념들과 직관들을 물들인다.

81 개인에 대해 논박하는 것에는 소매업처럼 좀스러운 무언가가 있다. 만약 예술가가 '도매로' 논쟁을 하려 하지 않는다면, 적어도 고전적이며 영

---

14) 프리드리히 슐레겔의 독일어 원서에 다음과 같이 이탈리아어로 인용되어 있다. "Gabriel, che fra i primi era il secondo"(가장 뛰어난 사람들 가운데 둘째였던 가브리엘). 여기서 가브리엘은 천사장 가브리엘을 말한다[토르콰토 타소Torquato Tasso의 서사시 『해방된 예루살렘』 *La Gerusalemme Liberata*, Canto I. 11, 4].

15) 레싱의 유명한 드라마(1779).

원히 지속되는 가치를 지닌 개인들을 선택해야 한다. 만약 그것도 가능하지 않다면, 가령 정당방위라는 유감스러운 경우가 생긴다면, 논쟁적 허구의 힘을 빌려 개인들이 가능한 한 객관적 우둔함과 객관적 바보 같음의 대표자 정도로까지 이상화되어야 한다. 왜냐하면 객관적인 모든 것뿐 아니라 이 개인들 역시 위대한 논쟁의 가치가 있는 대상들처럼 끝없이 흥미롭기 때문이다.

82 정신은 자연철학이다.

83 품행은 성격이 드러나는 한구석 자리다.

84 우리는 근대인들이 원하는 것으로부터 포에지가 무엇이 되어야 할 것인지 배워야 한다. 고대인들이 하고 있는 것으로부터 우리는 포에지가 무엇이어야 하는지 배워야 한다.

85 모든 진실한 작가는 글을 쓸 때 그 누구도 생각하지 않거나 모두를 생각한다. 이런저런 사람들이 자신을 읽어 주기를 바라며 글을 쓰는 사람은 읽히지 않아야 마땅하다.

86 비평의 목적은 독자들의 교양을 높이는 것이라고 사람들은 말한다! ―하지만 교양을 원하는 사람은 스스로를 교육시킬 것이다. 이는 공손하지 못한 태도다. 하지만 그럴 수밖에 없다.

87 시문학은 무한히 많은 가치를 지니고 있는 것인데, 나는 왜 역시 무한히 많은 가치를 지니고 있는 이런저런 것들보다 시문학이 또다시 더 많은 가치를 지녀야 하는지 알지 못하겠다. 예술에 대해 지나치게 높이 평가하지 않는 예술가들이 있다. 왜냐하면 [무한한 예술에 대해] 그렇게 평가한다는 것은 불가능하기 때문이다. 하지만 그들은 그렇다고 해서 예술의 최고 상태를 우습게 볼 정도로 충분히 자유롭지는 못하다.

88 천재적인 어떤 사람이 세련된 매너도 지녔다면, 이보다 더 매혹적인

것은 없다. 물론 그가 매너를 가지고 있을 경우에 말이다. 하지만 매너가 그를 가지고 있는 경우라면 전혀 매혹적이지 않다. 그것은 정신적인 화석화로 이끈다.

89 어떤 새로운 인간이 되지 않고서 예술가가 한 편 이상의 소설을 쓰는 것은 불필요한 일이 아닐까? — 분명 어떤 한 작가의 모든 소설들은 서로 한데 속해 있으며 거의 한 편의 소설이라 할 수 있는 경우가 많다.

90 재치는 묶여 있던[16] 정신이 폭발하는 것이다.

91 고대인들은 포에지에 있어 유대인도 아니고 기독교인도 아니며, 영국인도 아니다. 그들은 신에 의해 임의로 선택되어 만들어진 민족이 아니다. 또 유일한 구원을 제공하는 미의 신념을 그들이 가지고 있는 것도 아니다. 그리고 문학 독점권을 소유하고 있지도 않다.

92 동물과 마찬가지로 정신도 순수한 산소와 질소가 혼합된 공기 속에서만 숨 쉴 수 있다. 이를 견뎌 내지 못하거나 이해하지 못하는 것은 우둔함의 본성이다. 또 이를 무조건 원하지 않는 것은 바보 같음의 시작이다.

93 고대인들에게서 사람들은 포에지 전체의 완성된 문자를 발견한다. 근대인들에게서는 생성되고 있는 정신을 예감한다.

94 보잘것없는 책을 마치 엄청난 거인이라도 보여 주듯 광고하는 평범한 작가들에게는, 문학의 경찰을 불러와서 그들의 책에 다음과 같은 모토로 낙인을 찍어야 할 것이다. "이것이 세상에서 가장 큰 코끼리이다. 단 가장 큰 코끼리만 빼면."[17]

---

16) 화학적 메타포이다. 균형잡힌(stable), 혹은 안정되고 고정된 평소의 일상적 몸체로서의 정신의 폭발(에로는 "압축된"[혹은 억압된]comprimé으로 번역했으나, R. Ayrault, *La genèse du romantisme allemand*, III, p.146 그럴 경우 이미지가 역학적이다.)[독일어 원문은 "Witz ist eine Explosion von gebundenem Geist"].

95 조화로운 따분함은 철학자에게는 매우 유용할 수 있다. 이것은 삶이나 예술이나 학문에 있어 아직 가보지 못한 영역을 비추는 환한 등대가 될 수 있는 것이다. — 철학자는 조화롭고 따분한 사람이 찬양하고 사랑하는 인간 혹은 책을 피하게 될 것이고, 적어도 그런 종류의 대다수가 굳게 믿고 있는 의견을 불신할 것이기 때문이다.

96 잘 만들어진 수수께끼는 재치가 있어야 한다. 그렇지 않으면 그 대답이 주어질 경우 아무것도 남지 않게 된다. 또 재치 있는 착상이 답을 요구하는 수수께끼 같으면 이 역시 자극적인 재미가 있다. 물론 이때 답이 주어지자마자 즉시, 그리고 완전히, 그 의미가 분명해져야 한다.

97 표현에서의 소금은 신랄함이다. 즉 가루로 된 신랄함이다. 알갱이가 굵은 것과 미세한 것이 있다.

98 다음은 문학적 의사소통에서 보편타당한 근본 법칙이다. ① 전달되어야 할 무언가가 있어야 한다. ② 전달의 대상이 되는 누군가가 있어야 한다. ③ 내용을 그냥 혼자서 표현하는 것이 아니라 실제로 전달해야 하고, 그래서 그것을 대상과 공유할 수 있어야 한다. 그렇지 않으면 차라리 침묵하는 것이 더 나을 것이다.

99 자신이 아주 새롭지 않은 사람은 새로운 것을 낡은 것으로 평가한다. 그리고 낡은 것은 그에게 점점 새로워져서, 결국 그 자신이 낡은 것이 된다.

100 누군가의 시문학은 철학적 시문학이라 불리고, 다른 누군가의 시문학은 문헌학적이라 불린다. 그리고 또 다른 사람의 시문학은 수사학적이

---

17) 프리드리히 슐레겔의 독일어 원서에 다음과 같이 영어로 표기되어 있다. "This is the greatest elephant in the world, except himself"[알렉산더 포프Alexander Pope의 『저급함에 대하여, 혹은 시문학에 나타나는 추락의 기술』*Peri Bathous: Or the Art of Sinking in Poetry*에 나오는 구절].

라 불리는 등 계속 다르게 불릴 수 있다. 그렇다면 그중에서 도대체 어떤 것이 시문학적인 시문학이란 말인가?

101 허세는 새롭고자 하는 노력에서보다는 낡게 되는 것에 대한 두려움에서 나오는 것이다.

102 모든 것을 평가하고 싶어 하는 것은 커다란 실수이거나 사소한 죄다.

103 연결이 훌륭하다고 사람들로부터 칭찬받는 많은 작품들은, 어떤 한 정신의 정신에 의해서만 생생한 활기를 띠며 하나의 목적을 향하고 있는 잡다한 착상들의 무더기보다 통일성이 적다. 이런 착상들을 서로 연결하고 있는 것은 자유롭고 동등한 공존이다. 이것은 현자들이 언젠가 완벽한 국가의 시민들도 도달할 것이라고 예견하는 그러한 상태이다. 그리고 상류층의 자부심 강한 주장에 따르면 현재에는 아주 특이하고도 유치함에 가까운 방식으로 위대한 세계라고 칭해지곤 하는 것에서만 발견된다는 저 절대적으로 사교적인 정신에 의해서도 이런 착상들은 서로 연결되어 있다. 반면 아무도 그 연관성을 의심하지 않는 몇몇 창작물들은 예술가 스스로 아주 잘 의식하고 있듯이 작품이 아니라 단지 파편에 지나지 않는다. 하나 또는 여러 개의 파편, 덩어리, 준비 상태에 지나지 않는 것이다. 하지만 통일성을 향하는 인간의 충동은 너무나 강하여, 저자 자신이 스스로는 완성하거나 통일시킬 수 없는 것이라도 종종 그 형태가 갖춰지는 즉시 조금이나마 보충을 하게 되는데, 때로는 매우 기발하지만, 그럼에도 너무나 부자연스럽다. 이때 가장 나쁜 경우는 실제로 존재하는 견고한 조각들에서 통일적 전체를 이루는 것처럼 보이도록 그럴듯하게 꾸미는 모든 것은 대부분 채색된 누더기들로 이루어져 있다는 점이다. 비록 이것들이 지금 훌륭하고 교묘하게 꾸며져 있고 그럴듯하게 장식되어 있다고 해도, 사실 그것이 오히려 더 심각한 것이다. 그렇게 되면 글 속에서나 행동에서 아주 드물게 나타나는 고귀하고 진정한 선함과 아름다움에 대한 깊은 이해를

지닌 특별한 독자 역시 처음에는 잘못 생각할 수 있기 때문이다. 그는 이제 비판적 판단을 통해서만 올바른 지각에 도달해야 할 것이다. 분별이 아무리 빨리 일어난다 하더라도 이미 최초의 신선한 인상은 사라지고 없다.

104 사람들이 보통 이성이라고 부르는 것은 이성의 한 종류에 지나지 않는다. 즉 묽고 빈약한 이성이다. 반면 짙고 격렬한 이성도 있는데, 이것이 원래 재치를 재치로 만들고 순수한 문체에 유연성과 강렬한 충격을 주는 것이다.

105 활자가 아니라 정신을 본다면, 원로원과 모든 개선장군들과 황제들을 포함하여 로마 민족 전체는 냉소적 풍자가였다.

106 조롱거리가 된다는 것에 대한 두려움보다 근원적으로 더 비참하며 결과적으로 더 기분 나쁜 것도 없다. 이로부터 가령 여성들의 노예 상태와 인류의 많은 다른 폐해들이 생겨난 것이다.

107 고대인들은 시문학적 추상성의 대가들이다. 근대인들은 그보다는 시문학적 사변을 더 많이 가지고 있다

108 소크라테스적 아이러니는 전혀 임의적이지 않으면서도 냉철하게 변장한 유일한 것이다. 그러한 아이러니는 꾸밀 수 없는 것이고 알려줄 수도 없는 것이다. 이것을 지니고 있지 않은 사람에게는 이에 대해 솔직하게 말을 해준다 하더라도 여전히 수수께끼로 남겨져 있다. 따라서 이 소크라테스적 아이러니는 이것을 속임수로 간주하는 사람들 외에는 그 누구도 속이는 것이 아니며, 또 이런 아이러니를 좋아하는 사람들의 경우, 이 훌륭한 장난질에서 세계 전체를 놀려 먹는 재미를 느끼거나 혹은 자신들도 어쩌면 그 대상에 포함되어 있다는 것을 알아채면 화를 내게 된다. 그 안에서는 모든 것이 농담이고 모든 것이 진지함일 것이다. 모든 것이 솔직하게 드러나 있는 동시에 모든 것이 철저히 꾸며져 있다. 그것은 예술적인 삶의

감각과 학문적 정신의 합일로부터, 완전한 자연철학과 완전한 예술철학의 만남으로부터 생겨난다. 그것은 무조건적인 것과 조건적인 것 사이의, 완전한 소통의 불가능성과 필연성 사이의 풀릴 수 없는 갈등에 대한 감정을 담고 있으며 또 이 감정을 자극한다. 그것은 있을 수 있는 모든 자유 가운데 가장 자유로운 것이다. 왜냐하면 이를 통해 우리는 자기 자신으로부터 벗어날 수 있기 때문이다. 하지만 또 가장 합법적인 것이기도 하다. 왜냐하면 그것은 절대적으로 필연적이기 때문이다. 만약 조화로운 따분함이 이런 끊임없는 자기 패러디를 어떻게 받아들여야 할지 전혀 모르고, 결국 현기증을 느끼고 농담을 진담으로, 진담은 농담으로 간주하게 되기까지 계속해서 믿었다가 의심하기를 반복한다면 그것은 아주 좋은 신호이다. 레싱의 아이러니는 본능이며, 헴스테르호이스[18]의 아이러니는 고전 연구이다. 휠젠[19]의 아이러니는 철학의 철학으로부터 나온 것이며 앞의 두 아이러니를 훨씬 능가한다.

109 강하지 않은 재치 혹은 가시 없는 재치는 포에지의 특권이며 산문은 이를 허용할 수밖에 없다. 왜냐하면 개별적인 착상은 어떤 한 점을 예리하고 집중적으로 향함으로써만 일종의 전체를 유지할 수 있기 때문이다.

110 귀족들과 예술가들의 조화로운 교육Ausbildung은 단지 하나의 조화로운 상상Einbildung에 지나지 않는 것이 아닌가?

111 루소가 닮고 싶어 했던 인물은 샹포르였다. 샹포르는 루소가 기꺼이 되고 싶어 했던 그러한 인물,즉 진정한 냉소가였으며, 무미건조한 학문세계의 학자라기보다는 고대적 의미에서의 철학자였다. 샹포르는 비록 처음에는 상류층의 사람들과 교제했지만 그럼에도 자유롭게 살았으며, 죽

---

18) Frans Hemsterhuis(1721~1790). 계몽주의 시대 네덜란드의 문필가이자 철학자. —옮긴이
19) 이 책 209쪽, 「아테네움 단상」 295번의 각주 47번 참조.

을 때도 역시 자유롭고 고귀하게 죽었다. 또 위대한 작가라는 사소한 명성을 경멸했다. 그는 미라보Mirabeau의 친구였다. 그가 남긴 귀중한 유고는 삶의 지혜에 관한 생각과 관찰을 담고 있으며, 탄탄한 재치, 심오한 의미, 예민한 감성, 성숙한 이성과 확고한 남성성, 그리고 살아 있는 열정의 흥미로운 흔적 및 세심히 선별되고 완벽한 표현으로 가득 찬 책이다. 같은 종류의 다른 어떤 책과도 비교할 수 없이 가장 뛰어난 최고의 책이다.

112 분석적인 작가는 독자를 있는 그대로 관찰한다. 그다음에 계산을 하여 독자에게 적당한 효과를 끼치기 위해 장치를 마련한다. 종합적인 작가는 이상적인 어떤 작가를 구성하고 만들어 낸다. 그는 독자를 움직이지 않는 죽은 대상으로 생각하지 않고 생생하게 살아 있어 직접 마주하고 있는 것으로 여긴다. 그는 자신이 생각해 낸 것을 자신의 눈앞에서 단계적으로 만들어지도록 하거나 독자 자신이 그것을 만들어 내도록 유도한다. 이 종합적 작가는 독자에게 어떤 특정한 영향도 행사하려 하지 않고 독자와 함께 가장 내밀한 공동철학 또는 공동포에지의 신성한 관계를 맺게 된다.

113 『루이제』*Luise*를 쓴 포스[20]는 호메로스의 후손이다. 이런 점에서 포스가 번역한 호메로스도 마찬가지로 포스의 후손이다.

114 다양한 성격과 가지각색의 목적을 지닌 비판적 잡지들이 이미 너무나 많다. 그러나 오로지 비평 자체를 점차 현실화시키고자 하는 목적을 지닌 어떤 그룹이 형성되는 것도 좋을 것이다. 그런 비평 역시 필요하기 때문이다.

115 근대 시문학의 역사 전체는 짧은 철학 텍스트에 대한 끊임없는 주석

---

20) Johann Heinrich Voß(1751~1826). 독일의 시인이자 문헌학자로 호메로스의 정평 있는 번역가이며, 낭만주의자들의 ― 놀람감이자 ― 적대적인 반대자이다. 그가 1795년에 쓴 『루이제』는 목가적, 서민적 서사시이다.

이다. 즉 모든 예술은 학문이 되어야 하고, 모든 학문은 예술이 되어야 한다. 포에지[시문학]와 철학은 합일되어야 한다.

116 사람들이 말하기를 예술적 감각과 학문적 정신에 있어서는 독일인들이 세계에서 가장 뛰어난 민족이라고 한다. 그것은 확실하다. 단지 독일인들이 너무나 드물 뿐이다.

117 시문학만이 시문학을 비평할 수 있다. 소재의 측면에서, 즉 작품 생성 과정에서 필수적인 흔적의 서술로서나, 또는 아름다운 형식의 측면에 있어서나, 그리고 고대 로마의 풍자시 정신에 깃들어 있는 자유로운 분위기를 통해서나, 그 자체로 예술 작품이 아닌 예술 비평은 예술의 왕국에서 그 어떤 시민권도 행사하지 못한다.

118 망가질 수 있는 모든 것은 처음부터 비뚤어져 있었거나 뭔가 부실했던 것이 아닌가?

119 사포Sappho의 시들은 자라나야 하고 발견되어야 한다. 이 시들은 임의로 만들 수도 없고, 널리 알리면 세속화되어 버린다. 그렇게 하는 사람은 자부심도 없고 겸손도 없는 것이다. 이것이 자부심의 결여인 이유는 그가 자신의 깊숙한 내면을 마음의 신성한 고요로부터 뜰어 내어 대중 가운데로 던져 버려 그들에게 거칠거나 낯선 호기심의 대상이 되게 하기 때문이다. 그 대가는 '다시 한 번'Da capo이라고 거친 투로 외치는 앙코르이거나 금화이다. 반면 자신을 마치 하나의 모범인 듯 전시품으로 내세우는 것은 언제나 겸손하지 못한 것이 될 것이다. 그리고 만약 서정적 시들이 완전히 고유하고 자유롭고 진실하지 않다면 그 자체로는 아무 쓸모가 없다. 페트라르카Francesco Petrarca는 여기에 속하지 않는다. 그 차가운 연인은 우아하고 피상적인 말 외에는 하는 말이 없다. 그는 낭만적이라 하더라도 서정적이지는 않다. 하지만 설령 그리스인들 앞에 선 프뤼네처럼 스스로를 알몸

으로 다 드러내 보여도 될 만큼 일관되게 아름답고 고전적인 인물이 있다 해도, 그러한 광경을 감상할 만한 올림포스의 청중은 더 이상 없다. 게다가 그 광경이란 바로 프뤼네였다. 사람 많은 시장에서 사랑을 나누는 사람들은 냉소적인 인물들뿐이다.[21] 우리는 냉소가일 수도 위대한 시인일 수도 있다. 개와 월계수는 호라티우스Quintus Horatius의 기념비를 장식할 똑같은 권리를 지니고 있다. 그러나 호라티우스적인 것은 사포적이기에는 아직 한참 멀었다. 사포적인 것은 결코 냉소적이지 않다.

120 누군가 괴테의 『빌헬름 마이스터의 수업시대』의 특징을 제대로 서술했다면, 이로써 그가 원래 말한 것은 지금 현재 시문학에서 일어나는 일일 것이다. 시문학 비평에 관한 한 그는 언제라도 은퇴해도 될 것이다.

121 가장 간단하고 하기 쉬운 질문은 가령 다음과 같은 것이다. 셰익스피어의 작품을 예술로 평가해야 하는가, 자연으로 평가해야 하는가? 그리고 서사시와 비극은 근본적으로 상이한 것인가 아닌가? 또 예술은 환영을 일으켜야 하는가 아니면 그냥 그렇게 보여야 하는가? 하지만 이런 단순한 질문들은 깊은 숙고와 예술사에 대한 심도 있는 이해 없이는 대답될 수 없다.

122 여기저기서 만나게 되는 독일 정신의 드높은 이념을 정당화할 수 있는 그 무엇이 있다면, 그것은 다른 모든 민족들이었다면 자신들의 존승[22] 안에 화려하게 받아들였을 그런 일반적으로 훌륭한 작가들을 완전히 무시하고 경멸하는 것이다. 그리고 우리가 최고라고 인식하는 것에 대해서도, 또 외국인들이 훌륭하다고 인정할 만한 것보다 더욱 훌륭한 것에 대해

---

21) 디오게네스 라에르티오스(Diogenes Laertios)가 기록한 한 일화에 대한 암시. 이에 따르면 어떤 냉소적인 남성 철학자와 또 한 명의 냉소적인 여성 철학자가 시장 광장에서 "첫날밤을 치렀다"(헤겔의 표현)[이 철학자는 키니코스학파, 일명 견유학파를 대표하는 '시노페의 디오게네스'를 말한다. 디오게네스 라에르티오스의 『유명 철학자들의 삶과 사상』 6권 참조. 「아테네움 단상」 131번에서도 시노페의 디오게네스를 암시하고 있다].

서도 자유롭게 비판하고 어디서나 제대로 엄격하게 따지는 상당히 일반적인 경향도 여기에 속한다.

123 철학으로부터 예술에 대한 무언가를 배우려는 것은 분별없고 겸손하지 못한 불손한 태도이다. 몇몇 사람들은 마치 그들이 여기서 무언가 새로운 것을 경험하기를 기대하듯 그렇게 시작한다. 왜냐하면 철학은 결국 주어진 예술 경험과 기존의 예술 개념들을 학문으로 만들고, 예술적 견해를 제기하고, 철저히 연구된 예술사를 확장하는 것 외에는, 그리고 절대적인 관대함을 절대적인 엄격함과 합일시키는 그러한 논리적 분위기를 이런 대상을 통해서도 만들어 내는 것 외에는 아무것도 할 수 없고, 또 할 수 없어야 하기 때문이다.

124 위대한 근대시들의 내면과 전체에도 운율, 즉 같은 것의 대칭적 반복이 있다. 이것은 시를 훌륭하게 완성시킬 뿐 아니라 극도의 비극적 효과를 낼 수 있다. 가령 노년의 바바라가 밤에 빌헬름 앞의 탁자 위에 내어 놓는 샴페인 병과 잔 세 개.[23] — 나는 이것을 거대한 또는 셰익스피어적인 운율이라고 부르고 싶다. 셰익스피어는 이 방면의 대가이기 때문이다.

125 이미 소포클레스도 자신이 묘사한 인물들이 실제 인물들보다 더 낫다는 것을 진심으로 믿었다. 어디서 그가 소크라테스를, 솔론을, 아리스티데스를, 그리고 다른 무수히 많은 사람들을 그려 내었던가? — 이런 질문이 다른 시인들에게도 얼마나 자주 반복되었던가? 위대한 예술가들도 현실의 영웅들을 묘사하면서 축소시키지 않았던가? 그럼에도 그러한 망상은

---

22) Samuel Johnson(1709~1784). 영국의 비평가이자 작가. 영국 시인들의 전기와 비판적 평가들로 이루어진 10권 분량의 『영국 명시인전』(*Lives of the Most Eminent English Poets*, 1779~1781)의 저자이다. 「아테네움 단상」 389번의 각주 참조.

23) 『빌헬름 마이스터의 수업시대』 7권, 8장. 이 장면은 이 소설의 앞부분[1권, 3장]의 유사한 한 장면과 "운율"(Reim)을 이루고 있다.

보편적인 것이 되었고 시문학의 황제에서부터 가장 말단의 하급 관리에까지 퍼졌다. 그런 망상이 어쩌면 시인들에게는 유익할지 모른다. 힘을 모으고 집중하기 위해서는 항상 철저한 제한이 필요한 것처럼 말이다. 그러나 거기에 스스로 감염되도록 내버려 두는 철학자는 적어도 비판의 왕국으로부터 추방되어야 마땅하다. 혹은 천상과 지상에는 시문학으로서는 꿈도 꿀 수 없는 그런 좋음과 아름다움이 무한히 많이 있는 것은 아닌가?

126 로마인들은 재치가 예언적 능력이라는 것을 알고 있었다. 그들은 재치를 후각이라고 불렀다.

127 어떤 아름다운 것이나 위대한 것에 대해 그것이 마치 그렇지 않을 수도 있다는 듯 놀라워하는 것은 섬세하지 못한 태도이다.

3. 프리드리히 슐레겔 「아테네움 단상」

1 그 어떤 다른 대상에 대해서보다 철학에 대해 철학하는 경우는 더욱 드물다.

2 발생 조건이나 영향으로 보아 권태는 탁한 공기와 비슷하다. 두 가지 모두 한 무리의 사람들이 닫힌 공간 안에 모여 있을 때 생겨나기 쉽다.

3 칸트는 부정성의 개념을 철학에 도입했다. 이제 철학에 긍정성의 개념도 도입한다면 유용하지 않을까?

4 사람들이 종종 장르의 하위 구분을 소홀히 하는 것은 문학 장르 이론의 커다란 결함이다. 가령 자연문학은 자연적 자연문학과 인위적 자연문학으로 나뉘며, 민중문학에도 민중들을 위한 민중문학과 귀족 및 지식인들을 위한 민중문학이 있다.

5 사람들이 좋은 사회라고 부르는 것은 대부분 세련된 풍자화를 모자이크해 놓은 것에 지나지 않는다.

6 『헤르만과 도로테아』*Hermann und Dorothea*의 한 장면에서 젊은 남자가 몰락한 농가 출신의 애인에게 거짓으로 자신의 부모 집에 하녀로 들어오라

고 제안한 것은 몇몇의 사람들로부터 엄청나게 무자비한 처사라며 비난 받았다. 그런데 이렇게 말하는 비평가들 역시 실제로 하인을 좋게 다루지는 않을 것 같다. AWS[1]

7 너희들은 항상 새로운 생각을 원하는가? 뭔가 새로운 행동을 해보아라. 그러면 그에 대해 무언가 새로운 것이 말해질 것이다. AWS

8 지난 시대의 우리 문학을 큰 소리로 찬양하는 몇몇 사람들에게 우리는 스테넬로스가 아가멤논에게 말한 것처럼 대담하게 대답할 수 있다. 자부하건대 우리는 우리의 아버지들보다 훨씬 더 낫다고 말이다. AWS

9 미덕이 도덕을 기대하지 않는 것처럼 포에지가 이론을 별로 기대하지 않는다는 것은 다행한 일이다. 그렇지 않다면 우리는 한 편의 시에 대해 처음에 어떤 희망도 갖지 못할 것이다. AWS

10 칸트에게는 의무가 모든 것이다. 고마움의 의무에서 그는 고대古代를 지켜 내고 존중해야 한다고 주장한다. 칸트 자신도 오로지 의무감에서 위대한 인물이 되었다.

11 '특별한 미각'[2]에 길들여진 입맛이 때때로 유제품을 찾아 즐기듯이, 그렇게 파리의 상류사회도 게스너의 전원시를 좋아했다.[3] AWS

12 몇몇 군주에 대해 사람들이 하는 말이 있다. 그 군주는 개인적으로는

---

1) 이 책에 수록된 「아테네움 단상」의 한국어 번역에서는 독자가 즉시 확인 가능하도록, 아이히너의 독일어판에 의거하여 각각의 단상 텍스트 뒤에 저자를 직접 표시하였다. AWS는 아우구스트 슐레겔, Schlm.은 슐라이어마허, Novalis는 노발리스가 저자라는 표시이다. 아무런 표시가 없는 대부분의 단상은 프리드리히 슐레겔이 저자이다. AWS?처럼 저자 뒤에 드물게 물음표가 있는 경우는 확실하지 않다는 의미이다.—옮긴이

2) haut goût. 강한 향과 양념의 육류 음식을 뜻한다.—옮긴이

3) Salomon Geßner(1730~1788). 스위스의 시인이자 화가이며, 『전원시』(*Idyllen*)는 전원시 장르에서 유명한 그의 시집이다.

매우 좋은 사람이었겠지만, 왕으로서는 적합하지 않았다는 것이다. 성서에 대해서도 같은 말을 할 수 있지 않을까? 개인적으로 편안히 읽기에는 좋은 책이지만 성서는 아니어야 할 그런 책이 아닐까?

13 젊은 남자나 여자가 흥겨운 곡조에 맞춰 춤을 출 줄 안다고 해서 그들에게 음악에 대한 평가를 하려는 생각이 떠오르는 것은 전혀 아니다. 사람들은 왜 시문학에는 충분한 경의를 표하지 않는가?

14 강연 중의 멋진 농담이야말로 시문학의 도덕성을 외설적 묘사로부터 구해 낼 수 있는 유일한 것이다. 넘쳐 나는 충만한 생명력을 나타내 주지 않는 외설적 묘사들은 지루함과 기이함만을 만들어 낸다. 상상력은 어떠한 구속도 거리낌 없이 벗어나고자 해야 하며, 지배하려는 감각의 경향에 노예처럼 습관적으로 굴복해서는 안 되는 것이다. 그러나 우리들 대부분은 경쾌한 가벼움을 가장 몹쓸 것이라 여긴다. 그와 반대로 이러한 가벼움이 매우 강하게 나타나더라도 관능성의 환상적 신비로 에워싸여 있을 때에는 용서를 해왔다. 마치 천박함이 광기를 통해 상쇄될 수 있다는 듯이!
AWS

15 자살은 보통 하나의 사건에 지나지 않는다. 자살이 행위인 경우는 드물다. 전자의 경우, 자살자는 어쨌든 부당한 짓을 한 것이다. 자유로워지고 싶어 하는 어린아이처럼 말이다. 그러나 자살이 행위라면 이것은 정당함의 문제가 아니라, 적절하게 행해졌는가의 문제일 뿐이다. 왜냐하면 '지금' 또는 '여기'라는 개념과 같이 법칙들만으로는 규정될 수 없는 모든 것을 규정하며, 타인의 자의를 파괴하지 않으며 그럼으로써 자기 스스로도 파괴하지 않는 모든 것을 규정할 수 있는 자의는 오로지 이 적절함에만 근거하기 때문이다. 자발적인 죽음은 결코 부당한 것이 아니다. 그러나 삶을 오래 이어가는 것은 때로 구차하게 보인다.

16 견유주의의 본질이 자연을 예술보다, 미덕을 아름다움이나 학문보다 더 우선시하는 것에 있다면, 또 스토아 학파들이 그토록 엄격히 따랐던 자구에 개의치 않고 오로지 정신만을 중시하며, 모든 경제적 가치와 정치적 명예를 무조건 경멸하고, 독자적이고 자유롭게 선택할 권리를 용감히 주장하는 것에 있다고 한다면, 아마도 기독교주의는 보편적 견유주의와 다름없는 것이라 할 수 있을 것이다.

17 드라마 형식을 선택하는 경우는 가령 완벽한 체계성에 대한 경향에서 나온 것일 수 있다. 또는 인간을 그냥 단순히 묘사하는 데 그치지 않고 본받고 따라하기 위한 것이거나, 또는 편의에 의한 것이거나 음악에 대한 애호 때문일 수도, 또 말하고 말을 시키는 데서 느끼는 순수한 즐거움에서 나온 것일 수도 있다.

18 젊은 시절에는 열정으로 가득 차 민족의 교양을 증진시키고자 노력하지만 자신들의 힘이 다하게 되면 거기에 교양을 붙들어 두고자 하는 명망 있는 작가들이 있다. 이렇게 되면 아무 소용이 없다. 순진한 생각에서나 고귀한 생각에서나 한번 인간 정신의 발전 과정에 동참하려는 시도를 했다면, 그는 멈추지 말고 계속해야 한다. 그렇게 하지 않는다면 회전구이를 돌리면서 앞발을 내밀려 하지 않는 개보다 나은 것이 없다. AWS

19 이해될 수 없도록 하기 위한, 혹은 차라리 오해받기 위한 가장 확실한 방법은 단어를 원래의 의미대로 사용하는 것이다. 특히 고전어에서 나온 단어들을 그렇게 사용하는 것이다.

20 뒤클로[4]가 말하기를, 훌륭한 책들은 흔치 않은데, 이들은 모두 전문 작가들에 의한 것이 아니라고 한다. 프랑스에서는 오래전부터 이러한 상

---

4) Charles Pinot Duclos(1704~1772). 프랑스의 작가, 역사가이며 백과사전학파. 『우리 시대의 풍습에 대한 고찰』(*Considérations sur les mœurs de ce siècle*, 1751)의 저자이다.

황을 예의 주시하며 인식하고 있었다. 여기 독일에서는 이전에는 그냥 평범한 작가는 아무것도 아닌 것보다 못한 것으로 간주되었다. 이러한 편견은 아직까지도 여기저기서 고개를 쳐들고 있긴 하지만 본보기로 존경받는 몇몇 작가들의 위력으로 인해 이 편견은 틀림없이 차츰 줄어들 것이다. 어떤 식으로 행하는가에 따라 글쓰기는 오명, 무절제, 돈벌이, 수공업, 예술, 학문, 미덕이 될 수 있다. AWS

21 칸트 철학은 셰익스피어의 『십이야』*Twelfth Night*[5]에서 마리아가 말볼리오를 방해하기 위해 바꿔치기한 편지에 비유할 수 있다. 유일한 차이라고 한다면, 독일에는 반바짓단의 띠를 십자형으로 묶고 노란색 양말을 신고서 항상 멋진 미소를 띠고 있는 수많은 철학적 말볼리오가 있다는 것이다.

22 기획Projekt은 생성 중인 어떤 대상에 있는 주관적 싹이다. 완벽한 기획이라면 전적으로 주관적인 동시에 전적으로 객관적이어야 할 것이며, 나누어지지 않은 채 살아 있는 개체이어야 할 것이다. 기획은 발생의 근원으로 볼 때 완전히 주관적이고 독창적이며, 바로 이러한 정신 속에서만 가능한 것이다. 성격으로 보자면 기획은 완전히 객관적이며, 자연적이며, 도덕적으로 필연적이다. 미래에서 본 단상이라 칭할 수 있을 기획에 대한 감각은 과거로부터의 단상에 대한 감각과 방향만 다를 뿐이다. 즉 기획에 대한 감각은 진행적이고, 단상에 대한 감각은 역행적이다. 여기서 중요한 것은 대상들을 직접적으로 관념화하는 동시에 실재화하며, 또 보충하는 동시에, 부분적으로 자기 안에서 실행시키는 능력이다. 초월적인 것이란 관념적인 것과 실재적인 것의 결합 또는 분리와 관계있는 것, 바로 그것이기 때문에, 이에 따라 우리는 아마도 단상과 기획에 대한 감각을 역사 정신의

5) 이 책에는 '너희들이 원하는 것'(What You Will)이라는 부제가 달려 있다. 문제가 되는 편지는 존재하지 않는 사랑을 고백하는 편지이다.

초월적 요소라고 말할 수 있을 것이다.

23 말로만 표현하면 좋을 것이 책으로 인쇄되는 경우가 많고, 때로는 책으로 인쇄되면 더 적절할 것이 말로 표현된다. 만약 말해지는 동시에 쓰여지는 사유가 가장 훌륭한 사유라면, 말해지는 것 중에서 어떤 것이 쓰여지며, 쓰여지는 것 중에서 어떤 것이 말해지는지 가끔 살펴볼 필요가 있다. 물론 살아 있는 동안 사유를 가지며, 게다가 이를 널리 알리는 것은 오만한 행동이다. 이에 비해 전집 분량의 책을 쓰는 일은 훨씬 더 겸손한 작업이다. 그런 책이야 이런저런 다른 책에서 뽑아내어 만들 수 있으며, 최악의 경우 사유는 사실에게 우선권을 넘기고 겸허히 구석으로 물러남으로써 도피가 가능하기 때문이다. 그러나 사유들, 개개의 사유들은 그 자체의 가치를 지니고자 해야 하며, 독자적이며 철저히 생각된 것이고자 하는 요구를 스스로 지녀야 한다. 그에 대한 유일한 위로가 될 수 있는 것은, 존재하는 것 자체 혹은 어떤 특정하고 독립적인 방식으로 존재하는 것보다 더 교만한 것은 있을 수 없다는 사실이다. 바로 이 근원적인 교만으로부터 이제 어쨌든 모든 파생적 교만들이 뒤따른다. 사람들이 어떤 입장을 취하는지는 상관없을 것이다.

24 고대의 많은 작품들은 단상이 되어 버렸다. 요즘의 많은 작품들은 생겨나면서 바로 단상이 된다.

25 해석을 하면서Auslegen 뭔가 풀어내는Auslegen 것이 아니라 이미 원하고 있던 것이나 의도하는 것을 끼워 넣는Einlegen 경우가 종종 있다. 그리고 많은 추론들Ableitungen이 원래는 왜곡들Ausleitungen이다. 이는 사람들이 보통 주장하는 것과는 달리 학식과 사변이 정신의 순수함에 그리 해롭지 않다는 데에 대한 증거이다. 왜냐하면 스스로 만들어 낸 기적에 대해 기뻐하는 것은 실로 유치한 일이 아닌가?

26 독일 정신이 특징화의 주된 대상이 되는 이유는 아마도 어떤 국가가 불완전한 단계에 있을수록 그만큼 더 많은 비평의 대상이 되며, 역사의 대상은 되지 못하기 때문일 것이다.

27 대부분의 사람들은 라이프니츠의 가능세계들처럼 모두가 동등한 자격으로 실존을 기다리는 차기 계승자들일 뿐이다. 실존하고 있는 자는 별로 없다.

28 철학이 풀어야 할 가장 중요한 과제로서 비판적 관념론에 대한 완전한 서술이 항상 첫번째 자리를 차지한다면, 두번째로 중요한 과제로 보이는 것은 다음과 같다 — 물질적 논리, 시문학적 시학, 실증적 정치학, 체계적 윤리학, 실천적 역사.

29 재치 있는 착상은 지성인들의 속담이다.

30 꽃다운 나이의 소녀는 순수한 선의지에 대한 가장 매력적 상징이다.

31 새침함은 순진하지 않으면서 순진함을 가장하는 것이다. 남자들의 감상적이고 멍청하고 형편없는 습성이 여자들에게 영원한 순진함과 교양의 결여를 강요할 수밖에 없는 한, 아마도 여자들은 계속 새침한 척해야 할 것이다. 왜냐하면 순진함은 무교양을 세련되게 보이게 하는 유일한 것이기 때문이다.

32 사람은 재치가 있어야 하겠지만 억지로 가지려 해서는 안 될 것이다. 그렇게 되면 시시한 농담이, 알렉산드리아 풍의 농담이 되어 버린다.

33 다른 사람들이 말을 잘하도록 만드는 것이 본인 스스로 말을 잘하는 것보다 훨씬 더 어려운 일이다.

34 거의 모든 부부 관계는 동거혼일 뿐이며, 내연 관계이거나 일시적인 시도이다. 그리고 멀리서부터 어떤 진정한 부부 관계에 근접해 가는 것인

데, 이 부부 관계의 원래의 본질은 이런저런 체계의 모순들에 따라서가 아니라 종교적이고 세속적인 모든 법에 근거함으로써 여러 인격이 단 하나의 인격으로 되는 것이다. 이는 괜찮은 생각이긴 하지만 현실적으로는 여러 가지 심각한 어려움이 있을 것으로 보인다. 바로 그 때문에 누군가 개체 자체이기를 원할지, 아니면 공동체적 개성을 구성하는 필수적인 요소이기만을 원할지가 문제가 될 경우, 자신의 의견을 말할 수 있는 자유가 여기서 가능한 한 제한되어서는 안 된다. 그리고 네 명 사이의 결혼Ehe à quatre에 대해 반론을 제기할 수 있는 근본적인 문제가 무엇인지도 가늠하기 어렵다. 그러나 만약 결혼이 실패로 끝난 경우에도 국가가 완력으로 이를 억지로 유지하게 하려 한다면, 국가는 새롭고 어쩌면 더욱 행복할지도 모르는 시도를 통해 권장될 수도 있을 혼인 가능성 자체를 방해하는 것이다.

35 냉소주의자라면 원래 어떤 것도 소유해서는 안 될 것이다. 왜냐하면 한 인간이 소유하고 있는 모든 것은 어떤 의미에서 그를 다시 소유하고 있기 때문이다. 그러니 마치 가지고 있지 않은 듯 물건들을 가지고 있는 것이 중요할 것이다. 그러나 훨씬 더 예술적이고 훨씬 더 냉소적인 것은 마치 가지고 있는 듯하면서 가지고 있지 않는 것이다. Schlm.

36 누구도 장식화와 제단의 배경을 이루는 벽화를, 그리고 오페레타와 교회음악을, 또 설교와 철학 논문을 모두 같은 척도로 평가하지 않는다. 그렇다면 무엇 때문에 사람들은 무대 위에서만 존재하는 수사학적 문학에 대해 훨씬 더 상위의 극예술을 통해서만 충족될 수 있는 요구들을 하겠는가?

37 재치 있는 많은 착상들은 가까운 관계에 있는 두 생각이 오랫동안 떨어져 있다가 예기치 않게 다시 만난 것과 같다.

38 S.가 말하기를, 인내와 샹포르의 에피그람의 상태état d'épigramme와의 관계는 종교와 철학의 관계와 같은 것이다. Schlm.

39 대부분의 사유는 사유들의 윤곽에 지나지 않는다. 우리는 이 윤곽들을 뒤집어 그 대척점에 있는 것과 종합해야 한다. 그럼으로써 많은 철학 저작들은 보통의 경우 얻지 못할 커다란 관심을 비로소 받을 수 있게 된다.

40 시에 대해 점수를 매기는 것은 구운 고기에 대해 해부학 강의를 하는 것과 마찬가지다. AWS

41 칸트에 대한 해명을 본업으로 삼은 사람들은 칸트가 다룬 대상들에 대해 단 몇 가지도 언급할 능력이 없거나, 아니면 자신 이외는 그 누구도 이해하지 못하는 사소한 불행만을 지녔던 사람들이거나, 또는 칸트보다 더욱 복잡하게 표현했던 사람들이다.

42 훌륭한 드라마라면 대담해야 한다.

43 철학은 여전히 너무 똑바로만 나아간다. 아직 충분히 원환圓環적이지 않다.

44 모든 철학적 서평은 동시에 서평의 철학이어야 한다.

45 새로운 것인가 혹은 새롭지 않은 것인가? 이것이 어떤 작품에 대해 가장 높은 수준과 가장 낮은 수준의 관점에서, 즉 역사의 관점과 호기심의 관점에서 던져지는 물음이다.

46 많은 철학자들의 사유 방식에 따르면, 행진하고 있는 일개 연대의 군인들은 하나의 체계이다.

47 칸트주의자들의 철학은 아마도 반어적인per antiphrasin 의미에서 비판적이라 불릴 것이다. 혹은 이때 '비판적'이라는 것은 일종의 장식적 부가어epitheton ornans이다.

48 위대한 철학자들에 대한 나의 경험은 스파르타인들에 대한 플라톤의 경험과 같다. 그는 스파르타인들을 무한히 사랑하고 찬양했지만, 그들이

언제나 끝까지 가지 않고 중간에 멈췄다고 항상 불평했다.

49 여자들은 삶에서처럼 문학에서도 부당한 대접을 받는다. 여성적인 것들은 이상적이지 않고, 이상적인 것들은 여성적이지 않다.

50 진정한 사랑은 그 유래에 따라 보자면 전적으로 자유의지에 의한 것이면서도 동시에 전적으로 우연적이며, 필연적인 동시에 자유롭게 보여야 한다. 그러나 그 성격에서는 목적인 동시에 미덕이어야 하며, 비밀인 동시에 기적으로 보여야 한다.

51 아이러니에 이르기까지, 혹은 자기창조와 자기파괴의 끊임없는 반복에 이르기까지 자연스럽고 개별적이거나 고전적인 것은, 혹은 그렇게 보이는 것은 단순 소박하다. 만약 그것이 그저 본능에 지나지 않는 것이라면, 이때 그것은 아이 같고 유치하며, 또는 바보 같다. 만약 그것이 의도만으로 이루어진 것이라면, 이때는 가식이 생겨난다. 아름답고 시적이고 이상적인 단순 소박함은 의도인 동시에 본능이어야 한다. 이런 의미에서 의도의 본질은 자유다. 의식은 아직 의도와는 거리가 멀다. 자기 자신의 자연성이나 멍청함에 스스로 도취되어 있는 모종의 직관이 있는데, 그것 자체가 이루 말할 수 없는 멍청함이다. 의도란 오히려 그 어떤 치밀한 계산이나 계획을 요구하지 않는다. 호메로스의 소박성 역시도 단순한 본능이 아닌데, 여기에는 적어도 사랑스러운 아이들이나 해맑은 소녀들이 발하는 매력에서와 같은 정도의 의도가 들어가 있다. 만약 호메로스 자신에게는 어떤 의도도 없었다고 한다면, 적어도 그의 문학과 그 진정한 저자, 즉 자연은 의도를 가지고 있었던 것이다.

52 독특한 유형의 인간들이 있다. 그들에게서는 권태에 대한 열광이 최초의 철학적 충동이다.

53 정신에는 체계가 있어도 치명적이고, 체계가 없어도 치명적이다. 그러

니 정신은 아마도 두 가지를 결합시키기로 결정해야 할 것이다.

54 우리는 철학자가 될 수 있을 뿐이지, 철학자일 수는 없다. 누군가 스스로 철학자라고 믿는다면, 바로 그 순간 그는 철학자가 되기를 멈춘다.

55 분류 그 자체로서는 참으로 형편없지만, 모든 국가와 시대를 지배하고 있으며, 종종 극도로 개성적이며, 그러한 역사적 개체의 핵심 모나드들과 같은 그런 분류들이 있다. 가령 모든 사물들을 신적인 것과 인간적인 것으로 나눈 그리스적 분류가 그런 것인데, 이 분류는 심지어 호메로스까지 거슬러 올라간다. 또 가령 '가정에서'와 '전장에서'를 나눈 로마의 분류도 그렇다. 요새 사람들은 항상 이 세계와 저 세계를 말한다. 마치 세계가 하나가 아니라 그 이상인 것처럼 말이다. 그러나 물론 그들에게서도 대부분은 자신들이 말하는 이 세계와 저 세계처럼 그렇게 고립되어 있고 분리되어 있다.

56 요즘의 철학은 눈에 보이는 것이라면 무엇이든 비판하는데, 그렇다면 철학에 대한 비판은 정당한 보복 행위일 뿐이라고 말할 수 있겠다.

57 작가로서의 명성은 때때로 여인들의 총애나 돈벌이와도 같은 것이다. 적당한 근거만 주어져 있다면 나머지는 저절로 따라오게 된다. 많은 사람들은 우연한 기회를 통해 위대한 인물로 불리게 된다. "모든 것은 단지 운일 뿐이다." 이것이 대부분의 정치적 현상 못지않게 나타나는 여러 문학적 현상의 결론이다. AWS?

58 전통을 신봉하면서도 항상 새로운 광기를 추구한다. 모방하는 것을 광적으로 좋아하면서도 독립적이라 자신한다. 천박함에서는 서투르면서 생각에 깊이 빠져 혹은 우울하게 가라앉아 있는 데는 노련할 정도로 익숙하다. 천성적으로 단호하지만, 추구하는 바로는 감성이나 생각에 있어서 선험적이다. 진지하고 편안한 태도로 재치와 장난에 대해서 신성한 거부감

의 보루를 쌓는다. 대체로 이러한 특징들에 걸맞은 문학은 어떤 문학이겠는가? AWS

59 삼류 작가는 비평가들의 독재에 대해 불평이 많다. 내 생각에는 불평해야 할 사람은 오히려 비평가들이다. 비평가들이 아름답고 재치가 풍부하고 뛰어나다고 생각하는 것 중에 그런 삼류 작가들로부터 나온 것은 하나도 없을 것이다. 아주 조금이라도 권력과 부딪치는 상황이 생기면, 작가들은 디오니시우스가 자신의 시구를 비난하는 자들에 대해 취했던 것과 같은 태도를 비평가들에 대해 취할 것이다. 코체부는 이것을 공공연하게 인정했다. 이런 종류의 디오니시우스의 군소 후예들이 남긴 새로운 산물들을 나타내는 말로써 다음이면 충분할 것이다. '나를 다시 감옥[6]으로 보내 달라.' AWS

60 몇몇 나라의 백성들은 이런저런 자유를 누리고 있다고 자랑하지만, 이런 모든 자유들은 그들에게 자유'die' Freiheit가 생기면 아무 소용이 없을 그런 자유들이다. 그와 마찬가지로 사람들은 아마도 어떤 시들이 아름답지 않기 때문에 오히려 그 시들의 이런저런 아름다움들을 그토록 힘주어 강조하는 것인지도 모른다. 그런 시들은 세부적으로는 예술적이다. 하지만 전체적으로는 결코 예술 작품이 아니다. AWS

61 칸트 철학에 반대하는 드문 저작들은 건강한 인간 오성의 질병사에 관한 가장 귀중한 자료들이다. 영국에서 발생한 이 전염병은 이제 독일철학까지도 감염시키려 위협하고 있다.

62 책의 출판과 사유의 관계는 출산과 첫 키스와의 관계와 같다.

63 교양이 없는 모든 사람은 자기 스스로에 대한 풍자화이다.

---

6) latomien. 고대에 악명 높았던 노천 채석장을 이용한 감옥을 뜻한다. — 옮긴이

64 온건주의는[7] 거세된 비非자유주의의 정신이다.

65 찬양을 하는 많은 사람들은 자신들이 섬기는 우상의 위대함을 말하면서 정반대를 증명해 보인다. 즉 자기 자신들의 왜소함을 드러냄으로써 말이다.

66 만약 작가가 비평가들에게 아무 대답도 할 수 없을 때, 그는 다음과 같이 말하곤 한다. '하지만 당신도 어차피 더 낫지 않다.' 이것은 마치 독단론적 철학자가 회의론자에게 어떠한 체계도 생각해 내지 못할 거라고 비난하는 것과 같다.

67 모든 철학자는 관용적이며 따라서 비판당할 수도 있다는 것을 상정하지 않는 것, 이는 관용적이지 못하다. 게다가 비록 그 반대로 알고 있다고 해도 그런 척하지 않는다면, 그것 역시 관용적이지 않다. 하지만 만약 시인을 그런 식으로 취급한다면, 그것은 매우 무례한 일이다. 왜냐하면 시인은 철저히 포에지이어야 하고, 동시에 살아 있고 행동하는 예술 작품이어야 하기 때문이다.

68 자신의 소망들 중 몇 가지가 모두 충족되었을 때 다른 몇 가지를 완전히 포기할 수 있고, 자신에게 가장 소중한 것 역시 냉정하게 평가할 수 있으며, 또 필요한 경우 설명도 기꺼이 감수하고, 예술사에 대한 안목이 있는 예술 애호가만이 예술을 진정으로 사랑하는 자이다.

69 우리에게는 고대인들의 무언극이 더 이상 없다. 그 대신 이제 시예술 전체가 무언극적이다.

70 공공 고발자가 등장하는 곳에는 공공 심판관도 꼭 존재해야 한다.

---

7) 온건주의(Moderantismus)는 프랑스 혁명 당시 로베스피에르와 자코뱅의 극단적 공포정치에 반대하여 부드럽고 온건한 징치체제를 주장했던 세력을 일컬었던 말이다.—옮긴이

71 사람들은 예술미에 대한 분석이 예술 감상의 즐거움을 방해한다고 항상 이야기한다. 하지만 진정한 예술 애호가라면 아마도 어떤 방해도 받지 않을 것이다!

72 전체에 대한 조망이 요즘 유행하고 있는데, 이것은 모든 개별적인 것을 대충 살핀 다음 모두 총괄하는 것이다.

73 사람들이 말하는 대로 노력이 결과보다 더 가치 있는 곳이 진리라면, 대중도 그런 진리와 같은 것이어야 하지 않는가?

74 '아마도'Wahrscheinlich[8]라는 말은 혼탁한 언어 사용에 따라 '거의 참인' 또는 '어느 정도는 참인' 또는 '어쩌면 언젠가는 참이 될 수 있는' 것을 의미한다. 그러나 이 단어는 이미 단어의 형성에서만 보아도 이 모든 의미를 전혀 나타낼 수 없는 말이다. 참된 것으로 보인다고 해서 전혀 참일 필요는 없다. 물론 그것은 실제로positiv 나타나야 한다. '개연적인 것'das Wahrscheinliche은 자유로운 행위로부터 생겨날 수 있는 가능한 결과들 중에서 현실적인 것들을 추측해 낼 수 있는 능력, 즉 영리함의 대상이다. 그것은 철저히 주관적인 그 무엇이다. 몇몇 논리학자들이 개연성이라고 지칭했으며 예측해 내려고 했던 것은 사실 가능성이다.

75 형식 논리학과 경험 심리학은 철학적으로 변형된 기괴함이다. 왜냐하면 사칙연산의 산술학이나 정신에 대한 실험물리학에서 재미있는 것은 오로지 형식과 내용의 차이에 있을 수밖에 없기 때문이다.

76 지적 관조는 이론의 정언명법이다.

77 한 편의 대화는 단상들의 사슬이거나 단상들의 화관이다. 편지의 교환은 확장된 규모의 대화이다. 회고록은 단상들의 체계이다. 하지만 내용

---

8) 독일어 원어 구성에 따른 의미는 '참인 것처럼 보이는'이다. —옮긴이

과 형식 모두에 있어 단상이라 할 만한 것, 완전히 주관적이고 개체적인 동시에 완전히 객관적이며 모든 학문 체계에서 필수적인 부분과 같은 그러한 것은 아직까지 없다.

78 이해하지 못한다는 것은 대부분 이해력[9]의 결여에서 오는 것이 아니라, 감각의 결여에서 온다.

79 바보 같음Narrheit과 우둔함Dummheit이 미친 것Tollheit과 다른 점은 단지 의식적이라는 데 있다. 이런 구별이 타당하지 않다면, 다른 사람들은 잘되게 놔두면서 몇 명의 바보들을 감금하는 것은 매우 부당하다. 그렇다면 바보 같음과 미친 것의 구별은 종류의 차이가 아니라 정도의 차이에 있을 뿐이다.

80 역사가는 과거를 향한 예언가이다.

81 대부분의 사람들은 전형적 가치 외에 다른 어떤 가치도 알지 못한다. 그럼에도 불구하고 전형적인 가치에 대한 감각을 지닌 사람은 매우 드물다. 비록 그 자체로는 아무 쓸모가 없는 것이어도, 어떤 한 종류의 특징을 형성하는 데는 기여를 한다. 그리고 이런 점에서 우리는 다음과 같이 말할 수 있을 것이다. 흥미롭지 않은 사람은 없다.

82 철학적 논증Demonstrationen은 군대 전문 용어의 의미에서 거짓 공격Demonstrationen이다.[10] 연역법 역시 정치적 논증보다 더 나을 것이 없다. 먼저 어떤 영역을 점령해 놓고, 그에 대한 자신의 권리를 나중에서야 입증하는 것은 학문에서도 마찬가지이다. 세상살이에서 우리와 관계를 맺고 있는 친구에 대해 샹포르가 말한 것을 정의定義에도 똑같이 적용할 수 있다.

---

9) 독일어 Verstand의 번역어로, Nichtverstehen(이해하지 못함)과 대조시킨 말놀이이다.
10) 독일어 Demonstration의 여러 의미 중에서 군대 용어로 거짓 공격, 군사력의 과시, 양동작전 등이 있다.—옮긴이

즉 학문에는 세 종류의 설명이 있다. 우리에게 통찰이나 도움을 주는 설명, 아무것도 설명하지 않는 설명, 그리고 모든 것을 모호하게 만드는 설명이 그것이다. 올바른 정의는 결코 즉석에서 임의로 만들어지는 것이 아니라 저절로 나오는 것이다. 그리고 재치가 없는 정의는 아무 쓸모가 없으며, 각각의 개체에 대해 무한히 많은 실제적인 정의를 내릴 수 있다. 예술철학에 고유할 수밖에 없는 형식성들은 상표나 사치로 변질된다. 이들이 거장의 능력에 대한 자격증과 증거로서 소유하고 있는 목적과 가치는 가수가 부르는 고난도의 아리아나 문헌학자의 라틴어 문장과 같은 것이다. 또 수사학적 효과도 적지 않게 낸다. 그러나 중요한 것은 언제나 무언가를 안다는 것, 그리고 그것을 말한다는 것이다. 그것을 증명하려 하거나 심지어 설명하려 하는 것은 대부분의 경우 전혀 필요 없는 일이다. 12동판법[11]의 정언적 어법, 그리고 명제적 방법에서는 성찰의 순수한 사실들이 은폐되지도, 희석되지도, 인위적으로 변조되지도 않은 채 마치 연구나 공동철학을 위한 원문처럼 앞에 놓여 있기 때문에 형태를 갖춘 자연철학에 가장 적합한 것이다. 이 두 가지, 정언적 어법과 명제적 방법이 같은 정도로 잘 수행될 경우, 주장하는 것이 증명하는 것보다 훨씬 어렵다는 점은 분명하다. 잘못되거나 진부한 문장들을 형식적으로 훌륭하게 입증하고 있는 논증들은 무수하다. 라이프니츠는 주장하고 볼프는 논증한다. 여기에 대해 더 말할 필요도 없다.

83 모순율은 분석의 원리조차도 아니다. 즉 어떤 절대적 원리, 개체를 가장 단순한 요소들로 나누는 화학적 분해의 원리라고도 할 수 없다.

84 주관적으로 고찰했을 때, 철학은 항상 중간부터 시작한다. 마치 서사시처럼.

---

11) 고대 로마의 법전. —옮긴이

85 삶에 있어 기본 원칙들이란 군대의 최고 지휘관을 위해 작전실에서 작성된 지침들과 같은 것이다.

86 진정한 호의는 타자의 자유를 권장해 주는 것이지 동물적 즐거움을 용인하는 것이 아니다. Schlm.?

87 사랑의 시작은 서로를 이해하는 것이고, 사랑의 절정은 서로에 대한 믿음이다. 헌신은 믿음의 표현이며, 즐거움은 비록 사람들이 일반적으로 믿고 있는 것처럼 감각을 생겨나게 할 수는 없다 하더라도 감각을 새롭게 하고 세련되게 할 수 있다. 그래서 보통 사람들은 관능으로 인해 잠시 동안 자신들이 서로 사랑하고 있다고 착각하게 되는 것이다.

88 하는 일이라고는 오로지 아니라고 말하는 것밖에 없는 사람들이 있다. 항상 제대로 부정否定할 수 있기란 결코 쉬운 일이 아닐 것이다. 하지만 항상 아니라고 말하는 것 외에 다른 아무것도 할 수 없는 사람은 결코 제대로 부정할 수 없다. 항상 아니라고 말하는 이러한 사람들의 취향은 천재들의 과격함을 제거하는 데 아주 유용한 가위이다. 그들의 계몽은 열광의 불꽃을 사그라지게 하는 거대한 도구이다. 그들의 이성은 과도한 쾌락과 사랑에 대한 부드러운 완화제이다.

89 비평은 그동안 여러 철학자들의 노력에도 찾을 수 없었고, 또 원래 찾기도 불가능한 도덕적 수학과 적당함의 학문에 대한 유일한 대안이다.

90 역사의 대상은 실제적으로 꼭 있어야 할 모든 것을 현실화시키는 것이다.

91 논리는 서론도 아니고 도구도 아니고 서식도 아니며, 철학의 한 에피소드도 아니다. 논리는 실증적 진리에 대한 요구와 어떤 체계 가능성의 전제로부터 출발하는 학문으로서, 시문학과 윤리학에 대립되며 잘 조정된 실용적 학문이다.

92 철학자가 문법학자가 되지 않는다면, 또는 문법학자가 철학자가 되지 않는다면, 문법은 고대인들에서의 문법, 즉 실용적 학문이면서 논리학의 한 영역이었던 것이 되지 않을 것이다. 더군다나 학문조차도 되지 못할 것이다.

93 정신과 문자에 관한 이론이 흥미로운 이유로 여러 가지가 있지만 특히 철학을 문헌학과 만나게 할 수 있기 때문이다.

94 물론 고의가 아닌 경우도 있지만, 모든 위대한 철학자는 자신의 선구자에 대해 항상 자기 이전에는 아무도 그들을 이해하지 못한 것 같다는 식으로 말한다.

95 철학은 몇 가지를 당분간 영원히 전제해야 하며, 또 그렇게 해도 된다. 왜냐하면 그렇게 해야 하기 때문이다.

96 철학을 위해 철학하는 것이 아니라 철학을 수단으로서 필요로 하는 사람은 소피스트이다.

97 일시적 상황으로서 회의주의는 논리적 반역이다. 그리고 체계로서의 회의주의는 무질서 상태이다. 따라서 회의주의적 방법은 거의 혁명정부와 같은 것이다.

98 논리적 이상을 실현하는 데 기여하고 학문의 형태를 지닌 모든 것은 철학적이다.

99 '그의 철학', '나의 철학'이라는 표현을 들으면 사람들은 항상 『현자 나탄』에 나오는 말을 떠올리게 된다. 즉 "신은 누구에게 속해 있는가? 한 인간에게 속하는 신은 어떤 종류의 신인가?"

100 시적 가상은 표상들의 놀이고, 놀이는 행위들의 가상이다.

101 포에지 속에서 일어나는 일은 결코 일어나지 않거나 항상 일어난다.

그렇지 않으면 그것은 진정한 포에지가 아니다. 그 일이 지금 실제로 일어난다고 믿어서는 안 될 것이다.

102 여자들은 예술에 대한 감각이 전혀 없다. 하지만 시에 대한 감각은 있을 것이다. 여자들은 학문적 소질이 없다. 하지만 철학적 소질은 있을 것이다. 그들에게 사변의 능력이나 무한성에 대한 내적 직관의 능력이 없는 것은 아니다. 단지 추상화 능력이 부족할 뿐인데, 이것이 사실 오히려 더 쉽게 배울 수 있는 것이다.

103 우리가 어떤 철학을 폐기한다고 해서 ― 물론 이때 조심성 없는 사람은 가끔 자기 자신까지도 폐기하기 쉽지만 ―, 혹은 철학은 스스로를 폐기한다는 사실을 우리가 입증한다고 해서, 이것이 철학에 입히는 해는 별로 없다. 진정한 철학이라면 자신의 잿더미로부터 다시 태어나는 피닉스처럼 항상 다시 소생할 것이다.

104 세계 개념에 따르면 최근 독일의 철학적 문학에도 관심을 보이는 사람은 모두 칸트주의자이다. 반면 교과서적 개념에 따르면 칸트를 진리라고 믿는 사람, 그리고 쾨니히스베르크의 우편배달부가 한 번 사고를 당해도 진리 없이 몇 주는 아무런 문제 없이 살 수 있는 사람만이 칸트주의자이다. 낡은 소크라테스적 개념에 따르면, 위대한 대가의 정신을 독자적으로 수용하여 배워 익힌 사람들은 그의 제자라 불리며, 또 그의 정신을 잇는 후손이라 불리기 때문에 칸트주의자는 매우 드물 것이다.

105 혹평받는 신비주의라 부를 수 있는 셸링의 철학은 아이스퀼로스의 『프로메테우스』에서처럼 지진과 파멸로 끝난다.

106 도덕적 평가는 미적인 평가와 완전히 상반된다. 도덕적 평가에서 중요한 것은 선의지가 전부이지만, 미적 평가에서는 전혀 그렇지 않다. 가령 재치 있고자 하는 선의지는 어릿광대의 미덕이다. 재치에 있어 의도는 단

지 관습적인 경계를 허물고 정신을 자유롭게 하는 데 있을 뿐이다. 그러나 가장 재미있는 것은 원하지 않았을 뿐 아니라, 자신의 의지로 막았음에도 불구하고 재치 있는 경우이다. '친절한 호통꾼'bienfaisant bourru[12]이 원래는 가장 선량한 인물인 것처럼. AWS

107 프로테스탄트들의 모든 칸트적 화합에서 암묵적으로 전제되고 있으며, 가장 중요한 첫째 명제는 다음과 같은 것이다. '칸트 철학은 자기 자신과 일치되어야 한다.'

108 유혹적이면서도 동시에 숭고한 것은 아름답다.

109 위대함의 특징들로서 미세학Mikrologie 같은 것도 있으며, 권위에 대한 믿음도 있다. 즉 그것은 완성되고 있는 예술가의 미세학이며, 자연의 권위에 대한 역사적 믿음이다.

110 2차적 산물을 항상 더 선호하는 것은 고상한 취향이다. 가령 복제품을 모방하고, 서평에 대해 평가하고, 보록에 부록을 붙이고, 주석에 대해 보충 설명을 다는 것처럼 말이다. 이런 취향은 우리 독일인들에게 길이를 늘이는 것이 중요할 때 특히 두드러지게 나타나고, 프랑스인들에게서는 간명함과 여백이 중시될 때 나타난다. 프랑스인들의 학문 교육은 아마도 발췌한 것을 요약한 것으로 이루어질 것이며, 프랑스 시예술 중 최고 생산물인 비극은 형식의 형식일 뿐이다. AWS

111 소설이 주고자 하는 교훈은 전체적으로만 전달되며, 개별적으로 입증되지는 않으며, 분석을 하면 황폐해지는 그러한 것임이 분명하다. 그렇지 않다면 [소설보다] 수사학적 형식이 비교할 수 없을 만큼 탁월할 것이다.

---

12) 『친절한 호통꾼』(*Le bourru bienfaisant*). 이탈리아의 희극 작가 골도니(Carlo Goldoni, 1707~1793)의 프랑스어 희극. 1771년 프랑스 퐁텐블로에서 초연.—옮긴이

112 서로 적대적이지 않는 철학자들은 보통 공동철학Symphilosophie이 아니라 공감Sympathie으로 연결된다.

113 분류는 정의定義들의 체계를 포함하는 정의定義이다.

114 시문학에 대한 정의는 단지 시문학이 무엇이어야 하는지만 규정할 수 있으며, 실제로 무엇이었고 무엇인지는 말할 수 없다. 그렇지 않다면 다음과 같이 가장 간단히 말할 수 있을 것이다. '시문학이란 언젠가 어떤 장소에서 사람들이 시문학이라 불렀던 것을 말한다.'

115 애국을 노래하는 축제시에 대한 사례비가 충분히 지불된다고 해서 그 시의 신성한 품격을 모독하는 것이 될 수 없다는 사실을 그리스인들과 특히 핀다로스가 보여 주고 있다. 그러나 사례비가 지불되었다는 것만으로 그 노래가 황홀한 즐거움을 주는 것은 아닌데, 적어도 그 점에서 고대 그리스인들을 모방하려 했던 영국인들이 이를 입증한다. 영국에서 아름다움은 팔고 사는 것이 아니었던 것이다. 미덕이라면 몰라도.

116 낭만주의 포에지[시문학]는 진행 중의 보편시문학[13]이다. 이 개념의 정의는 단순히 분리되어 있던 모든 시문학 장르들을 다시 통합하고, 시문학을 철학과 수사학과 접목시키는 것만을 뜻하지 않는다. 낭만주의 포에지가 원하고 또 해야만 하는 것은 시문학과 산문을, 독창성과 비평을, 인공시와 자연시를[14] 서로 융합하고 섞는 것이며, 시문학은 생생하고 사교적으로 만들고, 반면 삶과 사회는 시적으로 만들며, 재치도 하나의 시가 되게 하고 예술 형식들은 모든 종류의 진정한 교양의 재료들로 가득 채우고 넘쳐나게 하며, 기지의 번득임으로 생기를 불어넣는 것이다. 낭만주의

13) Universalpoesie는 '통합문학'으로 번역되는 경우도 있다. — 옮긴이
14) 인공시(Kunstpoesie)는 창작시로, 자연시(Naturpoesie)는 민족 서사시로 이해할 수 있다. — 옮긴이

포에지는 시문학적인 것이라면 모두 포함한다. 자기 안에 다시 여러 체계들이 들어 있는 거대한 예술 체계로부터 시를 짓는 아이가 기교 없이 부르는 노래 속에서 내쉬는 한숨과 입맞춤까지 다 포함하는 것이다. 낭만주의 포에지는 묘사된 것에 침잠할 수 있기 때문에 사람들은 모든 종류의 시문학적 개체들을 특징짓는 것만이 낭만주의 포에지의 모든 것이라 믿고 싶어 할 것이다. 하지만 작가의 정신을 완전히 표현할 수 있도록 만들어진 그런 형식은 아직 존재하지 않는다. 그래서 소설만을 한 권이라도 쓰려고 했던 많은 작가들은 대체로 자기 자신만을 서술해 내었을 뿐인 것이다. 낭만주의 포에지만이 서사시처럼 주위의 모든 세계를 비추는 거울, 시대상의 반영이 될 수 있다. 그러나 낭만주의 포에지는 또한 대부분의 경우 묘사된 것과 묘사하는 것 사이에서 모든 현실적이고 이상적인 관심으로부터 벗어나 시적 성찰의 날개를 타고 중간에서 떠다니며, 이 성찰을 계속 증가시켜 마치 어떤 끝없이 이어진 거울들이 비추는 상들처럼 무한히 늘릴 수 있다. 낭만주의 포에지는 가장 보편적이고 최고도로 형성해 낼 수 있는 능력을 가지고 있으며, 그것도 단지 내부로부터뿐 아니라, 외부에서부터 안으로까지도 그렇게 하는데, 이것은 자신의 산물들에서 전체가 되어야 할 각각의 것들과 유사하도록 모든 부분들을 조직함으로써 가능하게 된다. 그리고 이를 통해 무한히 성장하는 고전성의 전망이 낭만주의 포에지에서 열리게 된다. 여러 예술들 중 낭만주의 포에지는 철학에서 재치와 같은 것이며, 삶에 있어서 사회, 사교, 우정, 사랑과 같은 것이다. 다른 종류의 문학 장르는 이미 완성되어 있고, 그래서 서로 완전히 분해될 수 있다. 그러나 낭만주의 문학 장르는 여전히 생성 중에 있다. 즉 영원히 생성되고 있으며 결코 완성될 수 없다는 것이 낭만주의 문학 장르의 고유한 본질이다. 이에 대해 이론을 통해서는 제대로 설명할 수 없으며, 예견적 비평만이 낭만주의 문학 장르의 이상을 특징적으로 그려 낼 수 있을 것이다. 낭만주의 문학 장르만이 무한하고, 또 그렇게 자유롭다. 그리고 시인의 자의는 자신에 대한 어떠한 법칙도 허용하지 않는다는 것을 자신의 제1법칙으로 삼는다. 낭만주의 문학 장르는 단순한 하나의 장르 그 이상이며, 시창작 예술 그 자체라 할 수 있는 유일한 장르이다. 왜냐하면 어떤 의미에서 모든 시문학은 낭만주의적이기 때문에, 혹은 그래야만 하기 때문이다.

117 어떤 작품의 이상이 예술가에게 있어 연인이나 친구가 주는 것과 같은 생생한 현실, 말하자면 개성 같은 것을 가지고 있지 않다면 그런 작품들은 차라리 쓰이지 않는 편이 낫다. 그런 작품들은 어쨌든 예술 작품은 되지 못한다.

118 어떤 소설에서 모든 인물들이 마치 태양을 둘러싼 행성들처럼 한 사람을 중심으로 움직이면서, 많은 경우 이 사람이 작가의 총애를 받는 버릇없는 응석받이로서 열광적인 독자에게 거울이자 아첨꾼이 된다면, 이는 섬세하기는커녕 정말 뻔뻔한 이기주의적 욕구이다. 교양 있는 어떤 사람이 자신이나 타인에 대해 단지 목적에 지나지 않는 것이 아니라 수단이기도 한 것과 마찬가지로, 잘 짜인 시 작품에서도 모든 인물들이 목적이자 수단이어야 할 것이다. 전체 틀은 공화주의적이어야 하겠지만, 항상 몇몇 부분은 적극적이고, 몇몇 부분은 수동적일 수 있도록 허용되어야 한다.

119 제멋대로인 것으로만 보이는 비유들도 종종 심오한 의미를 가진다. 이때는 금이나 은 덩어리, 그리고 자의성을 가질 정도로 그토록 확실하고 완벽하며, 타고난 것으로 보일 수 있을 정도로 우연히 생겨난 그런 정신적 능력 사이에 어떤 종류의 유사성이 있을까 하고 생각해 볼 수 있을 것이다. 하지만 분명한 것은 비록 소유자를 돋보이게 하지 않더라도 고유의 견고한 가치가 있는 물건을 소유하고 있을 때와 같이 그렇게 우리는 재능을 소유하고 있다는 점이다. 원래 천재란 결코 소유할 수 있는 것이 아니다.

단지 천재일 뿐이다. 천재에 대한 복수複數 또한 있을 수 없는데, 천재의 복수는 천재라는 단수 속에 이미 들어 있기 때문이다. 즉 천재란 여러 재능들의 체계이다.

120 그들이 재치를 별로 높이 평가하지 않는 첫번째 이유는, 재치에 들어 있는 감성이 그저 막연히 상상된 수학에 불과하기 때문에 재치는 충분히 길게 표현될 수도 없고, 또 충분히 폭넓게 표현되지도 않는다는 것이다. 또 다른 이유는 그들은 재치로 인해 웃게 되는데, 만약 재치에 진정한 가치가 있다면, 그에 대해 웃는다는 것은 그것을 존중하지 않는다는 의미라는 것이다. 재치는 마치 규칙에 따라 위신을 지켜야 함에도 불구하고 마구 행동하는 사람과 같다.

121 이념Idee이란 아이러니의 경지에까지 도달한 완성된 개념이며, 절대적 반反명제들의 절대적 종합이며, 끊임없이 스스로를 생산해 내는 두 가지 대립적 사유들의 주기적 교환 작용이다. 이상Ideal이란 이념인 동시에 사실이다. 만약 사상가들에게 이상들이 예술가들에게 고대의 신들이 가졌던 것과 같은 개체성을 가지지 못한다면, 이념을 다루는 모든 활동은 공허한 형식들과의 지루하고 힘든 주사위 놀이에 지나지 않거나 또는 중국 승려가 수행을 할 때처럼 자기 자신의 코를 멍하니 관조하는 것에 지나지 않는다. 대상 없는 이러한 감상적 사변처럼 한심하고 경멸할 만한 것도 없다. 이런 것을 사람들이 신비주의라 부르지 않기를 바랄 뿐이다. 왜냐하면 신비주의라는 이 오래되고 아름다운 말은 절대철학에 매우 유용하며 없어서는 안 되는 말이기 때문이다. 바로 이 절대철학의 관점에서 정신은 다른 입장이라면 이론적, 실제적으로 자연스러운 것으로 보는 모든 것을 비밀이자 기적으로 간주하는 것이다. **상세한**en détail 사변은 **전체적**en gros 추상만큼이나 드물지만, 이들이 바로 학문적 재치의 모든 재료들을 만들어 내는 것이며, 더 고차원적인 비판 원리들이자 정신적 교양의 최상의 단계들

이다. 위대한 실제적 추상은 추상이 곧 본능이었던 고대인들을 진정으로 고대인들로 만드는 것이다. 개체들이 종족들 자체는 아니라 할지라도 이것과 엄격하고 정확히 분리시켜 자신들의 종족의 이상은 완벽하게 표현했다는 것, 그리고 그들이 거의 자유롭게 자신들의 독창성에 몸을 내맡겼다는 것은 의미가 없었다. 그러나 단순히 오성이나 상상력이 아니라 모든 영혼의 힘을 사용하여 마치 다른 세계에 빠져드는 것처럼 때로는 이 영역으로 때로는 저 영역으로 마음대로 옮아 다니는 것, 한번은 자기 본성의 이 부분을, 또 다른 때는 다른 부분을 포기하는 것, 그리고 어떤 다른 한 부분에 완전히 한정시키는 것. 어떤 때는 이 개체에서, 또 다른 때는 저 개체에서 자신의 전체를 찾고 발견하는 것, 그리고 다른 모든 것은 의도적으로 잊어버리는 것. 이렇게 할 수 있는 능력은 다수의 정신들과 인격들의 체계 전체를 자기 안에 포함하고 있는 하나의 정신만이, 그리고 소위 모든 모나드들에서 싹트고 있다고 하는 우주가 그 안에서 자라나고 성숙해져 있는 하나의 정신만이 가지고 있다.

122 뷔르거[15]는 사람들을 차갑게 하지도 따뜻하게 하지도 않는 종류의 책이 새로 나오면 말하곤 했다. 그 책은 '고상한 학문들의 도서관'[16]에서 칭송받아야 마땅하다고. AWS

123 시문학이 모든 예술 중에서 가장 고귀하고 가치 있는 첫번째 이유는 시문학 속에서만 드라마가 가능하기 때문이 아닌가?

---

15) Gottfried August Bürger(1747~1794). 독일의 서정시인. 『그리스 시문학 연구』에서 프리드리히 슐레겔은 뷔르거가 살롱의 독자들보다 더 많은 독자들을 위한 글쓰기를 추구했다고 칭찬했다.

16) *Bibliothek der schönen Wissenschaften (und der freyen Künste)*은 1757년에서 1765년까지 라이프치히에서 출판된 문학비평잡지의 제목이다. 1765년 *Neue Bibliothek der schönen Wissenschaften und der freyen Künste*로 제목을 바꾸어 1806년까지 출간되었다. —옮긴이

124 어떤 사람이 심리학적 관점에서 소설을 쓰거나 읽으면서도, 그때 자연스럽지 못한 욕망, 끔찍한 고문, 혐오를 일으키는 비열함, 불쾌할 정도의 감각적 또는 정신적 무능에 대해서 천천히 진행되는 상세한 분석마저도 두려워한다면, 그것은 매우 일관성이 없고 위축된 태도이다.

125 만약 공동철학과 공동포에지가 충분히 보편적이고 내면적이 되어서 많은 상호 보완적 본성들이 공동의 작품들을 형성하는 경우가 더 이상 예외적인 것이 아닐 수 있다면, 전적으로 새로운 학문과 예술의 시대가 시작될 것이다. 우리는 종종 두 개의 정신이 마치 나누어진 반쪽들처럼 원래는 하나를 이루고 있으며, 오직 서로와의 관계 속에서만 그들이 실현할 수 있는 모든 것일 수 있다는 생각을 하지 않을 수 없다. 만약 개체들을 통합시키는 하나의 예술이 있다면, 혹은 요구하는 비평이 단지 요구만 하는 것 그 이상일 수 있다면 — 그럴 수 있는 수많은 기회를 비평은 도처에서 찾을 수 있다 — , 나는 장 파울과 페터 레베레히트[17]가 결합되는 것을 보고 싶다. 장 파울에게 없는 모든 것이 바로 페터 레베레히트에게 있다. 장 파울의 기괴한 재능과 페터 레베레히트의 환상적인 교양이 합쳐진다면, 최고의 낭만주의 시인이 탄생할 것이다.

126 민족적이며 모종의 효과를 의도하는 모든 드라마는 낭만주의화된 무언극이다.

127 클롭슈토크는 문법적 시인이자 시적인 문법가이다. AWS

128 쓸데없이 악마에게 몸을 내맡기는 것보다 더 한심한 일은 없다. 예를

---

17) 루트비히 티크의 소설(*Peter Lebrecht: Eine Geschichte ohne Abenteuerlichkeiten*, 1795~1796) 제목이자 그 주인공 이름[레베레히트Leberecht는 티크가 필명으로 사용한 이름이고, 소설 제목과 그 주인공 이름은 철자 e가 빠진 레프레히트Lebrecht이다. 그러므로 원서의 각주에서 저자들이 설명한 것과는 달리 여기서 레베레히트는 루트비히 티크 자신을 가리킨다].

들면 훌륭하지도 못한 외설적인 시를 짓는 일이 그런 것이다. AWS

129 가령 드라마에서의 운율 사용 등과 같은 여러 문제에서 몇몇 이론가들은 포에지란 단지 아름다운 거짓에 지나지 않지만, 그 대신 다음과 같이 부를 수도 있는 것이라는 사실을 너무나 잘 잊어버린다. '훌륭한 거짓, 너를 능가할 정도로 아름다운 진리를 그 어디서 찾을 수 있단 말인가?'[18]
AWS

130 문법적인 신비주의자들도 있다. 모리츠[19]가 그중 하나이다. AWS

131 시인은 철학자로부터 별로 배울 것이 없지만, 철학자는 시인으로부터 많은 것을 배울 수 있다. 그래서 심지어 계시의 빛을 따라다니는 데 익숙한 사람[시인]을 현자의 밤 등불이 잘못 이끌지 않을까 걱정되기까지 한다. AWS

132 시인들은 항상 나르시시스트들이다. AWS

133 여자들은 모든 것을 자신의 손으로 직접 하는 것 같고, 남자들은 모든 것을 도구를 써서 하는 것 같다. AWS

134 나이리Nairi[20] 사람들의 방식에 따라 모계 혈통이 받아들여지기 전까지 남성들은 결코 여성들을 통해 개선되지 않을 것이다. AWS

135 우리 교육의 여러 부분들은 서로 나누어져 있고 종종 상충하기도 하지만, 그래도 사람들은 그 사이의 연관성을 가끔 알아차린다. 그래서 우리

---

18) 독일어 원문에 이태리어로 되어 있다["Magnanina menzogna, ov' or' è il vero / Si bello, che si possa a te preporre?"].
19) Karl Philipp Moritz(1756~1793). 작가이자 이론가. 모방에 대한 그의 이론이 이 책에 실려 있는 아우구스트 슐레겔의 『문학과 예술에 대한 강의』에서 언급된다.
20) 인도 남부의 한 부족 이름으로 Nayar 혹은 Naïr라고도 함. 18세기까지도 모권제 사회구조가 뚜렷이 남아 있었다.

의 도덕적 드라마 속에 나오는 더 나은 인간들은 가장 최근의 교육학이 배출한 것처럼 보인다. AWS

136 자신이 가진 전 능력을 쏟아부어 특정한 방향에 매진하면서도 융통성이 없는 인물들이 있다. 그들은 무언가를 발견해 내겠지만, 그것이 많지는 않을 것이다. 그리고 즐겨 사용하는 다음과 같은 구절을 영원히 반복할 위험에 있게 될 것이다. 아무리 힘을 써서 판자에 대고 송곳을 누른다 해도, 송곳을 돌리지 않는다면 깊이 뚫지 못한다. AWS

137 현학적으로 오도된 철학보다 말할 수 없이 훨씬 더 숭고한 실질적이고 열광적인 수사학이 있다. 미사여구로 이루어진 문장 연습, 응용된 시문학, 즉흥적 정치학, 이런 것들은 모든 같은 이름으로 불리는 것이다. 이러한 수사학의 사명은 철학을 실제적으로 현실화하는 것이고, 실제적인 비非철학과 반反철학을 단순히 변증법적으로 정복하는 것이 아니라 현실적으로 파괴하는 것이다. 루소와 피히테는 보이지 않는 것은 믿지 않는 사람들에게도 이러한 이상Ideal을 터무니없이 여기지 못하게 했다.

138 비극 시인은 자기 작품의 장면들을 거의 항상 과거로 옮겨 놓는다. 하지만 왜 꼭 그렇게 해야 하는가? 미래로 만드는 것도 가능할 수 있지 않는가? 그렇게 되면 환상은 단번에 모든 역사적 고려와 제한들로부터 벗어날 수 있지 않을까? 물론 더 나은 미래에 상응하는 장면에서 굴욕적인 모습을 감수해야 하는 민족은 공화제 그 이상을 갖추어야 할 것이며, 자유주의적 성향을 가지고 있어야 할 것이다.

139 낭만주의적 관점에서는 포에지의 변종들도, 가령 기이하고 터무니없는 것까지도 가치가 있다. 그 안에 무엇인가가 있다면, 독창적이기만 하다면, 보편성의 소재이자 그 연습으로서 가치를 지닌다.

140 드라마 시인들의 특징은 너그러운 관용으로 다른 인물들에 빠져 열

중하는 것에 있고, 서정시인들의 특징은 다정한 이기심으로 모든 것을 자신에게로 끌어당기는 것에 있는 것 같다. AWS

141 영국과 독일의 비극은 여러 가지 면에서 미적 취향에 어긋난다고 한다. 반면 프랑스의 비극은 취향에 대해 단 하나의 중대한 위반을 행할 뿐이다. 왜냐하면 자연을 완전히 벗어나 글을 쓰고 상상하는 것보다 더 취향에 어긋나는 일은 있을 수 없기 때문이다. AWS

142 헴스테르호이스는 플라톤의 아름다운 영혼 여행과 체계적 사유가의 엄격한 진지함을 결합시킨다. 반면 야코비는 이런 식의 조화롭게 균형 잡힌 정신력을 가지고 있지는 않지만, 그만큼 더 자유롭게 활동하는 깊이와 위력이 있다. 즉 이 둘은 신적인 것의 본능을 서로 공유하고 있는 것이다. 헴스테르호이스의 작품들은 지적인 성격의 시들이라 할 수 있다. 야코비는 흠잡을 데 없이 완벽한 고대가 아니라, 독창성과 고귀함과 진심으로 가득 찬 파편들을 만들어 냈다. 아마도 헴스테르호이스의 몽상이 항상 미적인 것과의 경계들로 흘러들어 가기 때문에 더 강한 영향력을 행사하는 것 같다. 그 반면, 이성은 자신에 대항하며 몰려드는 감정의 격정을 알아채는 즉시 방어 태세에 들어간다. AWS

143 그 누구에게도 고대인들을 고전적으로 또는 옛날 사람으로 여기도록 강요할 수 없다. 그것은 결국 신조에 달려 있다.

144 로마 문학에서의 황금시대는 훨씬 독창적인 편이었고, 시문학에 더 유리했다. 이른바 백은시대에는 [시문학에서보다] 산문에서 훨씬 더 정확했다.

145 시인으로 보자면 호메로스는 매우 도덕적이라 할 수 있는데, 그 이유는 그가 그토록 자연스러우면서도 또 그토록 시적이기 때문이다. 그러나 이전의 훌륭했던 철학자들의 이의 제기에도 불구하고 고대인들이 종종

생각했던 것과 같이, 도덕 설교자로서의 호메로스는 바로 위와 같은 이유에서 매우 비도덕적이다.

146 소설이 근대 시문학 전반에 그랬던 것처럼, 풍자시도 로마의 시문학 전반을, 아니 로마 문학 전체를 채색하며 그 안의 분위기를 지배한다. 풍자시야말로 여러 가지 모든 변형을 거치는 가운데 — 물론 로마인들에게는 항상 고전적인 보편시였지만 — 형성된 세계의 중심으로부터 생겨난, 그리고 이 중심을 위한 사회문학으로 계속 머물러 있었던 것이다. 키케로, 카이사르, 수에토니우스 같은 사람들의 산문에서 나타나는 가장 세련된 것, 가장 독창적인 것, 가장 아름다운 것에 대한 감각을 가질 수 있으려면, 호라티우스의 풍자시를 오랫동안 사랑하고 이해해 왔어야 한다. 그 시들이야말로 세련미의 영원한 원천이다.

147 고전적으로 사는 것, 그리고 고대를 실천적으로 자기 안에서 현실화하는 것, 이것이 문헌학의 극치이자 목적이다. 그런데 어떠한 냉소주의도 없이 과연 그것이 가능할까?

148 일찍이 존재했던 모든 대립들 중에서 가장 위대한 것은 카이사르와 카토의 경우이다. 살루스트가 묘사한 그들은 이 점에서 가치가 없지 않다.

149 모든 고대인들을 마치 한 명의 저자처럼 읽었고, 모든 것을 전체적으로 보았으며, 자신이 가진 모든 힘을 그리스인들에게 집중적으로 쏟아부었던 체계적인 빙켈만은 고대와 근대 사이의 절대적인 차이를 인식함으로써 고대에 대한 유물론적 학설의 초석을 마련했다. 한때 존재했고, 존재하고 있으며, 존재하게 될 고대와 근대의 절대적 동일성의 조건과 입장이 발견될 때에야 비로소 적어도 학문의 윤곽이 완성되었다고, 그리고 이제 그 방법적 수행에 대해 생각할 수 있다고 말할 수 있다.

150 타키투스의 '아그리콜라'Agricola는 고전적인 화려함을 갖추어 어떤 집

정관을 찬양하는 역사적 시성식諡聖式이다. 이 글을 지배하고 있는 생각에 따르면, 인간으로서의 최고의 사명은 황제의 허락하에 개선 행렬을 하는 것이다.

151 모든 사람들은 여전히 고대인들에게서 자신이 필요로 하거나 원했던 것을 발견한다. 그것은 무엇보다 자기 자신이다.

152 키케로는 도회적 세련미의 위대한 대가였는데, 연설가, 혹은 더 나아가 철학자이고자 원했고, 어쩌면 매우 뛰어난 고고학자나 문인, 그리고 고대 로마의 미덕과 축제에 대한 전문가가 될 수도 있었다.

153 고대의 작가는 인기가 많아질수록 더욱 낭만적이 된다. 이것은 근대인들이 고대 작가들의 오래된 고전 선집으로부터 직접 만들어 내었던, 아니 여전히 만들어 내고 있는 새로운 선집의 원리이다.

154 희극의 올림포스 산, 즉 아리스토파네스로부터 막 나온 사람에게는 낭만주의의 재치 어린 조소가 마치 아테나의 옷으로부터 아주 길게 빠져나온 실 한 가닥처럼, 혹은 천상의 불꽃이 지상으로 떨어질 때 그중 최상의 것은 이미 사라져 버리고 남은 불꽃의 한 조각처럼 보일 것이다.

155 카르타고인들이나 그 외 고대의 다른 민족들이 행한 미숙한 세계주의적 시도는 로마인들의 정치적 보편주의에 대항하며 등장한다. 마치 미개한 민족들의 자연시가 그리스인들의 고전적 예술에 반대하며 등장하는 것처럼. 오로지 로마인들만이 전제주의 정신에 만족했으며, 자구字句를 경멸했다. 오로지 그들만이 단순한 군주들을 섬겼다.

156 희극의 재치는 서사적인 것과 얌보스Iambos[21]적인 것의 혼합이다. 아리스토파네스는 호메로스인 동시에 아르킬로코스이다.

---

21) 단장 리듬이 반복되는 형태의 고대 그리스 운율. 아르킬로코스가 많이 사용했다. — 옮긴이

157 오비디우스는 에우리피데스와 비슷한 점이 많다. 감동적인 위력, 수사학적 화려함과 종종 부적절한 통찰력, 그리고 풍부한 장난기, 허영심과 얄팍함에 있어 이들은 공통점을 보인다.

158 마르시알리스에서 가장 좋은 것은 카툴루스적으로 보일 수 있다는 것이다.

159 고대 말기의 몇몇 시, 가령 아우소니우스의 '모젤라'Mosella 같은 시에서는 오래되어 낡았다는 것 외에는 더 이상 그 무엇도 고대적이지 않다.

160 크세노폰의 아티카적 교양도, 도리아적 조화에 대한 그의 열망도, 또 그에게 호감을 가지게 하는 소크라테스적인 기품, 문체의 매혹적인 단순함, 명료함, 그리고 특유의 감미로움도 그의 꾸밈없는 심성에서의 천박함을 숨길 수 없다. 이것이 크세노폰의 삶과 작품에 들어 있는 가장 내밀한 정신이다. 그가 스승들의 위대함을 포착하는 데 얼마나 무능력했는지는 『메모라빌리아』*Memorabilia*가 입증하고 있으며, 그 자신이 얼마나 보잘것없는 사람이었는지는 그의 작품 가운데 가장 흥미롭고 아름다운 『아나바시스』*Anabasis*가 입증한다.

161 플라톤과 아리스토텔레스에게서 최고의 존재가 가진 원형圓形적 성격은 철학의 습관적 방식을 체현한 것이 아닌가?

162 가장 오래된 그리스 신화의 연구에서 비교하고 대립시키려는 인간정신의 본능이 너무나 도외시되어 온 것은 아닌가? 호메로스의 신들의 세계는 호메로스의 인간들의 세계의 단순한 변형이다. 그리고 영웅들의 세계라는 대립상이 없는 헤시오도스의 신들의 세계는 서로 대립하는 여러 갈래의 신들의 종족으로 분열되어 있다. 인간은 신들로부터 스스로를 알게 되었다는 아리스토텔레스의 오래된 진술에는 모든 신학의 자명한 주체성만이 아니라 더욱 이해할 수 없는 것으로서 인간이 선천적으로 타고난 정

신적 이중성도 들어 있다.

163 초기 로마 황제들의 역사는 이후 모든 황제들의 역사의 교향곡이며 주제와 같은 것이다.

164 그리스 소피스트들의 오류는 결함에서 오는 오류라기보다는 과잉에서 오는 오류이다. 모든 것을 안다고 믿으며, 심지어 모든 것을 할 수 있다고 믿고 그런 척하는 확신과 자만에도 매우 철학적인 무언가가 들어 있다. 이는 의도적으로 그런 것이 아니라 본능적으로 그런 것이다. 왜냐하면 철학자에게는 모든 것이 아니면 아무것도 알고자 하지 않는 양자택일만 있을 뿐이기 때문이다. 단지 그 어떤 것만을, 혹은 잡다한 것을 배울 수 있다고 하는 곳은 틀림없이 철학이 아니다.

165 플라톤의 글에서는 그리스 산문의 모든 순수한 양식들이 혼합되지 않고 고전적 개체성을 이루어 존재한다. 그리고 때로는 너무나 분명히 구별되며 공존하고 있는데, 즉 논리적인 것, 자연적인 것, 모방적[연극적]인 것, 찬양조, 신화적인 것이 그것들이다. 그중 모방적 양식이 주요 근간과 보편적 요소를 이룬다. 다른 종류들은 가끔씩 부수적으로만 등장한다. 그 외에 플라톤에게는 또 한 가지 자신의 독특한 양식이 있는데, 주로 여기에 플라톤이 바로 플라톤인 이유가 있다. 그것은 디튀람보스dithyrambos적인 것이다. 플라톤의 이 양식이 자연적 양식의 간결하고 단순한 기품과 같은 어떤 것을 함께 보이지 않았더라면 우리는 이것을 신화적인 것과 찬양조의 혼합이라 부를 수 있을 것이다.

166 민족들과 시대를 특징짓는 것, 그리고 위대한 것을 위대한 것으로 그려 내는 것, 이것이 문학가로서의 타키투스가 가진 고유한 재능이다. 역사적 인물 묘사에 있어서는 비판적인 수에토니우스가 더 뛰어난 대가이다.

167 거의 모든 예술 비평은 너무 일반적이거나 너무 특수하다. 비평가들

은 시인들의 작품이 아니라 이곳, 자신들의 작품인 비평에서 적절한 중간을 찾아야 할 것이다.

168 키케로는 연설가에게 유용한 철학을 높이 평가했다. 그렇다면 마찬가지로 시인에게 가장 적합한 철학은 어떤 철학인가 하는 질문도 던져 볼 수 있다. 분명한 것은 그러한 철학은 감정과 상식의 표현들과 모순되는 체계는 아닐 것이라는 점이다. 또 실재적인 것을 가상으로 만들어 버리는 체계도, 어떠한 결정도 하지 않으려는 체계도, 또는 초감각적인 것으로의 도약을 방해하는 체계도, 또는 인간이라는 것을 외적인 대상으로부터만 얻어 모으려는 체계도 아니다. 따라서 행복주의, 숙명론, 관념론, 회의론, 물질주의, 경험론 그 어떤 것도 아니다. 이렇게 되면 시인에게는 어떤 철학이 남아 있는가? 그것은 창조하는 철학, 즉 자유로부터 그리고 이 자유에 대한 믿음에서 출발하여 어떻게 인간 정신이 자신의 법칙을 모든 것에 새겨 넣는지, 그리고 어떻게 세계가 이 정신이 만들어 내는 예술 작품인지를 보여 주는 철학이다.

169 선험적a priori 증명은 그래도 즐거운 위안은 가져다준다. 반면 관찰은 항상 불충분하게, 완성되지 않은 채 남아 있다. 아리스토텔레스는 단순한 개념만을 통해 세계를 공처럼 완성했다. 그는 아주 작은 모서리도 세계 밖으로 끄집어내거나 그 안으로 집어넣지 않았다. 그는 그래서 혜성도 지구의 대기층으로 끌어당겼고, 피타고라스학파의 실제적인 태양계를 단호히 거부했다. 허셸William Herschel의 망원경을 통해 관찰하는 우리의 천문학자들은 다시 세계에 대한 그토록 단호하고 분명하며 공처럼 둥근 통찰에 도달하게 될 때까지 얼마나 더 노력을 해야 할까? AWS

170 독일의 여성들은 왜 소설을 더 많이 쓰지 않는가? 우리는 소설을 실제로 연기하는 그들의 능숙함에서 어떤 결론을 이끌어 내야 하는가? 이 두 가지 기술, 소설을 연기하는 것과 소설을 쓰는 것은 서로 함께 결합되

어 있는 것인가, 아니면 서로 반비례의 관계에 있는가? 우리는 영국 여성들은 그토록 많은 소설들을 창작해 낸 반면 프랑스 여성들이 쓴 소설은 별로 없다는 상황으로부터 후자의 경우가 더 맞는 것으로 생각해 볼 수 있을 것 같다. 아니면 총명하고 매력적인 프랑스 여성들은 관직을 물러나지 않고는 회고록을 쓰지 못할 정도로 정신없이 바쁜 고위급 정치가들의 경우와 같은 상황에 있는 것인가? 그리고 그렇게 바쁜 여성 사업가는 언제쯤 자신의 일을 그만둘 수 있을 거라 믿는 것일까? 영국에서의 여성적 미덕의 경직된 형식 속에서, 그리고 때때로 남성 사회의 거친 행동 방식으로 인해 세상으로부터 벗어나도록 강요된 삶에서 영국 여성들이 많은 수의 소설 저작권을 소유하고 있다는 사실은 더욱 자유로운 조건이 필요함을 암시한다. 한낮에 산책을 하면 피부가 탈까 봐 걱정하는 사람은 최소한 달빛 속에서라도 일광욕을 한다. AWS

171 한 프랑스 비평가는 헴스테르호이스의 저작들에서 '독일적 냉정함'le flegme allemand을[22] 발견했다. 또 다른 비평가는 뮐러의[23] 『스위스의 역사』*Die Geschichte der Schweizer Eidgenossenschaft*가 프랑스어로 번역된 후 말하기를, 그 책은 미래의 역사가에게 좋은 훌륭한 자료들을 담고 있다고 했다. 그렇게 터무니없는 어리석음은 인간 정신 연감에 기록되어 보존되어야 할 것이다. 모든 오성을 다 동원해도 그런 생각을 할 수는 없다. 이런 어리석음은 천재적인 발상과 유사한 점도 있는데, 해설로서 거기에 어떤 말을 덧붙여도 이것이 원래의 자극적 매력을 빼앗을 거라는 점에서 그렇다. AWS

172 시적 천재를 나타내는 특징은 자신이 알고 있다는 사실을 안다는 것

---

22) [네덜란드인] 헴스테르호이스는 프랑스어로 책을 썼지만 그의 저서들은 프랑스에서 읽혀지기 전에도 이미 일부분이 독일어로 번역되어 있었다.

23) Johannes von Müller(1752~1809). 스위스의 역사가이자 정치가. 5권의 방대한 분량의 스위스사(1786~1808)를 저술했다.

보다 훨씬 더 많이 알고 있는 것이라 말할 수 있다. AWS

173 진정한 시인의 문체에는 장식이라고는 없다. 모든 것이 꼭 필요한 상형문자이다. AWS

174 시는 내면의 귀를 위한 음악이고, 내면의 눈을 위한 그림이다. 하지만 숨죽인 음악이고, 또 사라져 가는 그림이다. AWS

175 어떤 사람들은 눈을 감고 그림을 관찰하는 것을 가장 좋아하는데, 그것은 환상이 방해받지 않도록 하기 위해서이다. AWS

176 많은 교회 천장들에 대해 그림의 떡이라고 말하지 않을 수 없다. AWS

177 너무나 자주 등한시되는 예술, 즉 언어로 그림을 그리는 데에는 보통 대상에 맞게 가능한 한 다양하게 작풍을 바꾸는 것 외에는 어떤 지침도 주어질 수 없다. 때로는 묘사된 순간이 이야기로부터 생생하게 나타날 수 있다. 가끔은 지엽적 서술에 거의 수학적인 정확성을 필요로 한다. 독자에게 기법[어떻게]을 알려 주기 위해 가장 많이 신경을 써야 하는 것은 대부분 서술의 음색이다. 이 영역의 대가는 디드로이다. 그는 마치 '수도원장' 포글러[24]처럼 수많은 그림들로 음악을 한다.

178 독일 회화 중 그 어떤 것이 라파엘의 신전 앞마당에 전시된다면, 틀림없이 알브레히트 뒤러와 홀바인이 학식 있는 멩스[25]보다 더 성전 가까운 곳에 놓이게 될 것이다. AWS

179 네덜란드인들에게 예술적 감각이 결여되어 있다고 비난하지 말라. 우선, 그들은 자신들이 원하는 것이 무엇인지 매우 분명하게 알고 있다.

---

24) Georg Joseph Vogler(1749~1814). 독일의 작곡가. 다수의 오페라를 작곡했으며, Abt[수도원장]라고 불리곤 했다.

25) Anton Raphael Mengs(1728~1779). 독일의 신고전주의 화가.

두번째로, 그들은 자신들의 장르를 스스로 창조해 냈다. 영국의 아마추어 예술에 대해 이 두 가지 중 한 가지라도 말할 수 있는가?

180 그리스인들의 조형예술은 고귀함의 순수성을 드러내는 경우 매우 신중하다. 가령 신들과 영웅들의 나체상에서는 현세적인 욕망이 아주 소박한 정도로만 암시될 뿐이다. 물론 그리스 조형예술은 소위 어중간한 고상함이라는 것을 모르며, 따라서 사티로스의 동물적 육욕을 조금이라도 감추는 법 없이 그대로 드러낸다. 모든 것은 자신의 본성을 유지해야 한다. 억제하기 힘든 이러한 자연은 이미 그 형상들을 통해 인류로부터 분출되었다. 그와 마찬가지로 헤르마프로디테[26]를 창조해 낸 것은 아마 단순히 감각적 기교만이 아니라 윤리적인 기교이기도 했던 것 같다. 관능이 일단 이렇게 한번 옆길로 빠졌기 때문에, 사람들은 원래 그것을 위해 예정되어 있던 존재를 만들어 낸 것이다. AWS

181 루벤스의 구성은 종종 디튀람보스적이다. 반면 그 경우에도 인물들은 여전히 활기 없고 지리멸렬하다. 그의 정신의 불꽃은 기후의 무거움과 싸우고 있다. 그림에 내적 조화를 좀더 많이 갖추기 위해서는, 그는 활력이 좀 덜했거나 아니면 플랑드르 출신이 아니어야 했다. AWS

182 디드로에게 어떤 미술 전람회를 묘사하게 하는 것, 그것은 정말 황제가 누릴 수 있는 사치일 것이다. AWS

183 호가드는 추함은 그림으로 그렸고 아름다움에 대해서는 글로 썼다. AWS

184 피터 라르[27]의 밤보치안티Bamboccianti[28]는 이탈리아에 정착한 네덜란드 이주민들이다. 이탈리아의 뜨거운 기후는 그들의 색채를 더 짙게 만들

26) 헤르메스와 아프로디테를 합친 말. 남녀 양성. ―옮긴이

었지만, 특징과 표현은 더욱 활기찬 힘으로 인해 우아해진 것처럼 보인다. AWS

185 대상 자체가 크기를 잊어버리게 만들 수 있다. 그래서 사람들은 올림포스의 주피터가 지붕에 부딪힐 수 있기 때문에 일어서면 안 되었다는 점에 대해 그럴듯하다고 생각했다. 돌에 새겨진 헤라클레스는 여전히 초인적으로 위대해 보일 수 있는 것이다. 대상의 크기를 더 작게 만들 경우에만 우리는 착각을 일으킬 수 있다. 평범한 것이 터무니없이 거창하게 만들어지면 평범함이 배가된다. AWS

186 명암 처리가 되어 있는 유럽의 초상화를 보고 초상화의 인물에게 실제로 저런 얼룩 반점이 있는지 물어보는 중국인들의 모습에 대해 우리는 아무렇지도 않게 우습게 여긴다. 하지만 렘브란트 식의 명암 기법으로 그려진 그림을 보고 그렇게 그리는 것은 킴메르인들뿐이라고 무심코 대답할 고대 그리스인들에 대해서 재미있어 할 수 있겠는가? AWS

187 저열한 성욕을 막을 방책으로서 가장 효과적인 것은 아름다움에 대한 경배다. 뛰어난 모든 조형예술이 그 무엇을 대상으로 했건 상관없이 순결한 것은 이런 이유에서이다. 아리스토텔레스에서처럼 비극이 격정을 정화시키듯, 조형예술은 감각을 정화시킨다. 격정이 끼치는 우연적 영향은 이 점에서 고려 대상이 아니다. 왜냐하면 추악한 영혼에게는 베스타[29]의 제녀祭女조차도 욕정을 불러일으킬 수 있기 때문이다. AWS

---

27) Peiter van Laer(1592(99)~1642). 네덜란드의 화가. 왜소한 체구 때문에 밤보치오(Bamboccio)[인형, 난장이]라는 별명으로 불리었다. 서민적이고 토속적인 장면과 모티브를 다룬 그의 화풍은 그의 외형에 따라 밤보치아타로 불린다.

28) 1625년경부터 대략 17세기 말까지 로마에서 활동했던 화가들을 일컫는 말이며, 그 대부분은 네덜란드와 플랑드르 지방 출신이다. 이 명칭의 유래 역시 피터 라르의 별명으로부터 나온 것이다. 피터 라르가 로마에 거주하는 동안(1625~1639) 그를 중심으로 이 화가들 그룹이 형성되었기 때문이다. ―옮긴이

188 거기에 도달하기 위한 조건이 품위를 너무나 심하게 해치기 때문에 능가하기 어려운 것들이 있다. 얀 스테인[30]처럼 또 어떤 술주정뱅이 음식점 주인이 예술가가 되면 모를까, 예술가더러 술주정뱅이 음식점 주인이 되라고 요구할 수는 없을 것이다. AWS

189 디드로의 『회화론』*Essais sur la peinture*에서 없어도 좋을 요소는 감상적인 것이다. 그러나 디드로는 이로 인해 엉뚱한 길로 빠졌을 수도 있는 독자를 감탄할 만한 뻔뻔함으로 올바르게 인도했다. AWS

190 가장 평범하고 단조로운 자연이 가장 좋은 풍경화가를 만들어 낸다. 이 분야에서 네덜란드의 회화가 얼마나 뛰어난지 생각해 보면 잘 알 수 있다. 가난은 사람을 검소하게 만든다. 만약 자연 속에서 더 나은 삶이 부르는 눈짓 하나만을 찾아내어도, 이를 통해 충분히 만족할 수 있는 기분이 형성되는 것이다. 그래서 예술가가 여행 중에 낭만적 광경들을 만나게 되면, 그 장면들은 그에게 그만큼 더 강력하게 영향을 끼친다. 상상력도 마찬가지로 반대명제를 형성한다. 즉 끔찍할 정도의 황량함의 대가 살바토르 로사[31]는 나폴리에서 태어났다. AWS

191 고대인들은 미니어처 속에서도 무상함을 사랑했던 것 같다. 보석 세공술은 조각술의 미니어처이다. AWS

192 학문이 아무리 부단한 노력으로 모든 축적된 자연의 보물들을 되살려 내려는 작업을 한다 해도, 고대 예술이 그 자체로 온전히 되돌아올 수는 없을 것이다. 종종 그렇게 보이기도 하겠지만, 항상 무엇인가 부족하다. 그것은 바로 오로지 삶으로부터만 생겨나며 그에 대한 본보기란 있을

---

29) 로마 신화에서 화덕의 여신, 그리스 신화에서는 헤스티아. ―옮긴이
30) Jan Steen(1626~1679). 네덜란드의 사실주의 풍속화가.
31) Salvator Rosa(1615~1673). 이탈리아의 화가, 동판화가. 낭만주의 풍경화의 선구자.

수 없는 그 무엇이다. 그럼에도 불구하고 고대 예술의 운명은 자구 그대로의 정확성을 통해 재현되고 있다. 코린토스의 보물에 대한 식견을 철저히 발휘했던 뭄미우스[32]의 정신이 저승으로부터 지금 다시 부활하고 있는 것처럼 보인다. AWS

193 만약 예술가들의 이름과 현학적 내용에 현혹되지 않는다면, 우리가 기대하는 것과는 달리 고대와 현재의 시인들에게서 조형예술에 대한 감각을 그리 많이 발견하지 못할 것이다. 핀다로스는 시인들 가운데 가장 조형적인 시인이라 불릴 수 있다. 고대 도기 회화의 섬세한 양식은 핀다로스의 도리아적 부드러움과 매력적 아름다움을 연상시킨다. 또 단 여덟 행의 시구로 여덟 명의 예술가들을 특징적으로 표현할 수 있었던 프로페르티우스는 이 점에서 로마 시인들 가운데 예외에 속한다. 단테는 가시적인 것을 처리하는 기법에 있어 화가의 소질을 보인다. 그러나 단테는 조망보다는 정확한 묘사에 더 많이 치중하고 있다. 그에게는 이런 조형적 감각을 연습할 대상이 없었다. 당시의 새로운 예술은 아직 미성숙한 상태에 있었고, 고대의 예술은 아직 무덤에 있었기 때문이다. 하지만 미켈란젤로가 그로부터 배운 마당에 그가 다른 화가들로부터 무엇을 배울 게 있었겠는가? 아리오스토에게서 우리는 그가 회화의 전성기에 살았다는 뚜렷한 흔적을 만나게 된다. 그는 회화에 대한 취향으로 인해 아름다움에 대한 묘사를 할 때 때로 문학의 경계를 넘어갈 정도이다. 괴테는 이런 경우가 전혀 없었다. 괴테는 때때로 조형예술을 문학의 대상으로 삼았고, 게다가 이 경우 조형예술에 대한 그의 문학적 언급은 결코 적절하지 않거나 매우 부자연스럽다. 말 없는 소유로 가득 차 있고, 이것이 억지로 드러나려 하지도, 또 구태여 숨으려 하지도 않는다. 그러나 그런 부분을 제외하면, 그의 인물들

---

32) 로마의 집정관. 코린토스를 정복하여 예술품들을 약탈하였다.

을 분류하여 볼 때, 전체적 윤곽의 단순한 위대함에 있어 괴테라는 시인의 조형예술에 대한 사랑과 통찰력은 간과될 수 없을 것이다. AWS

194 동전학銅錢學에서 고대 동전의 진위 여부를 판가름해 주는 것은 소위 녹청綠靑이라는 것이다. 위조술은 시대가 남긴 이런 특징보다 모든 것을 더 그럴듯하게 모방하는 법을 습득했다. 이런 종류의 녹청은 인간에게도, 영웅들이나 현자들이나 시인들에게도 있다. 요하네스 뮐러[33]는 인간에게서 이러한 녹청을 구별하는 뛰어난 동전학자이다.

195 콩도르세[34]는 죽음의 위험들에 둘러싸여 '인간 정신의 진보'에 대한 책을 썼을 때, 훌륭한 기념비적 작업을 이룬 것이 아닌가? 그 짧은 기간을 저 무한한 전망 대신 유한한 자신의 개체를 서술하는 데 사용했을 경우보다 더 훌륭한 그런 기념비적 작업을 말이다. 후대를 상대하느라 자신을 잊어버리는 것보다 더 큰 호소력을 어떻게 후대에 대해 가질 수 있었겠는가? AWS

196 진정한 자서전은 다음과 같은 부류의 사람들에 의해 쓰여진다. 항상 자기 자신의 자아에 사로잡혀 있는 신경질 환자들, 여기에 루소가 속한다. 또는 저속한 예술적 혹은 모험적 자기애를 가진 사람들, 여기에는 벤베누토 첼리니Benvenuto Cellini가 속한다. 또는 자기 자신이 역사화의 소재에 지나지 않는 타고난 역사서술가들, 또는 후세의 사람들에게도 아양을 떠는 여자들, 또는 죽음을 앞에 두고서도 작은 먼지 하나도 치우기를 원하며, 해명을 듣지 않고는 이 세상으로부터 떠나가지도 못할 꼼꼼한 사람들이다. 이런 경우가 아니라면 그 자서전들은 곧바로 단순히 대중 앞에서의 연

---

33) 「아테네움 단상」 171번 참조.

34) Nicolas de Condorcet(1743~1794). 프랑스의 철학자, 수학자, 정치가. 프랑스 혁명 후 지롱드파가 세력을 잃자 체포되어 감옥에서 죽음을 맞이했다고 한다. ―옮긴이

설plaidoyers로 간주될 수 있다. 자서전들Autobiographien 중에서 뛰어나게 탁월한 작품들은 자기위조가들Autopseustes[35)]이 만들어 내는 것이다.

197 다른 어떤 문학도 우리의 문학만큼 독창성 중독이 낳은 기형적 산물을 그토록 많이 제공하기는 어려울 것이다. 이 점에서도 우리는 휘페르보레이오스족이라 하지 않을 수 없다. 휘페르보레이오스족은 아폴론 신에게 당나귀를 제물로 바쳤는데, 이 동물들이 괴상한 모습으로 뛰어다니는 것을 보고 그가 흥겨워했다고 한다. AWS

198 이전에는 자연이 우리들 가운데 자라났다. 지금은 오로지 이상만이 강조된다. 이 두 가지가 내적으로 깊이 결합될 수 있는 것이라는 사실을, 그리고 미적 표현 속에서는 자연이 이상적이어야 하고 이상은 자연적이어야 한다는 사실을 사람들은 너무나 자주 잊어버린다. AWS

199 영국 국민성의 고상함에 대한 평가는 분명 음식점 주인들로부터 처음 나오기 시작한 것이다. 그러나 영국의 소설과 연극이 이를 더욱 촉진하여 확고히 만들었으며, 그럼으로써 고상한 우스꽝스러움의 이론에 있어 무시할 수 없는 기여를 했다. AWS

200 "나는 미친 사람의 뇌 속을 들여다보기 전까지는 결코 그를 믿지 않겠다." 이것은 셰익스피어에 나오는 매우 영리한 어떤 광인이 한 말이다.[36)] 사람들은 이런 식의 신뢰의 조건을 소위 철학자라는 사람들에게 기대하려 한다. 이때 확실한 사실은, 칸트의 저작들로부터 [습기에 물러지는] **딱딱한 종이**papier mâché가 제작되었음을 알게 될 것이라는 점이다. AWS

201 디드로는 『운명론자 자크와 그의 주인』이나 『회화론』, 그리고 디드

---

35) '자기 자신에 대해 속이는 사람들'(그리스어 autos[자기 자신]와 pseustes[사기꾼]를 결합하여 만든 조어로, Autobiographien과 유사하게 만든 말이다).

36) 셰익스피어의 『십이야』. — 옮긴이

로적 진수가 드러나는 글이라면 어디에서나 뻔뻔할 정도로 진실함을 보인다. 그는 자극적인 실내복 차림의 자연을 종종 기습적으로 방문할 뿐 아니라 때로는 용변을 보고 있는 자연을 구경하기도 한다. AWS

202 예술에서 이상理想의 필요성을 그토록 절실하게 요구하며 가르쳐 온 이후, 우리는 이제 이상이라는 새에 조금이라도 가까워지게 되면 미학의 소금을 그 꼬리에 뿌리기 위해 진심을 다해 이 새의 뒤를 쫓아 뛰어다니고 있는 학생들의 모습을 관찰할 수 있다. AWS

203 모리츠는 성의 구별이 없는 형용사를 사용하여 추상적인 것을 표현하는 그리스어 어법을 좋아했으며, 거기서 어떤 비밀스러운 것을 찾고자 했다. 우리는 『신화』와 『안투사』[37]에 나타나는 그의 언어로 다음과 같이 말할 수 있을 것이다. 인간적인 것은 도처에서 신적인 것에 도달하려 하고, 또 비유적 형상 속에서 사유하는 자를 재인식하려 하지만, 그럼에도 때로는 자신조차도 이해하지 못한다고 말이다. AWS

204 누군가 강단에서 어떤 좋은 말을 하건 상관없이, 이제 최고의 즐거움은 사라져 버렸다. 그의 말을 중간에 가로막아서는 안 되기 때문이다. 교훈적인 작가의 경우에 대해서도 마찬가지이다. AWS

205 그들은 스스로를 비평이라 지칭하곤 한다. 그들의 글은 차고 단조로우며, 우아한 척하며 더할 수 없이 시시하다. 여기서 자연이나 감정, 고귀함, 그리고 정신의 위대함은 전혀 찾아볼 수 없다. 그런데도 그들은 판관의 위치에서 이들을 소환할 수 있는 것처럼 행동한다. 프랑스어로 시를 지었던 이전의 사교계 분위기를 흉내 내는 것이 그들의 그 미적지근한 경탄의 궁극적 목표이다. 올바름이 그들에게 미덕으로 간주되고, 취향이 그들

---

37) 모리츠(K. P. Moritz)의 다음 두 책을 말한다. *Götterlehre oder Mythologische Dichtungen der Alten*, 1791; *Anthusa oder Roms Alterthümer*, 1791~1796.

이 숭배하는 대상이다. 즉 어떠한 즐거움도 없이 섬겨야만 하는 그런 우상인 것이다. — 그러니 비평이라는 이 초상화에서 퀴벨레의 사제들과 같은 종족, 즉 문예학이라는 신전을 지키는 사제들을 알아보지 못할 사람이 누가 있겠는가? AWS

206 하나의 단상은 작은 예술 작품 하나와 같이 주위 세계로부터 완전히 분리되어 있고, 고슴도치처럼 그 자체로 완성되어 있어야 한다.

207 종교상의 자유 사상은 항상 다음과 같은 단계로 진행된다. 먼저 악마를 공격한다. 그러고 나서는 성신이, 그다음으로는 성자가, 마지막으로 성부가 공격의 대상이 된다. AWS

208 매우 행복한 기분이 들지만, 그래서 새로운 구상이 쉽게 떠오르지만, 그것을 전달할 수도 없고 실제로 뭔가 창작해 낼 수도 없는 그런 날들이 있다. 그것은 사유들이 아니다. 사유의 영혼들일 뿐이다. AWS

209 가령 프랑스어와 같이 관습에 얽매인 언어는 일반 의지의 권력 요구를 통해 자신을 공화제화해서는 안 되는 것이 아닌가? 언어가 정신을 지배한다는 것은 분명하다. 그러나 거기서부터 언어의 신성불가침성이 나오는 것도 아니며, 일찍이 주장되었던 모든 국가 권력의 신성한 근원을 자연법에서 통용되게 할 수도 없다. AWS

210 사람들이 전하는 바에 따르면, 클롭슈토크는 프랑스 시인 루제 드 릴 Rouget de l'Isle이 자신을 방문했을 때 그에게, 그가 지은 마르세유 행진곡 때문에 5만 명의 용감한 독일인이 목숨을 잃었는데 어떻게 독일에 모습을 드러낼 생각을 했는가 하고 물으면서 인사말을 건넸다고 한다. 이러한 비난은 부당한 것이었다. 삼손은 당나귀 턱뼈로 타락한 세속인들을 무찌르지 않았던가? 그러나 마르세유 행진곡이 정말로 프랑스가 승리하는 데 일조를 했다면, 적어도 루제 드 릴은 자신의 시 세계가 지닌 살인적 위력을

이 한 곡에서 다 소모한 것이다. 다른 모든 작품들을 한데 다 모아도 파리 한 마리도 더 이상 죽이지 못할 것이다. AWS

211 군중을 염두에 두지 않는 것은 도덕적이다. 군중을 칭찬하는 것은 합법적이다.

212 아마 어떤 민족도 자유를 누릴 자격은 없다. 그런데 그것은 '신의 법정'forum Dei의 관할에 속한다.

213 적어도 좀더 많은 수의 대중을 지배하는 좀더 적은 수의 대중이 공화제를 이루고 있을 때만이 그 국가를 귀족주의라 칭할 만하다.

214 완벽한 공화국은 단순히 민주적이어서만은 안 되고, 동시에 귀족주의적이고 군주제이어야 한다. 자유와 평등의 입법 체계 내에서 지식층이 교육을 받지 못한 대중들을 압도하고 이끌어야 하며, 모든 것이 하나의 절대적 전체가 되도록 구성되어야 할 것이다.

215 시민들의 명예를 훼손하는 행위를 그들의 삶을 해치는 행위보다 가볍게 처벌하는 입법을 충분히 도덕적이라 할 수 있을 것인가?

216 프랑스 혁명, 피히테의 지식학, 괴테의 『빌헬름 마이스터의 수업시대』가 이 시대의 지배적 경향이다. 이 세 가지의 조합에 반감을 가지는 사람, 그리고 떠들썩하지 않거나 실질적이지 않은 혁명은 의미 있다고 보지 않는 사람은 아직 인류 역사의 드높고 광대한 관점으로 고양되지 못한 것이다. 사실 우리의 문화사는 그때그때 유행하는 주석이 덧붙여진 다양한 변주들의 집합과 같은 것에 지나지 않으며, 그 때문에 오히려 고대의 고전 텍스트는 사라져 버린 상황인데, 보잘것없는 이 우리의 문화사에서조차 작은 책들 몇 권이 당시에 이 책에 별로 주목하지 않았던 떠들썩한 군중이 행했던 그 어떤 것보다 더 큰 역할을 한다.

217 언어의 의고주의, 어순의 새로운 방식, 딱딱 끊어지는 간결한 문장,

그리고 묘사의 대상이 되는 개체들이 가진 설명할 수 없는 특징까지도 보여 주는 부수적 암시들의 풍부함, 이런 것들이 역사적 문체의 근본적 특성이다. 그중에서도 가장 본질적인 것은 우아함, 화려함, 위엄이다. 역사적 문체의 우수함은 진정한 혈통의 자국 언어가 가진 동종성과 순수함을 통해서, 또 가장 의미 있고 중요하며 값진 언어들의 선별을 통해서, 또 투퀴디데스의 문체처럼 위대하게 그려지면서도 분명하게, 즉 모호하기보다는 차라리 엄격하게 표현된 복합문의 구조를 통해서, 그리고 꾸미지 않은 순수함, 품위 있는 활발함, 분위기와 색채의 웅장한 즐거움의 방식, 즉 카이사르적 방식을 통해서 구별된다. 하지만 그 무엇보다도 타키투스의 저 내면적이고 고도의 교양이 역사적 문체의 훌륭함을 두드러지게 한다. 이 교양은 마치 완성된 철학자이자 예술가이자 또한 영웅인 누군가에 의해 작성되고 여러 번 수정 작업을 끝내기라도 한 것처럼, 하지만 그 어디에서도 거친 시나 순수한 철학이나 썰렁한 재치 때문에 조화가 깨어지는 일도 없이, 무미건조한 경험적 사실들도 시적이고 세련되게 만들며, 철학으로 고양시키고 정화시키며 일반화하는 것이다. 그 모든 것은, 마치 미결정적이고 유동적인 표현이 살아 움직이고 있는 형상들의 생생한 변화에 상응하도록 하기 위해 상들이나 반대명제들은 단지 암시적으로만 주어지거나 또는 다시 소멸되어야 하는 것처럼, 그렇게 역사 속에 녹아들어 있어야 한다.

218 이런저런 일들이 어떻게 될 거라는 것을 알고 있는 것처럼 보이는 사람에 대해 우리는 항상 미심쩍어 하면서도 놀라워한다. 하지만 우리가 이런저런 일들이 어떻다는 것을 알 수 있다는 사실 역시 그와 똑같이 놀라운 일이다. 그런데 이런 일은 항상 일어나고 있기 때문에 그 누구의 눈에도 띄지 않는 것이다.

219 융통성 없는 극도의 꼼꼼함이 영국적 특성임에도 불구하고 기번[38]에게서 이러한 특성은 한때 화려했던 고대 그리스인들의 명성이 남긴 폐허

에 대한 감상적 에피그람을 쓸 정도로 고상해졌다. 그러나 역시 원래의 본성을 완전히 버릴 수는 없었다. 기번은 그리스인들에 대한 이해가 전무하다는 것을 여러 군데에서 드러냈다. 그는 원래 로마인들에 대해서도 물질적 화려함만을 좋아했을 뿐이다. 특히 상업성과 수학으로 나누어진 영국적 기질에 따라 양적인 장엄함을 좋아했다. 이 점에서 그는 터키인들에 대해서도 마찬가지의 태도를 보였을 거라고 생각해 볼 수 있다.

220 모든 종류의 재치가 보편철학의 원리이자 조직이라면, 그리고 모든 철학이 보편성의 정신과 같은 것이며 영원히 융합하고 영원히 나누어지는 모든 학문들 중의 학문, 논리적 화학이라면, 저 절대적이고 열광적이며 철저히 실질적인matériel 재치의 가치와 지위는 무한하다. 이러한 재치와 관련하여 스콜라적 산문의 수장들인 베이컨과 라이프니츠를 언급할 수 있는데, 베이컨은 재치의 초기 대가들 중 한 사람이며, 라이프니츠는 그 최고의 대가들 중 한 사람이었다. 가장 중요한 학문적 발견은 이 장르의 '표현들'bonmots이다. 그건 재치의 표현들이 뜻밖의 우연을 통해 일어나며, 생각의 조합을 통해, 그리고 내뱉어진 어구의 일그러짐을 통해 일어나기 때문이다. 하지만 이런 종류의 재치들은 무로 소멸하는 기대 그 이상은 찾을 수 없는 순수히 시적인 재치에 비해 내용상 훨씬 더 많은 것을 담고 있다. 최고의 재치는 무한으로의 **시선의 확장**échappées de vue이다. 라이프니츠의 철학 전체는 이런 의미에서의 재치를 가진, 많지 않은 분량의 단상과 구상으로 이루어져 있다. 철학의 코페르니쿠스인 칸트는 본성상 아마도 라이프니츠보다 훨씬 더 통합적인 정신과 비판적 재치Witz를 지녔을 것이다. 그러나 칸트의 상황과 교양은 그렇게 재미있는witzig 편이 아니다. 그의 생

---

38) Edward Gibbon(1737~1794). 영국의 역사가로 『로마제국쇠망사』(*The History of the Decline and Fall of the Roman Empire*, 1776~1788)의 저자이다.

각들 역시 마치 유행하는 멜로디와 같은 것이 되어 버렸는데, 칸트 추종자들이 이미 식상할 정도로 불러 대었기 때문이다. 그래서 사실 실제와는 조금 다르게 칸트에게 재치가 별로 없다고 한다면, 슬쩍 그에게 부당한 일을 한 것이다. 물론 철학이 더 이상 천재적 착상을 기다리거나 그것에 의지할 필요가 없을 때, 그리고 열정적인 힘과 천재적 기술이 유일한 필수 조건이지만 이와 함께 확실한 방법을 통해 부단한 전진을 할 수 있을 때, 그 철학은 비로소 철학으로서 제대로 된 체계를 갖추게 된다. 그렇다고 해서 종합하는 천재가 남긴 유일한 산물들을 아직 통합적 예술과 학문이 없다는 이유 때문에 존중하지 않아야 하는가? 게다가 우리가 김나지움 5학년 학생들처럼 대부분의 학문을 오로지 그대로 따라 쓰기만 한다면, 그리고 구문론에 대해 아무것도 모르고 아주 간단한 복합문 하나도 만들지 못하는데도 불구하고 철학의 많은 사투리 중 어떤 하나로 명사 변화와 동사 변화를 시킬 수 있다고 해서 마치 목적에 다다른 것처럼 생각한다면, 그러한 통합적 예술과 학문은 어떻게 가능할 수 있겠는가?

221 A: 당신은 항상 자신이 그리스도라고 주장합니다. 그런데 당신은 그리스도교가 무엇이라고 생각합니까? —B: 18세기 이후 그리스도인들이 그리스도인들로서 하고 있는 것, 혹은 하고자 하는 것입니다. 나에게 있어 기독교주의는 하나의 사실로 보입니다. 하지만 이제 막 시작한 사실이어서, 어떤 하나의 체계 속에서 역사적으로 서술할 수는 없고 오로지 예견적divinatorisch 비평을 통해서만 그 특징을 설명할 수 있는 그러한 사실입니다.

222 신의 왕국을 현실화하려는 혁명적 소망은 발전하는 문명의 탄성 포인트이며, 근대 역사의 시작이다. 이제 신의 왕국과 어떤 관계도 맺지 않는 것은 사소한 것들뿐이다.

223 소위 말하는 국가사[39]란 단지 어떤 국가의 현 정치 상황이라는 현상에 대한 발생론적 정의에 지나지 않는 것으로서, 순수예술이나 학문에는

통용될 수 없다. 이 국가사는 자위권에 대해 공명정대하고 시류에 반대함으로써 고귀해질 수 있는 학문 영역이다. 보편 역사라 해도 만약 인간 전체의 보편적 교양의 정신보다 다른 무언가를 우선시하게 된다면, 그것은 즉시 궤변이 될 수 있다. 도덕적 이념 역시도 만약 역사 세계 전체에서 한쪽의 편만을 든다면, 그것은 즉시 타율적 원칙이 되고 말 것이다. 그리고 수사학적 곁눈질이나 응용만큼 역사 서술을 방해하는 것은 없다.

224 요하네스 뮐러는 자신의 이야기 속에서 종종 스위스에서 세계사로 시야를 옮긴다. 그러나 그가 세계시민의 눈으로 스위스를 관찰하는 경우는 드물다. AWS

225 자서전을 일반화하려고 한다면, 그것은 역사적 단상이 되어 버린다. 만약 자서전이 개인의 특징을 그려 내는 데만 완전히 집중한다면, 그것은 삶의 기술을 전하는 기록이나 작품이 된다.

226 사람들은 항상 가설에 대해 매우 심한 거부감을 드러내지만, 바로 그 때문이라도 가설 없는 역사를 한번 감행해 보아야 할 것이다. 그것이 무엇인지 말하지 않고서는 무언가가 있다고 말할 수 없다. 사람들은 사실들을 생각하는 동안에 이미 이 사실들을 개념들과 연결시키는데, 이때 어떤 개념을 말하는지 상관이 없는 것은 물론 아닐 것이다. 이 점을 아는 사람들이라면 가능한 여러 개념들 가운데에서 모든 종류의 사실들과 관련되어 있을 수밖에 없는 필연적인 개념을 결정하고 선택하게 된다. 이 사실을 인식하지 못할 경우 선택은 직관이나 우연, 또는 임의에 내맡겨지는 수준에 그친다. 그래서 순수하고 확고한 경험을 완전히 **후천적으로**a posteriori 소유하게 된 것에 흡족해하며, 극도로 일방적이고 극도로 독단적이며 선험적

39) Staatenhistorie. 즉 사실상 '정치사'를 말한다.

인 확신은 선천적으로[a priori] 가지고 있다.

227 인류 역사가 무질서하게 보이는 것은 그 속에서 모두 서로 만나고 맞물려 있는 자연의 여러 이질적 영역들이 충돌함으로써만 생겨나는 현상이다. 왜냐하면 그렇지 않은 경우 무조건적인 자의는 자유로운 필연성과 필연적인 자유의 이 영역에서 어떤 헌법적 권력도, 또 입법권도 발휘하지 못하고 단지 행정권과 사법권의 실체 없는 명칭만 가지게 되기 때문이다. 역사적 역동성에 대해 개략적으로 서술된 이러한 생각을 했다는 것이 콩도르세의 정신을 위대하게 만들었다. 지금은 거의 통속적인 것이 되어 버린 무한한 완성의 관념에 대한 프랑스적인 것 이상의 열광을 품은 것이 콩도르세의 마음을 위대하게 한 것과 마찬가지로 말이다.

228 그의 행위의 역사적 경향이 정치가와 세계시민의 긍정적 윤리성을 결정한다.

229 아랍인들은 극도로 공격적 성향을 지니고 있으며, 다른 민족들 사이에서 섬멸자로 통한다. 이주한 뒤 원래의 것을 근절하거나 쫓아내는 특기가 그들의 철학적 정신을 특징짓는다. 어쩌면 그 때문에 그들은 문화적으로 엄청나게 앞서 있었지만 그 모든 문화에 있어 중세 유럽보다 완전히 더 야만적이었다. 즉 반고전주의적인 동시에 반진보적인 것은 야만적이다.

230 기독교주의의 신비적 교의는 이성과 신앙이 복잡하게 얽혀 있는 끊임없는 논쟁으로 인하여 비경험적인 모든 지식에 대한 회의와 체념으로 향하거나, 아니면 비판적 관념론으로 향할 수밖에 없었다.

231 가톨릭교는 소박한 기독교주의이다. 프로테스탄트교는 감상적 기독교주의라고 할 수 있으며, 논쟁적이고 혁명적인 공헌뿐 아니라 긍정적인 기여도 했는데, 그것은 문자를 신성시함으로써 보편적이고 진보적인 종교에 있어서도 본질적이고 중요한 문헌학을 활성화시켰다는 것이다. 아

마도 프로테스탄트 기독교가 결여하고 있는 것은 아마도 세련됨뿐일 것이다. 몇몇 성서 이야기들을 호메로스의 서사시로 희화화하는 것, 또 다른 이야기들을 헤로도토스의 솔직함과 타키투스의 엄격함을 가지고 고전적 역사 서술의 문체로 묘사하는 것, 또는 성서 전체를 단 한 명의 저자가 쓴 작품으로 해석하는 것, 이것은 모든 사람들에게는 역설적으로 보이고, 많은 사람들에게는 불쾌한 일로, 또 몇몇에게는 어울리지 않고 불필요하게 보일 것이다. 하지만 과연 종교를 더 자유롭게 만들 수도 있을 무언가가 불필요한 것으로 보여도 된단 말인가?

232 실제로는 1인 모든 사태가, 동시에 3이기도 하기 때문에, 왜 신의 경우에만 달라야 하는지 그 이유를 모르겠다. 신은 단순히 하나의 사유가 아니라 동시에 하나의 사태이다. 단순히 공상이 아닌 모든 사유가 사태인 것처럼.

233 종교는 대부분 교양의 보충물에 지나지 않거나 심지어 교양의 대용물이라 할 수 있다. 그리고 엄밀한 의미에서 말하자면, 자유의 산물이 아닌 것은 종교적이지 않다. 그래서 다음과 같이 말할 수 있다. 자유로울수록 더욱 종교적이다. 교양이 많을수록 덜 종교적이다.

234 오로지 유일한 중보자Mittler; 仲保者만이 있어야 한다는 것은 아주 편협하고 불경한 생각이다. 완전한 기독교인에게는 아마 모든 것이 중보자일 것이다. 그리고 이 점에 있어 스피노자는 완전한 기독교인에 가장 가깝다고 할 수 있다.

235 예수 그리스도는 지금까지 자주 **선험적으로** 추론되어 왔다. 그러나 마돈나도 비록 순수한 이성은 아니라 하더라도, 여성적이고 남성적인 이성에 존재하는 본래적이고 영원하며 필연적인 이상으로서 예수와 같은 정도의 권리를 가져야 하지 않을까?

236 이상[Ideal]을 묘사하기 위해서 미덕의 무수한 집합들이 가능한 한 하나의 이름으로 묶여져야 하며, 도덕의 전체 목록이 한 명의 인간 내에서 구현되어야 한다고 믿는 것은 분명히 잘못된 견해이지만 여전히 일반적으로 행해지는 오해다. 이를 통해 얻어지는 것은 개체성과 진리의 와해밖에 없다. 이상은 양이 아니라 질에 존재한다. 그랜디슨[40]은 하나의 사례이지 이상이 아니다. AWS

237 유머는 감정의 재치와 같은 것이다. 따라서 의식적으로 표현될 수 있다. 하지만 그 의도를 들키게 되면 순수성은 사라진다. AWS

238 이상과 실재의 관계가 모든 것을 차지하며, 그래서 철학적 용어와 유사하게 초월적 포에지라고 불리는 그런 문학이 있다. 이 문학은 풍자시로서 이상과 실재의 절대적 차이에서 시작하며, 비가[Elegie]로서 이상과 실재의 중간에서 이리저리 헤매어 다니며, 결국 전원시로서 이상과 실재의 절대적 동일성으로 끝난다. 그러나 비판적이지 않고, 생산물을 통해 생산자를 드러내지 않으며, 초월적 사유 체계 속에서 초월적 사유 행위의 특성을 동시에 가지고 있지 않는 초월 철학은 별 가치를 얻지 못하는 것과 마찬가지로, 초월적 포에지도 근대의 시인들에게서 드물지 않게 나타나는 초월적 소재들과 창작 능력에 대한 문학적 이론의 예비 연습을, 핀다로스와 그리스의 서정적 단상들이나 고대의 비가, 그리고 근대로 와서는 괴테에서 찾을 수 있는 예술적 성찰 및 아름다운 자기 반영과 합일시켜야 할 것이다. 또한 초월적 포에지는 모든 묘사에서 자기 스스로를 함께 묘사해야 하며, 항상 포에지인 동시에 포에지의 포에지이어야 한다.

239 알렉산드리아와 로마의 시인들이 까다롭고 비문학적인 소재를 좋아

---

40) 사무엘 리처드슨(Samuel Richardson)의 소설 『찰스 그랜디슨 경』(*The History of Sir Charles Grandison*, 1753~1754)에 나오는 주인공.

한 데에는 모든 것이 포에지가 되어야 한다는 심원한 생각이 깔려 있다. 물론 예술가의 의도가 아니라 작품의 역사적 경향으로서 그렇게 되어야 한다는 것이다. 그리고 고대 후기의 문학적 절충주의자들이 모든 예술 장르를 혼합한 데에는 하나의 철학이 있는 것처럼 하나의 포에지가 있어야 한다는 요구가 깔려 있다.

240 아리스토파네스에서는 부도덕이 합법적이고, 비극 작가들에서는 불법이 도덕적이다.

241 자신이 갖고 싶어 하는 여러 가지를 신화적 존재들이 모두 의미한다는 것은 얼마나 유용한가! 끊임없이 신화적 존재들에 대해 이야기하는 가운데, 순진한 독자는 어떤 사람이 묘사된 대로의 바로 그런 특성을 지녔다고 믿는다. 우미優美의 여신들 카리테스가 없었다면 우리 시인들 중 어떤 사람은 실패자가 되었을 것이다. AWS

242 누군가 고대인들 전체를 통틀어 특징짓고자 할 때, 누구도 그것을 터무니없다고 생각하지 않는다. 하지만 비록 그들 대부분이 자신들이 생각하고 있는 것이 무엇인지 알지 못한다 해도, 만약 누군가가 다음과 같이 주장한다면 그들에게는 매우 이상하게 들릴 것이다. 즉 고대 문학은 가장 엄밀한 의미에서 또 글자 그대로의 의미에서 하나의 개체라고, 그것도 법적·사회적 관계에서 볼 때 우리가 인격들 혹은 심지어 개체들로 간주해야 하며 그래야 마땅한 모든 현상들의 총합 전체보다 가령 용모에 있어 더욱 뚜렷하고 기법은 더욱 독창적이며 자신의 원칙에 한층 더 일관적인 하나의 개체라고 말한다면 말이다. 우리는 개체 이외에 다른 무엇을 특징지을 수 있는가? 주어진 어떤 특정한 시점에서 더 이상 곱할 수 없는 것, 그것은 더 이상 나눌 수 없는 것과 마찬가지로 하나의 역사적 통일체가 아닌가? 모든 개체 역시 적어도 그 싹에 있어서나 경향에 있어서는 체계인 것처럼, 모든 체계는 개체들이 아닌가? 모든 실재적인 통일체는 역사적이지 않는

가? 개체들의 체계 전체를 자기 안에 포함하는 개체들이 있지 않는가?

243 한때 존재했던 황금기의 환영은 앞으로 다시 오게 될 황금기로 가까이 가는 것을 방해하는 커다란 장애물들 중 하나이다. 황금기가 과거에 존재했다면 그것은 진정한 황금기가 아니었다. 황금은 녹슬지 않으며 풍화에 부식되지도 않는다. 황금은 아무리 이리저리 혼합되고 용해된다 해도 파괴될 수 없는 진짜로 다시 생겨난다. 황금기가 영원히 계속되기를 고수하지 않을 바에야 차라리 시작조차 하지 않는 편이 좋은데, 그렇지 않으면 자신의 상실감을 노래하는 비가Elegie에만 소용될 뿐이기 때문이다. AWS

244 아리스토파네스의 희극은 모든 측면에서 볼 수 있는 예술 작품이다. 고치[41]의 드라마는 오직 하나의 관점만을 가지고 있다.

245 한 편의 시나 드라마가 대중들의 마음에 들기 위해서는 모든 것을 조금씩 다 가지고 있어야 한다. 즉 일종의 소우주이어야 하며, 그래서 약간의 불행과 약간의 행복, 약간의 예술과 약간의 자연, 적당한 양의 미덕과 일정 분량의 악덕이 다 들어 있어야 한다. 재치와 함께 정신이, 심지어 철학도 그 안에 있어야 하며, 특히 도덕이, 때로는 정치까지도 들어 있어야 하는 것이다. 어떤 하나의 요소가 소용이 없으면 아마 다른 요소가 효과를 발휘할 것이다. 또 비록 그 모든 것이 아무 도움이 안 된다 하더라도, — 바로 이와 동일한 이유로 사람들이 항상 찾는 약처럼 — 적어도 해를 끼치지는 않을 것이다.

246 마술, 희화, 구체성은 선동적 대중성이 외적으로 그랬던 것처럼, 근대의 희극을 내적으로 고대의 아리스토파네스 희극과 유사하게 만들 수 있는 방법이다. 고치의 희극에서는 아리스토파네스가 연상될 정도이다.

---

41) Carlo Gozzi(1720~1806). 이탈리아 베네치아의 희극작가. 혁신을 주장하는 골도니에 맞서 코메디아 델라르테(commedia dell'arte)를 옹호했다.

그러나 희극 예술의 본질은 항상 열광적 정신과 고전적 형식에 있다.

247 단테의 예언적 시는 초월적 포에지의 유일한 체계이며, 그 영역에서 최고의 시다. 셰익스피어의 보편성은 낭만주의 예술의 중심점과 같은 것이다. 괴테의 순수한 시적 포에지는 문학 중에 가장 완벽한 문학이다. 이 세 가지가 근대 문학의 위대한 3화음이며, 근대 문학의 고전들을 비판적으로 선별할 때 나누어지는 좁고 넓은 모든 영역들 가운데 가장 내면적이고 가장 신성한 부류이다.

248 그리스인들과 로마인들에게서 위대한 인물들은 별로 고립되어 있지 않다. 그리스인들와 로마인들에서 천재들은 별로 없었지만 천재성은 많았다. 고대적인 모든 것은 천재적이다. 고대 전체가 하나의 천재이다. 절대적으로 위대하며 유일무이하고 범접 불가능하다고 칭하는 것이 결코 과장이 아닌 유일한 천재이다.

249 시를 쓰는 철학자, 철학하는 시인은 예언자이다. 교훈시는 예언적이어야 하며, 그렇게 될 소지도 있다.

250 환상이나 파토스, 혹은 모방 능력을 가진 사람은 다른 모든 기계적인 것과 마찬가지로 포에지도 배울 수 있어야 할 것이다. 환상은 열광인 동시에 상상이다. 파토스는 영혼인 동시에 열정이다. 모방은 시선인 동시에 표현이다.

251 비극을 볼 수 있기에는 너무 부드럽고 선량하며, 희극을 듣고 싶어 하기에는 너무나 고귀하고 위엄 있던 그토록 많은 사람들이 이제 존재하지 않는다. 이는 프랑스 혁명을 비난하려고만 했던 우리 시대의 나약한 도덕성에 대한 분명한 증거이다.

252 포에지에 대한 고유한 예술론은 예술과 가공되지 않은 아름다움 사이의 영원히 화해될 수 없는 분리라는 절대적 불일치에서부터 시작될 것

이다. 이 예술론 자체가 그 둘의 투쟁을 묘사할 것이며, 인공시와 자연시의 완벽한 조화로 완성될 것이다. 이러한 조화는 오직 고대에서만 찾을 수 있으며, 이 예술론 자체가 바로 고대 포에지의 정신에 대한 고양된 차원의 역사일 것이다. 그러나 포에지의 철학 자체는 아름다움의 독립성에서부터 시작할 것이며, 아름다움은 참되고 도덕적인 것과 분리되어 있고 또 분리되어야 할 뿐 아니라, 참되고 도덕적인 것과 동등한 권리를 가진다는 원칙에서부터 시작할 것이다. 그리고 이를 이해하는 사람에게 그 원칙은 분명 '나=나'라는 명제로부터 도출된 것이다. 포에지의 철학 자체는 철학과 포에지의 결합과 분리 사이에서, 실천과 포에지의 결합과 분리 사이에서, 포에지 일반과 그 장르 및 영역의 결합과 분리 사이에서 이리저리 동요할 것이며, 결국 완전한 합일로 완성될 것이다. 포에지의 철학, 그 시작에서는 순수한 시학 원리들을 제공할 것이며, 그 중간 부분은 근대 특유의 특수한 문학 장르들의 이론, 즉 좀더 고양된 의미에서의 교훈적 장르, 음악적 장르, 수사학적 장르 등등에 관한 이론으로 이루어질 것이다. 그리고 플라톤의 정치적 예술론을 우선적 토대로 삼는 소설의 철학이 그 마지막 완성이 될 것이다. 물론 열광도 없고 모든 장르에서의 최고 시인들을 읽어보지도 않은 피상적인 예술 애호가들에게 그러한 시학은 마치 책을 들고 그림만을 구경하려는 아이 앞의 삼각법 저서와 같은 것이 될 것이다. 오직 대상을 알거나 이미 가지고 있는 사람만이 그 대상에 관한 철학을 필요로 할 것이다. 그 사람만이 이 철학이 원하고 의미하는 것을 이해할 수 있을 것이다. 철학은 경험과 감각을 접종해 줄 수도 없고 마법을 걸어 만들어 낼 수도 없다. 그렇게 하려 해서도 안 된다. 이미 그 철학의 의미를 알고 있는 사람은 물론 이 철학에 대해 어떤 새로운 것도 경험하지 못한다. 하지만 그것은 철학을 통해서만이 하나의 앎이 될 것이고, 그럼으로써 새로운 형태를 취하게 된다.

253 올바른korrekt이라는 말이 작품에서 가장 내면적이고 가장 작은 것을 전체의 정신에 따라 의도적으로 철저히 교육시키고 또 추가로 단련시키는 것, 혹은 예술가의 실천적 성찰을 의미한다고 할 때, 이 단어의 보다 고귀하고 근원적인 의미에서 셰익스피어보다 더 '올바른' 근대 시인은 아마도 없을 것이다. 그래서 그 역시 다른 누구보다도 체계적이다. 때로는 개인들과 대중들을, 심지어 세계들까지도 회화적 군상들 속에서 대조를 이루게 하는 반명제들을 통해, 혹은 똑같이 위대한 척도의 음악적 대칭을 통해, 거인적 반복과 후렴구을 통해, 혹은 문자를 패러디화하고 낭만주의 드라마의 정신을 아이러니화하는 가운데 체계적이며, 그리고 언제나 볼 수 있듯이 가장 완벽한 최고의 개체성과 또 가장 감각적인 모방에서 가장 정신적인 특징화까지 포에지의 모든 다양한 단계들을 통일시키는 묘사를 통해 체계적이다.

254 『헤르만과 도로테아』[42]가 발표되기도 전에 사람들은 이 작품을 포스의 『루이제』와 비교했다. 출판이 되고 나서는 이렇게 비교되는 일이 더 이상 없어야 했을 것이다. 그러나 『루이제』는 여전히 『헤르만과 도로테아』에 입문하는 데 적당한 작품으로 독자에게 추천되면서 이 시에 따라다닌다. 후대의 독자들은 루이제를 도로테아의 대모로 소개할지도 모르겠다. AWS

255 포에지는 점점 더 학문이 되어 갈수록 동시에 점점 더 예술이 되어 간다. 포에지가 예술이 된다고 한다면, 또 예술가가 자신의 방법과 목적, 그리고 이것에 방해가 되고 대상이 되는 것에 대해 철저한 통찰과 학문을 지닌다고 한다면, 시인은 자신의 예술에 대해 철학을 해야 한다. 시인이 단순히 뭔가 만들어 내는 일꾼이 아니라, 자신의 분야에서의 전문가이기도

42) 괴테의 서사시. 이른바 시민극 장르. 포스의 『루이제』에 대해서는 「비판적 단상」 113번 참조.

하다면, 그래서 예술 세계의 동료들을 이해할 수 있다고 한다면, 그는 또한 문헌학자가 되어야 한다.

256 궤변론적인 미학의 근본오류는 미를 그저 이미 주어진 어떤 대상으로, 심리적 현상으로 간주하는 것이다. 물론 미라는 것은 만들어져야 할 그 무엇에 대한 아직 비어 있는 사유에 그치는 것이 아니라, 동시에 사태 자체, 즉 인간 정신의 근원적인 행위 방식들 중 하나이기도 하다. 필연적인 허구에 그치는 것이 아니라 동시에 실재하는 사실, 즉 영원히 초월적인 사실인 것이다.

257 독일인들의 사회는 진지하다. 그들의 희극과 풍자시는 진지하다. 그들의 비평은 진지하다. 그들의 문학 전체가 진지하다. 이 민족에게 즐거운 것이란 항상 무의식적이고 비자발적인 것이어야만 하는가? AWS

258 어떤 효과를 의도하는 모든 시는, 그리고 효과와 표현을 위해 기이한 시가 담고 있는 우스꽝스럽거나 비극적인 일탈과 과장을 따르려는 모든 음악은 수사학적이다.

259 A: 당신은 단상이 보편 철학의 원래 형식이라고 말합니다. 형식은 중요하지 않습니다. 그러나 그런 단상들이 인간의 가장 위대하고 중대한 일들에 있어서나 학문의 완성을 위해서 무엇일 수 있으며, 무엇을 할 수 있습니까? —B: 그것은 정신의 나태함에 뿌리는 레싱의 소금일지도 모릅니다. 또 어쩌면 고대의 루킬리우스나 호라티우스 풍의 **냉소적인 조롱시**lanx satura이거나 심지어 비판철학을 위한 **인식의 효소**fermenta cognitionis일 수도 있고, 또 시대의 텍스트에 대한 난외 주석일 수도 있을 것입니다.[43)]

260 빌란트[44)]는 거의 반세기에 걸친 자신의 여정은 우리 문학의 서광과 함께 시작했으며 이 문학의 종말과 함께 끝이 났다고 생각했다. 어떤 자연스러운 시각적 착각을 솔직하게 시인한 것이다. AWS

261 「클라우디네 폰 빌라벨라」Claudine von Villa Bella[45]에 나오는 시적인 방랑자의 좌우명 "어리석지만 영리하게"가 천재가 만들어 낸 몇몇 작품의 성격을 설명하기도 하는 것처럼, 그와 상반된 모토 '영리하지만 어리석은' 이라는 말은 재치 없는 규칙성에 잘 들어맞는 말이다. AWS

262 모든 좋은 인간은 점점 신이 되어 간다. 신이 된다는 것, 인간이라는 것, 스스로를 형성한다는 것, 이 모두는 같은 것을 의미하는 표현들이다.

263 진정한 신비는 최고의 고귀함 속에 있는 도덕이다.

264 모든 사람들과의 공동철학이 아니라, 능력이 있는à la hauteur 사람들과 함께하는 공동철학을 원해야 한다.

265 진리를 인식하는 천재적 능력이 있는 사람들은 소수이다. 다수의 사람들은 오류에 소질이 있다. 이 오류의 재능은 그만큼 커다란 산업의 후원을 받고 있다. 마치 사람들이 맛있는 음식으로 몰려들듯이, 인간 정신을 이루고 있는 모든 영역의 각종 요소들이 종종 부지런히 어떤 한 가지 오류에 몰려와 있다.

266 논리적 규약이 작성되기 전에도 이미 임시적인 철학이 있을 수 있지 않는가? 그리고 이 규약이 비준을 통해 승인받기 전까지는 모든 철학이 임시적이지 않는가?

---

43) lanx satura는 고대에서 원래의 의미는 '온갖 종류의 과일이 담긴(satura) 쟁반(lanx)'이다. 이후 다양한 문학 장르와 운율이 혼합된 시모음집을 lanx satura로 칭하기도 했으며 이로부터 풍자시(Satire)가 발전되었다. 루킬리우스(기원전 180~102)는 고대 로마의 대표적인 풍자시인이다. "레싱의 소금"은 1753년에 발표된 레싱의 『단상들』(*Fragmente*) 중 명성에 대한 조롱을 소금으로 표현한 구절에 대한 암시.

44) 크리스토프 빌란트(Christoph Martin Wieland, 1733~1813). 독일의 시인이자 번역가, 계몽주의 및 고전주의 작가이자 잡지 *Deutsche Merkur*의 창간자.

45) 괴테의 오페레타(1773).

267 아는 것이 점점 많아질수록 배워야 할 것이 점점 많아진다. 앎과 함께 무지도 같은 정도로 늘어난다. 아니 그보다는 무지에 대한 앎이 늘어나는 것이다.

268 사람들이 행복한 결혼 생활이라고 부르는 것과 사랑과의 관계는 마치 엄격히 짜여진 시와 즉흥적인 노래의 관계와 같다.

269 W.는 한 젊은 철학자에 대해 다음과 같이 말했다. 그는 머릿속에 이론의 난소를 가지고 있어 닭처럼 매일 이론을 낳는다. 그에게는 그것이 지루한 행위일 수 있을 자기창조와 자기파괴의 부단한 반복 속에서 유일하게 쉬는 때이다. AWS

270 알려진 바에 의하면 라이프니츠는 스피노자에게서 안경을 맞추었다고 한다. 이것이 그와 스피노자 또는 스피노자 철학 사이에 있었던 유일한 왕래이다. 라이프니츠는 안경뿐 아니라, 자신에게는 낯설지만 스피노자가 고향으로 두고 있는 그 철학의 땅을 적어도 멀리서나마 바라다볼 수 있기 위한 눈도 스피노자로부터 받았다면 좋았을 것이다.

271 고대에 대한 초월적 관점을 가지기 위해서는 아마 최신의 사고를 해야 할 것이다. 빙켈만은 그리스인들을 마치 한 명의 그리스인처럼 느꼈다. 반면 헴스테르호이스는 근대의 규모를 고대의 단순함을 통해 품위 있게 제한할 줄 알았고, 마치 경계 바깥에서부터 바라보듯이 자신의 높은 학식으로부터 고대 세계와 근대 세계에 똑같이 진심 어린 시선을 던졌다. AWS

272 비철학적인 인간, 비문학적인 인간도 있는데 비도덕적인 인간이 존재해서는 안 되는 이유가 무엇인가? 허용되어서는 안 되는 것은 반정치적이거나 부정직한 인간들뿐이다.

273 신비는 사랑에 빠진 사람의 눈만이 연인에게서 볼 수 있는 어떤 것이다. 모두에게는 각자 자신만의 신비가 있을 것이다. 그러나 이 신비를 자

기 혼자 비밀히 간직해야 한다. 아마 고대의 뛰어난 것들을 우스꽝스럽게 변형시키는 사람들이 많이 있을 수 있다. 하지만 그것을 신비화하고 그래서 비밀히 간직해야 하는 사람들도 틀림없이 몇몇 있다. AWS

두 경우 모두 고대를 순수하게 향유하는 마음이나, 고대가 다시 회복될 수 있는 길과는 멀리 떨어져 있다.[46]

274 스피노자를 철학자로 여기지 않는 철학에 대한 모든 철학은 의심스러울 수밖에 없다.

275 그들은 항상 독일 작가들이 소규모 그룹을 위해서만 글을 썼다고, 아니 때로는 자기 자신만을 위해 글을 써서 자기들끼리 교환했다고 불평한다. 그것은 정말 좋은 일이다. 그렇게 함으로써 독일 문학은 점점 더 많은 정신과 특징을 획득하게 된다. 그러는 사이 아마 독자층도 생겨날 것이다.

276 라이프니츠는 가톨릭주의와 프로테스탄트주의뿐 아니라 자아와 비아도 서로 융합시키려 했고, 행위와 고뇌에는 정도의 차이만 있다고 생각할 정도로 매우 극심한 온건주의자였다. 즉 조화를 지나치게 과장하고, 공평함을 희화화될 정도로 지나치게 추구하려 한 것이다. Schlm.?

277 그리스인들을 믿는다는 것도 시대의 유행일 뿐이다. 사람들은 그리스인들에 대해 열변을 토하면 기꺼이 들어 준다. 그러나 누군가 와서, 여기에 그리스인 몇 명이 있다고 말하면, 아무도 남아 있지 않다.

278 우둔함으로 보이는 많은 것은 사실은 어리석음이며, 이것은 사람들이 생각하는 것보다 더욱 일반적이다. 어리석음은 그 성향 자체가 절대적으로 불합리하며, 역사 정신을 완전히 결여하고 있다.

279 라이프니츠의 『법률학 연구』는 자신의 구상을 전반적으로 제시하는

46) 아우구스트 슐레겔의 앞의 문장들에 프리드리히 슐레겔이 덧붙인 문장이다. ―옮긴이

것을 그 목적으로 하고 있다. 라이프니츠는 실무자, 관청 공무원, 대학 교수, 귀족의 가정교사 등 모든 사람을 이 책의 대상으로 생각했다. 여기서 특이한 것은 법률학적 소재와 신학적 형식을 단순히 결합시켰다는 점이다. 그와 반대로 『신정론』은 신의 문제에 관하여 베일Bayle과 그 일당에 반박하는 변론서이다. Schlm.

280 사람들은 신체적인 건강함을 느끼는 특정한 감정은 없고, 반면 병에 대한 특정한 느낌은 있다는 사실을 불행으로 생각한다. 그러나 바로 이를 통해 자연이 얼마나 현명하게 마련해 놓은 것인가를, 그 반대의 경우인 학문들의 상황에서 엿볼 수 있다. 여기에서는 수종 병자, 결핵 병자, 황달 병자가 자신을 건강한 사람과 비교하면서, 그 사이에는 뚱뚱하고 마른 사람 사이의, 또는 갈색과 금발 사이의 차이 외에 다른 어떠한 차이도 없다고 믿고 있는 것이다. Schlm.

281 피히테의 지식학은 칸트 철학이 대상으로 삼고 있는 것에 관한 철학이다. 피히테는 형식에 대해서는 많은 이야기를 하지 않는다. 그는 형식의 대가이기 때문이다. 그러나 규정하는 능력의 이론과 규정되는 감정 작용의 체계가 형식 속에서 마치 예정조화설에서의 사태와 사유처럼 서로 가장 내밀히 합일되어 있는 것, 바로 여기에 비판적 방법의 본질이 있다고 한다면, 그는 아마도 형식 면에 있어서도 두 배로 뛰어난 칸트일 수 있으며, 새로운 지식학은 겉으로 보이는 것보다 훨씬 비판적일 것이다. 특히 지식학에 대한 새로운 설명은 항상 철학인 동시에 철학의 철학이다. 통용되는 의미에서의 '비판적'이라는 말이 피히테의 모든 저작에 어울리지 않을 수 있다. 그러나 우리는 피히테에게서 모든 주변적인 것 대신 오로지 전체만을, 본질적으로 가장 중요한 하나만을 보아야 한다. 그래야만 피히테 철학과 칸트 철학의 동일성을 확인하고 파악할 수 있다. 게다가 아무리 지나쳐도 결코 충분할 수 없는 것, 비판적이라는 것이 그런 것이다.

282 인간이 앞으로 계속 나갈 수 없을 때가 있다면, 이때는 절대적 명령이나 강압적 행동에 의해, 혹은 갑작스러운 결심을 통해 이 상태를 벗어날 수 있다. Novalis

283 추구하는 사람은 의심하게 된다. 그러나 천재는 자신에게서 일어나는 일들에 대해 너무나 태연하고 단호하게 말한다. 왜냐하면 천재는 자신을 묘사하는 것에 사로잡혀 있지 않으며, 그와 함께 묘사 역시 천재 안에 갇혀 있지 않기 때문이다. 그리고 그로 인해 천재의 관찰과 관찰된 것은 자유로이 서로 일치하고, 하나의 작품으로 결합하는 것처럼 보이기 때문이다. 우리가 외부 세계에 대해 이야기하거나 실재하는 대상들을 그려 보일 때, 우리는 마치 천재와 같은 행위를 하는 것이다. 독창성 없이는 우리 모두는 존재할 수 없다. 천재성은 모든 것에 필요하다. 그러나 보통 사람들이 천재라고 부르는 것은 천재의 천재이다. Novalis

284 정신은 영원히 자기를 증명한다. Novalis

285 이 삶에 대한 초월적 관점이 우리를 기다리고 있다. 그곳에서야 삶은 우리에게 비로소 제대로 된 의미를 가질 것이다. Novalis

286 매우 규범적인 사람의 삶은 철저히 상징적일 수밖에 없다. 이러한 전제하에서 보면, 모든 죽음은 속죄의 죽음일 것이다. 어느 정도 이해는 된다. 그렇다면 이로부터 더 많은 놀라운 결론들이 따라 나오게 되지 않는가? Novalis

287 나는 내가 어떤 작가의 정신에 따라 행동할 수 있을 때에만, 그리고 그의 개성을 죽여 버리지 않고 그를 번역하고 다양하게 변화시킬 수 있을 때에만, 그 작가를 이해했다고 말하겠다. Novalis

288 우리가 꿈에서 꿈꾸는 꿈을 꾸면 잠을 깰 때가 가까워진 것이다.Novalis

289 정말 사교적인 재치는 갑자기 터지는 효과를 동반하지 않는다. 환상

의 세계에서 이루어지는 마법의 색채 놀이 같은 그런 종류의 재치가 있다. Novalis

290 정신이 그 안에서 끊임없이 스스로를 드러내고 있는 곳, 즉 정신이 수많은 철학 체계들에서처럼 가령 처음 같은 때 단 한 번만이 아니라, 적어도 여러 번 자주 새로이 변모된 형태로 다시 나타나고 있는 곳, 그것이 바로 재치가 풍부한 것이다. Novalis

291 독일인들은 어디에나 있다. 독일 정신은 로마 정신, 그리스 정신, 또는 영국 정신처럼 어떤 특정 국가에만 제한되어 있지 않다. 이것들은 오로지 경우에 따라서 특히 보편적으로 형성되어 온 인간의 일반적 성격들이다. 독일성은 진정한 인기를 끌고 있으며, 그 때문에 하나의 이상이다. Novalis

292 죽음은 모든 자기 극복처럼 좀더 가볍고 새로운 어떤 현존을 마련해 주는 자기 승리이다. Novalis

293 평범하고 흔한 것을 위해 그토록 많은 힘과 노력을 기울여야 하는 이유는 참된 인간에게는 보잘것없는 일상성보다 더 유별나고 드문 것은 없기 때문인가? Novalis

294 천재적인 예리함은 예리함을 예리하게 이용하는 것이다. Novalis

295 형이상학의 발전에 관한 베를린 학술원의 유명한 공모 주제에 대해 여러 가지 대답이 제출되었다. 적대적인 글, 호의적인 글, 불필요한 글, 또 다른 글, 또 드라마적인 글, 심지어 횔젠[47]의 소크라테스적인 글까지 나왔다. 비록 거칠기는 하지만 어느 정도의 영감, 그리고 모종의 보편성의 외관을 지니고 있음으로 인해 횔젠의 이 글은 깊은 인상을 주며, 모순적인 부분에서까지도 독자를 만들어 낸다. 하지만 학식 있는 사람들이라 하더라도 순수한 천재성은 잘 알아보지 못하는 법이다. 그러니 횔젠의 작품이

철학에서는 항상 드물게 뛰어났던, 그리고 지금도 여전히 드물게 뛰어난 그런 사람들 중 한 명의 것이라는 사실을 아는 사람이 얼마 없다는 것은 놀라운 일이 아니다. 즉 가장 진정한 의미에서의 작품, 하나의 예술 작품, 한 조각의 전체이며, 변증술에 있어서 피히테 다음이고, 공모라는 특정 기회에 따라 쓰여진 글로서는 최초이다. 휠젠은 자신의 사유에 있어서나 그것을 표현하는 데 있어 완전한 대가이다. 그는 확고하고 조용히 움직인다. 멀리까지 아우르는 포괄적인 시각과 순수한 인문 정신에 있어 그러한 매우 고요하면서도 고도로 냉철한 태도, 그것은 바로 역사 철학자라면 오래되고 시대에 뒤떨어진 자신의 방언으로 소크라테스적인 것이라고 부를 만한 것이다. 하지만 이 단어는 문헌학적 정신을 충분히 가진 한 예술가라면 받아들일 수밖에 없는 그런 용어이다.

296 퐁트넬[48]은 매우 소박한 성격이었음에도 불구하고, 본능에 대해 심한 반감을 지녔고, 자신에게는 불가능한 것으로 여겨지는 순수한 재능을 [동물인] 비버의 무의식적인 예술적 열정과 비교했다. 자기 자신을 그냥 지나치지 못한다는 것은 얼마나 힘든 일인가! 왜냐하면 퐁트넬이 "필요가 포에지의 본질과 뛰어난 장점을 만들어 낸다"고 말할 때, 프랑스의 시문학을 이보다 더 짧고도 뛰어나게 표현할 수는 없을 것으로 보이기 때문이다. 하지만 비버가 프랑스 학술원 회원이었다면 아마도 좀더 완벽한 무의식 속에서 그 어떤 핵심을 찌르는 말도 할 수 없었을 것이다.

297 어떤 작품이 모든 부분에서 뚜렷한 경계를 가지고 있으며, 그럼에도

---

47) August Ludwig Hülsen(1765~1809, 독일의 철학자)과 예나 그룹과의 연관성을 여기서 추정할 수 있으며, 그는 또 잡지 『아테네움』에도 참여했다. 휠젠에 대해서는 R. Ayrault, *La genèse du romantisme allemand*, III, pp.45 이하; *Ibid.*, IV, pp.240 이하를 참고할 필요가 있다.

48) Bernard le Bovier de Fontenelle(1657~1757). 프랑스의 (문필가) 칠학자. — 옮긴이

경계들 내에서는 경계가 없으며 지칠 줄 모르고 다함이 없을 때, 또 스스로에게 전적으로 충실하여 어디서나 변함이 없으며, 그러면서도 스스로를 초월해 있을 때, 이 작품은 우아하다. 한 젊은 영국 청년을 교육시킬 때와 마찬가지로 가장 중요한 것은 **대여행**le grand tour이다. 인간 정신의 서너 개 대륙을 두루 여행했어야 하는데, 그 목적은 자신의 고유한 개성의 가장자리들을 다듬어 깎아 내는 데 있는 것이 아니라, 시야를 넓히고 정신에 더 많은 자유와 내면의 다양성을 부여하며, 이를 통해 더 많은 자율성과 자기 절제를 획득하기 위한 것이다.

298 칸트주의 정통파는 자신들의 철학적 원칙을 칸트에게서 찾지만 헛수고에 그친다. 뷔르거[49]의 시에는 다음과 같은 말이 나온다. "황제의 말씀은 비틀어서도 안 되고 억지 해석을 해서도 안 된다."[50]

299 내 생각에는 천재적인 무의식에 있어 철학자들이 시인들의 자리를 충분히 넘볼 수 있을 것으로 보인다.

300 이성과 비이성이 서로 만나면 전기 스파크가 일어난다. 이것을 논쟁이라 부른다.

301 철학자들은 여전히 스피노자의 일관성에만 감탄한다. 마치 영국인들이 셰익스피어에게서 진리만을 찬미하는 것처럼.

302 혼합된 생각들이 철학을 담는 상자들을 만들어 내야 할 것이다. 이것이 어떤 중요한 가치가 있는지는 회화를 아는 사람들에게 이미 알려져 있다. 철학적 세계를 크레용으로 스케치할 수 없고, 특별한 인상Physiognomie을 가진 개개의 생각들을 펜대를 몇 번 움직여 특징지을 수 없는 사람에게

---

49)「아테네움 단상」122번의 각주 참조.

50) 뷔르거의 발라드「바인스베르크의 여인들」(Die Weiber von Weinsberg)에 나오는 구절이다. —옮긴이

철학은 결코 예술이 될 수 없고, 그래서 또 학문도 될 수 없다. 왜냐하면 철학에서는 오로지 예술을 통해서만 학문으로의 길이 열리기 때문이다. 마치 시인이 그 반대로 오로지 학문을 통해서만 예술가가 되는 것처럼.

303 점점 깊이 파고들어 가는 것과 점점 높이 올라가는 것은 철학자들의 주요 경향이다. 우리가 그들의 말을 믿을 경우, 그 속도는 엄청나게 빨라진다. 그 반면 이후의 진행은 매우 느리다. 특히 높이의 문제에서 철학자들은 지나치게 치열한 경쟁을 한다. 마치 경매에서 서로 무조건 이기려는 두 사람처럼. 하지만 철학적인 모든 철학은 아마도 무한히 높고 무한히 깊을 것이다. 아니면 플라톤이 요즘의 철학자들보다 더 아래쪽에 있는 것인가?

304 철학도 역시 서로 투쟁하는 두 힘, 포에지와 실천Praxis의 결과다. 이 두 힘이 서로에게 완전히 침투하여 하나가 되는 곳에서 철학이 생겨나기 때문이다. 만약 철학이 다시 분해되면 철학은 신화가 되거나 다시 삶으로 되돌아간다. 시를 짓고 법을 제정하면서 그리스의 지혜는 형성되었다. 몇몇 사람들이 추측하기에, 최고의 철학은 다시 포에지가 될 수 있다고 한다. 사실 평범한 성격의 사람들이 삶을 포기한 후에야 비로소 자신의 방식에 맞는 철학을 시작하게 된다는 것은 이미 많이 들어 본 이야기이다. — 철학함의 이러한 화학적 과정을 좀더 잘 서술하는 것, 가능한 한 철학함의 역동적 법칙들을 분명히 하는 것, 그리하여 언제나 새롭게 구성되고 해체되어야 하는 철학을 본연의 생동적이고 근본적인 힘이 되도록 분리해 내어, 자신의 본래적 근원으로 되돌리는 것, 나는 이것을 셸링 철학의 사명으로 간주한다. 반면 그의 논쟁적 주장, 특히 철학에 대한 문학적 비평은 잘못된 경향으로 보인다. 또 보편성에 대한 그의 재능은 아마도 이 재능이 물리학의 철학에서 찾고 있는 것을 발견할 수 있기에는 아직 충분히 형성되지 못한 것 같다.

305 아이러니에 이를 정도의 의도성은 자의적으로 보이는 자기파괴를

동반할 경우 아이러니에 이를 정도의 본능과 마찬가지로 소박한 것이다. 소박성이 이론과 실천의 모순들과 놀이를 하는 것처럼, 그로테스크는 형식과 재료의 이상한 혼합들과 놀이를 하며, 우연적이고 특이한 것의 가상을 좋아하고, 무조건적 자의와 장난을 친다. 유머는 존재와 비존재를 다루며, 유머 고유의 본질은 반성이다. 그렇기 때문에 유머는 비가Elegie와 유사하고 초월적인 모든 것과 유사하다. 하지만 그렇기 때문에 또한 자부심이 강하며, 또 재치의 신비성으로 향하는 경향이 있다. 천재성이 소박함에 필수적인 것처럼 진지하고 순수한 아름다움은 유머에 필수적이다. 유머는 무엇보다 철학 내지 포에지의 가볍고 투명하게 물결치는 랩소디들 위를 흔들거리며 떠다니는 것을 가장 좋아하고, 굼뜬 대중들, 그리고 서로 절연된 파편들을 멀리한다.

306 가다라의 돼지[51] 이야기는 지금은 행복하게 망각의 바닷속으로 빠져들어 가 있는 강력천재들Kraftgenies[52]의 시대에 대한 비유적인 예언일 수 있다.

307 나는 고양이를 싫어한다고 말하는 편이지만, 페터 레베레히트[루트비히 티크]의 『장화 신은 고양이』[53]는 예외다. 그는 발톱을 가지고 있어서 그것에 긁힌 사람은 당연히 그에게 욕을 퍼붓는다. 그러나 마치 드라마 예술을 감시하는 듯 이리저리 어슬렁거리는 그의 모습은 다른 사람에게 재

---

51) 예수에 의해, 귀신 들린 자에게서 내쫓긴 귀신이 돼지 떼로 들어가 그 모습으로 바다에 뛰어들어 죽은 이야기. 「마태복음」 8장 28절 참조.

52) Kraftgenie는 1776년부터 1780년대까지 법칙이나 규칙을 벗어나 새롭고 자유로운 창작과 독창적인 천재성을 추구했던 시인들을 지칭했던 독일의 문예사적 개념으로, 헤르더나 괴테 외에도 F. M. 클링거나 라인홀트 렌츠 같은 '질풍노도' 시인들이 이에 해당된다.—옮긴이

53) 1797년 페터 레베레히트(Peter Leberecht)라는 필명으로 편집한 『전래동화집』에 발표된 루트비히 티크의 풍자적인 동화. Leberecht라는 이름에 대해서는 이 책에 실린 「아테네움 단상」 125번 참조.

미를 선사한다.

308 철학자는 화가에게 필요한 것과 정확히 똑같은 조건의 조명을 필요로 한다. 밝고 환해야 하지만, 직접적인 태양빛이나 눈을 현혹시키는 반사광은 피해야 하고, 가능한 한 위에서 아래로 비추는 조명이어야 한다.

309 아름답고 자유로우며 창조적인 예술 영역에 속하지 않는 것으로 초상화를 배제했던 이론가들은 무슨 생각을 했던 것인가! 이것은 마치 어떤 시인이 자신의 실제 연인을 노래하면 그것을 시로 여기지 않으려는 사람들의 생각과 같은 것이다. 초상화는 역사화의 토대이며 시금석이다. AWS

310 최근 뜻밖의 사실이 발견되었다. 라오콘 군상에서 주인공이 죽어 가고 있는 것으로 그려져 있으며, 게다가 그 원인이 뇌졸중이라는 것이다. 이제 전문가들은 이런 방향으로는 계속 끌고 갈 수 없게 되었다. 그럴 경우 누군가가 우리에게 라오콘은 사실 이미 죽었다고 말해야 할 것이다. 그것이 물론 전문가의 입장에서도 전적으로 옳은 결론일 것이다. 기회가 있을 때마다 레싱과 빙켈만은 비난을 받는데, 그 이유는 그리스 예술의 근본 법칙이 레싱이(원래는 이 두 사람과 멩스[54]가 함께) 주장하듯이 아름다움도 아니며, 빙켈만이 말하듯이 고요한 위대함이나 고귀한 단순함도 아니라 바로 특징 묘사의 진리에 있기 때문이라고 한다. 아마도 나무로 조각된 캄차카[55] 지방의 우상신을 포함하여 인간이 하는 모든 조각들이 하는 것은 모두 특징 묘사일 것이다. 하지만 어떤 사태의 정수를 단 한 번에 포착하고자 한다면, 자명한 것, 또 다른 것과 공통된 것이 아니라 고유하고 본질적인 특징을 담고 있는 것을 언급해야 한다. 특성 없는 아름다움이란 생각할 수 없다. 즉 아름다움은 비록 윤리적인 것은 아니라 해도 어떤 육체적

---

54) 「아테네움 단상」 178번 (각주) 참조.

55) 러시아 극동에 위치한 반도로서 화산이 밀집해 있다. — 옮긴이

특징은 항상 가지고 있을 것이다. 즉 그것은 특정한 나이와 성별에 따른 아름다움이거나 혹은 레슬링 선수의 몸처럼 특정한 신체적 습관을 드러내는 아름다움일 것이다. 고대 그리스 예술은 신화의 안내를 받아 만들어낸 교양을 가장 훌륭하고 뛰어난 최고의 의미로 생각했을 뿐 아니라 아름다움의 정도를 형식과 표현의 모든 특징들과 결합시켰는데, 이때 이 특징들이 파괴되지 않은 채 그러한 결합이 일어날 수 있었다. 고대 예술에 있어 원시적 취향으로 인해 사유하는 능력조차 없었던 곳에서도 이것이 가능했다는 것은, 가령 메두사의 머리를 예를 들어 보면 거의 명백한 사실이다. 만약 희극적이거나 비극적인 묘사가 보통 일반적으로 행해지는 아름다움의 추구에 대한 이의 제기였다면, 이러한 반론은 멩스나 빙켈만과 같은 고대 전문가들의 눈을 피해 가기는 어려웠을 정도로 너무나 분명했을 것이다. 고대 사티로스들과 디오니소스 여신도들의 방종을 가령 플랑드르 유파로부터 나오는 유사한 장면들과 비교해 보면 알 것이다. 그리고 만약 그 안에서도 그리스적인 것을 느낄 수 없다면 스스로 완전히 비그리스적으로 되어야 할 것이다. 저속한 관능성의 진창 속에 빠져 있다는 것, 혹은 동물의 모습을 한 신처럼 내키는 기분에 따라 스스로를 그렇게 타락시키는 것, 이것은 아주 다른 것이다. 심지어 끔찍한 대상들을 선택했을 때에도, 모든 것은 우리의 마음을 진정시키는 아름다움의 숨결을 널리 퍼뜨릴 수 있으며 실제로 이 아름다움의 숨결을 그리스의 예술과 시문학에서 두루 확산시켰던 그러한 방식에 달려 있다. 바로 투쟁하는 요소들에서, 묘사된 것의 본성과 묘사의 법칙 사이의 풀리지 않을 것처럼 보이는 모순 속에서 정신의 내적 조화는 가장 신적으로 나타나는 것이다. 그것이 아니면 소포클레스의 비극이 너무나 비극적이라는 이유로 그 작품들에서 고요한 위대함과 고귀한 단순성이 부정되어야 할 것인가? 빙켈만은 라오콘의 육체에 고통과 내적 투쟁의 가장 폭력적 상태가 표현되어 있다는 것을 매우 확실히 인정했다. 단지 그의 얼굴에는 굴복하지 않는 영웅의 영혼이 나타난다고 주장한 것이다.

311 영국인들의 동판화가 그 기계적인 우아함으로 두려움을 느끼게 하는 것처럼, 회화에서 보이는 영국인들의 취향이 대륙에서 더욱 널리 퍼지게 된다고 한다면, 사람들은 어차피 어울리지 않는 이름인 역사화를 없애고 그 대신 연극화라는 이름을 도입하자고 제안할 것이다. AWS

312 전리품으로 약탈해 온 이탈리아 그림들이 파리에서 제대로 된 취급을 받지 않는다는 비난이 일자, 이 그림들의 관리자는 카라치의 그림 한 점에 대해 반은 깨끗이 하고 반은 원래의 상태로 전시하겠다고 밝혔다. 이 얼마나 독특한 발상인가! 그래서 이제 길에서 갑작스러운 소음이 들리면 일부만 면도를 한 얼굴로 창밖을 내다보는 사람을 가끔씩 보게 된다. 프랑스적 활기와 성급함으로 진행한 그림 관리는 이발 기술과 공통점이 상당히 많은 것 같다. AWS?

313 앙겔리카 카우프만[56]의 그림에 나타나는 생각들과 허구적 상상 속의 연약한 여성성은 우리의 관심을 끄는데, 이것은 여러 인물들을 통해 금기시된 방식으로 슬쩍 끼어들어 있다. 그림 속의 젊은이들의 눈에서 우리는 그들이 처녀의 가슴을 가졌으면, 또 가능하다면 여자 같은 엉덩이도 가졌으면 하고 간절히 바란다는 것을 알 수 있다. 아마도 그리스의 여성 화가들은 자신들의 재능에서 이러한 한계와 장애물을 의식하고 있었을 것이다. 플리니우스는 소수의 여성 화가를 거명하고, 그들 중 티마레테, 이레네, 랄라에 의해 그려진 여성 인물들에 대해서만 언급한다.[57] AWS

314 요즘엔 어디서나 도덕적 교훈을 요구하기 때문에 사람들은 가정의

---

56) Angelika Kauffmann(1741~1807). 스위스에서 태어난 오스트리아의 고전주의 여성 화가.

행복과 관련해서도 초상화의 유용성을 증명해 보여야 할 판이다. 자신의 아내를 다소 피곤한 시선으로 바라보곤 했던 사람은 이제 초상화에 더욱 순수하게 그려진 그녀의 모습에서 처음의 감정을 되찾게 된다는 것이다. AWS

315 사람들이 말하기를 그리스 엘레기의 근원은 리디아의 이중 피리, 아울로스에 있다고 한다. 그렇다면 그 근원은 인간의 본성에서도 찾을 수 있지 않을까?

316 철저함을 추구할 정도로, 그리고 위인을 믿을 정도로 자신을 고양시킬 수 있는 경험론자에게 피히테의 지식학은 결코 『철학저널』의 제3권, '구성', 그 이상의 가치는 얻지 못한다.

317 '어떤 것도 너무 많지 않고'Nichts zuviel와 '모든 것이 조금씩'Alles ein wenig이 같은 뜻을 지닌다면, 가르베[58]는 가장 위대한 독일 철학자다.

318 헤라클레이토스는 박식이 이성을 가르치지는 않는다고 말했다. 하지만 지금은 순수이성만으로는 아직 완전한 배움에 이를 수 없음을 상기하는 것이 더 필요한 시대로 보인다.

319 어떤 사람이 일방적이 되려면 적어도 한 가지 면은 가지고 있어야 한다. 이는 어떤 한 가지가 자신의 모든 것이어서가 아니라 유일한 것이기 때문에 그 한 가지밖에 생각할 줄 모르며, 또 항상 같은 것만 노래하는 (플라톤이 그 특징을 묘사하고 있는 전형적인 서사 시인들과 같은 그런) 사람들의 경우와는 전혀 다른 것이다. 이들의 정신은 좁은 틀에 잘 갇혀 있지 않

---

57) Gaius Plinius Secundus(AD 23~ AD 79). 로마의 학자이자 행정관. 『자연사』(*Naturalis Historia*) 35권 147에서 이 세 고대 그리스의 여성 화가들을 언급한다. —옮긴이

58) Christian Garve(1742~1798). 칸트, 모제스 멘델스존과 함께 후기 계몽주의 시대를 대표하는 유명한 독일 철학자에 속한다.

는다. 그보다는 곧바로 멈추는데, 그 자리에서는 텅 빈 공간이 즉시 새로 시작된다. 그들의 존재 전체는 마치 하나의 점과 같지만, 그래도 아주 넓게 펴서 엄청나게 얇은 판으로 만들 수 있다는 점에서 금과 유사하다.

320 왜 온갖 도덕법칙의 최신 목록에는 항상 '우스꽝스러운 것'이 빠져 있는가? 혹시 이 법칙은 일반적으로 실천에만 유효한 것이기 때문이 아닐까?

321 수공업을 이해하지 못하는 사람은 그 누구도 고대의 가장 시시한 수공업에 대해서 평가하려 해서는 안 된다. 판독하고 해석할 수 있거나 이탈리아에 다녀온 적이 있는 사람이라면 누구나 자신들이 고대의 시문학과 철학에 대해서 한마디씩 할 자격이 있다고 생각한다. 이때 그들은 확실히 본능을 지나치게 믿고 있는 것이다. 왜냐하면 보통 모든 사람들이 시인이나 철학자여야 한다는 것은 아마도 이성의 요구이기 때문이며, 사람들이 말하듯 이성의 요구는 믿음을 불러일으키기 때문이다. 이러한 종류의 소박함을 우리는 문헌학적 소박함이라 부를 수 있을 것이다.

322 철학의 주제가 계속해서 반복되는 것은 두 가지 상이한 이유에서 비롯된다. 그 한 가지는, 저자가 무언가 발견은 했지만 사실 그 자신은 그것이 무엇인지 아직 제대로 알지 못하는 경우이다. 이런 의미에서 칸트의 책들은 충분히 음악적이다. 다른 한 가지는 저자가 무언가 새로운 것을 들었지만, 충분히 이해하지 못했을 경우이다. 이런 점에서 칸트주의자들은 참고문헌의 가장 위대한 작곡가들이다.

323 예언자는 자신의 나라에서 인정을 받지 못한다는 사실이 아마도 현명한 작가들이 그토록 자주 예술이나 학문 영역에서의 조국을 가지기를 꺼려 하는 이유가 될 것이다. 그들은 차라리 여행을 하고 여행기를 쓰거나 또는 여행기를 읽고 번역하는 데 몰두한다. 그래서 그들은 보편적이라는

찬사를 받는다.

324 볼테르는 지루한 장르를 제외한 나머지 모든 장르가 좋다고 말한다. 그러나 도대체 이 지루한 장르는 어떤 장르인가? 그것은 모든 다른 장르보다 더 광범위할 것이며, 수많은 길들이 그리로 향해 나 있을 것이다. 가장 짧은 길이란 아마도 어떤 작품이 어떤 장르에 속하길 원하는지 또는 속해야 할지를 알지 못하는 경우가 될 것이다. 그렇다면 볼테르는 이 길을 한 번도 가본 적이 없었던 것일까?

325 시모니데스가 시문학은 이야기하는 회화이며, 회화는 무언의 시문학이라 칭했다면, 우리는 그와 같이 역사는 생성하는 철학이며, 철학은 완성된 역사라고 말할 수 있을 것이다. 그러나 침묵하지도 말하지도 않고 암시하기만 했던 아폴론은 이제 더 이상 숭배되지 않으며, 무사이[뮤즈] 여신이 나타나면 역사와 철학은 즉시 그녀를 심문하여 보고서를 작성하려 할 것이다. 레싱마저도 앞에서 나온 시모니데스의 통찰력 있는 아름다운 말을 얼마나 악의적으로 다루었던가! 이 그리스인에게는 아마도 '기술 문학'descriptive poetry에 대해 생각해 볼 기회조차 없었을 것이고, 시문학이 정신적인 음악이기도 하다는 점을 상기하는 것조차 불필요하게 보였을 것이다. 그는 이 두 예술이 분리될 수 있다고는 전혀 상상하지 못했을 것이기 때문이다.

326 평범한 사람들이 미래에 대한 제대로 된 분별력도 없이 한번 도약해 보려는 갑작스러운 열망에 사로잡히게 되면, 그들은 정말 말 그대로 그렇게 도약한다. 머리를 앞으로 내밀고 눈은 꼭 감은 채 마치 정신이 팔다리를 가지고 있기라도 한 듯 온 세상을 향해 돌진한다. 만약 그들의 목이 부러지지 않는다면, 보통 다음의 두 가지 일 중 한 가지가 일어난다. 그들은 멈춰서 꼼짝하지 않거나, 아니면 겁이 나서 달아난다. 후자의 경우에는 카이사르가 했던 방법을 써야 한다. 그는 전투의 아수라장 속에서 도망가는

병사가 있으면 목덜미를 붙들고 적군을 향해 그의 얼굴을 보여 주는 습관이 있었다.

327 서로 관련 있는 장르의 대가들이 서로를 가장 이해하지 못할 때가 종종 있으며, 정신적으로 가까운 관계 역시 적대감을 야기하곤 한다. 그래서 신적인 것을 노래하고 사유하거나 신적으로 사는 모든 고귀하고 학식 있는 사람들이 그들 각자는 다른 길을 통해 신성에 접근하고 있기 때문에 서로의 종교성을 부인하는 일들이 흔히 있는 것이다. 어떤 당파나 체계 때문이 아니라 종교적 개별성에 대한 이해 부족으로 말이다. 종교는 자연과 같이 그저 거대한 것이다. 가장 뛰어난 사제라 해도 종교의 아주 작은 한 부분만을 알고 있을 뿐이다. 종교에는 무한히 많은 방식이 있지만 이들은 자연스럽게 몇 개의 주요 영역으로 분류되는 것처럼 보인다. 어떤 사람들은 중보자[성자]를 숭배하고 기적이나 환영을 보는 데 특별한 능력이 있다. 이들은 평범한 사람들이 흔히 몽상가나 시인이라고 부르는 사람들이다. 또 어떤 사람은 아마도 하느님 아버지[성부]에 대해 좀더 많은 것을 알고 있으며, 신비나 예언에 정통해 있을 것이다. 이런 사람은 철학자인데, 마치 건강한 사람이 건강에 대해 말하지 않는 것처럼 종교에 대해 많은 말을 하지 않을 것이다. 더구나 자기 자신의 종교에 대해서는 가장 말을 아낄 것이다. 또 다른 사람들은 신성한 성령, 그리고 이 성령[성신]에 속한 것, 즉 계시나 영감 등을 믿는다. 그러나 그 외에는 아무것도 믿지 않는다. 이들은 예술가적 성향을 지닌 자들이다. 모든 종류의 종교를 하나로 통일하려는 것은 매우 자연스러울 뿐 아니라 거의 불가피한 소망이다. 그러나 실제로 실행하게 되면 마치 시문학 장르들의 혼합에서와 같은 일이 일어난다. 진정 본능적으로 중보자와 성신을 동시에 믿는 자는 종교를 이미 독립된 예술로 행하고 있는 것이다. 이것은 진실한 사람이 할 수 있는 가장 힘든 신앙고백 중의 하나이다. 그러니 세 가지 모두를 믿는 사람은 어떨

것인가!

328 스스로를 규정하는 사람만이 다른 사람들도 규정할 수 있다. 마찬가지로 스스로 파기하는 사람은 다른 사람들에 대해서도 파기할 권리가 있다. Schlm.

329 스스로 아무 의미도 느끼지 못하는 것을 사람들에게 억지로 권하는 것은 유치한 짓이다. 마치 그들이 거기에 없는 것처럼 행동하면서 그들이 보고 배워야 할 것이 무엇인지 보여 주어라. 이는 극도로 세계시민적인 동시에 극도로 도덕적인 태도이다. 매우 정중한 동시에 매우 냉소적인 것이다. Schlm.

330 많은 사람들이 정신, 감정 또는 환상을 가지고 있다. 그러나 이런 것은 본인들에게는 단지 스쳐 지나가는 모호한 형태로만 나타날 수 있기 때문에 지상에서 흔히 존재하는 그 어떤 물질들과 화학적으로 결합되도록 자연이 배려해 주었다. 이렇게 결합된 것을 찾는 것이 최고의 자비가 해야 할 계속적인 과제이다. 그러나 이를 위해 지성적 화학에서 많은 연습을 해야 한다. 인간 본성에서 아름다운 모든 것을 구별해 내는 확실한 시약試藥을 찾아낼 줄 아는 사람은 우리에게 새로운 세계를 보여 줄 것이다. 마치 예언자가 보는 비전에서처럼, 조각나 있던 인간 사지四肢들의 무한한 들판이 갑자기 생생하게 살아나 움직일 것이다. Schlm.

331 자기 자신에게 어떤 관심도 갖지 않는 사람들이 있다. 그중 일부는 그 어떤 것에도, 다른 누군가에 대해서도 관심 자체를 가질 능력이 없기 때문이다. 반면 또 다른 일부는 자신들에게서 한결같이 전개되는 발전을 확신하기 때문이고, 스스로를 형성하는 자신들의 힘이 반성적인 참여를 더 이상 필요로 하지 않기 때문이다. 또한 이들에게서는 자유가 가장 아름답고도 가장 뛰어난 모든 표현들을 통해 마치 자연과 같은 것이 되어 버렸기

때문이다. 그래서 이곳 자연에서도 현상을 통해 가장 낮은 것과 가장 고귀한 것은 서로 만난다. Schlm.

332 시간과 함께 떠나가는 사람들 가운데는 마치 계속 이어지는 주석처럼 어려운 부분에서 멈추어 있지 않으려는 사람들이 몇몇 있다.

333 라이프니츠에 따르면 신은 실재한다. 신의 존재 가능성을 방해하는 것은 없기 때문이다. 이런 점에서 보면 라이프니츠의 철학은 신과 정말 닮았다. Schlm.?

334 시대가 아직 무르익지 않았다고 그들은 항상 말한다. 그 때문에 아무것도 행해지지 않아야 한단 말인가? — 아직 존재할 수 없는 것은 적어도 항상 되어 가고 있는 중이어야 한다. Schlm.

335 세계가 스스로에 역동적으로 작용하는 것의 총체 개념이라면, 아마도 교양인은 결코 하나의 세계에서만 살 수 있게 되지는 않을 것이다. 그 하나의 세계는 찾아야 하지만 발견할 수 없는 최상의 세계일 수밖에 없다. 그러나 이 세계에 대한 믿음은 신성한 어떤 것이다. 우정과 사랑의 유일함에 대한 믿음처럼. Schlm.

336 자기 자신에 대한 아주 조그마한 그림자 그림을 다양한 형태로 자유롭게 만들어 내어 여기저기에서 사람들에게 보여 줌으로써 한 사회를 즐겁게 해줄 수 있는 사람, 혹은 눈짓 한 번만 해도 스스로 관광안내원으로 변모하여 마치 시골 귀족이 삐뚤삐뚤한 자신의 영국식 정원 시설을 보여주듯이 그렇게 자신의 문에 서 있는 모든 사람에게 자기 안에 있는 것을 보여 줄 수 있는 사람, 그런 사람은 개방적인 사람이라 불린다. 사회에 나가서도 활동을 열심히 하며, 기회가 있을 때마다 주위에 보이는 아무 일이나 자세히 관찰하여 분류하기를 좋아하는 사람들에게는 이것은 당연히 상대하기 편안한 성격이다. 또 그런 요구에 부합하는 사람들도 충분

히 많다. 이런 사람들은 비유를 하자면 모든 창문이 동시에 문도 되는 완벽한 정자 스타일로 지어져 있는 것과 같다고 할 수 있으며, 여기서 사람들은 서둘러 자리를 잡고 앉아야 하는데, 이때 그들은 어느 날 밤에 도둑이 들어와 그것으로 대단히 부자가 될 거라는 기대는 하지 않고 가져갈 물건 그 이상은 그곳에서 찾을 생각을 말아야 하는 것이다. 이런 보잘것없는 가정용품 이상의 어떤 것을 자기 안에 지니고 있는 고유한 인간이라면 물론 그런 방식으로 자신을 내던지지는 않을 것이다. 왜냐하면 비록 그것이 아무리 훌륭하고 아무리 재치 있는 묘사라 하더라도 본인이 직접 하는 자기 서술을 통해 그 사람을 알려고 하는 것은 어쨌든 소용없는 일이기 때문이다. 어떤 인물의 성격을 알아보는 데 직관 말고는 다른 방법이 없다. 그 전체를 조망하는 데 출발점이 되는 그러한 관점은 바로 너희들 자신이 발견해야 한다. 그리고 확고한 법칙과 안전한 예감에 따라 현상들로부터 내면을 구성할 줄 알아야 한다. 따라서 어떤 실제적인 목적을 위해, 앞서 말한 그러한 자기 해명은 불필요한 것이다. 그리고 그런 의미의 개방성을 요구하는 것 역시 불손할 뿐 아니라 어리석은 것이다. 과연 누가 자기 자신을 낱낱이 쪼개고, 마치 어떤 해부학 강의의 실험 대상처럼 각 개별 부분을 원래 이것이 오직 그 안에서 아름다고 분명한 것이었던 그러한 결합으로부터 뜯어내며, 그리고 가장 섬세하고 연약한 것도 단어들로 씻어 내 버림으로써 일그러진 모양으로 늘어나게 한단 말인가? 내면의 삶은 이런 방식으로 다루어지면 사라져 버리고 만다. 그것은 가장 비참한 자살이다. 인간은 마치 야외에 세워져 모든 사람이 구경할 수 있지만, 그중 의미를 찾고 탐구할 수 있는 사람들에 의해서만 이해될 수 있는 그러한 예술 작품과 같다. 그는 방해받지 않은 채 서 있고, 자신의 본성에 따라 움직이며, 이때 그는 누가 자신을 보고 있으며 어떻게 보고 있는지 묻지 않는다. 이러한 고요한 자연스러움만이 원래의 개방성이라는 이름으로 칭해질 권리가 있다. 왜냐하면 '열려 있다'는 것은 모든 사람이 그에게 어떤 강제적인 것을 필요로 하지 않고 그 안으로 들어갈 수 있는 것이기 때문이다. 물론 그런 개방성이라면 튼튼하지 않은 것도 조심스럽게 다룰 것이다. 인간이 자신의 마음속에서 입증해야 하는 그러한 포용력에 속하는 것으로서 그 이상은 없다. 다른 모든 것은 단지 돈독한 우정의 표현이자 향유 속에서만 제대로 자리를 잡고 있는 것이다. 이런 친밀한 집단을 찾으려면 우선 수줍어하며 조심스럽게 시도하는 개방성을 호의적으로 전달하는 것이 당연히 필요한데, 그러한 개방성은 사실 때때로 조금의 압력을 받을 경우 용수철과 같은 것을 지닌 가장 내적인 실존 상태를 가늠할 수 있게 해주며 사랑과 우정에의 경향을 드러내 주는 그러한 개방성이다. 그러나 이 개방성은 지속적인 상태가 아니라 마치 하나의 마법 지팡이처럼 우정의 본능이 자신의 보물을 발굴하기를 희망하는 그곳에만 땅을 두드린다. 호의적인 영혼들은 도덕적 아름다움의 이러한 좁다란 길을 오직 오해를 통해서만 두 가지 양상으로 어느 정도 넘어갈 수 있다. 한편으로는 자신을 변장하지 않고 숨기기만 하려는 폐쇄성이자 또 뛰어난 것을 예감하는 모든 사람을 너무나 매혹적으로 속여 넘기는 저 흥미로운 폐쇄성에 도달하고자 했던 아름다운 본능의 시도가 실패로 끝남으로써, 다른 한편으로는 성급한 희망과 아주 약간의 친근함에 의해서도 촉발되어 프리메이슨 단원들처럼 적어도 최고급은 결코 다량으로 존재할 수 없다고 생각하는 소박한 순수함을 부추기는 자극성을 통해 그렇다. 이런 현상은 만족스럽고 흥미로운데, 왜냐하면 여전히 최상의 것과 경계를 이루고 있기 때문이다. 그리고 오직 비전문가만이 이런 현상과 완전한 무능력에서부터 나오는 매너리즘을 혼동할 것이다. 어떤 사람들이 자신이 이해하지 못하는 책에 대해서는 차라리 부정하는 것처럼, 많은 사람들이 폐쇄적인 이유는 단지 자기 자신에 대한 질문을 피하려 하는 데 있다. 그리고 어떤 사람들이 단어를 소리내어 읽지 않고는 이해하지 못하는 것처럼, 몇몇 사람들은 자기가 보는 것이 무엇인지 말하지 않고서는 자신을 직관하지 못한다. 그러나 이러한 폐쇄성은 소심하고 유아기적으로 고착된 것이며 표면적으로만 개방적이기 때문에 누군가 있는지 없는지, 혹은 그 누가 있는지 신경 쓰지 않고, 마치 전극에서 전류가 방출되듯이 자신의 재료들만 사방으로 멀리 발산한다. 한편 청자의 요구에 더 많이 맞추어져 있는 다른 종류의 따분한 개방성이 있는데, 이것은 자신들은 표준 영혼들이며 그래서 자신들에서는 모든 것이 교화적이고 신앙심을 불러일으킨다고 믿기 때문에 신의 왕국을 위해 완전한 열성으로 자신을 보고하고 설명하고 번역하는 광신자의 개방성이다. 아마도 하인리히 슈틸링[59]은 이런 사람들 중에서도 가장 완벽한 사람일 것이다. 그런데 그런 그가 어떻게 그렇게 몰락했는가? 우리는 우리가 가지고만 있는 그 무엇을 통해 커다란 위험 부담 없이 훨씬 더 관대하게 보일 수 있다. 공간적이고 시간적인 상황들과 무관하게 획득한 경험과 인식은 누구도 혼자서만 간직하고 싶어 하지 않는다. 즉 그것들은 모든 정직한 사람들을 위해 항상 준비되어 있어야 하는 것이다. 심지어 의견들, 감정들 그리고 원칙들까지도 그런 식으로만 소유하고 있는, 사실 그리 부러워할 만하지 않은 유형이 있다. 그런 종류의 사람은 물론 사소한 자신의 개방성을 위해 훨씬 더 넓은 활동 영역을 확보해 놓고 있다. 반면 의미와 성격의 고유성을 어디서나 고려하는 사람들에게 그런 방식은 매우 역겨운 것이다. 다른 사람들에게 매우 느슨하게 붙어 있는 것마저도 만약 이들이 자제한다면, 우리는 그것을 허용해야 한다. 그들이 자신과 타인들에 대해 완벽하게 알게 됨으로써 그 사람들에게만 해당되는 일들과 자신의 개인적인 견해를 철저히 구별하고, 모든 재료에 대해 자신들에게는 낯설지만 다른

59) Johann Heinrich Jung-Stilling(1740~1817). 독일의 안과의사이자 작가이며, 또한 경제학자이자 신학자, 감상적 소설가.

종류의 사람들은 매우 바라는 일반적인 형식을 찾아낼 수 있는 확실한 요령을 터득할 때까지는 말이다. 같은 식으로 주의 사항과 판단은 이념을 암시하지 않고도, 또 감각을 더럽히지 않고도 전달될 수 있다. 그리고 정감의 신성함은 그 누군가에게서 그의 아주 먼 권리에 속하는 것조차도 거부하지 않고 보존될 수 있다. 그 정도까지 도달할 수 있는 사람은 자신에게 맞는 척도에 따라 누구에게나 열려 있을 수 있다. 모두가 그는 자신과 가까운 사람이며 그를 안다고 믿을 것이다. 그리고 오직 그와 비슷한 종류의 사람만이, 혹은 자신에게는 그가 있다고 생각하는 사람만이 그를 진정으로 소유하고 있는 사람일 것이다. Schlm.

337 사려 깊은 생각과 개성을 모두 소유하고 있으며, 이 두 가지의 조합이 훌륭하고 유용하다는 것을 때때로 깨닫게 해주는 사람은 오만하다. 이 두 가지를 여자들에게도 요구하는 사람은 여성 혐오자이다. Schlm.

338 외적으로 형성하고 창조하는 인간의 힘만이 변할 수 있으며, 이 힘에는 계절에 따른 주기가 있다. 변화는 물리적 세계에만 속하는 말이다. 자아는 아무것도 잃어버리지 않으며, 자아 안에서 파괴되는 것도 없다. 자아는 자신에게 속하는 모든 것, 즉 자신의 생각과 감정과 함께 불멸성으로 튼튼히 보호받는 자유 속에서 산다. 때로는 여기, 때로는 저기에 놓여지는 것만이 사라져 간다. 자아 속에서는 모든 것이 유기체적으로 형성되며, 모든 것은 자신의 자리가 있다. 네가 잃어버릴 수 있는 것은 한 번도 너에게 속한 적이 없는 것이다. 개개의 생각에 대해서도 이렇게 말할 수 있다. Schlm.

339 자기 자신을 관찰하는 감각은 정신이 된다. 정신은 내면의 모임이고 영혼은 숨겨진 친절함이다. 그러나 내적인 아름다움과 완벽함이 본래 가지고 있는 생명력은 감수성Gemüt이다. 우리는 영혼이 없어도 정신을 가질 수 있고, 감수성은 별로 없지만 영혼은 풍부할 수 있다. 그러나 우리가 감

수성이라 칭하는 도덕적 위대함이라는 본성은, 이야기하는 법을 배우기만 한다면, 정신을 가지게 된다. 또 활발하게 움직이고 사랑하기만 한다면, 그것은 완전한 영혼이 된다. 그것은 성숙해지면 모든 것에 대한 감각을 가지게 된다. 정신은 사유로 된 음악과 같은 것이다. 영혼이 있는 곳에 감정들도 윤곽과 형체, 고귀한 태도와 매혹적인 색채를 가지게 된다. 감수성은 고양된 이성의 포에지이며, 감수성이 철학과 도덕적 경험과 결합하게 되면 여기서 이름 없는 예술이 생겨나는데, 이 예술이 혼란스럽고 덧없는 삶을 포착하여 영원한 합일을 형성한다.

340 종종 사랑이라고 불리는 것은 특수한 종류의 자석 현상에 지나지 않는다. 그것은 힘들여 조금씩 건드리고 자극해 이루어진 관계 맺음으로 시작하여, 혼란 속에서 지속되다가, 서로를 간파한 역겨움과 엄청난 싫증으로 끝난다. 이때 둘 중 한 사람은 냉정한 경우도 흔히 있는 일이다. Schlm.

341 자신의 외적인 실존보다도 더 높은 어떤 시각을 스스로에 대해 발견한 사람은 잠시의 순간 자신으로부터 세계를 떼어 내 버릴 수 있다. 그와 같이 자신을 아직 찾지 못한 사람들은 마치 마술에 걸린 것처럼 오직 잠깐 동안만 세계 속으로 움직여 들어간다. 거기서 스스로를 발견할 수 있지 않을까 하면서. Schlm.

342 어떤 고귀한 정신이 스스로를 바라보며 미소 짓는 것은 아름다운 일이며, 위대한 자연이 고요함과 진지함으로 스스로를 관찰하는 순간은 숭고한 순간이다. 그러나 최고의 순간은 두 친구가 동시에 서로의 영혼에서 지고의 성스러움을 분명하고도 완전히 깨달으며, 또 서로 공유하는 가치에 기뻐하며 서로에 의해 보충되는 가운데서만 자신들의 한계를 비로소 느낄 때이다. 이것이 우정의 지적 직관이다.

343 만약 어떤 사람이 흥미로운 철학적인 천재이면서 동시에 글을 뛰어

나게 잘 쓰는 문필가이기도 하다면 그는 틀림없이 위대한 철학자의 명성을 얻을 수 있다. 때로는 후자의 조건 없이도 그러한 명성을 얻는 경우도 있다.

344 철학을 한다는 것은 전지[모든 것에 대한 앎]全知를 공동으로 추구하는 것이다.

345 어떤 초월적인 린네Carl Linné가 자아를 다양하게 분류하고 이에 대해 경우에 따라 채색 동판화도 첨부하여 정말 정확하게 서술한 책을 펴냈으면 하는 소망을 가져 본다. 그렇게 되면 철학하는 나가 철학화된 나와 그렇게 자주 혼동되는 일이 더 이상 없을 것이다.

346 사람들은 철학자들의 위험한 공중 점프를 칭송하지만 그것은 종종 내용 없는 소음에 지나지 않는 경우가 많다. 그들은 생각 속에서는 놀랄 만한 도움닫기를 하여 위험이 지나간 순간의 행복을 소원한다. 그러나 조금만 정확히 살펴보면 그들은 항상 같은 장소에 그대로 머물러 있다는 것을 알 수 있다. 이것은 목마를 타고 하늘을 나는 돈키호테의 여행이다. 나에게는 야코비도 마찬가지로 쉴 새 없이 계속 움직이지만 항상 원래 그대로의 자리에 머물고 있는 것처럼 보인다. 그는 두 종류의 철학자 사이에서 즉, 체계적인 철학자와 절대적인 철학자 사이에서, 스피노자와 라이프니츠 사이에서 벗어나지 못하고 있으며, 여기서 그의 유약한 정신은 상처가 나도록 짓눌린다.

347 누군가를 철학자라고 생각하는 것은 누군가를 소피스트라고 주장하는 것보다 비교할 수 없을 만큼 훨씬 대담한 것이다. 후자가 결코 허용되어서는 안 될 것이라면, 전자는 더욱더 인정될 수 없는 것이다.

348 영웅적으로 비탄을 노래하는 방식의 비가Elegie들이 있다. 이러한 비가들은 우둔함과 광기의 여러 관계들이 얼마나 한심한 것인지를 생각할

때 느끼는 비참함의 기분이라고 설명할 수 있을 것이다.

349 인내의 유일한 대상은 파괴적인 것이다. 아무것도 파괴하지 않으려는 사람에 대해서는 인내할 필요가 없으며, 모든 것을 파괴하려는 사람에 대해서는 인내하지 말아야 할 것이다. 이 두 경우의 중간에서 인내라는 정조는 완전히 자유로운 공간을 가진다. 왜냐하면 비관용이 허락되지 않는다면 관용은 아무 의미도 없을 것이기 때문이다. Schlm.

350 포에지가 없다면 현실도 없다. 모든 감각에도 불구하고 환상이 없다면 어떤 외부세계도 없는 것처럼, 모든 사리분별에도 불구하고 감수성이 없다면 정신세계도 없는 것이다. 분별력만 있는 사람은 인간 전체를 보지 못하고 단순히 인간적인 것만 본다. 모든 것은 감수성이라는 마술 지팡이로만 열린다. 그것이 인간을 규정하고 인간을 사로잡는다. 그것은 눈과 마찬가지로 자신이 하는 수학적 조작을 전혀 의식하지 않은 채 직관한다. Schlm.

351 너는 어떤 다른 사람에게 고통을 주지 않으면서, 그 사람의 단점까지 다 포함한 전체를 접한 적이 있는가? 그렇다면 너희들 둘은 교양인이라는 것을 더 이상 증명할 필요가 없다. Schlm.

352 자연이라는 역사가가 하는 창작은 오랫동안 헛된 시도를 하는 가운데 자신의 조형적인 힘들을 계속 작동시키는 것이고, 또 지속적인 삶을 유지할 수 없었던 형식들로 인해 힘을 완전히 소진한 후에도 여전히 많은 다른 형식들을, 즉 삶을 살았기는 했지만 스스로를 계속 번식시킬 힘이 부족했기 때문에 사라져 가야 했던 그런 형식들을 생산해 내는 것이다. 스스로를 형성하는 인간의 힘은 여전히 이 단계에 머물러 있다. 소수만이 삶을 살고 그중 대부분도 순간적으로만 존재할 뿐이다. 만약 그들이 어떤 행복한 순간에 자신의 자아를 발견했다 하더라도, 그들에게는 그러한 순간을

다시 한번 스스로 만들어 낼 수 있는 힘이 없다. 죽음이 그들에게 일상적인 상황이며, 만약 그들이 제대로 한 번 삶을 살게 되면, 다른 세상으로 빠져들어 와 있다고 믿는다. Schlm.

353 자신이 무역을 통해 재산을 어느 정도 모으게 되면 다시 돌려받겠다며 귀족 칭호를 법정에 반납한 과거의 한 프랑스인에 대한 이야기는 겸양에 대한 알레고리다. 겸양이라는 이 인기 있는 미덕으로 명성을 얻으려는 사람은 내면의 귀족성으로 똑같이 그렇게 해야 한다. 그는 명성을 여론에 공탁한다. 그리고 모두가 바라는 대로 다른 사람들의 노동력, 재능과 아이디어, 최고의 또는 중간 이상의 품질을 갖추고 운과 노력으로 운송사업을 함으로써 명성을 다시 요구할 수 있는 권리를 얻는 것이다.

354 누군가 자유사상과 엄숙주의를 결합하려 했다면, 그에게 자유사상은 자기부정 이상의 그 무엇이었을 것이고, 엄숙주의는 편협함 이상의 그 무엇이었을 것이다. 그러나 과연 그것이 가능한가?

355 프랑스인들과 영국인들의 저 실천 철학은 정말 한심하다. 그들은 인간이 무엇이어야 하는지 숙고해 보지 않았음에도 불구하고, 인간이 무엇인지 너무 잘 알고 있다고 한다는 것이 사람들의 생각이다. 모든 유기체적 존재는 자신의 법칙과 의무를 가지고 있다. 그런데 그에 대해 알지 못하는 사람이 어떻게 그 존재를 알 수 있겠는가? 도대체 그들은 자신들이 주장하는 자연사적 서술의 근거를 어디서부터 끌어오고 있는 것이며 인간의 척도를 무엇으로 삼고 있는 것인가? 그러나 그들은 의무로 시작해서 의무로 끝나는 사람들과 다를 바 없다. 이들은 도덕적 인간이 스스로의 힘으로 자신의 축을 자유로이 움직이고 있다는 것을 알지 못한다. 그들은 오로지 수학자만이 찾으려 하는 한 점을, 하지만 이 지상 자체에서는 소실된 점을, 지상 바깥에서 찾았다. 인간이 무엇을 해야 하는지 말하기 위해서는 먼저 스스로 인간이어야 하고 또 그것이 무엇인지 알아야 한다. Schlm.

356 세상을 안다는 것, 그것은 세상에는 의미를 가질 것이 그리 많지 않다는 것을 안다는 것이며, 어떤 철학적 꿈도 세상에서는 현실화될 수 없다는 것을 믿는다는 것이며, 또 세상이 결코 다른 어떤 것이 되지 않기를, 기껏해야 조금 더 옳아지기만을 희망하는 것이다. Schlm.

357 레싱은 어떤 훌륭한 성서의 조건으로 암시와 복선과 예습을 요구한다. 그는 통찰력을 익히도록 하는 동어반복과 추상적인 것을 효과적으로 표현하는 알레고리와 예시도 허용한다. 또 그는 계시된 신비는 이성의 진리가 되도록 예정되어 있다는 믿음을 가지고 있다. 이 이상에 따른다면 『순수이성비판』 외에 철학자들이 자신들의 성서로서 선택하기에 더 적합한 책이 있겠는가?

358 라이프니츠는 모나드의 본질과 활동을 설명하면서 한 번 특이한 표현을 사용한다. '이런 식으로 감각에까지 도달할 수 있을 것이다.'cela peut aller jusqu'au sentiment.[60] 사람들은 이 말을 라이프니츠 자신에게 적용시키고 싶을 것이다. 만약 누군가가 물리학을 더욱 보편적으로 만들어서 이 물리학은 수학의 일부로, 수학은 수수께끼 놀이로 취급한다면, 게다가 그다음에 신학도 똑같이 들여와 이 신학의 신비가 외교적 감각을 자극하고, 신학의 복잡한 논쟁점들이 외과의적인 감각을 건드린다고 생각할 경우, 이 사람에게 라이프니츠 같은 감각이 있다면 '이런 식으로 철학에까지 도달할 수 있을 것이다.'cela peut aller jusqu'à la philosophie. 그러나 그러한 철학은 항상 혼란스럽고 불완전한 그 무엇으로 머무르게 될 것이다. 마치 천재적 방식으로 외부세계의 개별 대상들에 자신의 내면 형식을 부여하는 경향이 있는 라이프니츠의 근본실체 개념이 그런 것처럼 말이다.[61]

---

60) Gottfried Wilhelm Leibniz, *Principes de la nature et de la grâce fondés en raison* (§4)에서 인용된 글.—옮긴이

359 우정은 부분적인 혼인이고, 사랑은 모든 측면에서의 그리고 모든 방향으로의 우정, 보편적 우정이다. 피할 수 없는 경계에 대한 의식은 우정에서 절대적으로 필요한 것이며 가장 드문 것이다.

360 만약 어두운 예술[62]이라 불리는 어떤 예술이 있다고 한다면, 그것은 무의미를 유동적이고 분명하고 생생한 것으로 만들고 형체가 있는 덩어리로 빚어 내는 예술일 것이다. 프랑스인들에게는 이런 종류의 걸작으로서 보여 줄 만한 것들이 있다. 모든 커다란 불행은 그 가장 내적인 근거에 따라 진지한 찌푸림, 악의적인 농담이다. 그러니 가장 눈에 띄지 않은 채 종종 끝이 없는 엄청난 참상을 불러올 화근을 속에 지니고 있는 우둔함과의 싸움을 지치지 않고 계속하는 영웅들에게 안녕과 영광을! 레싱과 피히테는 미래의 세기를 위한 평화의 군주들이다.

361 라이프니츠는 실존을 마치 봉토로 받아야 하는 궁중 관직처럼 바라보았다. 그의 신은 실존의 봉건영주일 뿐 아니라 또한 왕권으로서 그 혼자만 유일하게 자유와 조화와 종합적 능력을 소유하고 있다. 잠들어 있는 모나드를 위한 작위수여증을 신의 비밀 관청으로부터 발행받는 것은 효과적인 동침이다. Schlm.

362 다른 그 무엇을 고려하지 않고 어떤 주어진 목적에 가장 완벽하게 도달할 수 있는 방법을 찾는 능력, 그리고 주어진 목적과의 관계와는 별도로 우리의 목적들 중 어떤 다른 목적을 방해하거나, 혹은 미래를 위한 우리들의 노력에서 어떤 다른 대상을 배제하는 다른 무언가가 생겨나지 않도록 하는 방식으로 그 방법을 선택하는 능력, 이 두 가지는 서로 매우 상이

---

61) 이 단상은 프리드리히 슐레겔이 슐라이어마허의 텍스트로부터 구성한 것이다. —옮긴이
62) schwarze Kunst. 주로 사용되는 '마술'이라는 의미를 이중적으로 함께 암시. 이 독일어 표현은 인쇄술이라는 뜻도 있음.

한 것이다. 물론 우리는 언어상으로는 이 둘 모두를 영리함Klugheit이라 부르지만 말이다. 일상적인 상황에서만 적절하게 행동하는 능력을 발휘할 줄 알거나 편협한 자기관찰을 통해 별로 어려울 것도 칭찬할 것도 없는 모종의 인간이해에 도달한 모든 사람들에게 이 단어를 허비해서는 안 될 것이다. 하지만 사람들은 영리함이라는 말에서 의미 있고 중요한 어떤 것을 생각한다. 그리고 여러 가지 방법들의 견본을 모아 놓은 것에서 목적에 가장 맞는 것들을 선택하는 재능은 너무나 사소한 것이어서 가장 평범한 오성도 충분히 그렇게 할 수 있으며, 아무리 열정적으로 현혹되어 있는 누군가라 하더라도 여기서 무언가를 잘못할 수는 없다. 그런 대상을 위해 그토록 거창한 단어로 노력을 기울이는 것은 사실 일말의 가치도 없다. 우리가 사용하는 언어 역시 그것을 정당화하지 않는다. 우리가 자연의 모든 활동영역에서 이러한 소질을 매우 칭송하는 것과는 무관하게, 자연 혹은 지고의 존재에는 결코 영리함이라는 단어를 사용하지 않는다. 따라서 영리함이라는 이 말은 위에서 말한 두 가지 중 두번째 특성에 대해서만 적용하는 것이 나을 것이다. 어떤 목적을 추구함에 있어 모든 현실적이고 가능한 목적들을 동시에 주목하는 것, 그리고 모든 행위들에 함께 수반되는 자연적인 결과들을 미리 고려하는 것, 그것은 사실 대단한 능력이고, 소수의 사람들에 대해서만 칭찬할 수 있는 능력이다. 사람들이 일상적인 언어 사용에서 정말로 그런 것을 영리함이라고 생각한다는 것은 누군가를 어떤 특정한 톤으로 영리하다고 칭찬할 때 일어나는 감정에서도 알 수 있는 것이다. 그 첫번째 감정은 그가 우리에게 감탄을 불러일으킨다는 것이다. 두번째는 칭찬받는 사람에게서 우리는 호의와 아이러니를 기대하고 있으며, 만약 우리가 이 두 가지를 발견하지 못할 경우 그는 우리의 미움을 받는다는 것이다. 그리고 이 두번째 감정은 첫번째와 마찬가지로 일반적인 것일 터이며, 그래서 만약 영리함을 이런 의미로 받아들이기만 한다면 또 첫번째와 마찬가지로 그렇게 자연적인 것임에 틀림없다. 즉 우리는 모든 인간들에게서 어느 정도는 우리 자신의 의도에 따라 상대방을 이용할 수 있기를 희망한다. 그와 동시에 우리는 또 그의 감성이 만들어 내는 자유로운 자연적 현상과 무의도적이고 경솔한 표현들을 통해 호의의 대상이 되고, 기회에 따라서는 농담이나 악의 없는 조롱도 될 수 있기를 소망한다. 필요한 경우 다른 사람들의 뜻에 거슬러서도 이 두 가지를 얻을 수 있다고 우리는 꽤 확신하는 편이다. 그러나 정말 뛰어나게 영리한 사람은 자신이 의도한 것 외에는 다른 어떤 결과도 생겨나게 하지 않을 정도로 매우 신중하게 행동하기 때문에 우리로 하여금 그 두 가지가 그저 그의 선한 의도에 따른 것으로 여기게 만든다. 그리고 만약 그가 의식적이고 자유롭게 다른 사람들의 의도를 이해하고자 하는 호의를 지니고 있지 않다면, 혹은 그에게 의도적으로 자신의 영리함을 내려놓게 하여 영리함을 포기하고 하나의 자연 존재로서 사회가 필요한 아무 목적에라도 사용될 수 있도록 스스로를 희생할 수 있게 하는 아이러니가 없다면, 이 경우 공동체 내에서 그가 차지하는 자리를 다른 사람이 차지하도록 소망하는 것은 우리에게 자연스러운 일이다. Schlm.

363 연인을 숭배하는 것은 사랑에 빠진 사람의 자연적 경향이다. 그러나 이것은 기대에 부푼 상상력으로 연인의 것이 아닌 다른 모습을 만들어 내고, 그 완전무결함에 놀라 바라보는 것과는 다른 것이다. 이때의 완전무결함이란 단지 우리가 인간 자연의 풍부하고 무한함을 파악하고 그 모순적 성격들의 조화를 이해하기에는 아직 충분히 성숙된 교양을 갖추지 못했기 때문에 우리에게 그렇게 나타나는 것이기 때문이다. 가령 라우라는 시인의 작품이다.[63] 하지만 일방적이기만 하지는 않은 어떤 열광자가 성녀보다 조금 못하거나 조금 나은 여성으로 만들어 내었을 그런 실재의 라우

라가 존재했을 수 있다.

364 고귀한 여성들을 위한 이성의 교리문답서에 대한 의견. — 십계명: ① 너의 연인 외에 또 다른 연인을 가져서는 안 된다. 하지만 사랑의 색채를 띤 유희를 하거나 애교를 부리거나 연인에 대한 숭배를 하지 않는 여자 친구가 될 수 있어야 한다. ② 어떠한 이상도 가져서는 안 된다. 하늘의 천사에 대한 이상도, 시나 소설에 나오는 영웅에 대한 이상도, 또 혼자 몽상하고 그려 낸 이상도 가져서는 안 된다. 너는 그 자신 그대로의 한 남자를 사랑해야 한다. 왜냐하면 그대의 주인인 자연은 엄격한 신이어서, 여성들의 세번째, 네번째 감정의 시기에까지도 소녀의 몽상을 갑자기 엄습하기 때문이다. ③ 사랑의 성소들을 조금이라도 악용해서는 안 된다. 그렇게 되면 사랑은 그 섬세한 감정을 잃어버리게 될 것이고, 은총을 박탈당할 것이며, 선물이나 헌납물을 위해, 혹은 고요하고 평화롭게 어머니가 되기 위해 스스로를 희생하게 될 것이기 때문이다. ④ 마음의 안식일을 잘 기억하여, 이 날을 기념하도록 하라. 그리고 만약 그들이 너를 방해하면 너를 자유로이 하여 사라져 가라. ⑤ 아이들의 개성과 자유의지를 존중하여, 그들이 건강하게 지내고, 대지에서 강건하게 살도록 하라. ⑥ 활발함을 의도적으로 가장해서는 안 된다. ⑦ 깨어질 수밖에 없는 어떠한 결혼도 해서는 안 된다. ⑧ 사랑을 주지는 않으면서 사랑을 받고자 원해서는 안 된다. ⑨ 남자들에 대해 잘못된 증언을 해서는 안 된다. 즉 너는 그들의 야만성을 말이나 작품으로 미화해서는 안 된다. ⑩ 남자들의 교양과 예술과 지혜와 명예를 탐내라. — 신조: ① 나는 인간이 각각 남성과 여성의 덮개를 쓰기 이전의 시기에 존재했던 무한한 인간본질[Menschheit]을 믿는다. ② 나는 내

63) 실러의 Die Entzückung an Laura(라우라의 황홀한 매력)을 의미하는 것인지, 아니면 레싱의 Die schlafende Laura(잠자는 라우라)를 의미하는 것인지 확실히 알 수 없다. — 옮긴이

가 복종하기 위해 혹은 흩어져 사라지기 위해 사는 것이 아니라, 존재하고 생성하기 위해 사는 것을 믿는다. 나는 무한한 것에 다시 가까이 다가가 그릇된 교육의 속박으로부터 벗어나고자 하는, 그리고 성차의 장벽에 종속되지 않으려는 의지의 힘과 교양의 힘을 믿는다. ③ 나는 열광과 미덕을, 예술의 가치와 학문의 매력을, 남자들의 우정과 조국에 대한 사랑을, 지나간 과거의 위대함과 장차 다가올 진보를 믿는다. Schlm.

365 수학은 감각적 논리학과 흡사하다. 수학과 철학의 관계는 질료적 예술, 즉 음악과 조각이 시문학과 맺는 관계와 같다.

366 오성은 역학적 정신, 재치는 화학적 정신, 그리고 천재는 유기체적 정신이다.

367 작가들을 공장과 비교하면 그것이 그들에 대한 비방이라고 사람들은 생각한다. 하지만 진정한 작가는 또한 공장 주인이어야 하지 않는가? 작가라면 문학적 재료를 어떤 위대한 방식의 합목적적이고 유용한 형태들로 만들어 내는 일에 한평생 몰두해야 하지 않는가? 우리가 가장 흔한 도구들을 사용할 때 거의 의식하지 못하는 그러한 아주 사소한 노력과 세심함이 몇몇의 엉터리 삼류 작가에게는 얼마나 절실하게 요구되는 일인가?

368 자신의 기술에 대해 철학을 하고자 했던 의사들이 이미 있었고 지금도 있다. 상인들만 이런 요구를 전혀 하지 않으며, 이런 점에서 구식이라고 할 만큼 매우 욕심이 없다.

369 프랑스 하원의원은 대의원과 완전히 다른 것이다. 대의원은 정치 전체를 스스로와 일치시켜 자신의 인격으로 나타내는 자만을 뜻한다. 물론 그는 선출되었을 수도 아닐 수도 있다. 대의원은 국가의 가시적인 세계 영혼과 같은 것이다. 분명 군주제의 정신으로서 종종 등장했던 이러한 생각이 스파르타에서만큼 순수하고 일관된 방식으로 실현되었던 곳은 아마

없을 것이다. 스파르타의 왕들은 최고위 성직자이자 최고 사령관이었으며 공공 교육을 이끄는 수장이었다. 그들은 실제 행정과는 별로 관계가 없었다. 그들은 저 이념의 의미에서의 왕들이었을 뿐인 것이다. 성직자나 사령관, 그리고 교육자의 힘은 그 본질상 정해져 있지 않고 총괄적이며, 어느 정도 합법적 전제주의의 성격을 지니고 있다. 전제주의는 오로지 대의제 정신을 통해서만 완화되거나 인정받을 수 있다.

370 모든 중요한 사안들이 내각을 통해 비밀리에 결정되는 곳에서, 의회가 정해진 형식 이상으로 요란하게 과시하면서 공개적으로 이야기하고 논쟁하는 것이 허락되는 곳에서, 이것이 절대군주제가 아니라고 할 수 있는가? 이런 식이라면 잘 모르는 사람들에게는 아마도 공화주의적인 것으로 보일 일종의 헌법을 절대군주제 역시 충분히 가질 수 있을 것이다.

371 자신에 대한 책임과 타인에 대한 책임의 차이를 규정하려 할 때, 단순한 어떤 사람이 비극과 희극의 차이에 대해 언급했던 다음의 내용과 그리 다른 특징들을 말하기는 어려울 것이다. 거기서 네가 그냥 웃어 버리고 결국 무엇인가 얻어 낸다면, 그것을 너 자신에 대한 의무로 생각하라. 네가 울어 버리게 되어 그로부터 타인이 무엇인가 얻게 된다면, 그것을 이웃에 대한 의무로 생각하라. 이 분류 전체의 결과가 결국 그렇게 된다는 것, 그리고 그것이 전적으로 비도덕적인 차이라는 것은 분명하다. 이로부터 서로 대립되는 태도, 즉 세심히 구별되어야 하거나 아니면 구차한 계산을 통해 인위적으로 비교될 수밖에 없는 두 가지 상이한 태도가 있는 것처럼 보인다는 견해가 생겨난다. 이때 헌신, 희생, 아량, 그리고 모든 종류의 도덕적 재앙에 대한 환영이 피어난다. 일반적으로 모든 체계의 도덕 전체는 오히려 모두 도덕과는 다른 것, 도덕적이지 않은 것이다. Schlm.

372 위대한 시인들의 작품에서 어떤 다른 예술 정신이 숨 쉬고 있는 경우는 흔한 일이다. 이것은 화가의 경우에도 마찬가지가 아닌가? 미켈란젤

로는 어떤 의미에서는 마치 조각가처럼 그렸으며, 라파엘로는 마치 건축가처럼, 또 코레지오는 음악가처럼 그림을 그리지 않았나? 그리고 분명한 것은 그들이 이런 이유로 해서 순전히 화가이기만 했던 티치아노보다 더 못한 화가인 것은 아니라는 점이다.

373 고대인들에게서 철학이 고난의 시대였고, 근대에서는 예술이 그렇다. 그러나 도덕성은 항상 위험에 처해 있었다. 심지어 유용성과 합법성은 도덕의 존재 자체를 못마땅해 한다.

374 우리가 볼테르의 논의 방식이 아니라, 세계를 풍자하는 것이 철학이며 그렇게 하는 것이 원래 당연한 것이라는 책의 내용만을 주시한다면, 우리는 마치 여자들이 여성성을 내거는 것처럼, 프랑스 철학자들은 '캉디드'를 내걸고 철학을 한다고 말할 수 있을 것이다. 그들은 어디서나 캉디드를 끄집어 낸다.

375 자신이 무엇을 할 수 있는지 보여 줄 필요성을 가장 느끼지 못하는 것은 바로 힘 자신이다. 상황이 그것을 요구하면 힘은 수동성을 보이기가 쉽고 그래서 제대로 평가받지 못하기도 한다. 힘은 반주나 거창한 몸짓도 없이 조용히 작용하는 것에 만족한다. 대가나 천재적인 인간은 가령 작품과 같은 어떤 특별한 목적을 완성시키기를 원한다. 그러나 힘을 가진 인간은 항상 순간을 이용하며, 항상 준비가 되어 있으며, 무한한 탄력성을 가진다. 이러한 인간은 엄청나게 많은 기획을 가지고 있거나 전혀 가지고 있지 않다. 왜냐하면 힘은 물론 작용하는 힘, 틀림없이 밖으로 향해 작용하는 힘으로서 단순한 민첩성 그 이상이지만, 그러나 또한 전인적 인간이 스스로를 형성하고 행동할 때 사용하는 보편적 힘이기도 하기 때문이다.

376 수동적인 기독교인들은 종교를 대부분 의학적인 관점으로 바라보고 능동적인 기독교인들은 상업적 관점으로 바라본다.

377 국가에게 순수한 자의에서 나온 변화를 다른 조약보다 더 적법한 것으로 정당화할 수 있는 권리, 그리고 이를 통해 이 조약들이 가진 존엄성을 위협할 수 있는 권리라는 것이 도대체 있는가?

378 오랫동안 차가운 사람으로 보이고 그렇게 간주되던 어떤 사람이 나중에 이상한 기회를 통해 엄청난 정열을 폭발시킴으로써 모든 사람을 깜짝 놀라게 하는 경우가 종종 있다. 그는 진정으로 감정이 풍부한 인간으로서 그 인상은 처음에는 강하지 않지만 오랫동안 영향을 끼쳐 마음속 깊이 파고 들어오며, 그 자체의 힘으로 말없이 점점 크게 자라난다. 항상 똑같이 반응하는 것은 나약함의 표시인 반면, 앞서와 같이 내면적으로 감정이 점차 강해지는 것은 강한 인간의 특성이라 할 수 있다. Schlm.

379 이탈리아와 영국 시인들의 사탄은 시적일 수 있다. 그러나 독일의 사탄은 더 악마적이다. 이 점에 있어서 사탄은 독일이 만들어 낸 고안물이라고 말할 수 있을 것이다. 확실히 독일의 시인들과 철학자들은 사탄을 총애하는 경향이 있다. 그렇다면 사탄에게도 뭔가 좋은 점이 틀림없이 있을 것이다. 그리고 그의 특성이 무조건적인 자의성과 고의성, 파괴하고 혼란시키고 또 유혹하는 성향에 있다면, 우리는 사탄을 종종 가장 훌륭한 사회에서 찾을 수 있는 것이다. 그러나 지금까지 우리는 크기에서 잘못 짚었다고 할 수 있지 않을까? 커다란 사탄은 항상 흉하고 거친 면을 가지고 있다. 기껏해야 뛰어난 지능을 가진 척 가장하는 것 외에는 아무것도 할 수 없고 하려 하지도 않는 그러한 캐리커처가 가진 포악함의 요구에 어울릴 뿐이다. 왜 기독교 신화에는 '사타니스크'[꼬마 악마]들이 없는가? 아마도 천진난만하게 보이기를 좋아하는 악의나 심술을 축소형으로en miniature 표현하는 데, 또 거대함[크기]의 피상성을 변주하는 데서 즐거움을 느끼며 가장 숭고한 동시에 가장 부드러운 사악함으로 이루어진 그로테스크한 매력의 색채 음악을 표현하는 데, 이 '사타니스크'보다 더 적합한 단어와 형상은

없을 것이다. 회화 속에 등장하는 큐피드 신들은 다른 부류의 꼬마 악마, 사타니스크들일 뿐이다.[64)]

380 낭송과 연설은 다른 것이다. 연설은 진정으로 최고의 표현을, 낭송은 가장 적합한 표현을 요구한다. 연설은 연설이 이루어지는 공간에 속하는 것이 아니라 먼 곳을 향한다. 필요한 변화를 위해 드높여 내야 하는 커다란 목소리는 예민한 귀를 가진 사람에게는 불쾌감을 준다. 효과를 위한 모든 노력도 반응 없는 무감각 상태에서는 소용없이 사라지고 만다. 여기에 몸짓이 더해지면 연설은 과도하게 격렬한 열정으로 나타나는 모든 종류의 표현들과 마찬가지로 역겹게 느껴진다. 세련된 감수성은 마치 베일을 다시 덮어 씌우는 것과 같이 거리를 둠으로써만 이를 참을 수 있다. 다른 수단을 통해 효과를 내자면, 어조는 자신을 강조하는 대신 차분하고 깊이 가라앉혀야 하며, 강세는 읽혀지는 것을 완전히 표현하지 않고서도 읽고 있는 것을 이해하고 있다는 것이 암시되도록 나타나야 한다. 특히 서사시와 소설의 경우 낭송자는 결코 자신의 대상에 마음을 빼앗긴 것처럼 보여서는 안 되고, 작품 너머에 있는 저자의 고요한 탁월함 자체를 유지해야 한다. 낭송을 보다 보편화되도록 하기 위해서는 낭송하는 법을 익히는 일이 꼭 필요하며, 또 낭송을 그만큼 더 잘 익히기 위해서는 낭송을 도입하는 일이 꼭 필요하다. 우리 시대의 시문학은 적어도 소리가 없는 것이기는 하다. 그럼에도 가령 『빌헬름 마이스터』를 한 번도 크게 소리내어 읽어 보거나 그렇게 읽는 것을 들어 본 적이 없는 사람은 이 빌헬름 마이스터라는 음악을 오로지 악보로만 공부한 사람과 같다. AWS

381 근대 물리학의 선구자 중 많은 사람들은 결코 철학자가 아니라 예술가로 간주되어야 한다.

---

64) Satanisken은 티크로부터 빌려 온 말이다.

382 본능은 어둡게, 그리고 이미지를 통해 말한다. 본능이 오해를 받으면 가짜의 성향이 생겨난다. 개인에 못지않게 시대나 국가에게도 이런 일은 자주 있다.

383 어떤 종류의 재치는 그 견고함과 상세함과 대칭성으로 인해, 사람들이 건축술적인 재치라 부르기를 좋아한다. 이 재치가 풍자적으로 표현되면 그것은 신랄한 조롱이 된다. 재치는 잘 짜인 체계여야 하고, 그럼에도 체계적이어서는 안 된다. 모든 것이 완벽한 가운데 무언가 빈 곳이 있는 듯, 어딘가 끊어진 듯 보여야 한다. 이러한 비틀림이 아마도 재치 속에 원래 들어 있는 위대한 어법을 만들어 내는 것이라 할 수 있다. 이 비틀림은 노벨레에서 중요한 역할을 하는데, 이야기라는 것은 더할 나위 없이 멋진 기이함을 통해서만 영원히 새롭게 남아 있을 수 있기 때문이다. 사람들이 잘 알아채지 못하고 있지만, 『이민자들의 대화』[65]의 핵심 의도 역시 여기에 있는 것이다. 물론 순수한 노벨레에 대한 감각이 거의 사라져 이제 더 이상 존재하지 않는다는 것을 그 누구도 이상하게 생각하지 않는다. 그러나 노벨레적인 감각을 다시 일깨우는 것도 그리 나쁘지 않을 것이다. 왜냐하면 그것 없이는 특히 셰익스피어의 드라마 형식 같은 것은 결코 이해할 수 없을 것이기 때문이다.

384 모든 철학자에게는 자신을 자극하는 주제가 있어서, 거기에 실제적으로 제한되거나 순응하는 경우가 많다. 그래서 자신의 이론 체계를 고립시켜서 철학을 역사적이고 전체적으로 연구하지 않는 사람에게는 그 체계 속에 애매한 부분들이 남겨지게 마련이다. 근대철학에서 얽혀 있는 여러 논쟁적인 문제들은 마치 고대 시문학에서의 신화나 신들과 같다. 그들

---

65) *Unterhaltungen deutscher Ausgewanderten*(1795). 괴테의 짧은 이야기 형식의 노벨레 모음집.—옮긴이

은 모든 체계에서 다시 등장하지만 항상 모양을 바꾸어 나온다.

385 목적의 달성을 위한 입법권이나 집행권 혹은 사법권에 필수 불가결한 행동이나 결정들에는 종종 완전히 자의적인 어떤 것이 나타나는데, 이것은 피할 수 없이 일어나는 것이며, 앞의 세 권한의 개념으로부터는 도출되지도 않는다. 따라서 이 세 권한들은 그 자체로 이 자의적인 것에 대한 어떠한 정당성도 없는 것처럼 보인다. 그에 대한 자격은 가령 헌법적 힘으로부터 빌려 온 것이 아닌가? 그래서 또한 어쩔 수 없이 단순한 금지권이 아니라 거부권을 허용해야 하는 것이 아닌가? 국가에서의 완전히 자의적인 모든 결정들은 헌법적 효력에 의해 발생하는 것이 아닌가?

386 우둔한 인간은 다른 모든 사람들을 사람으로 판단하면서도 물건으로 취급한다. 그리고 그들이 자신과 다르다는 것은 전혀 파악하지 못한다.

387 사람들은 비판철학을 마치 하늘에서 뚝 떨어진 것으로 간주한다. 이 철학은 칸트가 아니어도 틀림없이 독일에서 생겨났을 것이고, 여러 방식으로 그렇게 될 수 있었을 것이다. 어쨌든 잘 된 일이다.

388 저 높이 있는 것, 있어야 할 것, 있을 수 있는 것은 초월적transzendental이다. 높이 가고자 하지만 할 수 없고 그래서도 안 되는 것은 선험적transzendent이다. 인간이 자신의 목적을 넘어설 수 있으며 자신의 능력을 뛰어넘을 수 있다고 믿는 것은, 또는 철학이 자신이 원하고 그래서 해야 할 무언가를 해서는 안 된다고 믿는 것은 오만하고 터무니없는 것이다.

389 자의적이기만 한 형식과 재료의 결합이나 우연적이기만 한 결합이 그로테스크하다면, 철학 역시 포에지와 마찬가지로 그로테스크한 것이다. 철학은 단지 이 사실을 잘 모르고 있으며, 비밀리에 전해지는 자신의 역사 속으로 들어가는 열쇠를 아직 찾지 못했다. 철학에는 도덕적 불협화음의 조직물인 작품들이 있는데, 여기서 우리는 해체를 배울 수 있을 것이

다. 또는 그런 작품들에서는 혼란이 질서정연하게 구성되어 있고 대칭적이다. 철학에서 보이는 이런 종류의 '정교한 카오스'Kunstchaos는 고딕 성당보다 오래 살아남을 정도로 충분히 튼튼하다. 우리 시대의 사람들은 학문 역시 더욱 허술하게 구축했다. 물론 상당히 그로테스크하게는 만들었지만 말이다. 문학에는 중국의 정자들이 빠지지 않는다. 가령 그 자체로는 자연철학과 예술철학을 변형했을 뿐인 상식의 철학을 시문학에 대한 감각이 없이 시문학에 적용했다는 것 외에는 아무런 내용도 없는 영국의 비평이 그 예이다. 왜냐하면 해리스, 홈, 존슨[66] 그리고 이 장르의 대가들에서도 시문학적 감각에 관한 어렴풋한 암시조차 나타나지 않기 때문이다.

390 인간과 삶을 마치 좋은 품종의 양을 키우거나 물건을 사고 파는 일처럼 생각하고 이야기하는 정직하고 유쾌한 사람들이 있다. 그들은 도덕의 경제학자들이며, 철학 없는 모든 도덕은 원래 더 큰 사회나 더 고상한 시문학에서도 항상 어떤 특정한 편협하고 경제적인 특징이 있다. 어떤 경제학자들은 구성하는 것을 좋아하고 다른 경제학자들은 수선하는 것을 더 좋아한다. 어떤 사람들은 항상 무언가를 들여와야 하고, 또 다른 사람들은 내쫓아야 하며, 어떤 사람들은 모든 것을 시도해 보고 어디에나 매달리며, 다른 사람들은 항상 준비를 하여 분야를 나눈다. 또 다른 사람들은 지켜본 다음 따라한다. 시문학과 철학에서 모든 모방자들은 원래 길 잃은 경제인들이다. 사람은 누구나 자신만의 경제 감각을 본능으로 가지고 있는데, 정서법이나 운율을 배울 필요가 있는 것처럼 이것 역시 배워 익혀야 하는 것이다. 하지만 필수품 외에는 어떤 것에도 관심이 없고 그 유용성 외에는

---

66) James Harris(1709~1780). 영국의 철학자이자 미학자. Henry Home(1696~1782). 스코틀랜드의 철학자이자 작가, 변호사이며 스코틀랜드 계몽주의의 중심 인물. 『비평의 요소들』(*Elements of Criticism*, 1762)은 그의 가장 유명한 저서이다. Samuel Johnson(1709~1784). 영국의 비평가이자 작가.

어떤 것에도 기뻐하지 않는 경제적인 몽상가와 범신론자도 있다. 그들이 나타나는 곳에서는 모든 것이 단조롭고 수공업적인 것이 된다. 심지어 종교, 고대, 시문학조차도 그들의 작업대 위에서는 아마를 훑는 얼레빗 만큼의 가치도 없게 된다.

391 독서는 문헌학적 충동을 만족시키는 것이고, 스스로에게 문학적인 자극을 주는 것이다. 문헌학 없는 순수한 철학이나 문학은 아마도 읽기 힘들 것이다.

392 많은 음악 작품들은 시를 음악의 언어로 번역해 놓은 것에 지나지 않는다.

393 고대인들의 작품을 현대적으로 완벽하게 옮길 수 있기 위해서 번역자는 경우에 따라 모든 현대적인 것을 만들어 낼 수 있을 정도로 현대적인 것에 완전히 정통해 있어야 한다. 그러나 그와 동시에 고대적인 것 역시 단순히 모방할 수 있는 정도가 아니라 경우에 따라 재창조할 수 있을 정도로 깊이 이해하고 있어야 한다.

394 재치를 단순히 사회에만 제한하려 하는 것은 커다란 잘못이다. 최고의 착상들은 파괴적인 힘과 무한한 내용과 고전적 형식을 통해 가끔 대화 중에 어떤 불편한 정지 상태를 만들어 낸다. 하지만 진정한 재치는 법률 구문과 같이 오로지 쓰여진 형태로만 생각할 수 있다. 사람들은 '무게'에 따라 자신이 만들어 낸 작품의 가치를 평가해야 한다. 마치 카이사르가 진주와 보석을 두 손에 놓고 신중하게 가늠하여 비교한 것처럼. 가치는 '크기'와 전적으로 반비례한다. 열광적인 정신과 바로크적인 외양에서 여전히 생생한 억양과 선명한 색채뿐 아니라 다이아몬드의 광택과도 비교할 만한 수정 같은 투명함까지 지니고 있는 어떤 것들은 전혀 평가조차 할 수 없다.

395 진정한 산문에는 모든 것이 강조되어 있어야 한다.

396 캐리커처는 소박한 것과 그로테스크한 것의 단순한 결합이다. 시인은 이것을 비극적인 동시에 희극적으로 이용할 수 있다.

397 자연과 인간은 서로 너무나 자주 날카롭게 대립하기 때문에 철학도 아마 이러한 대립을 피해서는 안 될 것이다.

398 신비주의는 모든 철학적 광란 중에서 가장 평범하고 쉬운 것이다. 만약 신비주의에 단 하나의 절대적인 모순을 빌려 주기만 하면, 신비주의는 그것으로 모든 욕구를 다 부담할 수 있게 되며 많은 호사도 누릴 수 있을 것이다.

399 논쟁적 총체성은 물론 절대적인 간접성과 전달을 전제하고 요청하는 데서 나온 필연적 결과이며, 그리고 그 총체성을 소유한 사람들의 철학이 단순히 바깥을 향해 있는 한, 이 철학을 충분히 인정하지 않고도 반대자들을 완전히 파멸시킬 수 있을 것이다. 하지만 그 철학이 내면에도 적용될 때에만, 철학이 자신의 정신을 스스로 비판하고 자신의 글자들을 숫돌에 갈고 논쟁의 줄로 다듬어 만들어 낼 때, 그때에만 논리적 정확성에 이를 수 있을 것이다.

400 자신의 이름에 상응하는 어떠한 회의주의도 아직은 없다. 그러한 회의주의라면 무한히 많은 모순들의 주장과 요구로부터 시작하고 또 그렇게 끝나야 할 것이다. 회의주의에서의 결론이 완전한 자기 파괴를 불러일으키리라는 것은 특징적인 것이 아니다. 그것은 이 논리적 병이 모든 비철학과 공유하는 것이다. 수학에 대한 경의와 상식에 호소하는 것은 거의 가짜에 가까운 회의주의를 식별해 주는 표시이다.

401 스스로를 반 정도밖에 이해하지 못하는 누군가를 이해하기 위해서는 우선은 그 자신보다 그를 더 완전하게 더 잘 이해해야 하지만, 그다음

에는 역시 반 정도만, 즉 그가 자신을 이해하는 바로 그 정도만큼만 이해해야 한다.

402 고대 그리스 시인들을 번역하는 것이 가능한가 하는 문제에서 가장 중요한 것은, 원문에 충실하지만 순수한 독일어로 번역된 것은 여전히 그리스적일 수 없는 것은 아닌지의 여부이다. 감각과 정신을 가장 많이 지닌 비전문가의 반응에 따라 판단하자면, 그렇게 추측해야 할 것이다.

403 참된 서평은 비판적 방정식의 해답이어야 하며, 문헌학적 실험 및 문학 연구의 결과이자 서술이어야 한다.

404 시문학이나 철학뿐 아니라 문헌학을 하기 위해서도 타고나야 한다. 단어의 원래 의미에서의 '문헌학'Philologie이 없는, 즉 문법에 대한 관심이 없는 문헌학자는 있을 수 없다. 문헌학은 논리적인 격정이며 철학과 짝을 이루는 것이며 화학적 인식에 대한 열광이다. 왜냐하면 문법은 분리와 결합이라는 보편적 기술의 철학적 부분에 지나지 않기 때문이다. 그 의미가 예술적으로 형성됨으로써 고전적인 것과 순수히 영원한 것만을 주제로 삼는 비평이 생겨나는데, 이에 대해서는 결코 완전히 이해될 수 없을 것이다. 그렇지 않다면 비학문적 완벽성의 가장 일반적이고 확실한 특징만을 보이는 문헌학자들은 그들 대부분이 관심도 없고 이해도 하지 못하는 고대의 작품에서뿐 아니라 다른 모든 주제에서도 자신들의 재능을 보였을 것이다. 하지만 이러한 정도의 어쩔 수 없는 편협함에 대해서는 비난하거나 불평할 소지가 그만큼 많지 않은데, 왜냐하면 여기서도 예술적 완성도만이 학문으로 이끌어 가야 하며, 단순히 형식적인 문헌학은 고대에 대한 실제적 학설과 인도적 인간 역사에 가까워져야 하기 때문이다. 이것은 어쨌든 학문을 종합하기보다는 짜 맞추어 편집하는 사람들의 평범한 문체로 소위 철학을 문헌학에 적용한다고 하는 것보다 더 낫다. 철학을 문헌학에, 또는 그보다 훨씬 더 중요한 것인, 문헌학을 철학에 적용하는 유일한

방법은 문헌학자인 동시에 철학자가 되는 것이다. 그러나 그렇게 하지 않고도 문헌학적 기술은 자신의 권리를 주장할 수 있다. 오로지 어떤 근원적인 충동의 발전에만 전념하는 것은 인간이 자신의 삶의 문제를 위해 항상 선택할 수 있는 최상의 것, 최고의 것과 마찬가지로 가치가 있고 현명한 일이다.

405 자비로움은 소설이나 연극에서 비천한 인물을 고귀한 성격으로 끌어올리거나 코체부의 작품에서처럼 또 다른 식의 저열함을 다시 좋은 성격으로 만들어야 하는 경우 항상 연습을 해야만 하는 수치스러운 덕목이다. 왜 사람들은 자선을 베푸는 순간의 기분을 이용하지 않으며, 헌금 주머니가 극장에서 돌아다니도록 놔두는가? AWS

406 만약 모든 무한한 개체가 신이라면 이상만큼이나 많은 신들이 있다. 진정한 예술가와 진정한 인간이 자신의 이상과 맺는 관계 역시 단연 종교라고 할 수 있다. 이러한 내면의 종교 의식이 삶 전체의 목적이고 임무라면 그 사람은 사제이며, 누구나 그렇게 될 수 있고 또 그렇게 되어야 할 것이다.

407 훌륭한 품행에 있어 가장 중요한 부분은 그러한 품성이 없다고 생각되는 사람들에게 그들도 지니고 있다고 의도적으로 칭찬할 수 있는 자신만만함이다. 가장 어려운 것은 일반적이고 훌륭한 예의범절이라는 껍질 아래 숨겨진 본연의 비열함을 예감하고 추측하는 것이다. Schlm.

408 상냥한 야비함과 교양 있는 무례함은 세련된 사교 언어로는 섬세함이라 불린다.

409 감정이 도덕적이라 불리기 위해서는 아름다워야 할 뿐 아니라 또한 지혜로워야 하며, 전체와의 관계 속에서는 합목적적이어야 하고 최상의 의미에서 적절해야 한다.

410 일상성 내지 경제는 전적으로 보편적이지 않은 모든 사람들에게 필요한 보충물이다. 종종 재능과 교육은 주변적인 이 요소에 열중하여 길을 잃는다.

411 기독교주의의 학문적 이상은 무한히 많은 변형으로 이루어진 신성의 특징을 서술하는 것이다.

412 스스로를 범접 불가능한 것으로 간주하는 이상은 바로 그 때문에 이상이 아니라 단순히 기계적인 생각의 수학적 환영일 뿐이다. 무한함에 대한 이해가 있으며 그럼으로써 자신이 무엇을 원하는지 아는 사람이라면, 그 속에서 영원히 서로 분리되고 융합하는 힘들의 산물을 감지한다. 그리고 자신의 이념들을 적어도 화학적으로 상상하고, 확실히 표현할 때는 오로지 모순들로만 말한다. 이 시대의 철학은 그 정도까지 온 것처럼 보인다. 그러나 철학의 철학이 아직 그런 것은 아니다. 왜냐하면 화학적 이상주의자도 철학함의 일방적이고 수학적인 이상만을 갖고 있는 경우가 드물지 않기 때문이다. 물론 그들의 테제는 완전히 참된 것이다. 즉 철학적이다. 하지만 이에 대한 안티테제가 결여되어 있다. 철학의 물리학은 아직 때를 만나지 못한 것처럼 보이며, 완성된 정신만이 이상들을 유기체적으로 생각할 수 있을 것이다.

413 철학자라면 마치 서정시인처럼 자기 자신에 대해 이야기해야 한다.

414 보이지 않는 교회가 있다면, 그것은 인륜성과 불가분의 관계에 있으며 그럼에도 단순히 철학적 교회와는 뚜렷이 구별되어야 하는 저 위대한 역설의 교회이다. 너무나 진지하면서 덕이 있고, 또 덕이 생길 정도로 특이한 사람들은 어디서나 서로 이해하고 쉽게 알아보며, 인륜성으로 통용되는 가운데 군림하고 있는 비인륜성에 대해 소리 없는 반대파를 형성한다. 이들의 아름다운 비밀들을 상징하기 위해 종종 사용할 수 있는 것은,

낭만주의적 환상과 문법에 대한 감각과 결합됨으로써 매우 자극적이고 매우 선한 것이 될 수 있는 표현의 신비주의 같은 것이다.

415 시문학이나 철학에 재능이 있는 사람은 시문학이나 철학을 하나의 개체로 여기는 사람이다.

416 사람들이 받아들이기에 따라 철학에는 어떠한 전문 지식도 속하지 않거나 모든 전문 지식이 속한다.

417 우리는 그 누구도 철학을 하도록 유혹하거나 설득하려 해서는 안 될 것이다.

418 상식적으로 생각해도 어떤 소설에서 완전히 새로운 성격의 인물이 흥미로운 방식으로 묘사되고 설명되어 있다면 그것이 그 소설을 유명하게 만드는 데 충분한 기여를 한다. 윌리엄 로벨[67]도 그런 경우라는 것은 부정할 수 없으며, 마치 전체의 배후에 있는 위대한 무대 장치가처럼, 그 소설에서 모든 다른 배경 장치나 골격이 평범하거나 형편없다고 해도 그리고 진기한 어떤 것이 이 소설에서는 때로 그와 반대되는 평범한 것에 지나지 않는다 해도 위의 사실에는 변함이 없을 것이다. 그러나 그 인물은 불행하게도 시문학적이었다. 로벨은 자신과 별로 구별이 되지 않는 변형인 발더Balder처럼 완벽한 몽상가이다. 몽상가라는 말이 지니는 좋고 나쁜 모든 의미에서 그리고 아름답고 추한 모든 의미에서 말이다. 산문이 짓밟히고 시문학이 스스로를 파멸시킬 때 책 전체는 산문과 시문학의 투쟁이다. 그 외에도 이 책에는 많은 경우 초기작들이 가지고 있는 결함이 있다. 즉 본능과 의도 사이에서 동요하고 있는데, 본능도 의도도 충분히 없기 때문이다. 그래서 고귀한 권태에 대한 서술을 가끔씩 단순한 보고나 전달로 변

67) 독일 낭만주의 문학가 루트비히 티크가 1795~1796년에 발표한 10권짜리 서간 소설 『윌리엄 로벨 씨 이야기』(*Die Geschichte des Herrn William Lovell*)의 주인공. ―옮긴이

해 버리게 하는 반복들이 나타난다. 바로 여기에 이 소설에 나타나는 절대적인 환상이 왜 시문학에 정통한 사람들에게조차 제대로 인정받지 못하고, 단순히 감상적인 것으로 무시되는가에 대한 이유가 있다. 한편 책값만큼 적당히 감동받고자 하는 이성적인 독자에게도 역시 이 소설의 감상적인 성격이 전혀 마음에 들지 않고 지나치게 격렬한 것으로 여겨지는 것이다. 아마도 이 인물에서만큼 티크가 그 성격을 깊숙하고 상세하게 묘사한 인물은 없을 것이다. 그러나 슈테른발트[68]는 로벨의 진지함과 생동감을 '수도사'[69]의 예술가적 종교성과 결합시키고, 또 고대 동화로부터 만들어 낸 시적인 아라베스크 무늬들에서 전체적으로 보아 가장 아름다운 모든 것과 결합시키는데, 이 아름다운 것이란 환상적 충만함과 경쾌함, 아이러니[반어反語]에 대한 감각, 특히 채색의 의도적인 차이와 통일 같은 것들을 말한다. 여기서도 모든 것이 명확하고 투명하며, 낭만주의적 정신은 즐거이 자기 자신에 대해 상상의 날개를 펼치는 것처럼 보인다.

419 세계는 너무나 진지하다. 그런데도 정작 진지함은 오히려 드물다. 진지함은 유희의 대립물이다. 진지함은 어떤 특정한 목적을 가지고 있는데, 그것은 있을 수 있는 모든 목적 중에서 가장 중요한 목적이다. 진지함은 장난할 수도 없고 착각할 수도 없다. 진지함은 자신의 목적에 완전히 도달할 때까지 지치지 않고 그 목적을 추구한다. 이를 위해서는 에너지, 전적으로 무한한 확장과 긴장을 유지하는 정신력이 필요하다. 인간에게 어떤 절대적인 높이와 넓이가 없다면 도덕적 의미에서의 위대함이라는 단어는 필요가 없다. 진지함이란 행위에 있어서의 위대함이다. 열광과 천재성을 동시에 지닌 것, 신적인 동시에 완성된 것은 위대하다. 그리고 완성된 것

---

68) 루트비히 티크의 예술가 소설 『프란츠 슈테른발트의 방랑』(1798)의 주인공. —옮긴이
69) 빌헬름 하인리히 바켄로더가 루트비히 티크와 공저로 작성하여 1797년 익명으로 출판한 예술 이론서 『예술을 사랑하는 한 수도사의 심경 토로』를 가리킨다.

이란 자연적인 동시에 만들어진 것이다. 신적인 것은 순수하고 영원한 존재와 변화에 대한 사랑으로부터 솟아 나오는 것이며, 이 사랑은 모든 시문학과 철학보다 더 고귀하다. 영웅의 파괴력과 예술가의 구성력이 없는 고요한 신성이 있다. 신적이면서도 완성되어 있으며 동시에 위대한 것은 완전하다.

420 도덕적인 문제가 있을 수 있는 어떤 교양 있는 여자가 부도덕한지 순결한지는 어쩌면 매우 분명히 결정될 수 있다. 그 여자가 일반적인 성향에 따르고 있다면, 또 정신과 성격의 힘, 이 힘의 외적 현상, 그리고 바로 이런 것들을 통해 중요시되는 것이 그녀의 모든 것이라면, 그녀는 부도덕한 것이다. 그녀가 가령 위대함보다 더 위대한 것을 안다면, 정열에 대한 자신의 자연적인 경향을 재미있어 할 줄 안다면, 한마디로 열광의 능력이 있다면, 그녀는 도덕적 의미에서 죄가 없다. 이렇게 볼 때 여자의 모든 미덕은 종교라고 할 수 있다. 그러나 여자들이 마치 남자들보다 신이나 예수를 더 많이 믿는 것처럼 보인다는 것, 그리고 선하고 아름다운 자유사상이 그들보다는 남자들에게 더 어울린다는 것은 단지 일반적으로 통용되는 수많은 피상적 견해들 중 하나에 지나지 않을 것이다. 루소는 이러한 진부한 생각으로부터 여성론이라는 체계적 학설을 구성했는데, 그 터무니없는 내용이 결말에 가서 개선되고 나아졌기 때문에 일반적인 찬사를 받을 수밖에 없었다.

421 아마도 대부분의 대중들이 프리드리히 리히터[70]의 소설을 좋아하는 이유는 오직 그 소설들이 겉으로 보기에 모험적으로 보인다는 것에 있을 것이다. 아마도 전반적으로 보면 리히터 자체가 다양한 방식으로, 그리고

70) 장 파울(Jean Paul)의 본명. 몇 줄 아래의 라입게버(Leibgeber)는 그의 소설 『지벤케스』(*Siebenkäs*)의 주인공이다.

완전히 상이한 이유들로 인해 관심을 불러일으키는 것 같다. 교양 있는 경제학자가 그의 소설을 읽으면서 고귀한 눈물을 다량으로 쏟아 내고, 엄격한 예술가가 그를 민족과 시대의 완벽한 비-포에지Unpoesie에 대한 뚜렷한 상징으로 보고 증오하는 반면, 평범한 성향의 인간은 그의 소설에서 마치 제국 군대 같이 소집된 생생한 재치를 지닌 기괴한 도자기 인물들을 즐길 수도 있고 아니면 그 안에 들어 있는 자의성을 찬양할 수도 있다. 여기에는 어떤 독특한 현상이 있다. 어떤 작가가 예술의 근본 기초를 완전히 섭렵하고 있지 않으며, 재치 있는 말을 적절하게 표현하거나 이야기를 재미있게 하지 못하고, 단지 사람들이 보통 이야기를 잘한다고 말하는 그 이상은 아니라는 것, 하지만 사람들은 마치 고집스럽고 강하고 힘차고 훌륭한 라입게버가 쓴 아담의 편지처럼 그러한 유머러스한 디튀람보스[합창서정시] 때문에 공정하지 못하게도 그에게 위대한 시인의 이름을 부여하지 않는다는 것이다. 비록 그의 작품들이 대단히 많은 교양Bildung을 담고 있지는 않아도, 그럼에도 그의 작품들은 형성되어gebildet 있다. 즉 전체는 부분과 마찬가지이며, 그 역도 마찬가지다. 간단히 말하면 그는 완성되어 있다. 전개와 묘사가 그중 최고라는 것은 『지벤케스』의 커다란 장점이다. 영국인이 별로 없다는 것은 이 작품의 더 커다란 장점이다. 물론 그의 영국인들은 결국 독일인이기도 하다. 이 경우 그들이 목가적 상황에 있거나 감상적 이름을 가졌을 때에만 그렇다. 그런데 그들은 항상 루베Louvet[71]에 나오는 폴란드인들과 매우 뚜렷한 유사성을 지니고 있고, 그래서 루베에 많이 나타나는 잘못된 경향성의 일부를 이루고 있다. 여기에 속하는 것으로 또 여자들, 철학, 성처녀 마리아, 우아함, 이상적인 환영들, 자기평가가 있다. 그의 소설 속 여자들은 붉은 눈동자를 가지고 있으며, 여성성에 대한

71) 「비판적 단상」 41번의 각주 참조. '폴란드인들'은 그의 소설 속에 등장하는 인물들이다.

혹은 몽상에 대한 심리 도덕적 성찰들의 본보기들이고 꼭두각시 인형들이다. 그는 인물들을 묘사하는 데 있어 겸손한 법이 거의 없다. 그가 인물들에 대해 생각한다는 것, 그리고 때때로 그들에 대한 예리한 지적을 한다는 것으로 만족해야 한다. 그는 소극적인 익살꾼, 즉 원래 익살맞은 물건일 뿐인 사람들에 대해서도 마찬가지의 태도를 지니고 있다. 적극적인 익살꾼들은 좀더 독립적으로 나타나기는 하지만, 그들에게는 그들의 공로로 평가하기에는 너무 강한 가족적 유사성이 있으며, 작가와도 이 가족적 유사성을 가지고 있다. 그의 장식품은 뉘른베르크 스타일의 나른한 아라베스크 문양으로 되어 있다. 여기에서 그의 상상력과 정신력의 단조로움이 거의 빈곤의 경계에 도달해 있음이 가장 눈에 띈다. 그러나 여기에서는 또한 그의 매력적인 느릿느릿함이 고도의 경지를 이루고 있으며, 그가 톡 쏘는 무취향에도 통달해 있음이 나타나는데, 이에 대해서는 그가 이 사실을 알지 못한다는 것 외에는 비난할 것이 없다. 그의 성모 마리아는 성당지기의 아내로서 매우 다정다감하며, 예수는 마치 계몽적인 가정교사처럼 나타난다. 그의 시문학적 렘브란트들은 도덕적이 될수록 그만큼 평범하고 비천해지며, 더욱 희극적이고 좀더 훌륭한 사람에 가까워질수록, 즉 더욱 디튀람보스적이고 소도시적이 될수록 더욱 신성해진다. 왜냐하면 소도시적인 것에 대한 그의 입장은 특히 이것을 신적 도시로 보는 것이기 때문이다. 그의 익살적인 포에지는 감상적 산문으로부터 점점 더 많이 멀어진다. 종종 그의 포에지는 에피소드로서 삽입된 노래들처럼 보이거나 혹은 부록으로서 책을 파기한다. 그러나 그럼에도 여전히 그에게서는 상당한 부분이 때때로 보편적 카오스로 용해된다.

422 미라보는 혁명에 중요한 역할을 했는데, 그 이유는 그의 성격과 정신이 혁명적이었기 때문이다. 로베스피에르는 무조건적으로 혁명에 순종했고, 완전히 헌신하고 숭배했으며, 또 스스로를 혁명의 신으로 간주했기 때

문에, 그리고 보나파르트는 여러 혁명들을 도모하고 일으키고, 또 스스로 혁명을 파기할 수 있었기 때문에 혁명에 중요한 역할을 했다.

423 지금과 같은 프랑스 국민성은 사실 추기경 리슐리외와 함께 시작한 것이 아닌가? 특이하고 거의 무미건조할 정도로 보편적인 그의 성격은 이후 수없이 나타나는 매우 독특한 프랑스적 현상을 연상시킨다.

424 우리는 프랑스 혁명을 정치사에서 가장 위대하고 특이한 현상으로, 즉 정치적 세계에서 거의 우주적인 어떤 지진이나 엄청난 홍수로 생각할 수 있다. 또는 모든 혁명들의 전형으로, 혁명 그 자체로 생각할 수 있다. 이것이 일반적인 입장들이다. 그러나 다른 한편 이 혁명을 프랑스적인 모든 모순들이 한데 모여들어 있는 프랑스 국민성의 핵심이자 정점으로 간주할 수도 있으며, 또 극심한 편견과 폭력적인 징벌들이 서로 섞여 잿빛의 혼란이 되어 버리고, 가능한 한 기이한 형태로 인류의 거대한 희비극을 엮어 내게 된 한 시대의 가장 끔찍한 기괴함으로 간주할 수도 있는 것이다. 이러한 역사적 견해를 발전시킬 수 있기에는 이제 몇몇의 단편적인 윤곽만이 발견될 뿐이다.

425 도덕성의 첫번째 충동은 긍정적인 법칙성과 관습적 공정성, 그리고 지나친 감정적 예민함에 대한 반대이다. 여기에다 독립적이고 강한 정신의 소유자들이 가진 고유한 특징인 부주의나 과격함, 그리고 청년기적 미숙함이 더해진다면, 예측할 수 없는 결과를 불러일으켜 종종 삶 전체에 피해를 입히게 되는 그런 무절제는 피할 수 없는 것이다. 그래서 진정으로 도덕적인 인간이 자신과 같은 종류의 존재로, 또 자신과 같은 세계의 시민으로 여길 수 있을 정도로 아주 드문 예외에 속하는 사람들이, 폭도들에게는 오히려 범죄자나 부도덕의 본보기로 간주되는 일이 일어난다. 여기서 누가 미라보나 샹포르를 생각하지 않을 수 있겠는가?

426 프랑스인들이 어느 정도 이 시대를 지배하고 있는 것은 당연하다. 그들은 화학적 민족이고, 그들이 가장 보편적으로 자극을 받은 것은 화학적 감각이다. 그들은 자신들의 시도를 또한 도덕적 화학에서도 대규모로 감행한다. 시대 역시 화학적 시대이다. 혁명은 보편적 운동, 유기체적 운동이 아니라 화학적 운동이다. 위대한 교역은 위대한 경제의 화학이다. 아마 이런 종류의 연금술도 있을 것이다. 소설과 비평과 재치와 사교와 최신의 수사학과 지금까지의 역사가 화학적 본성을 지니는 것도 자명한 일이다. 우주의 특징을 서술하고 인류를 분류하는 데 아직 이르지 않았다면, 거대한 것은 그 윤곽조차도 아직 그릴 수 없는 상태에서 우리는 시대를 지배하는 기본적 분위기와 그 개별적 양식들을 간략히 기록하는 것에 만족해야 한다. 왜냐하면 그런 선이해 없이, 우리는 그 시대가 실제로 하나의 개체인지 아니면 아마도 다른 시대들의 충돌 지점일 뿐인지, 그리고 그 시대가 어디서 분명히 시작하고 또 끝나는지 어떻게 규정할 수 있겠는가? 적어도 잇따르는 시대의 일반적 특징조차 예측하지 못하고서 어떻게 세계의 현재 위치를 제대로 이해하고 구두점을 찍는 일이 가능하겠는가? 이러한 생각으로 계속 유추해 보면 화학적 시대 다음에는 유기체적 시대가 올 것이고, 그러면 그다음 번 태양 혁명의 시민들은 아마도 우리가 스스로에 대해 생각하는 것과는 달리 우리를 전혀 위대하게 생각하지 않을 것이며, 지금 우리가 놀라 바라보는 많은 것들을 그들은 인류 역사의 유년 시절에 행한 유용한 훈련에 지나지 않는 것으로 간주할 것이다.

427 이른바 탐구라는 것은 역사적 실험이다. 역사적 실험의 대상과 결과는 어떤 하나의 실재 사실이다. 실재 사실이라고 하는 것은 엄격한 개체성을 지녀야 하며, 신비인 동시에 실험이어야 한다. 즉 형성하는 자연의 실험이어야 한다. 신비와 불가사의는 오직 열광을 통해, 그리고 철학적이며 시문학적이거나 도덕적인 의미로만 파악될 수 있는 모든 것이다.

428 심지어 언어도 행동양태Sittlichkeit와 일치하지 않는다. 언어는 행동양태와 관련된 개념을 지칭할 때 가장 부정확하고 빈곤하다. 가령 목적과 수단 사이의 상이한 연결에 따라 서로 구분되는 세 가지 유형의 인물들을 예로 들어 보겠다. 먼저 자신들이 수단으로 다루는 모든 것을 그들의 손을 거쳐 모두 목적으로 만드는 그런 유형의 사람들이 있다. 그들은 자신의 행복을 위해 학문에 헌신하고, 학문의 매력에 사로잡힌다. 그들은 학문의 신봉자를 찾아내어 그를 사랑하기 시작한다. 그들은 그와 함께 있기 위해 그가 속한 집단을 방문하고 그 집단의 열렬한 구성원이 된다. 그들은 이 집단을 만족시키기 위해 글을 쓰거나 예술 활동을 한다, 혹은 옷을 더 잘 차려 입는다. 그런데 문득 그들은 호불호를 떠나 자신들의 글쓰기에서, 혹은 자신들이 익히고 있는 예술에서, 혹은 자신들의 우아함에서 어떤 내적인 즐거움을 발견하게 된다. 이것은 어디서나 쉽게 확인되는 매우 확실한 유형이다. 하지만 그에 대한 이름이 언어에 있는가? 다양한 활동들로 이루어진 큰 집단은 이런 방식으로 계속 이어갈 것이다. 그리고 언어는 '변화 가능한' 혹은 '다양한'이라는 말로 이 집단을 칭해도 될 것이다. 하지만 그것은 그러한 사고방식이 나타나는 다양한 현상들 중 이 사고방식이 몇몇 다른 것들과 공유하는 하나의 부분일 뿐이다. 이런 종류의 사람들은 현재 순간의 유한한 공간을 어떤 특정한 목적에 이를 때까지 무한히 커지고 무한히 나누어지는 크기로 만든다. 유한한 것을 무한한 어떤 것으로 다루는 이러한 능력이 항상 매력적으로 보이는 사람은 이 능력을 그렇게 부를 것이다. 하지만 이것은 어떤 인상을 기술한 것에 지나지 않는다. 자주 수단으로서의 그 무엇에 대한 관심으로부터 직접적인 관심으로 쉽게 이행하는 이런 유형의 존재에 대한 어떠한 기호도 언어는 가지고 있지 않다. 또 이와는 정반대의 길을 가는 다른 유형의 인간들이 있다. 이들은 원래 그들에게 목적이었던 것을 너무나 쉽게 다른 무언가를 위한 수단으로서만

다루는 그러한 유형이다. 그들이 어떤 작가의 작품을 열정적으로 읽었다면 그에 대한 특징화로 끝을 맺고, 만약 어떤 학문을 오랫동안 연구했다면 곧 그 학문에 대한 철학으로 넘어간다. 그들은 개인적으로 애착이 가는 어떤 대상에 사로잡혀 있을 때에도 인간본성에 대한 새로운 이해를 얻기 위해 이 소중한 관계마저도 수단으로 사용할 위험에 처해 있다. 혹은 그들은 자신의 실험적인 시도를 토대로 사랑에 대해 철학을 할 위험이 있다. 누군가 나에게 이것을 독일어로 뭐라고 부르는지 말해 줄 사람이 있는가? 물론 이런 유형이 주는 효과나 인상에 대해서 사람들은 흔히 다음과 같이 말하곤 한다. 사람들이 보통 무한한 것을 목표로 하기 때문에 유한한 것을 내던져 버리는 것은 대단하다고, 그리고 다른 사람들이 매달려 있는 곳에서 바로 그 장벽을 넘어뜨리는 것, 다른 사람들이 닫혀 있는 영역Kreis이라고 믿는 곳에서 새로운 진로를 개척하는 것, 위대한 열정들을 고통스러운 비상飛翔 속에서도 계속 이어 나가고, 위대한 예술 작품들을 마치 우연히 지나가는 듯이 구성하는 것은 독창적이라고. 왜냐하면 그것들은 이 유형이 존재하는 한 그를 설명할 수 있는 자연스러운 표현들이기 때문이다. 이 유형을 단지 그려 내는 데 있어서는 언어가 가진 말들이 부족하다고 할 수 없다. 그런데 이제 지금까지 설명된 두 유형을 합친 세번째 유형이 있다. 그는 눈앞에 자신의 목적이 있는 한, 모든 것을 다시 이 목적의 체계에 속하는 목적으로 만들어 버린다. 하지만 이 유한한 즐거움에서도 결코 높은 곳으로의 열망을 잊어버리지 않으며, 거인의 발걸음을 옮기는 동안에도 계속해서 다시 맨 처음의 목적으로 되돌아간다. 그는 자신의 경계를 쉽게 찾고 자신이 할 수 없는 것은 원하지 않는 그러한 능력을, 자신의 최종 목적을 확장하면서 동시의 자신의 힘도 확장하는 그러한 능력과 결합시킨다. 즉 자신 안으로 회귀하는 감성이 지닌 지혜와 고요한 체념을 극도로 유동적이고 팽창 가능한 정신의 에너지와 결합시키는데, 이 정신은 어느 한 순간 지금까지보다 훨씬 더 큰 영역[원Kreis]을 채우기 위해 자신 앞에 놓인 아주 작은 틈을 통해 사라지는 그러한 것이다. 이 유형은 순간이라는 장벽을 인식했을 때에도 이로부터 도망가려는 헛된 시도를 결코 하지 않으며, 그때에도 자신을 계속 확장시키고자 하는 동경에 몸을 태운다. 그는 운명에 결코 저항하지 않는다. 하지만 그는 매순간 운명에게 자신의 존재를 확장할 것을 요구한다. 이 유형은 인간이 될 수 있고 되고 싶어 하는 모든 것을 항상 계획하고 있다. 하지만 유리한 기회가 나타날 때까지는 결코 그 무엇을 추구하지 않는다. 그러한 유형이 바로 완벽하고 실용적인 천재라는 것, 그리고 그에게서는 모든 것이 계획인 동시에 모든 것이 본능이며, 모든 것이 의도인 동시에 모든 것이 자연이 될 것이라는 것, 이렇게 우리는 말할 수 있다. 하지만 이 유형의 본질을 가리키는 단 하나의 단어는 아무리 찾아도 없다. Schlm.

429 노벨레가 그 존재나 변화의 모든 점에서 새롭고 기발해야 하는 것처럼, 어쩌면 시적 동화, 특히 로만체[민요조의 설화시] 역시 무한히 기괴해야 할 것이다. 왜냐하면 로만체는 그저 환상만을 일으키고자 하는 것이 아니라 정신을 매혹하고 감정을 자극하려 하기 때문이다. 또 기괴한 것의 본질은 바로 사유와 시 창작과 행위를 어떤 자의적이고 특이한 방식으로 서로 결합하고 혼동하는 데 있는 것처럼 보인다. 스스로 최고의 교양과 자유와도 조화를 이루어, 비극적인 것을 강화할 뿐 아니라 더욱 아름답게 하고 거의 신격으로 만드는 그러한 열광의 기괴함이 있는 것이다. 시문학의 역사에서 분수령을 이루는 괴테의 담시 「코린토스의 신부新婦」가 그런 경우이다. 여기서 감동적인 것은 우리의 마음을 찢어지게 만들면서도 매력적으로 유혹한다는 것이다. 이 시에는 거의 익살스럽다고까지 말할 수 있는 몇몇 구절이 있는데, 바로 그런 구절들에서 끔찍함이 우리의 마음을 짓이길 정도로 극심하게 나타난다.

430 임의의 과감한 행동으로써 변화시키고 철저히 포에지로 간주하지 않으면 관대히 받아들일 수 없는 불가피한 경우와 상황이 있다. 그런 식으로 모든 지식인들은 위급한 경우 시인일 수 있어야 한다. 이로부터 인간은 선천적으로 시인이며, 자연시라는 것이 있을 수 있다는 결론을 이끌어 낼 수 있을 뿐 아니라 그 반대의 추론도 가능하다.

431 카리테스[우미의 여신들]에게 봉헌한다는 것은 철학자의 경우 아이러니를 만들어 내어 세련된 교양에 도달한다는 것이다.

432 구체적인 서술에 있어서는 모든 곳에서 매우 흥미롭고 잘 쓰여진 많은 작품들, 특히 부피가 큰 역사서에서 전체적으로는 오히려 불쾌할 정도의 단조로움을 느끼게 된다. 이를 피하기 위해서는 색채와 분위기, 심지어 문체까지도 변화해야 하고, 그래서 전체를 구성하는 다양한 크기의 각 단위에서도 눈에 띌 정도로 달라져야 할 것이다. 이를 통해 작품은 그냥 다채로워지기만 할 뿐 아니라 또한 더욱 체계적이 될 수 있을 것이다. 분명한 것은 그러한 끊임없는 변화가 우연의 산물이 아니며, 예술가는 그렇게 되도록 하기 위해 자신이 하려는 것이 무엇인지 정확히 알고 있어야 한다는 점이다. 하지만 작품을 완전히 구성하기도 전에 시문학이나 산문을 예술이라 부르는 일은 성급한 태도라는 점 역시 분명하다. 물론 이를 통해 천재성이 불필요해질 수 있다는 점은 걱정할 일이 아니다. 왜냐하면 무엇이 만들어져야 하는지에 대한 아주 명료한 인식과 분명한 통찰로부터 완성으로의 도약은 항상 무한한 것으로 남아 있을 것이기 때문이다.

433 시문학적 감정의 본질은 아마도 전적으로 자기 자신으로부터 자극을 받고 그 무엇에 의해서도 동요되지 않으며 계기가 없어도 환상에 빠질 수 있다는 것에 있을 것이다. 도덕적 충동은 시문학적 감정의 완전한 결여와 일치한다.

434 도대체 포에지는 꼭 구분되어야 하는 것인가 아니면 나누어질 수 없는 하나로 머물러야 하는 것인가? 아니면 분리와 결합 사이를 계속 오가야 하는가? 시문학적 우주 체계에 대한 대부분의 표상 방식들은 마치 코페르니쿠스 이전에 고대인들이 천문학에 대해 가졌던 것처럼 아직 너무나 거칠고 유치한 수준이다. 포에지를 나누는 일반적 구분은 어떤 제한된 지평을 위한 생명 없는 세분화일 뿐이다. 누가 무엇을 할 수 있건 간에, 혹은 지금 통용되는 것이 무엇이건 간에 그 중심에는 고요한 대지가 자리 잡고 있다. 그러나 포에지의 우주 자체 속에서는 정지해 있는 것은 아무것도 없다. 모든 것은 조화로운 가운데 생성하고 변화하고 운동하고 있다. 심지어 혜성들에도 변하지 않는 운동법칙이 있다. 그러나 이러한 천체들의 운행을 계산하기 전에는, 그들의 귀환을 미리 예측하기 전에는, 아직 시문학의 진정한 우주 체계가 발견된 것이 아니다.

435 몇몇 문법학자들은 모든 이방인은 적이라는 고대 국제법의 원칙을 언어에 도입하려는 것처럼 보인다. 그러나 외국어 단어들을 사용하지 않고도 자유자재로 글을 쓰는 작가라면 장르의 성격 자체가 보편성의 색채를 요구할 경우 외국어를 사용할 자격이 있을 것이다. 그리고 역사적 정신의 소유자는 고대의 언어에도 항상 공경과 사랑으로 관심을 가질 것이며, 기회가 생기면 고대의 말들을 다시 생생하게 되살리고자 할 것이다. 이런 말들은 소위 인간들 자체보다 혹은 문법학자들보다 더 많은 경험이나 이해력을 지녔을 뿐 아니라 삶의 활력과 통일성도 더 많이 지니고 있기 때문이다.

436 군주의 귀감서[72]는 그 내용만 전혀 고려하지 않는다면 대화체의 글이 가질 수 있는 기품 있는 태도의 본보기로서 매우 높이 평가할 만하다. 그와 마찬가지로 독일의 산문도 철학과 사회적 삶을 연관시키려는 작가가 어떻게 관습적인 예절을 자연적인 미덕으로 돋보이게 하는지 배우기

위해 모범으로 삼아야 할 몇몇 소수의 사람들만을 다루고 있다. 원래 출판물을 내고 싶어 꼭 작가가 되기를 원하지는 않지만 무언가를 인쇄할 기회가 생긴 모든 사람들은 사실 그런 방식으로 글을 쓸 수 있어야 할 것이다.

437 수학처럼 대부분 축약되거나in usum delphini 또는 우연한 계기들의 체계에 따라 정리되고 구분된 학문이 어떻게 학문적 엄격함과 완성을 요구할 수 있는가?

438 세련된 교양은 조화로운 보편성의 재치이다. 그리고 이 조화로운 보편성은 역사 철학의 모든 것이며 플라톤이 말하는 최상의 음악이다. 교양예술[고전어문학과 예술사학을 토대로 하는 인문학]Humaniora은 이런 예술과 학문의 훈련이다.

439 특징화는 비평의 예술 작품이며, 화학적 철학에 대한 의사소견서visum repertum이다. 서평은 문학과 독자의 현재적 상황을 고려하여 적용된 특징화이며 이것을 적용하는 것이다. 일람표와 문학 연감은 특징화를 총괄하거나 열거한 것이다. 병렬적 비교는 비판적인 묶음이다. 이 두 가지를 연결함으로써 고전의 선집이, 철학 또는 시문학의 기존 영역에 대한 비판적인 세계 체계가 만들어진다.

440 순수하고 비이기적인 모든 인간 도야는 체육이나 음악을 통해 이루어진다. 그것이 목표로 하는 것은 각 개인의 발전과 모든 힘들의 조화이다. 교육에 있어 이 그리스적 이분법은 고대에서 나타나는 여러 모순 중 하나에 그치지 않는 그 이상의 무엇이다.

441 자연스럽게 모든 측면으로부터 그리고 모든 방향으로 자유로우며

---

72) 『군주의 귀감서(교육서)』(*Fürstenspiegel*)는 1772년에 발표된 빌란트(C. M. Wieland)의 정치소설 『훌륭한 귀감과 쉐쉬안의 군주들』(*Der goldene Spiegel oder die Könige von Scheschian*)을 말한다. 빌란트는 「아테네움 단상」 260번 참조.

자신의 인간성 전체를 통해 영향을 끼치는 사람은 편견이 없이 개방적이다. 또 행동하고 존재하고 변화하는 모든 것을 그 힘의 정도에 따라 신성하게 유지하며, 편협한 견해로 인해 증오나 경멸에 빠지지 않고 모든 삶에 공감하는 사람도 역시 그러하다.

442 철학적 법학자들은 종종 스스로를 매우 부당한 권리들과 함께 훨씬 더 부당한 경우도 많은 자연법 역시 소유하고 있는 사람들이라 자칭한다.

443 어떤 개념을 연역적으로 추론한다는 것은 그 학문의 지적 직관으로부터 유래하는 참된 기원을 계보적으로 증명하는 것이다. 모든 학문은 자신들만의 증명 방법이 있는 것이다.

444 음악가가 자신의 작곡 속에 들어 있는 사유에 대해 이야기하면, 그것은 많은 사람들에게 기이하고 우스꽝스럽게 여겨지곤 한다. 그리고 음악가들은 음악에 대한 생각보다 음악 속에서의 생각을 더 많이 가지고 있다는 것을 사람들이 깨닫는 일이 때때로 있을 수 있다. 그러나 모든 예술과 학문이 경이로운 유사성을 가지고 있다는 것을 이해하는 사람이라면, 음악은 소위 자연성에 근거하여 오로지 감정의 언어여야 한다고 주장하는 멍청한 입장으로부터 이러한 사태를 바라보는 일은 적어도 하지 않을 것이며, 모든 순수 기악곡의 어떤 철학적 경향 그 자체가 불가능하다는 생각은 하지 않을 것이다. 순수 기악곡은 스스로 텍스트를 만들어 내는 것이 아닌가? 그리고 그 안의 주제는 마치 철학적 이념의 연속들 속에서의 성찰 대상처럼 그렇게 발전하고 확인되고 변주되고 대조를 이루고 있는 것이 아닌가?

445 역동성은 천문학에서 우주를 조직하는 데 적용하는 에너지 측정 이론이다. 이런 점에서 두 가지를 역사적 수학이라고 칭할 수 있다. 대수학은 대부분 재치와 열광을, 즉 수학적인 재치와 열광을 필요로 한다.

446 철저한 경험론은 오류를 수정하는 설명이나 진리에 대한 동의로 끝난다.

447 거짓된 보편성은 이론적이거나 실천적이다. 이론적인 보편성은 형편없는 백과사전의 보편성, 기록실의 보편성이다. 실천적인 보편성은 혼합된 총체성으로부터 생겨난다.

448 비평의 지적 직관들은 그리스 시문학의 무한히 섬세한 분석에 대한 감각이고 로마의 풍자시와 산문의 무한히 풍부한 혼합에 대한 감각이다.

449 시문학과 철학의 대가들과 비교할 만한 도덕 작가는 아직 찾을 수 없다. 그런 작가라면 뮐러[73]의 숭고하고도 오래된 정치학을 포르스터[74]의 위대한 우주 경제학과 야코비의 도덕적 체조 및 음악과 결합시킬 것이다. 그런 작가라면 글쓰는 방식에 있어서도 뮐러의 무겁고 신성하며 감격에 찬 문체를 포르스터의 신선한 색채와 온화한 부드러움이나 또 아무리 먼 곳이라도 어디서나 정신세계의 하모니카[75]를 울려 퍼지게 하는 야코비의 세련된 감수성과도 결합시킬 것이다.

450 시문학에 대한 루소의 논박은 플라톤을 잘못 모방한 것에 지나지 않는다. 플라톤이 공격한 것은 시문학이라기보다는 오히려 시인들이다. 그는 철학을 가장 대담한 디튀람보스[주신찬가]로, 그리고 가장 조화로운 음악으로 간주했다. 시문학의 진정한 적대자는 에피쿠로스이다. 그는 환상

---

73) 「아테네움 단상」 171, 194, 224번 참조. — 옮긴이

74) 뮐러에 대해서는 이 「아테네움 단상」 171번 참조. Johann Georg Forster(1754~1794), 박물학자이자 민속학자. 아버지와 함께 제임스 쿡 선장의 탐험대에 참가했으며, 여행기와 민속학이나 민간 풍속에 대한 글을 많이 남겼다. 프리드리히 슐레겔은 1797년 잡지 『뤼케움』에 발표된 한 논문을 포르스터에게 헌정했다.

75) 이 이름에 상응하는 고대 악기[glass harmonica]를 의미할 수도 있고(물로 가득 차 있고 잘 닦여 있는 유리잔들에서 잘 울리는 진동음을 만들어 내었다), 혹은 메아리의 효과를 만들어 내는 데 사용되는 파이프오르간의 연주를 의미할 수도 있다.

을 근절하고 단순한 감각에만 충실하려 하기 때문이다. 스피노자는 이와 아주 다른 방식으로 시문학의 적대자로 등장할 수 있다. 왜냐하면 그는 시문학 없이 철학과 도덕성이 어디까지 갈 수 있는지를 보여 주고 있으며, 또 시문학을 격리시키지 않는 것이 그의 사상 체계의 본질에서 매우 중요하기 때문이다.

451 보편성은 모든 형식과 소재들이 계속해서 충족되는 것이다. 보편성은 오로지 시문학과 철학의 결합을 통해서만 조화로움에 도달한다. 그래서 시문학과 철학이 각각 분리되어 있을 경우 그 가장 보편적이고 가장 완전한 작품들에서도 마지막 종합이 결여되어 있는 것처럼 보인다. 조화라는 목적 아주 가까이서 그 작품들은 완성되지 않은 채 멈추어 있는 것이다. 보편적 정신의 삶은 끊어지지 않는 내적 혁명들의 고리이다. 모든 개체들, 즉 근원적이고 영원한 개체들이 그 안에서 살고 있다. 이 보편적 정신이야말로 진정한 다신론자이며 자신 안에 올림포스 전체를 지니고 있다.

2장

/

이념

L'IDÉE

1. 예술의 한계 내에서의 종교

철학의 삶이 지닌 역설에 대한 상징 중에서 자신의 중심이 무한에 놓여 있기 때문에 계속적이고 규칙적으로 덧없이 사라지면서 항상 분할된 조각으로 나타날 수밖에 없는 저 구불구불한 곡선들보다 더 아름다운 상징이 있을까?

— 프리드리히 슐레겔, 「레싱에 대하여」[1]

어떤 의미에서 단편화는 지금까지 낭만주의를 한순간도 쉬지 않고 계속 작동시켜 왔다고 할 수 있다.

달리 말하면 낭만주의는 지금까지 '무위'désœuvrement로부터, 즉 헤아릴 수 없고 제어할 수 없는 미완성, 혹은 완성될 수 없는 미완성으로부터 자신을 지키고 방어하고 보호할 수 있었던 적이 한 번도 없다.[2] 이는 곧 가장 평범하고 하찮은 미완성의 형식, 가장 우연적이며 혹은 가장 '경험적'이라고도 할 수 있을 미완성의 형식으로부터도 피할 수 없었다는 말인데, 그 미완성이란 비록 우리가 그 원인들의 정확히 어떤 부분이 어떻게 작용한 것인지는 결코 알지 못하지만, 성격들과 상황들이 (혹은 인물들과 역사가) 함께 일으키는 그런 것이다. 예나에서 있었던 일의 경우, 그건 여러 가지 잡다한 일들의 뒤범벅이었다고 할 수 있다. 계속 바뀌는 분위기와 지

1) F. Schlegel, *Kritische Schriften und Fragmente*, Bd. 2: 1798~1801, p. 264. — 옮긴이
2) 이 책 1장 '단상'의 「단상의 요청」의 마지막 단락 참조. — 옮긴이

적 욕구, 그룹 내의 경쟁 관계, 모종의 무기력(혹은 너무 뛰어난 재능), 지배하거나 '종결하는 것'에 대한 망설임과 무능력함, 계속적인 불안정의 상태(여행, 초대, 만남, 불가능할 정도의 다양한 활동들), 성급함(그리고 때때로의 혼란), 과도한 계획, (이 모든 것을 둘러싼) 역사적 사건 그 자체의 놀랄 만큼 빠른 전개, 아끼지 않고 사용하는 실천력, 죽음……. 예나 시대가 남긴 수천 페이지 가운데 (아마도 「밤의 찬가」Hymnen an die Nacht를 제외한다면) 그 어디서 우리는 어떠한 조건 없이 하나의 '작품'으로 간주할 수 있는 그 무엇을 발견할 수 있겠는가?

그러나 그렇다고 해서 예나 시대로부터 나온 모든 텍스트들이 '단상' 장르에 속한다거나, 혹은 단상이라는 항목으로 이 텍스트들을 모두 묶을 수 있다는 말은 전혀 아니다. 그것과는 거리가 멀다. 물론 단편화, 혹은 단편화에의 특정 '경향'은 결국 그러한 우연성을 피해 일종의 장르로 간주되는 것 속으로 (가령 편지나 소설, 특히 『루친데』를 생각해 볼 수 있다) 몸을 숨겨야 했던 텍스트들을 해체하고 '멈추게'désœuvrer 함으로써 비로소 끝났다고 할 수 있다(이에 대해 확인해 볼 기회가 있을 것이다). 그럼에도 불구하고 1798년 잡지 『아테네움』 2호가 나온 이후로는 어쨌든 단상이라는 이름으로는 더 이상 등장하지 않았던 진정한 의미의 단상은, 오히려 이 모험의 짧음 속에서 축소된 형태의 한 시대를 규정했다. 정확히 말하자면 시대의 경계선을 그었던 것이다. 따라서 만약 단편화 그 자체의 역사를 본질적으로 고려하지 않거나 연관시키지 않고서 예나의 운동에서 하나의 역사 혹은 발전에 대해 말한다면, 그것으로는 확실히 불충분하다.

그렇다면 먼저 이 역사를 구성하는 것은 무엇인가?

그것은 여러 원인들이 모여 이루어진 것으로, 앞서 언급된 것에 따르자면 분명 하나의 에피소드적 성격을 지니고 있다. 물론 에피소드 속에서

(가령, 그룹의 실존이 문제가 되며, 그래서 '단상적 체계'의 주요 양태들 중 하나인 이상) 대수롭지 않은 사건에 속하지만 단순히 사소한 사건이 아닌 무엇을 추측해 낸다는, 즉 경험적인 것의 절대적으로 경험적인 본질을 추측해 낸다는 조건하에서 그렇다.

이 자리에서 그 내용을 상세히 기술하는 것은 아무 의미가 없을 것이다.[3] 하지만 적어도 프리드리히 슐레겔과 아우구스트 슐레겔이 처음으로 심각한 의견 차이를 보인 지점이 단상의 문제이며, 모든 것이 서로 연관되어 있었던 상황에서 그룹을 처음으로 구체적이고 가시적인 분열의 위협으로 내몰았던 것이 사실 또 단상의 문제라는 것을 상기시킬 필요는 있다(물론 이 그룹의 일치단결을 이상향으로 생각한 것은 결코 프리드리히 슐레겔만은 아니었을 것이다). 아우구스트 슐레겔은 이후로는 잡지 『아테네움』에 단상 형태의 글을 싣는 데 반대했으며, 이 아우구스트의 뒤에는 카롤리네가 있었다. 카롤리네는 글쓰기의 '집단화'에서 생기는 모든 경험에 대해 공공연한 반감을 드러냈고, 프리드리히 슐레겔의 (항상 셀 수 없이 많았으며, 그래서 종종 막연하거나 부담스러웠던) 계획들에 불신을 갖고 있었다. 한편 프리드리히 슐레겔 쪽에는 나머지 모든 구성원들뿐 아니라 괴테의 그림자, 즉 바이마르, 문학 **권력**establishment, 그리고 스타일과 격식, 출판과 대학 교수직의 분야에서 발휘했던 권위가 있었다. 아테네움이라는 기획 전체의 존속 기간을 제외하면, 낭만주의를 구성하는 것 중 여기에 어느 정도 의존하지 않은 것은 없었다. 결국 단편화의 역사는 '저들'이 프리드리

---

3) 달리 말하자면 아직은 핵심적인 문제를 건드릴 수 없다는 것. 이 책의 나중에 에로의 매우 귀중한 작업을 언급하게 될 것이다. 특히 R. Ayrault, *La genèse du romantisme allemand*, III, pp.111 이하.

히 슐레겔에 반대하여 행했던 은밀한 저항을 축으로 이루어졌다고 해도 과언이 아닐 것이다. 동시에 이 저항에 대한 프리드리히의 (끈질기고, 복합적이고, 교활한) 저항을 중심으로 이루어졌다고도 할 수 있는데, 대부분 이 저항을 위해 프리드리히 슐레겔은 '전략'을 만들어 낸 것이다. 그의 전략이란 곧 모든 공동계획을 포기하는 것(적어도 그때까지 시험해 본 방식으로), 그리고 심지어 '단상'이라는 용어조차도 더 이상 사용하지 않으며, 또 겉으로 보기에 아무런 주저 없이 (소설, 서간문, 대화체, 게다가 시와 같은[4]) 다른 장르들의 창작으로 이행하는 것이었다. 그럼에도 불구하고 이로 인해 슐레겔이 자신의 주장을 어느 정도 굽힌 것이 아니며, 단상과 결코 아무런 관계가 없지 않은 「이념들」을 출판하는 데 방해를 받지도 않았다는 것을 우리는 추측할 수 있다. 물론 「이념들」은 훨씬 더 짧고 집약적이기는 하지만 단상과 아주 가까우며, 적어도 형식적으로는 관계가 있다고 할 수 있기 때문이다.

사실 이는 곧 단편화의 역사가 프리드리히 슐레겔 개인의 여정과 가장 밀접한 관련이 있다는 것을 의미하며, 이 경우 (노발리스의 운명은 일단 제외한다면) 그의 여정이 곧 낭만주의의 여정 자체와 밀접한 관련이 있다는 것을 뜻한다. 왜냐하면 사람들이 자주 강조해 온 말이기도 하지만 결코 틀리지 않은 사실이 있는데, 그것은 그룹의 다른 사람들이 다양한 이유와 다양한 기회를 통해 낭만주의를 **논하는**traiter 일들에 이미 몰두하기 시작

---

4) 사실 「아테네움 단상」이 출판된 후 「이념들」이 발표되기까지의 2년 동안 『루친데』, 「철학에 대하여」('도로테아에게 보내는 편지'), 「시문학에 관한 대화」가 모두 집필되었다(「시문학에 관한 대화」의 첫 부분과 「이념들」은 잡지 『아테네움』의 같은 호에 실렸다). 또 1800년에 프리드리히 슐레겔은 시 「헬리오도라에게」(An Heliodora)를 발표했으며, 이 잡지의 마지막 호에는 「소네트」들이 모두 들어 있다.

했고, 마치 낭만주의 역사는 완성되었으며 그에 대한 학설은 이미 구성되었다는 듯 대학에서의 학문 영역에 낭만주의를 종속시키기 시작했을 때,[5] 프리드리히 슐레겔이야말로 이 4년 내내 낭만주의의 주요 방향을 결정하고 낭만주의의 요청을—사실 요청에 지나지 않았지만—견지했던 유일한 인물이었다는 것이다.

단편화가 중단된 것이 아니라 오히려 그 반대로 낭만주의 전체를 관통하여 살아남았다는 것, 심지어 변형이나 방향 수정의 대가를 치르면서도 지속되었다는 것, 그것은 끈질긴 고집의 결과이다. 그리고 그 고집은 사실 프리드리히 슐레겔 단 한 명의 고집이었다. 이 역사의 표면 아래에서 우리는 어느 정도 외적으로 항상 낭만주의의 가장 지배적인 특징들 중 하나로 나타나는 그러한 **불만족**이 숨겨진 채 눈에 띄지 않는 작업을 하고 있는 것을 쉽게 알아차릴 수 있다. 그러나 프리드리히 슐레겔이 자신이 가지고 있는 능력을 이용하여 '이득을 취하는' 데 바쁘기는커녕, 강요된 것이든 아니든 **모든 것을** 계속 이어 가고자 했다는 것은 분명한 사실이다. 일종의 '앞당긴 후퇴'의 움직임 속에서 말이다. 이것을 독창성에 대한 강박관념이나 특별한 것이 되고자 하는 까다로운 의지의 탓으로 돌려 버리는 것은 틀림없이 잘못일 것이다. 그리고 또 한 가지, 불만의 원리가 그런 것이기 때문에 이 운동은 항상 문제를 '심화'하는 경향을 지니고 있는 것도 사실이다. 물론 이러한 점은 자연히 활동이 줄어들거나 운동 자체가 표면적으로 어느 정도 퇴보의 양상을 보일 수 있는 여지를 남겨 놓는다. 그래서 일반적으로 「이념들」이 발표된 이 시기를 이후 슐레겔이 1808년 가톨릭

---

5) 가령 1801년부터 『문학과 예술에 대한 강의』를 시작한 아우구스트 슐레겔, 그리고 셸링이 이 경우이다.

으로 다시 개종하게 된 것이나 1815년의 석연치 않은 정치적 타협이 가능하도록 길을 열어 놓은 '전환점'으로 보는 것이다. 하지만 '신비주의적' 경향의 경우와 관련해서 그러한 여정은 그것을 읽어 낼 수 있는 사람의 눈에는 「아테네움 단상」에 이미 완전히 그려져 있다.[6] 게다가 종교적 주제의 강조가 단순히 '후퇴'의 태도를 나타내며, 이전 태도의 극단화를 이끌어 나가거나 정당화하지는 못한다는 주장은 근거가 부족하여 설득력을 얻기 힘들 것이다. 반면 '종교로의 이행'은, — 우리들의 관점, 즉 작품의 문제라는 관점에서 접근하면 — 아마도 문제의 전반적 재검토라는 계기와 일치하며, 위에서 사용한 단어를 다시 사용하자면, '심화'approfondissement의 계기와 일치한다.

그렇다면 이것은 어떤 종류의 심화인가?

여기서 심화의 문제는 이중적으로 나타난다. 우선 한편으로, 단상과 관련하여 아테네움 그룹이 보였던 신중함은 **형식**의 문제에 다시 착수하게 했다. 이미 살펴본 것처럼, 사실 단상에 대한 어떤 확고한 개념 규정이나 이론, 심지어 형식조차도 존재하지 않았기 때문에 더더욱 그럴 수밖에 없었다. 그럼에도 불구하고 형식적인 문제로 다시 되돌아가는 것은 그리 간단한 일이 아니었으며(프리드리히 슐레겔의 '전략'을 함께 고려해야 한다), 이 경우 그 태도도 분명하지 않았다. 왜냐하면 모든 일이 마치 프리드리히가 갑자기 단상의 한계를 받아들였지만('형식의 부재'로 인해 단상이 지니고 있는 위태로움이나 위험을 말할 정도로 심각했다[7]), 단상 그 자체로 돌아

---

6) 앙스테트(J. J. Anstett)가 특히 강조하는 것이다(A. Béguin, *Le Romantisme allemand*, pp.234 이하 참조).

7) 1798년 5월 20일 노발리스에게 보낸 편지 참조(R. Ayrault, *La genèse du romantisme allemand*, III, p.119에 인용).

가기 위해서가 아니라 단상을 '무분별하거나' 매우 다급하게 활용하기 위해 이 한계를 은밀히 이용하여 이익을 취하는 것처럼 그렇게 진행되었기 때문이다. 말하자면, 이러한 유형의 활용은 분명 단상에 대한 암시적 이론을 전제하고 있었고 단상을 소위 '형식 없는 형식'(형식에 외부적인 것, 계산된 것, 인위적인 것이 없는 형식)으로 만들었기 때문에, 단상적 경험의 엄밀함을 많은 부분 위태롭게 하는 모든 주관적 경향을 허용했던 것이다. 따라서 단상을 어느 정도 오용하는 가운데 마치 모든 형식적 문제의 해소가 말없이 비난을 받는 것처럼 그렇게 모든 일들이 일어났다. 달리 표현하면 마치 형식 문제의 심화가 목표했던 것이 결국 형식적 투명성의 유토피아인 것처럼, 즉 단상으로 하여금 너무 단순하게 주체의 표현에 적당한 형식으로서 자처하도록 만든 데 책임이 있는 그러한 형식적 투명성인 것처럼 그렇게 모든 일들이 일어났다. 여기서 말하는 주체는 당연히 주체성subjectivité의 주체이며, 절대주체성subjectité의 주체가 아니다.[8] 바로 여기에 모든 어려움이 있다.

다른 한편으로, 이와 불가분의 관계를 맺고 있는 또 다른 심화의 문제가 있다. 1798년부터 시작한 심화는 **철학적**이다. 프리드리히 슐레겔에게 단편화는 "가장 엄밀한 의미에서의 보편철학의 형식"이었기 때문이다. 그래서 이것은 바로 단상의 요청이 담고 있는 내용이며, 자기생산의 요청에 다름 아닌 근본적 문제의 심화이다. 이는 [큰]주체 자체의 문제일 수도 있

---

8) subjectité는 보통 주체성으로 번역되는 subjectivité와 달리 subjectum, 즉 아래 놓여 있는 것이라는 어원의 근원적 의미를 더 강조하는 말이라 할 수 있다. 아리스토텔레스가 『형이상학』 Z에서 '다른 모든 것은 이것에 의해 말해지지만, 이것 자체는 결코 다른 것에 의해 말해지지 않는 것'으로 말하고 있는 기체(hypokeimenon)의 의미를 담고 있는 주체, 이런 의미에서 절대적 근거와 토대가 되는 궁극적 주체의 원리를, 즉 절대주체성이라고 번역해 보았다. 혹은 궁극주체성이라 할 수도 있을 것이다. —옮긴이

다. 하지만 이번 경우에는 훨씬 더 극단적인 의미를 지니고 있다. 여기서 이제 우리의 가설이 될 내용이 등장하는데, **단상적 완고함**이라 부를 수 있는 어떤 것은 수수께끼 같은 연결 마디를 향해 내딛는 결정적인 한 걸음을 상징한다는 것이다. 이곳은 주체의 (불가능한 것은 아닐지라도) 끊임없는 자기 구상이 일어나는 대신에, 문학과 철학이 그 모든 것에도 불구하고 계속해서 '체계'를 만들어 내는 곳이다.

이것이 이 장에서 철학적 내용을 대상으로 하는 프리드리히 슐레겔의 두 텍스트를 싣기로 결정한 이유이다. 이 두 텍스트는 모두 서로 다른 방식으로 단편화의 문제를 재조명하고 있다. 그런데 우리는 텍스트의 연대기적인 순서를 바꾸어서, 낭만주의에 의해 발표된 마지막 단상 모음집을 이루고 있는 「이념들」을 먼저 실었다. 그 이유는 물론 후에 밝혀질 것이다. 알려진 대로 「이념들」은 1800년에 잡지 『아테네움』 제5호(마지막에서 두번째 호)로, 더 정확히 하자면 3권의 제1호로 출간되었는데, 그때는 이 그룹이 해체되기 직전이었으며, 곧 등장할 소설이론[9]을 제외하고는 이들의 모험이 막바지에 이른 때였다(그리고 이론은 약화되어 한계에 도달한 때였다).

이 단상 모음집 「이념들」에 이어 그 이전의 텍스트, 즉 프리드리히 슐레겔이 1799년 잡지 『아테네움』 제3호에 발표한 글 한 편을 실었다. 이 글은 겉으로 보아서는 단상적인 요소가 전혀 없다. 이 글은 그 얼마 전에 아우구스트 슐레겔이 발표한 「아말리아에게 보내는 편지」[10]를 모델로 삼은

---

9) 이 책 3장 '시'에 실린 「시문학에 관한 대화」 참조.
10) 여기서 '아말리아'는 카롤리네를 말한다. 정확한 제목은 「시문학과 운율과 언어에 관한 편지」이다. 이 편지들은 1795년 실러의 잡지 『호렌』에 발표되었다.

것으로서, 바로 도로테아Brendel Veit를 수신인으로 하는 유명한 서간문 「철학에 대하여」이다. 도로테아는 알려진 대로 "자유동맹"union libre의 시기에 프리드리히 슐레겔과 동거했으며, 몇 년 후 프로테스탄트로의 개종과 함께 그와 정식으로 결혼했다.[11)]

이 두 텍스트와 함께 꼭 덧붙여야 하는 또 하나의 텍스트가 있었다. 그것은 슐레겔 형제 중 한 명이 쓴 것이 아니라 셸링이 쓴 것인데, 셸링의 이름으로 발표되었던 것이 아니라, 유고로 남겨져 있던 것이다. 이 텍스트는 아주 놀랄 만한 텍스트이다. 우리가 이 텍스트를 이 장에 덧붙이기로 결정한 이유에 관해서는 후에 다시 이야기할 것이지만, 여기서는 「하인츠 비더포르스트의 에피쿠로스적 신앙고백」Epikurisch Glaubensbekenntnis Heinz Widerporstens이라는 제목을 가진 이 글이 하나의 시라는 것을, 그것도 젊은 시절 셸링의 태도를 말해 주는 아주 격렬한 반反종교적 시라는 것을 우선 언급하는 것으로 충분할 것이다. 사실 프리드리히 슐레겔은 이 글을 노발리스의 「기독교 혹은 유럽」Die Christenheit oder Europa에 대해 일종의 대응을 이루는 텍스트로서 잡지 『아테네움』에 싣고자 했다. 그러나 아우구스트 슐레겔은 (이 글에 다소 충격을 받고 매우 조심스러워던) 괴테의 충고에 따라, 셸링이 익명성을 엄격하게 지켜 줄 것을 요구 사항으로 내세웠음에도 불구하고 결국 이 글을 잡지에 출판하지 않기로 결정했다. 그렇지만 셸링은 2년 뒤 1801년, 자신이 발행한 『사변 물리학 학술지』에 긴 분량의 요약본을 출판할 정도로 이 글을 매우 중요하게 생각했다.[12)]

---

11) [원래 유대인 가문 출신인] 도로테아는 두 번 개종을 했다. 프리드리히와 결혼하면서 프로테스탄트로 개종했으며, 그다음 프리드리히 자신이 가톨릭으로 개종했을 때 도로테아도 함께 가톨릭으로 개종했다. — 도로테아를 문학적으로 형상화한 인물을 특히 『루친데』에서 찾을 수 있다.

단편화의 역사는 「단상들」[「아테네움 단상」]에서 「이념들」로 이어진다. 그런데 '이념'이란 무엇인가?

단상과 마찬가지로 이념에 대한 정의 역시 물론 존재하지 않는다. 단편화의 역사가 모종의 심화의 경향으로 가 버렸다는 것을 부인할 수 없는 한편, 반대로 어떤 해명의 경향으로 나아간다는 것은 매우 석연치 않은 일이다. 그리고 사실 단상 모음집 앞부분의 번호들 중 하나에서 나타나는 매우 모호한 (하지만 매우 심오한) 주장("이념들은 무한하고 독립적이며 항상 스스로 움직이고 있는 신적인 사유들이다"[13]), 그리고 끝부분에서 '이념'의 기능을 환기시키는 암시적 표현들을 제외하면, 이 말에 대한 형식적 규정이 조금이라도 나타나 있는 곳은 그 어디서도 찾아볼 수 없다. 더구나 우리는 프리드리히 슐레겔이 아우구스트와 오랫동안 '사전 준비'를 하면서 '사유들'Gedanken과 '견해들'Ansichten이라는 두 제목 사이에서 고심하다가, 출판하기 직전에 '이념들'로 결정했다는 것을 알고 있다. 분명 '단상들'을 대체할 만한 적당한 용어를 찾기란 전혀 쉬운 일이 아니었을 것이다.

그렇지만 슐레겔의 그러한 고심은 당연히 무의미한 것이 아니었다. **사유**에서 **이념**으로 이르는 길은 적어도 단상적 완고함이 관념론 자체와 매우 분명한 관계를 유지하고 있다는 점을 보여 준다. 어쨌든 1800년 전후 관념론의 '가장 중요한 단어'인 '이념'을 '단상들'(혹은 그와 유사한 어떤 것)의 모음집의 제목으로 삼은 것은 분명 문제가 없지 않다. 관념론의 가장 중요한 단어란 여기서 좀더 엄밀히 말하면 전형적인 사변적 단어를 가리키는데, 셸링에서부터 헤겔의 『대논리학』까지 관념론의 모든 활동은 이

12) 뒤에 나오는 셸링의 텍스트에 대한 설명 참조.
13) 「이념들」 10번.

단어를 칸트 철학에서 가졌던 것과 같은 분석적이고 단순히 도식적인 위상으로부터 벗어나도록 했던 것이다. 그렇지만 이념이라는 단어를 (그리고 적어도 부분적으로는 이 개념을) 제목으로 삼았다고 해서, 이것을 프리드리히 슐레겔이 딴 길로 잠시 이탈했다가 다시 관념론의 영역으로 되돌아왔다는 의미로 곧바로 해석할 수는 없다. 사실 그가 당시의 철학과 유지했던 관계는 슐레겔 자신의 철학적 구상에 못지않게 훨씬 더 복잡하다.

특히 이러한 이유에서 프리드리히 슐레겔은 자신만의 방식으로 어느 정도 칸트에 대한 신의를 지킨 것이다. 이렇게 볼 때, 그가 원래 염두에 두었던 다른 두 제목이 암시하는 바는 매우 크다. 특히 첫번째, '사유들'의 경우가 그렇다. 가령 도로테아에게 보내는 편지인 「철학에 대하여」에서 (이성에 대한 것이 아니라) 오성에 대해 분명 모순적인 찬양을 하는 가운데 사유들에 대해 내리는 엄밀한 정의를 한번 생각해 보자. "사유는 전적으로 그 자체로 존재하며 완전히 형성되어 있는 하나의 표상이다. 즉 전체적이며, 경계 내에서도 무한하다. 인간 정신에 있을 수 있는 가장 신성한 것이다."[14] 이러한 정의가 장차 등장할 (위에서 언급된) "이념들"에 대한 정의와 가깝다는 것이 여기서 보충적 단서가 될 수 있다. 만약 '사유'가 (칸트적 의미에서) 표상의 무한화라고 한다면, 이 무한화는 오성 철학 안에서조차, 즉 싫든 좋든 간에 유한성 철학의 한계 내에서 일어나는 것이다. 주저했던 관념론적 '한 걸음'은 과감히 앞으로 내디뎠지만(이것이 무한화의 이유이다), 관념론 자체에 대한 일종의 막연한 저항이 없지 않았다. 더 정확히 말

14) 「철학에 대하여」 이 책 355쪽. 슐레겔은 이어서 다음과 같이 말한다. "이러한 의미에서 오성은 바로 자연철학 자체이며, 최고선에 어느 정도 가까이 있다." 슐레겔의 사유에 있어 오성의 역할에 대해서는 P. Szondi, *Poésie et poétique de l'idéalisme allemand*, pp.97 이하 참조.

하면, (전혀 생각지 못한 방식으로) 관념론이 칸트로 다시 후퇴하고 유한성을 위반하여 유한 자체로 넘어가는 방식이 없지 않았던 것이다. 여기에는 헤겔 변증법 고유의 운동을 다시 이중화시키는 것처럼 보이는, 하지만 어떤 심연에 의해 이 운동과 분리되는 그 무언가가 있다. 아마도 이것이 계속 복수형이 사용되고 있는 이유를 설명해 주는 것이다('이념'이라는 단수가 아니라 항상 '이념들'이라는 복수로 등장한다). 달리 말하면 이념의 위상이 가지는 특이한 불안정성을 설명해 주는 것이다. 이념이 가진 역할의 상대화와 그것의 '주관화'도 마찬가지이다. 「이념들」은 이러한 깨달음의 고백으로 끝을 맺고 있다. "나는 중심을 가리키는 몇 가지 생각을 이야기했다. 나는 나의 방식으로[15] 나의 관점에서 아침 노을에 인사했다. 길을 아는 자는 자신의 방식으로 자신의 관점에서 그렇게 할 것이다"[「이념들」 155번]. 그리고 마지막 부분 노발리스에 보내는 헌사에서도 역시 예상 밖의 유비를 사용하여 "잡히지 않는 진리의 모습들"에 대해 말한다.

따라서 "이념"idée은 사변적 이념Idée이 아니며, 오히려 그 반대이다. 또 「이념들」은 여전히 자신들의 지평에 머무르고 있는 이 '체계적' 총체성을 구성하거나 재구성하는 데 있어 「아테네움 단상」보다 더 성공적이지도 않다. 「이념들」은 이 점에 있어 성공적인 것과는 거리가 멀다. 철학적 함의는 사실 이념들이 표제어로서, 하나의 기호로서 지시하고 있는 대상을 결코 철저히 파헤칠 수 없기 때문이다.

제목을 정할 때 슐레겔이 했던 고심에서 암시되듯이, 「이념들」이라는 제목은 단상의 범주에서 '잠언'이나 '격언'으로부터 물려받은 고전적 측면

---

15) 직역하면 '나의 견해에 따라'[nach meiner Ansicht]이며, Ansicht(견해)는 슐레겔이 제목으로 생각했던 단어이기도 하다.

이나 형식에 부여된 일종의 이점을 틀림없이 환기시킬 것이다(하물며 '사유들' 혹은 '견해들'의 경우라면 더욱더 그럴 것이다). 설령 습작의 한 조각으로 간주되는 단상과 대조되는 것일 뿐이라 하더라도 말이다. 달리 말하면 어떤 점에서 「이념들」은 단상 고유의 **도덕적** 장르라고 칭할 수 있는 어떤 것으로 다시 되돌아가는 것처럼 보일 것이다. 게다가 이것은 이미 이 모음집의 시작 부분, 첫번째 '이념'에서부터 금방 분명히 나타난다. 여기서는 '도덕적 주제'뿐만 아니라 명령 방식, 진리의 의지주의, 그리고 신탁의 감춰진 경고에 이르기까지 모두 우리를 속이지 않는 분명한 기호들이다. "철학의 실천적 부분 그 이상이 되어야 할 도덕에 대한 요구들과 흔적들이 점점 커지고 분명해지고 있다. …… 이시스의 베일을 찢고 비밀을 드러낼 때가 되었다. 이 여신의 모습을 감당할 수 없는 사람은 도망가거나 아니면 파멸할 것이다"[「이념들」 1번].

물론 여기서 '단상의 도덕적 장르'가 의미하는 것이 무엇인지 알아야 할 것이다. 왜냐하면 우리가 쉽게 짐작할 수 있듯이, 「이념들」이 명백히 도덕적 장르로의 **회귀**를 보여 주는 징후로서 나타나고 있다면, 바로 '단상의 도덕적 장르'에 대한 이해가 이러한 회귀에 어떤 의미를 부여해야 할지 결정하기 때문이다.

단상의 도덕적 장르, 그것은 사실 라틴[로마]적 특징을 지닌 철학적 모델에 다름 아니다. 다시 말하자면 그것은 본질적으로 도덕적 사태에 대한 어떤 철학의 모델로서, 원래의 '제일철학'에 대한 흔적은 조금도 없지만, 그럼에도 스토아적, 에피쿠로스적 혹은 (형식적 문제에 관한 한 전혀 사소하지 않은[16]) 견유학파적인 '플라톤 이후의 플라톤주의'에 뿌리내리고

---

16) 즉 견유학파에서 그 유래를 찾을 수 있는 (풍자문학의) "장르 혼합" 문제와 연관된다.

있다. 또한 다양한 문집들에 근거하여 로마의 모범적 사료 편찬, 철학적 형식의 학설사들, 그리고 플루타르코스에서 볼 수 있는 것과 같은 정리되고 요약된 모범적 전기의 장르를 동시에 접목시키고 있다. 여기서 로마는 단순한 역사의 한 순간 그 이상임은 분명하다. 「아테네움 단상」에서는 빙켈만 식의 헬레니즘이 재등장한 바로 그 한가운데서 (그리고 『아테네움』이라는 제목의 잡지를 통해) 이미 여러 차례 도발적으로 이에 대한 언급이 있었으며, 이를 통해 전체적으로는 계몽주의의 가치 자체에 기본적 토대를 두었던 일종의 '뒤틀린' 신고전주의의 윤곽들을 그려 내고 있다. 계몽주의가 구현한 가치의 내용이란 세련됨과 사회성, '정신'esprit(소크라테스 후예들의 아이러니, 또는 로마인들이 "코"nez라고 지칭했다고 하는 재치), 혹은 심지어 공화주의적 이념까지도 말한다.[17] 그리고 「이념들」에서 에픽테토스의 『입문서』*Manuell*나 마르쿠스 아우렐리우스의 『명상록』의 분위기가 퍼져 나온다 해도 결코 놀랄 일이 아니다(물론 희미하고 변형되긴 했지만 그럼에도 매우 분명히 알아볼 수 있다). 어쨌든 형식의 유사함에 대해서는 의심의 여지가 없다. 실제로 그 이름에서도 나타나고 있듯이 낭만주의romantisme는 로마의 전통을 '근대성' 속에서 완성했다. 헤겔이 로마와 낭만주의를 동일한 내용의 비판 대상에 함께 포함시키게 된 데에는 이유가 있는 것이다.[18]

하지만 단상의 도덕적 장르가 가장 가까운 곳에서 환기하고 있으면

---

17) 여러 곳에서 등장하지만 특히 「이념들」 56번과 114번 참조.

18) 특히 『미학강의』 서장(Einleitung)(III, 3, 3. 아이러니) 및 예술사의 서술에 관한 부분(2부 3장, 고대 그리스 예술의 해체, 풍자Satire에 관한 부분과 낭만적 예술의 해체, 소설에 관한 부분) 참조. 여기서는 좋지 않은 해체("중요하지"relevant 않은 해체)라고 부를 수 있는 것의 이유가 형식과 내용의 분리, 산문주의와 일방적 주관주의, 성스러운 것과 신적인 것의 모독, 장르의 혼합과 혼동 등등을 통틀어 비판하기 위해 사용되는데, 이러한 특징들은 로마의 예술뿐 아니라 좁은 의미의 "낭만주의"에서도 분명히 나타나는 것들이다.

서도 이러한 라틴 전통의 흐름을 잇고 있는 것은 모랄리스트들의 장르이다. 이 장르는 로마가 분명히 그려 내었지만 이후 주관적 서술 방식을 따르고 있는 장르, 곧 권위의 진술이 이제 전형적인 '근대'의 경향에 종속되며 등장하는 교훈적 화법의 장르이다. 이로부터 사회적 혹은 문학적 권위가 사유 자체의 권위를 (maxima sententia, 즉 '최고의 생각'이라는 정의에 포함되어 있는 권위를) 대체하게 된다. 가령 그라시안Baltasar Gracián의 『삶의 지혜』*Oraculo manual*와 에픽테토스의 『입문서』를 (혹은 라로슈푸코와 마르쿠스 아우렐리우스를) 구별짓는 서술의 차이는 사실 「이념들」을 구성하고 있는 것이다. 에로가 지적하고 있듯이,[19] 바로 「이념들」에서 프리드리히 슐레겔은 서술 주체로서의 '나'를 최초로 단상에 도입했다. 하지만 경구적 서술이 이렇게 변화했고 그 권위가 이행되었다는 것의 함의가 이제 진리는 구성되는 것에 있다고 한다면(더 이상 단순히 얻어지고 전달되는 것이 아니라는 데 있다면), 적어도 한 가지 결론은 분명해진다. 그것은 경구의 서술 주체 자체는 이제 전통적으로 경구나 격언이 충족시켰던 본보기의 역할과 일치해야 한다는 것이다. 여기서 우리는 다시 한번 데카르트적 주체가 어떤 입장의 화법을 취하고 있는지 재인식하게 된다. 혹은 단상의 문제와 더욱 가까운 예를 선택하자면, 파스칼의 사후적 권위를 정당화하고 격언의 근대적 전통에서 『팡세』를 위대한 모델로 만드는 것이 무엇인지 다시 깨닫게 된다. 단상의 도덕적 장르는 그 근대적 형태 속에서 계열적인 것[전형적인 것]le paradigmatique과 모범적인 것[본보기]의 영역이 절대주체성Subjectité의 영역으로 진입했음을 상정하고 있다. "내가(진리가), 바로 내가 말하고 있다……"라고 말할 권리를 스스로에게 부여하는 것은 모범,

19) R. Ayrault, *La genèse du romantisme allemand*, III, p.136.

절대적 모범이다.

물론 누군가 듣고 있다는 것을 전제한다면, 이것은 그의 목소리의 위력에 달려 있는 것도 아니고("나는 황야에서 외치는 자의 목소리다"Ego vox in deserto clamans는 자명한 진리로 드러나지 않은 적이 없다), 고대 수사학에서처럼 설득력에 달려 있는 것도 아니며, 바로 솜씨adresse에 달려 있다. 즉 시시한 재치를 부려 본다면, 그것은 **말을 거는**s'adresser 솜씨, 즉 진술 자체를 향하거나 미리 결정하는 재능이다. 그래서 우리는 명령 화법injonction이라 불렀던 것으로부터 (명령법 그 자체가 아니라 한다면, '명령법적인'à l'impératif 화법의 방식으로부터) 도움을 빌리는 것이며, 그래서 우리는 또 편지와 같이 은밀한 '대화적' 형식을, 즉 '도로테아에게 보내는 편지'(「철학에 대하여」)에 대한 「이념들」의 분명한 표현을 (혹은 그 반대를) 형식적이지만 피상적이지 않은 방식으로 가능하게 만드는 것에 도움을 청하는 것이다. 이제 경구적 화법들의 수신자가 경구 주체와 그 진술이 가진 본보기적 가치 사이의 일치를 자신에게서 재생산해 낼 수 있는 조건이 충족된 것이다. 달리 말하면 진술하는 주체와 수신자 사이에 모방의 관계가 성립되기 위한 조건들이 충족되었다. 물론 고대의 미메시스가 근대성 속에서 겪었던 변화의 굴곡을 고려할 경우, 혹은 『문학과 예술에 대한 강의』에서의 아우구스트 슐레겔이 한 말을 빌려, "'모방'이라는 표현 역시 좀더 고귀한 의미로, 즉 어떤 한 인간의 외양을 흉내내는 것이 아니라 그의 행위 원칙을 자신의 것으로 만든다는 의미로 받아들일"[20] 경우에 말이다. 즉 모방의 개념에 낭만주의자들이 **예술적 창조**의 의미로 바꾸어 놓게 될 바로 그러한 의미를 부여한다면 말이다.[21]

---

20) 이 책 524쪽 참조.

따라서 단상의 '도덕화', 혹은 고쳐 말하면 도덕적 전통으로의 단상의 회귀는 **모방**과 **창조**, 혹은 **표본**과 **창조** 사이의 모종의 관계를 전제로 한다.

사실 이 관계의 문제가 「이념들」에 계속해서 나타나고 있다.

물론 이러한 용어들을 통해서가 아니라 **예술**가라는 집요하게 계속 등장하는 오래된 주제 아래 등장한다. 예술가 주제는 이 단상집에서 가장 눈에 띄는 실마리 중 하나를 이루고 있으며, 그로 인해 이전의 단상들에서보다 훨씬 더 중요한 의미를 지니고 있다고 할 수 있다. 양적으로 더 자주 나타나기 때문이 아니라(참고로 말하자면, 오로지 「아테네움 단상」과만 비교해 보면 그럴 수 있다), 바로 실마리 노릇을 할 수 있다는 점에서 그렇다(이 점은 「아테네움 단상」에서는 찾을 수 없는 것이다). 다시 말하자면 예술가는 「이념들」에서 비로소 하나의 진정한 **형상**figure으로서의 위상을 획득하게 된다.

그런데 예술가는 모방과 정확히 어떤 관계에 있는가?

우리가 생각하게 되는 것과는 반대로, 문제는 예술가와 직접 닿아 있는 것이 아니라 그보다는 모방 그 자체와 닿아 있다. 즉 주체의 문제로 연결되는 것이다. 재차 언급하자면, 「이념들」이 '심화'의 방향으로 나아간다면, 이 심화가 가장 먼저 영향을 미치는 문제는 바로 우리에게 계속해서 낭만주의 그 자체로서 나타났던 문제, 즉 주체의 조건 혹은 형식화의 문제 바로 그것이다.

프리드리히 슐레겔이 「이념들」 44번에서 "그 누구도 자기 자신에게

---

21) (바움가르텐의) 미학과 18세기 예술 이론의 형성에서 아리스토텔레스 수사학의 이론적 구조와 아리스토텔레스 수사학의 "현대화"가 하나의 모범으로서 끼친 역할에 대해서는 Alfred Bäumler, *Kant's Kritik der Urteilskraft: Ihre Geschichte und Systematik*, Halle an der Saale 1923 참조.

는, 심지어 자신의 정신에게도, 직접적인 중보자Mittler가 될 수 없다"라고 말한다면, 이때 그는 노발리스에게서 발견한 주제나 개념을 자신의 방식으로 단지 '바꾸는 데' 그친 것이 아니다(그리고 노발리스는 아마도 이 중보자 개념을 레싱으로부터 가져왔을 것이다[22]). 또 지금까지 자신의 것이 아니었던 어투로 주체의 재인식에 대한 문제를 제기하는 것도 아니다. 그보다 그는 다시 한번 훨씬 더 근본적으로 데카르트적 주체의 해체를 확인하고, 이와 함께 자기 구성의 불가능성, 즉 주체의 절대화 내지 무한화의 불가능성을 확인한다. 여기서 또다시 슐레겔을 사변적인 것과 (그리고 특히 피히테와[23]) 구별해 주는 차이점이 무엇인지 분명해진다. 즉 철학에는 주체 그 자체로의 길을 열어 줄 수 있는 것이 아무것도 없다. 하지만 그 대신 중보자라는 이러한 종교적(전통적) 형상이 있는데, 이 형상은 프리드리히 슐레겔이 이미 「아테네움 단상」 시기에 스피노자를 내세워 탈종교화시키고 '범신론화'했으며(혹은 만물의 총체성 속에 용해시켰으며[24]), 「이념들」에서는 그와 반대로 예술가를 통해 표현하고 있는 바로 그러한 형상이다.

그런데 왜 예술가인가?

그 이유는 이어지는 「이념들」 45번에 다음과 같이 나타나 있다. "자신 안에 중심을 가지고 있는 사람은 예술가이다." 이 말이 뜻하는 바는 예

---

22) 레싱에서 노발리스까지의 중보자 개념의 역사에 관해서는 R. Ayrault, *La genèse du romantisme allemand*, III, pp.353 이하 참조.

23) 이 점에 관해서는 이 책 '서곡'의 「체계-주체」 참조(이 책 59쪽, 각주 11번).

24) 「아테네움 단상」 234번 참조. "오로지 유일한 중보자만이 있어야 한다는 것은 아주 편협하고 불경한 생각이다. 완전한 기독교인에게는 아마 모든 것이 중보자일 것이다. 그리고 이 점에 있어 스피노자는 완전한 기독교인에 가장 가깝다고 할 수 있다." 확인할 수 있듯이 이미 여기에서 우리는 중보자 개념을 (노발리스가) 기독교에 고유한 것으로 사용한 데 대한 우회적인 비판을 읽을 수 있다.

술가는 중보자를 필요로 하지 않고 혼자서 중보자의 역할을 다하는 사람이라는 것이다. 왜냐하면 이 단상에서 계속 이어지고 있듯이, 예술가와는 달리 자신 안에 중심을 가지고 있지 않는 사람은 — 물론 당분간을 위해서이긴 하지만 — "자기 밖에서 특정한 안내자나 중보자를 선택해야" 하기 때문이다. 따라서 중재는 수동적인 의미에서든 능동적인 의미에서든 중심 혹은 중심 부재의 문제이다. '가지는 것 혹은 가지지 않는 것', 그것은 일반적으로 인간에게 할당된 몫이다. 이미 보았듯이, 한편으로 예술가들과 (즉 '모범'과) 다른 한편으로 나머지 모두를 구별하는 분할이다. 그러한 분할이 만들어 내는 관계 — 이것은 관계 **그 자체**, 즉 관계 중의 관계인데, 「이념들」 44번에서는 다음과 같이 표현된다. "중재하고 중재되는 것은 인간의 고양된 삶 전체이다" — , 이러한 관계는 본래 철저히 **모방적**이다. 혹은 너무 앞서가는 위험을 감수하고서라도 정확히 해야 할 필요에서 달리 말해 보자면, 중재는 수동적일 때는 모방적mimétique 유형이고, 능동적일 때는 깨우침을 이끄는initiatique 유형이다. 「이념들」 45번에는 다음과 같은 말이 이어진다. "생동하는 중심 없이 인간은 존재할 수 없기 때문이며, 자신 안에 아직 이 중심이 없다면 이 사람은 다른 어떤 한 인간에서만 그것을 찾을 수 있을 것인데, 오직 한 인간과 그의 중심만이 이 사람의 중심을 자극하고 깨울 수 있기 때문이다."

이제 중재의 고유한 내용 자체는 잠시 미루어 놓고 그것의 기능에만 집중해 보자. 이는 우리가 보기에 거의 교육적pédagogique 기능, 혹은 더 정확히 말하면, 본질적으로 주체의 문제라는 점에서 "영혼교육적"psychagogique[25] 기능이라 할 수 있다. 만약 슐레겔에게서 아무런 문제없이 **도덕** 교육이란 것을 말할 수 있다면, 그것은 적어도 그러한 종류의 도덕 교육이 가지는 기능일 것이다(사실 레싱으로부터 수용한 '인간의 교육'이라는 주제는 「이념들」 전체에 계속해서 등장하고 있다). 하지만 슐레겔은 이것을 단호하게 부인한다. '도로테아에게 보내는 편지'인 「철학에 대하여」에서 "[나는] 모든 도덕 교육이 전적으로 무의미하고 허용될 수 없는 것이라 생각"한다고 말한 뒤, 자연스럽게 미메시스와 연결되어 있는 모든 '양가성'에 의거하여 다음과 같이 덧붙인다. "누군가를 **인간으로** 양성하고자 한다면, 그건 마치 어떤 사람이 신과 같은 존재가 될 수 있는 방법을 알려 주겠다고 말하는 것과 꼭 같이 들린다"[이 책 340쪽]. 즉 "인간"은 배워서 되는 것이 아니다. 인간은 "접종하여 만들 수 있는 것이 아니다"라고 슐레겔은 다시 말한다. 여기에서 불가능한 도덕 교육의 자리를 대신하는 중재가 왜 실제로는 **본보기**를 의미하는지가 설명된다. 그런데 이유는 곧 드러나게 되겠지만, 본보기로 말하자면 그저 단순한 모방만을, 즉 어떤 한 유형이나 표본을 외형적으로 재생산해 내는 것만을 나타내지 않는다. 아우구스트 슐레겔이 말하고 있듯이 본보기는 오히려 그와 반대로 "자기 것으로 만들기"appropriation[26]이며, 곧 어떤 주체의 내면성이나 내재성을 자기 것으로 만드는 것이다. 따라서 재-생산, 즉 주체가 하는 생산 운동 혹은 구성 운동 자체를 반복하는 것이다. 결국 자기생산의 미메시스를 말하며, 더 나아가 이것은 미메시스의 극한이다(혹은 가장 비밀스런 핵심이다). 이는 천재가 만들어지는 것은 다른 천재의 모방을 통해서가 아니라 그와 동일한 원천에 의거한다고 말하는 칸트의 내용과 흡사하다. 이것은 프리드리히 슐레겔의 의미에서 '모방적'이라는 말이 오래된 전통에 따라 사실 일종의

---

25) 그리스어 psyche(영혼)와 agein(인도하다, 이끌다)가 결합된 말. 영혼을 이끄는 기술이라는 의미이다. — 옮긴이

26) 아우구스트 슐레겔의 독일어 표현은 zu eigen machen이다. — 옮긴이

에로티즘을 근거로 하고 있으며 깨우침의 전수라는 비교秘教적인 주제와 연결되어 있음을 설명해 준다. 게다가 이후에 드러나게 되겠지만, 모든 도덕 교육이 금지된다고 해서 그것이 신비주의적 영혼교육psychagogie의 가능성을 금지하지는 않는다. 이런 측면에서 플라톤의 『향연』에 대한 이전의 해석을[27] 강화하고 있는 '도로테아에게 보내는 편지', 즉 「철학에 대하여」는 일말의 오해도 남기지 않고 이를 분명히 밝힌다. "인간은 접종하여 만들 수 있는 것이 아니며, 미덕은 가르칠 수도 배울 수도 없는 것이다. 그것은 오로지 실력이 있고 진실한 사람들과의 우정과 사랑을 통해서, 그리고 우리 자신과 소통하고 우리 안의 신들과 소통함으로써만 가능하다"[이 책 340쪽].

이 지점에서 방금 언급된 자기형성 혹은 자기생산의 가능성을 살펴볼 필요가 있다. 이것은 분명 예술가의 전유물이다. 그러나 그전에 간과하지 말아야 할 사실이 있다. 슐레겔은 예술가에게 인간 '교육자'의 역할을 부여했고 이런 면에서 그는 그 시대의 보편적 구상을 지지하고 있는데,[28] 이 교육의 역할이 바로 그러한 '모방적인 것'에 입각하고 있다는 사실이다. 이러한 예술가는 실제로 가르치지는 않으며, 차라리 '모범'에 가까운 (하지만 앞에서 언급된 제한 사항을 둔) 교육자이며, 그럼에도 "만들어 내는

27) 「디오티마에 대하여」(Über die Diotima), 1795년 *Berlinische Monatsschrift*에 발표. 「철학에 대하여」에서도 이전의 연구 「그리스 시인들에서의 여성성 묘사에 관하여」(Über die Darstellung der Weiblichkeit in den griechischen Dichtern)에서 전개되었던 많은 주제들이 등장한다[바로 앞의 연구는 원래 1794년 「그리스 시인들에서의 여성적 특징들에 관하여」Über die weiblichen Charaktere in den griechischen Dichtern라는 제목으로 *Leipziger Monatsschrift für Damen*에 발표되었던 글과 동일한 것이다. F. Schlegel, *Kritische Schriften und Fragmente*, Bd. 1: 1794~1797, pp.16~28].

28) 특히 셸링의 「독일 관념론의 가장 오래된 체계 구상」 참조.

것"bilden(「이념들」 54번)과 궁극적으로 — 레싱과 실러를 과감히 요약하여 말하자면 — 인간의 미적 교육에 대한 확신을 유일한 사명으로 삼는 깨우침의 전수자이다. 이것이 사실 「이념들」의 가장 중요한 문제이다. 교양[도야]Bildung을 통해서, 오로지 이것을 통해서만 "그 자체로 전체인 인간은 어디서나 인간적이 되고, 그리고 인간성으로 충만하게 된다"(「이념들」 65번). 또 「이념들」 37번은 교양을 "최고선이며 유일하게 유용한 것"으로 정의한다.

여기서 지적해야 할 또 한 가지 사실은 이 교양Bildung이 엄밀히 말하면 '미적'이지 않다는 점이다(게다가 '미적'이라는 용어는 분명 「이념들」에서 항상 경멸적 색채를 띠고 있다[29]). 물론 "풍부한 **교양**"은 오로지 "최고의 포에지"에서만 찾을 수 있다. 그러나 이것이 "철학자들에게서"만 찾을 수 있다고 하는 "인간의 깊이"를(「이념들」 57번) 배제하는 것은 아니다. 사실 예술가는 자신 안에서 포에지와 철학을 서로 화해하거나 "결합"하는 한에서만 중보자의 (혹은 교육자의) 역할을 확신할 수 있기 때문이다. 이는 곧 그가 **종교적** 인간인 한에서 그렇다는 말이다.

그러나 너무 앞서 가지는 않도록 하자. 교양Bildung의 과정이 어떤 작용을 하며 어떻게 구성되어 나가는지를 이해하는 문제는 여전히 그대로 남아 있다.

우리가 조금 전에 언급한 「이념들」 54번을 전부 그대로 인용하면 다음과 같다. "예술가는 지배하려 하지도, 봉사하려 하지 않아도 된다. 그는 오로지 형성해bilden 낼 수 있으며, 형성하는 것 외에 아무것도 하지 못한다. 그러므로 예술가가 국가를 위해서 할 수 있는 것 역시 다스리는 자와

---

29) 가령 「이념들」 72번 참조.

따르는 자를 만들어 내고, 정치가와 재정가들을 예술가들로 끌어올리는 것뿐이다." — 정치적이다. 이것은 너무나 분명하다. 그럴 수밖에 없다. 여기에는 확실한 이유가 있다고 우리는 말하고 싶다. 왜냐하면 교양의 작용에 대한 모델 역시 정치적이기 때문이다(물론 오로지 정치적이기만 하다는 의미는 결코 아니다). 정확히 말해서 교양의 목적이 '공화주의적'이라는 점에서(이는 이미 「아테네움 단상」에 자주 등장한 주제이다), 그리고 사례의 논리에 따라 이러한 목적 자체가 적어도 하나의 '소우주'microcosme의 형식 아래 표현되거나 서술되어야dargestellt 한다는 점에서 바로 정치적이다. 즉 국가에 대한(주인과 노예의 분리로 축소된 모든 사회적 관계에 대한) 예술가의 독립성을 말하지만, 동시에 고대 로마의 원로원 의원들에도 비견될 수 있는 그러한 "왕들로 이루어진 하나의 민족"으로 예술가들을 구성하는 것이기도 한 것이다(「이념들」 114번). — 예술가들로 이루어진 평등주의적이고 절대적으로 '민주적인' 일종의 공화제, 여기서는 어떤 '시민'도 지도자로 자처할 수 없으며, 혹은 「이념들」 114번에서도 계속 말하고 있듯이 어떤 "예술가"도 "예술가들 중의 유일한 예술가, 예술가의 중심, 모든 다른 예술가들의 지도자"일 수는 없다.

사람들이 지적하듯 이러한 '예술가들의 사회'가 지닌 '엘리트주의적' 요소는 분명 그것이 내세우고 있는 '공화주의적' 이상에 어긋난다. 그러나 교양을 직접적인 '형식화'mise-en-forme로 생각하고 있는 「아테네움 단상」에서와는 달리 여기 「이념들」에서 교양은 하나의 **과정**으로 이해되고 있기도 하다. 교양은 「이념들」을 통해 이루어진 '체계'에 따라 아직 완성되지 않은 것이다. "아직 완전한 교양에 도달한 사람은 없다"고 「이념들」 96번은 말하고 있다. 즉 '예술가들의 사회'는 바로 완성된 교양이라는 유토피아인 것이다. 그것은 또한 이중적 의미에서 그러한데, 왜냐하면 사실 교양은 아직 그 자체로 존재하지 않고 단지 맹세 혹은 요청의 대상을 만들어 낼 뿐이기 때문이다. 그런데 이 요청은 더 이상 「비판적 단상」의 시기에서처럼 단순한 잡지의 기획에 지나지 않는 것이 아니라, 그룹이 해체되기 직전, 미래의 시간을 사용하겠다는 일종의 선언이다(그리고 사실 「이념들」이 그런 선언문이 아니라면 무엇일 수 있겠는가?). 바로 이것이 여기서 구상된 모범적인 예술가-사회의 모델이 단순히 '엘리트주의적'이지 않고 '신비주의적'인 (또한 불가사의하며, 은밀하며, 비교秘教적인) 이유이며, 그러한 예술가-사회에 의해 보장되어야 할 중재가 엄밀히 말해 모범적이라기보다는 "깨우침을 이끄는initiatique" 성격을 지닌 이유이다.

여기서 「이념들」에 계속 등장하는 주제, 즉 예술가들의 비밀 '연합'을 구성해야 하는 필요성이 설명된다. 이 연합은 중세 시대의 한자 동맹과 같은(「이념들」 142번), 혹은 일종의 '프리메이슨적' 동맹일 것이며, 이 동맹 속에서는 모든 구성원이 서약을 통해 다른 모두와 연대를 맺게 되며(「이념들」 32번), 또 주체의 자기-구성의 가능성, 즉 "모든 예술가가 다른 모든 예술가에게 중보자"(「이념들」 44번)일 수 있는 가능성이 집단적으로 함께 느껴질 것이다. 달리 말하면 동맹은 칸트가 성인聖人에 대해 말하면서 보여 줄 수 없는 것으로 설명한 바로 그것을, 즉 자기에 접근하는 주체의 효과를 (표현Darstellung의 의미에서) '보여 줄' 것인데, 이것은 각자 자신을 대상으로, 그리고 모두가 서로를 대상으로 하는 자기-중재라는 간접 수단에 의한 것이다.

이에 따라 우리는 왜 '깨우침을 이끄는' 예술가를 인간 형성에 있어 절대적 모범, 혹은 더 정확히 절대적 **형상**으로, 즉 모범성과 유형화가 그 마지막 극단에 이른 모범과 형상으로 삼을 수 있는지 이해할 수 있다(나중에 다시 언급하겠지만 슐레겔은 이런 의미의 예술가에 대해 "성직자"라는 이름을 마련해 놓았다). 이 예술가는 바로 [큰]주체 그 자체로서 자신의 고유한 무한성 혹은 고유한 절대화 가능성 속에 존재한다. 앞으로 보게 되겠지만, 주체는 그런 한에서 신적인 것에 필적한다. 그래서 예술가는 단순히 인간과의 관계에 있어서 "지상의 다른 피조물 중에서 인간에 해당되는 것"(「이념들」 43번)에 그치지 않는다. 또 "인류를 하나의 개체로 만드는" 것, 즉 "모든 외적인 인간성의 정기들이 서로 만나고, 내적인 인간성이 가장 먼저 활동하는 곳인, 정신적으로 좀더 고차원의 조직체"(「이념들」 64번)에 그치는 것도 아니다. 예술가는 절대적 중보자로서, "신적인 것을 자신 안에서 인지"하며 — 자기 자신을 신적으로, 혹은 "우리 안에 있는 신"으로 인지하고 —, "알리고 전하며, 모든 인간들에게 이 신성을 도의와 행동으로, 또 말과 활동으로 보여 줄" 의무가 있다(「이념들」 44번). 다시 다루어야 하겠지만, 이에 대한 전제는 중재가 그와 같이 일어난다는 것, 즉 말 그대로 자기 희생의 절대적인 — 왜냐하면 무화하기 때문에 — (혹은 절대적으로 생산적인) 형식 혹은 '형상'으로 작품화하는 것이다.

그런데 '모델'이나 '모범'이 이렇게 자기 중심적이면서 동시에 다수 중심적인 예술가-사회라고 한다면, 자기 고유의 '조직'을 가진 「이념들」 그 자체가 왜 그에 대해 완벽히 상응하는 선언문인지, 즉 그에 대한 **표현**Darstellung인지 역시 분명히 이해할 수 있다. 바로 이러한 의미에서, 또 슐레겔 자신이 책의 "비교秘教적 개념"이라 칭한 것에 따라 「이념들」은 책을 이룬다. 「이념들」은 여기서 구상된 정치적-예술적 기획을 통해 적어도 "레싱이 예언한 새롭고 영원한 복음"으로부터 생겨날 이 "성서"를 예고한 것이다(「이념들」 95번). 성서, 그것은 다수의 책, "책들로 이루어진 하나의 체계", "무한한 책", "영원히 생성 중인 책"이며, "고립"되거나 한 권의 "개별적"인 책이 아니다. 「이념들」 95번에서 말하고 있듯이, "어떠한 이념도 고립되어 있지 않으며, 모든 이념들 가운데서만 원래 자신 그대로이다". 그럼에도 불구하고 단편화를 통해서 「이념들」을 구성하고 있는 이념들 개개는 "중심을 가리키고"(「이념들」 155번) 있다. 이 중심은 예술가들 각자가 구현하고 있거나 자기 안에 지니고 있는 것이며, 바로 분산된다는 점에 있어서만 유일무이한 것이다.

그런데 이 기획에서 특별한 관심을 끄는 것은 이제 사랑을 위해 마련되어 있는 장소이다.

우선 이 주제는 비교적 새로운 것이다. 「아테네움 단상」의 '공동철학'은 우정을 전제하고 있는데, 덧붙이자면 여기 「이념들」에서도 (거의) 동일한 장소에서 그와 비견하는 역할을 통해 재등장한다. 물론 「아테네움 단상」에서는 동반자와의 창조적 관계라는 모델이 전적으로 고전적인 방식으로 — 그리고 프리드리히 슐레겔이 『향연』의 디오티마로부터 강한 매혹을 느꼈음에도 불구하고(혹은 그 때문에?) — 동성애적 관계를 플라톤화한 모델로 남아 있었다. 그러나 「이념들」에서는 그와 반대로 '도로테아에게 보내는 편지'인 「철학에 대하여」에서의 경험을 전제로, '교육적' 목적을 근거로 성의 차이를 중시하고 보다 분명히 이성애에 그 역할을 부여했다. 즉 여성들의 교육 **또한** 계획되어 있는 것이며, (준비하는 것이 아닐지라도) 예고하는 것이 중요했던 일종의 '문화 혁명'에 마찬가지로 결정적인 역할을 했다. 「이념들」 115번은 다음과 같이 말하고 있다. "만약 네가 위대한 것에 어떤 기여를 하고 싶다면 젊은이들과 여성들을 자극하고 교육시켜라. 그들에게는 어쨌든 아직 새롭고 활기찬 힘과 건강함을 찾을 수 있는데, 이런 방법으로 가장 중요한 개혁들이 실행되었다." 요약하자면, '이념'의 시간 혹은 시대라고 칭할 수 있는 것은 '여성성'에 대한 고려를 분명히 드러낸다. 그 이유가 무엇인가?

「이념들」에서만 본다면 그 이유는 매우 간단하다. 여성은 "신비적인 것"의 본질 그 자체로서, 비밀의식 입문의 **형상**이다. 이에 대해 슐레겔은 두 번 언급한다. "비밀의식은 여성적이다"(「이념들」 128번과 137번). 또 이렇게 덧붙인다. "비밀의식은 스스로를 감춘다. 그러면서도 보여지기 원하고 추측의 대상이 되고 싶어 한다"(「이념들」 128번). 이것이 「이념들」이 첫 번째 단상부터 이미 노발리스가 『자이스의 제자들』*Die Lehrlinge zu Sais*에서 환기시킨 이시스 여신이라는 표징 뒤에 자리를 잡고 있는 이유이며, 다시 말해 신비적 에로티즘과 비밀의식 입문의 (혹은 '프리메이슨적'인) 표징을 띠고 있는 이유다. 이는 영원히 메타포 일반의 진리로 되돌아가는 이 진리의 메타포가 가지는 모든 구속력에 상응하는데, 그것은 바로 드러냄의 욕망에게 진리 추구를 명하고 폭로로부터 계시를 이끌어 내는 것이다. "이시스의 베일을 찢고 비밀을 드러낼 때가 되었다." 여성-진리라는 오래된 이야기이다…….

그러나 만약 교양Bildung이 "완성된 인간"의 형성, 혹은 "총체적 인간"의 형성이어야 한다면 교양은 인간의 성적 구분을 무시할 수 없다는 점도 분명하다. 또 하나의 오래된 이야기, 그것은 분할에 관한 것 — 하나의 통일체에 대한 회상과[30] 결합에의 욕망에[31] 관한 것이다.

그러나 이 경우 분할은 매우 명확하다. 그것은 능력들 혹은 경향들의 분할인데, 분명 교양의 통일적이고 종합적인 목적을 위해 잠시 중단된 '지

---

30) 「이념들」 19번 참조. "천재성을 가지고 있는 것은 인간의 자연적인 상태이다. 인간은 또한 자연적으로 건강히 태어났음에 틀림없다. 남자들에게는 천재성이 있는 것처럼, 여자들에게는 사랑이 있기에 우리는 황금시대를 사랑과 천재성이 보편적이었던 시대로 생각해야 한다."

양'을 위한 것이다. 따라서 이 분할의 역할 관계를 해결하거나 해소시키고자 한다면, 사전에 이 역할을 분석하는 것이 필요하다. 왜「이념들」배후에 항상「철학에 대하여」를 상정해야 하는지도 이와 관련이 있다.

적어도 그 주된 의도로 볼 때 우리는「철학에 대하여」가 계획하고 있는 것은 결국 '교육적' 결론을 이끌어 내기 위해서「아테네움 단상」중 두 편에 대해 해설하는 것이라고 간주할 수 있다. 이 두 편의 단상에는 분할 내용의 명부와 가능한 해결 내지 해소의 목록이 미리 준비되어 있는 것으로서, 그리고 매우 체계적인 방식으로 동시에 들어가 있다. 우선「아테네움 단상」102번은 다음과 같다. "여자들은 예술에 대한 감각이 전혀 없다. 하지만 어쩌면 시에 대한 감각은 있을 것이다. 여자들은 학문적 소질이 없다. 하지만 철학적 소질은 있을 것이다. 그들에게 사변의 능력이나 무한성에 대한 내적 직관의 능력이 없는 것은 아니다. 단지 추상화 능력이 부족할 뿐인데, 이것이 사실 오히려 더 쉽게 배울 수 있는 것이다." 그리고「아테네움 단상」420번은 "교양 있는 여자"의 도덕성을 결정하는 기준의 여러 가능성에 대한 논의 도중 다음과 같이 표현한다. "그녀가 가령 위대함보다 더 위대한 것을 안다면, …… 열광의 능력이 있다면, 그녀는 도덕적 의미에서 죄가 없다. 이렇게 볼 때 여자의 모든 미덕은 종교라고 할 수 있다."[32] 이것이 좀더 발전된 것이, 그리고 — 꼭 언급해야 할 점으

---

31)「철학에 대하여」는 근원적인 남녀 양성(androgynie)의 회복이 필요하다는 주제를 다시 건드리고 있다(이 책 340쪽 이하 참조). 또한 결국 이 책이 그에 대한 주석서가 된다고 할 수 있는『루친데』, 그리고「아테네움 단상」364번도 참조.

32)「아테네움 단상」420번의 나머지 구절은 다음과 같다(여기서 인용하는 이유는 프리드리히 슐레겔이 취하고 있는 기독교에 대한 거리를 지적해 보이고 싶어서이다). "그러나 여자들이 마치 남자들보다 신이나 예수를 더 많이 믿는 것처럼 보인다는 것, 그리고 선하고 아름다운 자유사상이 그들보다는 남자들에게 더 어울린다는 것은 단지 일반적으로 통용되는 수많은 피상적

로서 ― 칸트의 『아름다움과 숭고의 감정에 관한 고찰』*Beobachtung über das Gefühl des Schönen und Erhabenen*에 대한 상세한 독서를 통해[33] 내용이 풍부해지게 된 것이 바로 「철학에 대하여」의 '체계'이다.

이러한 구분은 사실 「철학에 대하여」에서 "본성"과 "사명"을 구별하는 것과 일치한다. 본성적으로 여자는 **가정에 어울리는** 존재다(이로부터 여자의 조건이 일상적 "비참함"이 되는 것이다. 이에 대해 프리드리히 슐레겔은 결사적으로 이의를 제기했다). 반면 여성의 사명 혹은 미덕은 종교이다. 물론 우리는 (슐레겔이 말하는 대로 종교를 달리 불러야 하며) 이 종교의 의미를 "종교적" 종교가 아니라, "감성" 혹은 신적인 것에 대한 그리고 "우리 안에 있는" 신적인 것에 대한 (사변적) 직관이라 해야 할 것이다. 다시 말하면 이것은 곧 "인간성"의 정점이다. 슐레겔이 '조직'organisation이라고 지칭하는 것의 측면에서 보았을 때도 마찬가지로, 여성적 형상을 결정하는 모성적 유한성, 여성적 형상이 표현하는 정신과 육체의 합일, 자신에게 몰두하여 삶을 아름답게 하는 힘을 스스로 부여하는 여성 고유의 "부드러운 연민", 한마디로 여자의 아름다움을 이루는 모든 것은 (남성적 형상을 특징짓는 "숭고"와는 반대로) 서로 불가분의 관계에 있는 인간성과 종교에 있다. 하지만 우리는 다음과 같은 사실도 알고 있다. 인간성은 바로 절대성을 지니고 있기 때문에(인간성은 "의심의 여지없이" 신적인 것을 능가한다)

견해들 중 하나에 지나지 않을 것이다. 루소는 이러한 진부한 생각으로부터 여성론이라는 체계적 학설을 구성했는데, 그 터무니없는 내용이 결말에 가서 개선되고 나아졌기 때문에 일반적인 찬사를 받을 수밖에 없었다."

33) 즉 달리 말하자면, 칸트의 "인간학" 뒤에 자리 잡고 있는 전통 전체의 영향으로부터라고 말할 수 있는데, 이때 우리가 잊어서는 안 될 점은, 이 전통에서 여성은 특권을 누리는 대상이었다는 사실이다(물론 「아테네움 단상」에 대한 한 메모는 이를 부인하기는 한다). 그 전통은 볼프 이후의 미학일 뿐 아니라 영국 모랄리스트들이나 흄의 전통일 수 있다.

배울 수 없다는 것, 기껏해야 행해지거나 완성될 수 있다는 것, 즉 "형성" 될 수 있다는 것이다. 본성과 사명 사이의 불일치가 여성의 실현으로 (혹은 여성화로) 이끄는 것이며, 바로 이것이 여성의 사명을 실현하는 것이다. 그 전제는 여성의 '문화적 향상acculturation'과 '형성', 여성의 교양인데, 이것은 사랑의 관계를 맺는 동시에 (왜냐하면 남성은 형성 능력의 전형이기 때문에) 다른 한편으로 교양 전반의 요소를 자유롭게 체험할 때 일어난다. 바로 이것이 여성들이 철학의 기초를 배울 필요성이 있는 이유이다(그래서 "여자들에게 철학은 필수적이다"가 「철학에 대하여」의 모토이다). 달리 말하면 바로 이것이 여자들에게서 나타나는 '철학적 자질'의 기원이다. 즉 틀림없이 본성적으로 그렇기 때문이 아니라(여성들의 본성에 대한 문화적 유비가 되는 것은 포에지이다[34]), 철학이 종교의 도구에 지나지 않기 때문이다. 「이념들」 34번이 말하고 있듯이 "종교를 가진 사람은 포에지를 이야기할 것이다. 그러나 포에지를 찾고 발견하기 위해서는 철학이 그 도구가 되어야 한다".

이에 따라 「철학에 대하여」의 "교육적" 구상 전체가 짜여지는데, 그것은 사랑 속에서의 철학에로의 입문이다. 하지만 사실 입문은 이중적이다. 사랑의 상호성 법칙이 그렇기 때문이다. 남성이 여성을 철학에로 입문시킨다는 것, 그럼으로써 여성에게 완성된 종교로의 접근을 가능하게 해준다는 것, 이것은 그 대가로 여성은 남성이 필요로 하는 포에지에의 욕구를 충족시켜 줄 수 있어야 한다는 것을 전제로 한다. 달리 말하면 남성과 여성 사이의 상호 교환 없이는, 또 그들의 본성과 사명이 동시적으로 교차하

34) 「이념들」 127번 참조. "여성들은 시인의 포에지를 별로 필요로 하지 않는다. 그들의 가장 고유한 본질이 포에지이기 때문이다."

지 않고서는 어떠한 완성된 '인간성'도, 실질적인 종교도 없을 것이다. 더구나 바로 이 때문에 성차의 상대적 종속성이 있는 것이다. 그래서 유일하게 신적인 것, 그것은 보편적으로 인간적인 것이다. 천재성과 사랑이 서로 결합했던 "황금시대"의 이러한 조화에 따라(「이념들」 19번), 「철학에 대하여」에서는 다음과 같이 말한다. "오직 부드러운 남성성만이, 그리고 독립적인 여성성만이 올바르고 참되며 아름답다……. 그렇다면 …… 성별의 성격을 너무 지나치게 과장해서는 결코 안 되며, 효과적인 균형 작용을 통해 오히려 완화시켜야 한다. 그래야만 고유한 본성이 욕망과 사랑에 따라 인간성의 전체 영역에서 자유롭게 움직이기 위한 무한한 공간을 발견할 수 있다." 이 말이 의미하는 바는 입문은 오로지 포에지와 철학의 상호적 공동 침투를 통해서만 완전해진다는 것이다. 이것은 「이념들」의 중요한 주제 중의 하나이기도 하다. "포에지와 철학은 어떻게 보느냐에 따라 상이한 영역, 상이한 형식을 가지며, 혹은 종교의 구성 요소가 될 수도 있다. 왜냐하면 이 둘을 실제로 연결시켜 보기만 한다면 우리는 종교를 얻게 되기 때문이다"(「이념들」 46번). 바로 이것이 서간문이라는 장르를 선택한 이유를 설명한다. 더 정확히 말하면 낭만주의 글쓰기의 전체 기획에 있어서 이 장르가 불가피하게 중재의 역할을 맡을 수밖에 없었던 이유를 설명한다.

그런데 단상적 완고함이 이끌어 가며 강조하는 그 모든 것과 (그 대부분은 **종교적** 주제인데) 함께 단상적 완고함에 전제되어 있는 것은 편지를 통한 [장르의] 이행이다. 더 구체적으로 말하면, 단상적 완고함은 슐레겔이 종교의 이름으로 검토했던 문제와 불가분의 관계에 있기 때문에, 편지와 단상의 구분과 동시에 엮음을 전세로 한다. 사랑의 편지와 선언문의 구분인 동시에 엮음이며, '교육적' 기획과 '정치적' 기획의 구분인 동시에 엮음이다. 이것들을 분리하거나 구분하는 것 속에서 막 나타난 것, 이미 나타나고 있는 것이 바로 '작품'이다. 그런데 이것은 다른 장르의 작품이며 (즉 소설인데, 우리는 『루친데』를 염두에 두고 있다), 단상적 논리 자체에 따라 부분이자 전체인 작품이며, 「이념들」 95번이 말하고 있듯이 "영원히 생성 중에 있는" 책 속에서 끊임없이 결합되고 끊임없이 분산되는 "완전한 문학"의 작품이다. 반면 (이렇게 나눌 수 있다면) 그 엮음 속에서 행해지고 있는 것 — 그리고 단편화의 요청에 의해 다른 방식이긴 하지만 다시 작동되고 있는 것 —, 그것은 우리가 단상의 도덕적 장르라고 불렀던 것이다. 슐레겔이라면 그보다는 '종교적' 장르라고 불렀을 것이 분명하며, 혹은 적어도 종교적 '예비 과정'의 한 변형으로 생각했을 것이다. 물론 슐레겔이 이것을 '도덕'이라 부르지 않으려고 했던 것도 아니다(이유는 곧 살펴볼 것이다). 어쨌든 이것은 슐레겔이 관심을 갖고 있던 대중성의 문제와 연관이 있다.

도로테아에게 보내는 편지 형식인 「철학에 대하여」가 이 사실을 재-인식한다는 것으로 서간문 장르는 이미 대중적 장르다. 글쓰기 영역에서 (그리고 이것을 주장하고 있는 깨우침의 전수자에게, 즉 남자에게[35]) 이 서간문은 적어도 철학적 (사랑의) 연습도 할 수 있게 하는, 그것도 매우 쉽게 하도록 만드는 그러한 대화나 이야기에 필적하는 것이다. 따라서 대중성 특유의 활동 영역을 궁극적으로 규정하는 (살롱[36]) '사회의 정신' 혹은 '사회성'의 차원에서 볼 때, 그것은 가령 알가로티Francesco Algarotti의 『여성들을 위한 뉴턴 물리학』이나 퐁트넬의 『세계의 다양성에 관한 대화』와 같이[37]

---

35) 글쓰기에 대한 찬사가 나타나 있는 「철학에 대하여」의 앞부분 참조. 「이념들」과 『루친데』에서도 글쓰기에 대한 찬사를 읽을 수 있다.

36) 「독일 관념론의 가장 오래된 체계 구상」에 나타나 있듯이 인류의 교육이라는 이념이 분명 이것을 함축하고 있기는 하지만, "대중"(peuple) 그 자체는 아니다.

'부인네들'을 위해 통속화된 작품에 해당하는 것이다. 말하자면 서간문은 (즉 「철학에 대하여」 역시) 어느 정도는 '공원에서 하는 철학 수업'과 같은 것이다. 혹은 『루친데』의 경우 차라리 침실에서 하는 철학 수업이라고도 할 수 있다.

이는 적어도 「철학에 대하여」가 그런 수업을 직접 제공하는 것이 아니라 그 필요성을 보여 주고 그 가능성의 조건들을 타진해 보는 것을 목표로 하지 않을 경우에 그럴 것이다. 이런 이유로 이 서간문은 '구상'으로 머물렀으며, 대중성이라는 이름으로 철학과 포에지의 결합을 정확히 기술하고자 노력했던 것이다. 이 결합만이 종교로의 이행을 보장해 주며, 프리드리히 슐레겔이 '남성을 위한 철학'이라고 불렀던 것이 무엇인지 보여 주기 때문이다. 또한 알려져 있는 다양한 철학의 목록을 작성한 후에(즉 칸트 '다시 쓰기'가 필요한 이유를 인식하고,[38] 스피노자를 철학의 철학자로 칭송하고, 피히테를 모델로 하여 플라톤에 대한 이상적인 입문을 꿈꾸면서), 왜 그럼에도 「철학에 대하여」에서 대중적 철학은 아직도 쓰여져야 할 것으로 남아 있다는 결론에 도달하게 되었는지를 설명해 준다.

그에 대한 모델은? ······ 「철학에 대하여」가 그것이다. 적어도 잠정적으로는, 즉 '준비 단계'의 의미에서는 그렇다. 편지로서는 분량이 많아 슐레겔이 걱정하기도 했지만, 좀더 완성된 하나의 서술^Darstellung^에 대한 초

37) 이 책 342쪽 각주 4번 참조. — 옮긴이

38) 가장 먼저 기억해야 할 사람은 칸트였다는 것(그는 대중성에 대한 관심을 당연히 가지고 있었기 때문에). 「이념들」 전체에서 드러나고 있는 입장, 즉 종교가 사실은 진정한 대중성이라는 것에 대한 인정은 칸트의 『이성의 한계 안에서의 종교』(*Die Religion innerhalb der Grenzen der bloßen Vernunft*, 1793)의 직접적인 계승이다. 우리는 그 직접적인 반향을 「이념들」 42번에서 발견할 수 있다. 여기서는 슐레겔적 '변증법'에 부합하여, 철학과 포에지의 화해라는 진정한 대중성의 필수 조건을 확보할 수 있는 것은 오직 종교뿐이라고 말하고 있다.

고로서 이 글은 그 모델이 될 수 있다. 슐레겔이 처음에 어떠한 이름도 붙일 수 없다고 생각했던 다소 하찮은 이 '장르'를 결국 어쩔 수 없이 '모랄'Moral이라는 말로 표현하기로 한 것은 확실히 우연에 의한 것은 아니다. 「철학에 대하여」 마지막 부분에 다음과 같은 구절이 등장한다. "인류 전체에 해당되는 주제들에 대한, 혹은 적어도 오직 그 관점만을 취한 자기 대화를 한번 생각해 보아라. 물론 우정 어린 편지에서 허용되는 것 이상의 분석은 하지 않는 것이 좋겠다. 어조는 가령 너에게 보내는 지금 이 편지같이 계속 이어지는 대화체면 괜찮다. 나는 그것을 철학이라기보다는 '모랄'이라 부르고 싶다. 물론 일반적으로 도덕이라 불리는 것과는 다른 것이긴 하지만 말이다. 내가 생각하는 것을 이 장르에서 실행하기 위해서는 무엇보다도 한 명의 인간이어야 하며, 그다음엔 물론 철학자이기도 해야 할 것이다." 이 문장들은 몽테뉴처럼 들린다. 여기서 말하는 것은 몽테뉴의 "고쳐야 할 것은 고쳐야 한다"mutatis mutandis이기 때문이다. 다시 말하면, 여기서는 '모랄'의 이름으로 독백, 자유로운 대화, 편지나 청원서가 서로 혼합된 '에세이' 자체의 '장르'를(이것이 하나의 장르라고 한다면), 그리고 우리가 이미 보았듯이 잠언과 경구의 장르를 명확히 표현하고 있기 때문이다. 모랄이라는 장르, 그것은 에세이와 단상 사이에 있는, 주체 자체에 대한 규정 불가능하며 다수적인 장르이다. 혹은 인간을 (인간 조건을) 표현하는 장르이다. 따라서 본보기적 장르이며 깨우침을 상호 전수하는 장르이다. 하지만 몽테뉴에서 슐레겔까지 (즉 몽테뉴가 그 전통을 세우기 시작한 고전적 모랄리스트들부터 슐레겔까지) 본보기적인 성격은 '특징화'로 바뀌었으며(철학자의 특징화는 피히테의 철학에서 빠져 있는, 그래서 해야 할 "작업"[39]으로 남겨져 있는 유일한 것이다), 사랑이라는 관계가 우정보다 우위를 차지하는 경향이 생겨나게 되었다. 무엇보다도 — 우리는 이후 절대주체성Subjectité의 시기로, 또 그 안에서는 사변성의 시대 및 절대적 [큰]주체의 자기-구성의 시대로 진입했기 때문에 —, 고대인들은 더 이상 유일한 '권위자'(유일한 저자들)가 아니며, 또한 플루타르크나 디오게네스 라에르티오스는 격언이나 모범 혹은 인용의 유일한 저장고가 아니었다. 오히려 고대와 근대의 대립을 '지양'하는 일, 막 태동하려는 주체를 위해 초기 '격언들'과 대결하는 일이 필요했다. 이 격언들을 거울로 삼아 이 주체는 스스로를 재인식할 수 있을 것이며, 이 격언들은 미래의 표현을 위한 주춧돌을, 즉 작품을 위한 주춧돌을 형성한다. 그리고 바로 이 작품 안에서, 그리고 이 작품으로서 주체는 자신 자신에게 도달하게 되는 것이다.[40]

그렇다고 해도 앞에서 충분히 언급한 대로 모랄 장르가 전적으로 종교적 특징을 통해 나타난다는 점에는 변함이 없다. 또 모든 것에도 불구하고 (즉 슐레겔이 여러 측면의 설명을 마련해 놓았음에도 불구하고[41]) 우리는 아직도 그 말이 정확히 무엇을 함의하고 있는지 모른다. 더 구체적으로 말하면, 우리는 모랄 장르라는 말이 불러일으키고 있는 혼란이 달갑지 않다.

슐레겔은 몇 년이 지난 후 잡지 『아테네움』에 대한 경험을 재론하면

---

39) "이제 아마도 내게 남아 있는 단 한 가지 작업은 철학자 피히테가 가진 필연적이고 자연적인 특징 전반을 서술하는 것이다. 왜냐하면 피히테가 자신의 모든 본성적 능력에 있어 철학자라고 한다면, 또 사고방식이나 특징을 통해서도 우리 시대를 대표하는 철학자의 모범이자 전형이라고 한다면, 우리는 철학자의 그러한 특징 전반을 모르고서는 그를 완전히 이해할 수 없을 것이며, 물론 철학적으로뿐 아니라 역사적으로도 그럴 것이다"(「철학에 대하여」).

40) 모랄리스트의 전통을 열어 놓은 (혹은 '근대'에 다시 열어 놓은) 것은 사실 몽테뉴라는 것뿐 아니라 또한 그의 『수상록』에서 "권위"에 대해 반기를 드는 운동이 처음으로 시작되었다는 점에도 주목할 필요가 있다. 특히 『수상록』 3권[9장]에 나오는 "단절"(coupure)이 이를 나타내고 있다.

41) 특히 「철학에 대하여」에서(이 책 343쪽 이하 참조).

서 이에 대한 설명을 하고자 했다. “처음에는 (초창기의 『아테네움』에서는) 비평과 보편 교양이 주도적인 목적이었다. 나중에 가서는 **신비주의**의 정신이 가장 본질적인 문제였다. 이 신비주의라는 말에 거부감을 가져서는 안 될 것이다. 이 말은 예술과 학문의 비밀 제의들을 알리고 있다. 예술과 학문은 그런 비밀 제의 없이는 자신의 이름들에 상당하는 가치를 얻지 못할 것이기 때문이다. 하지만 또한 상징적 형식들과 그 필요성을 세속적 의미에 맞서 강력하게 변호하고 있음을 알리고 있기도 하다.”[42] 여기서 내용 자체로부터 생길 수 있는 오해에도 불구하고 결코 잘못 생각해서는 안 될 것이 있다. 종교, 즉 이곳 「이념들」 혹은 「철학에 대하여」에서의 종교는 종교가 아니라는 점이다. 특히 기독교 종교를 말하는 것이 아니다. 더 정확히 말해 만약 종교가 일반적 의미에서의 (혹은 이 단어의 **역사적** 의미에서의[43]) 종교와 연관된 무언가를 지니고 있다면, 그건 매우 복잡한 맥락 속에 있는 것이며, 동일성의 관계로도 유비의 관계로도 해석될 수 없는 것이다. 따라서 여기서 의미하는 바는 나중에 혹은 늦게 일어나는 낭만주의로의 ‘복귀’에서처럼 단순히 예술의 종교라는 문제가 전혀 아니며, ‘미적’ 종교의 문제는 더더구나 아니다. 여기서 문제가 되는 것은 전혀 다른 것이다. 그것은 바로 **종교로서의 예술**이다.

사실 지금까지 뽑아낸 모든 실마리들이 (즉 주체와 작품의 문제, 교양과 남녀 성차의 문제, 예술가의 역할과 사회성의 문제 등이) 종교의 주제로 이어진다면, 그것은 아마도 종교가 공동의 주제이기 때문일 것이다. 같은 의미로, 종교가 주체를 통한 예술 작품 생산의 문제를 다른 주제 영역으로

---

42) 『유럽』(*Europa*), 1803.
43) 「철학에 대하여」(이 책 346쪽), 그리고 「이념들」(가령 112번과 138번) 참조.

전이하지도 어떠한 외부 기관에 종속시키지도 않으며, 오히려 그와 반대로 그것의 논리를 드러내고, 그 법칙을 표현하기 때문이다. 이것은 종교와는 아무런 상관이 없다. 특히 「하인츠 비더포르스트의 에피쿠로스적 신앙고백」에서 표현된 무종교 혹은 더 정확히 말해 반反종교는 슐레겔의 반감을 불러일으키기는커녕 오히려 당시 확산되고 있었던 슐라이어마허의 '신학주의'나 '성직자주의',[44] 특히 잡지 『유럽』의 편집 이후 노발리스의 커다란 유혹이었던[45] 기독교 신비주의에 대항하기에 적합한 것으로 보였다. 이러한 사실로부터 슐레겔이 단상 모음집 「이념들」 전체를 노발리스의 이전 텍스트로부터 나온 이시스에 대한 호소와 함께 시작할 수 있었던 (혹은 여기서 장난기 있는 즐거움을 느끼는) 이유 역시 설명할 수 있다. 이는 마치 "이미 이야기되고" 있다고 하는 (「이념들」 1번) 그 종교가 어떤 맥락에서 나온 것인지 처음부터 상세히 설명하기 위한 것처럼 보인다. 사실 암시는 매우 분명하다. 「이념들」 106번이 암시적으로 「믿음과 사랑」의 저자 노발리스에게 종교에 대해 오래된 (즉 중세의) 정치적 구현을 꿈꾸지 말고, 예술과 문화에 머물 것을 충고하고 있는 것과 마찬가지로, 『자이스의 제자들』에 나타난 '신비적' 주제의 수용이 매우 분명히 의미하고 있는 바 역시 종교에서 중요한 것은 진리의 (즉 주체의[46]) 드러남이라는 것이다. 그

44) 이 텍스트 전체는 슐라이어마허의 『종교론』(*Reden über die Religion*)을 계속 참고로 하여 읽어야 한다. 슐라이어마허에 대한 프리드리히 슐레겔의 찬사는 항상 양가적이기는 했다. 다른 한편으로 우리는 프리드리히 슐레겔이 종교의 위상으로 (이런 표현을 써도 된다면) 출세한(parvenu) 예술가를 지칭하는 데 사용하는 "성직자"(clerc)라는 말을 (물론 그 개념이 아니라) 바로 슐라이어마허로부터 빌려 왔다는 사실도 알고 있다.

45) 이 장의 뒷부분에 수록된 「하인츠 비더포르스트의 에피쿠로스적 신앙고백」 텍스트에 대한 각주 참조.

46) 『자이스의 제자들』에 대한 두번째 보록 참조. "어떤 사람이 결국 할 수 있었다 — 그는 자이스의 여신의 베일을 걷어 올렸다 — 하지만 그가 본 것이 무엇인가? — 기적 중의 기적이

리고 노발리스가 「기독교 혹은 유럽」에서[47] 슐라이어마허 — 베일 제작자 — 에 대해 숨겨진(혹은 우리를 주체로 봤을 때는 '감춰진') 존경의 마음을 고백하고 있는 데서 알 수 있듯이, (다시)감추기의 문제가 아니다. 덧붙여 말하자면 「하인츠 비더포르스트의 에피쿠로스적 신앙고백」에도 이런 식의 강조된 암시가 없지 않다.[48]

여기서 역설은 여신-진리의 드러남이라는 상징을 통해 종교에 대한 예술의 저항이 일어남을 목격하는 데 있는 것 같다. 이 드러남은 철학이, 정확히 말하면 칸트에서 헤겔까지의 철학이, 완고하게 '미학', '예술철학', 그리고 (적어도 헤겔의 경우에서처럼) 낭만주의 자체에 **대항하여** 끊임없이 그리고 강력하게 주장하고자 했던 바로 그것이다.

그런데 바로 이 역설에는 명확한 해명으로 이끌어 주는 어떤 성격이 있다.

우선 셸링과 슐레겔이 동시에 공격하는 종교는 바로 미학주의, 즉 (기본적으로 경건주의적인) 범접 불가능한 신성의 종교에서 완성되는 종교이

다 — 그는 자기 자신을 보았다!"["Einem gelang es — er hob den Schleier der Göttin zu Sais — Aber was er sah? Er sah — Wunder des Wunders — sich Selbst!"]. [Paralipomena zu den Lehrlingen zu Sais, Novalis, *Schriften*, Bd. 1, hrsg. von Paul Kluckhohn und Richard Samuel].

47) "또한 박애주의자와 백과사전학파들이여, 그대들도 평화를 주창하는 모임으로 오라 …… 나는 그대들을 어떤 형제에게로 안내하고자 한다. 그가 그대들과 이야기하면 그대들의 마음이 활짝 열리게 될 것이다. …… 그는 성녀를 위한 새로운 베일을 만들었다. 그 베일은 몸에 밀착되어 천상의 자태를 드러낼 것이다. 하지만 다른 베일이 가리는 것보다 그녀를 더 정숙하게 드러낸다. — 성처녀에게 베일은 몸에 있어 정신과 같은 것이다. 그것은 없어서는 안 될 그녀의 기관(Organ)이며, 이 기관의 주름들은 그녀가 감미롭게 알리는 말의 활자들이다"[「기독교 혹은 유럽」, 1799].

48) 「하인츠 비더포르스트의 에피쿠로스적 신앙고백」 262~264행["감각적 격정에 사로잡힐까 두려워 / 오직 베일을 통해서만 바라볼 수 있는 / 여인과 같은 것으로 종교를 이야기한다"].

며, 따라서 인간과의 관계에 있어 표상과 도덕적 신중함을 필수적으로 통과할 것을 내포하는 그러한 종교이다. 반면 셸링과 슐레겔이 자신들 쪽에서 종교라는 같은 이름하에 주장하는 것은, 마찬가지의 역설적 효과를 통해 사변적 형이상학 자체가 의도하는 것 바로 그것이다. 그러나 이것은 **예술** 속에서 그리고 **형식** 속에서 이루어져야 하는 것이다. 달리 말해 종교라는 것은 예술 그 자체이지만, 이제부터는 진리에 대한 (절대적이고 온전한) **표현**으로 생각되어야 하는 예술이다. 이에 대한 근거는 이 글의 '서곡' 이후 여러 번 되풀이하여 상기되어 왔다. 즉 이론적인 접근을 끝없이 거부하는 진리는 작품 안에서 그리고 작품으로서 (또한 예술가 속에서 그리고 예술가로서, 즉 "주체-작품"이라고 불리어야 하는 것 속에서) 직접적이고 무한히, 즉 바로 그 무한성 속에서 직접적으로 접근 가능한 것이기 때문이다. 다소 과장의 위험을 무릅쓰고 말하면, 이러한 의도에서 볼 때 예술과 작품과 예술가는 가령 헤겔적 의도에서 체계와 개념과 철학자 자체가 (가령 『정신현상학』에서 "우리에게는"이라고 이야기하는 사람이) 의미하는 그것이라고 말할 수 있다. 이는 곧 여기에 헤겔적 의미에서의 형상Gestalt을 위한 자리는 없다는 것을 암시한다. 아니면 논의 대상을 바꾸어 다음과 같이 말할 수 있을 것인데, 물론 정확히 같은 것을 의미한다. 즉 여기서 문제가 되는 종교는 '단순한 이성의 한계 내에서의 종교'가 아니라 **예술의 한계 내에서의 종교**이다. 다시 말하면 그것은 예술이 자신의 한계 안에 있는 '주체-작품'에 부여하는 계시이다.

이렇게 이해된 종교에서 **형식의 형식화**라는 문제가 중요한 이유도 여기에 있다. 물론 이것은 표상 형식은 아니다. 그보다는 예를 들어 「철학에 대하여」에 나타나는 특히 남성적 형식과 여성적 형식에 대한 진보적 주장들에서 볼 수 있는 것처럼,[49] 절대적인 것을 구성하는 그 모든 것의 통합이다. 물론 이러한 현상은 형식의 불완전화를 피할 수 없다. 슐레겔이 고대의 팔라스[아테네]Pallas를 이야기하면서 엄격함이라 불렀던 그러한 상태,[50] 혹은 가령 핵심적인 것을 강조할 수 있는 유일한 방법인 **도식화**의 운명에 놓여 있는 것이다.

슐레겔은 이에 대한 말을 알고 있었다. 그는 '상징'에 대해, 혹은 '상징적 형식'에 대해 말하는데, 그가 말하는 바에 따르면 그것의 상징주의는 "상징을 통해 유한한 것의 가상은 도처에서 영원한 것의 진리와 관계를 맺고 바로 그럼으로써 진리로 용해되는 것에"[51] 있다. 하지만 슐레겔은 비유적 표현으로 인간 자체에 대해서도 언급한다. 그는 다음과 같이 말한다. "무한한 것으로 형성되어 있는 어떤 유한한 것을 생각해 보아라. 그렇다면 너는 인간을 생각하고 있는 것이다"(「이념들」 98번). 형식의 형식화 문제에서, 즉 전형적인 '종교적' 문제에서 중요한 것은 '주체-작품'에 대한, 즉 작품의 예술가-되기 또는 절대적 자기생산 자체에 대한 사유 가능성일 것이다. 이것이 자기생산 자체를 창조하는 예술 작품으로서의 인간이다. 그것은 이후 예술가로서의 존재와 동일시되는 예술이다.

우리는 이제 중보자라는 '종교적' 주제가 「이념들」에서 왜 그렇게 중요한 위치를 차지하는지 이해할 수 있다. 교양 일반의 질서 내에서 그것은 바로 '주체-작품'의 주제이며, 주체의 자기생산으로서의 무한성의 재현 가능성에 대한 주제인 것이다. 이 때문에 「이념들」 44번에서 중보자

---

49) 이 책 341쪽 이하 참조.

50) 이 책 353쪽 이하 참조.

51) 「레싱 논문의 종결」(Abschluß des Lessing-Aufsatzes, 1801)에 나오는 문장이다. F. Schlegel, *Kritische Schriften und Fragmente*, Bd. 2: 1798~1801, p.263. 이 책의 저자들은 본 각주에서 이 인용문의 출전이 「레싱에 대하여」(Über Lessing)라고 잘못 표기하고 있다. — 옮긴이

는 "신적인 것을 자신 안에서 인지하는 사람"이며, 헤겔의 절대자를 이끌어 가는 (비록 방향은 전도되었지만) 운동에 필적할 만한 행위를 통해 "모든 인간들에게 신성을 보여 주기 위해" 자신을 포기하는 사람으로 기술된다. 사실 (예술가의) 절대적 [큰]주체의 모범성, 절대적 모범성, 그것은 자기 희생이다. '낭만주의'의 위대한 주제는 오로지 종교만이, 즉 예술적 성찰만이 의미 있는 고찰을 가능하게 한다는 데 있다. "희생 제물의 비밀스러운 의미"는 그것이 "유한하기 때문에" 그 "유한성을 파괴"한다는 것이다(「이념들」 131번). 이것은 무한화 그 자체이다. 이것이 특히 인간 희생의 이유이다. 이어지는 대목에 따르면 "이것만이 그 유일한 이유라는 것을 보여 주기 위해 가장 고귀하고 가장 아름다운 것을 제물로 선택해야 한다. 특히 대지의 꽃들인 인간이 이것에 속한다. 인간 제물은 가장 자연스러운 제물이다". 그러나 "자연스럽다"는 것이 "인간적"이라는 말은 아니다. 정확히 말하면, "인간은 대지의 꽃 그 이상이다. 즉 인간은 이성적이며, 이성은 자유로우며 그 자체로 무한히 계속 스스로를 규정하는 것 바로 그것이다". 진정한 희생 제물, 인간에 고유한 희생은 예술가의 자기 희생이다. "모든 예술가들은 데키우스Decius들이며, 예술가가 된다는 것은 하계의 신들에게 스스로를 봉헌한다는 것을 의미할 뿐이다. 파괴의 열광 속에서 먼저 신성한 창조의 의미가 계시된다. 오로지 죽음의 한가운데에서만 영원한 삶의 섬광이 일어난다." 이와 관련하여 덧붙여 언급하자면, 이러한 구조는 정확히 키르케고르가 완벽히 이해하고 있는 바와 동일한 아이러니의 구조이다.[52] 가령 시인 자신에게 향하는 것으로서 아이러니가 자신 고유의 한계를, 달리 말하면 자신의 유한성을 자신의 진리로 — 무한성의 관점에서 본 진리로서 — 드러내 보여 준다는 것을 상기해 보자. 이것이 바로 아이러니의 구조이다.[53] 그러나 벤야민이 지적하듯이,[54] 아이러니가 각각의 작품을 일반적 의미에서의 작품으로 만들기 위한 형식의 해체라고 한다면, 이것 역시 형식 문제의 차원에서 본 아이러니의 구조이다.

사실 그러한 예술 형이상학을 '종교'라고 부르는 것은 아마도 아이러니에서의 '한 번의 결정타coup'일 것이다. 만약 어떤 추가적인 반전을 근거로 하는 (반성이라는 감지되지 않는 운동에 의한) 그러한 아이러니가 '종교'로 이해되어야 할 것에 대한 조롱이 아닐 경우, 혹은 그것에 대한 명칭들 중에 재치가 속하지 않을 경우라면 말이다. "단순히 보충하고 연관시키고 촉진시키는 행위만큼 인간적인 행위는 없다"(「이념들」 53번). 그리고 '종교'를 단어 원래의 어원적 의미로 이해한다면 어떨까? re-ligion, 즉 '함께 연결'할 수 있는 가능성으로서, 혹은 헤겔적 **지양**Aufhebung이 후에 ('동일한' 입장에서) 그렇게 하듯이, 일련의 무한한 대립자들을, 즉 예술과 종교,

---

52) 아이러니에 관한 키르케고르의 논문 「소크라테스와의 계속적인 연관하의 아이러니 개념」(2부) 참조. 키르케고르에 나타나는 아이러니와 희생의 관계에 대해서는 Sylviane Agacinski, *Aparté. Conceptions et morts de Søren Kierkegaard*, Paris: Flammarion, 1977 참조.

53) 「아테네움 단상」 121번 참조. "…… 단순히 오성이나 상상력이 아니라 모든 영혼의 힘을 사용하여 마치 다른 세계에 빠져드는 것처럼 때로는 이 영역으로 때로는 저 영역으로 마음대로 옮아 다니는 것, 한 번은 자신의 본성의 이 부분을, 또 다른 때는 다른 부분을 포기하는 것, 그리고 어떤 다른 한 부분에 완전히 한정시키는 것. 어떤 때는 이 개체에서, 또 다른 때는 저 개체에서 자신의 전체를 찾고 발견하는 것, 그리고 다른 모든 것은 의도적으로 잊어버리는 것. 이렇게 할 수 있는 능력은 다수의 정신들과 인격들의 체계 전체를 자기 안에 포함하고 있는 하나의 정신만이, 그리고 소위 모든 모나드들에서 싹트고 있다고 하는 우주가 그 안에서 자라나고 성숙해져 있는 하나의 정신만이 가지고 있다." — 그러나 시인의 유한성은 [큰]주체 안에서의 주체의 무화나 해체로 이해되는 동시에, 벤야민이 보여 주고 있듯이(W. Benjamin, *Der Begriff der Kunstkritik in der deutschen Romantik*, p.77) 작품만큼이나 작가에서도 지켜져야 할 형식이라는 제한적 조건으로도 이해될 수 있다. 이상적 시인은 (어떤 프랑스 낭만주의의 모델에서처럼) 모든 윤곽이나 한계를 벗어나는 주체성이 아니다. 그는 모든 의미에서의 **형성된**[gebildet; 교육을 받은, 일정한 형태가 있는] 예술가다(아이러니와 자기한계의 주제에 대해서는 P. Szondi, *Poésie et poétique de l'idéalisme allemand*, pp.106 이하도 참조).

54) W. Benjamin, *Der Begriff der Kunstkritik in der deutschen Romantik*, p.77.

이교도와 기독교, 남성과 여성, 작품과 예술가, 철학과 포에지 등등을 동일자 일반으로 결합하는 방법으로서 이해하면 어떨까? 어쨌든 「아테네움 단상」 121번에는 이러한 문제가 미리 '구상'되어 있으며, 동시에 제목의 진정한 이유도 미리 제시되어 있다. "이념은 아이러니의 경지에까지 도달한 완성된 개념이며, 절대적 반反명제들의 절대적 종합이며, 끊임없이 스스로를 생산해 내는 두 가지 대립적 사유들의 주기적 교환 작용이다."

2. 프리드리히 슐레겔 「이념들」

1 철학의 실천적 부분 그 이상이 되어야 할 도덕에 대한 요구들과 흔적들이 점점 커지고 분명해지고 있다. 심지어 종교에 대해서도 이미 이야기되고 있다. 이제 이시스의 베일을 찢고 비밀을 드러낼 때가 되었다. 이 여신의 모습을 감당할 수 없는 사람은 도망가거나 파멸할 것이다.[1)]

2 보이지 않는 것 속에서만 살며, 보이는 것은 모두 어떤 알레고리의 진리만을 지니고 있는 것이라 여기는 사람은 종교적 인간이다.

3 무한자와 관계를 맺음으로써만 내용과 유용성이 생긴다. 무한자와 관계가 없는 것은 그저 텅 비어 있고 쓸모없다.

4 종교는 도야Bildung에 있어서 모든 것을 소생시키는 세계영혼이자, 철학과 도덕과 시문학과 함께 보이지 않는 네번째 요소로서, 매여 있을 때는 조용히 도처에서 은혜를 베풀고, 오로지 외부로부터의 강제나 자극에 의해서만 끔찍한 파괴력을 폭발시키는 불과 같은 것이다.

---

1) 이시스의 주제에 대해서는 이 책 2장, 1. 「예술의 한계 내에서의 종교」에서 언급한 부분들 참조.

5 감성Sinn은 어떤 대상을 자신 안에 싹으로 지니고 꽃을 피우고 열매를 맺을 때까지 영양분을 공급하면서 키움으로써만 그것을 이해할 수 있다. 그러니 신성한 씨앗을 정신Geist의 토양에 뿌려야 할 것이다. 물론 이때 억지로 하거나, 아무렇게나 채우려 해서는 안 된다.[2)]

6 영원한 삶과 보이지 않는 세계는 오직 신에게서만 찾을 수 있다. 신 안에서 모든 정신이 살고 있으며, 신은 개체성의 심연, 즉 무한히 채워진 유일한 것이다.

7 종교를 자유로이 하라. 그러면 새로운 인간이 시작될 것이다.

8 『종교론』의 저자[3)]가 말한다. 오성은 천지 만물에 관해서만 알고 있을 뿐이지만, 상상력이 다스린다면 너희들에게 신이 생길 것이라고. 그렇다. 상상력은 신을 위한 인간의 기관이다.

9 진정한 성직자[4)]는 항상 동정심보다 더 고귀한 무언가를 느낀다.

10 이념들Ideen은 무한하고 독립적이며 항상 스스로 움직이고 있는 신적인 사유들이다.

11 오직 종교를 통해서만 논리학은 철학이 될 수 있다. 철학을 학문 이상의 무엇으로 만드는 모든 것은 오직 종교로부터 나온다. 종교가 없다면 우리에게는 영원히 완전하고 무한한 포에지 대신에 소설만이, 또는 사람들이 요즘 '순수 예술'schöne Kunst이라고 부르는 놀이들만이 남겨질 것이다.

12 계몽이란 것이 있는가? 우주 체계 속의 빛과 같은 어떤 하나의 원칙을,

---

2) 「이념들」에서 두 번, 즉 39번과 86번('아름다움은 식물적이다')에서 등장하는 식물의 메타포에 대해서는 여러 곳 중에서 『루친데』의 두 텍스트, 특히 「뻔뻔함의 알레고리」(Allegorie von der Frechheit)와 「하나의 성찰」(Eine Reflexion)을 참조할 수 있을 것이다.

3) 슐라이어마허(「이념들」 112번 참조). 『종교론』은 「이념들」 125번과 150번에서도 언급된다.

4) R. Ayrault, *La genèse du romantisme allemand*, III, pp.473 이하 참조.

비록 예술을 통해서는 아닐지라도 임의의 자유로운 행위를 통해 인간의 정신 속에 세울 수 있을 때, 오직 이것만을 우리는 계몽이라 부를 수 있을 것이다.

13 자신만의 종교를, 즉 무한성에 대한 독창적 견해를 지닌 사람만이 예술가일 수 있다.

14 종교는 단순히 교양의 한 영역이 아니다. 또는 인간성의 한 부분이 아니다. 종교는 다른 모든 것들의 중심이며 어디서나 최고이자 제일의 것이고, 철저히 근원적인 것이다.

15 신에 대한 어떤 개념도 내용 없는 수다에 지나지 않는다. 하지만 신성의 이념은 모든 이념 중의 이념이다.

16 종교적 인간 그 자체는 보이지 않는 세계에만 존재한다. 그가 어떻게 인간들 가운데 나타날 수 있겠는가? 그는 유한한 것을 영원한 것으로 만드는 일 이외에는 지상에서 아무것도 원하지 않을 것이다. 그래서 그는 어떤 이름의 일을 하더라도 예술가임에 틀림없고 예술가로 남아 있을 수밖에 없다.

17 이념들이 신들이 된다면 조화에 대한 의식은 믿음, 순종, 희망이 된다.

18 종교는 도덕적 인간의 정신을 마치 그의 속성인 것처럼 어디서나 에워싸고 있음에 틀림없다. 신적인 사유와 감정의 이 투명한 카오스를 우리는 종교적 열광이라 부른다.

19 천재성을 가지고 있는 것은 인간의 자연적인 상태이다. 인간은 또한 자연적으로 건강히 태어났음에 틀림없다. 남자들에게는 천재성이 있는 것처럼 여자들에게는 사랑이 있기에, 우리는 황금시대를 사랑과 천재성이 보편적이었던 시대로 생각해야 한다.[5)]

20 자신의 감성을 형성하는 것이 존재의 목적이자 중심인 모든 사람은 예술가이다.

21 인간의 고유한 특징은 인간을 극복해야 하는 것이다.

22 아직 남아 있는 소수의 신비주의자들은 무엇을 하는가? — 그들은 이미 존재하는 종교의 거친 카오스를 어느 정도 형성하기는 하지만, 단지 개별적으로만, 작은 것에서, 미약한 시도를 통해서만 그렇게 한다. 이제 전반적으로, 모든 측면에서, 전체에 걸쳐 시도를 해보자. 그래서 모든 종교를 무덤으로부터 깨워 일으키고 예술과 학문의 전능함을 통해 불멸의 신들을 새로이 부활시키고 형상화하자.

23 미덕은 힘으로 변화된 이성이다.

24 역사의 대칭성과 조직이 우리에게 가르치는 것은 인류는 — 인류가 존재했고 변해 온 한 — 진정으로 이미 하나의 개체, 하나의 인물이었고 그렇게 변해 왔다는 것이다. 인류라는 이 위대한 인물에서 신은 인간이 되었다.

25 포에지의 삶과 힘은 포에지 자신으로부터 출발하며, 종교로부터 한 부분을 떼어 내어, 그다음 이것을 자신의 것으로 만듦으로써 다시 자신에게 돌아간다는 데에 있다. 이 점에서는 철학도 마찬가지다.

26 재치는 현상이다. 상상력의 바깥 표면에서 터지는 섬광이다. 여기에 재치의 신성함이, 신비주의가 재치와 유사하게 보이는 이유가 있다.

27 플라톤의 철학은 미래 종교에 대한 훌륭한 서문이다.

28 자연이 창조하는 가운데 스스로를 되돌아보는 것, 그것이 인간이다.

---

5) 「이념들」 116번 참조.

29 인간은 신을 창작해 내고 보이는 것으로 만들 때 자유로워지며, 그럼으로써 영원한 존재가 된다.[6)]

30 종교는 그 깊이를 전혀 알 수 없는 것이다. 우리는 종교 안이라면 어디에서나 무한히 깊이 파고들어 갈 수 있다.

31 종교는 인간 정신의 구심력이자 원심력이며, 이 둘을 연결시키는 것이다.

32 지식인들로부터 세계의 안녕을 기대할 수 있는가? 나는 잘 모르겠다. 그러나 지금 모든 예술가들이 영원한 연대의 동맹자[Eidgenossen]로서 모일 때가 되었다.[7)]

33 어떤 글의 도덕적 성격은 그 주제에, 혹은 화자와 청자의 관계에 있는 것이 아니라 논의 방식의 정신에 있다. 이 정신이 인간성의 충만함 전체를 발산한다면, 이때 이 글은 도덕적이다. 만약 어떤 글이 부분적인 힘과 기교의 작업에 지나지 않는다면, 그것은 도덕적이지 않다.

34 종교를 가진 사람은 포에지를 이야기할 것이다. 그러나 포에지를 찾고 발견하기 위해서는 철학이 그 도구가 되어야 한다.

35 마치 고대의 최고 사령관들이 전투를 하기 전에 전사들에게 이야기하는 것처럼, 그렇게 모랄리스트는 시대와 싸우고 있는 사람들에게 이야기해야 할 것이다.

---

6) 이 "이념"의 바깥에서 노발리스는 '신을 창작해 낸다' 대신에 '직관을 통해 신을 본다'로 수정하기를 제안할 것이다(R. Ayrault, *La genèse du romantisme allemand*, III, p.445 참조).

7) ['동맹자'에 들어 있는] 맹세(Eid)라는 단어는 「이념들」 전체에서 강조된 유일한 단어로서, 「이념들」에서 반복적으로 여러 번 등장하는(49번, 140번, 142번 등) 동맹(Bund)의 모티브와 연결되어 있다. 이 단어는 그 시대에 상징적이고 실제적 중요성을 지녔던 프리메이슨의 종교의례에 대한 뚜렷한 암시다. 이에 대해 Jacques d'Hondt, *Hegel secret*, PUF, 1968의 특히 3장에서 읽을 수 있다.

36 모든 완벽한 인간은 어떤 창조력을 소유하고 있다. 참된 미덕은 독창성이다.

37 도야Bildung는 최고선이며 유일하게 유용한 것이다.

38 언어의 세계에서, 혹은 같은 의미로 예술과 도야의 세계에서 종교는 필연적으로 신화나 성서로 나타난다.

39 칸트주의자들의 의무가 우리 안의 명예, 소명의 목소리, 신성에 대한 계율과 맺고 있는 관계는, 말라빠진 식물이 살아 있는 가지에 달린 생생한 꽃과 맺는 관계와 같다.

40 신성과 확고한 관계를 맺는다는 것은 신성에 대한 확고한 견해나 개념과 마찬가지로 신비주의자들에게 견디기 어려운 것임에 틀림없다.

41 이 시대에 가장 필요한 것은 혁명에 반대하는, 그리고 혁명이 고도의 세속적 관심을 집중시켜 사람들에게 영향력을 행사하는 전제정에 반대하는 정신적인 저항이다. 우리는 어디서 이러한 저항을 찾고 발견해야 하나? 대답은 간단하고, 우리 모두에게 확실하다. 여기서 인류의 중심을 포착한 사람이라면 바로 여기서 근대 교양의 핵심과 지금까지 부분적으로 분리되어 경쟁하고 있는 모든 학문과 예술의 조화도 동시에 발견하게 될 것이다.

42 철학자의 말을 따른다면, 우리가 종교라고 부르는 것은 단지 어떤 의도에 의해 유행하고 있거나 본능적으로 비예술적인 철학에 지나지 않는다. 시인들은 종교를 오히려 자기 고유의 아름다운 놀이를 알아보지 못하고 스스로 지나치게 진지하고 편협하게 생각하는 포에지의 변종으로 간주하고 있는 것으로 보인다. 하지만 철학은 자신이 오로지 종교를 통해서만 시작할 수 있으며 스스로를 완성시킬 수 있다는 것을 이미 고백하고 인정한다. 포에지는 오직 무한함만을 추구하고 세속적 유용성과 문화를 경

멸하는데, 이것은 종교와 원래 대립되는 것들이다. 따라서 예술가들에 깃들게 될 영원한 평화는 그리 멀지 않았다.

43 지상의 다른 피조물 중에서 인간에 해당되는 것, 그것은 인간들 중에서는 예술가들이다.

44 우리는 신을 볼 수는 없다. 그러나 어디서나 신적인 것을 본다. 이것을 가장 먼저 볼 수 있는 곳은 특히 사려 깊은 인간 한가운데, 살아 숨 쉬는 인간 존재의 깊은 곳에서이다. 자연이나 우주는 네가 직접 느끼고 직접 생각할 수 있지만, 신성은 그렇게 할 수는 없다. 인간 중의 인간만이 신적으로 시를 쓰고 신적으로 사유할 수 있으며 종교와 함께 살 수 있다. 그 누구도 자기 자신에게는, 심지어 자신의 정신에게도, 직접적인 중보자Mittler가 될 수 없다. 왜냐하면 중보자는 그저 대상이어야 하며, 대상의 중심은 직관하는 사람의 바깥에 있어야 하기 때문이다. 사람들은 중보자를 선택하고 정한다. 하지만 이미 스스로를 중보자로 정한 사람만을 선택하여 중보자로 정할 수 있다. 중보자는 신적인 것을 자신 안에서 인지하는 사람이고, 이 신적인 것을 알리고 전하며, 모든 인간들에게 도의와 행동으로, 또 말과 활동으로 신성을 보여 주기 위해 자신을 무화하고 포기하는 사람이다. 이러한 일이 효과적으로 일어나지 않는다면, 그에 의해 인지된 것은 신적인 것이 아니거나 자신의 것이 아닌 것이다. 중재하고 중재되는 것은 인간의 고양된 삶 전체이며, 모든 예술가는 다른 모든 예술가에게 중보자이다.[8)]

45 자신 안에 중심을 가지고 있는 사람은 예술가이다. 그렇지 못한 사람은 자기 밖에서 특정한 안내자나 중보자를 선택해야 한다. 물론 영원히 그런 것이 아니라 당분간을 위해서이다. 생동하는 중심 없이 인간은 존재할

---

8) 노발리스로부터 빌려 온 '중보자'(Mittler) 개념에 대해서는 R. Ayrault, *La genèse du romantisme allemand*, III, pp.353 이하, 436 이하 참조.

수 없기 때문이며, 자신 안에 아직 이 중심이 없다면 이 사람은 다른 어떤 한 인간에게서만 그것을 찾을 수 있을 것인데, 오직 한 인간과 그의 중심만이 이 사람의 중심을 자극하고 깨울 수 있기 때문이다.

46 포에지와 철학은 어떻게 보느냐에 따라 상이한 영역, 상이한 형식을 가지며, 혹은 종교의 요소가 될 수도 있다. 왜냐하면 이 둘을 실제로 연결시켜 보기만 한다면 우리는 종교를 얻게 되기 때문이다.

47 신은 철저히 근원적이고 최고인 모든 것이다. 따라서 최고의 역량을 지닌 개체 자체이기도 하다. 그러나 자연과 세계 역시 개체가 아닌가?

48 철학이 멈추는 곳에서 포에지가 시작되어야 한다. 하나의 통속적 관점, 예술과 교양을 대립시켜야만 자연스럽다고 생각하는 하나의 사유 방식, 단순한 하나의 삶은 있을 수 없다. 즉 교양의 영역들 너머에 있는 야만의 왕국이 있어서는 안 된다. 조직체의 모든 생각하는 부분들은 항상 전체와 연관을 맺고 있는 자신의 통일성을 통해서만 자신의 한계를 느낄 것이다. 우리는 가령 철학에 대해 단순히 비非철학을 말할 것이 아니라 포에지와 비교해야 한다.

49 예술가들의 동맹에 특정한 목적을 부여하는 것, 그것은 영원한 통일 대신에 초라한 협회를 세운다는 것이고, 또 성인聖人들의 공동체를 국가의 수준으로 낮춘다는 의미이다.

50 너희들은 시대에 대해, 들끓고 있는 거대한 힘에, 충격들에 놀라워하고 있으며, 어떤 새로운 탄생을 기대해야 할지 모르고 있다. 하지만 스스로 잘 깨우친 다음 너희들 자신에 근거하지 않는 어떤 일이 인류에 일어날 수 있을지에 대해 대답해 보라. 모든 운동들이 중심으로부터 일어날 필요는 없지 않은가? 그리고 중심이란 도대체 어디인가? — 대답은 분명하며, 따라서 이러한 현상들 역시 종교의 위대한 부활을, 어떤 보편적 변신을 암

시한다. 비록 종교 그 자체는 신과 마찬가지로 영원하며 스스로와 동일하고 변하지 않는 것이지만, 바로 그 이유에서 종교는 항상 새로운 형태로 변화되어 나타나는 것이다.

51 왜 감성과 정신을 가진 인간들이 존재하며, 또 그런 것이 없는 사람들이 존재하는지 인간의 본질에서부터 이해할 수 없다면 우리는 인간이 무엇인지 알지 못하는 것이다.

52 종교의 대표자로서 등장한다는 것, 그것은 종교를 창시하려 하는 것만큼이나 오만한 행위이다.

53 단순히 보충하고 연관시키고 촉진시키는 행위만큼 인간적인 행위는 없다.

54 예술가는 지배하려 하지도, 봉사하려 하지 않아도 좋다. 그는 오로지 형성해[bilden] 낼 수 있으며, 형성하는 것 외에 아무것도 하지 못한다. 그러므로 예술가가 국가를 위해서 할 수 있는 것 역시 다스리는 자와 따르는 자를 만들어 내고, 정치가들과 재정가들을 예술가들로 끌어올리는 것뿐이다.

55 광범위한 체계만이 다양성을 소유하는 것은 아니다. 인간 너머에 대한 감각이 인간의 본질에 속하듯이, 체계 바깥의 카오스에 대한 감각도 다양성을 이룰 수 있다.

56 로마인들이 온전히 민족을 이루었던 유일한 민족이었던 것처럼, 우리의 시대도 최초의 진정한 시대이다.

57 너는 교양의 충만함은 우리들의 최고의 포에지에서 찾게 될 것이다. 그러나 인간의 깊이는 철학자들에게서 찾아야 할 것이다.

58 국가가 내세운 이른바 민족 지도자들 역시 다시 사제가 되고 종교적

정신을 가지고 있어야 한다. 그러나 그들은 보다 높은 교양을 가까이 접함으로써만 그렇게 될 수 있다.

59 고대의 신화와 기독교만큼 묘하고 기이한 것은 없다. 그것들은 너무나 신비롭기 때문이다.

60 개체성이야말로 인간에게서 근원적이고 영원한 것이다. 인격은 그다지 문제가 되지 않는다. 개체성의 형성과 발전을 최고의 소명으로서 추구하는 것은 신적인 이기주의일 것이다.

61 사람들은 오래전부터 문자의 전능함을 이야기해 오고 있지만, 사실 무슨 말을 하고 있는지 제대로 알지 못한다. 이제 정신이 깨어나 잃어버린 마술 지팡이를 다시 붙잡는 것에 대해 진지하게 생각해야 할 때이다.[9)]

62 우리가 철학과 포에지를 가지고 있는 정도 만큼, 도덕도 그만큼만 가지고 있다.

63 기독교 본래의 중요한 사상은 죄에 관한 것이다.

64 예술가들이 현재 속에서 선대와 후세를 이어 줌으로써 인류는 예술가들을 통해 하나의 개체가 된다. 그들은 정신적으로 좀더 고차원의 조직체로서, 이곳에서는 모든 외적인 인간성의 정기들이 서로 만나고, 내적인 인간성이 가장 먼저 활동한다.

65 그 자체로 전체인 인간은 오직 교양을 통해서만 어디서나 인간적으로 되고, 인간성으로 충만하게 된다.

66 원래의 프로테스탄트들은 성서에 충실하게 살기를 원했고 진지하고

---

9) 『루친데』의 「뻔뻔함의 알레고리」장 참조("정신을 문자 속에 숨기고 묶어 놓아라. 참된 문자는 전능한 것이며, 진정한 마술 지팡이이다"). 또한 이 책의 「철학에 대하여」 앞부분 문자에 관한 부분도 참조.

자 했으며, 다른 모든 것은 파괴하고자 했다.

67 종교와 도덕은 마치 포에지와 철학처럼 서로 대칭적으로 마주보고 있다.

68 너희들이 삶을 인간적으로만 만든다면, 그것으로 충분히 한 것이다. 그러나 예술의 높이와 학문의 깊이는 신적인 것이 없다면 결코 도달할 수 없다.

69 아이러니는 영원한 명민함과 무한히 충만한 카오스에 대한 분명한 의식이다.

70 음악은 도덕과 가깝고 역사는 종교와 가깝다. 왜냐하면 음악의 이념은 리듬이지만 역사에서 중요한 것은 원초적인 것이기 때문이다.

71 세계가 생겨날 수 있는 그런 복잡함만이 카오스이다.

72 너희들은 미학이라 부르는 것에서 조화로 충만한 인간 정신, 교양의 시작과 끝을 찾지만 소용이 없다. 교양과 인간 본질의 요소들을 인식하려 노력하고 그것들을 숭배하라. 그중에서도 특히 불을.

73 우위 없는 이원론은 없다. 도덕 역시 종교와 동등한 것이 아니라 종교에 종속되어 있다.

74 극단을 연결하라. 그러면 참된 중간을 얻을 것이다.

75 특별한 유기체의 가장 아름다운 꽃으로서 포에지는 매우 지엽적이다. 다양한 행성들의 철학도 그렇게 서로 상이하지는 않을 것이다.

76 역설에 대한 감각이 없는 도덕성은 천박하다.

77 명예는 올바름의 신비교이다.

78 종교적 인간의 모든 사유는 어원학적이다. 모든 개념들을 근원적 직관으로, 원래적인 것으로 환원한다.

79 오로지 하나의 의미가 있다. 그리고 그 하나에 모든 것이 놓여 있다. 가장 정신적인 것이 가장 근원적인 것이다. 다른 것들은 파생된 것이다.

80 여기서 우리는 하나다. 왜냐하면 뜻Sinn이 같기 때문이다. 그런데 또 여기서는 하나가 아니다. 왜냐하면 내가 뜻이 없거나 네가 그렇기 때문이다. 누가 옳은가, 그리고 우리는 어떻게 하나가 될 수 있는가? 그것은 오로지 모든 개별적 의미Sinn를 보편적이고 무한한 의미로 확장하는 교양을 통해서만 가능하다. 그리고 이 의미에 대한, 또는 종교에 대한 믿음을 통해 지금 우리는 미처 하나가 되기도 전에 이미 하나다.

81 인간이 무한자와 맺는 모든 관계는 종교다. 즉 이때의 인간은 자신의 인간적 본질이 완전히 충만한 상태에 있다. 만약 수학자가 무한한 크기를 계산할 수 있다면, 그것은 물론 종교가 아니다. 인간적 충만함의 상태로 생각할 수 있는 무한자는 신성이다.

82 자기 자신의 이념들에 따라 살 때만 삶을 사는 것이다. 기본 원칙은 수단에 지나지 않는다. 소명이야말로 목적 그 자체이다.

83 사랑과 사랑에 대한 의식을 통해서만 인간은 인간이 된다.

84 도덕성을 추구하는 것은 아마도 가장 쓸데없는 시간 낭비일 것이다. 물론 경건한 태도로 수련을 하는 것은 제외이다. 너희들은 어떤 하나의 영혼에, 어떤 정신에 습관을 들일 수 있는가? — 종교나 도덕에서도 마찬가지인데, 이것들은 매개 없이 삶의 경제학이나 정치학에 흘러들어 가서는 안 될 것이다.

85 포에지의 씨앗, 포에지의 중심은 신화에서 찾을 수 있고, 또 고대인들의 비교秘敎에서 찾을 수 있다. 삶의 감정을 무한성의 이념으로 채워 보아라. 그러면 너희들은 고대인들과 포에지를 이해하게 될 것이다.

86 우리에게 자연을 연상시키는 것, 즉 무한히 충만한 삶의 감정을 자극

하는 것은 아름답다. 자연은 유기체적이다. 그래서 최고의 아름다움은 영원하고 항상 식물적이다. 도덕과 사랑에 대해서도 똑같이 말할 수 있다.

87 진정한 인간은 인간의 가장 깊은 핵심까지 가본 사람이다.

88 마치 꽃과 같이 오직 향기를 내기 위해서 만개하는 그렇게 아름다운 솔직함이 있다.[10)]

89 포에지의 대부분은 삶의 예술과 인간 이해와 관련되는 것인데, 어떻게 도덕이 단지 철학에만 속하는 것이라 할 수 있는지! 그렇다면 도덕은 이 두 가지, 철학이나 포에지로부터 독립적으로 홀로 존재하는 것인가? 아니면 종교와 마찬가지로 따로 분리된 채로는 나타날 수 없게 되어 있는 것인가?

90 너는 철학을 파괴하고자 했다. 그리고 네가 잘못 이해한 종교와 도덕을 주장하기 위해 포에지도 파괴하고자 했다. 하지만 너는 너 자신밖에는 아무것도 파괴할 수 없었다.

91 모든 삶은 최초의 근원에 따르면 자연적인 것이 아니라 신적이고 인간적이다. 왜냐하면 정신 없는 오성이 있을 수 없는 것처럼 삶은 사랑으로부터 생겨날 수밖에 없기 때문이다.

92 어디서나 싹트고 있는 인간과 예술가들의 종교에 대한 유일하고 의미 있는 대립을 아직 존재하는 소수의 진정한 기독교인들로부터 기대할 수 있다. 그러나 아침의 태양이 실제로 떠오르면 그들 역시 이미 무릎을 꿇고 예배를 올릴 것이다.

93 논쟁은 오성만을 연마시킬 수 있다. 또 비이성을 근절시킨다고 한다. 논쟁은 철저히 철학적이다. 경계를 넘은 지나친 종교적인 분노나 원한이 논쟁으로 나타나게 되면, 개별적 대상과 목적을 향해 특정한 방향을 잡음

---

10) "만개하는"(sich öffnet)과 "솔직함"(Offenheit)은 같은 어근을 이용한 말놀이이다.

으로써 자신의 진가를 상실한다.

94 혁명에 참여했던 소수의 혁명가들은 신비주의자들이었다. 이 시대의 프랑스인들만이 신비주의자들일 수 있듯이. 그들은 자신의 본질과 행위를 종교로 확립시켰다. 하지만 미래의 역사에서는 혁명이 잠들어 있는 종교를 깨우는 가장 강력한 자극제였다는 사실이 혁명의 최상의 정의定義와 가치로 등장할 것이다.

95 레싱이 예언한 새롭고 영원한 복음은 성서로 나타날 것이다. 그러나 이것은 보통의 의미에서의 한 권의 책이 아니다. 지금 우리가 성서라고 부르는 것조차도 책들로 이루어진 하나의 체계일 뿐이다. 물론 그것은 우리가 자의적으로 사용하는 말은 아니다! 아니면 무한한 책의 이념을 일반적인 책의 이념과 구별하기 위해서 책 중의 책, 절대적인 책으로서의 성서 이외의 다른 말이 있는가? 물론 어떤 한 권의 책이 목적을 위한 단순한 수단인지, 독립적인 작품, 개체, 인격화된 이념인지 묻는 것은 영원히 본질적일 뿐 아니라 심지어 실제적인 구별일 것이다. 이것은 신적인 것 없이는 가능하지 않으며, 이를 통해 내밀한esoterisch 개념은 심지어 대중적exoterisch 개념과 일치하기도 한다. 또한 어떠한 이념도 고립되어 있지 않으며, 모든 이념들 가운데서만 원래 자신 그대로인 것이다. 사례 하나를 들어 그 의미를 설명할 수 있다. 고대의 모든 고전적인 시들은 나눌 수 없이 서로 연결되어 있고, 유기적 전체를 형성하고 있으며, 정확히 관찰해 보면 하나의 시이며, 그 안에서 시문학 자체가 완전하게 모습을 드러내는 유일한 시이다. 이와 마찬가지로 완전한 문학에서 모든 책들은 단 한 권의 책이어야 한다. 그렇게 영원히 생성 중인 책 속에서 인간과 도야의 복음은 계시될 것이다.

96 모든 철학은 관념론이며, 포에지의 실재론 외에는 어떤 참된 실재론도 없다. 그러나 포에지와 철학은 그 극단에 지나지 않는다. 몇몇의 사람

들은 전형적인 실재론자들이고 다른 몇몇은 분명한 관념론자들이라고 누군가 말한다면, 그것은 전적으로 옳은 말이다. 달리 표현하자면 아직 완전한 교양에 도달한 사람은 없으며, 또 어떤 종교도 아직 없다는 말이다.

97 심지어 물리학자가, 그 심오한 바더[11)]가 물리학의 한가운데에서부터 몸을 일으켜 세워 시문학을 예감하고, 원소들을 유기적 개체들로 숭배하며, 물질의 중앙에서 신성을 가리켜 알리는 것은 좋은 징조이다.

98 무한한 것으로까지 형성되어 있는 어떤 유한한 것을 생각해 보아라. 그렇다면 너는 인간을 생각하고 있는 것이다.

99 물리학의 내면까지 침투하고 싶은가? 그러면 포에지의 신비 속으로 빠져 들어가 보도록 하라.

100 만약 대지의 중심을 알면 우리는 인간을 알게 될 것이다.

101 정치학이나 경제학이 있는 곳에는 어떠한 도덕도 없다.

102 우리들 가운데 최초로 도덕에 대한 지적 관조를 가지고, 예술과 고대의 형상들에서 완성된 인류의 원형을 인식하여, 신적인 영감으로 널리 알린 사람은 거룩한 빙켈만이다.

103 사랑을 통해서 자연을 알게 되지 못하는 사람은 결코 자연을 알지 못할 것이다.

104 근원적인 사랑은 결코 그 자체로 순수하게 나타나지 않고 여러 가지 변장된 모습과 형상으로 나타난다. 주로 신뢰나 순종, 집중, 쾌활함, 정직, 부끄러움, 감사로 나타나지만, 특히 동경과 내면의 우울로 가장 많이 나타난다.

---

11) Franz Baader(1765~1841). 독일의 가톨릭 철학자, 신지(神智)학자. ―옮긴이

105 그러니까 피히테가 종교를 공격했단 말인가? — 만약 초감각적인 것에 대한 관심이 종교의 본질이라면, 그의 이론 전체는 철학의 형식을 띤 종교다.

106 믿음과 사랑[12]을 정치적 세계에 낭비하지 말고, 학문과 예술의 신성한 세계에서 너의 깊은 내면을 성스럽게 타오르는 영원한 창조의 불길에 바쳐라.

107 휠젠[13]의 뮤즈는 조용한 화음 속에서 교양과 인간과 사랑에 대한 아름답고 숭고한 사유를 노래한다. 그것은 고귀한 의미에서의 도덕이다. 하지만 종교로 충만하여 삼단논법의 인위적인 교체로부터 서사시의 자유로운 흐름으로 이행하는 과정 중에 있는 도덕이다.

108 철학과 포에지가 나누어져 있는 동안 할 수 있는 것은 모두 행해졌고 완성되었다. 그러니 이제 이 둘을 합일시킬 때가 되었다.

109 환상과 재치는 너에게 유일한 것이며 모든 것이다. 아름다운 가상에 의미를 주고 놀이를 진지하게 받아들이라. 그러면 너는 중심을 포착할 것이며 네가 경외하는 예술을 더욱 숭고한 빛 속에서 다시 발견하게 될 것이다.

110 종교와 도덕의 차이는 모든 사물을 신적인 것과 인간적인 것으로 나눈 고대의 분류에서 간단히 찾을 수 있다. 물론 신적인 것과 인간적인 것을 제대로 이해한다는 전제하에서 말이다.

111 너의 목적은 예술과 학문이고, 너의 삶은 사랑과 교양이다. 너는 너 자신도 모르게 종교에 이르는 길을 가고 있다. 이 사실을 깨달아라. 그러면

---

12) 노발리스의 「믿음과 앎」(Glauben und Wissen)에 대한 비유적 암시, 따라서 「기독교 혹은 유럽」을 막 발표한 [1799년의] 노발리스를 겨냥한 것이다.

13) 철학자 휠젠에 관하여 「비판적 단상」 108번과 「아테네움 단상」 295번 참조.

너는 틀림없이 목적지에 도착할 것이다.

112 우리시대의 안과 밖에서 기독교의 명성을 말해 주는 가장 위대한 것은『종교론』의 저자가 기독교인이라는 사실이다.

113 자기 자신 전체를 드러내지 않는 예술가는 쓸모없는 하인이다.

114 어떤 예술가도 혼자서만 예술가들 중의 유일한 예술가, 예술가의 중심, 모든 다른 예술가들의 지도자가 되어서는 안 된다. 모든 예술가가 동시에 그렇게 되어야 하며, 각자 자신의 관점에서 그래야 하는 것이다. 자기 영역을 단순히 대표하기보다는 자기 자신과 자신의 영역을 전체와 연관시켜야 하며, 그럼으로써 전체를 규정하고 또 다스려야 한다. 고대 로마의 원로원 의원들처럼 진정한 예술가들은 왕들로 이루어진 하나의 민족이다.

115 만약 네가 위대한 것에 어떤 기여를 하고 싶다면 젊은이들과 여성들을 자극하고 교육시켜라. 그들에게는 어쨌든 아직 새롭고 활기찬 힘과 건강함을 찾을 수 있는데, 이런 방법으로 가장 중요한 개혁들이 실행되었다.

116 여성들의 아름다움과 사랑의 능력, 즉 마음이 맺는 관계는 남자들에게서 외적인 고귀함이 천재성과 맺는 관계와 같다.

117 철학은 타원이다. 지금 우리 가까이에 있는 그 하나의 중심은 이성의 자기 법칙성이다. 또 다른 중심은 우주의 이념이며, 이곳에서 철학은 종교와 만난다.

118 무신론에 대해 이야기하는 어리석은 사람들이 있다니! 그렇다면 유신론자가 있다는 말인가? 신의 이념을 지배하는 어떤 인간 정신이 있단 말인가?

119 진정한 문헌학자들에게 영광이 있기를! 그들은 신적인 과업을 이루

어 낸다. 그들은 학문의 전체 영역에 예술적 감각을 확산시키기 때문이다. 어떠한 학자도 단순한 수공업자여서는 안 된다.

120 우리들이 독일인인 한, 독일 예술과 학문의 옛 영웅들의 정신은 우리들의 정신으로 남아 있을 것이다. 독일 예술가는 어떠한 특징도 지니지 않거나, 아니면 알브레히트 뒤러나, 케플러, 한스 작스의 특징을, 그리고 루터나 야콥 뵈메의 특징을 지녔다. 이 특징은 올바르고 신실하고 철저하고 정확하고 심오하다는 것인데, 물론 거기에 순진하고 약간 서투른 면도 있다. 예술과 학문을 단지 예술과 학문 그 자체를 위해 신적으로 숭배하는 것은 오로지 독일인들에게서만 보이는 민족성이다.[14)]

121 너희들이 지금 나의 말을 듣고서 왜 너희들이 서로를 이해하지 못하는지 깨닫는다면, 나는 나의 목적을 이룬 것이다. 조화에 대한 감각이 일깨워졌다면, 이제 영원히 계속 이야기되어야 할 일자一者를 더욱 조화롭게 이야기할 때이다.

122 예술가들이 가족을 이루는 곳에 인간의 본래적 집단들이 있다.

123 잘못된 보편성은 모든 종류의 개별적 교양을 쓸어 없애고 평균적인 중간 수준에 맞추는 것이다. 반면 진정한 보편성을 통해서 가령 예술은 개별적 상태에서보다 더욱 예술적으로, 또 포에지는 더욱 포에지적으로, 비판은 더욱 비판적으로, 역사는 더욱 역사적으로 될 수 있으며, 그 외 다른 것들도 마찬가지이다. 이러한 보편성은 종교와 도덕의 빛 한 줄기가 조합되어 있는 재치의 카오스와 만나 열매를 맺을 때 생겨날 수 있다. 이때 최고의 포에지와 철학이 저절로 꽃을 피운다.

124 지고의 것이 왜 요즘은 그토록 자주 잘못된 경향으로 나타나는 것인

14) 이와 동일한 주제에 대해서는 「이념들」 135번 참조.

가? — 왜냐하면 동시대인들을 이해하지 못하는 자기 자신을 이해할 수 있는 사람이 아무도 없기 때문이다. 그러니 너희들은 이제 자신이 혼자가 아니라는 것을 믿어야 할 것이고, 마침내 근원적이고 본질적인 것을 발견할 때까지 어디서나 무한히 많은 것을 예감하며 지치지 않고 의미를 형성해야 할 것이다. 그러면 시대의 천재가 나타나 너희들에게 적절한 것과 그렇지 않은 것을 조용히 암시할 것이다.

125 지고의 것을 자기 안에서 예감하면서도 그것을 어떻게 해석해야 좋을지 모르는 사람은 『종교론』을 읽어야 할 것이다. 그러면 자신이 느낀 것을 말과 대화로 표현할 수 있을 정도로 스스로 분명히 알 수 있다.

126 기꺼이 사랑을 베푸는 여자를 중심으로 가족이 형성된다.

127 여성들은 시인의 포에지를 별로 필요로 하지 않는다. 그들의 가장 고유한 본질이 포에지이기 때문이다.

128 비밀의식은 여성적이다. 비밀의식은 스스로를 감춘다. 그러면서도 보여지기 원하고 추측의 대상이 되고 싶어 한다.

129 종교에는 항상 아침과 아침노을의 빛이 있다.[15)]

130 세계와 하나가 된 사람만이 자신과 하나가 될 수 있다.

131 희생 제물의 비밀스러운 의미는 유한성을 파괴한다는 것이다. 희생 제물은 유한하기 때문이다. 이것만이 그 유일한 이유라는 것을 보여 주기 위해 가장 고귀하고 가장 아름다운 것을 제물로 선택해야 한다. 특히 대지의 꽃들인 인간이 이것에 속한다. 인간 제물은 가장 자연스러운 제물이다.

---

15) 야콥 뵈메의 『아침노을』(*Morgenröte*)을 암시. 「이념들」 129번과 155번, 아마 92번 등에서도 이 책에 대한 암시가 등장한다. 「이념들」 92번에서는 해돋이의 비유가 나온다. 여기에 대해서도 R. Ayrault, *La genèse du romantisme allemand*, III, pp.469 이하 참조.

그러나 인간은 대지의 꽃 그 이상이다. 즉 인간은 이성적이며, 이성은 자유로우며 그 자체로 무한히 계속 스스로를 규정하는 것 바로 그것이다. 그래서 인간은 오로지 자신만을 희생할 수 있으며, 폭도들 무리는 보지 못하는 항존하는 신성함 속에서도 그렇게 한다. 모든 예술가들은 데키우스들이며,[16] 예술가가 된다는 것은 하계의 신들에게 스스로를 봉헌한다는 것을 의미할 뿐이다. 파괴의 열광 속에서 먼저 신성한 창조의 의미가 계시된다. 오로지 죽음의 한가운데에서만 영원한 삶의 섬광이 일어난다.

132 도덕으로부터 종교를 완전히 분리하면 너희들은 인간 악의 본래적 힘을, 즉 인간의 정신에 근원적으로 존재하는 끔찍하고 잔인하며 광포하고 비인간적인 원리를 갖게 된다. 이로써 나누어질 수 없는 것을 나눈 것에 대해 가장 끔찍한 벌을 받는 것이다.

133 우선 나는 동양에 대한 관심을 이미 가지고 있는 사람들과만 이야기할 것이다.

134 너는 내게서도 고귀한 것을 짐작해 내고, 내가 왜 경계에서 침묵하는지 묻는다. — 그건 아직 너무 이른 아침이기 때문이다.

135 독일 민족의 전통신은 헤르만과 보단Wodan이 아니라 예술과 학문이다. 다시 한번 케플러, 뒤러, 루터, 뵈메를 생각해 보아라. 또 레싱, 빙켈만, 괴테, 피히테를 생각해 보아라. 미덕은 도덕에만 적용되는 것이 아니다. 미덕은 권리와 의무를 지닌 예술과 학문에도 해당된다. 그리고 바로 이 정신, 미덕의 힘이 예술과 학문을 다루는 데 있어 독일인들을 다른 사람과 구별시킨다.

---

16) 고대 로마의 귀족 가문. 3대가 모두 로마의 영광을 위해 기꺼이 목숨을 희생한 것으로 알려져 있다.

136 나는 예술가로서 무엇에 자부심을 가지고 있는가? 그리고 과연 예술가로서 자부심을 가져도 좋은가? —나를 평범한 모든 것으로부터 영원히 떼어 내 분리시키는 결단력, 모든 의도를 신적으로 넘어서며 결국 아무도 그 의도를 알 수 없는 작품, 내가 대면하고 있는 완전함을 숭배할 줄 아는 능력, 동료들이 자신의 가장 고유한 능력을 발휘하도록 내가 자극할 수 있으며, 그들이 창조하는 모든 것은 나의 이익이라는 의식, 이런 것들에 나는 자부심을 가진다.

137 철학자들의 신앙[17]은 이론, 즉 신적인 것인 대한 순수한 직관이며, 이것은 고요한 고독 속에서 냉철하고 평온하며 맑다. 이에 대한 이상적인 인물은 스피노자이다. 반면 시인의 종교적인 상태는 더욱 열정적이고 더 많은 호소력을 지닌다. 근원적인 것은 종교적 열광이며, 마지막에는 신화가 남는다. 그 사이에 있는 것은 양성의 차이를 포함한 삶의 성격을 지닌다. 이미 말했듯이 비밀의식은 여성적이며,[18] 광란의 축제로 말하자면, 남성적 힘을 흥겹게 마음껏 발산하면서 주위의 모든 것을 제압하거나 풍요롭게 만들고자 한다.

138 기독교가 죽음의 종교라는 바로 그 이유로 인해 기독교는 극도의 사실주의로 다루어질 수 있으며, 자연과 생명의 고대 종교에서와 마찬가지로 자신의 광란적 도취 상태를 가질 수 있다.

139 역사적인 인식 이외에 어떠한 자기 인식도 없다. 자신의 동료들이 누구인지 모른다면, 특히 동맹의 최고 책임자, 즉 대가 중의 대가, 시대의 천재를 모른다면 그 누구도 자신이 누구인지 모른다.

140 동맹의 가장 중요한 문제는 구성원들 사이로 슬쩍 끼어든 비구성원

17) Andacht. 몰입의 행위, 그리고 종교적 명상이나 기도의 뜻도 있다.
18) 「이념들」 128번 참조.

들 모두를 다시 몰아내는 것이다. 엉터리를 더 이상 허용해서는 안 된다.

141 아, 너희들이 — 너희들 중 가장 뛰어난 자들이 — 말하는 천재란 얼마나 불충분한가. 너희들이 천재라고 하는 곳에서 나는 잘못된 경향, 졸렬함의 극치가 가득 차 있는 것을 발견하는 경우가 많다. 모두가 약간의 재능과 상당히 많은 허풍을 찬양하면서 아주 잘 안다고 자랑한다. 천재는 정확하지 않으며, 그래야 한다는 것이다. 그렇게 이 천재 개념도 또한 사라진 것인가? — 가장 재치 있는 정신의 언어로 사려 깊은 인간을 알아볼 수 있지 않은가? 종교적 인간만이 정신을, 천재성을 가지고 있으며, 모든 천재는 보편적이다. 대리인에 지나지 않는 사람은 재능만 있을 뿐이다.

142 중세의 상인들처럼 오늘날의 예술가들도 어느 정도 서로서로 보호하기 위해 한자 동맹을 구성해야 할 것이다.

143 예술가의 세계만큼 위대한 세계는 없다. 그들은 숭고한 삶을 산다. 기품 있는 태도 역시 그들에게서 기대할 수 있는데, 이것은 각자 자유롭고 유쾌하게 표현하며, 다른 사람들의 가치를 온전히 느끼고 파악하는 데서 생겨나기 때문이다.

144 너희들은 철학자에게 근원적 의미에 대한 결정적인 한마디를 요구하며, 심지어 시인들에게는 어느 정도의 열광을 승낙한다. 그러나 그것이 무엇을 의미하는지 너희들은 아는지? 너희들은 의식하지도 못한 채 신성한 땅에 발을 들여놓은 것이다. 너희들은 우리들의 것이다.

145 모든 사람들은 약간씩 우습고 그로테스크하다. 그들이 인간이기 때문이다. 이런 점에서 예술가들은 아마도 두 배의 인간일 것이다. 지금 그렇고, 이전에 그랬고, 앞으로도 그럴 것이다.

146 예술가들의 삶의 방식은 외적[표면적] 습관에 있어서도 다른 사람들과 철저히 구별된다. 그들은 카스트 제도로 말하면 좀더 높은 계급, 브라

만들이다. 그러나 그것은 출생에 의한 것이 아니라 자유로운 자기 봉헌을 통해 부여받은 귀족 신분이다.

147 자유인 중의 자유인이 만들어 내었으며, 자유롭지 않은 인간이 모든 것에 적용시키는 기준으로 삼는 것, 그것은 자유인의 종교이다. 이것 또는 저것이 그의 신이다 혹은 우상이다 등등의 표현에는 어떤 심오한 의미가 있다.

148 누가 예술의 마법 책을 개봉하여, 갇혀 있는 신성한 정신을 해방시킬 것인가? — 오로지 그와 유사한 정신만이 그렇게 할 수 있다.

149 포에지가 없다면 종교는 어둡고 거짓이며 위험하게 될 것이다. 철학이 없다면 종교는 무절제한 방종과 자신을 파괴할 정도의 육욕에 빠질 것이다.

150 우주는 설명할 수도 파악할 수도 없으며, 단지 직관하고 드러낼 수 있을 뿐이다. 경험의 체계를 우주라고 부르는 것을 그만두고, 만약 아직 스피노자를 이해하지 못했다면 우선 『종교론』에서 우주의 진정한 종교적 이념을 읽어 내는 법을 배워라.

151 종교는 모든 형태의 감정에서 터져 나올 수 있다. 이때 거친 분노와 너무나도 달콤한 고통은, 그리고 찢어 죽일 듯한 증오와 경건한 기쁨에 가득 찬 순진한 웃음은 서로 직접적으로 맞닿아 있다.

152 네가 인간을 완전히 파악하고자 원한다면, 어떤 가족 하나를 살펴보아라. 가족 속에서 모든 사람은 유기체적으로 하나가 되며, 바로 그 때문에 가족은 전적으로 포에지라고 할 수 있다.

153 모든 자주적 정신은 근원적이며, 또 독창성이다. 그리고 모든 독창성은 도덕적이며, 인간 전체의 독창성이다. 이 독창성 없이는 이성의 힘도, 마음의 아름다움도 있을 수 없다.

154 사람들은 지고의 것에 대해 처음으로 매우 솔직하게, 너무나 태연히, 하지만 단도직입적으로 이야기한다.

155 나는 중심을 가리키는 몇 가지 생각을 이야기했다. 나는 내 방식으로 나의 관점에서 아침노을에 인사했다. 길을 아는 자는 자신의 방식으로 자신의 관점에서 그렇게 할 것이다.

156 노발리스에게.

너는 경계에서 왔다 갔다 하는 것이 아니다. 너의 정신에는 포에지와 철학이 내밀히 파고들어 와 있다. 잡히지 않는 진리의 모습들에 관한 한 너의 정신은 나와 가장 가깝다. 네가 생각한 것을 나도 생각한다. 내가 생각한 것은 너도 생각하게 되거나, 아니면 이미 생각했을 것이다. 오해들이 있지만, 이것들은 오히려 최고의 조화를 입증해 줄 뿐이다. 영원한 동양에 관한 학설은 모든 예술가에게 속한다. 나는 다른 모든 예술가들 중에서 너를 대표로 거명한다.

3. 프리드리히 슐레겔「철학에 대하여」

도로테아에게

내가 스피노자에 대해 이야기할 때, 너는 경건한 태도로 경청했으며, 헴스테르호이스도 너에게 많은 기쁨을 주었던 것 같다. 게다가 플라톤의 책들도 번역이긴 했지만 너에게 겁을 먹게 하지 않았지. 만약 플라톤을 완전히 이해하게 된다면, 아마 넌 그를 경배하게 될 거야. 너는 "너의 그 자연철학에만 만족하지 않고, 성신聖神의 도움으로 정말 제대로 된 무언가를 하고자 할 것이다".

네가 진지하게 생각하는 것이 나는 기쁘다. 하긴 어떻게 그렇지 않을 수가 있을까? 너의 철학적 성향이 결코 허영에 찬 호기심은 아닐 것이다. 자신의 내면에 훌륭한 것을 이미 소유하고 있기 때문에 훌륭한 것이 무엇인지 아는 사람은 생각 없이 이것저것을 구하려 애쓰지 않는다. 그런 사람은 유행이나 기분에 따라 온갖 것을 다 아는 데에는 관심이 없다. 그런데 너는 왜 자신의 자연적 성향에 그냥 따르지 않는 것인지? 소위 세상이라는 것이 하는 말에 대한 두려움이 너를 막을 수는 없을 것이다. 세상 속에서 눈에 띄지 않고 방해받지도 않고 탁월함을 발휘할 수 있기란 얼마나 쉬운 일인지 너는 너무나 잘 알고 있기 때문이다. 또 그래서 부득이한 경우 주저하지 않고 있는 그대로의 너를 숨김없이 세상에 그냥 내보일 것이다. 나는 많은 기품 있는 여자들로 하여금 남몰래 학문에 대한 두려움을 갖게 만들고, 심지어 예술이나 지식과 관계되는 모든 것에 대한 두려움을 불러일으키는 그런 생각에 네가 물들지 않을 거라고 확실히 기대하고 있어. 정신적 교양을 얻는 대신에 도덕적 순수함이, 특히 여성성이 해를 입지는 않을까 하는 그런 두려움 말이다. 그것은 마치 민족 전체를 여성화시키는 것이라고 사람들이 말하는 바로 그것이 여자들을 남성적으로 만들지는 않을까 하는 걱정과 같은 것이다. 물론 이런 걱정이야말로 사실 아무런 이유도 없는, 너무나 남성적이지 못한 걱정처럼 보이지만 말이다. 여성성이란 것이 있다면, 아마 매 순간 자신의 주인에게 스스로의 존재를 상기시켰을 것이다. 만약 너처럼 나누어지지 않은 전체적 존재로 사는 것에 길들여진 사람이라면 특히 그럴 것이다.

나는 이전에 여자들이 가지고 있는 유일한 미덕은 종교인데, 이 종교는 오로지 철학을 통해서만 도달 가능하기 때문에, 여자들에게는 철학이 필수적이라고 뻔뻔하게 주장했던 것을 매우 생생히 기억하고 있어. 그때 나는 너에게 이 생각을 증명하겠다고, 혹은 대화에서 보통 말로 하는 것보다 좀 더 완벽하게 설명하겠다고 약속을 했었지. 나는 이제 그 약속을 지키려고 해. 물론 내가 약속을 지키는 사람이라는 것을 보여 주기 위해서가 아니라, 그 작업을 하고 싶은 마음이 있기 때문이야. 그것이 비록 모든 글쓰기와 문자들을 단호히 경멸하는 여자를 두고 오히려 이런 것들로 놀리는 일에 지나지 않는다 하더라도 말이야. 너는 아마 대화하는 것을 더 좋아하겠지. 그러나 나는 이제 철두철미한 작가이고, 나에게 글은 글의 주위를 떠돌아다니는 영원의 황혼이 걸어 놓은 비밀스러운 마술이야. 그래, 너에게 고백하자면, 어떤 알지 못할 힘이 이 생명 없는 문구들에 숨겨져 있는지, 그저 참되고 정확한 것으로만 보이는 너무도 단순한 표현들이 어떻게 마치 영롱한 눈으로부터 비쳐 나오는 시선처럼 그토록 의미심장할 수 있고, 또 영혼 깊은 곳으로부터 퍼져 나오는 듯 그토록 자연스러운 억양으로 이야기하고 있는지 너무나 신기하다. 사람들은 누가 소리내어 읽게 되면, 그것을 들을 수 있다고 생각하지. 그러나 낭독자가 할 수 있는 유일한 일이란 원래부터 아름다운 부분을 읽을 때 오히려 그 아름다움을 해치지 않도록 조심하는 것뿐이야. 나에게는 소리 없는 한 줄 한 줄이 입으로 내는 소리보다 정신의 심오하고 직접적인 표현을 더 적절하게 감싸고 있는 것처럼 보여. H[1]의 다소 신비주의적인 언어를 빌려 말하고 싶을 정도야. 삶은 글쓰기라는 것을, 그리고 인간의 유일한 사명은 그 정신이 가진 형상 창조능력이라는 석필로 신적인 생각을 자연의 도판에 새기는 것이라고. 그런데 내가 볼 때 너 같으면 자신의 몫으로 주어진 그런 인간의 사명을 충분히 완수할 거라 생각해. 물론 그러기 위해서는 네가 지금까지처럼, 외적으로나 내면적으로 혹은 일상적 의미에서나 상징적 의미에서 노래는 계속하고, 침묵은 줄여야 할 거야. 또 사람들이 책을 낭독해 주는 것을 그냥 듣거나 이야기로 듣는 데 그치지 말고 때때로 네가 직접 신성한 책들에 몰입하여 읽는 시간도 가져야 할 거야. 특히 언어를 지금보다 더욱더 신성하게 생각해야 해. 그렇지 않으면 그건 내게도 좋지 않은 상황이야. 왜냐하면 내가 너에게 아무것도 줄 수 없다는 것은 당연하고, 그래서 네가 글 이외에는 나로부터 아무것도 기대하지 않는다고, 즉 네가 오래전부터 느끼

---

1) Hardenberg. 즉 노발리스의 실제 이름을 가리킨다. — 대화와 글이 가진 각각의 장점을 비교하는 곳은 『루친데』와 「소설에 관한 편지」 앞부분에서 찾을 수 있다.

고 있고 알고 있었지만 선명하게 정리되지 않았던 것에 대한 표현 외에는 나에게 기대하는 것이 없음이 분명하다고 생각할 수밖에 없기 때문이야. 사실 철학의 핵심이 되는 것, 그리고 본질을 통찰하는 사람에게는 철학 자체가 되는 것, 그것은 신적인 것에 대한 직관일 터인데, 어쩌면 네가 철학 자체에서 그러한 직관을 표현하는 목소리, 언어, 그리고 문법 이외에는 더 이상 아무것도 기대하지 않는 것이 오히려 더 올바른 것인지도 모르겠다.

자연이 원래 그렇게 계획한 것이든 혹은 인간이 만들어 낸 것이든, 어쨌든 여자는 **가정**에나 **어울리는** 존재이다. 이렇게 말하면 너는 틀림없이 깜짝 놀라며 생각할 것이다. 가정에서는 드물게 될수록 책에서는 점점 더 자주 등장하는 그런 가정적인 본성에 대해 사람들이 한결같이 가지는 일반적인 편견에 나 역시 동조한다고 말이야. 그리고 아마도 이번에도 역시 특이한 것에 싫증이 나서 결국 빤한 비천함과 단순한 진부함으로 되돌아가는 그런 모순들 중의 하나를 말하고 있다고 생각할 것이다. 만약 내가 여자의 **사명**에 대해 말하고 있는 것이라면 네가 옳을지도 모른다. 그러나 만약 네가 사명이라는 말을 나와 마찬가지로 우리 스스로 가거나 가기를 원하는 길이 아니라 우리 내부에 있는 신의 음성이 가리키는 길로 이해한다면, 나는 여자의 사명을 가정적인 본성과 완전히 반대되는 것으로 생각하고 있어. 내 말은 여자의 사명이 아니라 그들의 **본성**과 **상황**이 가정적이라는 것이다. 내가 만족할 만한 진리라기보다는 유용한 진리라고 생각하는 것은 다음의 내용이다. 최상의 결혼도, 모성애 자체도, 심지어 가족도 너무 쉽게 여자들을 필요와 경제와 세속과 연루시켜 천대했으며, 그래서 이제 그들은 자신의 근원이자 자신들과 닮은 신들을 더 이상 기억하지 않게 되었다는 것이다. 그들은 이것을 더 이상 의식조차 못할 것이다. 심지어 모든 내적인 재능과 외적인 수단을 가진 사람이라 해도 마찬가지일 것이다. 우리는 편견과 비천함으로 가득 찬 거대한 세계라는 바다로부터 머리라도 높이 들어 올리려는 여자들의 시도가 얼마나 드문지 항상 목격하고 있다. 그런 일이 일어난다 해도, 대부분 보통의 관습적 사랑이나 시민적 도덕 내에서의 사랑보다 더 강렬하고 자주적으로 사랑하게 될 때뿐이다. 사랑의 대상이 그가 주는 인상보다 더 형편없을 때, 여자들은 행복이나 미덕을 상실하고 곧바로 다시 체념에 빠져, 이전의 속성으로 깊이 가라앉는다. 정말 그런 것 같아! 사람은 도덕적인 아나뒤오메네[2]를 단순한 동화로 간주하지 않기 위해서라도 진실로 강한 믿음에 빠져 있어야 하는 것 같아. 아나뒤오메네, 신화 속에 등장하는 저 여신과 같은, 아니 더 신적이고 더 아름다운 정신의 소유자이며, 모든 본성이나 자태 자체가 대양으로부터 솟아 나왔던 여인 말이야.

하지만 너는 말하겠지. '그건 남자라고 해서 다를 바 없잖아'라고 말이야. 물론 다르다. 어느 정도 교육을 받았거나 받았을 것으로 추정되는 사람들의 숫자와 비교해 볼 때, 학문이나 예술의 사다리를 타고 영원불멸에 이르고자 하는 것 외에 다른 관심이 없는 사람들은 상당히 많은데, 네가 이런 사람들의 수를 고려하지 않는다 하더라도 말이다. 좋아, 만약 오로지 국가나 자신의 직업만을 위해 살고 있으며, 예술이나 학문에 대해 아는 것이 전혀, 혹은 거의 없을뿐더러, 심지어 종교도 없고, 깊숙한 내면에 자신에게 본래적으로 고유하고 풍부한 그런 순수한 열광의 원천도 가지고 있지 않은 어떤 남자가 있다고 가정해 봐. 이 경우에도 자유에 대한 사랑, 특히 명예심이나 직업에 대한 책임감이 그에게는 일종의 종교일 수 있

---

2) 아프로디테의 별칭 아나뒤오네메(Anadyomene)는 그 이름([바다로부터] 떠오르는 여자)이 의미하는 대로 물로부터 나오는, 혹은 파도로부터 나타나는 모습의 아프로디테를 말한다.

으며, 그것이 다른 것을 상당 부분 대체할 수 있을 뿐 아니라, 그의 차가운 감정을 조금이나마 데울 수 있다. 적어도 저 영원한 프로메테우스가 가져온 불꽃의 불씨가 더 좋은 시대에 대한 기억이나 희망으로서 회색 잿더미 아래 숨겨져 있도록 말이다. 상류층 남성들의 직업 역시 집안 살림의 관리와 마찬가지로 학문이나 예술과 밀접한 관계를 맺고 있다. 즉 신들이나 불멸성과 관련이 있다. 물론, 그런 것이 없다 하더라도, 남자가 열성을 다해 실용적인 것을 촉진하는 일 외에는 아무것도 할 수 있는 것이 없고 아무것도 원하지 않는다면, 바로 이 실용적인 것이 더 많은 내용이나 위대함을 가지고 있어, 편협한 정신마저도 차츰 확장해 나가며, 사고는 더 자유로이 시야를 넓혀 한 단계 더 높이 발전하게 된다. 반면 여성들의 삶의 방식은 스스로를 점점 더 좁게 만들어, 행복한 종말을 맞이하기도 전에 어머니 같은 대지의 품속에 자신들의 정신을 파묻으려는 경향을 가지고 있다. 그 방식이 고상하든 소시민적이든 그건 아무 차이가 없다. 유행을 따르는 삶은 더욱 빈약한 삶이 되고, 가정의 번잡함 자체보다 정신을 더 많이 쫓아내 버린다. 잡다하고 메마른 모래밭 같은 삶, 이는 저 어두운 대지보다 더욱 심각한 것이다.

바로 이런 이유에서 여성들은 정신과 마음을 다하여 무한성과 신성함을 추구해야 하고, 무엇보다 감성과 이를 위한 능력을 세심히 키워야 할 것이다. 그들은 좋아하는 다른 어떤 일에 대해서도 종교에 대해서만큼 그토록 진지하지는 않을 것이다. 내가 『빌헬름 마이스터』에 나오는 늙은 아저씨에 공감한다는 것을 너는 알 것이다. 그는 균형 잡힌 인간의 삶이란 오로지 대립성을 통해서만이 유지된다는 것을 믿고 있었다. 물론 그렇다고 조용하고 감수성 풍부한 소년을 군인으로 만들고, 반면 날렵하고 불같은 성격의 소년은 성직자로 교육시키고자 했던 그 이탈리아 노인같이 [대립성을] 철저히 믿는 것은 아니다. 내가 여기에 동의하지 않는 이유는 단지 모든 도덕 교육이 전적으로 무의미하고 허용될 수 없는 것이라 생각되기 때문이다. 이 주제넘은 실험으로부터 밝혀지는 것은 우리가 인간을 억지로 변형시켜, 그의 가장 신성한 부분, 즉 그의 개성을 짓밟고 말살하고 있다는 사실뿐이다. 우리는 생도만을 올바르고 쓸모 있게 교육시킬 수 있고, 그래야 할 것이다. 나머지 모든 것은 이미 어렸을 때부터 오로지 그 자신에게만 맡겨져 있어야 한다. 그가 무엇을 원하고 어떻게 원하든, 모든 것은 스스로 책임을 져야 하는 것이다. 내 생각으로는 누군가를 좋은 시민으로 양성하여 그가 처한 환경의 상태에 따라 모든 종류의 유용한 직업을 가르치는 한편, 그의 본성이 발전해 나가는 데에도 가능한 한 가장 자유롭고 여유로운 공간이 허용되도록 한다면, 최고로 뛰어난 사람들에게서 일어나는 일보다, 그리고 일어날 필요가 있는 모든 일보다 훨씬 많은 것을 한 것이다. 그러나 누군가를 **인간으로** 양성하고자 한다면, 그건 마치 어떤 사람이 신과 같은 존재가 될 수 있는 방법을 알려 주겠다고 말하는 것과 꼭 같이 들린다. 인간은 접종하여 만들 수 있는 것이 아니며, 미덕은 가르칠 수도 배울 수도 없는 것이다. 그것은 오로지 실력이 있고 진실한 사람들과의 우정과 사랑을 통해서, 그리고 우리 자신과 소통하고 우리 안의 신들과 소통함으로써만 가능하다.

한 인간이 가지고 있는 고유한 생각, 고유한 능력, 고유한 의지가 가장 인간적인 것이자 가장 근원적인 것이며, 또 가장 신성한 것이다. 이에 비하면 여자인지 남자인지의 문제는 별로 중요하지 않은 우연적인 것이다. 성별의 차이는 인간 존재의 외형적 방식에 지나지 않으며, 그것도 결국 제대로 잘 만들어진 자연이라는 장치의 일부일 뿐이다. 물론 이 장치는 우리가 마음대로 제거하거나 변화시킬 수는 없지만, 이성에 종속시켜, 더 상위의 이성 법칙에 따라 만들 수 있도록 되어 있다. 사실 사람들이 일반적으로 생각하고 받아들이는 그런 남성다움, 여성다움이라는 것은 인간 자체의 본질에 있어 가장 위험한 장애물이다. 이 인간이라는 것은 오래된 신화에 따르면 원래 남성과 여성의 중간에 그 고유한 근원을 가지고 있으며, 그럼에도 분리되어 있지 않는 단 하나의 조화로운 전체일 수 있다. 세상 사람들은 이런 점에서 「공범자들」Mitschuldigen[3]에서 불행한 결혼을 한 소피와 같은 생각을 하고 있는 것처럼 보인다. 소피는 말한다. "그는 **나쁜 인간**이다. 하지만 **남자다**." 동일한 잣대로 사람들은 남성과 여성의 가치를 판단한다. 이건 놀랄 일도 아니다. 인간은 그 어떤 천직에서도 인간성의 영역에서만큼 그토록 퇴보한 적은 없기 때문이다. 남성과 여성에 대한 그토록 비인간적인 찬양은, 누군가에 대해 인간적으로는 나쁘지만 재단사로서 훌륭하다고 찬양하는 것과 다르지 않아 보인다. 물론 이러한 찬양은 재단사를 **필요로 하는** 누군가에게는 정말 좋은 추천이 될 수 있을 것이다. 하지만 세상은, 그리고 세상을 따라가는 사람들은 아마도 자신들이 믿는 대로 믿을 것이다. 나 역시 나 자신의 믿음을 확신하고 있는데, 그것은 오직 부드러운 남성성만이, 그리고 독립적인 여성성만이 올바르고 참되며 아름답다는 것이다. 그렇다면 단지 자연적으로 타고난 천직일 뿐인 성별의 성격을 너무 지나치게 과장해서는 결코 안 되며, 효과적인 균형 작용을 통해 오히려 완화시켜야 한다. 그래야만 고유한 본성이 욕망과 사랑에 따라 인간성의 전체 영역에서 자유롭게 움직이기 위한 무한한 공간을 발견할 수 있다.

법칙을 부여하는 이성의 권고에 따라서 나는 자연의 지위와 발언권

3) 1777년 바이마르에서 초연된 괴테의 희극.

은 별로 인정하지 않지만, 그럼에도 자연의 아름다운 상형문자들이 암시해 놓지 않은 그 어떤 진리는 있을 수 없다고 생각한다. 또 여성들을 가정일로 둘러싸이게 하거나, 종교로 이끄는 것도 물론 자연 자체일 것이다. 그 모든 것은 이미 **조직체**Organisation에 있는 것이다. 넌 내가 해부학을 들이댈까 두려워할 필요는 없다. 남녀 차이의 기묘한 신비를 요령 있고 우아하게 부인들에게 설명하고 밝히는 그런 일은 장차 태어날 '독일의' 퐁트넬이나 알가로티에게 맡겨 두겠다.[4] 여성적 조직체가 전적으로 모성애라는 아름다운 목적을 지향하고 있다는 것은 쉽게 알 수 있다. 바로 그런 이유로 너희들은 윤곽으로 나타나는 천상적인 단순함이 원래 여성적 형상의 주된 특징임에도 불구하고, 많은 조형예술의 대가들이 남성 형상에 아름다움의 영광을 부여한다면 그들을 용서해야 한다. 너는 이렇게 말하겠지. "하지만 과연 욕심으로 가득 찬 남자들이 꽃받침 안에서 자라나는 열매를 당장 생각하지 않고, 한 송이 꽃의 색채의 향연과 향기를 그 자체로 즐길 수 있을까?" —아, 나의 친구여! 너희들과 대치하고 있는 적들은 남자들이 아니다. 게다가 예술가들은 더더구나 아니다. 심지어 그들이 유용하게 보이는 것들을 혐오하고 추방한다면, 또 독립적이고 자기 완결적인 것을 그토록 사랑하며 이기주의를 옹호한다면, 너희들이 직접 문학과 예술과 관계해도 상관없을 것이다. 물론 남성들의 형상에서도 구현하려는 목적들이 나타난다. 심지어 그것은 더욱 일반적인 것이다. 그러나 바로 그 때

---

4) 프리드리히 슐레겔이 말하고 있듯이 어려운 학문 대신에 여성들을 위한 설명의 모델로, 즉 "통속적"인 책으로 간주되는 프랑스 작가 퐁트넬의 『세계의 다양성에 관한 대화』(*Entretiens sur la pluralité des mondes*, 1686)를 암시한다. 알가로티(1712~1764)는 이탈리아의 시인이자 비평가이며 『여성들을 위한 뉴턴 물리학』(*Il newtonianismo per le dame*, 1737)의 저자이다. 퐁트넬과 알가로티의 조합은 이미 칸트의 『아름다움과 숭고의 감정에 관한 고찰』 3장에서 같은 이유로, 하지만 반대의 목적에서 말해졌던 것이다.

문에, 즉 목적들이 여러 가지이며, 오로지 이 또는 저 한 가지 목적에만 매달려 있지 않기 때문에, 그런 불특정성으로부터 마치 어떤 신적인 무한함처럼 보이는 무언가가 생겨나는 것이다. 그러나 만약 남성적 형상이 더 풍부하고 독립적이며, 더 인위적이고 더 숭고하다고 한다면, 나는 여성적 형상은 더욱 **인간적**이라고 말하고 싶다. 가장 아름다운 남자에게서 신성과 동물적 본성은 멀리 떨어져 있다. 여성적 형상에서는 마치 인간성 자체에서처럼 그 두 가지가 서로 융화되어 완전히 섞여 있다. 내가 여자의 아름다움만이 본래 최고의 아름다움일 수 있다고 생각하는 이유도 바로 여기에 있다. 인간적인 것은 어디서나 가장 고귀한 것이며, 신적인 것보다 더 고귀하기 때문이다. 이 점이 어쩌면 몇몇 여성성 이론가들이 여성들의 몸이 가진 가장 본질적인 의무는 바로 표현되지 않은 아름다움에 있다는 것을 주장하고, 이 아름다움을 실현하도록 분명히 요구하게 된 계기가 되었을 것이다.

여성의 특성 중 모성애 다음으로 내게 가장 근원적이고 본질적으로 보이는 것은 좀더 온화한 여성적 **공감**Sympathie이다. 우리는 완전한 남자를 보면 누구나 말할 것이다. "이 사람은 대지를 형성하고 세계를 신적인 명령에 따르게 하도록 정해져 있다." 그런데 아름다운 어떤 여자를 보면 사람들은 생각할 것이다. "재빠르고 다양하게 움직이는 삶의 음악이, 때로 너무나 격렬한 음악도 이 [여자라는] 병 안에서는 좀더 부드럽고 좀더 아름답게 울려 퍼지고 있는 것 같다. 마치 꽃이 자신을 둘러싸고 있는 주위의 잡다한 것을 모두 빨아들여 조화로운 색채로 다시 녹여 만들어 내며, 또 감각적인 향기로 반사하듯이 말이다." 이러한 내면성이, 전심전력을 다하는 이 고요한 활동성이 **종교**에로의 근본적인 성향을 말해 주는 것이 아닌가? 물론 정신과 영혼을 원래부터 영원히 나누어진 것으로 간주한다면,

또 그럼에도 여성들의 공감 능력과 그 감각적 표현을 참된 미덕으로 숭배한다면, 그것은 좀더 아름답고 우아한 모습을 한 채 동물 숭배를 하는 것에 지나지 않는 것이다. 그러나 도대체 누가 그렇게 어리석은 태도로 나누고 구별하며 철없이 우주의 영원한 조화를 일그러뜨리고 파괴하려 하겠는가?

나는 **종교**라는 말을 당당히 사용한다. 이 단어 대신 사용할 다른 말도 모르고 또 없기 때문이다. 너는 이 말을 오해하지 않을 것이며, 그럴 수도 없다. 너도 같은 입장에 처해 있으며, 사람들이 보통 그렇게 표현하지만 별로 적절한 명칭이라고는 할 수 없는 그런 피상적인 경박함을 너는 전혀 가지고 있지 않기 때문이다. 너에게서는 감정 하나하나가 떠들썩한 숭배가 아니라, 고요한 흠모가 된다. 그런 이유로 네가 감정을 한번 우연히 표출하거나 슬쩍 내비치게 되면, 너는 사람들에게 이상하고 무뚝뚝하거나 멍청하게 보인다. 그리고 사랑에 대한 생각이, 즉 영원한 동경의 품속에서 영감이 번뜩이는 재치의 섬광으로부터 탄생하는 이 생각이, 너에게 있어서는 가공되지 않은 채 그대로 놓여 있기 때문에 오히려 다른 사람들이 특히 현실이라고 부르고 싶어 하는 그저 그런 무의미한 것보다 더욱 생생하고 더욱 **현실적**이지 않는가? 또 종교가 근원적이고 내면적이라 한다면 종교 역시 사랑과 마찬가지로 고독을 추구한다. 종교 역시 모든 장식과 번쩍거림을 경멸한다. 또 종교에 대해서도 다음과 같이 말할 수 있다. **사랑에 빠진 자들의 비밀 의식에는 그 자신의 아름다움의 빛만으로도 충분하다.** 그러니 사람들이 너에게 신을 믿느냐고 물어보면 너는 대답을 못 할지도 모른다고 해서, 또 단 하나의 신이 있는지, 세 명의 신이 있는지, 네가 원하는 만큼의 신이 있는지에 대한 연구가 너에게는 그다지 흥미롭지 않은 사변적 놀이에 지나지 않는다고 해서, 어떻게 너에게 종교가 없다고 말할 수 있겠는가? 물론 나는 그런 문제가 사변적 놀이에 지나지 않는다 해도 충분히 흥미롭다고 생각하고 있지만 말이다. 그리고 만약 세번째 사람이 없다 하더라도 나는 기꺼이 신학적 불가사의나 논쟁점을 둘러싼 철학의 옴버Hombre[5] 카드놀이 테이블에 앉는다. 그것이 진짜 카드놀이를 하는 것보다 점점 더 좋아진다. 나는 어떤 종류이든지 기교적 완벽함이라면 모두 사랑하며, 거기에 도취될 수도 있을 정도이다. 반면 너에게는 그런 열광적 도취가 대수롭지 않은 것일 뿐 아니라 견디기 어려운 것이라는 점을 나는 매우 잘 이해하고 있으며 달리 바라지도 않는다. 이것은 마치 정당한 것이 그 안에 함께 있다는 이유로, 그것도 그 전체가 비웃음을 받는 형태로 거의 권위를 빼앗기는 것과 같은 느낌이다. 너는 평범한 모든 것과 마찬가지로 미신을 단순한 경멸을 넘어 철저히 경멸한다. 대중들의 평범한 짓거리에 너는 전혀 관심이 없으며, 자신의 그러한 무관심조차도 스스로 거의 기억을 하지 못할 정도이다. 그런 것은 아마 너에게는 존재하지도 않을 것이다. 그 사실 역시 나는 비난할 생각이 없다. 세상을 걱정하는 것은 너의 사명이 전혀 아니기 때문이다. 세상의 혼잡함에 몸을 섞을 필요가 없이 고요히 자신의 정신이 부르는 노래에 귀를 기울일 수 있는 사람은 얼마나 행복할까! 하지만 나는 적어도 작가로서 세상 속에 살고 있으며, 아마도 그럼으로써 무엇이 이 종교의 관점에서도 대중에게 가장 유익한 것이며, 무엇을 사제와 통치자에게 요구해야 하는지 매우 냉정하고 진지하게 숙고할 수 있을 것이다. 그러나 무엇보다도 나를 자극하는 것은 시대와 민족의 정신을 종교에서도 주의 깊게 찾아내고 추측해 내는 것이다. 물론 나는 너에게 인간의 외적인 역사에도 많은 관심을 보이라는 요구는 결코 하지 않을

5) 스페인에서 유래하는 카드놀이의 일종.

것이다. 네가 인간의 내면적 역사만 자신 안에서 점점 분명히 직관한다면 그것으로 충분하다. 하지만 비록 보통 사람들이 종교라고 부르는 것도 가장 경이롭고 위대한 현상들 중 하나로 내게 나타난다 해도, 내가 가장 엄밀한 의미에서 종교로 간주하는 것은 오로지 다음과 같은 것이다. 즉 신적으로 생각하고, 신적으로 시를 짓고, 신적으로 삶을 살 때, 신으로 충만해 있을 때, 몰입과 열광의 기운이 우리들 존재 전체에 쏟아져 내렸을 때, 더 이상 그 어떤 것도 의무에서 하지 않고 사랑으로, 그냥 원하기 때문에 할 때, 그리고 오로지 신이 말하기 때문에 그것을 원할 때, 즉 우리 안에 신이 있을 때이다.

나는 네가 종교의 이런 부분에 대해 다음과 같이 생각하고 있는 것이 들리는 듯하다. "그러니까 오로지 신적인 것에 몰입하고 그것을 숭배할 때, 어디서나 인간적인 것이 지고의 것일 때, 남자가 원래 더 숭고한 인간일 때, 바로 그것이야말로 사랑하는 이를 경배하는 진정한 길이자 아마도 가장 가까운 길이며, 또 인간을 신격화하는 인간적인 그리스인들의 종교를 현대화하는 진정한 길이라는 뜻이지?" — 만약 네가 말하는 그 남자가 남성적 본성에 충실하고 고귀한 심성을 가진 사람이라면, 나는 결코 너에게 그러한 길을 가지 말라고 말리거나 방해하지 않을 것이다. 적어도 나는 반드시 중세 기사처럼 위험을 무릅쓰고 무언가를 숭배할 때만이 제대로 사랑할 수 있을 것 같아. 게다가 여인을 사랑한 적이 없는데도 온 영혼을 다 바쳐 우주를 숭배할 수 있을지 나는 모르겠다. 물론 우주는 나의 좌우명이며 계속 그럴 것이다. — 네가 사랑하는 사람에게서 세계를 발견하지 못할 때에도 너는 그를 사랑할 수 있을까? 사랑의 대상에게서 세계를 발견하고 그에게 몰두할 수 있기 위해서는 이미 세계를 소유하고 있어야 하고 또 사랑해야 하며, 적어도 세계에 대한 성향과 감각, 세계를 사랑할 줄 아는 능력을 지녀야 한다. 이러한 힘은 배양될 수 있다는 사실, 우리 정신의 눈이 비추는 시선은 점점 넓어지고 견고해지고 분명해져야 하며, 우리 내면의 귀는 모든 보편적 교양 영역의 음악을 더 잘 받아들일 줄 알아야 한다는 사실, 이러한 의미에서 종교는 비록 결코 마르지 않는다 할지라도 스스로 가르치고 배워야 한다는 사실, 이 모두는 자명하다. 물론 우정과 사랑은 모든 도덕 교육에 있어, 그리고 그 여러 부분에도 꼭 필요한 기관이다. 사랑하는 두 사람이 있을 때, 가령 남자는 자신의 연인을 보잘것없는 가정 수호신들을 일상적으로 섬기는 것을 넘어 열려진 전체로 이끌어 가려 노력하거나 또는 올림포스의 위대한 12신들을 친숙한 [고대 로마의] 집의 수호신들Lares의 모습으로 그녀에게 인도해 주고, 한편 여자는 마치 여신 베스타Vesta의 여사제처럼 자신의 가슴 속 순수한 제단에서 타오르는 신성한 불을 지키고 있다면, 두 사람 모두는 각자가 혼자서 열성적인 노력을 기울여 종교를 찾을 때보다 더욱 빠르고 더욱 폭넓은 발전을 할 것이다.

우주와 우주의 조화에 대한 사상은 나에게 하나이자 전체다. 나는 바로 이러한 근원 속에서 훌륭한 사유가 가지는 무한성을 발견하며, 이 사유를 드러내어 밝히고 형성하는 것이 나의 삶의 본래적인 사명이라 느끼고 있다. 이 하나의 사유가 모든 정신의 중심이기를 원하고 또 그렇게 요구하는 것은 어리석고 편협한 것이다. 그러나 내 생각에는 개체성과 보편성 사이에 법칙적으로 조직된 유기적 상호 교체는 더 고양된 삶의 근원적인 맥박이고, 도덕적 건강함의 첫번째 조건이다. 개체를 점점 더 완전히 사랑하거나 형성할수록, 점점 더 많은 조화를 세계에서 발견하게 된다. 우주의 조직을 점점 더 많이 이해할수록, 모든 대상은 우리에게 점점 더 풍부하고 무한하고 세계와 유사해진다. 그래서 나는 정신의 현명한 자기제한과 고요한 겸손함보다 인간에게 더욱 필요한 것은 가장 진실하고, 항상 한결같고, 매우 적극적으로 삶에 참여하는 것이며, 그지없이 풍부한 신성의 감정이라 거의 확고하게 믿고 있다.

물론 그 정도의 풍부함과 깊이가 없어도 그럭저럭 괜찮게, 그것도 꽤 즐겁게 살 수 있다. 우리는 이를 매일 목격하고 있으며, 모든 것이 가장 단순한 질서 속에서 진행되고 있으며, 심지어 계속해서 발전하고 있다. 가정적인 인간은 자신을 돌보아 주는 곳에서 무리를 따라, 특히 신의 목자를 따라 형성된다. 그가 성숙해지면 나무를 심고, 이리저리 자유롭게 살고자 하는 어리석은 소망을 포기하게 되며, 마침내 자신이 옛날에 종종 다채로운 인물들이 되어 놀곤 하던 그곳에서 굳어져 버린다. 시민적 인간은 처음에는 물론 힘겹게 고생하여 기계로 짜 맞춰지고 다듬어진다. 이제 그가 또한 정치적 합계를 이루는 수 하나가 되었다면 그는 성공한 것이며, 그래서 결국 한 명의 인간적 인격Person으로부터 하나의 **인물상**Figur으로 변모했다면, 모든 면에서 완성되었다고 할 수 있다. 개인들뿐 아니라 집단들에서도 이는 마찬가지이다. 그들은 생계를 꾸려 가고 결혼을 하고 자식들을 낳고 늙어 가며 역시 그렇게 똑같이 살아갈 아이들을 남기는 등등 그렇게 무한히 계속된다.

그저 삶만을 위한 순수한 삶은 **저속함**의 본래적인 원천이며, 철학과 포에지의 세계정신이 없는 모든 것은 저속하다. 철학과 포에지만이 전체적이며, 이것만이 모든 구체적인 학문과 예술들에 생기를 불어넣어 하나의 전체로 만들고 통합할 수 있다. 오로지 철학과 포에지를 통해서만 작품 하나하나는 세계를 끌어안을 수 있으며, 오로지 철학과 포에지에 대해서만이 일찍이 생겨났던 모든 작품은 하나의 조직으로 짜여진 전체의 구성요소들이라 말할 수 있다.

물론 삶은 한가운데에서 이리저리 떠다니려 하는 반면, 철학과 예술은 극단을 사랑한다는 것, 그것은 옳은 말이다. 무언가 유용한 능력을 성취하려는 사람은 오로지 목표만을 생각하고, 그에 적합한 수단을 사용해야 하는데, 이때 포에지와 철학의 본성에 따라 원래의 목적보다는 과정 중에 등장하는 가장 유리한 환경에 더욱 열성적인 관심을 가지거나 또는 불명료한 몽상에 빠져 길을 잃는 일이 없어야 한다. 또 한편 저속한 인간은 어떤 유용한 목적을 전혀 가지지 않으며, 따라서 어떤 바람직한 일을 실행하지 못한다는 것 역시 맞는 말이다. 실천적 인간에게는 모든 대상들이 너무 가깝거나 너무 멀리 놓여 있으며, 모든 관계들이 그의 눈을 어지럽히며, 또 삶 자체의 짧은 순간에 삶에 대한 어떤 올바른 확신에도 도달할 수 없다는 것도 옳은 말이다. 행동하거나 사랑하는 인간의 삶에서 — 비록 이들이 학문이나 예술의 여러 이름들에 대해 아무것도 알지 못한다 해도 — 강렬하고 정확하며 위대한 모든 것은 그러한 철학과 포에지라는 세계정신의 계시다. 진정한 중심이란 열광과 에너지로 가득 차 중심을 벗어난 궤도로부터 항상 다시 돌아가는 곳을 말하는 것이지, 결코 떠나지 않고 머물러 있는 곳이 아니다. 모든 절대적인 고립은 말라 버리고 결국 자기 파괴로 이어지듯이, 삶 자체를 마치 천한 수공업처럼 주위와 차단하고 제한시키는 것보다 더욱 어리석은 고립은 없다. 왜냐하면 인간적인 삶의 참다운 본질은 전체성과 완전함과 모든 힘들의 자유로운 활동에 있기 때문이다. 더 이상 어떤 내면의 움직임도 느끼지 않는 사람이라고 해서 물론 잘못된 길을 가지는 않을 것이다. 하지만 오직 한 곳에만 고정되어 있는 사람은 이성적인 바보에 지나지 않는다. 그와는 완전히 다른 방식의 고립은, 어떤 정신이 여러 가지 대상들 중에서 올바른 대상을 발견하면, 이 대상을 장애가 될 수 있는 모든 주변 조건으로부터 고립시켜, 말이나 작품으로 표현하고 싶은 하나의 세계가 될 때까지 자신의 내면 깊숙이 침잠시키는 그러한 고립이다. 그는 어떤 동류의 대상에서 또 다른 대상으로 매혹되는 가운데 멈추지 않고 계속 앞으로 나갈 것이다. 그럼에도 중심에 대한 변치 않는 마음으로 항상 더 풍부해져서 그리로 돌아갈 것이다.

포에지와 철학은 대충의 교양을 어느 정도 얻은 한가한 사람들이 모든 종류의 여흥을 즐기며 살아도 그들에게 여전히 남아 있을 그러한 빈틈을 채울 수 있는 어떤 것 이상이라는 나의 생각에, 포에지와 철학이 삶의 필수 불가결한 부분, 인간의 정신이자 영혼이라는 나의 생각에 네가 진심으로 공감한다는 것을 나는 알고 있다. 그러나 이 두 가지 모두를 똑같이 사랑한다는 것은 거의 불가능하기 때문에, 너는 이제 헤라클레스처럼, 또는 빌헬름 마이스터처럼 갈림길에 서서 어떤 뮤즈를 포기하고 어떤 뮤즈를 따를 것인지 망설이게 될 것이다.

포에지에서 시작해 보자. 아마 너에게는 포에지가 포에지와는 완전히 다른 무엇이거나 아니면 충분히 포에지답지 못한 것처럼 보이는 것 같다. 내가 말하고 싶은 것은, 너는 포에지를 바로 철학처럼 여기고, 그래서 신적인 생각만을 조언으로 삼거나, 아니면 마치 음악처럼 그저 삶을 둘러싸고 있는 아름다운 환경이나 삶을 보충하는 것으로 사용한다는 점이다. 물론 너는 포에지에 대해 매우 진지하며, 네가 진정으로 읽는다고 할 수 있는, 그리고 계속해서 거듭 읽고 있는 두세 명의 위대한 시인들에게서만 무한히 많은 것을 찾는다. 그중에서 특히 최상의 것, 가장 아름다운 인간미와 사랑에 대한 품위 있고 탁월한 묘사를 찾는다. 더없이 심오하고 더없이 진실한 묘사를 만나면, 너는 쉽게 이런저런 시문학 작품을 너 자신에서부터 새로이 창작하여 그것에 신성한 의미를 부여하고 싶은 계기와 자극을 받을 수 있다. 하지만 정신의 눈으로 너 자신을, 그 내면의 삶과 사랑을 직접 들여다보아라. 네가 보았던 모든 위대한 것을 상기하고, 생각 속에서 네가 알고 있는 가장 뛰어난 사람들의 성소로 침잠해 들어가 보아라. 그런 다음 시인들의 자부심처럼 시인이 **현실을** 능가하는지 결정하여라. 포에지는 최고의 현실에 전혀 이르지 못한다는 말이 나에게는 매우 자주 떠올랐고, 그래서 어디서나 그와 반대의 주장을 듣게 되면 매우 의아하게 생각했다. 물론 이것이 단순히 말뿐인 논쟁에 지나지 않을 것이며, 이때 현실이라는 말은 사람들이 쉽게 잊어버리는 그런 가장 평범하고 일상적인 것으로 이해되고 있다는 것을 깨닫게 될 때까지 말이다.

나는 포에지가 자신의 자매인 철학보다 덜 종교적이라고 해서 이를 엄청난 잘못이라고 비난할 생각은 전혀 없다. 정신을 자연과 가까이 맺어주고 자신의 친근한 매력으로 마법을 걸어 천상까지도 지상으로 내려오게 유혹하는 것이 바로 포에지의 아름다운 사명인 것처럼 보이기 때문이다. 인간을 신들에게로 끌어올리는 것, 그것은 철학에게 맡기면 된다. 누군가가 뮤즈들을 잊지 않고 조화를 잃어버리지 않기 위해 자신의 조건과 삶의 방식에 균형을 맞추어 주는 반대의 것을 필요로 할 경우, 만약 포에지가 영원한 청춘의 샘물로 그에게 생기를 불어넣고 힘을 주지 않는다면, 학문들도 그를 도울 수 없을 것이다. 아마 너는 이미 눈치를 챘을 것이다. 내가 남성 교육과 여성 교육의 차이점에 대해 이야기한 것을 너에게 떠올리게 하려는 것을, 그래서 바로 그로부터 여자들에게는 철학이 더 우선적이고 더 절실히 필요하다는 결론을 이끌어 내려 한다는 것을 말이다. 남자들과는 달리 여자들이 외적인 매력에 있어 잊혀질 염려는 없으며, 그들이 보통 때는 그렇게 경건하지 않다 하더라도 청춘과 청춘의 의미는 경건히 받들고 있고, 또 이러한 삶의 포에지는 그들에게 자연스러운 것이다. 그래서 그들은 선택이 주어진다면 예외 없이 거의 모두가 포에지를 선택하는

데, 비교해 보는 일도 없이, 일반적 의견에 대해 숙고해 보지도 않고 우선 떠오르는 생각에 따라 그렇게 하는 것이다. 만약 그들이 오직 연약하고 매력적이기만 하며, 단지 외적인 화려함에서만 자신의 실존을 찾고, 자신들에게 하나이자 모든 것인 우아함 외에는 아무것도 원하지 않는 여성들이라면, 이 말에 대해 아무것도 반대할 수는 없다. 오로지 포에지만이 — 내게 있어 항상 그렇듯이 가장 넓은 의미에서 포에지는 — 이러한 우아함에 적어도 한 줄기 영혼의 빛을 부여할 수 있고 정신도 우아하게 유지한다. 다른 여성들의 경우 종교적 성향과 사랑을 가지고 있지만, 그들은 정교한 세계에서 모든 신적인 것에 대한 불신을 진짜가 아닌 재치와 교환하였기 때문에 자신들의 사유 속에서 길을 잃었다. 이들도 아마 처음에는 틀림없이 포에지와 함께 열광하고, 잃어버린 종교를 아쉬워하며 탄식할 것이다. 하지만 잠시 잃어버린 것처럼 보였을지라도 자기 자신과 사랑은 결코 잃어버릴 수 없다는 것을 곧 깨달을 것이며, 그렇게 되면 자신들의 무신앙을 회상하며 웃음 짓게 될 것이다.

그렇다고 내가 여기서 성격들과 상황들에 따라 무한한 차이가 있음을 간과할 정도로 열렬히 내 자신의 의견을 주장하는 것은 아니며, 심지어 우아함에 대해서까지 성찰할 수 있을 정도로 냉정함을 유지하고 있다는 것은 너도 알 수 있을 것이다. 그래서 포에지가 많은 여성들에 대한 일차적 권리를 가지고 있으며, 모두에게 유익하고 필수 불가결한 것이라는 점을 나는 기꺼이 인정한다. 뮤즈들 사이를 이간질하려는 의도는 전혀 없다. 이런 생각 자체가 오만한 것일지도 모른다. 시와 철학은 카스토르와 폴룩스처럼, 비록 같이 있는 경우는 드물지만 나눌 수 없는 전체로 영원히 결합되어 있다. 더 위대하고 더 숭고한 인간미의 가장 바깥 영역을 포에지와 철학은 각각 나누어 담당한다. 그러나 중심에서는 그들의 상이한 경향이 서로 만난다. 이곳 가장 내밀하고 가장 신성한 곳에서 정신은 전체가 되며, 포에지와 철학은 완전히 하나가 되어 서로 융합된다. 인간 안에서의 생생한 합일은 어떤 굳어 있는 불변성일 수는 없고, 우정 어린 상호 교체로 이루어져 있다. 그래서 인문학 연구를 자신의 유일한 사명으로 삼는 사람이라면, 한편으로는 완전히 포에지에 전념하고 또 한편으로는 완전히 철학에 전념함으로써만 포에지와 철학을 연결할 수 있을 것이다. 이것이 아마도 예술과 학문에 계속 정진하고자 원하는 사람에게는 최고의 것일 것이다. 그러나 포에지와 철학을 통해 조화와 영원한 청춘만을 바라는 사람은 둘 중의 하나에 일종의 우선권을 주어야 할 것이다. 물론 이 경우도 그가 종종 다른 하나와 만나, 보완물로 사용하지 않으면 가능하지 않음은 물론이다.

덧붙여 말하자면, 나는 종교가 여성들의 진정한 미덕이자 행복이며, 또 시가 남성들에게 그런 것처럼 철학은 여성들에게 영원한 청춘을 가능하게 하는 주된 근원이라는 나의 명제를 철저히 견지한다. 전체적으로 볼 때 이 둘은 서로 사이가 좋다. 그리고 네가 앞에서 말한 우아한 예외들에 속하지 않는다는 점이 내게는 정말 다행한 일이다. 나는 신성함이 너무 부드럽기보다는 차라리 너무 엄격한 것이 좋다. 나에게 미완성은 숭고함에 더욱 고상한 새로운 매력을 부여한다. 그럼으로써 숭고함의 가치는 나에게 더욱 직접적이고 더욱 순수한 것으로 나타난다. 마치 신적인 자부심으로 가득 찬 듯, 생산하는 자연의 충만함과 장식품들을 물리칠 때, 숭고함은 자신 본래의 위엄에 더 진실하게 머물러 있는 것처럼 보인다. 마치 자연이 무모한 생각을 실행할 시간은 충분히 갖지 못한 채 위대한 계획dessein을 그 안에 벌려 놓은 듯한 얼굴을 가진 사람들의 골상이 나의 흥미를 가장 많이 끌듯이, 인간들에서도 마찬가지이다. 내게는 엄격함과 결합된 신성이 가장 성스러운 것이다. 어떤 감정도, 어떤 생각도 이보다 더 깊고 내밀하게 나의 내면에 뿌리내리고 있지 않다. 나는 얼마 전에 고대의 위대한 팔라스 아테네를 관찰한 적이 있는데, 이때의 인상이 그러한 생각을 다시 한번 매우 생생하게 불러일으켰다. 그것은 지혜로운 용기의 완전한 형상이었으며, 그래서 나는 사람들이 아테네상을 보고 가장 자연스럽게 하게 될 최초의 생각은 모든 미덕은 원래 유능함에 지나지 않는다는 것이리라 생각했던 것이다. 확신과 능숙함을 동시에 가진 것, 파괴하는 힘을 분명하고 침착한 통찰과 연결시키는 것은 유능하다. 지금까지 어떤 형상의 신성함도 나를 그 정도로 감동시킨 적은 없었다. 그렇지만 만약 자세, 거동, 윤곽, 시선 등 그 형상의 모든 것이 그토록 곧고 진지하고 단호하고 대단하지 않았다면, 한마디로 고대 예술 양식의 엄격함 전체를 지니지 않았다면, 그토록 강한 인상을 주지 못했을 것이다. 마치 나의 내면적 삶의 뮤즈를 눈앞에서 보는 듯한 느낌이 들었고, 만약 네가 그 상을 보았다면 너 역시도 그랬을 것이다.

포에지가 대지에 더 호의적인 반면 철학은 신성하고 신적인 것과 더 가깝다는 점은 너무나 분명해서 여기서 길게 이야기할 필요는 없다. 물론 철학이 종종 신들을 부정하긴 했지만 그것은 충분히 신적이지 못한 신들에 대한 것이었고, 바로 그 점이 고대에 포에지와 신화에 대해 철학이 가졌던 불만이다. 혹은 그것은 일시적인 위기일 수도 있으며, 그래서 겉으로 보이는 것과 오히려 정반대되는 것을 입증하고 있다. 가장 강렬한 경향은 오히려 자기 자신과 반대되는 것을 향하기 쉬운 법이다. 지고의 황홀감은 고통이 되고, 무한한 모든 것은 자신에 대립적인 것과 만난다. 시기나 불신에서 나온 것이 아니라 천성적으로 결코 만족을 모르는 성격에서 나온 질투가 있다. 이 질투에 사랑이 없을 수 있을까? 많은 철학자들에서 보이는 열성적인 무신앙 역시 종교적 경향이 없다면 별로 가능하지 않다. — 진정한 **추상** 그 자체, 이것은 지상에서 자신들이 가진 역할에 대한 관념을 정화하고 고양시키며, 그것을 신들 가운데로 옮겨 놓는 것 말고는 달리 무엇을 하겠는가? 오직 추상을 통해서 모든 신들은 인간으로부터 생겨나게 되었다.

이제 비교는 그만하고 철학을 만들어 내고 형성하는 사람들, 그리고 거꾸로 철학에 의해 형성되는 사람들이 가진 힘들 중 최고의 힘에 대해 이야기해 보자. 그것은 일반적으로 **오성**이라 판단되고 말해지는 것이다. 물론 요즘의 철학이 오성을 경시하고 이성을 훨씬 더 높이 평가하는 경우가 드물지 않다. 무한함을 제공하기보다는 무한함을 향해 나아가고, 개별적인 것을 완성하기보다는 모든 것을 결합하고 융합하는 어떤 철학이, 표상들과 표상들을 서로 잇거나 사유의 실마리를 무한히 많은 방식을 통해 무한히 계속 이어 가는 능력을 인간 정신에서 가장 높이 평가하는 것은 매우 자연스러운 일이기도 하다. 그럼에도 불구하고 이러한 특징은 보편타당한 법칙이 아니다. 어느 정도 교양을 갖춘 사람의 사고방식과 어법에 따라 표현하자면, 시인에게는 상상력이, 도덕적 인간에게는 분별력이 가장 가까이 있는 것이다. 그러나 한 인간의 정신을 논할 때는 오성이야말로 가장 결정적인 것이다. 오성은 **사유**의 능력이다. 사유는 전적으로 그 자체로 존재하며 완전히 형성되어 있는 하나의 표상이다. 즉 전체적이며, 경계 내에서도 무한하다. 인간 정신에 있을 수 있는 가장 신성한 것이다. 이러한 의미에서 오성은 바로 자연철학 자체이며, 최고선最高善에 못지않은 것이다. 전인적 인간은 자신의 전능함으로 인해 내면적으로 즐겁고 확고하다. 그는 자신을 둘러싸고 있으며 자신과 만나는 모든 것을 형성한다. 그의 감정은 현실적인 사건이 되며 외적인 모든 것은 비밀히 내면적인 것이 된다.

모순들은 소멸되어 조화를 이루며, 모든 것이 그에게 의미를 가지게 되고, 그는 모든 것을 올바르고 제대로 파악하며, 자연·대지·삶은 다시 본연의 위대함과 신성함으로 다정하게 그의 앞에 서 있다. 하지만 이 부드러운 모습 아래에는 우리에게 행복으로 보이는 모든 것들에 어느 한순간 영원한 작별을 고하는 그런 힘이 잠들어 있다.

그렇다면, 좋다! 철학은 여자들에게 꼭 필요한 것이다. 하지만 여자들이 마치 실제로 철학을 하는 것처럼 아주 자연스럽게 — 가령 몰리에르에 나오는 신사Gentilhomme가 산문에 전념하는 것처럼 — 그저 자신에 열중하여, 혹은 같은 것을 원하는 친구들이나 저 보편적인 세계정신을 경배하는 친구들과의 교제를 통해서 철학을 하는 것이 최선이 아닌가? 나는 여기에 정신을 유연하게 유지하고, 재치를 쉽게 만들어 내는 **모임**Gesellschaft도 기꺼이 추가하고 싶다. 이러한 모임이 기대해서는 안 될 정도로 그토록 드물지만 않다면 말이다. 그런데 사람들이 여러 명 함께 모였을 경우만을 모임이라고 부른다면, 내가 말한 그러한 모임은 어디서 찾아야 할지 전혀 모르겠다. 왜냐하면 일상적 모임 내에 있다는 것은 분명 진정으로 혼자 있다는 것이며, 이때 모여 있는 사람들 중 다른 모든 것일 수는 있어도 정말 인간 같은 인간은 없는 경우가 많기 때문이다. 이 기준에 비추어 볼 때 분명 상대적으로 매우 큰 규모의 모임의 이름에 어울릴 만한 사람들의 수는 얼마로 제한되어야 하며, 그 가치는 어느 정도여야 할까? 네가 한 번 정해 봐. 사교성은 전인적 인간을 목표로 하는 모든 종류의 교양에 있어서도, 또 우리가 지금 이야기하고 있는 철학 공부에 있어서도 본래적인 요소다. 이때 전혀 생겨나지 않거나 저절로 생겨나는 것이야말로 가장 뛰어난 것이자 절대적인 것이다. 우리가 스스로를 알아 나가고 최고의 것을 발견하는 데서 별다른 행복을 느끼지 않는다면, 그 모든 노력과 예술은 아무런 결실도 맺지 못할 것이다. 오직 이런저런 사건만이 우리 내면의 새로운 세계에 의미를 일깨워 준다는 것을, 사람들 사이의 이런저런 관계가 없다면 그 모든 것은 전혀 존재할 수 없으며, 또 우리는 여전히 아주 낮은 단계에서 별 성과 없이 힘들게 노력하고 있을 거라는 사실을 우리는 분명히 깨닫지 못하고 있다. 그리고 때로 우리 자신의 본연의 모습을 생각해 보면, 우리가 가진 모든 것을 단숨에 잃어버릴 수도 있을 것 같지 않은가? 이런 일이 전혀 불가능한 일이었으면 하는 바람을 가져서도 안 된다. 자유의 상실을 대가로 이러한 안전을 구하는 것은 모순이기 때문이다. 그래서 가장 신성한 것은 무한히 부드럽고 순간적이며, 인간들 개인 및 인류 전체의 도덕은 우연의 놀이로 나타날 수밖에 없는데, 이 도덕이란 임의성에 의해 직접적으로 좌우되는 것이기 때문이다. 예술과 학문이라는 정신의 또 다른 방식이 작용할 때, 인간 정신의 활동은 규정되어 있으며 확고한 법칙들에 종속되어 있다. 여기서는 모든 것이 끊임없는 진행 중에 있으며, 그 어떤 것도 소멸되지 않는다. 따라서 뛰어넘을 수 있는 단계란 존재하지 않으며, 현재의 단계는 또 이전의 단계와 이후의 단계와 필연적으로 결합되어 있으며, 정신이 스스로를 기억해 내어 자신에로 다시 돌아가야 할 시간이 오면, 백년이나 지난 것처럼 보이는 것이 청춘의 새로운 힘으로 다시 살아난다. 여기서는 완성으로의 상승과 생성Bildung의 자연적 순환 운동이 친절한 희망 같은 것도 아니며, 오직 모든 이성적 사유를 포기하지 않도록 하기 위해 필수적으로 전제해야 할 학문적 신조도 아니다. 그것은 순수한 사실이다. 단지, 여러 예술과 고대 역사에 더욱 고유한 자연적 순환 운동은 개별적인 사례들을 통해 온전히 우리 앞에 놓여 있다는 점이 유일한 차이다. 왜냐하면 이와 반대로 철학과 근대사에서 가장 화려하게 등장하고 있는 완성으로의 상승은 결코 완성될 수 없는 사실이기 때문이다. 도덕의 영역에서는 그렇지 않다. 여기에서는 언제나 '무 아니면 전부를!'이라고 외친다. 존재냐 비존재냐의 질문이 매 순간 항상 새롭다. 임의의 섬광 하나가 여기서 영원을 결정할 수 있으며, 흔히 일어나듯이 우리 삶의 덩어리 전체를 파괴할 수 있다. 마치 그러한 삶의 덩어리가 결코 존재한 적도 없으며, 결코 다시 회귀하지 않을 것처럼 말이다. 혹은 새로운 세계를 불러낼 수도 있다. 사랑과 마찬가지로 미덕도 오로지 무로부터의 창조를 통해 생겨난다. 하지만 바로 그 때문에 우리는 순간도 역시 포착해야 한다. 즉 순간이 제공하는 것을 영원한 것으로 형상화해야 하며, 미덕과 사랑으로 등장하는 것을 예술과 학문으로 바꾸어 놓아야 하는 것이다. 이런 일은 삶을 포에지와 철학과 결합하지 않고서는 불가능하다. 오직 이를 통해서만 우리는 우리의 능력이 허락하는 한, 가치를 지닌 유일자에게 확실함과 지속성을 부여할 수 있다. 또 오직 이를 통해서만 포에지와 철학의 형성이 완전하고 확고한 토대 위에서 이루어질 수 있으며, 포에지와 철학의 다양한 특징들이 서로 합일될 수 있다.

흔들리지 않는 독립성이 없는 곳에서는 끊임없는 전진을 향한 노력도 정신을 세상으로 쉽게 흩어지게 하며, 감정을 혼란시킨다. 힘의 중심부를 이루는 가운데 어떠한 한계도 모르는 사랑만이 매번 새롭게 출발하는 인간 행동의 반경을 더 넓고 강하게 확장할 것이다. 미덕과 사랑이 부족한 곳에서는 개선하고자 하는 경향이 자기 자신과 과거로의 어떠한 귀환도 알지 못하고, 거친 파괴욕으로 변질된다. 혹은 생성하는 충동이 극단에 도달하게 되면, 다시 수축되어, 결국 예술에서 흔히 일어나는 것처럼 조용히 자기 자신에로 소멸한다.

이미 형성된 철학이라면 물론 자연적인 철학이어야 하지만, 한편으로 인위적인 철학이기도 해야 한다. 이미 드러났듯이, 너의 관심은 바로 철학의 **형성**Bildung이기 때문에, 네가 자연철학에만 만족하지 않고 최상의 것을 진지하게 탐구하겠다는 것은 옳은 일이다. 하지만 그 결심을 어떻게 실행 가능하게 만들 수 있을까?

너는 소위 말하는 대중 철학자들을 신뢰하지 않는다.[6] 볼테르의 재치도 루소의 달변도 그들에게서 자주 등장하는 진부한 성향과 견해를 덮어 줄 정도로 너를 현혹시키지 못했는데, 내가 어떤 독일 철학자나 영국 철학자를 너에게 소개해야 할 수 있을까? 이런 비난을 피해 갈 수 있을 두세 명의 독일 철학자들이 있지만 그들은 철학의 영역에서 지엽적 위치를 차지하고 있으며, 너에게 필요한 부분을 별로 만족시킬 수 없을 것이다.

추상은 인위적인 상황이다. 이것은 추상에 반대하려고 내세우는 근거가 아닌데, 인간에게 있어 때때로 인위적인 상황에 스스로 빠져 보는 것은 분명 자연스러운 일이기 때문이다. 하지만 그것이 추상의 표현 역시 인위적인 이유를 설명한다. 우리는 심지어 자연 상태 그대로의 인간 영혼은 인위적 보조 수단이나 도움이 없이는 추상을 결코 이해할 수 없다는 사실에서, 오직 철학이기만을 원하며 인간 행위의 나머지 부분들을 일시적으로 덮어 두는 그런 정확하고 엄밀한 철학의 특징을 이야기할 수 있을 것이다.

너는 난해함에 놀라 쉽게 포기하는 편이 아니다. 힘들게 해야 하는 몇 가지 노력도 너는 마다하지 않는다. 하지만 너의 존재를 나누는 일에 익숙해지기는 힘들 것이다. 아마도 중간에서 도와주는 사람이 없다면 완전히 불가능할 것이다. 누군가가 있어야 할 것인데, 그 사람은 인위적인 생각에 몰두하느라 자연적인 생각을 정교하게 수련하는 것을 잊어버리지 않으

---

6) 18세기 후반에 대중적(populaire)이라는 표현은 근본적으로 도덕적이고 비전문적인 독자도 접근 가능한 "철학"의 실제적인 한 "장르"를 의미했다.

며, 멀리서부터 몰두하여 플라톤을 따라가는 일에나, 자신이 살고 있는 모습 그대로 생각하는 어떤 단순한 인간의 견해를 이해하는 일에나 똑같이 관심이 있는 사람이어야 할 것이다. 나는 몇 명의 철학자에게서 이러한 중간적 역할을 기대해 볼 수 있었고, 그래서 그런 철학자들이 너를 비롯하여 오로지 철학을 통해 스스로를 교육시키고자 하는 모든 이들에게 상당히 가까워지도록 해보았다.

나는 자신의 설명이 불충분하다고 한탄하는 저 유명한 칸트의 저작들에서 풍부함을 줄여 버리거나, 아니면 발췌본에서처럼 재치나 독창성을 없애 버리지 않고서는 이 책들을 이해하기 쉽게 만드는 것은 가능하지 않으리라는 생각을 종종 했다. 그런데 만약 우리가 칸트의 책들에서 — 당연히 칸트 자신의 관념에 따라 — 특히 복잡한 구성의 복합문의 경우나 에피소드와 반복이 등장하는 경우를 좀더 잘 정리할 수 있다면, 그의 책들은 마치 레싱의 책들처럼 이해가 잘 될 것임에 틀림없다. 이를 위해서는 고대의 비판가들이 고대 시인들에 대해 허용했던 정도 이상의 자유는 필요 없으며, 그렇게 되면 칸트가 단순히 문학적인 관점에서도 독일 민족의 고전적 문필가에 속한다는 것을 보게 될 것이라고 나는 생각한다.

피히테에 있어서는 그런 절차가 전혀 불필요하다. 그토록 심오하고 마치 무한한 듯 계속되는 반성의 결과가 그 정도의 대중성과 분명함으로 표현된 적은 아직 없었다. 너는 이것을 새롭게 서술된 그의 『지식학』에서 읽을 수 있을 것이다. 나는 철학의 학문성을 자신의 유일한 목적으로 삼고 있으며, 어쩌면 이전의 그 어떤 철학자보다 더욱 강하게 인위적인 생각을 소유하고 있는 한 철학자가 그와 동시에 가장 보편적인 소통에도 그토록 열광적일 수 있다는 사실이 매우 흥미롭다. 나는 이러한 대중성이야말로 곧 철학이 위대하고 진정한 의미에서의 인간애로 접근하고 있는 것을 보여 주는 것이라 생각한다. 이것은 인간은 오로지 인간들 속에서만 살게 되어 있으며, 그의 정신이 아무리 멀리 퍼져 나간다 하더라도 결국 다시 인간들 속으로 돌아와야 한다는 것을 상기시킨다. 피히테는 이 점에서도 불굴의 힘으로 자신의 의지를 관철시켜, 그의 최근 저작들은 독자와의 친밀한 대화들로 이루어져 있으며 루터 식의 솔직하고 소박한 문체로 되어 있다. 내 생각에는 『지식학』에서의 새로운 서술을 통해 피히테 자신이 했던 것과 다른 방식으로는 그 누구도 진정한 문외한을 그의 철학으로 인도할 수 없었을 것이다. 누군가 그를 전혀 이해하지 못한다면 그것은 입장이 완전히 다르기 때문일 뿐이다. 이제 내게 남아 있는 단 한 가지 작업은 아마도 철학자 피히테가 가진 필연적이고 자연적인 특징 전반을 서술하는 일일 것이다. 왜냐하면 피히테가 자신의 모든 본성적 능력에 있어 철학자라고 한다면, 또 사고방식이나 특징을 통해서도 우리 시대를 대표하는 철학자의 모범이자 전형이라고 한다면, 우리는 철학자의 그러한 특징 전반을 모르고서는 그를 완전히 이해할 수 없을 것이며, 물론 철학적으로뿐 아니라 역사적으로도 그럴 것이다. 또 있는 그대로나 변해 가는 대로의 피히테 자체를 파악하지 못한다면, 아주 뛰어난 문외한이라 하더라도 그의 철학에서 비록 몇 가지만 완전히 이해할 수 있을 뿐, 그 외의 다른 것에서는 아무것도 발견해 내지 못할 것이다.

그런데 너는 혹시 너의 연구를 지금 이 시대의 철학으로 시작하지 않거나, 적어도 이 시대의 철학에 제한하지 않는 것이 더 좋다고 여기고 있는지? — 나는 전체적으로는 그런 생각에 반대하지 않는다. 단지 지난 세기의 철학자들의 경우 스콜라 학파의 라틴어가 필요하고, 고대 철학자들의 경우 형편없는 번역을 고려하는 것 외에 수많은 역사적인 지식과 알아야 할 사항들이 필수적이다.

문외한들에게 플라톤의 철학을 소개하려면 어떻게 시작해야 하는지 이리저리 궁리를 해보았지만 아직 분명히 알지 못하겠다. 그러나 신에게 불가능한 것은 없으니, 우리는 오직 진정으로 원하기만 할 수밖에 없으며, 그 나머지는 최선을 희망할 수밖에 없다.

스피노자에 대해서는 나는 오히려 확신을 가지고 권할 수 있다. 그에 대한 무엇이 아니라 스피노자 자신에 대해서 말할 수 있는데, 그것은 발췌와 해설과 성격 묘사가 모두 섞인 중간적 장르다. 나는 스피노자를 모두 완전히 번역하는 것은 적당하지 않다고 생각하는데, 그 이유는 수학적 형식 같은 것은 남아 있을 필요가 없고, 제거해도 전혀 해가 되지 않기 때문이다. 어떤 면에서는 스피노자가 다른 철학자들보다 너에게 더 쉬울지도 모른다. 그는 오로지 자신의 정신을 자기 자신을 통해 완성하고, 자신의 사유를 하나의 체계적인 작품으로 정리하려고 노력했던 사람이다. 그는 다른 사람의 견해나 특수한 학문은 별로 고려하지 않는데, 왜냐하면 그런 것은 어떠한 중재나 완화로도 제거할 수 없는 중대한 어려움 그대로 남아 있기 때문이다. 철학은 불가피하게 **철학의 철학**이기도 하며, 그 자체로 **학문들 중의 학문**에 다름 아니다. 철학의 본질 전체는 철학이 처음에 개별 학문들에 불어넣었던 힘과 정신을 교대로 받아들인 다음 더욱 강하게 발산하여 그 힘과 정신이 더욱 풍부해져서 다시 돌아오도록 하는 데 있다. 즉 우리는 무언가를 알기 위해서는 모든 것을 알아야 하며, 만약 모든 철학자를 이해하지 못하면 어떤 철학자도 이해할 수 없다. 그런데 너는 바로 여기서도 철학이 **무한하며**, 결코 완성될 수 없다는 것을 확인한다. 앎의 이러한 무한함을 고려해 볼 때, 너에게는 너 자신의 오성과 가장 의식적이고 박학다식한 철학자의 통찰 사이의 차이가 네가 낙담할 정도로 더 이상 그리 크게 나타나지 않을 것이다. 만약 너에게 최고의 존재에 대한 이해가 있다면 너의 인식과 철학자의 인식은 서로 정도의 차이만 있을 뿐, 모두 같은 단계에 있는 것이다. 철학에서는 형식이란 거의 혹은 전혀 문제가 되지 않으며, 심지어 소재나 대상 역시 마찬가지이다. 내용상 전혀 철학이라는 표제에 속하지 않는 것처럼 보이지만, 그럼에도 다른 철학 체계들보다 우주의 정신, 즉 철학을 더 많이 가지고 있는 저작들이 있다. 논의 방식, 특징, 정신이 가장 중요하며, 내면이 외면을 지배함으로써, 오성과 사유를 수련함으로써, 그리고 무한함과 지속적인 관계를 유지함으로써 모든 학문뿐 아니라 심지어 평범한 독서까지도 철학적이 될 수 있다.

내가 너에게 마치 "자신이 빛이라는 것이 아니라, 빛에 대해 증언하기 위해 세상에 왔다고 하는" 세례 요한처럼 보이는 것은 아닌지? — 나는 철학자들에 대해 끊임없이 많은 말을 늘어놓고 있으며, 이런저런 철학자들을 내가 원하는 방식대로 논하기만 하고, 스스로는 아무것도 실행하거나 제공하지도 않는 것 같다. 어쩌면 나 자신은 아무것도 하지 않기 위해 너에게 다른 사람들만을 칭송한다고 할지도 모르겠다.

사랑하는 친구여! 내가 얼마나 너를 직접 만나 함께 말을 통해 그저 철학에 대해서가 아니라 철학 자체를 이야기하고 싶었는지 모른다. 너에게 가능한 한 완전한 인류애 전체에 대해 상기시키고, 그에 대한 너의 감정을 사유로 끌어올리는 것으로 시작했을 것이다. 그다음에는 이 무한한 존재와 생성은 우리가 신과 자연이라 부르는 것으로 나누어지고 또 이것을 생산한다는 것을 너에게 보여 줄 것이다. 너는 그 결과가 일종의 신통기와 우주진화론으로 이어질 것이며, 따라서 전적으로 그리스적인 것이 될 것임을 알게 될 것이다.

나는 여기서 철학사는 일단 고려의 대상에서 제외할 것이며, 개별 학문들의 정신으로부터는 꼭 필요한 것만 빌려 오겠다. 즉 원래부터 보편적인 것, 모두가 알고 있으며 그래서 이때 개별 학문들의 형식이나 분리된 형태의 학문에 대해서는 더 이상 생각하게 되지 않는 그런 것만을 취할 것이다. 물론 나는 그 범위를 상당한 정도로 점차 확장시켜 나갈 것이다. 뿐만 아니라 모든 것을 순간의 상황에 맞춰, 그리고 그 분위기에 따라 수정할 것이다. 나는 가능한 한 모든 것을 너의 독자적인 생각이나 의견과 연결시키려 노력할 것이며, 종종 같은 길도 새로운 방식으로 지나가 보겠다. 하지만 **인간 정신의 무한함, 모든 자연 만물의 신성함,** 그리고 **신들의 인간적 경향**은 이 모든 변형들에서 영원히 위대한 주제로 남을 것이다. 그런 방식으로 다양한 우리들의 철학에서 **통일성**도 찾아낼 수 있을 것이다. 그리고 내게는 우리가 이 통일성을 잃어버리게 될지도 모른다는 두려움이 전혀 없다! 만약 우리가 이 통일성을 가지고 있다면, 즉 전체적으로나 그 자체로 보아 나누어질 수 없는 하나의 철학이 있다는 것을 안다면, 이 통일성을 통한 인간 형성의 측면에서는 무한히 많은 종류의 철학이 있다는 것을 당당히 인정해도 괜찮을 것이다. 소통은 이제 자신이 가진 여러 형식들이나 뉘앙스의 풍부함을 모두 펼쳐 보여도 될 것이다. 이제 **대중성의 시대가 왔다.**

포에지와 철학을 인간들에게 널리 알리고, 삶을 위해 그리고 삶으로부터 포에지와 철학을 구성해 내는 것이 문필가의 소명이라면, 대중성이야말로 문필가의 가장 중요한 의무이자 최고의 목표이다. 물론 그는 작품을 쓸 때 의미를 찾고 자신의 고유한 정신을 위해 종종 사물의 본성 및 논의 방식의 법칙들만을 보게 될 것이다. 그래서 또 표현에 있어 비일상적이며, 많은 사람들에게 이해받지 못할 수밖에 없을 것이다. 하지만 그럼에도 그는 자신의 활동을 분담하여 줄이지 않을 것이며, 모든 지식인들이 모인 커다란 사회에 어울리기를 가장 원할 것이다. 왜냐하면 이곳에서 그는 조화와 인류애의 끊임없는 창조에 가장 직접적으로 동참할 수 있기 때문이다. 그리고 그는 비사교적이고 부자연스러운 언어로 인해 두드러지기를 원하지 않을 것이다. 그는 그럴 필요도 없고, 그렇게 하지 않는다고 해서 사람들 속에 묻혀 버리지도 않을 것이다. 영감이 언어에 혼을 불어넣는 곳에서는 가장 평범하고 단순하며 알기 쉬운 말들과 표현들로부터 너무나 자연스럽게 언어 속의 언어가 만들어지기 때문이다. 그래서 전체가 마치 틀에서 찍어 낸 듯 완전한 곳에서는 동질적인 영혼은 생생한 숨결과 열광의 바람을 느끼지만, 이질적인 영혼 역시 불안해하지 않는다. 왜냐하면 헴스테르호이스 혹은 플라톤 같은 사람의 아름다운 산스크리트어에서 가장 아름다운 것은 바로 그것을 이해할 만한 사람만이 이해한다는 점이기 때문이다.

이때 불경을 범할까 두려워할 필요는 없다. 특히 자신의 사상을 전달하고 공개적으로 표명하는 것이 직업이라면 결코 그럴 필요가 없다. 이런 두려움을 벗어나지 못하는 사람이라면 즉시 이 문필가의 세계를 떠나는 것이 가장 좋을 것이다. 그것은 내가 해야 할 걱정이 아니다.

그래서 나는 시간이 주어진다면 직접 너에게 말해 주려 했던 것을 글로도 다루어 보고 싶다. 그리고 다른 문외한들을 위해서도 인간이 인간으로서 필요한 내용을 모든 철학으로부터 선별하여 위대한 대중성과 관련시켜 서술해 보고 싶다. 욕구들이 그만큼 상이하기 때문에 어느 정도의 평균에 맞추는 노력은 당연히 해야 할 것이며, 마치 도뤼포로스[7] 같은 종류의 독자를 생각하며, 즉 완벽하게 균형이 잘 잡힌 독자를 위해 써야 할 것

7) 고대 그리스 조각가 폴뤼클레이토스의 대표적 조각상으로, 도뤼포로스(창을 든 남자)라는 이름이 붙은 작품을 암시.

이다. 뿐만 아니라 마치 크로톤 출신의 고대 화가가 그 도시에서 가장 아름다운 소녀들로부터 자신의 비너스를 만들어 낸 것처럼,[8] 나도 가장 훌륭한 독자들을 찾아내어, 이 독자들로부터 그러한 이상적 독자를 만들어 내기 위해서는 아마 여행을 해야 할지도 모르겠다. 하지만 그렇다고 해서 그러한 평균적 상이 내게 특별한 영감을 주는 인물은 아니다. 오히려 너를 비롯하여 몇몇 다른 친구들에 대한 생각으로부터 더욱 강한 영향을 받을 것이다.

그럼에도 불구하고 인간을 위한 철학이라 할 정도로 광대한 전체의 표상은 내게 있어 일종의 두렵고 거창한 의미를 지니고 있으며, 아마 당분간은 계속 그럴 것이다. 그래서 당장은 어떤 적당한 이름을 붙일 수 없는 조그마한 시도들로 시작해야 할 것 같다. 인류 전체에 해당되는 주제들에 대한, 혹은 적어도 오직 그 관점만을 취한 자기 대화를 한번 생각해 보아라. 물론 우정 어린 편지에서 허용되는 것 이상의 분석은 하지 않는 것이 좋겠다. 어조는 가령 너에게 보내는 지금 이 편지같이 계속 이어지는 대화체면 괜찮다. 나는 그것을 철학이라기보다는 '모랄'Moral이라 부르고 싶다. 물론 일반적으로 도덕이라 불리는 것과는 다른 것이긴 하지만 말이다. 내가 생각하는 것을 이 장르에서 실행하기 위해서는 무엇보다도 한 명의 인간이어야 하며, 그다음엔 물론 철학자이기도 해야 할 것이다.

나 자신도 스스로 놀란 것이, 사실 나를 철학에 입문시킨 것은 바로 너라는 것을 나는 이제 알게 되었다. 나는 단지 너에게 철학을 전달하고자 했을 뿐인데, 진심 어린 소망은 스스로에게 보답했고, 우정이 철학을 삶과

---

8) 제욱시스는 "목욕하는 헬레나"를 그리기 위해 크로톤 지방에서 가장 아름다운 다섯 명의 젊은 처녀를 뽑았다고 한다.

인간과 연결시킬 수 있는 길을 내게 알려 주었다. 그럼으로써 나는 철학을 어느 정도 나 스스로에게 전달한 셈이 되었고, 이 철학은 나의 정신 속에 더 이상 고립되어 있지 않고 자신의 영감을 나의 존재 전체 모든 부분에 두루 퍼뜨릴 것이다. 그리고 우리가 이러한 내면적인 사교성을 통해 외적으로도 전달하는 법을 배운 것이 그 무엇이든지 간에, 그 전달된 대상은 모든 보편적인 소통을 통해 우리 자신의 고유한 것으로 더욱 깊숙이 스며들 것이다.

네가 반대하지 않는다면, 나는 그에 대한 감사의 표시로 이 편지를 즉시 인쇄하도록 하고, 그다음에 진심 어린 사랑으로 너에게 말했던 나의 구상들도 인쇄하겠다. 너무 많은 기획을 한다고 웃지 말기 바란다. 우리의 가장 깊은 곳에서부터 활기차게 솟아 나오는 하나의 기획 역시 신성한 것이며 일종의 신이다. 신들로부터 시작하지 않는 모든 행위는 인간에게 합당한 것이 아니다. 계획들을 준비해 두는 것도 좋은 것이다.

4. 셸링 「하인츠 비더포르스트의 에피쿠로스적 신앙고백」

이 시는 1799년 셸링이 잡지 『아테네움』에 싣기 위해 프리드리히 슐레겔에게 보낸 것이다. 이미 언급한 것처럼 이 시는 슐라이어마허의 『종교론』과 「기독교 혹은 유럽」에 나타난 노발리스의 종교적 변화, 그리고 예나 그룹에서 전반적으로 지배하기 시작했던 종교적 신앙심에 대한 분위기 일반에 대한 대응을 상징하고 있다. 이러한 대응에는 카롤리네와 프리드리히 슐레겔도 함께 참여했었다. 참고로 말하자면, 비더포르스트Widerporst라는 이름은 '완강한'의 의미를 지닌 독일어 형용사 widerborstig로부터 셸링이 만들어 낸 것이다.[1] 프리드리히 슐레겔은 셸링이 원래부터 가지고 있던 "무종교에 대한 오래된 열광"을 다시 일깨우도록 격려한 것은 바로 자기 자신이라고 다소 고의적으로 슐라이어마허에게 썼으며, 위에서 언급한 노발리스의 텍스트와 함께 「하인츠 비더포르스트의 에피쿠로스적

1) '하인츠 비더포르스트'(Heinz Widerporst)는 원래 셸링이 만들어 낸 것이 아니라, 1524년에 쓰여진 한스 작스의 익살극(Schwank) 제목이다. —옮긴이

신앙고백」(이하 「비더포르스트」)을 나란히 출판하려는 생각을 가지고 있었다(이때 셸링은 이 텍스트를 익명으로 발표하려 했다). 애초부터 이 기획에 반대했던 형 아우구스트 슐레겔은 괴테에게 자문을 구했고 결국 괴테의 개입으로 프리드리히 슐레겔은 이 재치 있는 텍스트의 출판을 포기해야 했다.[2)]

우리는 위에서(「예술의 한계 내에서의 종교」 참조) 이 텍스트가 가진 '무종교'irréligion가 어떻게 앞에 실린 프리드리히 슐레겔의 두 텍스트 「이념들」과 「철학에 대하여」의 '종교'religion와 모순되지 않는지 언급한 바 있다. 더 나아가 이 시가 셸링의 철학적 여정에서, 즉 다시 말하면 '철학적 낭만주의'의 여정 전반에서 차지하는 위치를 지적할 필요도 있다. 「체계 구상」과 『예술철학』 사이에서 이 시는 소위 **사변적 서사시**를 구현하고자 하는 — 간접적 — 시도로 설명되는데, 이는 셸링이 철학의 진정한 완성으로서, 철학의 시문학적 **표현**Darstellung으로서, 철학의 현시 혹은 **시작**Dichtung 속에서의 철학의 자기생산autopoiesis으로서 계속 추구하는 것이다. 「비더포르스트」에서는 그에 상응하는 유사한 주제가 여러 번 표현되고 있다(이 시의 46행, 59행, 122행, 128행, 299행). 1801년 자신이 발행한 『사변 물리학 학술지』에 발췌본으로 싣기 위해 셸링이 이 시에서 뽑아낸 구절[184~249행]은 — 인간 안에서 의식을 회복하는 "거대한 정신"의 영웅서사시로서 — 사실 자신의 철학 체계의 일종의 축소판이며, 「자연철학과 관념론의 관계에 관한 몇 가지 첨언」Noch etwas über das Verhältniss der Naturphilosophie zum

2) 이 시의 배경이나 내용, 그리고 슐라이어마허 및 노발리스, 그리고 셸링 자신의 사유와 관련된 전체적인 분석에 대해서는 R. Ayrault, *La genèse du romantisme allemand*, III, pp.525 이하; IV, p.13, p.528 참조.

Idealismus이라는 제목으로 발표되었다. 따라서 이 시가 바로 「세계의 나이」die Weltalter에서 셸링이 준비하고 있다고 말하는 "위대한 영웅서사시"이며, 또 대화 형식의 유고 『클라라』[3]에서 논의되고 있는 철학에 대한 생생한 **표현**인 것이다. 하지만 이 시는 현대적 의미에서나 혹은 고대적 의미에서나(이 시는 한스 작스로부터 수용한 대중적 운율로 이루어져 있으며, 괴테의 『파우스트』에서와 같은 방식의 새로운 운율과 혼합되어 있다) 한 편의 풍자시이기 때문에, 그리고 그런 점에서 영웅서사시에 대한 조롱 혹은 그 이면을 다루고 있기 때문에 또 완전히 다른 것이기도 하다. 다른 한편으로 「보나벤투라의 야간 순찰」Die Nachtwachen des Bonaventura이라는 낭만주의의 또 다른 '풍자적' 텍스트 역시 셸링이 쓴 것일 수 있다고 생각해 본다면(셸링은 1802년에 보나벤투라라는 가명으로 시에 서명했다[4]), 사변적 시에 관한, **철학 작품**opus philosophicum의 자기 현시에 대한 낭만주의의 의지는 — 적어도 발표된 것에 관해서는 — 오로지 카니발적인 장르로만 귀착될 수 있다고 말하는 것은 전혀 지나친 일이 아니다. 물론 이 장르는 철학 고유의 의도와 모순되는 것처럼 보인다. 하지만 만약 카니발적 형식이 최후의 분석에서 기존 체계의 사후적 형식화에 대한 — 철학 그 자체에 의한 — 비판으로, 자기 고유의 형식**으로서** 엄밀히 만들어져야만 하는 그러한 자기생산으로 대체된 형식화에 대한 비판으로 드러남으로써, 그러

---

3) *Clara: Über den Zusammenhang der Natur mit der Geisterwelt. Ein Gespräch* (1862). — 옮긴이

4) A. Béguin, *Le Romantisme allemand*, p.367(F. Lion의 글) 참조. 낭만주의의 풍자시와 익살 모방작에 대해서는 *Deutsche Literatur, Reihe Romantik*, Bd. 9, *Satiren und Parodien*, Leipzig: Reclam, 1935 참조. 셸링의 본 시 텍스트는 이 책에 실려 있다. 철학시에 대한 셸링적 주제를 더 상세히 기술하고 있는 것으로 "Dialogue des genres", *Poétique* 21 참조. 이 글에서 프랑스어로 번역된 『클라라』 발췌본을 읽을 수 있다.

한 철학 고유의 의도가 마침내 확인된다면 이때는 경우가 다르다. 그러므로 시의 이상적 본보기가 프리드리히 슐레겔이 셸링에게 소개하고 전수한 『신곡』이었다면, 한스 작스는 여기서 시의 미완성에 대한 비판적인 모델이 될 것이다.

덧붙여야 할 말은 「비더포르스트」에서 셸링은 『루친데』에 대해 공모자의 눈짓과 냉소적인 시선을 동시에 보내고 있는데(291행), — 진정으로 소설적 '장르'인 — 『루친데』를 통해 프리드리히 슐레겔 역시 카니발적인 것으로 다시 돌아갔다는 사실이다. 달리 말해, 그리고 이 책의 앞부분 「단상의 요청」에서 언급되었던 벤야민의 표현을 다시 환기하자면, 절대의 체계적 의도와 체계의 의도된 절대가 서로 마주보고 있고, 서로를 직시하고 있으며, 어떤 의미에서는 작품에 대한 동일한 풍자 속에서, 결국 [큰]작품 속에서의 이론에 대한 — 혹은 종교에 대한 — 이중적 패러디가 일어날 정도로 서로 변형시키고 있다.

우리는 이 시를 어떠한 문학적 요구 없이, 한스 작스의 운율에 상응하는 것으로 십보격 운율을 사용하여 그의 리듬과 최대한 가깝게 번역하였고, 그럼으로써 주어진 그대로의 의미를 재현하고자 시도하였다.

하인츠 비더포르스트의 에피쿠로스적 신앙고백

정말 나는 더 이상 참을 수 없다.
주위를 박차고 일어나
다시 한번 모든 감각으로 분발하여야 한다.
저 고귀하고 초월적인 이론들로 인해
모든 감각들이 내게서 사라지려 했고,
그렇게 그들은 나를 억지로 개종시키려 했었지.
나는 골수와 피와 살과 신체를 가진
우리와 같은 한 명이 다시 되어야 한다.
그들이 어떻게 종교를 말하고,
종교에 대해 쓸 수 있는지 나는 모르겠다.
그런 일들에는 신경을 쓰고 싶지 않고
그 한가운데서 격분하고자 한다.
난 고상한 정신들로
오성과 감각을 마비시키고 싶지 않고,
손으로 만질 수 있는 것,
그것만이 현실적이고 참되다고

난 지금 주장한다.
금식이나 금욕을 하거나
혹은 강제적으로 육신을 해방할 필요도 없이
붙들 수 있는 것만이.

그들이 그토록 대담하게 그런 말을 했을 때
나는 비록 잠시 의심이 들었지만,
무언가 이해하기라도 한다는 듯,
논문도 단상도 읽었다.[5)]
나는 정말 거기에 전념하고자 했다.
신 없는 작품과 삶을 그만두려 했다.
악에게 웃음거리가 될지라도
나는 스스로 신이 되기를 소망했다.
그래서 나는 이미 허우적거리며
우주에 대한 직관 속에 침잠해 있었다.
그때 재치가 나에게 경고를 보냈고,
잘못된 궤도에 들어섰으니
다시 이전의 길로 돌아가야 한다고,
잘못된 믿음에 속아서는 안 된다고 말하는 듯했다.
그렇게 하는 데 게을리 하지는 않았지만
그래도 난 즉시 늙은 바오로가 되지는 않았고

---

5) 여기서 '논문'(Reden)은 슐라이어마허의 『종교론』(*Reden über die Religion*)을 의미하고, '단상'은 노발리스의 「기독교 혹은 유럽」을 가리킨다. — 옮긴이

근심을 떨쳐 버리기 위해
머리가 여전히 흔들거리며 움직이고 있는 것처럼,
모든 방식으로 몸에게 충고를 하여
포도주와 구운 고기를 내게 가져오게 했다.
그런 것은 특별히 내게 필요한 것이었고
나는 본성을 되찾았다.
다시 여인들과 어울릴 수 있었고
두 눈으로 모든 것을 분명히 볼 수 있었으며,
그로 인해 나는 즐거운 기분으로
즉시 책상에 앉아 글을 쓰기 시작했다.

나는 마음 깊은 곳에서 다음과 같이 생각했다.
'너의 믿음에 대해 흔들리지 말라.
그 믿음이 너를 도와 이 세상에서
몸과 영혼을 결합해 주는 것이다.
그러나 그것은 너에게 보여질 수도 없고,
개념으로 제한될 수도 없다.'
그들이 내면의 빛에 관해 말하는 것,
말은 많고 증명은 없으며
장황한 단어들로 귀를 채우며
끓어오르지도 않은 채 숙성되지도 않은 채
환영과 시처럼 보이는데,
이것은 진정 포에지의 파멸이다.
그들이 자신 안에 느끼고 지니고 있는 대로가 아니면

달리 행동할 수도 달리 말할 수도 없기에,
나도 역시 고백하고자 한다.
내 안에서 타오르고 있는 것을 어떻게 느끼는지
그것이 모든 혈관 속에서 어떻게 부풀어 오르고 있는지.
나의 말은 다른 것과 똑같은 가치가 있지만
좋은 날이나 궂은 날이나
진정 탁월한 것으로 남아 있다.
물질만이 유일하게 참된 것이며,
우리를 보호하고 충고해 주는 것이며,
만물의 진정한 아버지이며,
모든 사유의 기본 요소이며,
모든 지식의 시작이자 끝이라는 것이
나에게 분명해진 이후로.
나는 보이지 않는 것은 믿지 않는다.
분명히 드러난 것에만 의지한다.
내가 냄새 맡을 수 있고 맛보고 느낄 수 있는 것을,
모든 감관으로 그 안에서 파헤쳐 다닐 수 있는 것을.
나의 유일한 종교는
내가 아름다운 무릎을 사랑한다는 것,
풍만한 가슴과 잘록한 허리,
그리고 감미로운 향내가 나는 꽃들,
모든 쾌락으로 가득 찬 자양분,
모든 사랑의 감미로운 충족.
이것이 종교가 존재해야 하는 이유다

(물론 나는 종교 없이도 살 수 있지만).
모든 종교들 중에서 가톨릭 종교만이
내 맘에 들 것 같다.
불화도 논쟁도 없었고
모두가 케이크와 그 위의 무스처럼 서로 어울리며
고대 시대의 가톨릭이 그랬던 것처럼,[6)]
그들은 저 멀리서 찾으려 하지도,
하늘만 멍하니 바라보지도 않았다.
그들은 진심으로 신에 열광하고 있었고
세상의 중심은 대지이며
대지의 중심은 로마라고 생각했다.
그곳에 총독이 거주하고
대륙이 주도권을 행사하고 있었으며,
젖과 꿀이 흐르는 게으름뱅이의 왕국에서처럼
평신도와 성직자들이 함께 살고 있었다.
저 높은 하늘의 궁전에서는
같은 사람들이 홍청거리며 살고 있었고
처녀와 노인의 결혼식이
날마다 열렸다.
그곳의 집에서는 부인이 통치했고
거기서나 이 아래에서나 지배권을 가지고 있었다.

---

6) 이 구절은 노발리스의 「기독교 혹은 유럽」에 나타나는 가톨릭 사상에서와 같은 "고대"를 직접적으로 암시하는 것이다.

나는 그 모든 것을 비웃을 수도 있었겠지만
그래도 내게 좋은 점이 있었다.
하지만 상황이 변했다.
도처에서 이제 사람들이
너무나 이성적이 되어 버려서
예의범절을 자랑하며 으스대고
미사여구를 과시한다는 것,
이는 치욕이자 오명이 아닐 수 없다.
그래서 청춘마저도 늘
미덕으로 다듬어져 있으며
신실한 가톨릭 기독교도마저도
여느 다른 사람처럼 되어 버릴 정도다.
그 때문에 나는 모든 종교를 거부했고
어떤 종교에도 나는 더 이상 만족하지 않는다.
교회에 가지도 않고 설교도 듣지 않는다.
모든 믿음에 완전히 지쳐 버렸다.
단지 나를 지배하고
나를 감각과 시문학으로 이끄는 종교만 제외하고는.
이것은 영원한 행위로,
끊임없는 변화로
안식도 없이 지체도 없이
매일 나의 마음을 움직이는,
열려진 비밀,
불멸의 시,

모든 감각에 말을 걸어
난 더 이상 아무것도 믿거나 생각할 수 없다.
나의 마음속에 가라앉지 않는 것을,
확실하고 올바른 것으로 간직할 수 없는 것을,
그 깊숙이 파묻혀 있는 특징들 속에서
나에게 드러내 보여 주지 않는 것을.
참된 것은 숨겨진 채 존재하며,
가짜의 것은 결코 그 안으로 들어올 수 없고
받아들여지지도 않는다.
형식과 형상을 통해 그러한 종교는 우리에게 말을 걸어 오고
그 내면까지도 숨기지 않고 보여 준다.
그래서 우리가 남겨진 암호들로부터
비밀을 해독해 낼 수 있도록,
그러나 자신이 명백히 제시하지 않는 것은
아무것도 파악해 낼 수 없도록.
이런 이유로 어떤 종교가 진정한 종교라면,
그 종교는 돌과 이끼들 속에서
꽃들과 청동들과 만물들 속에서
그렇게 공기로 빛으로 스며들어 가야 할 것이며,
모든 높은 곳과 모든 깊숙한 곳에서
상형문자로 자신을 드러내야 할 것이다. —
난 기꺼이 십자가 앞에 몸을 숙이고 싶었다.
너희들이 내게 산을 보여 줄 수 있다면,
거기에 예수를 모범으로 하는

성전이 하나 본성처럼 건립되어 있다면,
그래서 그 위쪽엔 높은 탑이 빛나고,
커다란 종이 자석으로 매달려 있다면,
성전 안의 제단에는
아름다운 수정유리 십자가 상들이 놓여 있고,
은빛 성배와 성체 현시대와
그 밖에 성당지기가 장식해 놓은 다른 것들과 함께
금빛 술 장식이 달린 미사복을 입은
돌같이 경직된 카푸친 수도사들이 서 있다면.
하지만 지금까지
그런 산은 없었고
나는 바보짓을 하기보다는
무신론자로 남고 싶다.
누군가 나에게로 와서
신앙을 내 손에 쥐어 주어
신앙이 그렇게 영원히 남게 될 때까지.
그래서 난 계속 그럴 작정이다.
설사 내가 다른 그 누구도 체험하지 못할
세계의 종말이 일어날 때까지 산다고 해도.
나는 믿기에, 세계는 태곳적부터 존재해 왔고
결코 스스로 멸망하지는 않을 거라는 것을.
나는 궁금하다, 세계가 만약
그 안의 모든 나무와 덤불숲과 함께 타 없어진다면
지옥은 무엇으로 불을 지필 것인가!

죄인들은 어떻게 끓이고 불로 벌줄 것인가!
그래서 나는 어떠한 두려움도 없으며
육체와 영혼이 건강해질 수 있다.
나는 억지로 꾸미고 가장하는 대신에
우주 속에 잠기는 대신에
연인의 빛나는 눈동자 속에서
깊숙한 푸름 속으로 가라앉을 수 있다.
세계의 내면과 외면을 알고 있으니
세계에 대해 얼마나 엄청난 공포를 느끼는지 모른다.
그것은 굼뜨고 길들여진 동물,
너를 위협하지도 나를 위협하지도 않는 그것은
법칙에 순응해야 하며
조용히 내 발밑에 앉아 있어야 한다.
비록 그 안에 위대한 정신이 숨어 있지만
모든 감각이 돌처럼 마비되어
갑갑한 갑옷을 벗어 젖히지 못하고
감옥의 철창을 부수고 나오지도 못한다.
그가 비록 종종 날개를 퍼덕인다 해도,
사지를 크게 뻗어 활개쳐 본다 해도,
살아 있고 죽은 것들에서
의식을 찾기 위해 강력한 노력을 기울인다 해도.
그래서 사물의 성질은
그 안에서 이 정신이 생겨나고 활동하기 때문에
바로 힘이며, 힘을 통해 금속도 만들어지고

힘을 통해 봄이 되면 나무들에 싹이 튼다.
힘은 도처에서 몸을 움직여
빛을 향해 나오려 하고
어떠한 수고도 아끼지 않고
이제 왕성한 성장을 하고 있다.
사지와 기관을 늘려 나가고
이제 다시 짧고 좁게 만든다.
뒤집고 비틀어
제대로 된 모양과 형태를 만들려 애쓴다.
팔다리를 움직여 그렇게 고군분투하면서
방해되는 요소를 없애면서
그는 작은 것에서도 자리를 잡는 법을 배우고
그 안에서 비로소 의식을 회복한다.
아름다운 모습과 곧게 뻗은 골격의
한 왜소한 체구로 에워싸인 채,
언어로 표현하면 인간이라 불리는
이 거대한 정신은 자신을 되찾는다.
강철 같은 잠에서, 긴 꿈에서 깨어나
스스로를 거의 알아보지 못하고,
자신에 대해 너무 놀라워하며
커다란 눈으로 인사하며 또 아쉬워한다.
지금 곧 다시 모든 감관으로
위대한 자연 속으로 소멸하고 싶다고,
하지만 일단 한 번 벗어나면

다시 되돌아갈 수 없는 것이라고.

그래서 평생 동안 좁고 작게

자신의 커다란 세계 속에 외로이 서 있다.

그는 불길한 꿈을 꾸며 두려워하는데,

엄청난 거인이 몸을 일으켜 세워

마치 신화의 신 사투르누스처럼

분노에 가득 차 자신의 아이들을 집어삼킬 것만 같다.

그는 자신이 바로 그라는 것을 알지 못한다.

자신의 출생을 완전히 잊어버리고

환영들로 고통스러워한다.

그는 자신에게 말해도 좋을 것이다.

나는 그들을 가슴에 품어 보살피는 신이라고,

모든 것에서 살아 움직이는 정신이라고.

알 수 없는 어두운 힘들이 투쟁을 시작하여

처음으로 생명의 수액을 쏟아 낼 때까지,

힘에서 힘이 솟아나고 물질에서 물질이 생겨날 때

최초의 싹, 최초의 봉오리가

새로 태어난 빛의 최초의 빛줄기가 되며,

두번째 천지창조처럼 밤을 뚫고 나와

세계가 가진 천 개의 눈으로

밤낮으로 하늘을 밝히는 것,

자연에 젊음을 회복시켜 주는

사유의 신선한 생명력이 되는 것,

그것은 하나의 힘, 하나의 맥박일 뿐이며, 하나의 삶이다.

수축하고 팽창하고 추구하는 하나의 상호작용이다.
그래서 내게는 세계를 두루 돌아다니며
자연과 그 본질에 대해
좋지 못한 내용들을 입에 달고 다니는
이방인 같은 손님보다,
선택받았다고 자부하는
그런 사람보다 더 끔찍한 것이 없다.
특유의 생각과 종교적 천성을 가진
그런 이들은 진기한 인간 종족이다.
다른 모두를 쓸모없다 생각하고
물질과 물질이 만든 모든 작품들에
영원한 증오를 맹세했으며,
그와 반대로 형상들을 강화하며,
감각적 격정에 사로잡힐까 두려워
오직 베일을 통해서만 바라볼 수 있는
여인과 같은 것으로 종교를 이야기한다.
그들은 연기처럼 말들을 뿜어내고
스스로 엄청나게 대단하다 느낀다.
모든 사지에 아직 태어나지 않은
새로운 메시아를 품고 있다 믿는다.
그들의 뜻에 따라 선택된
가련한 민족들 중 가리지 않고 모두 이끌어
양들의 우리로 들여보낼 자를.
거기서 그들은 장난을 멈추고

이제 제대로 기독교인으로 하나가 되어 함께 나타나며,
이것이 그들이 그 외에 또 알리는 예언이다.
본성상 매력이 있는 것은 아니지만
그래도 그들은 참된 정신을 만나게 되면
그 힘의 무언가를 자신 안에서 느끼며
그들 자신이 그 정신이 되었다고 믿고,
스스로 북쪽을 가리킬 수 있다.
하지만 예측을 하지는 못하기 때문에
다른 일어난 일들에 대해 더 많이 이야기하고
모든 것을 뒤흔들어 놓고
생각들을 서로 뒤섞어 놓고
그로부터 정신을 대단히 발전시켰다고 생각한다.
하지만 그런 것은 콧속만 간질거리는 것이고,
논쟁적으로 위를 자극하고
식욕만 망칠 뿐이다.
난 그런 것을 접한 모두에게
타락한 상태를 다시 회복하여
사랑스런 아이와 소파에 앉아
『루친데』를 해석해 보기를 충고한다.

하지만 그들과 같은 부류의 사람들에게
나는 침묵하지 않고 알려 주겠다.
그대들의 경건함과 신성함,
그대들의 초감각성과 초월성을

참된 작품과 참된 삶으로써 불쾌하게 만들겠다.
물질과 빛의 숭배가,
또 독일 시에 깃든 근원의 힘이
나에게 허락되고 존속하는 한,
내가 부드러운 눈빛에 사로잡히는 한,
내가 유일자의 자비로운 품에 안겨
그녀의 입술에서 온기를 넘기며
감싸 안긴 기쁨을 느끼는 한,
그녀의 멜로디로 가득 채워져
그녀의 삶에 그토록 사로잡혀
난 오직 참된 것만을 추구할 수 있게 되었고,
모든 환영과 가상을 경멸할 수 있게 되었다.
나에게서 사유들은 유령처럼
이리저리 흔들거리며 돌아다닐 수 없게 되었고,
나에게서 사유들은 힘줄과 육신과 피와 골수를 지니고
자유롭고 생생하며 강하게 태어나게 되었다.

다른 이들에게는 난 이제 안부를 전하며
마지막으로 한마디 덧붙이고자 한다.
모든 러시아인들[7]과 예수회교도들은
지옥에나 떨어져라.

---

7) 아마도 코체부(August von Kotzebue)를 암시하고 있을 것이다.

비너스 여신의 성소에

나 하인츠 비더포르스트는 그렇게 새겼다.

이 이름은 두번째 거명되었는데 —

신이 또 그런 씨앗들을 많이 뿌려 주시기를![8]

8) 노발리스의 「꽃가루」의 마지막 단상을 비꼬는 이 마지막 행은 시 전체의 핵심을 노발리스에 대한 공격으로 이끌고 있다.

3장

/

시

LE POÈME

1. 이름 없는 예술

> 정신은 사유로 된 음악과 같은 것이다. 영혼이 있는 곳에서는 감정들도 윤곽과 형체, 고귀한 태도와 매혹적인 색채를 가지게 된다. 감수성은 고양된 이성의 포에지이며, 감수성이 철학과 도덕적 경험과 결합하게 되면 여기서 이름 없는 예술이 생겨나는데, 이 예술이 혼란스럽고 덧없는 삶을 포착하여 영원한 합일을 형성한다.
>
> — 프리드리히 슐레겔, 「아테네움 단상」 339번

이 장에서는 두 편의 텍스트를 소개할 것인데, 우선 그 하나는 프리드리히 슐레겔의 「시문학에 관한 대화」이다. 이 글은 슐레겔이 잡지 『아테네움』에 발표한 마지막 주요 작품들 중 하나로서 1800년 마지막 두 호에 걸쳐 나뉘어 실렸다. 「아테네움 단상」과 함께 이 기획 전체에서 가장 유명한 텍스트이자 두번째 '기념비적' 대작으로 알려져 있는 작품이다.

다양한 형식의 글을 모은 일종의 모음집이라 할 수 있는 이 텍스트 다음에는 아우구스트 슐레겔의 『문학과 예술에 대한 강의』 중 몇몇 부분을 발췌하여 수록한다.[1] 이는 「시문학에 관한 대화」를 단지 '보충'하기 위한 것만은 아니다. 물론 정확히 말하자면 이것은 하나의 '텍스트'가 아니며, 게다가 거리낌 없이 잡지 『아테네움』의 결과물 중 하나로 꼽을 수 있는 '기록 자료'라 할 수도 없다. 『문학과 예술에 대한 강의』라는 제목하에 이

---

1) 아우구스트 슐레겔이 1801년부터 베를린 대학에서 강의한 『문학과 예술에 대한 강의』 중 특히 1부 「예술론」(Die Kunstlehre)에서 발췌되었다. — 옮긴이

어지는 거의 30여 차례의 강연 원고는 아우구스트 슐레겔이 1801~1802년 사이 베를린 대학에서 강의한 내용인데, 이때는 잡지 『아테네움』의 발간이 중단되고 그룹이 해체된 직후이기 때문이다. 이런 경우 항상 그러하듯이, 남겨진 원고들은 연속적인 하나의 텍스트 형태를 이루지 않고, 그보다는 메모와 스케치들, 다양한 초고들, 혹은 즉흥시를 염두에 둔 구상이 군데군데 끼어들어 있는 퇴고 단계의 글들로 이루어져 있다.[2] 하지만 이 강의는 얼마 후에 행해진 셸링의 『예술철학』 강의와 함께[3] 예나의 낭만주의자들이 (나중에, 하지만 그리 오래 지나지 않아 곧) 성공적으로 수행하게 될 체계화를 위한 예외적 시도들의 하나에 해당한다. 그리고 이 시도의 형태가 '강의'라는 사실은 여기서 매우 중요한 의미를 지닌다. 이미 언급했듯이 학문 영역에서의 도용exploitation universitaire을 반드시 고려해야 하는데, 사실 이 강의들 중 어떤 것은 「시문학에 관한 대화」가 "허구로 만들어 내고 있는" 것, 달리 말하면 전적으로 다른 방식으로 작품화하고 있으면서도 동시에 전혀 있음직하지 않거나 적어도 프리드리히 슐레겔에게는 결단코 실현 불가능한 어떤 체계가 처해 있는 미완의 상태, 근사치의 상태, 단편 조각의('단상'이라는 말을 피하자면) 상태도 허용하는 것, 바로 그것을 엄격하고 정확한 방식으로 요약하고 다시 구성하고 정리하며 새로

2) 이 때문에 우리는 원래의 원칙을 벗어나 이 텍스트의 경우 발췌 형태로 이 책에 수록하기로 결정하게 되었다. 하지만 『문학과 예술에 대한 강의』의 전체 분량 역시 부분적 수록 이외에 다른 방법은 불가능하게 만든 이유라는 것도 사실이다. 뒤에 나올 셸링의 『예술철학』 역시 같은 방법으로 해결책을 찾았다.

3) 1802년~1803년. 그러나 셸링은 이미 몇몇 텍스트에서 자신의 입장을 개진할 기회가 있었다. 가령 『독단론과 비판주의에 관한 철학적 편지』(1795)(그리스 비극 분석)의 마지막과 「독일 관념론의 가장 오래된 체계 구상」(1800)의 마지막 단락이 그것이다. 특히 아우구스트 슐레겔의 『문학과 예술에 대한 강의』의 몇몇 설명은 이 후자의 텍스트를 근거로 하고 있다.

표현한다. 그렇다고 해서 이 강연이 낭만주의라는 이름 아래 본질적으로 문제가 되는 것과 — 즉, 미리 말하자면 우리가 **문학**littérature이라고 부를 수 있는 것과 — 일반적으로 사람들이 생각하는 것보다 덜 복합적인 관계를 맺고 있는 것은 아니다. 이것을 우리는 「시문학에 관한 대화」 텍스트 자체를 통해서나 다른 여러 방식을 통해 알게 될 것이다. 그 관계는 특히 오늘날 분명히 나타난다. 왜냐하면 '가르치는 스타일의' 설명이 제기하는 문제 영역은 가령 교육적didactique 장르 — 혹은 「시문학에 관한 대화」를 쓴 문헌학자로서 프리드리히 슐레겔이 말하는 "연출지시적"didascalique 장르 — 에 대한 논의에만 그치지 않기 때문이며, 또한 낭만주의가 최종적 근거 설정을 위해 '비평'의 이름으로 재건하고자 하는 것에 관한 것만도 아니기 때문이다.[4] 즉 이론적인 것의 **표현**Darstellung에 속하는 전반적 문제가 함의하는 모든 것을 다 포함하기 때문이다. 그럼에도 낭만주의가 왜 대학에서 문학의 모든 근대사를 (혹은 문학에서의 대학의 근대사를) 시작하는 가운데, 대학Université으로의 이행을 (보편성universalité으로의 이행을) 요청한, 그래서 결국 동시적으로 또 하나의 운동 내에서 자신을 완성하고 소멸해 간 최초의 문학 운동이 되었는가의 문제는 여전히 해명되어야 할 것으로 남아 있다. 이 사실을 부정한다 하더라도 우리 모두는 이것이 그리 금방 끝날 문제가 아니라는 것을 알고 있다. 적어도 이 점만은 말할 수 있다.

그렇다면 이 두 텍스트, 「시문학에 관한 대화」와 『문학과 예술에 대한 강의』에서 중요한 문제는 무엇인가?

그것은 간단히 말해 우리가 방금 언급했던 것과 『문학과 예술에 대한

4) 이 책 4장 '비평', 1. 「성격의 형성」 참조.

강의』가 (제목을 통해 나타난 것일 뿐이지만) 단도직입적으로 가리키고 있는 것, 즉 문학에 관한 것이다.

아우구스트 슐레겔이 이 강의를 공지하면서 대학의 당위적 임무와 대중 강연의 내적 필요성을 고려하여 '순수문학'schöne Literatur이라는 용어를 사용한 것은 사실이다. 하지만 이 단어가 이미 「아테네움 단상」에 ― 잠깐 ― 나타났다는 사실에서뿐 아니라, 또 낭만주의자들이 정확하게 규정하고 개념화하고자 했던 바로 그 현대적 의미에서 보자면,[5] 제목에 형용사 schön을 첨가한 것 역시 '문학'이 지금까지 문자로 된 것의 총체성의 테두리 내에서 책을 통한 이론적 (혹은 '고전적') 문화 전체, 곧 우리의 학문 체계에서 장차 인문학에 해당하는 것으로서 모든 완성된 교육의 토대를 형성해야 했던 그러한 이론적 문화 전체를 지시하기를 멈추고, 이제 글쓰기의 예술을 언급하기 시작하는 순간을 나타낸다(이 순간은 스탈 부인의 『문학에 대하여』가 출판된 것과 거의 같은 때이다). 다시 말하면, 이는 곧 '문학'이 예술로 자처하는 순간이다. 따라서 『문학과 예술에 대한 강의』라는 제목은 예술로, 그것도 특별한 예술로 간주된 문학에 관한 강연이라는 의미로 이해될 수 있다.

그러나 이 말은 또한 문학으로 간주된 예술에 관한 강연, 혹은 예술의 본질로 간주된 문학에 관한 강연이라는 의미로도 이해할 수 있으며, 이를

5) 특히 「이념들」 95번에 현대의 책들의 유기적 전체를 말하는 내용이 나온다. 이것은 "고대의 모든 고전적인 시들"이 상호 교환적 관계 속에서 형성하는 "하나의 시"와 대조되고 비교되는 것이다. "이와 마찬가지로 완벽한 문학에서 모든 책들은 단 한 권의 책이어야 한다." ― 또 한편 "문학"(Literatur)이라는 말이 「시문학에 관한 대화」의 마지막 단어라는 것을 언급할 필요가 있다. ― "문학"이라는 단어의 역사에 대해서는 R. Escarpit et alii, *La Définition du terme "littérature"*, communication au IIIe congrès de l'Association internationale de Littérature comparée, Utrecht 1961 참조.

우리는 곧 확인하게 될 것이다.

제목을 항상 이렇게 서로 도치된 의미로 해석할 수 있다는 것, 여기에 — 아마도 해결될 수 없는 — 문학의 문제 전체가 들어 있다.

그렇다면 다시 무엇이 문제인가?

그것은 바로 '문학이란 무엇인가?', 이 물음이다.

낭만주의 고유의 용어들 속에, 특히 저 유명한 「아테네움 단상」 116번의 고유한 용어들 속에 그러한 물음이 표현되어 있다(「시문학에 관한 대화」와 『문학과 예술에 대한 강의』는 결국 이 단상에 대한 설명에 지나지 않는 것처럼 보인다). '낭만주의 포에지'란 무엇인가? 더 정확히, '낭만주의적 장르'란 무엇인가? 결국 이 물음은 우리가 압축적 의미에서 '문학 장르'의 문제라고 칭했던 것에 다름 아니다.

그러나 여기서 중요한 것은 이 질문 그 자체에 의미가 있다는 것이다. 다시 말하면 우선 질문이 계속 존재하고 지속된다는 것, 그리고 그에 대한 대답은 기다려지고 있음이 분명하다는 것이다. 이는 정확히 생각해 보면 낭만주의가 이 물음의 출현 장소라는 것만을, 혹은 낭만주의가 문학의 시대 자체를 열었다는 것만을 의미하지는 않는다. 이는 낭만주의를 '낭만주의는 무엇인가?' 혹은 '문학이란 무엇인가?'라는 물음의 영원한 자기 회귀로 정의함으로써만 설명될 수 있다고 말하는 것도 아니다. 즉 이것이 의미하는 바는 자기 자신의 문제에 대한 영원한 재검토와 끊임없는 이의 제기로서의 문학은 바로 낭만주의로부터, 그리고 낭만주의로서 시작된다는 것이다. 결국 이는 낭만주의적 문제, 그리고 낭만주의에 대한 문제에서 어떠한 대답도 없으며, 있을 수도 없다는 것을 말한다. 적어도 대답이 가능하다고 해도 이 대답은 무한히 지연되거나 항상 잘못 생각한 것이며, 계속해서 다시 질문을 만들어 낸다(설사 여전히 질문이 필요하다는 것을 부인한다 하더라도 말이다). 바로 이것이 잠깐 동안의 한 시기에 (그리고 그 문제의 시기에) 지나지 않는 낭만주의가 왜 항상 단순한 '시대'를 넘어선 의미를 지녀 왔으며, 한번 시작한 자신의 시대를 현재까지도 계속 완성하지 않으려고 하는지에 대한 이유가 된다. 낭만주의는 이를 철저히 의식하고 있었다. "낭만주의 문학 장르는 여전히 생성 중에 있다. 즉 영원히 생성되고 있으며 결코 완성될 수 없다는 것이 낭만적 문학 장르의 고유한 본질이다" (「아테네움 단상」 116번).

낭만주의는 낭만주의 자체와 뒤섞여 있거나 낭만주의가 전체적으로 속해 있는 문제 자체에 대답할 수 없다는 것, 낭만주의의 이러한 **태생적 불가능성**이 바로 낭만주의의 문제가 사실 본질적으로 무의미한 것이며, 이 문제는 '낭만주의'나 '문학'의 이름하에 ('포에지', '시문학'[Dichtung], '예술', '종교' 등에서와 마찬가지로) 가까이 다가가면 갈수록 끊임없이 뒷걸음치고 있는, (거의) 모든 이름이 가능하면서도 어떠한 이름도 허용하지 않는 불분명하고 미묘한 **것**[chose]과 관련된 것임을 설명한다. 이름 붙일 수 없는 어떤 것, 윤곽도 없으며 얼굴도 없는 어떤 것, — 그것은 결국에는 '무'이다. 낭만주의는 (그리고 문학은) 본질이 없는 것이며 심지어 그 무본질성마저도 본질이 아니다. 아마도 이것이 사실 문제 자체가 결코 제기될 수 없는 이유, 혹은 무수한 경우의 수들로만 제기될 수밖에 없는 이유일 것이다. 또 이것이 단편화나 분산의 성격으로 인해 낭만주의 텍스트가 적절하게는 결코 표현할 수 없는 문제에 대한, 즉 항상 너무 급하게 표현되고, 너무 쉽고 너무 간단하게 표현되는 이 문제에 대한 한없이 긴 (계속 막연하고 몽유병적인) 대답일 수밖에 없는 이유이다. 마치 '그것'[chose]은 항상 그저 그런 것이 당연한 것처럼.

「아테네움 단상」조차도('형식'의 측면에서), 가령 종교조차도('내용'의 측면에서) 문학 혹은 낭만주의에 충분히 대답할 수 없었다. 혹은 질문할 수 없었다. 어쨌든 두 경우 모두 결국 그들이 원래 명확히 한정하려고 했던 것을 취소한 결과에 지나지 않았다. 혹은 드러내고자 하는 의지에 정확하게 비례하여 스스로 모든 표현을 거부했던 어떤 것에 대한 **묘사**에 지나지 않았다. '문학'이 진리로부터 도피할 운명으로 정해진 것은 어제오늘의 일이 아니다. 그리고 앞에서 본 것처럼 프리드리히 슐레겔에게 '신비적'이라는 말이 사변적인 것 그 자체를 지시했다고 해도,[6] 그럼에도 우리는 흔히 기대할 수 있듯이 이 말에서 부정신학과 야콥 뵈메와의 연관성도 충분히 확인했다. 즉 항상 그런 것처럼 소위 '나선 회전'un tour de plus같은 것이 필요했던 것이다. 여러 관점에서 볼 때 이것이 바로 「시문학에 관한 대화」가 나타내고 있는 것이다.

여기에는 두 가지 이유가 있다. 우선 첫번째는 「시문학에 관한 대화」가 다시 한번 앞서의 문제를 취하고 있는 것처럼 보인다는 점이다. 그것은 직접 '포에지'(문학)를 대상으로 하고 있으며, 잡지 『아테네움』에 발표된 모든 텍스트 중에서 유일하게 어느 정도의 분량을 할애해 이 주제를 집중적으로 다루고 있는 글이다. 적어도 가장 야심에 찬 텍스트인 것만은 확실하다.

그런데 이 텍스트의 특징은 무엇보다도 고유의 설명 방식, **묘사**에 있는데, 그것은 **대화**이다. 그리고 바로 이것만으로도 문학 자체의 문제가 자신 안에서 자신의 불가능성을 입증하도록 자극하는 데 충분하다. 문학 자체의 문제는 이러한 '형식주의적' 후퇴repli를 — 거울의spéculaire 성격 및 사

---

6) 「아테네움 단상」 121번 참조.

변의spéculative 성격과 불가분의 관계를 맺고 있는 이 격자 구조mise en abyme를 — 수단으로 삼지 않는다면 결코 시작되지 않을 것이라는 것을 우리는 잘 알고 있다. 그런데 여기서 이 문제가 자신이 대상으로 삼으려고 했던 바로 그것을 (무엇을?) 항상 놓치지 않을 수 있었는지는 확실하지 않다.

여기서 그에 대한 분석이 필요하다.

첫번째로 대화 형식은 편지나 경구와 마찬가지로 단편화와 거리가 먼 것이 아니라는 점을 강조할 수 있다. 다시 상기해 보면 「아테네움 단상」 77번이 분명히 말하고 있는 것이 바로 이것이다. "한 편의 대화는 단상들의 사슬이거나 화관이다. 편지의 교환은 확장된 규모의 대화이다. 회고록은 단상들의 체계이다." 우리는 앞에서 「이념들」과 도로테아에게 보내는 편지인 「철학에 대하여」, 이 두 텍스트를 언급하면서 "단상적 완고함"에 관해 이야기했다. 이 말이 이보다 더 잘 들어맞을 수는 없을 것이다. 전체적으로 보았을 때 프리드리히 슐레겔은 초기의 이러한 낭만주의적 요청 중 그 어떤 것도 결코 포기하지 않았다. 심지어 그는 오히려 그 요청을 '다시 회복'했다고 할 수 있을 정도이다(가령 이번에는 「시문학에 관한 대화」가 편지를 담고 있다는 사실을 생각해 본다면 말이다). 그리고 이것이 분명 그의 구상 및 이것을 실제적으로 적용한 대화가 매우 특징적인 성격을 지니고 있음을 설명한다. 이것은 아우구스트 슐레겔에서 볼 수 있는 것과는 전혀 비교가 되지 않는다(아우구스트가 프리드리히로 하여금 이러한 방향으로 가도록 강하게 격려했음에도 불구하고 말이다[7]). 또한 노발리스와도 비교할

---

7) 잡지 『아테네움』에 실린 아우구스트 슐레겔의 대화 두 편, 「언어들. 클롭슈토크의 문법적 대화들에 관한 한 편의 대화」(Die Sprachen. Ein Gespräch über Klopstocks grammarische Gespräche, 1798)와 「그림들」(Die Gemählde. Gespräch, 1799) 참조. 두번째 대화는 카롤리네와 공동으로 작성한 것이며, 두 편 모두 단순한 대화들이다. 즉 이야기가 없다(물론 두번째 대

수 없다(이 노발리스를 이번에는 프리드리히가 자신의 평소의 전략에 따라 같은 길을 가도록 어느 정도 이끌었다[8]).

대화의 이러한 단상적 본질은 (여기서 설명할 수 없는 다른 몇 가지 결론들 중에서) 적어도 한 가지 결론을 이끌어 낸다. 그것은 대화가 단상과 유사하게 어떤 고유한 하나의 장르를 형성하지 않는다는 것이다. 게다가 이로부터 왜 대화가 그 자체로 단상과 마찬가지로 장르의 문제를 명확히 논의하기 위해 선택된 장소들 중 하나일 수 있는지 설명할 수 있다. 그러나 여러 문제들을 너무 성급히 다루지는 말자.

대화가 하나의 장르가 아니라는 말이 우선 뜻하는 것은 대화가 장르로서 결함이 있다는 의미가 아니라 오히려 반대로 본래 대화의 형식 안에서 모든 장르가 결합될 수 있다는 의미이다. 대화는 비-장르이다. 혹은 '장르' 자체이다. 장르들의 혼합으로서 말이다. 이 때문에 대화는 자신의 기원보다는 (프리드리히 슐레겔에게는 플라톤을 의미하는 그러한 기원보다는) 로마의 풍자시와 알렉산드리아 시대의 모든 후기 (그리고 기본적으로 '비판적인') '문학'으로 직접 거슬러 올라간다. 이때 이곳에서는 고대 문학의 총체를 집중적으로 수용했고 연구했으며 또 완성했다. 물론 철학도 포함되어 있었다. 여기서 대화가 — 단상과 마찬가지로, 하지만 훨씬 더 직접적으로 — 공동체의 정신(도시성 및 사회성), 재치, 고급 문화, 대중성, 지성의 생동적 실천, 재능 등등과 맺고 있는 밀접한 관계 역시 설명될 수 있

화는 중간중간에 긴 텍스트의 독해가 들어가 있기는 하다). "이런 이유에서 우리는 동일한 독일어 단어 Gespräch를 프리드리히 슐레겔의 「시문학에 대한 대화」의 '대화'는 entretien으로 옮겼고, 아우구스트 슐레겔의 이 대화 두 편의 경우는 dialogue로 옮겼다." [한국어로는 모두 '대화'로 옮겼다.—옮긴이]

8) 노발리스가 잡지 『아테네움』에 실고자 쓴 「대화들」(1~5) 참조. 이 책 '종결'에도 이 「대화들」 1과 2가 실려 있다. 이 텍스트 역시 단순한 대화들로 이루어져 있다.

다. 즉 낭만주의가 계몽주의뿐 아니라 (영국 혹은 프랑스의) '도덕철학' 전통으로부터 계승한 모든 가치나 성격들과 밀접한 관계를 맺고 있음이 확인되는데, 계몽주의와 도덕철학 모두 특히 대화에 관심을 보였던 것이다.[9]

이러한 사실은 이미 잘 알려진 것이다. 그러나 왜 대화가 단상적 요청을 계속 반복하는 가운데, 그때까지 프리드리히 슐레겔에 의해 잡지 『아테네움』에서 시도된 장르들 중 어떤 장르를 통해서도 제거할 수 없었던 몇몇 특정한 모순들을 제거할 수 있는 가능성들을 비로소 열어 놓고 있는지 설명하고 있는 것이 바로 이러한 사실이기도 하다. 특히 글쓰기와 말하기의 대립(이는 남성성과 여성성의 대립을 연상시키기도 한다)을 토대로 하고, 또 강화하고 있으며, 따라서 대중성의 문제를 가장 첨예화시킨 '도로테아에게 보내는 편지'(즉 「철학에 대하여」)와의 차이를 통해,[10] 대화는 본질적으로 '지양'의 위치에 있다. 이 말은 결코 과장이 아니다. 적어도 대화가 「시문학에 관한 대화」에서 (어느 정도 정확하게) 실제 대화를 옮겨 놓은 것처럼 분명히 묘사되어 있는 한 그렇게 말할 수 있다. 특히 여기서 자발적으로 이루어지는 단순한 대화를 (물론 활력에 넘치는 대화임에도) 반대하고, 그보다는 발표를 하자고, 즉 써온 원고를 읽자고 요구하고 있는 것이 바로 여성들인데, 우리는 이것이 이 텍스트에서 모순적이고 비상식적인 부분 중 하나라고는 전혀 말할 수 없다. 역할 교환 역시 뭔가 드러내 보이는 측면이 강하다. 그리고 곧이어 「시문학에 관한 대화」에서 보이는 매

---

9) 여기서는 더 자세히 전개할 수 없는 역사적 분석에 대해서는 우리가 쓴 "Dialogue des genres", *Poétique* 21을 참고하기 바란다. 그리고 대화와 로마 풍자문학, 특히 소설과 맺고 있는 관계와 관련해서는 특히 「비판적 단상」 42번과 「아테네움 단상」 146번, 148번, 239번, 448번, 그리고 「시문학에 관한 대화」 중 「여러 시대의 시문학 형식들」 참조.

10) 「철학에 대하여」와 이 책 2장, 1. 「예술의 한계 내에서의 종교」에서 전개되는 분석 참조. 그리고 『루친데』(율리우스가 안토니오에게)도 참조.

우 치밀한 '허구화'를 통해 우리는 여기에 등장하는 남성 주인공들이 여성들의 그러한 지령에 따름으로써 사실 이 대화의 저자 프리드리히 슐레겔이 이전에 '도로테아에게 보내는 편지'에서 주장했던 요청을 실현할 수 있게 되었다는 것을 알게 될 것이다. 또 그가 문체와 장르를 혼합함으로써 (그러니까 이 편지까지도 포함하여) 진정한 대중성을 위해 필요한 하나의 여정으로서 다양하게 확장시키고자 했던 그러한 작은 에세이들까지도 쓸 수 있게 되었다는 것을 알게 될 것이다. 물론 이때 어느 정도 살아 있는 대화 속에서 주제가 빠르게 바뀌는 것은 불안해할 일이 아니기 때문에 '기획'의 확대를 더 이상 두려워하지 않았다. 이런 의미에서 대화는 진정으로 우리가 '단상의 모랄 장르'라고 불렀던 것을 완성한 것이며, 만약 그것을 절대적으로 완성한 것이 아니라 해도(그 이유는 곧 알게 될 것이다), 대화에는 사실 부족한 것이 거의 없다. 그래서 이후 해당 발표 중 하나가 "연출 지시적didascalique 장르"라는 이름하에, 또 같은 말이지만 "포에지와 철학 사이의 상호 교차"라는 이름으로 특히 경구적 격언들을 (그리고 철학적 대화들을[11]) 부각시킨다 해도, 혹은 그 대체물들 중의 하나가 루소를 통해서 고백록과 '주관적 문학' 일반의 전통과 관련된다 해도 별로 이상한 일이 아니다.[12] 대화는 진정한 의미에서 [큰]주체의 '장르'이다.

그리고 역설적이게도 바로 이것이 다시 대화의 기원으로 돌아가게 하는 것인데, 그 기원이란 바로 플라톤이다. 사실 우리가 방금 살펴본바, 여기서 매우 빠르게 서로 교차하고 있는 모든 주제들은 「비판적 단상」 42

11) 「시문학에 관한 대화」 중 「여러 시대의 시문학 형식들」 참조.
12) 즉 이 전통은 우리 쪽에서는 몽테뉴와 관련된 전통이며, 낭만주의자들은 기본적으로 영국 '문학'이나 18세기 프랑스 '문학'을 통해 알고 있는 전통이다.

번에 "소크라테스적 뮤즈의 고상한 세련"이라 표현되고 있는 것을 둘러 싸고 모여 있으며 이것과 서로 연관되어 있다. 특히 이 단상에서는 형이상학적 근대 시대에서는 소크라테스가 (형상으로서나 인물로서나) 항상 [큰] 주체의 선구적 화신 혹은 주체의 전형 자체를 상징한다는 것을 다시 한 번 확인시키고 있다. 적어도 프리드리히 슐레겔에게 있어 그 이유는 소크라테스(즉 플라톤의 소크라테스, 즉 플라톤에 나타난 소크라테스)가 일종의 절대적 특권으로 인해 아이러니의 주체라고 부를 수 있는 무엇이기 때문이다. 다른 용어를 사용하자면, 소크라테스는 아이러니를 (즉, 「비판적 단상」 42번이 계속 말하고 있는바, "논리적 아름다움"을) 규정하는 교환 자체가 — 하나의 형상인 동시에 하나의 작품으로서 — 일어나는 장소라고 할 수 있다. 이 교환은 형식과 진리의 교환, 즉 다른 말로 하면 포에지와 철학의 교환이다. 이것은 결국 소크라테스를 주체-'장르'로 만드는 것을 의미하는데, 바로 이 주체-'장르'를 통해, 또 주체-'장르'로서 **문학**이 시작되는 것이다(그리고 이 시작에는 반성적인 것의 모든 힘이 다 사용되는데, 왜냐하면 아이러니란 바로 성찰의 능력 혹은 사변의 다른 이름인 무한한 자기 반성력이기 때문이다). 그러므로 소크라테스, 즉 자신의 형식 혹은 형상 속의 [큰]주체로서 (본보기적 [큰]주체로서) 소크라테스는 엄밀하게 말하자면 나누어질 수 없이 작품인 동시에 작품에 대한 성찰이며, 포에지인 동시에 비평이며, 예술인 동시에 철학인 그러한 문학의 시조가 되는 '장르'이다. 따라서 모든 장르 저편에 있는, 그리고 이 '저편' 자체의 이론을 자기 안에 지니고 있는 '[큰]장르'Genre이다. 즉 장르들의 일반적 이론인 동시에 그것 자신의 이론이다.

정확히 바로 이 지점이 **소설**과 연관되는 곳이다.

그러나 중요한 문제들을 체계적으로 전개하기 위해 다소 천천히 소설의 주제로 진행하는 것이 좋겠다.

이 문제들이 그 자체로 잘 전개될 수 있다고 가정해 보자. 이때 세 가지 요소들이 고려의 대상이 되는데, 편의를 위해 이름, 작가, 성찰이라고 해보자. 이 세 가지로부터 세 가지 문제가 생겨난다. 장르의 문제, 주체의 문제, 그리고 이론의 문제이다. 그런데 이 세 가지는 서로 복잡하게 얽혀 있다. 낭만주의에서 항상 그렇듯이 전체 중에서 두드러지는 어느 하나의 관점을 취할 수 있는 어떠한 위치도 주어져 있지 않다. 사실 하나의 체계가 안정적으로 정착할 수 있는 (즉 조직되는 것까지는 아니라 한다면 적어도 정리될 수 있는) 어떠한 토대도 마련되어 있지 않다. 이것이 특히 「비판적 단상」 42번이 아이러니를 요청할 때 항상 대화를 체계의 무조건적인 대체물로 표현하는 이유이다. "…… 말이나 글을 통한 대화로 철학이 행해지는 곳 어디에서나, 그리고 이것이 완전히 체계적으로 행해지는 곳만 제외하고는 어디서나 아이러니를 실행해야 하고 요구해야 한다."

하지만 분명한 관점을 얻기 위해, 우리는 아이러니든 아니든 어쨌든 이러한 진부함으로부터 출발해야 한다. 「시문학에 관한 대화」는 의도적으로 플라톤의 대화편을 모델로 삼고 있는데, 적어도 두 번 그 사실이 언급되고 있다. 그리고 어떤 다른 유형의 대화가 아니라 바로 경쟁agon의 성격으로 인해 다른 어떤 것보다 사회성을 더 많이 내포하고 있는 유형, 즉 『향연』의 유형을 따르고 있다. 물론 이 말은 「시문학에 관한 대화」가 어떤 향연에 대한 허구의 이야기를 전제하고 있다는 의미는 결코 아니다. 예를 들어 이 장르를 (혹은 '장르' 자체를) 극찬한 나머지 기적적으로 '재발견된' 플라톤의 대화편을 그대로 다시 옮겨 썼다고 주장할 정도인 헴스테르호이스와는 달리, 프리드리히 슐레겔은 그 모델에서 구조만을, 즉 공연 발표 혹은 정식 '강연'으로 인해 중간중간 대화가 중단되는 그런 구조를 모방했을 뿐이다.

좀더 정확히 말하면, 곧 알게 될 어떤 이유로 인해 그가 관심을 가지고 있는 것은 오로지 '향연'[심포지움]이라는 유형의 구조적 복잡성뿐이다. 달리 말하면 사실 문제는 '대화'가 아니라 대화를 담고 있는 (혹은 다시 환기하는) 서사récit이다. 이 서사가 강연으로 인해 군데군데 끊어지는 것이다.

고대 이후 플라톤적 글쓰기의 진정한 독창성을 말한다면 그것은 바로 이 유형의 구조에 있다는 것을 우리는 알고 있다. 이 구조는 복잡성의 정도 차이는 있지만 실제로 『국가』에서 『테아이테토스』를 거쳐 『소피스트』에 이르기까지 플라톤의 중요한 대화편 대부분에서 발견되는 것이다. 하지만 우리가 또한 분명히 알고 있다시피, 바로 이 구조는 플라톤의 『국가』에서처럼 (서사시의 구조를 대상으로 그리고 '혼합된 서사'diégèse mixte라는 개념으로, 즉 순수한 서사와 '미메시스적' 혹은 드라마적 형식의 **혼합**으로서[13]) '성찰'되고 '비판'만 받은 것이 아니다. 아리스토텔레스의 『시학』에서 행해진 분류학적 노력을 방해하여 이를 포기하게 만들고, 그래서 자신은 빈칸으로 — 혹은 '공통 용어'*κοίνον ὄνομα*가 없기 때문에 "익명으로" *ἀνώνυμος*[14] — 남겨질 수밖에 없었던 것 역시 바로 이 구조다. 즉 소프론과 크세나르코스의 무언극, 소크라티코이 로고이Sokratikoi Logoi[15], 엠페도클레스의 글과 같은 교훈적 시를 함께 (디오게네스 라에르티오스가 보고하고 있듯이 시문학과 산문 중간에) 포함할 수 있는 유일한 장르에 대한 부재하는 개념이다.[16] 이 '이름 없는 예술'의 창시자에게 그 공을 돌려주면서 여기에

---

13) 여기에 대해서는 G. Genette, "Frontières du récit", *Figures II*, Paris, 1969, pp.49~70 참조.
14) 아리스토텔레스, 『시학』, 1447b.
15) 소크라테스 사후 그를 주인공으로 내세운 문학 장르. — 옮긴이
16) 우리는 이 부분을 작성한 다음에 제라르 주네트의 중요한 연구 "Genres, 'types', modes", *Poétique* 32를 알게 되었다. 이 논문은 시학의 역사에 대한 관점에서 낭만주의가 — 적어도 바퇴 이후 시작된 운동을 완성시키는 가운데 — **장르**의 구별(서정시, 서사시, 극시)을 플라톤,

다음 두 가지를 덧붙여 보자. 그 하나는 우선 '장르'에 대한 플라톤의 비난이 (혹은 플라톤의 '자기 비판'이) **미메시스**에 대한 일반적 비난에 속한다는 것이다. 이는 곧 글쓰기의 문제에 있어서는 '감추기'apocryptie에 대한 비난, 즉 작가 혹은 말하는 주체가 대화적 서술의 형상(등장인물 혹은 대변인) 뒤로 은폐되고 분산되는 것에 대한 비난이기도 하다. 그리고 또 한 가지, 프리드리히 슐레겔에게 이러한 미메시스적 능력은 항상 천재의 특권이었다는 것, 특히 위대한 작가의 특권이었다는 것을 생각해 보자.[17] 그러면 이제 우리는 스스로 고대 그리스의 일종의 '귀환'après coup이고자 시도했던 낭만주의의 맥락에서 보자면, 플라톤의 대화편이 시문학적인 것과 철학적인 것의 결합이라는 바로 그 모델로 나타날 수 있다는 것을, 그리고 근대에 와서야 비로소 이름을 발견하게 되는 **소설**의 근원적 모태로 나타날 수 있다는 것을 이해하게 된다.[18]

「비판적 단상」 26번. "소설은 우리 시대의 소크라테스적 대화이다."

아리스토텔레스의 고대 시학에 투영하고자 할 때 전개하는 과정을 결정적인 방식으로 분명히 해명하고 있다. 이러한 장르의 구별은 ① 『국가』에서와도 『시학』에서와도 같은 것으로 나타나지 않는다(서정시의 경우 특히 아니다). ② 이러한 장르의 구별은 또 **진술 양태들**(modes d'énonciation) 사이의 구별에 (즉 직접화법 혹은 1인칭 진술 양식인 *diegesis*, 그리고 간접화법 혹은 타인을 통한 진술 양식인 *mimesis*의 구별에) 상응한다.

따라서 우리는 낭만주의가 이러한 이중의 비틀림에서 유래한 "장르"라는 이름으로 명명하거나 원하는 것이 무엇인지 분명히 알 수 있다. 마찬가지로 낭만주의에 "특유한 사변"이 왜 정확히 서정시라는 특별한 문제와 부딪히게 되었는지 이해할 수 있다. 여기에 대해서는 이 텍스트 마지막 부분에 다시 거론할 것이다. — 이어지는 모든 부분에서 우리는 당연히 낭만주의자들이 부여하고자 했던 그 의미에서 **장르**라는 말을 사용할 것이다.

17) 가령 「시문학에 관한 대화」 중 「괴테 초기와 후기 작품에서의 상이한 문체에 관한 시론(試論)」에서 전개되는 괴테의 『빌헬름 마이스터의 수업시대』에 관한 설명 참조. 이 작품의 첫번째 특징은 "여기서 나타나는 개체성은 다양한 광선으로 흩어져 있으며 여러 명의 인물들 속에 분산되어 있다"는 것이다. 또한 「비판적 단상」 78번과 89번도 참조.

18) 니체의 『비극의 탄생』 참조. '플라톤은 고대에서 새로운 예술 형식, 즉 소설의 모범을 제시했다'(14장).

「아테네움 단상」 252번. "포에지의 철학 자체는 철학과 포에지의 결합과 분리 사이에서, 실천과 포에지의 결합과 분리 사이에서, 포에지 일반과 그 장르 및 영역의 결합과 분리 사이에서 이리저리 동요할 것이며, 결국 완전한 합일로 완성될 것이다. …… 플라톤의 정치적 예술론을 우선적 토대로 삼는 소설의 철학이 그 마지막 완성이 될 것이다."

이것이 「시문학에 관한 대화」의 전체적 주제이다.

적어도 이것이 이 작품의 고유한 서술 방식[표현]Darstellung 내지 고유한 허구화 방식을 설명 가능하게 하는 것이다.

물론 아이러니가 여기서 그 법칙이자 원리가 된다.

「시문학에 관한 대화」에서 질서를 이루는 것, 혹은 가장 좁은 의미에서 "허구화"mise en fiction — 연출mise en scène이라고 하는 것은 부적절하다 — 에 속하는 것은 세부적인 것에 이르기까지 특히 아이러니의 성격을 강하게 지니고 있다. 이 점에서 텍스트의 모든 '구조'[짜임새]fabrique를 아주 세심하게 분석할 필요가 있다. 하지만 부득이한 경우 서로 불가분의 관계에 있는 두 가지 주요 특징을 드러내는 것으로 만족해야 할 것이다.

우선 우리가 '단상의 요청'이라는 기본 방침을 따르고 있다는 점을 항상 상기하고 있다면, 그 첫번째 특징은 당연히 이 텍스트가 아테네움 그룹 자체를 마치 거울상처럼 재현하고 있다는 것이다. 그것도 1799년 가을, 슐라이어마허만 제외하고 '연합'alliance의 모든 구성원이 다 참석했던 예나에서의 마지막 총회합을 기점으로 시작된 가장 '위태로운' 시기의 그룹을 마치 우연인 것처럼 재현하고 있다는 것이다.[19] 달리 말하면, 「시문학에 관

19) R. Ayrault, *La genèse du romantisme allemand*, III, pp.71 이하 참조.

한 대화」의 등장인물들이 실제로 누구와 동일시될 수 있는지 알아내는 것은 그리 어려운 일이 아니다. 아테네움 그룹 전체가 그 안에 들어 있기 때문이다. 모든 구성원들은 "새로운 신화"에서부터 "괴테의 문체적 특징"에 이르기까지 각자의 관심사를 통해 등장하고 있다, 또 그들은 자신의 언어 습관이나 사유 습관을 드러내고 있는데, 이는 특히 프리드리히 슐레겔이 모방 작품에 대한 자신의 천재성과 기량을 마음껏 발휘하고 있는 '토론 장면들'에서 특히 눈에 띈다. 또 재미있게 분위기를 맞추는 경우에서부터 신중함을 보이는 경우까지, 쾌활함에서부터 경쟁적 성향이나 임기응변의 재능에 이르기까지, 성격이나 개성을 통해 두드러지게 나타나는 각각의 특징들도 보인다. 그리고 그들 모두가 다른 모두와 맺고 있는 복잡한 관계가 임박한 해체의 원인들을 보여 주고 있으며, 열려진 텍스트로서 주어져 있다. 물론 이 텍스트의 '사실주의'적 측면에도 불구하고 기본적으로 여기서 말을 하고 있으며 자신의 이론적 관점을 나타내고 있는 것은 텍스트의 작가 한 명뿐이라는 점은 강조되어야 한다.[20] 사실 바로 이것이 이 텍스트의 '허구화'에서 보이는 두번째 중요한 특징이다. 이에 대해서는 잠시 후에 다루기로 하자. 이 두 가지 특징은 물론 서로 상충하지 않는다. 오히려 그와 반대로, 모방의 논리가 그렇듯이, 차이들이 (즉 이화異化 현상이) 더욱더 강조될수록 동일성도 더욱 견고해진다. 그리고 그 역도 마찬가지다. 프리드리히 슐레겔은 다른 누구보다도 이 점을 잘 알고 있었다. 자신의 능력을 자신의 소명과 일치시켰던 그는 (적어도 어떤 특정한 측면에서 보면 [큰]주체의 자기구성 원리와 다른 것이 아닌) 이 원리에 소설이 가진 위력의 근거와 우리가 뒤에서 살펴보게 될 '특징화'의 근거가 있음을 통찰했다.[21]

20) R. Ayrault, *La genèse du romantisme allemand*, IV, pp.294 이하 참조.

이 때문에 「시문학에 관한 대화」의 두 여성 인물, 아말리아와 카밀라에게서 각각 카롤리네와 도로테아의 모습을 발견할 수밖에 없는 것이다.[22] 남자들의 경우, 이 모임의 철학자이자 「신화에 관한 강연」을 발표한 루도비코에게서는 셸링을 발견할 수 있고, 그 가명을 괴테로부터 빌려 왔으며[23] 여기서 시인을 대표하는 인물로서 사람들에게 항상 아직 완성되지 않은 시에 대해 이야기하는 로타리오는 노발리스와 동일시할 수 있다. 연극의 문제에 골몰하고 있는 괴테 '전문가' 마르쿠스는 티크이며, 문학사를 정리한 「여러 시대의 시문학 형식들」이라는 글로 발표를 시작한 문헌학자 안드레아는 아우구스트 슐레겔에 해당한다. 그리고 마지막으로 프리드리히 슐레겔의 소설 『루친데』에 등장하는 베일에 관해 정통한 자 슐라이어마허의 가명인 안토니오는 여기서 프리드리히 슐레겔 '그 자신'이다. 이 안토니오의 활약이 「시문학에 관한 대화」에서 중심적인 역할을 차지하고 있으며, 그가 발표한 글은 실지로 '소설의 이론'을 위한 제안으로서 이를 규정하는 '포에지의 철학'의 중추를 이루고 있다(안토니오의 글 「소설에 관한 편지」는 정확히 말해 발표문도 아니며, 아말리아에 대한 자신의 문제 제기를 알리는 글도 아니다. 이 글은 사실 '도로테아에게 보내는 편지' 즉 「철학에 대하여」의 주제 전체를 이번에는 '문학적' 구상으로 재-고찰하고 있는 글이다[24]).

---

21) 「아테네움 단상」 22번과 418번, 그리고 4장 '비평', 「성격의 형성」 참조.

22) 아말리아는 이미 아우구스트 슐레겔의 「시문학과 운율과 언어에 관한 편지」에서도 카롤리네의 가명이었다.

23) 에로가 지적하듯이(R. Ayrault, *La genèse du romantisme allemand,* IV, p.290), 『빌헬름 마이스터의 수업시대』에서 로타리오는 경제적 활동과 연관된 문제들을 상징하는 인물이며, 슐레겔은 그를 "작품 전체에서 가장 흥미로운 인물"이라고 생각했다.

24) 혹은 "에로스적" 교육 이라는 주제에서 출발하여 주요 주제 중 적어도 몇 개를 다루고 있다. 그럼에도 불구하고 카롤리네와의 관계가 「철학에 대하여」와 특히 『루친데』에서 암시되고 있는 사람과의 관계와는 비교할 수 없다는 점은 자명하다(가령 『루친데』의 「남성성의 수업시대」

그렇다고 해서 「소설에 관한 편지」가 정확히 텍스트의 중심에 위치하고 있지는 않다. 그런 경우가 되기 위해서는 — 적어도 발표의 순서에 따라 정한다고 한다면[25] —, 괴테의 문체에 관한 마르쿠스의 논문 다음에 로타리오가 처음부터 쓰겠다고 약속하고 결국 이 약속을 반복하는 것에 그친 **작품**에 대한 강독이 이어져야 할 것이기 때문이다.

따라서 '소설의 이론'은 오직 작품이, 즉 "시"poème 내지 시문학Dichtung이 (그것이 어떤 장르인지는 지금 당장은 상관없다) 빠지지 않을 경우에만 「시문학에 관한 대화」라는 텍스트의 중심을 이룰 수 있게 될 것이다. 그럴 경우에 아이러니의 새로운 효과를 통해 두 가지 면에서 재-고찰이 완벽해질 것이다. 우선 그 하나는 작가, 혹은 '소설가'에 관한 재-고찰인데, 이들이 자신에 의해 만들어진 인물들과 '성격들'의 복잡한 관계 속으로 뛰어들어 그 안에서 분산되는 (물론 이는 자신의 능력을 더 잘 확인하기 위해서이다) 그러한 작가일 경우에 한한다. 바로 이것이 앞에서 말했던 '허구화'의 중요한 특징들 중 두번째에 해당하는 내용이다. 그러나 이것 역시 재-고찰이며(이 경우 가장 넓은 의미의 **서술 방식**에 있어 새로운 한 걸음을, 혹은 복잡성의 새로운 단계로 내디딘 것이다), 따라서 '허구화' 자체에 대한 재-고찰이기도 할 것이다. 달리 말하면, '문학적' 모방이 가진 무한한 자기회귀 능력에 대한 재-고찰, 전적으로 플라톤화하는 경향의(진정으로 플라톤주

라는 장에서는 카롤리네에 대한 프리드리히 슐레겔의 플라토닉한 열정이 다시 한번 상기되고 있다). 이것이 여기에서는 입문 교육이라는 주제의 흔적이 없는 이유이다. 특이하게도 「시문학에 관한 대화」는 디오티마 없는 『향연』이다.

25) 논의의 편의를 위해 「시문학에 관한 대화」의 전체 구성을 정리해 보면 다음과 같다. ① 머리말, ② 대화, "연출" ③ 안드레아의 발표: 「여러 시대의 시문학 형식들」, ④ 토론1, ⑤ 루도비코의 발표: 「신화에 관한 강연」, ⑥ 토론2, ⑦ 안토니오의 글: 「소설에 관한 편지」, ⑧ 토론3(요약), ⑨ 마르쿠스의 발표: 「괴테 초기와 후기 작품에서의 상이한 문체에 관한 시론」, ⑩ 토론 4.

의적인 것은 아니라고 한다면) 재-고찰일 것이다.

하지만 지금은 그런 경우가 아니다. 「시문학에 관한 대화」의 '구조'를 미묘하게 '반영'하고 있는 암시가 부족한 것은 분명 아니다(프리드리히 슐레겔은 이런 종류의 술책에 매우 능숙할 뿐 아니라, 어쨌든 여기에는 플라톤적 모델이 지배하고 있다). 그래서 앞부분에는 역할의 분담에 관한 간단한 설명이 들어 있다. 그리고 「시문학에 관한 대화」라는 제목에 맞게 허구와 진실 사이를 오가며 실제 대화를 서술해 놓은 이 부분에서 연극에 대한 첫번째 토론이 시작된다는 점은 놀랄 일이 아니다(이 토론이 진행되는 동안 이 근대의 '심포지움'이 따라야 할 규칙이 정해진다). 하지만 정확히 말하면 이 토론은 연극(플라톤적인 의미에서 전적으로 미메시스적인 장르)에 관한 것이지 소설에 관한 것은 아니다. 모든 것은 마치 부재함으로써 「시문학에 관한 대화」의 균형을 깨뜨리는, 더 정확히는 이 텍스트를 **탈중심화**하는 로타리오의 작품처럼 비극이 되지 않으면 안 된다. 이때 아이러니의 위력은 결여에 있다.

하지만 이는 강조이기도 하다는 말이다. 왜냐하면 이 모든 것 속에서 그 어떤 것도 우연히 혹은 즉흥적으로 아무렇게나 주어진 것이 아니기 때문이다. 겉으로 드러나는 현상을 보고 오해해서는 안 된다.

우연히 주어진 것은 없다. 이 말은 정확히 다음을 뜻한다. 「소설에 관한 편지」는 「시문학에 관한 대화」의 중심에 위치할 수 없다. 왜냐하면 이 텍스트는 그 자체로는 **소설이 아니기 때문이다**. 혹은 「소설에 관한 편지」에서 빌려 온 단어들을 단순히 순서만 바꾸어 달리 표현하자면, '자신의 성찰을 포함할 수 있고 자신의 "장르" 이론을 (혹은 그와 같은 것으로서 자신의 창조 법칙을) 포함할 수 있는 것은 오직 소설뿐이다'. 혹은 이번에는 다시 단어들의 원래 순서대로 말하면, '그 자체로 소설이 아닌 것은 소설의 이론이 될 수 없다'. 사실 「시문학에 관한 대화」는 이 경우에 속하는 것이 아니며, 또 「시문학에 관한 대화」 중의 「소설에 관한 편지」 역시 이 경우가 아니다. 하지만 대신 『루친데』가 그런 경우가 될 수 있다.[26] 만약 만들어 낸 격자 구조mise en abyme의 이 모든 놀이에서, 아이러니의 정곡을 찌르는 한 점으로서 바로 『루친데』의 미완성 자체를 의도하고 숙고한 것이 아니라고 한다면 말이다(「소설에 관한 편지」는 여러 면에서 이 소설 『루친데』에 대한 해설적 요소를 보인다). 또 만약 그럼으로써 대화가 여기서 포기의 형식, 즉 불가능한 자기구성에 대한 서술 형식이 아니라고 한다면, 그리고 플라톤의 패러디도 (혹은 이미 낭만주의적 "스타일"도 다층적으로 모방한 혼성 양식도) 아니며, — "무위"désœuvrement의 표시까지는 아니겠지만 어쨌든 — 작품의 실패와 결여에 대한 고백도 아니라면 말이다. 이 경우 문학의 문제를 넘어 (혹은 아직 거기에 못 미치어) 글쓰기에 대한 두려움과 같은 그 무엇이 이 구조적 장치를 (이 장치 속에서) 비밀리에 작동시킬 것이다. 그러나 그렇다면 차이가 발생하는 곳은 어디인가? — 또 아이러니의 위력은 여전히 그렇게 똑같이 베낄 수 있는 능력에 있는 것인가?

이것이 아마도 기본적으로 「시문학에 관한 대화」가 낭만주의 장르, 즉 문학 장르를 정의하거나 구체적으로 규정할 수 없는 이유일 것이다. 게다가 전통적으로 이 문제에 대한 고찰이 있어 왔음에도 불구하고, 특히 소설에서 (혹은 소설로서) 그렇게 할 수 없는 이유이다.[27] 그렇다고 이 말이 소설은 낭만주의 이론에서 끈질기게 추구된 그 '장르'가 아니라는 의미는

---

26) 『루친데』는 「뻔뻔함의 알레고리」라는 장에, — 그리고 "백일몽"의 형태로 — 일종의 소설의 이론을 담고 있다. 『루친데』 전체가 '자기생산' 원리를 토대로 구성되어 있음을 밝히는 것은 어려운 일이 아닐 것이다. 그럼에도 불구하고 아마 책은 결코 완성되지 않았다는 것, 혹은 더 정확히 말해 취소되었다는 사실은 여전히 중요한 것이다.

아니다. 오히려 그 반대이다. 즉 정의되거나 구체적으로 규정될 수 없는 것이 바로 이 장르의 본질에 속한다는 의미이다. 분명 장르는 완성되고 분화된 생산물이며, 또 창조나 발생과 동일시할 수 있는 생산물이다. 심지어 단어의 어원적 뿌리가 전혀 다른 독일어에서도,[28] 장르Gattung는 일반적으로 연결 짓기 내지 결합시키는 것과 무관하지 않다. '결혼시키다'라는 독일어 단어 gatten을 생각해 보라. 발생의 과정, 혹은 결합의 과정은 명백히 상호 침투와 혼돈, 즉 혼합을 전제로 한다(독일어 gattieren의 의미는 '혼합

---

27) 우리는 여기서 쏜디의 중요한 연구 「프리드리히 슐레겔의 시문학 장르 이론」(P. Szondi, *Poésie et poétique de l'idéalisme allemand*, pp.117 이하)만을 언급한다. 특히 아이히너가 편집한 『프리드리히 슐레겔 비판본 전집』과 『문학 노트』(*Literarische Notizen*, 1797~1801)에 수록된 유고 "단상들"을 토대로 하여, 쏜디는 "시학적 이성 비판"과 일종의 초기 헤겔적 종합 사이를 움직이는 슐레겔 시학의 "체계"를 재구성하고자 했다. 이를 통해 슐레겔 시학이 소설 안에서, 그리고 소설로서, 주관적 포에지와 객관적 포에지를 화해시킬 수 있는 가능성을 보았기 때문이다. 그럼에도 불구하고 쏜디의 분석이 슐레겔의 모순들을 인식하고 「아테네움 단상」 116번에 대해 자세한 주석을 다는 것에 그쳤다는 것도 사실이다. 게다가 쏜디의 이 책을 프랑스어로 편역한 장 볼락(Jean Bollack)은 한 각주에서 다음과 같이 상기시킨다. "쏜디는 슐레겔이 대상적/주체적이라는 것으로 정의하는 장르에 소설의 범주를 통합시키고, …… 그리고 특히 자연시/인공시와 고대성/현대성이라는 대립을 같은 것으로 겹치게 하는 것의 정당함을 둘러싸고 제기된 반론에 무심하지 않았다." 반면 벤야민은 포에지가 산문으로서 완성되는 것을 소설이 허용하는 경우에 한해 소설은 "이상"(idéal)이 된다는 것을 잘 보여 주었다("포에지의 이념, 그것은 산문이다." *Der Begriff der Kunstkritik in der deutschen Romantik*, pp.94 이하). 달리 말하면, 가령 노발리스에게는 "낭만적 리듬"을 정의하는 것의 완성을 소설이 허용하는 경우이다. 이 문제는 이 책에 수록되어 있는 아우구스트 슐레겔의 『문학과 예술에 대한 강의』에 다음과 같이 매우 분명하게 나타나 있는 것을 읽을 수 있다. "요컨대 낭만주의 시문학에서는 운문 없이도 가능할 뿐 아니라 많은 경우 운문화를 완전히 거부하는 장르가 생겨났다. 이것이 바로 소설이다"[이 책 534쪽]. — 산문(oratio soluta)의 이상, 이것은 분명 소설을 우리가 "단상적 요청"이라고 명명한 것과 통하게 하는 것이며, 이는 곧 Ab-solu[절대 혹은 벗어남]의 사변적 모티브에서 일어나는 것으로 볼 수 있는 모든 것과 통하게 하는 것이다(Ab-solu에 관해서는 M. Heidegger, *Schelling*, pp.82~83 참조).

28) gatten(결합하다)이라는 단어, 혹은 Gatte/Gattin(신랑/신부)의 쌍에서 어근 ghedh-을 재발견할 수 있으며, 이 어근은 접촉과 연결의 관념을 가리킨다. 아마도 체계의 관념을 가리키는 것일 수도 있을까?

하다'mélanger이다). 바로 이것이 낭만주의자들이 문학의 본질로서 분명히 의도했던 것이라고 말할 수 있는 것이다. 그것은 풍자문학satire(혼합mélange의 다른 이름)에서, 혹은 소설에서 (또 플라톤의 대화에서도) 시문학과 철학의 합일, 고대 문학 전체에서 임의의 모든 구체적 장르의 혼돈 상태, 고대와 근대의 상호 침투 등등을 말한다. 하지만 이것으로 혼합의 본질을 정의하기에 충분한가? 여기서 융합이나 합일의 본성은 정확히 무엇인가? 또 하나의 장르genre란 무엇인가? 더 정확히 [큰]장르Genre라는 것이 도대체 무엇인가?

그 대답은 간단하다. 게다가 우리는 그 대답을 잘 알고 있다. 단순하고도 심오하게 표현하면, [큰]장르le Genre는 "하나의 장르un genre[29] 그 이상"이다(「아테네움 단상」 116번). 그것은 하나의 [큰]개체이며 자기 자신을 생산할 수 있는 유기체적 전체(「아테네움 단상」 426번), 즉 하나의 [큰]세계다. 절대적 조직체Organon이다. 달리 말하면, 발생은 분해, 즉 앞에서 언급했듯이 칸트적 영양섭취intussusception의 의미에서[30] 해체Auflösung이다. 이것은 사실 용어 본래의 사변적 의미에서 관념론의 한 단계를 뛰어넘은 것이다. 붕괴나 용해로서의 분해만이 아니라 단순한 화학적 운동을 넘어(「아테네움 단상」 426번), 유기체적 본질 그 자체 혹은 자기-형성의 과정으로서의 분해를 말한다. 사실 이것으로 장르를 규정할 수 있기에는 한참 멀지만, 바로 이것이 모든 경계의 분해와 모든 특수성의 절대화를 통해 [큰]장르를 총체성, 즉 절대적인 것과 동등하게 만드는 것이다. 문학적 [큰]

---

29) 프리드리히 슐레겔의 독일어 원문에서 이 말은 Gattung이나 Genre가 아니라 Art라는 단어로 표현되고 있다. — 옮긴이

30) 이 책 1장 '단상', 1. 「단상의 요청」 참조.

장르Genre는 문학 그 자체, **문학적 절대**이며, 슐레겔이 몇 년 후 말하고 있듯이 "진정한 문학"이다. 말하자면, 가령 "이런 저런 장르가 운에 따라 통일적인 형성에 이르게 되는 것이 아니라, 문학 자체가 하나의 전체, 즉 서로 완전히 연결되어 있고 동시에 함께 조직되어 있으며 스스로의 통일성 속에 다양한 예술 세계를 포함하는 커다란 전체이자 통일적인 예술 작품이라는 것이다".[31] 그러나 「아테네움 단상」 116번을 다시 읽거나, 이어서 「비평의 본질에 대하여」의 한 구절을 다시 떠올려 보자. 같은 내용이 시문학Poesie과 관련하여 표현되는데, 바로 포이에시스poiesis에 관한 것이다.

— "낭만주의 포에지는 …… 단순히 분리되어 있던 모든 시문학 장르들을 다시 통합하고, 시문학을 철학과 수사학과 접목시키는 것만을 뜻하지 않는다. 낭만주의 포에지가 원하고 또 해야만 하는 것은 시문학과 산문을, 독창성과 비평을, 인공시[창작시]와 자연시[민족 서사시]를 서로 융합하고 섞는 것이며, 시문학은 생생하고 사교적으로 만들고, 반면 삶과 사회는 시적으로 만들며, 재치도 하나의 시가 되게 하고 예술 형식들은 모든 종류의 진정한 교양의 재료들로 가득 채우고 넘쳐나게 하며, 기지의 번득임으로 생기를 불어넣는 것이다. 낭만주의 포에지는 시문학적인 것이라면 모두 포함한다. 자기 안에 다시 여러 체계들이 들어 있는 거대한 예술 체계로부터 시를 짓는 아이가 기교 없이 부르는 노래 속에서 내쉬는 한숨과 입맞춤까지 다 포함하는 것이다. …… 낭만주의 포에지는 또한 대부분의 경우 묘사된 것과 묘사하는 것 사이에서 모든 현실적이고 이상적인 관

31) 프리드리히 슐레겔의 『레싱의 사유와 견해』(*Lessings Gedanken und Meinungen*, 1804) 중 '결합하는 정신에 관하여'(Vom kombinatorischen Geist)로부터 인용[F. Schlegel, *Kritische Schriften und Fragmente*, Bd. 3: 1803~1812, p.67].

심으로부터 벗어나 시적 성찰의 날개를 타고 중간에서 떠다니며, 이 성찰을 계속 증가시켜 마치 어떤 끝없이 이어진 거울들이 비추는 상들처럼 무한히 늘릴 수 있다. 낭만주의 포에지는 가장 보편적이고 최고도로 형성해 낼 수 있는 능력을 가지고 있으며 …… 이를 통해 무한히 성장하는 고전성의 전망이 낭만주의 시문학에서 열리게 된다. …… 다른 종류의 문학 장르는 이미 완성되어 있고, 그래서 서로 완전히 분해될 수 있다. …… 낭만주의 문학 장르만이 무한하고, 또 그렇게 자유롭다. …… 낭만주의 문학 장르는 단순한 하나의 장르 그 이상이며, 시창작 예술 그 자체라고 할 수 있는 유일한 장르이다. 왜냐하면 어떤 의미에서 모든 시문학은 낭만주의적이기 때문에, 혹은 그래야만 하기 때문이다"[「아테네움 단상」 116번].

— "신화가 인간들의 시 창작 활동과 조형예술 활동의 모든 장르들에 있어 공통된 원천이자 근원이 되는 것처럼, 시문학은 전체의 최고 정점이어서, 이 시문학의 화려한 전성기에는 모든 예술과 학문이 완성되자마자 곧 그 정신이 마침내 [시문학으로] 용해된다"[「비평의 본질에 대하여」].

우리는 이와 같은 조건에서 '낭만주의 장르'로서의 문학 혹은 포에지가 적어도 그것이 존재하는 한 일종의 문학 바깥 그 자체를 항상 의도하고 있다는 것을 이해할 수 있다. 그것이 「시문학에 관한 대화」로 하여금 자신이 약속한 개념을 생산해 내지 못하도록 강요하는 것이다. 절대화나 무한화의 과정, 즉 과정 그 자체는 자신이 완성하도록 되어 있는 이론적 (혹은 철학적) 능력 일반의 한계를 모든 의미에서 벗어나 있다. '자기' 운동은 — 또는 자기-형성, 자기-조직, 자기-해체 등은 — 자기 자신과의 관계에서 영원히 과잉으로 존재한다. 어떤 의미에서는 바로 이것이 또한 「아테네움 단상」 116번이 말한 것이다. "낭만주의 문학 장르는 여전히 생성 중에 있다.

즉 영원히 생성되고 있으며 결코 완성될 수 없다는 것이 낭만주의 문학 장르의 고유한 본질이다. 이에 대해 이론을 통해서는 제대로 설명될 수 없으며, 예견적 비평만이 낭만주의 문학의 이상을 특징적으로 그려 낼 수 있을 것이다."

이러한 쌍곡선적hyperbolique 운동은 「시문학에 관한 대화」에서뿐 아니라 아우구스트 슐레겔의 『문학과 예술에 대한 강의』에서도, 혹은 '비평'이라는 제목의 다음 4장에서 읽을 수 있는 셸링의 『예술철학』 서문에서도 서로 만나는 접점을 발견할 수 있다. 그런데 사실 이 셸링이 바로 포에지 일반에 관한 글인 「시문학에 관한 대화」에서 그 첫 부분의 내용적 토대를 제공하고 있는 사람이며, 프리드리히 슐레겔로 하여금 과잉의 법칙 자체에 정확히 따라("참된 뮤즈의 도취를 아는 사람[에게 있어] …… 넘쳐 나는 만족으로부터 자신을 영원히 새롭게 탄생시키는 동경은 결코 충족될 수 없는 것이기 때문이다"[「시문학에 관한 대화」, 이 책 433쪽]) '자연시'의 이념 아래 포에지의 개념을 와해하도록 강요한 사람이다. 그리고 이 자연시의 이념이란 자연 자체 혹은 대지에 다름 아닌 것이다. "시문학의 세계는 식물과 동물 그리고 모든 종류와 형상과 색채의 형성들에 생명력을 주는 자연의 풍부함과 마찬가지로 헤아릴 수 없이 무궁무진하다. 심지어 가장 광대한 정신의 소유자라 하더라도 시의 형식과 이름을 가지는 인위적인 작품들이나 자연적 산물들을 모두 파악하는 것이 쉽지 않을 것이다. 그런데 그러한 인위적·자연적 작품들은, 식물들 속에서 싹트고, 빛 속에서 밝게 빛나며, 아이 속에서 웃고 있으며, 활짝 핀 청춘 속에서 깜빡거리고, 또 여인들의 사랑하는 마음속에서 타오르고 있는 무형식적이고 무의식적인 시문학과 무엇이 다른가? — 그러나 이 시문학이야말로 최초의, 근원적인 시문학이어서, 이것 없이는 분명 언어로 된 어떠한 시문학도 존재할 수 없을 것이다. 우리 인간 모두에게 있어 그 어떤 경우에라도 그리고 영원히 모든 활동이나 즐거움의 대상이나 소재가 되는 것은 오직 단 하나의 신성함의 시, 즉 대지이며, 우리 자신도 그 시의 부분이자 꽃인 것이다"[「시문학에 관한 대화」]. 여기서 쌍곡선, 즉 포에지의 쌍곡선화는 바로 유기체적 메타포가 문학화됨으로써 발생하는 것이다. 더 정확히 말하자면, 예술 작품이나 시 일반의 유기체적 본질은 하나의 메타포를 훨씬 넘어선 것이기 때문에(혹은 거기에 훨씬 미치지 못하는 것이기 때문에), 포에지의 쌍곡선화, 포이에시스적 분해는 **오르가논**의 이념의 실현, 혹은 [큰]이념으로서의 **오르가논**의 실현 자체이다. 바로 이런 이유로 우리는 셸링의 『예술철학』 강연 처음 몇 줄에서 예술의 유기체적 성질이 자연의 유기체적 성질을 넘어서는 우위의 것이며, 이것의 참다운 본질과 같은 것임을 읽을 수 있는 것이다. 그 구절은 다음과 같다. "만약 어떤 식물이나 유기체적 존재 전반의 구조, 내적인 골격, 관계들과 얽힘들을 가능한 한 깊이 추적하는 것이 우리의 관심을 끈다면, 훨씬 더 고차원적으로 조직되어 있고 내적으로 더욱 복잡한 존재에서, 즉 예술 작품이라 불리는 것에서 그러한 얽힘들과 관계들을 인식하는 일은 얼마나 더 많이 우리를 자극하겠는가!"[『예술철학』 서문, 이 책 603쪽]

이 모든 것은 발터 벤야민이 이미 아주 간략한 표현으로 훌륭하게 말한 바 있는 바로 그것이다. 즉 슐레겔에게 없는 것(슐레겔 형제 모두에게, 그리고 셸링에게도 없는 것 — 그래서 "슐레겔"에게 없는 것), 그것은 **예술의 내용**이라는 것이다.[32] 이것이 「시문학에 관한 대화」 중 「신화에 관한 강연」

32) W. Benjamin, *Der Begriff der Kunstkritik in der deutschen Romantik*, pp.104 이하를 참조.

에서 "정신의 가장 깊은 심연으로부터 생성되어야" 하는 (이런 것이 바로 진정한 작품-주체이다) "새로운 신화"가 "다른 모든 시들의 싹을 감싸고 있는 무한한 시", 혹은 같은 뜻에서 "자연의 예술 작품"으로, 즉 존재나 신적인 것, 지고의 것 자체에 대한 "알레고리"로 표현되는 이유이다(이 「신화에 관한 강연」은 셸링을 그대로 요약해 놓은 것이며, 결국 「독일 관념론의 가장 오래된 체계 구상」에 대한 해설로 읽힐 수 있다). 또한 이것이 아우구스트 슐레겔이 『문학과 예술에 대한 강의』에서 언어 자체를 가장 본래적인 포에지로 만드는 이유이다. 게다가 우리가 선별 제안한 텍스트들을 읽게 되면, 그 고유의 전개 방식 속에서 (즉 어느 정도 프리드리히 슐레겔의 방식과[33] 셸링이 나중에 시도하게 될 방식의 중간을 지키며) 이 강연의 개별 텍스트들이 이러한 보편적 전제들(가령 "상형문자 같은 시"[34]로서의 자연, 무한자의 유한한 표현으로서의 아름다움, 절대적 작품으로서의 포에지 등등)로부터 시작해서 미메시스 개념에 대한 전적으로 새로운 접근을 통해 (즉 포이에시스와 같은 것으로 정의함으로써)[35] 어떻게 하나의 일반언어학으로 귀착되는지 이해하게 될 것이다. 이는 언어의 기원에 대한 고전적인 난제들을 제거하거나 무효화하고 하나의 엄밀한 상징 체계를 만들어 냈다는 점에서 진정으로 현대적인 최초의 일반언어학이라 할 수 있다.[36]

하지만 우리는 정확히 어떠한 위협이 그러한 포에지나 문학 개념에

---

33) 아우구스트 슐레겔은 프리드리히 슐레겔의 단상들을 출처에 대한 어떠한 표시도 없이 인용함으로써 자신의 글로 만들었다(이것은 학문 분야에서의 도용 사례 기록에 끼워 넣을 일이다).

34) 『문학과 예술에 대한 강의』에서 언급되듯이 칸트로부터 물려받은 이 표현은 『문학과 예술에 대한 강의』에 영향을 주었던 「신화에 관한 강연」이나 『초월적 관념론 체계』에서도 등장한다.

35) 이 책 2장 '이념', 1. 「예술의 한계 내에서의 종교」 참조. [큰]주체의 시대에서의 미메시스, 그것은 곧 포이에시스이다. 『문학과 예술에 대한 강의』뿐 아니라 「시문학에 관한 대화」에도 나타나는 프로메테우스의 모티브도 이것을 통해 설명된다.

부담을 주고 있는지 잘 알고 있다. 그것은 '내용'의 상실이라기보다는 형식 자체의 상실, 즉 상징화 과정에서의 모든 형식의 와해 내지 분해이다. 이것은 유한자의 무한화 과정 자체이며, 혹은 그 반대로 유한자 속에서의 무한자의 변화(현시) 과정이다. 그래서 가령 셸링이 자신의 『예술철학』을 끝맺으면서, 모든 개별적이고 독립적인 예술의 해체를 실행할 수 있고 (하지만 어떻게? 혹은 무엇으로서?) 또 형식과 정신의, 예술과 철학의 합일을 완성할 수 있을 (하지만 정신 쪽에서가 아니라면, 어느 쪽에서?) 그러한 순수히 '내면적인' 혹은 '이념적인' 예술 작품을 알리고 있는 것은 헤겔에 (즉 형식의 해소와 예술의 지양에) 매우 가까이 간 것이라 할 수 있는 것이다.

프리드리히 슐레겔은 물론 그러한 위험을 매우 잘 알고 있었다. 예를 들면 「시문학에 관한 대화」의 각 발표에 이어지는 토론들을 주의 깊게 읽어 보면(「소설에 관한 편지」는 제외하고), 우리는 텍스트 전체에 걸쳐 프리드리히가 아말리아-카롤리네에게 자연스럽게 할당해 놓은 일종의 경계적 태도가 계속 이어지고 있는 것을 찾아낼 수 있다. "그렇게 진행된다면 우리가 알지 못하는 사이 모든 것이 차례차례로 시문학으로 변화한다는 말인가요? 그러면 모든 것이 시문학이 되는 건가요?"[「시문학에 관한 대화」 이 책 461쪽] — 이러한 반격은 무한화의 영원한 긴장 속에 주어져서 '이론'으로, 즉 이 경우 장르의 문제로 방향을 바꿀 수밖에 없는 것이다(힘겹지만, 그럼에도 아말리아는 그렇게 생각한다). 일반적으로 쌍곡선 운동과 상반되는 이 운동은 쌍곡선화가 일어나는 곳 어디서나 요컨대 '영원한 변화'(자기로부터 출발/자기로의 회귀)와 일치하는 방식으로 발견되는 것인

---

36) G. Genette, *Mimologiques*, 특히 pp.227 이하; T. Todorov, *Théories du symbole*, Paris: Seuil, 1977, pp.179 이하 참조.

데,「신화에 관한 강연」에 따르면 관념론이 이해하고 있는 그러한 정신의 고유한 운동을 규정하는 것이 바로 이 '영원한 변화'이다. 이론으로의 이러한 회귀가 바로 가령「시문학에 관한 대화」의 서두에서 신적인 작품 혹은 세계와 동일시되는 포에지의 이념 자체를 가능하게 하는 것이다. "우리는 음악의 무한한 장치가 울리는 소리를 들을 수 있고, 시의 아름다움을 이해할 수 있다. 시인의 한 부분이, 그의 창조적 정신의 섬광이 우리 안에 살아 있으며, 스스로 만든 비이성의 잿더미 속 깊은 곳에서 신비한 위력으로 멈추지 않고 타오르고 있기 때문이다"[「시문학에 관한 대화」, 이 책 434쪽]. 우리는 이러한 회귀를 포에지 개념 자체가 언어로 (혹은 두번째 단계에서는 신화로) 이해되기 시작한 이후, **자연시**와 **인공시**를 구분할 필요성, 그리고 이 후자의 범주 속에서 (프리드리히 슐레겔이「비평의 본질에 대하여」에서 고찰하게 될 의미에서의) 장르의 '구성'보다는 장르에 대한 연역적 추론이나 발생론적 (즉 역사적) 설명이 확실히 필요해질 때,『문학과 예술에 대한 강의』에서 다시 관찰할 수 있을 것이다. 그리고 그러한 발생론적 설명은 사실「시문학에 관한 대화」에서 안드레아가 축소된 하나의 모델로 제시하는 것과 비교할 만한 것이다.[37] 이는「시문학에 관한 대화」의 서두에서 강하게 암시되는 것과는 달리, [큰]주체-작품의 특권일 수밖에 없는 자기이론화의 능력에만 전적으로 기인하는 것은 아니다. 여기에는 형식의 형식화(여기서 우리는 헤겔과의 좁힐 수 없는 간극을 다시 한번 확인하게 된다), 혹은 장르의 개념화에 대한 필요성 역시 이와 결합되어 존재한다. 이것은 유기체적 본질에 새겨져 있는 필연성이며, 그 명령에 따라 각 장르는 실제로 하나의 구성원membre일 수 있거나, 전체는 '흩뿌려진 단편

---

37)「시문학에 관한 대화」중 "여러 시대의 시문학 형식들" 참조.

들'membra disjecta의 파열과 분산으로 인한 일종의 죽음에 (그럼에도 오르페우스교적일 수 있는 죽음에) 내맡겨지지 않을 수 있는 것이다.

그러니 이제 다시 한 번 시학의 필요성으로 되돌아가자. 왜냐하면 이 필요성은 「시문학에 관한 대화」를 지배하고 있는 반성과 아이러니의 논리에서 볼 때 "포에지의 포에지" 혹은 "초월적 포에지"(「아테네움 단상」 238번[38])에 대한 필요성과 같은 것이기 때문이다. 「시문학에 관한 대화」의 토론에서 계속 상기되듯이, 시학에는 이중의 목적이 주어져 있다. 우선 마르쿠스가 희망하고 있듯이, 그것은 장르의 고전적 분리를 회복하고 재정비하는 데 그치는 것만은 아니다(물론 가령 괴테가 그런 것처럼[39] 장르의 분리 그 자체를 준수하는 것이 문제는 아니다. 그럼에도 로타리오가 말하고 있듯이 일단 어쩔 수 없이 "장르들은 포에지 자체이다"라는 점을 인식할 수밖에 없는 한 — 그렇지 않으면 포에지의 본질은 상실된다 — 장르의 법칙은 지켜져야 하는 것이다). 다른 한편으로 또한 이러한 장르의 분리 자체를 **작동시키고**, 장르를 굳건히 하고 조직해야 하며, 앞에서 본 바와 같이 거기에 텔로스를 부여하는 가운데 — 즉 "모든 것을 포함할" 수 있으며 엄격한 의미에서의 발생적 차이 자체를 지양할 수 있는 장르를 생산하도록 지시하는 가운데 — 장르를 분해해야 한다는 목적이 있다.

하지만 이중의 난관이 이 과정을 계속해서 가로막는다.

우선 분류의 법칙이 없다. 「여러 시대의 시문학 형식들」이 낭독된 후

38) 「비판적 단상」 117번도 참조. 4장 '비평'에서 이 문제를 다시 논의할 것이다.
39) W. Benjamin, *Der Begriff der Kunstkritik in der deutschen Romantik*, pp.104 이하를 참조.

이 글의 발표자인 안드레아와 철학자 루도비코가 의견 대립을 보이고 있는 토론에서 암시되듯이, 역사적 유형의 분류, 즉 고대 시문학의 '자연적' 분할로부터 파생된 분류는 거기에 진리를 제공할 '이론적'(체계적) 분류와 결합될 수 있어야 한다. 이것은 곧바로 '고대'와 '근대'의 관계, 또는 고전주의와 낭만주의의 관계에 대한 — 아마도 '풀리지 않을' — 문제를 지시한다. 이러한 관계는 해체[Auflösung]의 논리에 따르자면 분명 고대의 단순한 이식이나 근대화로 환원될 수 없다. 혹은 포에지나 예술의 고대적 "구성체"를 ("화학적으로") 분해하는 것도 아니다. 그런 것보다는 근본적인 재구성[ré-organisation]이어야 한다. 이것은 따라서 재구성의 법칙 자체가 규정되었다는 것을, 혹은 같은 맥락에서 '낭만주의 장르'의 문제는 사실 이미 대답된 바 있다는 것을 전제한다. 헤겔 식으로 다시 말하면, 죽이는 동시에 보존할 수 있을 (즉 부활시킬) 정도로 아직 충분히 생생하게 살아 있는 것이 고대의 시문학에서 무엇인지는 정해졌다는 것을 적어도 전제한다.

이제 두번째 난관에 관해서 말해 보자면, 고대라는 구성체로부터 아직 살아 있는 어떤 구성원도 남아 있지 않다는 것만이 문제가 아니다. 알렉산드리아 시대 말기와 로마 시대에서 고대 자체가 스스로 자신의 예술을 해체했으며[40] 우리도 자각하고 있듯이, "엄밀하고 순수한 형식의 모든 고전적 문학 장르들은 이제 우스꽝스러워 보인다"(「비판적 단상」 60번). 만약 고대적 구성체로부터 이런저런 누군가가, 심지어[a fortiori] 모든 구성원이 아직 삶을 유지하고 있다고 가정해 보자. 그럼에도 그중 어떤 것이 생명력

---

40) 「여러 시대의 시문학 형식들」에서 전개되는 알렉산드리아 시대의 목가(Idyllion)와 로마의 풍자시에 대한 설명 전체 참조. 자신의 예술을 해체하는 가운데 고대는 사실 장르들 자체를 파괴하게 되었다.

을 지니고 있는 것인가는 여전히 결정할 필요가 있을 것이며, 따라서 재구성 원칙에 도움이 될 것이다. 과격하게 표현하면, 이는 곧 다음과 같은 근본적인 물음을 제기하는 것이다. 서사시나 드라마 중에서 어느 것이 더욱 본래적인 장르인가?

우리는 이 물음에 대한 대답을 어느 정도 알고 있다. 그것은 서사시이다. 호메로스인 것이다. 실러의 구분을 통해 말하자면 '소박한 것'이다. 혹은 셸링의 개념으로는 신화 자체의 '표현'이며, 자연적 혹은 '무의식적' 서사시이다. 따라서 그것은 '호메로스'이며, 곧 자연시Naturpoesie이다. 달리 말하면 그것은 예술이 기원하거나 출현하는 순수한 장소에 대한 영원한 증인으로서 주관적인 것과 객관적인 것, 필연성과 자유, 본능적인 것과 의도적인 것 등등의 신비적 결합을 드러내는 가운데 비역사적인 극단에 서 있는 기념비이다.[41] 만약 이에 대한 개념이나 이념을 생산해 낼 수 있다고 한다면 그것은 결국 매트릭스와 같은 장르일 것인데, 그것에 대한 승화이자 지양이 곧 소설이 될 것이다. 이것은 역사의 종말에, [큰]주체가 완성되고 [큰]정신이 자기로의 회귀를 완성하는 순간에, '감성적인' 방식으로 일어날 것이다.

이것이 낭만주의에 대한 **평균적** 해석이다. 그러나 이 해석과 원래 고전주의의 것에 속했던 (근대의 서사시를 이루고자 하는) 어떤 강박관념을 구별하는 것이 무엇인지는 알기 어려울 뿐 아니라, 낭만주의 자체도 결코 거기에 고정되거나 고착하지 않을 그런 해석이다. 아마도 여기에는 아주 단순한 이유가 있는 것 같다. 그것은 플라톤에서부터 시작하여 시문학에

---

41) 이 점에 관해서서는 프리드리히 슐레겔의 「시문학에 관한 대화」 중 「여러 시대의 시문학 형식들」, 그리고 셸링의 『예술철학』과 「아테네움 단상」 50번 참조.

관한 모든 분류에 따르면 서사시는 순수한 하나의 장르가 아니라는 것이다. 플라톤에 따르면 서사시는 디에게시스diegesis와 미메시스mimesis 사이, 디튀람보스[합창서정시]와 비극 사이 중간에 위치하고 있다. 낭만주의자들이라면 서사시에 대해 전적으로 주관적이라고도, 전적으로 객관적이라고도 하지 않고, 주관-객관적이라고 말할 것이다.[42] 물론 이것은 서사시의 장점이 될 수 있다. 꿈꾸어 온 합일과 융합을 서사시는 이미 그려 내고 있다는 것이며 그래서 서사시 자체는 해결되었거나 지양된 위치에 있을 것이기 때문이다. 그러나 그것은 또한 커다란 단점이기도 하다. 왜냐하면 지양이 이미 이루어졌다면, 간단히 말해 다음의 문제가 등장하기 때문이다. 이제 해야 할 무엇이 남아 있는가? 하지만 그것은 해결resolution이 항상 이미 일어났으며, 항상 이미 "지나간" 것이기 때문이 아닌가? 그래서 상실된 것이기 때문이 아닌가? 마찬가지의 어려움을 — 그리고 동의하든 아니든, 마찬가지의 머뭇거림을 —, 헤겔에서도 찾을 수 있다.[43] 그리고 그것은 우연이 아닐 것이다. 헤겔에서처럼, 혹은 셸링의 『예술철학』에서처럼 그 어려움은 고대 예술과 근대 예술의 관계가 객관적인 것(혹은 현실적인 것)과 주관적인 것(혹은 이상적인 것)의 관계와 같다는 점에서 더욱 가중된다. 서사시는 객관적인 것의 편에서 '종합'을 수행했으며, 따라서 이제는 주관적인 것의 편에서 종합을 수행할 일이 남았다고 언제나 말할 수 있을 것이기 때문이다. 하지만 그렇다면 플라톤이 폴리스를 위해 (혹은 철학을 위해) 요구한 것처럼, 가장 주관적인 장르(순수한 디에게시스)를 지배

42) 앞에서 언급된 쏜디의 글 「프리드리히 슐레겔의 시문학 장르 이론」(이 책의 410쪽 각주 27번) 참조.

43) 『정신현상학』('예술 종교'장), 『미학강의』, 『종교철학』에서 그리스 예술의 절정기에 대해 상이한 입장들이 나타나는 것에서 특히 이런 측면을 볼 수 있다.

적인 위치에 놓아야 할 필요가 있지 않은가? 그래서 순수 서정시에서 해답(해결)을 찾아야 하지 않는가? (횔덜린이 적어도 고대와 근대의 관계를 변증법적 용어로 생각해 보기만 했다면 그는 이 순수 서정시의 길을 따랐을 것이다.[44]) 또는 순수한 담론discours에서 해답을 찾을 수 있다. 하지만 그것은 데카르트의 길이 될 것이다. 그리고 물론 무엇보다도 우리가 여러 차례 강조한 바 있듯이 서로의 불일치 속에서도 낭만주의자들은 '비평'을 통해[45] 헤겔은 『정신현상학』에서 각각 동시에 따르게 될 바로 그 길이 될 것이다.

하지만 어쨌든 이것이 분류에의 모든 노력을 그것들 너머로 끌고 가버리는 쌍곡선 운동과 관련된 것으로서, 낭만주의가 자신과 결합시키려 시도했고, 또 (재)획득하고자 했던 저 유명한 소설 이론을 내부에서부터 끊임없이 약화시키는 그러한 어려움들이라는 것은 여전한 사실이다.

이런 어려움들을 완벽하게 보여 주고 있는 것이 「소설에 관한 편지」인데, 이 텍스트가 「시문학에 관한 대화」에서 서사시와 비극 사이에 상호 비교할 수 있는 장점들의 문제를 둘러싸고 토론이 또다시 진전 없이 제자리를 맴돌고 있는 바로 그 순간에 갑자기 끼어들어 흐름을 끊어 놓는 것은 우연히 그렇게 된 것이 아니다(그리고 「소설에 관한 편지」가 소설의 문제들과는 상관없는,[46] 그리고 '혼합된' 문체로 이루어진 내용 없는 토론 다음에 이

---

44) 쫀디가 생각하는 것과는 달리 확실하지 않은 것은 없다(P. Szondi, *Poésie et poétique de l'idéalisme allemand*, pp.226~289 참조). 그럼에도 불구하고 이것이 하이데거의 횔덜린 해석을 어떠한 유보 사항 없이 받아들여야 한다는 의미는 아니다. 그렇다면 그것은 결국 횔덜린 고유의 시학을 무시하는 셈이 될 것이기 때문이다. 이와 관련하여 P. Lacoue-Labarthe, *La Césure du spéculatif* 참조.

45) 이 책 4장 '비평', 1. 「성격의 형성」 참조.

46) 그러나 「철학에 대하여」나 『루친데』에서 제기되는 문제들과는 — 매우 냉소적인 방식이기는 하지만 — 상관없지 않다. 여기서 예술가로서의 존재에 대한 프리드리히 슐레겔 자신의 강박관념이 매우 분명히 눈에 띈다는 점은 거론하지 않는다 하더라도 말이다.

어지는 이유도 우연으로 설명할 수 없다).

사실 우리가 이미 알고 있는 (거의) 모든 것이 여기에 나타난다. 「소설에 관한 편지」는 「아테네움 단상」 116번이 포에지에 관하여 말하고 있는 것을 소설에 관한 것으로 옮겨 말하고 있을 뿐이다. 따라서 "낭만주의의 책"으로서 소설의 정의는 116번 단상의 "모든 포에지는 낭만주의적"이라는 데서 더 멀리 나가지 못했고, 우리는 이를 인정하게 될 것이다. 물론 「소설에 관한 편지」를 이 (유명한) 문장으로 환원시키는 것은 지나친 것일 수 있다. 분명히 설명하려고 하지는 않지만 「소설에 관한 편지」 텍스트 자체가 이 정의를 '의미 없는 동어 반복'에 지나지 않는 것으로 인정하고 있었기 때문이다. 하지만 언급된 설명이 만족할 만한 대답이 아니라는 점에는 여전히 변함이 없다.

「소설에 관한 편지」에 나타나는 다양한 모티브들은 다음과 같이 정리해 볼 수 있을 것이다.

① "낭만주의의 책", 이것은 우선 하나의 책을 의미한다. 말하자면 단지 하나의 작품[47]이 아니라 "주체적인" 작품, (즉 연극의 경우처럼 보여지는 것이 아니라) 읽혀질 운명의 작품이라는 것이다. 이것이 의미하는 바는, ② 이번에는 연극을 — "다른 모든 시문학들처럼" — "낭만화될 수 있는" 것으로 선언하는 데 방해하는 것은 아무것도 없다는 것이다. 연극이 결코 "응용된 소설"과 같은 것이 될 수 없다는 점은 받아들일 수 있다. 그러나 이는 곧바로 "드라마와 소설의 대립은 별로 일어나지 않아서 오히려 드라마가 가령 셰익스피어가 수용하고 다루는 것처럼, 철저히 그리고 역사적으로 소설의 진정한 토대를 이룬다"는 것을 주장하는 것이 될 것이

47) 「이념들」 95번, 그리고 '종결' 참조.

다. 그렇게 되면 우리는 다시 다음의 문제로 되돌아가게 되는데, ③ 그것은 "[장르]혼합"의 문제이다. 물론 누군가 틀림없이 소설은 기본적으로 서사시épique 장르와 ("서사[이야기]récit 장르"와) 관련 있는 것이라고 주장할 수 있을 것이다. 그러나 "거기에 반해" 하나의 가곡Lied도 역시 "낭만주의적"일 수 있으며, "소설이란 것을 이야기와 노래와 다른 형식들이 섞여 있는 것 말고는 달리 생각할 수" 없다는 점이 즉시 상기되어야 한다. 그 증거가 되는 실례로서 세르반테스와 보카치오가 언급될 수 있다.[48] 그 이유는 다음과 같다. ④ 소설은 서사시와는 반대로 주관적 자유 그 자체의 '장르', 상상력의 장르이기 때문이다. 이로부터 완전히 일관된 방식으로 소설이 낭만주의와 같은 것이라는 점이 확인된다. 「소설에 관한 편지」의 앞부분에서 말하고 있듯이, 낭만주의는 "하나의 장르라기보다는 다소 지배적이거나 혹은 약화되는 경우도 있지만 전혀 없어서는 안 되는 시문학의 요소"이다. 여기서 이제 우리는 원래의 출발점에 되돌아와 있다("이제 왜 내가 모든 시문학은 낭만적이어야 한다고 요구하는지, 하지만 그중 하나의 특별한 장르이고자 하는 소설의 경우 왜 싫어하는지 그 근거가 그대에게 명백해졌기를 바랍니다"). 그리고 그 조건은 적어도 ⑤ 그러한 '낭만주의'가 그 자체로 — 이미 — "지나간 것"이 아니어야 할 것이다. 만약 "원래의 중심" 혹은 "낭만주의적 상상의 씨앗"을 사실 셰익스피어에게서 찾아야 하는 것이라면, 혹은 '근대 초기'에서 — 단테에서 세르반테스까지, 그리고 또 "사태Sache와 말Wort 자체가 생겨나온 저 기사와 사랑과 동화의 시대에서" — [낭만주의가] 생산해 내야 할 것에 대한 모델을 찾아내야 한다면 말이다.

---

48) 『루친데』의 '서설'도 참조.

우리는 감당하기 힘든 이 모호성에 대해 헤겔이 어떻게 생각할지 잘 알고 있다. 블랑쇼가 우리에게 상기시키고 있듯이, 헤겔은 "중세 이후 기독교 시대의 모든 예술을 **낭만적**이라고 부르기로 결정함으로써, 하지만 그 반면 또한 엄밀한 의미의 낭만주의에서 오로지 운동의 해체, 그 죽음을 통한 승리, 예술이 자신의 중심인 파괴의 법칙을 가까이 맴돌면서 한없이 길고 가련한 자신의 최후와 일치하게 되는 쇠퇴의 순간만을 인지함으로써, 그는 스스로 역사적으로 보편화되고자 하는 낭만주의의 이런 경향으로부터 끔찍한 결론을 이끌어 낸 것이다".[49] 블랑쇼가 덧붙이고 있듯이 낭만주의가 "그 시작부터, 그리고 아마도 헤겔의 『미학강의』 이전에도 그런 것이 자신들의 진리"라는 점을 철저히 의식하고 있었다는 것은 사실이다("그리고 그것이 낭만주의의 가장 큰 강점이다"). 프리드리히 슐레겔도 자신의 방식으로 이 부분을 분명히 말한 바 있다. "무한한 것을 원하는 자는 자신이 원하는 것이 무엇인지 모른다. 그러나 이 문장의 역은 성립되지 않는다"(「비판적 단상」 47번). 슐레겔에게 있어 낭만주의의 "기획 구상" programmation이라 불려야 할 것에 극복할 수 없는 모순을 받아들이는 것은 전혀 꺼림칙한 문제가 아니었다.

이러한 내용을 현대에서는 분명 드라마와 소설의 모순이라고 부를 것이다.

낭만주의의 의미에서는 소설이 항상 소설 그 이상의 것이 되었다면, 그 이후, 가장 엄밀한 의미에서의 소설 그 자체는 어떻게 되었는가? 끔찍한 상황이다. 풍자문학의 근대적 변형에서, 스턴이나 디드로에서, 장 파울 풍의 그로테스크 서사시 혹은 괴테 풍의 교양소설Bildungsroman에서도(괴테

49) M. Blanchot, *L'Entretien infini*, p.522.

는 장 파울의 영원한 대립 모델이며 그 역도 마찬가지이다), 한마디로 말해 근대의 서사적narrative 산문을 다시 혼합과 아이러니와 아라베스크와 자기비판 등등과 결합시키는 모든 것 속에서, 우리는 기껏해야 마침내 실현되어야 할 것에 대한 가능한 밑그림만을 알아볼 수 있을 뿐이다(그러나 텍스트를 세심하게 읽어 보면 항상 '기껏해야' 그렇다는 것을 알게 될 것이다). 물론 이 역시도 근대의 위대한 '초월적 시문학'에 비해(즉 단테, 셰익스피어, 세르반테스의 사라진 시문학에 비해) 열등하지 않은 문학을 창시하고자 할 경우에 해당되는 말이다. 그러나 이런 인식은 항상 일반적으로 소설을 경시하는 맥락에서 생겨나는데(가령 「이념들」 11번을 다시 읽어 보라), 소설에 대한 이런 평가는 가령 유기체적 본질에 도달할 수 없다는 치명적인 결함으로 인해 얼룩진 것이다. 소설은 화학적 형식 속에서 일어나는 분해이다. 소설은 「시문학에 관한 대화」에서 말하고 있는 것처럼 너무 "프랑스적"이다(「아테네움 단상」 426번을 다시 읽어 보라). 하지만 소설에 대한 이러한 경시는 혼합의 차원을 넘어 결합되어야 할 것을 (장르들을, 산문과 시문학을[50]) 재결합시켜야 할 때 이를 실행하지 못하는 소설의 무능력으로 인한 것이라기보다는, 그 안에 통합 원칙의 효과적인 표현présentation을 가능하게 만드는 것이 없다는 것, 즉 주체가 없다는 것과 상관이 있다. 소설은 서

50) 이 책 410쪽 각주 27번 참조. 쏜디가 지적한 대로(P. Szondi, *Poésie et poétique de l'idéalisme allemand*, pp.97 이하), 여기서 '화학적 형식'에 대한 이해는 「아테네움 단상」의 모든 텍스트에서 '오성' 개념을 둘러싸고 있는 근원적인 애매함에 의거해야 할 것이다. 「철학에 대하여」에서 읽을 수 있었던 오성에 대한 찬사와 관련하여 이미 살펴보았듯이, 칸트와의 모든 관계가 이와 맞물려 있다. 『문학과 예술에 대한 강의』에서 아우구스트 슐레겔이 산문의 기원을, 그리고 이와 함께 소설의 기원을 [다음과 같이] 오성 자체에서 찾고 있다는 점에 주목해야 할 것이다. "그렇다면 산문적인 것은 도대체 어떻게 언어 속으로 들어오게 되는가? 이는 상상력이 만들어 낸 언어 기호를 오성이 장악함으로써 일어난다"[이 책 554쪽 참조].

사시에 그 기원이 있기 때문에, 여전히 매우 미메시스적이다. 특히 이것이 「소설에 관한 편지」 마지막 부분에서 루소의 『고백록』과 같은 자서전이 훌륭한 소설의 모범으로 여겨지고 있는 것에 대한 이유이다.[51] 소설은 오로지 '주체-작품'과 같아질 때만이 '낭만주의 장르'에 접근할 수 있으며, 그렇게 될 것이다.

그러나 우리는 이러한 요청이 그 역을 전제로 하고 있으며, '주체-작품'의 실현은 '작품-주체'가 먼저 실행되지 않고서는 아무것도 아니라는 것을 알고 있다. '자기'auto라는 모티브는 전적으로 구속적인 것이다. 이로부터 「시문학에 관한 대화」에서의 로타리오의 위치가 설명된다. 로타리오가 고대 신화의 자연학을 통한 젊음의 회복을 토대로 하는 '신비주의적' 비극을 강력하게 요청하는 것은 『그리스 시문학 연구』 시기의 프리드리히 슐레겔이 주장했다가 이후 포기한 것처럼 보이는 "철학적 비극"의 이념을 이어받고 있다고 할 수 있다. 특히 셸링의 『예술철학』 마지막 부분 역시 같은 맥락에서 언급될 수 있는데, 여기서 우리가 바그너 드라마의 전조를 발견하게 되는 것은 그리 놀라운 일이 아닐 것이다.[52] 하지만 꽤 낯선 인상

---

51) 이와 반대로 「아테네움 단상」 196번에서는 자서전에 대한 비판, 특히 루소에 대한 비판을 읽을 수 있다.

52) 그러나 셸링에게 있어 이 구절의 배후에는 특히 괴테의 『파우스트』가 있는데, 『예술철학』에서는 이 작품을 단테의 『신곡』과 함께 완성된 예술 작품의 모델로 삼고 있다. 여기서 또한 주목해야 할 점은 괴테 자신이 일종의 "음악적 드라마"를 꿈꾸었으며, 속편을 「마술피리」에 주거나 『파우스트』를 전적으로 하나의 "리브레토"(livretto), 오페라 대본으로 생각하는 것을 단념했던 이유는 자신에게 맞는 음악가를 찾지 못했기 때문이라는 것이다(모차르트는 이미 죽었으며 베토벤과의 관계는 그리 좋은 편이 아니었다).
또한 마지막 단락이 위에서 언급한 구절에 이어진다는 점도 지적할 필요가 있다. 셸링은 "내면적 드라마"로서 미사곡을 지칭하고, 이것을 그리스인들에게 있어 비극으로 대표되었던 총체 예술 작품과 대비시킨다. 그리고 이 경우 — 「파르지팔」(Parsifal)에도 불구하고 — 바그너보다는 말라르메를 더 많이 연상시킨다.

을 주기는 한다. 다음을 읽어 보자. "모든 예술의 가장 완벽한 결합, 노래를 통한 시문학과 음악의 합일, 춤을 통한 시문학과 회화의 합일은 각자 자기 자신의 측면에서 종합되어 가장 구성적인 연극적 현상을 만들어 냄으로써 우리는 이것이 고대의 드라마 같은 그러한 것임을 알 수 있다. 물론 우리에게는 그것을 흉내 낸 것만이, 즉 오페라만이 남아 있는데, 이 오페라는 시문학이나 이와 경쟁하는 여타 다른 예술들의 더욱 뛰어나고 고귀한 양식을 통해 우리를 음악과 노래와 결합된 고대 드라마의 상연으로 다시 인도할 수 있을 것이다." 달리 말하면, 오로지 연극만이 "총체적 예술 작품"을, 오르가논 그 자체를 가능하게 할 수 있을 것이다. 바로 이것이 안토니오가 「소설에 관한 편지」를 읽기 시작하기 직전에 로타리오가 한 말의 의미이다. "고대인들에게 비극과 희극 작품은 하나의 유일한 이상에 대한 다양한 표현들이자 변형에 지나지 않습니다. 그런 작품들은 체계적인 구성과 구조와 조직을 위한 최고의 표본들로 머물러 있으며, 이렇게 말해도 된다면, 작품들 중의 작품들입니다."

(예나) 낭만주의에서 흔히 이야기되는 **서정시의 결여**가 [큰]주체의 시학(미학이라는 말을 쓰지 않겠다)의 두 양극단 사이에서 일어나는 이러한 흔들림 때문이라는 점은 분명하다. 그럼에도 드라마와 소설 사이, 서사시적인 것과 모방적인 것 사이에는 — 심지어 자서전과 음악극, 순수히 주관적인 것과 순수히 객관적인 것 사이에도 —, 혼합의 영역이 아니며 분명이 모든 범주를 벗어나 있는 그러한 것으로서의 '순수 서정시'가 휠덜린이 추측한 것처럼 아마도 실제로 있었을 것이다. 이 '순수 서정시'는 예를 들어 너무나 쉽게 노발리스와 같은 누군가의 이름을 빛내 줄 수 있었던 그저 단순한 '시문학'에 그치는 것은 아니다. 노발리스로 말하자면 그에게서

는 '신비적인 것'이 주관적인 고백의 경향을 어느 정도 드러내고 있다고 알려져 있다(이 점이 노발리스에게 초현실주의를 통해, 그리고 그것을 넘어 우리가 알고 있는 그러한 세계적 명성을 확보해 주었으며, 이로 인해 결국 낭만주의에게 그토록 많은 타격을 주었던 것이다). 이때의 순수 서정시는 오히려 그와 반대로 훨씬 더 원초적이고 접근 불가능한 어떤 것, (매우 드물겠지만) 어쨌든 '문학'littérature의 개념 아래 집결될 수 있는 것과는 다른 어떤 것을 말한다. 프리드리히 슐레겔은 그것을 어렴풋이 파악한 것 같다. 『그리스 시문학 연구』는 이에 대한 암시를 보여 준다. 그는 사포Sappho에 대해, 사라진 서정시인에 대해 생각했다. 혹은 파편화된 고대보다 훨씬 더 파편적인 서정시인에 대해 생각했다. 그는 다음과 같이 말한다. "호메로스의 서사시는 모든 그리스 예술의 원천이다. 아니 그리스 문화 전반의 토대이며, 예술의 가장 감각적 시대가 피워 낸 가장 완전하고 가장 아름다운 꽃이다. 하지만 여기서 잊어서는 안 될 것은, 그리스 서정시 문학이 예술과 취향의 더 높은 단계를 이루어 냈다는 점이다. 만약 이 대체 불가능한 것에 대한 대체물이 있을 수 있다면, 호라티우스가 이 가장 위대한 그리스 서정시인들에 대한 우리의 상실감을 어느 정도 위로해 줄 것이다……."[53] 혹은 잡지 『아테네움』에 실렸던 「비판적 단상」에서는 다음과 같이 말한다. "사포의 시들은 자라나야 하고 발견되어야 한다. 이 시들은 임의로 만들 수도 없고, 널리 알리면 세속화되어 버린다. 그렇게 하는 사람은 자부심도 없고 겸손도 없는 것이다. 이것이 자부심의 결여인 이유는 그가 자신의 깊숙한 내면을 마음의 신성한 고요로부터 뜯어 내어 대중 가운데로 던져 버려 그들에게 거칠거나 낯선 호기심의 대상이 되게 하기 때문이다.

53) F. Schlegel, *Kritische Schriften und Fragmente*, Bd. 1: 1794~1797, p.127 f. — 옮긴이

…… 반면 자신을 마치 하나의 모범인 듯 전시품으로 내세우는 것은 언제나 겸손하지 못한 것이 될 것이다. 그리고 만약 서정적 시들이 완전히 고유하고 자유롭고 진실하지 않다면 그 자체로는 아무 쓸모가 없다. 페트라르카는 여기에 속하지 않는다. 그 차가운 연인은 우아하고 피상적인 말 외에는 하는 말이 없다. 그는 낭만적이라 하더라도 서정적이지는 않다"(「비판적 단상」 119번).[54]

낭만적이라 하더라도 서정적이지는 않다……. 아마도 이 말은 프리드리히 슐레겔이 가졌던 가장 심오한 강박관념일 것이다. 원래 『루친데』의 2부가 출판되기로 예정되어 있었다. 그리고 그것은 시로 이루어져 있었을 거라고 한다. 하지만 이 책은 결코 쓰여지지 않았다. 그 대신에, 그리고 『루친데』가 소설에 지나지 않는다는 것을 잊기 위해 슐레겔은 위대한 비극 상연을 준비하기 시작했다. 하지만 이 「알라르코스」Alarcos 역시 슐레겔은 관철시키지 못했다.

그렇다면 서정시는 "무위"désœuvrement, 혹은 글쓰기와는 원래 어떤 관계를 맺고 있는가?

---

54) 1802년의 유고 노트에서도 이 점을 분명히 확인해 주는 다음과 같은 구절이 발견된다. "소설들, 재치 있는 시문학, 서사적 시문학은 모두 **신화적** 시문학을 위한 요소들이자 준비 작업일 뿐이다. 마치 비극과 희극, 음악극이 역사극을 위한 요소들이자 준비 작업인 것처럼. 서정시도 마찬가지이다. 하지만 서정시는 이미 신화적 시에 매우 가까워지고 있음에 틀림없다."

2. 프리드리히 슐레겔 「시문학에 관한 대화」

시문학은 시문학을 사랑하는 모든 사람들을 서로 친구가 되게 하고 풀리지 않는 끈으로 연결한다. 이들은 보통 자신들의 삶에서는 서로 다른 것들을 추구하게 마련이며, 한 사람이 가장 신성한 것으로 여기는 것을 다른 사람은 철저히 경멸하여, 그것을 제대로 보지 못하고, 전혀 이해하지 못하며 그래서 영원히 낯설게 남아 있을 수 있다. 그러나 이들도 시문학의 영역에서는 보다 고결한 마법의 힘으로 하나가 되며 서로 화합한다. 모든 뮤즈는 다른 뮤즈를 추구하고 찾으며, 모든 시문학의 물결들은 다 함께 보편성의 대양으로 흘러 들어간다.

이성은 단 하나이며 모든 사람에게서 동일하다. 하지만 모든 인간이 각자 자신의 고유한 본성과 자신만의 사랑을 지니고 있듯이, 모두가 자신만의 고유한 시문학을 지니고 있다. 시문학은 자신의 것으로 남아 있을 수밖에 없고, 또 그렇게 되어야 할 것이다. 모두가 있는 그대로의 자기 자신이라는 것이 확실하다면 그만큼 그 안에 어떤 근원적인 것이 있다는 사실도 너무나 확실한 것이다. 그리고 어떤 비판도 정신도 감각도 없는 일반적인 상으로 그를 순화하고 정화하기 위해 그의 가장 고유한 본질이나 내면의 에너지를 빼앗을 수 없으며, 그래서도 안 된다. 그것은 마치 스스로 무엇을 원하는지 모르는 바보들이 애써서 하는 일과 같은 것이다. 그보다는 참된 비판의 수준 높은 학문이 그가 내면적으로 스스로를 어떻게 형성해야 하는지를 가르쳐야 하는데, 특히 시문학에서 고전적인 힘과 충만함을 소유한 모든 다른 독자적인 인물들을 잘 파악하여, 그 사람들이 꽃피운 열매와 씨를 자기 고유의 환상을 위한 영양분과 씨앗으로 만들 수 있는지를 가르쳐야 한다.

참된 뮤즈의 도취를 아는 사람은 결코 이러한 길 그 끝에까지 도달하지 않을 것이고, 혹은 그 끝에 다다랐다고 착각하지도 않을 것이다. 왜냐하면 넘쳐 나는 만족으로부터 자신을 영원히 새롭게 탄생시키는 동경은 결코 충족될 수 없는 것이기 때문이다. 시문학의 세계는 식물과 동물 그리고 모든 종류와 형상과 색채의 형성들에 생명력을 주는 자연의 풍부함과 마찬가지로 헤아릴 수 없이 무궁무진하다. 심지어 가장 광대한 정신의 소유자라 하더라도 시의 형식과 이름을 가지는 인위적인 작품들이나 자연적 산물들을 모두 파악하는 것은 쉽지 않을 것이다. 그런데 그러한 인위적, 자연적 작품들은, 식물들 속에서 싹트고, 빛 속에서 밝게 빛나며, 아이 속에서 웃고 있고, 활짝 핀 청춘 속에서 깜빡거리고, 또 여인들의 사랑하는 마음속에서 타오르고 있는 무형식적이고 무의식적인 시문학과 무엇이 다른가? — 그러나 이 시문학이야말로 최초의, 근원적인 시문학이어서, 이것 없이는 분명 언어로 된 어떠한 시문학도 존재할 수 없을 것이다. 우리 인간 모두에게 있어 그 어떤 경우에라도 영원히 모든 활동이나 즐거움의 대상이나 소재가 되는 것은 오직 단 하나의 신성함의 시, 즉 대지이며, 우리 자신도 그 시의 부분이자 꽃인 것이다. 우리는 음악의 무한한 장치가 울리는 소리를 들을 수 있고, 시의 아름다움을 이해할 수 있다. 시인의 한 부분이, 그의 창조적 정신의 섬광이 우리 안에 살아 있으며, 스스로 만든 비이성의 잿더미 속 깊은 곳에서 신비한 위력으로 멈추지 않고 타오르고 있기 때문이다.

누군가가 가령 이성적 강연이나 학설을 통해 시문학을 전수받고 계속 전파시키려 노력할 필요는 없다. 혹은 아예 시문학을 창작하고 만들어 내고 고안해 내어 마치 시문학 이론들의 주된 경향이 그런 것처럼, 거기에 엄격한 법칙을 부여할 필요는 없다. 대지의 씨앗이 저절로 여러 모양과 여러 식물들로 옷을 갖추어 입는 것처럼, 마치 삶이 깊은 곳으로부터 저절로 솟아나는 것처럼, 그리고 모든 것이 유쾌하게 증가하는 존재들로 충만해지는 것처럼, 만약 신성한 태양의 따뜻한 빛이 시문학을 비추고 열매를 맺게 하면, 시문학도 인간의 보이지 않는 원초적 힘으로부터 그렇게 저절로 꽃을 피운다. 형체와 색채만이 인간이 형성된 대로 모방하면서 또 그것을 표현할 수 있다. 그래서 원래 시문학은 오로지 시문학으로써만 말해질 수 있는 것이다.

그 자체가 시문학인 한, 시문학에 대한 각자의 견해는 참되고 옳다. 하지만 각자의 시문학은 그것이 바로 자신의 것이라는 점에서 제한될 수밖에 없기 때문에, 시문학에 대한 견해도 제한될 수밖에 없다. 정신은 이것을 받아들이지 못한다. 틀림없이 그 이유는 스스로 의식하지는 못하지만, 어떤 인간도 그저 단순히 인간일 뿐 아니라, 실제로 그리고 진정으로 인간 전체이기도 하다는 것을 정신은 알고 있기 때문이다. 그 때문에 스스로를 끊임없이 재발견한다고 확신하고 있는 인간은 자신의 가장 내면적인 본질을 보충할 수 있는 것을 타자의 깊은 곳에서 추구하고 발견하기 위해, 항상 새로이 자신을 벗어난다. 소통과 동화의 놀이는 삶의 주된 활동이자 힘이다. 절대적인 완성은 죽음에만 있다.

그래서 시인도 자신에게 고유한 시문학적 표현을 원래부터 타고나 형성된 그대로 영속적인 작품들로 남기는 것에 만족해서는 안 된다. 그는 자신의 시문학과 시문학에 대한 입장을 영원히 확장하고, 그래서 이 지상에서 가능한 한 최고의 상태에 가까이 접근하도록 열망해야 한다. 이때 그는 자신의 몫을 가장 구체적인 방식으로 위대한 전체와 연결하려고 노력해야 하는데, 파괴적인 일반화는 그와 정반대 효과를 내기 때문이다.

시인이 그렇게 할 수 있는 경우는, 그 자신이 중심점을 찾음으로써 다른 쪽에서 다른 방식으로 역시 이 중심점을 발견한 사람들과 소통할 수 있을 때이다. 사랑은 사랑이라는 보답을 필요로 한다. 진정한 시인에게는 피상적으로만 이리저리 맴도는 가벼운 사람들과의 교제조차도 유익하고 교훈적일 수 있다. 시인은 사교적인 존재이다.

나에게는 오래전부터 시인들이나 시적인 정서를 지닌 사람들과 시문학에 관한 대화를 나누는 것이 커다란 자극이 되었다. 나는 그런 종류의 많은 대화들을 전혀 잊지 않고 있다. 다른 대화들에 대해서는 무엇이 상상이고 무엇이 기억인지 나는 정확히 알지 못한다. 실제로 있었던 사실도 많고, 날조된 것도 많다. 지금 이 대화도 마찬가지여서, 서로 완전히 상이한 견해들이 서로 대립하고 있을 수밖에 없다. 물론 이 견해들 각각은 자신의 관점에서부터 시문학의 무한한 정신을 새롭게 조명할 수 있으며, 이 견해들 모두 어느 정도는 때로는 이쪽으로부터 때로는 다른 쪽으로부터 본질적인 핵심으로 파고들어 가기 위해 노력하고 있다. 이러한 다양성에 대한 관심으로 인해 나는 친구들 사이에서 깨달았으며 처음에는 그들과의 관계 속에서만 생각했던 것을, 이제 마음속에 자신의 사랑을 감지하고 자신의 내면에 가득 찬 삶의 충만함으로 자연과 시문학의 신성한 비밀에 스스로를 바칠 의도가 있는 모든 사람들에게 전달해야겠다는 결심을 하게 되었다.

* * *

아말리아와 카밀라는 최근에 본 연극에 대해 막 이야기를 나누기 시작했는데, 아직 오지 않은 친구들 중에 두 사람이 (우리는 이들을 마르쿠스와 안토니오라 부르기로 한다) 큰 소리로 웃으며 모임에 나타났을 때 이 대화는 점점 더 열기를 더해 가는 중이었다. 이제 그 두 사람이 새로 합류함으로써 보통 아말리아의 집에 모여 좋아하는 공통의 관심사를 자유롭고 즐겁게 이야기하곤 했던 모임의 인원이 다 채워졌다. 시문학이 그들 만남의 주제이자 계기이자 핵심이라는 것은 어떤 약속이나 규칙 없이 대부분 저절로 합의된 사항이다. 지금까지 돌아가면서 때로는 이 사람이, 때로는 저 사람이 드라마 작품이나 다른 어떤 것을 낭독했고, 그다음 그에 대한 여러 이야기들을 서로 나누는 가운데, 훌륭하고 멋진 내용들이 많이 쏟아져 나왔다. 그러나 얼마 지나지 않아 모두가 조금씩 이런 식의 담소로는 무언가 부족하다고 느끼기 시작했다. 아말리아가 먼저 이 상황에 대해 어떻게 해결해야 할지 언급했다. 아말리아에 따르면 친구들이 자신들의 입장이 서로 상이하다는 것을 충분히 알지 못한다고 한다. 그 때문에 서로 간의 소통에 혼란이 생기고, 평상시에는 기꺼이 의견을 내놓았을 사람들이 침묵하게 된다는 것이다. 그래서 각자가, 혹은 우선 가장 원하는 사람만이라도 시문학에 관한 자신의 생각, 또는 그 부분이나 한 측면에 관해서 솔직한 생각을 한번 말해 보는 것이 좋다고, 그리고 그보다 더 좋은 것은 각자가 염두에 두고 있는 것을 글로 써서 서면으로 남기는 것이라고 말했다. 카밀라는 아말리아에 적극적으로 찬성하면서, 계속 독서만 하는 것보다는 적어도 한번 변화를 주어 무언가 새로운 시도를 하는 것이 좋다고 했다. 그렇게 되면 논쟁이 제대로 이루어지게 될 것이고, 또 그렇게 되어야 하는데, 그 이유는 영원한 평화에 대해서는 희망하지 않는 것이 더 낫기 때문이라고 카밀라는 계속해서 말했다.

친구들은 이 제안에 찬성했으며 즉시 작업을 실행하기로 했다. 심지어 평소 가장 말수가 적고 논쟁에 참가하지도 않으며, 다른 사람들이 의견을 말하고 토론하는 몇 시간 동안 말 한마디 없이 침묵을 지키기도 했던 로타리오까지도 강한 관심을 보이는 것 같았다. 그리고 자신도 무언가 발표하겠다고 약속했다. 일을 진행하고 준비를 하면서 관심은 더욱 높아졌다. 여자들은 축제를 벌이고 있는 기분에 휩싸였다. 그리고 마침내 모두가 자신이 준비한 것을 발표할 날짜가 잡혔다. 이 모든 과정 동안 모임의 집중력은 여느 때보다 더욱 고조되었지만, 그럼에도 대화의 분위기는 자유분방했고 평소와 마찬가지로 가벼웠다.

카밀라는 아주 열정적으로 어떤 드라마에 대해 설명을 했고, 그 전날에 있었던 작품을 칭찬했다. 반면 아말리아는 그에 대해 혹평을 하면서, 그 작품에는 예술은 물론 오성에 대한 이해가 완전히 결여되어 있다고 주장했다. 카밀라는 그에 대해서는 즉시 인정했지만, 그래도 그 작품에는 야생적인 생동감이 충분히 있으며, 그것을 공연하는 연극 배우들이 좋은 기분으로 연기한다면, 적어도 그들은 훌륭한 배우일 것이라 말한다. — 그러자 안드레아가 자신이 준비한 자료도 보고 아직 오지 않은 사람들이 곧 나타날까 기다리며 문 쪽도 살펴보면서, 만약 진정 훌륭한 배우들이라면 원래는 모두가 좋은 기분을 잃어버려야 하며, 그래서 그들을 만드는 것은 결국 시인의 기분이어야 한다고 말했다. — 그러자 아말리아가 대답했다.

'그대의 좋은 기분은 바로 그대 자신을 시인으로 만든다. 왜냐하면 사람들이 그런 종류의 드라마 작가를 시인이라 부르는 것은 진정 하나의 허구이며, 사실 희극 배우들이 스스로 예술가라 칭하거나 그렇게 불러 달라고 하는 것보다 훨씬 더 심각한 일이다.' — 카밀라의 의견에 적극 동의하면서 안토니오가 다음과 같이 말했다. '그래도 우리의 방식에 불만을 가지지는 말자. 한 번의 우연한 행운으로 인해 삶과 기쁨과 정신의 섬광이 평범한 대중 속에서 발전된다면, 우리는 차라리 그것을 인정하고, 평범한 대중이 얼마나 평범한지 되풀이하여 말하지는 말자.' — 이에 대해 아말리아는 바로 그 점에 논쟁의 여지가 있다고 말하면서, 확실히 지금 이야기하고 있는 작품에서는 거의 매일매일 진행되고 있는 것, 즉 상당한 양의 황당함 외에 그 이상 더 발전된 것이 전혀 없다고 언급했다. 그리고 그 예들을 열거하기 시작했다. 하지만 곧이어 너무 길게 하지는 말라는 요청이 들어왔고, 그래서 사실 그 예들은 증명해 보여야 할 것만 잘 증명해 보인 셈이 되었다.

카밀라가 그것은 전혀 들어맞지 않는다고 반대했다. 아말리아가 작품 속 인물들의 대사나 표현에 그리 특별히 주의를 기울이지 않았다는 것이 그 이유였다. — 그러자, 그렇다면 그 작품이 오페레타도 아닌데 도대체 무엇에 주의를 기울여 보았는가 하는 질문이 들어왔다. — 마치 가벼운 음악을 틀어 놓았을 때처럼 외적인 현상들에 신경을 써서 그 작품을 보았다고 카밀라가 대답했다. 그리고 가장 재치 있고 뛰어난 여배우들 중 한 명을 칭찬하면서 그녀의 몸동작과 아름다운 의상을 묘사하고, 연극과 같은 활동을 그토록 심각하게 받아들일 수 있다는 데 대해 의아함을 표시했다. 그리고 일반적으로 거의 모든 것이 평범하다. 하지만 모두에게 좀더 가까이 다가와 있는 삶에서조차 평범한 것은 종종 매우 낭만적이고 편안하게 나타난다고 말했다. ―이에 로타리오가 말했다. 거의 모든 것이 보통 평범하다. 이것은 정말 옳은 말이다. 사실 우리는 혼잡함이나 역겨운 냄새, 또는 불쾌한 이웃 때문에 고생한 적이 없는 사람이 행복에 대해 말하는 곳에 더 이상 자주 가서는 안 된다. 언젠가 어떤 박식한 학자가 극장의 이름을 지어 달라는 부탁을 받은 적이 있었다는데, 나라면 극장의 현판에 다음과 같이 새기라고 제안하겠다. '방랑자여 오라, 그리고 가장 시시한 것을 보아라.' 이것이 대부분의 경우 들어맞는 말일 것이다.

이때 막 들어오고 있는 마르쿠스와 안토니오에 의해 대화가 중단되었는데, 만약 이들이 대화에 끼었더라면 아마 논쟁은 다른 방향으로 흘러갔을 것이며, 다른 식으로 얽혔을 것이다. 왜냐하면 마르쿠스는 연극에 대해 그런 식으로 생각하지 않았고, 연극으로부터 바람직한 무언가를 이끌어 낼 수 있다는 희망을 포기할 수 없었기 때문이다.

앞에서 이미 말했듯이 그 두 사람은 엄청나게 크게 웃으며 모임에 합세했고, 그들이 하고 있던 말들에서부터 소위 영국의 고전 시인들에 관해 이야기하고 있다는 것을 알 수 있었다. 그들은 이 주제로 몇 가지를 더 이야기했다. 그후 자신이 대화를 주도하는 경우는 드물었지만 기회가 있을 때마다 그런 종류의 논쟁적 발상을 가지고 대화에 끼어들었던 안토니오가 다음과 같이 주장했다. '영국인들의 비평과 열광의 기본 원칙은 아담 스미스의 『국부론』에서 찾을 수 있다. 만약 그와 같이 위대한 작가가 한 명을 다시 공동의 보물 금고에 모실 수 있다면 그들에게 그보다 더 기쁜 일은 없을 것이다. 이 섬의 모든 책들이 시론試論이 되는 것처럼, 모든 작가는 적당한 시간만 투자하면 위대한 대가가 된다. 그들은 가장 훌륭한 가위를 만드는 것이나 가장 훌륭한 시문학을 창조하는 것에 대해 똑같은 이유와 똑같은 방식으로 자부심을 느낄 것이다. 그래서 영국인은 셰익스피어를 읽을 때에도 포프나 드라이든과도,[1] 또는 위대한 대가라고 하는 그 누구와도 근본적으로는 다르지 않게 읽을 것이다. 영국인에게는 이 사람이나 또는 저 사람이나 별 차이가 없다.' — 마르쿠스가 말했다. '마치 아이들이 천연두를 한 번 앓아야 하는 것처럼 황금시대는 이제 모든 민족이 거쳐야 할 현대의 질병이 되었다.' — 그러자 예방접종을 통해 질병의 힘을 약화시키려는 시도를 할 수 있어야 한다고 안토니오가 말했다. 이어서 자신의 혁명적 철학으로 대규모의 파괴를 기꺼이 감행하려는 루도비코가 이 시대 특히 영국인과 프랑스인들에게서 유행했으며, 부분적으로는 아직도 유행하고 있는 엉터리 시문학의 체계에 대해 자신이 서술하고자 하는 바를 이야기하기 시작했다. 서로 너무나 잘 어울리고, 하나가 다른 것을 보충하며, 친절하게 서로 대응하는 이러한 모든 잘못된 경향들의 깊숙하고 근본적인 결합은 특이하고 교훈적일 뿐 아니라 재미있고 그로테스크하다는 것이다. 그는 시구를 지을 수만 있다면 좋겠다고 말하면서, 그 이유는 자신이 생각하는 것은 오로지 우스꽝스러운 시를 통해서만이 제대로 드러날 수 있기 때문이라고 했다. 그러면서 더 많은 것을 이야기하고 싶어 했지만 여성들이 이를 중단시켰고, 안드레아에게 발표를 시작하라고 요청했다. 그렇지 않으면 서설이 끝이 나지 않을 것이며, 못다 한 이야기는 나중에 다시 더 많이 이야기하고 토론할 수 있을 것이라고 말했다. 안드레아는 자신이 준비한 자료를 펴서 읽기 시작했다.[1]

---

1) Alexander Pope(1688~1744), 영국의 시인이자 비평가. John Dryden(1631~1700), 영국의 드라마 작가.

여러 시대의 시문학 형식들[2)]

어떤 재기 넘치는 정신이 활자의 형태로 고정되어 나타나는 곳에는 예술Kunst이 있고 분화가 있고 능숙하게 다루어야 할 재료가 있고 사용해야 할 도구들, 작품 구상을 위한 세부 계획과 법칙이 있다. 그래서 우리는 시문학의 대가들이 가능한 한 다양한 측면에서 시문학을 형상화해 내려고 엄청나게 노력하는 것을 본다. 시문학은 하나의 예술이다. 시문학이 아직 예술이 아니었을 때에도 예술이 되기로 되어 있었으며, 시문학이 예술이 되었다면, 시문학을 진정으로 사랑하는 사람들에게 틀림없이 강렬한 동경을 자극했을 것이다. 시문학을 알아보고, 위대한 시인의 의도를 이해하며, 작품의 자연성에 감동하고, 학파의 근원을 알고, 교육 과정을 경험하고자 하는 그런 동경 말이다. 예술은 앎에 근거하며, 예술의 학문은 예술의 역사이다.

이미 형성되어 있는 것에 자신을 연결시키는 것은 모든 예술에 고유한 성질이며, 그 때문에 역사는 세대가 바뀌고 점점 차원이 높아질수록 그 모든 것이 시작된 최초의 근원, 즉 고대로 다시 돌아간다.

우리들 근대 유럽인에게 이러한 원천은 고대 그리스이고, 고대 그리스인들과 그리스 시문학의 원천은 호메로스와 그 후예들이 형성한 학파이다. 여기에 영원히 마르지 않는 전인 형성적 문학 창작의 원천이 있는데, 그것은 삶의 한쪽 파도가 다른 한쪽으로 굽이치는 가운데 엄청난 위력

2) 독일어 제목은 *Epochen der Dichtkunst*이다. 고대 이후 시대적으로 다양하게 나타나는 시문학의 형식들과 그 경향에 대한 서술이며, 이러한 내용과 맥락에 맞게 Dichtkunst(시 창작술)라는 단어를 '시문학 형식'으로 옮겼다. — 옮긴이

으로 흘러가고 있는 표현의 물결이다. 또 이 원천은 대지의 충만함과 하늘의 찬란함을 부드럽게 비추고 있는 고요한 대양이다. 고대의 현자들이 자연 만물의 최초 근원을 물에서 찾았듯이, 가장 오래된 고대의 시문학도 유동적인 형태로 나타난다.

신화와 시가는 서사시에서 상이한 두 구심점을 중심으로 서로 결합되었다. 먼저 신화의 영역에서는 공동의 위대한 모험, 힘과 갈등의 밀고 밀리는 관계, 가장 용맹한 자의 명성이 주된 내용을 이루고 있으며, 다른 한쪽은 감각적이고 새롭고 낯설고 매력적인 것으로 가득 차 있으며 가족의 행복, 가장 노련한 영리함의 전형에 대해, 그리고 어떻게 힘겨운 고난을 겪으면서도 결국 귀향길을 끝내게 되는지 이야기되고 있다. 이러한 근원적인 분화를 통해 우리가 『일리아드』와 『오뒷세이아』라고 부르는 그것이, 그리고 여기서 동시대의 다른 노래들에 비해 후대까지 오래 살아남게 한 확고한 발판을 마련한 그것이 준비되고 형성되었다.

호메로스적인 것이라는 식물 속에서 우리는 모든 시문학의 탄생을 목격한다. 그러나 그 뿌리들은 볼 수 없으며, 그 꽃과 가지는 고대의 밤으로부터 믿을 수 없을 정도로 아름답게 활짝 피고 무성히 뻗어 나간다. 매혹적으로 형성된 이러한 카오스야말로 그로부터 고대 시문학의 세계가 태어날 수 있었던 싹이다.

서사적 형식은 급속히 몰락했다. 그 대신 이오니아인들에서도 얌보스 형식의 서정시가 생기기 시작했는데,[3] 소재나 기법으로 볼 때 신화적 시문학과는 정반대였으며, 바로 이 이유에서 그리스 시문학의 두번째 중심

---

3) 고대 그리스 서정시는 얌보스(Iambos), 엘레기(Elegos), 멜로스(Melos) 세 가지 종류로 나뉜다. —옮긴이

이 되었다. 그리고 이 얌보스 형식에서, 그리고 이 형식과 함께 또 다른 서정시 형식인 엘레기가 형성되었으며, 엘레기는 서사시와 거의 마찬가지로 다양하게 변모하고 변형되었다.

아르킬로코스Archilochos[4]의 성격에 대해서는 그의 단편들과 남겨진 기록들, 그리고 호라티우스의 서정시 속에서 모방적으로 재구성된 것들 외에도 아리스토파네스의 희극과의 유사성이나 좀더 멀리는 심지어 로마의 풍자시와 맺고 있는 관계를 통해서 추측해야 한다. 예술사에 나타난 최대의 공백을 채울 더 이상의 자료는 우리에게 없다. 하지만 좀더 깊이 숙고해 보면 누구에게나, 신성한 분노를 토해 내는 것도, 또 열악한 시대에 가장 낯선 소재에 대해서도 전심전력으로 표현하는 것도 최고의 시문학이 지닌 영원한 본질에 속하는 것이라는 점은 분명해진다.

이것이 고대 그리스 시문학의 원천들이며 토대이며 시작이다. 알크만과 사포에서 아리스토파네스까지, 도리아인들, 에올리아인들, 그리고 아테네인들을 모두 아우르며, 또 멜로스melos적[5], 합창시적, 비극적, 희극적 작품들을 총망라하며 그리스 시문학은 가장 아름답게 꽃을 피웠다. 시문학 최고의 장르 중에서 이 진정한 황금기로부터 우리에게 남겨진 것은 어느 정도 모두 아름다움과 위대함의 양식을 지니고 있다. 즉 열광적 생명력으로 가득 차 있으며, 신성한 조화로 형성된 예술이다.

그 모든 것은 고대 시가의 확고한 토대에 자리 잡고 있다. 자유로운 인간의 축제 같은 삶을 통해, 그리고 고대의 신들이 가진 신성한 힘을 통

---

4) 기원전 7세기 그리스의 서정시인. 얌보스 운율의 창시자로 알려져 있음. 다음 단락에 언급되는 알크만(Alkman) 역시 같은 세기의 서정시인이다.

5) 멜로스(노래)는 서정시 일반에서나 좁은 의미에서나 합창 서정시와는 구별되는 노래를 가리킨다.

해 나누어지지 않는 하나의 전체로 존재한다.

서정시 형식 멜로스는 모든 아름다운 감정을 노래하는 음악의 성격을 통해 먼저 정열의 갈망으로 가득 찬 얌보스를 계승하고, 또 엘레기와도 이어진다. 엘레기에서는 삶의 유희 가운데 일어나는 정조의 변화가 너무나도 생생하게 나타나 이것이 증오와 사랑의 표현이 될 수 있을 정도이며, 이를 통해 호메로스 서사시의 고요한 카오스는 새로운 형태들과 형상들로 이행되었다. 이와는 달리 합창시는 서사시의 영웅적 정신을 더 많이 노래하고 있으며, 그래서 서사시와 마찬가지의 단순한 방식으로 입법적 현실의 진정성에 우위를 두느냐 혹은 민족의 정치 제도와 정서 속의 신성한 자유에 우위를 두느냐에 따라 나누어졌다. 에로스가 사포에게 불어넣은 시는 음악으로 생생하게 호흡하고 있다. 또 핀다로스의 위엄이 운동 경기의 흥겨운 흥분을 통해 부드러워지듯이, 디튀람보스 합창시는 여유로운 분위기 속에서 노래와 춤으로 구성된 합창대 공연의 가장 대담한 아름다움까지도 잘 그려 내고 있다.

비극 예술의 창시자들은 그 소재와 모범을 호메로스의 서사시로부터 수용했다. 그리고 이 서사시 자체로부터 서사시 패러디들이 발전한 것처럼, 비극을 탄생시킨 위대한 시인들은 사튀로스 극도 함께 창작해 내었다.

고대 그리스 조각술의 발전과 함께 조형력과 구성 법칙에 있어 조각과 유사한 성격을 지닌 새로운 장르가 발생했다.

고대 얌보스 형식이 서사시 패러디와 결합하여 비극에 대한 반동으로서의 희극이 생겨났는데, 희극은 오로지 대사를 통해서만 가능한 최고도의 표정술을 풍부히 담고 있다.

비극에서는 줄거리와 사건들, 성격과 열정이 전해 오는 신화로부터 하나의 훌륭한 체계로 조화롭게 정돈되고 형성되었던 것처럼, 희극에서는 엄청나게 많은 착상들이 음유 서사시적 형식으로 대담하게 발휘되었는데, 통일성이 없어 보이는 표면 뒤로 심오한 이치를 담고 있었다.

비극과 희극이라는 이 두 종류의 아티카 드라마는 최고이자 유일한 삶, 인간 중의 인간의 삶이 등장하는 두 위대한 형식의 이상을 담아 내는 가운데 당시 그리스인들의 삶에 가장 강력한 영향을 끼쳤다. 공화국에 대한 열광은 아이스퀼로스와 아리스토파네스에서 드러나고 있으며, 고대 영웅들의 상황이나 조건과 관련된 훌륭한 가문이라는 고귀한 모범은 소포클레스 비극의 토대를 형성하고 있는 것이다.

아이스퀼로스가 불굴의 위대함과 꾸밈 없는 영감의 영원한 모범이며, 소포클레스가 조화로운 완성의 영원한 모범이라면, 에우리피데스는 이미 몰락한 예술가에게서만 가능한 그러한 이해할 수 없는 유약함을 보이고 있으며, 그의 비극은 종종 기발한 미사여구의 나열에 지나지 않을 때가 있다.

고대 그리스 문학에 등장한 이러한 초기 현상들, 즉 고대 서사시, 얌보스와 엘레기의 서정시, 축제 합창시와 드라마 예술은 그야말로 순수한 시문학 그 자체이다. 그다음부터 우리 시대에 이르기까지 이후 뒤따르는 모든 것은 그 잔여물이며 잔향殘響이자 산발적으로 흩어져 있는 예감들이며, 결국 시문학 최고의 올림포스인 초기 그리스 문학으로의 접근이며 회귀에 지나지 않는다.

좀더 완전히 보충하기 위해 언급하자면, 교훈적[연출지시적]didaskalisch[6] 시가 시작된 최초의 원천들과 본보기들, 그리고 시문학과 철학 사이

6) didaktisch[교육적, 교수법의]와 같은 문헌학 용어. 나중에 마르쿠스가 이 단어의 현학적 성격에 대해 조롱하는 장면이 있다(이 책 479쪽 참조).

의 상호 교차적 변천 과정들 역시 이 시기 고대 문화의 전성기에서 찾을 수 있다는 점이다. 이런 것들은 자연에 열광적인 고대 비교秘教의 찬가들에서, 혹은 사교적이고 윤리적인 경구시Gnome[7]의 심오한 가르침에서, 엠페도클레스를 비롯한 여타 철학자들의 보편적 우주 전체를 담고 있는 시에서, 또 가령 철학적 대화와 이 대화의 묘사가 전적으로 시로 이행되고 있음을 보여 주는 플라톤의 『향연』에서 나타난다.

사포, 핀다로스, 아이스퀼로스, 소포클레스, 아리스토파네스와 같이 비할 데 없이 위대한 시인들은 이후 다시 등장하지 않았다. 하지만 필록세노스와 같은 천재적인 대가들은 여전히 있었고, 이들은 고대 그리스의 이상적이고 위대한 시문학에서 학문적이고 세련된 시문학으로 넘어가는 과도기에 처했던 몰락과 격동의 상황을 자세히 묘사하고 있다. 이들의 중심지는 알렉산드리아였다. 하지만 고전기 그리스 비극 시인들의 북두칠성[8]이 이곳에서만 빛을 발한 것은 아니었다. 아티카에서도 일군의 대가들이 두각을 나타냈다. 그리고 시인들이 비록 모든 장르에서 이전의 모든 형식을 모방하거나 변형하려는 다양한 시도를 감행했지만, 그중에서도 특히 드라마 장르가 한편으로는 진지한 태도로, 또 한편으로는 희화화되어, 가장 기발하면서도 때로는 특이한 방식의 여러 가지 새로운 조합과 구성을 통해 여전히 남아 있는 이 시대의 창조적 위력을 보여 주었다. 물론 다른 장르와 마찬가지로 이 장르에서도 세련된 것, 재치가 풍부한 것, 작위적인 것에 머물렀으며, 그중에서 우리는 이 시대를 대표하는 고유한 형식으

---

7) 격언의 형식. 금언 혹은 잠언의 초기 형태이다.

8) 북두칠성(프랑스어로는 Pléiade)이라는 이 이름은 알렉산드리아 시대 7명의 드라마 시인들에게 최초로 붙여졌다.

로서 소위 목가Idyllion[9]만을 언급할 수 있다. 그런데 이 형식의 특징은 거의 대부분 무형식성에서 찾을 수 있다. 운율에서나 언어와 서술기법의 많은 표현들에서는 어느 정도 서사시적 양식을 따르고 있다. 줄거리와 대사에서는 지방적 색채를 띤 유쾌한 삶의 다양한 장면을 연기하는 도리아 배우들을 따르고 있다. 노래를 주고받으며 이어지는 대창對唱 부분에서는 목동들의 소박한 노래들을 닮아 있고, 에로스의 정신에서 보자면 엘레기와 당시의 2행시 에피그람과 유사하다. 이 시대에는 에로스적 정신이 서사시로도 유입되었으나, 대부분 거의 형식에 그쳤을 뿐이었다. 또 이 시대에 예술가는 교훈적 장르를 통해서는 가장 난해하고 무미건조한 소재까지도 자신의 설명 방식으로 잘 다룰 수 있음을 보여 주려고 하였고, 그와 반대로 신화적 장르를 통해서는 자신들이 아주 드문 소재까지도 알고 있으며 가장 오래되고 완성도가 이미 높은 소재도 새롭게 재구성하고 변형할 수 있다는 것을 보여 주었다. 혹은 표면적이기만 한 대상을 가지고 세련된 패러디를 만들어 내기도 하였다. 이 시대의 시문학은 일반적으로 형식의 인위성에 치우쳤거나 소재의 감각적 매력에 빠져 있었다. 심지어 아티카 신희극도 이 감각적 소재가 지배하고 있었다. 그렇지만 관능적인 것은 사라지고 없었다.

모방하는 것에도 지치게 되자, 사람들은 오래된 꽃들로 화관을 새로 엮는 데 만족했다. 그래서 그리스 시문학의 마지막은 명시 선집들로 끝이 났다.

로마인들은 아주 잠깐 동안의 시문학 열풍을 겪었을 뿐이다. 이 잠깐

---

9) 주로 일상적 장면들에 대한 묘사로 이루어진 짧은 시[기원전 270년 경의 그리스 시인 테오크리토스Theocritos가 그 창시자로 불린다].

동안 그들은 전형이 되는 그리스 예술을 수용하여 자신들의 것으로 만들기 위해 전력을 다했고 고군분투했다. 그들에게 그리스 예술이 전달된 것은 우선 알렉산드리아를 통해서이다. 그 때문에 로마인들의 예술을 에로스적인 것과 학술적인 것이 지배하게 된 것이며, 예술에 관한 한 알렉산드리아인들을 존중하는 입장이 남아 있는 것이다. 왜냐하면 안목이 있는 자는 모든 완성된 작품에 각각의 고유 영역을 허용했으며, 작품을 오직 그 고유의 이상적 모델에 따라 평가했기 때문이다. 물론 호라티우스 같은 시인은 모든 형식에서 주목할 만하며, 이 로마인과 같은 가치를 가진 누군가를 그리스 말기의 인간들에게서는 결코 발견할 수 없을 것이다. 그러나 호라티우스 자체에 대한 일반적 관심은 낭만주의적 관심에 가까운 것이며, 예술 비평은 아니다. 그리고 예술 비평에서도 호라티우스를 풍자시에서만 어느 정도 높이 평가할 수 있을 뿐이다. 만약 로마의 힘이 그리스 예술과 완전히 융합되어 하나가 된다면, 그것은 더할 나위 없이 엄청난 현상일 것이다. 그렇게 프로페르티우스는 가장 세련되고 현학적인 시풍으로 위대한 본보기가 되었다. 깊은 내면의 사랑이 그의 진실한 마음으로부터 엄청난 힘을 분출하며 쏟아져 나왔다. 그에게서 우리는 고대 그리스의 엘레기 시인들에 대한 상실감을 위로받을 수 있을 것이다. 마치 엠페도클레스를 대신해 루크레티우스가 우리를 위로해 주는 것처럼 말이다.

로마에서는 몇 세대 동안 모두가 시를 짓고자 했으며, 모두가 뮤즈들을 지지하고 따라야 하며 그래서 뮤즈에게 고유한 지위를 되찾아 주어야 한다고 믿었다. 로마는 이 시기를 시문학에서의 자신들의 황금기라고 불렀다. 말하자면 로마 문화에서 피었던 열매 없는 꽃이었던 셈이다. 우리 근대인들도 이 점에서 그들을 계승했다. 아우구스투스와 마에케나스 시대에 일어났던 것은 이탈리아 친퀘첸토Cinquecento 예술의 전조였다. 루이

14세는 프랑스에서 바로 그러한 예술 정신의 부흥을 시도하였고, 앤 여왕 치하의 영국인들도 그러한 예술 취향을 최고의 가치로 간주하였다. 그리고 모든 민족은 곧이어 자신들 고유의 황금시대를 이루려 하였다. 하지만 뒤따르는 모든 것은 이전의 것보다 점점 더 내용 없고 형편없는 것이 되었다. 독일인들이 스스로 황금기라고 착각했던 것에 대해서는 여기서 더 자세히 설명할 가치가 없다.

다시 로마인들에게로 돌아가자. 이미 언급한 대로 그들에게는 잠깐 동안의 시문학 열풍이 있었을 뿐이다. 사실 그들에게 시문학이라는 것은 언제나 자연스럽지 못한 것이었다. 오로지 도시풍의 세련된 시문학만이 그들 고유의 것이었다. 그들은 풍자시만으로 자신들의 예술 영역을 풍부하게 넓혔던 것이다. 로마적인 유쾌한 사교성과 로마적 재치의 오래되고 위대한 양식이 때로는 아르킬로코스와 그리스 구희극의 고전적 대담함을 수용하고, 때로는 즉흥적 예술가의 얽매이지 않고 자유로운 가벼움으로부터 흠잡을 데 없는 그리스인의 가장 산뜻한 우아함을 만들어 내는가 하면, 또 스토아적인 정신과 견실한 문체를 통해 로마 민족의 오래된 위대한 양식으로 회귀하기도 하며, 또 때로는 열광적인 증오에 몸을 맡기기도 함으로써 풍자시는 모든 대가들에게서 제각기 새로운 형태로 발전되었다. 카툴루스 속에서, 마르시알리스 속에서 혹은 그 이외에 개별적이고 산발적으로 영원한 로마 제국의 도시성에 의해 살아가고 있는 것은 풍자시를 통해 새로운 광채 속에서 등장한다. 풍자시는 로마 정신의 산물에 대한 로마적 관점을 우리에게 제공한다.

생겨난 것보다 더 빠른 속도로 시문학의 위력이 사라져 간 후, 인간의 정신은 다른 쪽으로 방향을 틀었다. 예술은 이전의 세계와 새로운 세계의 혼잡한 흐름 속에서 자취를 감추었고, 위대한 시인 한 명이 다시 서양에 나타날 때까지는 한 세기 이상이 흘러야 했다. 말하는 데 재능이 있는 사람은 로마인의 경우 재판과 관련된 일에 종사했다. 그리스인의 경우 온갖 내용의 철학에 대해 대중 강연을 했다. 사람들은 모든 종류의 귀중한 옛 유산을 보존하고 수집하고, 서로 뒤섞고 축소하고 파괴하는 것에 만족했다. 문화의 다른 영역에서와 마찬가지로 시문학에서도 독창성의 흔적을 찾아보기란 매우 드물었으며, 산발적으로 생겨났을 뿐 구심점은 없었다. 그토록 오랜 기간 동안 그 어디서도 예술가 한 명이 탄생하지 않았으며 훌륭한 고전 작품 하나도 없었다. 그와 반대로 착상과 열광은 종교에서 그만큼 더 왕성한 활기를 띠었다. 이런 관점에서 볼 때 위대했던 한 시대의 원동력을 우리는 새로운 종교의 형성에서, 옛날 종교의 재정비 시도에서, 신비주의 철학에서 찾아야 한다. 즉 새로운 문화 형성을 위한 중간 세계, 사물의 새로운 질서를 위한 생산적인 카오스, 이것이 참된 중세의 모습이다.

게르만 민족과 함께 새로운 영웅서사시라는 신선한 샘물이 마치 바위틈으로 흘러나오듯 유럽 전역에 걸쳐 솟아 나왔고, 고트gotisch 문학의 거친 힘이 아랍인들의 영향을 통해 매력적인 오리엔트 동화의 메아리와 만나게 되었을 때, 지중해 주변의 남쪽 해안가에서는 유쾌한 노래와 신기한 이야기들을 생각해 내는 '유쾌한 직업'fröhliches Gewerbe [10]이 꽃을 피웠으며, 로마 성인들의 이야기와 함께 기사들의 사랑과 전쟁을 노래하는 세속적 로만체[민요조의 설화시]Romanze 도 이런저런 형태로 널리 퍼지게 되었다.

그 사이에 가톨릭 성직 계급의 세력이 성장하여 기반을 잡았으며, 법

---

10) 프랑스어로는 gaie pratique 또는 gai savoir. 명백히 중세 남프랑스 지방의 음유시인 트루바두르(troubadour)들의 gai savoir[1323년 툴루즈에서 결성된 시인들의 그룹 이름 Consistoire du gai savoir]를 암시한다. 트루바두르는 trobar(찾다, 발견하다, 즉 시를 짓다, 작곡하다)를 어원으로 가진다. gai savoir에 대한 암시를 『루친데』에서도 발견할 수 있다.

학과 신학은 고대로 되돌아가는 길 위에 있었다. 종교와 문학을 결합하면서 이 길에 들어선 사람이 바로 근대 문학의 거룩한 창시자이자 아버지인 위대한 시인 단테이다. 조상인 로마 민족으로부터 그는 가장 고유하고 독특한 것, 가장 신성한 것을 새로운 민중 방언이 가진 친근한 매력과 함께 응축시켜 고전적인 기품과 위력을 만들어 내는 법을 배웠고, 그래서 프로방스 지방의 시운율 예술[11]을 더욱 고상하고 세련되게 만들었다. 하지만 단테는 근원으로까지는 올라갈 수 없었기 때문에 로마인들을 통해서도 정교하게 짜인 구조를 가진 어떤 위대한 작품에 대한 보편적 생각에 관한 자극을 간접적으로 받을 수 있었다. 그는 이 생각을 아주 강력하게 표현했다. 어떤 하나의 핵심에 단테의 독창적 정신의 위력이 집결되어 있으며, 『신곡』이라는 한 편의 엄청난 시로 자신의 민족과 자신의 시대, 교회와 왕권, 지혜와 계시, 자연과 신의 왕국 모두를 강력한 팔로 다 에워싸 안았다. 여기에는 자신이 본 가장 고귀한 것과 가장 수치스러운 것, 자신이 고안해 낼 수 있었던 가장 위대한 것과 가장 특이한 것이 선별되어 있고, 자기 자신과 친구에 대한 솔직한 묘사, 연인에 대한 눈부신 찬미가 그려져 있으며, 보이는 것에서는 모든 것이 거짓 없이 진실되고, 또 비밀스러운 의미와 보이지 않는 것에 대한 암시로 가득 차 있다.

페트라르카는 칸초네와 소네트에 완성도와 아름다움을 부여했다. 그의 노래들은 자신의 삶의 정신이며, 어떤 숨결 하나가 혼을 불어넣어 이 노래들을 나누어지지 않는 하나의 작품으로 형성했다. 즉 지상에서는 영원한 로마가, 천상에서는 마돈나가 페트라르카 자신의 마음속에 유일하게 존재하는 라우라를 반영하는 가운데, 아름답고 자유롭게 시 전체의 정

11) 5~10연으로 된 시. 프로방스의 시 형식 칸초네(canzone)를 가리킨다. — 옮긴이

신적인 통일성을 감각적으로 구체화하고 유지하고 있다. 말하자면 그의 감정이 사랑의 언어를 고안해 낸 것이며, 이것이 수백 년이 지난 오늘날에도 여전히 모든 고귀한 영혼들에게 영향을 끼치고 있다. 마치 보카치오의 명석함이 각국의 시인들에게 독특하고도 대부분 진실되며, 매우 철저하게 공들여 만들어진 이야기들의 고갈되지 않는 원천을 이루고 있는 것처럼, 그리고 역동적 표현과 엄청나게 복잡한 복합문 구조를 통해 구어체의 이야기 언어를 소설 형식의 산문 언어로 나아가는 확고한 토대로 격상시킨 것처럼 말이다. 사랑에 관한 한 페트라르카의 순수함이 그토록 단호하다고 한다면, 반면 한 여인을 신격화하기보다는 차라리 모든 매력적인 여인들에게 위로를 주는 길을 택했던 보카치오의 힘은 그만큼 현실적이다. 칸초네의 유쾌한 우아함과 사교적인 재치를 통해 대가 단테 이후 새로운 대가로 등장한 페트라르카는 환영[12]과 테르치나terzina[13]를 통해 저 위대한 단테와 비슷해진 보카치오보다 더욱 성공한 경우라 할 수 있었다.

이 세 사람, 단테, 페트라르카, 보카치오가 근대 문학의 초기 양식을 대표한다. 분별력이 있는 사람이라면 그들의 가치를 알아볼 것이다. 애호가의 느낌으로 보면 그들의 문학에서 최고의 것이자 가장 본질적인 것이 오히려 딱딱하거나 아니면 낯선 것으로 여겨질지도 모른다.

이러한 원천으로부터 솟아난 후 축복받은 이탈리아 문학의 흐름은 더 이상 다시 마를 수 없었다. 이 선구자들은 학파를 형성하지 않았고, 모방자들만을 남겨 놓았을 뿐이다. 하지만 그 대신 어떤 새로운 경향이 일찍부터 생겨났다. 사람들은 이제 다시 예술이 된 시문학의 형식과 구조를 기

---

12) 보카치오의 작품 『사랑의 환영』(*Amorosa visione*).
13) 3개의 시행이 한 연을 이루는 이탈리아 시 형식. 단테의 『신곡』이 그 대표적인 예다. — 옮긴이

사문학의 모험적 소재에 적용했고, 그렇게 하여 이탈리아의 로만체인 로만초romanzo가 처음부터 모임에서의 낭독을 위한 목적으로 생겨났다. 그러면서 오래된 기적 이야기는 즐거운 재치와 기발한 뉘앙스의 효과를 통해 어느 정도 그로테스크한 양식으로 변모하고 있었다. 하지만 보이아르도[14]가 노벨레에 대해 그랬던 것과 마찬가지로, 자신의 시대정신에 따라 고대가 남긴 아름다운 꽃으로 로만초를 장식하여 스탄체[8행시연]Stanze 형식에 고귀한 기품을 부여하는 데 성공한 아리오스토[15]에서조차도 이러한 그로테스크 풍은 단지 부분적인 것에 지나지 않을 뿐 전체적인 것은 아니다. 그래서 사실은 그로테스크라는 명칭도 온당치 않은 것이다. 아리오스토는 이러한 장점과 총명한 정신을 통해 자신 이전의 선구자를 능가한다. 즉 풍부하게 펼쳐지는 선명한 형상들, 그리고 익살과 진지함의 성공적인 혼합이 그를 가벼운 이야기와 감각적인 상상력의 대가이자 모범으로 만들었다. 이탈리아 민족의 모든 예술 중 하나의 위대한 예술로 생각되었으며, 그 알레고리적인 의미로 인해 지식인들에게도 특별한 것으로 간주되었던 로만초를 위엄 있는 대상과 고전적 언어를 통해 고대 서사시의 지위로 끌어올리려는 시도는 매우 여러 번 반복했음에도 불구하고, 결국은 과녁을 맞히지 못한 실패한 시도에 그치고 말았다. 완전히 다른 새로운, 하지만 단 한 번밖에 사용할 수 없는 방식으로 과리니[16]는 이미 언급된 세 명의 대가들 이후로 이탈리아의 가장 위대한, 심지어 유일한 예술 작품이

---

14) Matteo Maria Boiardo(1441~1494). 「사랑의 오를란도」(Orlando Innamorato)의 작가이며 아리오스토의 선구자로 일컬어짐.

15) Ludovico Ariosto(1474~1533). 이탈리아의 인문주의자 시인이며 「광란의 오를란도」(Orlando furioso)의 작가. — 옮긴이

16) Giovanni Battista Guarini(1538~1612). 이탈리아의 시인. 「충실한 양치기」(Il pastor fido)는 목가적 드라마이다.

라고까지 할 수 있는 「충실한 양치기」에서 낭만주의적 정신을 고전적 교양과 결합하여 가장 아름다운 조화를 만들어 내는 데 성공했으며, 이를 통해 그는 소네트에도 새로운 활력과 매력을 불어넣었다.

이탈리아의 시문학과 매우 밀접하고 친숙한 관계를 맺고 있었던 스페인 문학사와 당시 서너 단계의 중간 과정을 거쳐 자신들에게 전해졌던 낭만적인 것을 매우 적극적으로 수용한 영국의 문학사는 각각 세르반테스와 셰익스피어 두 사람의 문학사로 압축된다. 이들의 위대함은 너무나 뛰어난 것이어서 그들과 비교할 때 다른 모든 것은 준비 과정에 있거나 설명하고 보충하는 주변적인 역할에 지나지 않는 것으로만 보인다. 그들 작품의 풍부함과 측량할 길 없는 정신적 발전 단계의 깊이는 그 자체의 역사를 위한 소재일 뿐이다. 우리는 여기서 대략의 흐름만을 스케치하고자 하는데, 이를 통해 전체를 이루고 있는 일정 부분이나 적어도 몇몇의 확고한 기준점과 방향을 확인할 수 있다.

세르반테스는 자신이 더 이상 휘두를 수 없었던 검劍 대신에 제일 먼저 펜을 쥐게 되었기 때문에 『라 갈라테아』를 썼는데, 이 작품은 환상과 사랑의 영원한 음악으로 이루어진 놀랄 만한 악곡이자 모든 소설 중에서 가장 감미롭고 아름다운 소설이다. 그 밖에도 그는 고대의 장엄한 비극에 비교할 만한 신성한 「누만시아」같이 무대를 지배했던 많은 작품들을 썼다. 이때는 세르반테스 문학의 첫번째 위대한 시기였다. 그 특징은 고귀한 아름다움이었고, 진지하고도 온화한 것이었다.

그의 두번째 창작 시기를 대표하는 작품은 『돈키호테』 1부이다. 이 작품은 환상적인 재치와 대담한 발상들로 가득 차 있다. 동일한 정신으로, 또 아마도 동일한 시기에 그는 노벨레 작품들도 많이 썼는데, 특히 희극적 노벨레를 많이 남겼다. 노년에는 당시 드라마에서 유행하는 취향을 따라

갔으며, 그에 따라 드라마 작품을 매우 소홀히 하게 되었다. 그는 『돈키호테』 2부에서도 외부의 평가에 신경을 썼다. 그럼에도 그는 이로부터 방해받지 않고 스스로를 만족시키고자 했으며, 1부의 도처에 덧붙여 만든 덩어리, 즉 두 부분이 나누어져 있는 동시에 서로 결합되어 있고 마치 여기 2부에서 원래의 자신으로 되돌아가는 듯한 이 특이한 작품을 엄청난 정신력으로 철저하게 작업하여 완성시킬 수 있었다. 세르반테스는 또 다른 위대한 작품 『페르실레스』에서는 헬리오도로스[17]의 소설 이념에 따라 진지하고 어두운 작풍으로 독창적인 기교를 보였다. 그 밖에 기사소설Ritterbuch과 드라마적 소설 장르의 작품도 써보려 했고, 『라 갈라테아』 2부도 완성할 계획이었지만 죽음으로 인해 이루지 못했다.

세르반테스 이전의 스페인 산문은 기사소설에서는 아름다운 고풍의 문체를, 전원소설에서는 화려한 문체를 지니고 있었다. 그리고 낭만주의적 드라마에서는 일상적인 언어로 직접적인 삶을 예리하고 정확하게 모방했다. 재치 있는 농담이 가득 차 있으며 감미로운 노래에 맞는 가장 아름다운 형식, 그리고 우아한 간결함으로 고귀하고 감동적인 옛날 이야기들을 진지하고 성실히 서술하려는 목적으로 만들어진 로만체는 옛날부터 스페인에 고유한 것이었다. 셰익스피어에게는 이어받을 만한 이전의 작업이 별로 없었다. 대부분 화려하고 다채로운 영국의 연극 무대밖에 없었는데, 여기 참여해서 일했던 사람들은 때로는 학자들이었거나 때로는 배우나 상류층, 궁중의 익살광대들이었다. 여기서는 연극 형성의 초창기로부

---

17) 기원후 3세기 그리스의 작가. 『에티오피아 이야기』(*Aithiopika*)라는 소설로 알려져 있다. 『페르실레스』로 언급된 세르반테스의 소설은 『페르실레스와 시히스문다』(*Los trabajos de Persiles y Sigismunda*, 1617)이다.

터 물려받은 신비주의적인 종교극이나 고대 영국의 익살극이 외국의 노벨레나 영국 민족의 역사 및 그 밖의 다른 주제들과 교대로 상연되었다. 모든 양식과 모든 형식이 등장했지만, 예술이라 부를 수 있는 것은 아직 없었다. 그럼에도 배우들이 이미 일찍부터 외적인 현상의 광채를 전혀 기대할 수 없었던 연극 무대를 위해 일했다는 것, 그리고 역사극에서 천편일률적인 소재가 시인과 관중의 정신을 형식의 문제로 집중시킬 수밖에 없었던 점은 결과적으로나 심지어 철저함에 있어서 다행스러운 상황이었다.

셰익스피어의 초기 작품들은[18] 이탈리아 회화의 초기 선구자들을 경배하는 전문가들의 안목을 통해 관찰되어야 한다. 이 작품들은 관점이나 여타 완성도는 없지만, 철저하고 위대하며 정신적인 통찰로 가득 차 있다. 같은 영역에서 이 작품들을 능가하는 것은 훌륭한 양식으로 이루어진 셰익스피어 자신의 작품들 말고는 아무것도 없다. 「로크리누스」가 여기에 속하는데, 이 작품에서는 고딕 방언[19]의 최고도의 장중함과 고대 영국의 거친 익살이 적나라할 정도로 선명히 결합되어 있다. 또 이 탁월한 대가의 숭고한 「페리클레스」뿐 아니라, 경박한 율법학자들의 무식에 의해 전례 없는 혹평을 받았던, 또는 그들의 어리석음으로 인해 인정받지 못했던 다른 예술 작품도 같은 식으로 평가할 수 있다. 우리는 이 작품들을 「비너스와 아도니스」나 「소네트」보다 더 이전의 것으로 추정한다. 왜냐하면 거기에는 감미롭고 아름다운 교양의 흔적도, 또 셰익스피어의 모든 후기 드

---

18) 소위 셰익스피어의 위작들과 그 진위성 여부에 대해서 우리는 시인의 친구들에게 티크의 상세한 연구를 소개해도 될 것 같다. 이 문제에 대해 티크는 학문적 조예가 깊고 독창적인 관점을 지니고 있어, 이를 통해 필자는 처음으로 저 흥미롭고 비판적인 문제로 주의를 돌리게 되었다. ―프리드리히 슐레겔 원주

19) 이 표현은 여기서 "과장된"(ampoulé) 혹은 "꾸밈이 많은"(tarabiscoté)과 같은 의미다.

라마에서 어느 정도 발산되고 있고, 특히 최고의 전성기 작품들에서 가장 많이 나타나고 있는 아름다운 정신의 흔적도 찾아볼 수 없기 때문이다. 셰익스피어의 자기 묘사[20]에 따르면, 사랑, 우정, 고귀한 교제가 자신의 정신에서 아름다운 혁명이 일어나도록 영향을 주었다고 한다. 즉 상류층이 선호하던 스펜서[21]의 감미로운 시들을 알게 된 것이 셰익스피어가 낭만주의적으로 새롭게 도약하는 데 자양분을 공급했으며, 스펜서를 통해 셰익스피어는 노벨레를 읽게 되었다는 것이다. 이 노벨레를 심오하게 통찰하여 무대 공연을 위해 대폭 변형하고 새로 구성해 환상적 매력의 드라마로 만든 것은 바로 스펜서였다. 이러한 과정은 이제 역사극에도 거꾸로 영향을 미쳐, 역사극에 더 많은 풍부함과 우아함과 재치를 선사했으며, 그의 모든 드라마 작품에 낭만주의 정신을 불어넣었다. 낭만주의 정신은 그의 드라마 작품들을 깊이와 철저함과 연결시킴으로써 셰익스피어 드라마의 가장 독특하고 고유한 특징이 되었고, 또 근대 드라마의 낭만주의적 토대를 형성했다. 물론 이 토대는 이후에도 영원히 계속될 정도로 충분히 견고한 것이었다.

먼저 희극으로 만들어진 노벨레 중에서 『로미오와 줄리엣』*Romeo and Juliet*과 「사랑의 헛수고」Love's Labour's Lost만을 언급해 보자. 이 작품들은 그의 청년기적 상상력에서 가장 밝게 빛나는 지점이며 「비너스와 아도니스」와 「소네트」와 매우 가깝다. 3부로 이루어진 「헨리 6세」와 「리처드 3세」에서 우리는 아직 낭만주의적 성격이 없는 낡은 기법에서 위대한 양식으로의

20) 프리드리히 슐레겔은 '자서전'의 의미로 Selbstdarstellung이라는 독일어 단어를 사용하고 있는데, 이는 그의 「소네트」에 나타나는 자서전적 요소를 가리킨다고 보아야 한다.
21) Edmund Spencer(1552~1599). 전원적이고 알레고리적인 시를 많이 쓴 영국의 시인.

계속적인 이행이 나타나고 있는 것을 확인할 수 있다. 그는 이 역사극에 「리처드 2세」에서 「헨리 5세」까지의 작품을 추가한다. 이 「헨리 5세」가 바로 그의 필력이 정점에 달했던 작품이다. 『맥베스』와 『리어왕』에서는 남성적 성숙도의 한계 지점이 표현되고 있고, 『햄릿』은 노벨레에서 이 『맥베스』와 『리어왕』이 속하는 비극 장르로 넘어가는 과정에서 어떤 해결을 보지 못한 채 머물러 있다. 셰익스피어의 마지막 시기에 대해서는 「태풍」과 「오셀로」, 그리고 로마 시대를 다룬 극을 들 수 있다. 여기에는 헤아릴 수 없이 많은 통찰력이 들어 있지만, 이미 세상에 초연한 노년의 서늘함이 엿보이기도 한다.

이 위대한 대가들이 모두 죽은 다음 그들의 나라에서는 아름다운 상상력의 불길이 더 이상 타오르지 않았다. 그리고 너무나 이상하게도, 그때까지 아직 미숙한 상태에 있던 철학이 이제서야 예술로 형성되기 시작했고, 뛰어난 인물들의 열광을 불러일으켰으며, 이 열광을 다시 완전히 자신에게로 집중시켰다. 반면 시문학에서는 로페 데 베가Lope de Vega로부터 고치[22]까지 훌륭한 대가들이 많았지만, 이들은 연극 작품만을 썼을 뿐이며, 그중 시인들은 없었다. 한편 학술적이거나 대중적인 장르와 형식들 모두에서 좋지 않은 경향이 점점 더 많아지기도 했다. 프랑스에서는 피상적인 추상화와 추론들에서부터, 그리고 고대에 관한 잘못된 이해와 평범한 재능에서부터 광범위하고 포괄적인 엉터리 시문학의 체계가 생겨났는데, 이 체계 역시 잘못된 문학 형식 이론에 기초한 것이었다. 여기서부터 이른바 고상한 취미라는 나약한 정신의 질병이 거의 모든 유럽 국가들에 확산되었다. 프랑스인들과 영국인들은 이제 서로 상이한 황금기를 나름대로

22) 이 책의 「아테네움 단상」 244번 각주 참조.

구가했으며, 문필가들 중 영광의 판테온에서 민족의 대표자로 존경받을 만한 일련의 위대한 대가들을 세심히 선별해 냈다. 하지만 그들 중 문학사에서 언급되는 사람은 아무도 없다.

그럼에도 여기에는 적어도 고대와 자연으로 돌아가야 한다고 주창하는 하나의 전통이 유지되고 있었고, 독일인들이 그 모범이 되는 사상들로부터 점차적인 영향을 받으며 철저히 연구한 후 그 섬광은 이들 독일인들에게서 불을 붙였다. 빙켈만은 고대를 하나의 전체로 고찰할 것을 가르쳤고, 예술의 역사를 통해 어떻게 예술을 정당화할 것인가에 대한 최초의 선례를 마련했다. 괴테의 보편적 정신은 거의 모든 민족과 시대의 문학에 대한 온화한 반영을 제공했다. 그는 모든 장르와 다양한 형식들에서 지칠 줄 모르고 교훈적인 작품들과 연구서들, 스케치와 단상들을 통해 여러 시도를 했다. 철학은 대담하게 몇 걸음을 내디딤으로써 자기 자신과 인간 정신을 이해하기에 이르렀으며, 인간 정신의 가장 깊은 곳에서 상상력의 원천과 아름다움의 이상을 발견해 내었고, 이를 통해 지금까지 예감조차 하지 못했던 시문학의 본질과 현존재도 분명히 인식하게 되었다. 심지어 아테나에서도 각자 그 자체로 최고의 전성기를 누리면서도 개별적으로만 영향을 미쳤던 철학과 시문학은 인간 최고의 힘들로서 이제 서로 맞물려 있어, 영원한 상호작용 속에서 서로를 자극하고 생성하게 한다. 고대 시인들을 번역하고 그들의 운율을 재구성하는 것은 예술이 되었고, 비평은 이제 고대의 오류들을 파괴하여 고대를 이해하는 새로운 전망들을 제시하는 학문이 되었다. 그리고 이 전망들의 배경에는 하나의 완성된 시문학의 역사가 모습을 드러내고 있다.

독일인들이 해야 할 일은 이러한 방법을 계속해서 사용하는 것, 괴테가 세워 놓은 본보기를 따라 예술 형식들을 어디서나 근원에까지 탐구하여 이 형식들을 새로이 부활시키고 연결키도록 하는 것, 그리고 자신의 언어와 시문학의 원천으로 되돌아가, 「니벨룽엔의 노래」에서 플레밍과 베컬린[23]까지의 독일 태고의 원문들에서 지금까지 가치를 인정받지 못하고 잠들어 있던 오래된 힘을, 즉 고귀한 정신을 다시 자유롭게 만드는 것이다. 그렇게 되면 근대의 어떤 민족에서보다 더 독창적이고 훌륭하게 발전되어 와서 처음에는 영웅 전설이, 그다음에는 기사극이, 그리고 마침내 시민들의 직업적인 일이었던 독일의 시문학은 이제 또한 진정한 학자들의 철저한 학문이 되고 상상력이 풍부한 시인들의 뛰어난 예술이 될 것이며 그렇게 계속 남아 있을 것이다.

* * *

카밀라 안드레아 그대는 프랑스인들은 거의 언급하지 않았군요.

안드레아 특별히 의도한 것은 아닙니다. 그들을 꼭 언급해야 할 이유가 없었을 뿐입니다.

안토니오 그래도 프랑스를 예로 들어, 시문학 없이도 위대한 민족일 수 있다는 것은 보일 수 있었을 텐데요.

카밀라 그리고 또 시문학이 없이도 살 수 있다는 것을 보여 줄 수도 있었고요.

루도비코 안드레아는 이 결합을 통해서 간접적인 방식으로 엉터리 시문학에 대한 이론을 다루는 나의 논쟁서를 먼저 선취하려 했네요.

---

23) Paul Fleming(1609~1640). 독일의 의사이자 대표적인 독일 바로크 서정시인. 그의 사후에 예나에서 출판된 「종교적이고 세속적인 시들」(Geistliche und weltliche Gedichte)의 저자이다. Georg Rudolf Weckherlin(1584~1653). 독일의 궁정 서정시인.

안드레아 그것은 전적으로 당신을 염두에 둔 것입니다. 나는 그렇게 그대가 하려는 작업을 슬며시 알린 것 뿐입니다.

로타리오 당신은 시문학에서 철학으로, 철학에서 시문학으로의 이행을 언급할 때 시인으로서의 플라톤을 언급했는데, 이것은 뮤즈로부터 칭찬을 받을 일입니다. 그래서 나는 나중에 타키투스의 이름도 주의 깊게 들었습니다. 우리가 고대의 위대한 역사서에서 발견할 수 있는 철저한 완성도를 지닌 문체와 견고하고 분명한 서술은 시인에게도 이상적인 모범이 되어야 할 것입니다. 나는 그런 훌륭한 글쓰기 방식이 우리에게 여전히 필요하다고 확신합니다.

마르쿠스 물론 완전히 새롭게 적용해야 할 것입니다.

아말리아 그렇게 진행된다면 우리가 알지 못하는 사이 모든 것이 차례차례로 시문학으로 변화한다는 말인가요? 그러면 모든 것이 시문학이 되는 건가요?

로타리오 언어 행위를 통해 작용하는 모든 예술, 모든 학문이 그 자체를 위한 예술로서 행해진다면, 그래서 최고의 경지에 도달한다면 예술과 학문도 시문학으로 나타나는 거죠.

루도비코 그리고 언어로 된 말로써 본질을 드러내지 않는 예술과 학문이라 하더라도, 모든 예술과 학문은 보이지 않는 어떤 정신을 지니고 있는데, 그 정신이 바로 시문학입니다.

마르쿠스 나는 많은 점에서, 아니 거의 대부분 당신의 의견에 동의합니다. 단지 당신이 문학 장르Dichtarten들을 더 많이 고려했으면 좋았을 것 같습니다. 또는 다시 표현한다면, 당신이 서술한 것으로부터 문학 장르에 관한 좀더 구체적인 이론을 이끌어 낼 수 있기를 나는 기대했습니다.

안드레아 나는 이 글의 전체적인 테두리를 시문학을 역사적으로 기술하는

데 한정하려고 했습니다.

루도비코 그래도 어쨌든 철학과 연관시킬 수는 있겠죠. 난 적어도 당신이 서사시 장르와 얌보스 서정시 장르를 대립적으로 서술한 곳 말고는 그 어떤 분류에서도 그렇게 근원적인 시문학의 대립을 아직 본 적이 없습니다.

안드레아 하지만 그것도 단지 역사적인 것일 뿐입니다.

로타리오 시문학이 만약 그 축복받은 나라에서처럼 그렇게 위대하게 탄생한다면, 두 가지 측면으로 나타나는 것은 자연스러운 일일 것입니다. 시문학은 스스로에서부터 어떤 세계를 만들어 내거나, 아니면 외부 세계와 관계를 맺게 되는데, 이 경우 처음에는 외부 세계를 이상화함으로써가 아니라 적대적이고 불친절한 방식을 통해 일어날 것입니다. 나는 이렇게 서사시 장르와 얌보스의 대립을 설명하고 싶습니다.

아말리아 나는 환상과 그 환상의 산물들이 체계적으로 분류되고 정돈되어 있는 책을 펼 때마다 항상 끔찍함을 느낍니다.

마르쿠스 누구도 당신에게 그런 혐오스러운 책들을 읽으라고 요구하지는 않을 것입니다. 그렇지만 우리에게 부족한 것은 바로 문학 장르의 이론입니다. 그리고 분류를 하지 않고서 어떻게 문학 형식의 역사인 동시에 이론일 수 있는 것이 가능할까요?

루도비코 이 분류를 통해 우리는 허구의 어떤 시인, 즉 모든 시인들 중의 시인 혹은 전형이 되는 어떤 시인의 상상력이 상상력 자체를 통한 활동력에 의해 스스로를 어떻게 그리고 어떤 방식으로 필연적으로 제한하고 구분해야 하는지를 알 수 있을 것입니다.

아말리아 그렇지만 그런 인위적인 활동이 시문학에 무슨 소용이 있나요?

로타리오 아말리아, 사실 지금까지의 맥락에서는 그대가 그런 종류의 인위적인 활동에 대해 우리들에게 불평할 이유가 별로 없습니다. 만약 시문학이 진정으로 인위적인 활동이 되어야 한다면, 완전히 다른 문제가 등장하게 되어 있습니다.

마르쿠스 분화 없이는 어떠한 형성Bildung도 일어나지 않습니다. 그리고 형성이야말로 예술의 본질입니다. 그러니 당신은 지금 이야기되고 있는 분류들을 적어도 수단으로는 인정해야 할 것입니다.

아말리아 그러한 수단은 종종 목적으로 변질되기 쉬운 데다가, 심지어 미처 목적에 도달하기도 전에 최상의 궁극적 의미를 너무나 빈번히 파괴해 버리는 그러한 위험한 우회로 이상은 될 수 없습니다.

루도비코 진정한 의미라면 결코 파괴되지 않을 것입니다.

아말리아 그렇다면 도대체 어떤 목적에 대한 어떤 수단을 말하는 것인가요? 즉시는, 혹은 결코 도달할 수 없는 것이 목적입니다. 모든 자유 정신은 이상을 직접 포착해야 하며, 자신의 내면에서 찾고자 하기만 하면 거기에서 발견할 수밖에 없는 조화에 헌신해야 할 것입니다.

루도비코 내적인 표상Vorstellung은 오로지 바깥으로의 표현Darstellung을 통해서만 자기 자신에게 더욱 분명해지고 생생한 활력을 얻을 수 있습니다.

마르쿠스 표현이야말로 예술이 하는 일이지요. 사람들마다 다른 입장을 취할 수 있겠지만 말입니다.

안토니오 그러니 이제 시문학도 예술로 다루어야 합니다. 만약 구체적인 목적을 위한 확실한 수단을 가지고 임의의 방식으로 처리하는 데 있어 시인 자신들이 예술가와 대가들이 아니라면, 시문학을 비판적 역사를 통해 그렇게 다루는 것이 별로 소용이 없을 것입니다.

마르쿠스 그리고 시인이 어떻게 예술가나 대가가 아닐 수 있겠습니까? 시인은 당연히 그럴 수밖에 없고, 또 그렇게 됩니다. 가장 본질적인 것, 그것은 구체적인 의도들이며 분화인데, 이 분화를 통해서만 예술 작품은 계속적으로 윤곽을 유지하고, 자기 안에서 완성될 수 있습니다. 시인의 상상이 혼란스러운 문학 일반으로 흘러들어 가서는 안 되며, 모든 작품은 형식이나 장르에 따라 철저히 구체적인 특징을 가져야 할 것입니다.

안토니오 당신은 또 자신의 문학 장르 이론에 대해 말하고 있군요. 우선 그대 스스로 분명한 생각을 가지고 있기를 바랍니다.

로타리오 우리의 친구 안토니오가 계속해서 그 문제로 되돌아간다고 해도 그건 비난의 대상이 될 수 없습니다. 문학 장르의 이론은 시문학 고유의 예술론일 것입니다. 내가 일반적으로 알고 있던 것을 구체적인 것에서 종종 확인할 수 있었습니다. 가령 리듬 원칙과 심지어 이미 잘 맞추어진 운율 법칙도 음악적이라는 것을 말입니다. 그리고 성격이나 상황, 격정의 묘사에 있어서 본질적이고 내적인 것, 즉 정신은 회화나 조각 같은 조형예술에 고유한 것이라고 할 수 있습니다. 표현법 자체도 그것이 비록 시문학의 고유한 본질과 이미 직접적으로 연결되어 있다 하더라도 수사학과 공유하는 부분이 있습니다. 예술 장르들이란 원래 시문학 자체를 말하는 것입니다.

마르쿠스 그에 대한 적당한 이론이 있다 해도 해야 할 것이 아직 많이 남아 있을 것 같습니다. 혹은 모든 것이 남아 있다고 해야겠네요. 시문학이 예술이며 예술이 되어야 한다는 것에 대한, 그리고 그 방법에 대한 학설과 이론이 없지는 않습니다. 그러나 이론으로 정말 시문학이 예술이 될까요? — 그건 오로지 실천적 방법을 통해서만 일어날 수 있는 일입니다. 여러 시인들이 하나가 되어 시문학 학파를 창립하여 다른 예술 분야에서처럼 대가가 제자를 호되게 꾸짖고 과도할 정도로 몰아대면서도 얼굴에 땀이 날 정도의 열성으로 제자에게 확고한 토대를 유산으로 남겨 줄 때, 그리고 이를 통해 계승자는 처음부터 유리한 위치에서 이 토대 위로 더욱 위대하고 대담하게 계속 쌓아 올릴 수 있으며 그래서 결국 가장 당당한 높이에서 자유롭고 가볍게 움직일 수 있게 될 때 비로소 가능한 것입니다.

안드레아 시문학의 왕국은 보이지 않는 것입니다. 만약 우리들이 외적인 형식에만 치중하지 않는다면, 그 어떤 다른 예술에서보다 더 위대한 시문학 학파를 지금까지의 문학사에서 발견할 것입니다. 모든 시대와 민족에서 대가들은 우리를 위한 사전 작업을 해놓았고, 우리에게 엄청난 자산을 남겨 놓았습니다. 이것을 간략하게 보여 주는 것이 내 강의의 목적이었죠.

안토니오 우리들 가운데서나 우리 주변에서나 어떤 대가가 아마도 의식하거나 원하지도 않은 채 이후의 계승자들에게 엄청나게 많은 것을 남겨 놓은 사례들이 없지 않습니다. 가령 포스Voß만의 고유한 시들이 이미 오래전에 이 세상의 수많은 것들로부터 사라져 버렸다 해도, 번역가이자 언어 예술가로서 대단한 위력과 끈기로 새로운 영역을 개척했던 그의 업적은 뒤를 이은 더 나은 작업들이 그의 잠정적인 작업들을 더 많이 능가하면 할수록 그만큼 더 빛이 날 것입니다. 왜냐하면 그렇게 되면 이 나중의 작업들은 오로지 이전의 작업을 통해서만 가능할 수 있었다는 것이 분명히 드러나기 때문입니다.

마르쿠스 고대인들에게도 본래적인 의미에서의 시문학 학파가 있었죠. 그걸 부정하려는 것은 아니며, 그것이 아직도 가능하다는 희망을 나는 갖고 있습니다. 운율의 법칙과 기술을 철저히 가르치는 것보다 더욱 실행 가능하고 동시에 더 바랄 만한 것이 무엇이 있을까요? 연극에서는 분명 어떤 시인이 전체를 감독하고 많은 사람들이 이를 위해 하나의 정신으로 작업하기 전까지는 무언가 제대로 된 것이 이루어질 수 없습니다. 나는 단지 나의 생각을 실행 가능하도록 하는 몇 가지 길만을 언급하는 것입니다. 사실 그런 학파를 통합하고, 그래서 적어도 문학의 몇몇 종류와 수단을 근본적인 어떤 상태로 만들고 싶은 것이 내가 가지고 있는 욕심의 목적입니다.

아말리아 왜 또다시 종류와 수단만을 말씀하시는 건가요? ― 왜 나누어지지 않은 하나의 문학 전체를 말씀하시지 않나요? ― 우리의 친구는 자신의 옛날 버릇을 그대로 가지고 있군요. 그는 항상 구분하고 나누어야 하는가 봅니다. 오로지 전체만이 나누어지지 않은 힘을 발휘하고 충족시킬 수 있는 곳에서도 말입니다. 그래서 말인데, 설마 그대는 완전히 혼자서 자신의 학파를 창설하려는 것은 아니겠지요?

카밀라 만약 그가 혼자서만 대가가 되려고 한다면 스스로 자기 자신의 제자가 되어야 할 것입니다. 적어도 우리는 그런 식으로 제자를 받지는 않을 것입니다.

안토니오 물론 그렇지 않습니다, 카밀라. 단 한 사람이 대가로서 지배해서는 안 될 것입니다. 그대들 모두 기회에 따라 가르칠 자격을 가져야 합니다. 우리들은 모두 대가이자 동시에 제자가 되고자 합니다. 상황에 따라 어떤 때는 대가가 되고 어떤 때는 제자가 됩니다. 저로 말하자면, 아마도 제자가 되는 경우가 가장 많을 것입니다. 어쨌든 만약 그런 예술 학파의 가능성을 통찰할 수 있다고 한다면 시문학에 의한, 그리고 시문학을 위한 동맹을 결성하는 데 기꺼이 같이하고 싶습니다.

루도비코 현실이 가장 좋은 쪽으로 결정하겠죠.

안토니오 그전에 시문학이란 것이 도대체 가르치고 배울 수 있는 것인지의 문제가 검토되어야 하고 분명해져야 합니다.

로타리오 적어도 시문학이 인간의 재치와 예술을 통해 저 심원한 곳으로부터 밝은 곳으로 끌어올려질 수 있다는 것만큼은 명백해질 것입니다. 물론 천재는 있습니다. 각자 알아서 생각할 일이지만 말입니다.

루도비코 그렇습니다. 시문학은 마법의 가장 고귀한 가지이며, 고립된 인간으로서는 마법의 세계에까지 도달할 수 없습니다. 그러나 정신과 결합된 그 어떤 인간의 충동이 모두 함께 작용하는 곳에서는 마법 같은 힘이 활기를 띠게 됩니다. 내가 믿고 있는 것도 바로 이러한 힘입니다. 나는 우리들 한가운데서 정신의 숨결이 가득 차 움직이고 있는 것을 느낍니다. 나는 단순한 희망이 아니라 새로운 시문학의 새로운 서광에 대한 확신으로 살고 있습니다. 나머지 내용에 대해서는 혹시 시간이 있으면 여기 이 종이들을 보시기 바랍니다.

안토니오 지금 말씀해 주시죠. 우리는 당신이 우리에게 전하려 하는 것에서 안드레아의 글 「여러 시대의 시문학 형식들」과 상반된 내용을 읽을 수 있기를 희망합니다. 그러면 우리는 한쪽의 견해와 위력을 다른 입장에 대한 지렛대로 이용할 수 있으며, 그리하여 두 입장에 대해 그만큼 더 자유롭고 활발하게 논쟁할 수 있을 것입니다. 그다음에는 다시 시문학을 가르치고 배우는 것이 과연 가능한가 하는 큰 문제로 되돌아올 수 있을 것입니다.

카밀라 마침내 매듭이 지어져 좋군요. 그대들은 모든 것을 가르치려 하면서도 자신들이 이끌고 있는 대화를 다스리지도 못하는군요. 그래서 나는 기꺼이 사회자가 되어 이 토론을 정리하고 싶은 마음이 없지도 않았어요.

안토니오 늦게라도 질서 정연한 토론을 이끌어 가기로 하죠. 만약의 경우 카밀라 그대에게 도움을 요청하겠어요. 지금은 루도비코의 발표를 듣죠.

루도비코 내가 지금 발표하려 하는 것은 지금 이 순서에 매우 적절한 내용처럼 보이는데, 그 제목은 다음과 같습니다.

신화에 관한 강연

친구들이여, 나는 그대들이 예술을 숭배하는 그러한 진지함으로 다음의 문제를 스스로에게 물어보기를 부탁합니다. 열광의 힘은 시문학에서도 언제나 개별적으로 분산되어 있어야 하며, 그 힘이 대립적인 요소[24]에 맞서 힘겹게 투쟁하고 난 후에도 결국은 고독과 침묵에 빠져들어야 하는 것일까요? 최고의 신성은 항상 이름도 없고 형태도 없이 존재해야 하며, 어두움 속에서 우연에 몸을 맡겨야 하는 것인가요? 사랑은 정말로 정복할 수 없는 것인가요? 그리고 예술이 자신이 가진 마법의 언어를 통해 사랑의 정신을 사로잡아 자신을 따르게 하고, 이 정신이 자신의 명령과 자신의 필연적인 자의성에 따라 아름다운 형상들에 혼을 불어넣을 수밖에 없도록 만드는 위력이 없다면, 도대체 예술이라는 이름의 가치에 어울리는 그런 예술이 있다고 할 수 있는 것일까요? ―

그대들은 그 누구보다 내가 말하려는 것이 무엇인지 잘 알고 있을 것입니다. 그대들은 직접 시를 지었으며, 시를 짓는 가운데 틀림없이 창작에 필요한 어떤 확고한 발판이, 가령 어머니와도 같은 대지가, 하늘이, 또 생생한 공기가 결여되어 있다는 것을 종종 느꼈을 것입니다.

근대의 시인은 그 모든 것을 내면으로부터 끌어내야 합니다. 그리고 많은 시인들이 그 일을 훌륭히 해냈습니다. 그러나 지금까지는 각자가 혼자서만, 모든 작품들이 마치 무로부터 처음 출발하는 하나의 새로운 창조인 것처럼 그렇게 작업을 했습니다.

나는 곧바로 이 글의 목적으로 들어가겠습니다. 우리들의 시문학에는 고대 시문학에서의 신화와 같은 어떤 중심이 결여되어 있다는 것이 나의 주장입니다. 근대의 시문학이 고대의 시문학에 미치지 못하게 하는 모든 근본적인 이유는 다음과 같은 말로 요약할 수 있습니다. 우리에게는 신화

---

24) 이 표현[“대립적인 요소”, das widrige Element]이 셸링의 「하인츠 비더포르스트트의 에피쿠로스적 신앙고백」 211행에서도 동일하게 등장한다는 사실은 매우 중요하다.

가 없습니다. 하지만 내가 덧붙이고 싶은 것은, 우리는 신화를 거의 가질 수 있게 되었다는 것입니다. 좀더 정확히 표현하자면, 하나의 신화를 만들어 내기 위해 우리 모두 다 함께 진지하게 참여해야 할 시간이 왔다는 것입니다.

왜냐하면 그것은 이전의 고대 신화와는 완전히 반대 방향에서부터 우리에게 올 것이기 때문입니다. 이전의 신화는 어디서나 청년기의 상상을 최초로 꽃피웠으며, 감각적 세계에 가장 가까이 있는 것, 감각적 세계 중 가장 생생하게 살아 있는 것과 직접적으로 이어져 있었으며, 그것을 직접 체험하고 교류했던 것입니다. 하지만 새로운 신화는 그와 반대로 정신의 가장 깊은 심연으로부터 생성되어야 합니다. 그것은 모든 예술 작품 가운데 가장 인공적인 작품이 되어야 하는데, 그 이유는 다른 모든 것을 다 포괄해야 하기 때문입니다. 또 시문학의 오래되고 영원한 원천을 위한 새로운 자리이자 그릇이어야 합니다. 심지어 다른 모든 시들의 싹을 감싸고 있는 무한한 시이기도 해야 합니다.

그대들은 아마도 이 신비적 시에 대해, 그리고 가령 많은 시들이 물밀 듯이 몰려드는 가운데 생겨나는 무질서에 대해 웃음거리로 생각할 것입니다. 하지만 최고의 아름다움, 아니 최고의 질서는 오히려 카오스의 질서뿐입니다. 즉 스스로 조화로운 세계로 발전하기 위해 사랑과 접촉되기만을 기다리고 있는 어떤 것의 질서이며, 고대의 신화와 시문학이기도 했던 것과 같은 그 어떤 것의 질서입니다. 왜냐하면 신화와 시문학, 이 둘은 하나이며 분리될 수 없기 때문입니다. 고대의 모든 시들은 하나하나 서로 이어져 있어서 이것들이 점점 더 큰 덩어리와 고리를 형성하여 마침내 하나의 전체를 이루게 됩니다. 모든 것이 서로 맞물려 있으며, 하나이자 모든 것인 정신은 도처에서 단지 다르게 표현되고 있는 것일 뿐입니다. 그렇기 때문에 고대의 시문학은 나누어질 수 없이 완성되어 있는 유일한 시라고 말하는 것은 진정 전혀 공허한 비유가 아닙니다. 이전에 한번 존재했던 것이 왜 다시 그렇게 될 수 없겠습니까? 물론 그것은 다른 방식이 될 것입니다. 그러니 또 왜 이번에는 좀더 아름답고 위대한 것이 될 수 없겠습니까? —

그대들에게 청하는 것은 오로지 새로운 신화의 가능성에 대한 믿음을 포기하지 말라는 것뿐입니다. 물론 모든 측면에서 그리고 모든 방향으로 회의해 보는 것은 나에게 환영할 만한 것입니다. 그래야 이 문제를 한층 더 자유롭고 풍부하게 탐구할 수 있기 때문입니다. 그리고 이제 저의 가설들에 관심을 가지고 귀를 기울여 주기를 바랍니다! 현재의 상태에서는 나는 가설 그 이상을 그대들에게 제시할 수 없습니다. 그러나 나는 이러한 가설들이 그대들을 통해 진리가 될 거라 기대해 봅니다. 왜냐하면 만약 그대들이 그렇게 하고자 한다면 이런 나의 기대는 거의 문학 작품 습작을 제안하는 것이나 마찬가지이기 때문입니다.

만약 새로운 신화가 단지 정신의 가장 깊은 내면으로부터나 스스로를 통해서만 생겨날 수 있다면, 우리는 이 시대의 위대한 현상, 즉 관념론에서 우리가 찾고 있는 것에 대한 매우 중요한 암시와 눈에 띄는 증거를 발견하는 것입니다! 이것은 바로 마치 무로부터 생겨난 것처럼 나타났습니다. 그리고 이제 정신의 세계에서도 어떤 고정된 지점이 정해져, 그곳에서부터 인간의 힘이 점점 발전하며 모든 방면으로 뻗쳐 나가 확장될 수 있으며, 이때 자기 자신뿐 아니라 돌아오는 길도 결코 잃어버리지 않을 확신이 있는 것입니다. 위대한 혁명은 모든 학문과 모든 예술을 사로잡을 것입니다. 그대들은 사실 철학이라는 마법의 지팡이가 아직 물리학을 건드리기도 이전에 일찍부터 관념론을 자생적으로 탄생시킨 장소로서의 물리학에 그런 혁명이 작용하고 있음을 목격하고 있습니다. 그리고 그대들에게 이 위대하고 놀라운 사실은 동시에 시대의 비밀스러운 연관과 내적 통일성에 대한 하나의 암시가 될 수 있을 것입니다. 물론 관념론은 실천적 관점에서 바로 저 혁명의 정신과 다르지 않으며, 우리가 스스로의 힘과 자유를 가지고 실행하고 확산시켜야 할 위대한 원칙들인 것입니다. 그런데 이론적 측면에서 관념론은 여기서 아무리 대단하게 나타난다 하더라도 단지 하나의 가지이고 부분이며, 모든 현상 중의 현상을 표현하는 하나의 방식일 뿐이며, 그래서 인류는 그 중심을 찾기 위해 모든 노력을 다해야 하는 것입니다. 모든 것이 그렇듯이 신화도 사라지거나 다시 새로워지게 되어 있습니다. 어느 쪽의 가능성이 더 높을까요? 그리고 그러한 혁신의 시대에 대한 희망을 주지 않는 것은 어느 쪽일까요? — 먼 옛날의 고대는 다시 소생할 것입니다. 그리고 문화Bildung의 가장 먼 미래가 벌써 전조를 보이며 자신을 알리고 있습니다. 하지만 그것은 아직 여기서 저에게 중요한 문제가 아닙니다. 왜냐하면 저는 아무것도 건너뛰고 싶지 않으며, 한 걸음 한 걸음씩 가장 신성한 신비의 확신에로 그대들을 이끌고자 합니다. 스스로를 규정하고 영원한 변화 속에서 자기로부터 벗어났다가 다시 자기에게로 돌아오는 것이 정신의 본질인 것처럼, 또 모든 사유는 바로 그러한 활동의 결과인 것처럼, 이러한 과정 역시 대체로 관념론의 모든 형식에서 분명히 드러나는 것입니다. 관념론 자체가 바로 그러한 자기 정립의 인정이며, 또 인정을 통해 배가된 새로운 삶인 것입니다. 이러한 삶은 새로운 창조의 무제한적 충만을 통해, 보편적 전달 가능성을 통해, 그리고 활발한 영향력을 통해 자신이 지닌 비밀의 힘을 가장 훌륭하게 드러냅니다. 물론 현상은 모든 개체들에게서 각자 다른 형태를 지니며, 그래서 그 효과는 종종 우리의 기대에 미치지 못할 수밖에 없습니다. 하지만 전체 과정에 대해 필연적 법칙들이 기대하게 하는 것, 이것이 우리의 기대를 실망시키지는 않습니다. 모든 형태의 관념론은 자기 자신에게 되돌아올 수 있기 위해, 또 자신의 모습 그대로 머무르기 위해 이런저런 방식으로 자신으로부터 벗어나야 합니다. 바로 이 때문에 같은 정도로 무제한적인 새로운 실재론도 역시 몸을 일으켜 세워 스스로의 품으로부터 벗어나야 하며, 또 그렇게 될 것입니다. 따라서 관념론은 단순히 발생 방식에서만 새로운 신화에 대한 예가 되는 것이 아니라, 간접적인 방식에서조차도 새로운 신화의 원천이 되어야 하며, 그렇게 될 것입니다. 그대들은 유사한 경향의 흔적을 지금도 이미 거의 어디서나 알아차릴 수 있을 것인데, 특히 자연에 대한 신화적 입장 외에는 더 이상 아무것도 결여되어 있지 않은 것처럼 보이는 물리학에서 잘 드러날 것입니다.

나도 역시 이미 오래전부터 그런 실재론의 이상을 가지고 있습니다. 지금까지 표현을 하지 않았던 이유는 그에 대한 적당한 수단을 계속 찾고 있었기 때문입니다. 물론 나는 그것을 오직 시문학에서만 찾을 수 있다는 것을 알고 있습니다. 실재론은 철학이나 어떤 체계의 형태로는 결코 다시 등장할 수 없기 때문입니다. 또 심지어 일반적인 전통에 비추어 보아도, 이러한 새로운 실재론은 그 뿌리가 관념론이며, 그래서 관념론적 토대와 기반에서 움직일 수밖에 없기 때문에, 결국 관념적인 것과 실재적인 것의 조화에 근거하는 시문학으로 나타나게 된다고 기대할 수 있습니다.

내가 보기에 스피노자는 저 늙고 선량한 사투르누스와 같은 운명에 처해 있습니다. 새로운 신들이 학문의 높은 왕좌로부터 이 훌륭한 자를 밀쳐 내었고, 그래서 그는 상상의 신성한 어둠 속으로 물러났으며, 이제 이곳이 신성하게 추방된 그가 다른 타이탄들과 함께 거주하며 사는 곳이 되었습니다. 이곳의 그를 생각해 보십시오! 뮤즈들의 노래 속에서 이전에 자신이 통치했던 기억은 모두 다 흐려져 희미한 동경이 될 것입니다. 그는 체계라는 전투용 장신구를 벗어던지고, 새로운 시문학의 성전에서 호메로스와 단테와 함께 거처하며 신적인 영감이 있는 모든 시인들의 라레스[25]들과 지인들과 함께 어울릴 것입니다.

사실 스피노자를 숭배하지도, 사랑하지도, 완전히 그와 같이 되지도 않고서 어떻게 시인이 될 수 있는지 나는 이해하지 못합니다. 그대들 각자의 상상은 개별적인 것을 창작하기에는 충분히 풍부합니다. 그런데 상상력을 자극하여 활동하도록 하고 상상력에 자양분을 공급하는 데 있어 다른 예술가들의 시문학 작품보다 더 적합한 것은 없습니다. 하지만 스피노자에서 그대들은 모든 상상의 시작과 끝을, 개별자로서의 그대들 각각의 기반이 되는 보편적 근거와 토대를 발견할 수 있습니다. 모든 개별적이고 구체적인 것에 의한 근원적이고 영원한 상상의 분화, 이것이야말로 그대들이 매우 환영할 만한 것임에 틀림없습니다. 진정한 기회를 포착하여 들여다보십시오! 그러면 시문학의 가장 내밀한 작업장으로 이르는 심원한 시선이 그대들에게 주어질 것입니다. 스피노자의 상상력뿐 아니라, 그의 감정도 마찬가지입니다. 그의 감정은 이런저런 일에 민감한 것도 아니며, 부풀어 올랐다가 다시 가라앉는 열정도 아닙니다. 하지만 투명한 향기가 보이지 않는 듯 보이게 전체에 떠 있으며, 영원한 동경은 고요한 위대함으로 근원적 사랑의 정신을 내뿜고 있는 단순한 작품의 깊은 내면으로부터 언제나 호응을 얻고 있습니다.

인간에 비친 신성의 이러한 부드러운 반영이 원래의 영혼이자 모든 시문학에서 타오르고 있는 불꽃이 아닐까요? — 인간을, 혹은 인간의 열정과 행위들을 단순히 묘사하는 것은 진정 아무런 효과가 없습니다. 인위

25) 고대 로마 신화에서 집과 가정의 수호신. — 옮긴이

적인 형식들도 마찬가지입니다. 그대들이 낡은 잡동사니들을 수백만 번 이리저리 궁리하여 뒤집고 짜 맞추어 보아도 상황은 달라지지 않습니다. 그것은 눈에 보이는 외적인 몸체일 뿐이며, 영혼이 소멸되고 나면 시문학의 죽은 시체에 지나지 않을 것입니다. 하지만 저 열광의 섬광이 작품을 통해 번쩍이며 터져 나오면, 새로운 현상이 우리의 눈앞에 나타날 것입니다. 생생하게, 그리고 빛과 사랑의 아름다운 광명으로 말입니다.

모든 아름다운 신화라는 것이, 우리 주위를 둘러싼 자연이 상상과 사랑을 통해 변용되어 나타난 상형문자의 표현이 아니라면 그 무엇이겠습니까?

신화는 커다란 장점을 가지고 있습니다. 보통 의식이 영원히 멀리하는 것도 신화에서는 감각적이고 정신적으로 파악될 수 있으며, 마치 영혼이 몸으로 둘러싸인 채 이 몸을 통해 우리의 눈을 비추고 우리의 귀에다 말하는 것처럼 그렇게 보존되어 있습니다.

최상의 것을 위해서 우리는 우리의 감성에만 전적으로 의존해서는 안 된다는 것, 바로 이것이 본래의 핵심입니다. 물론 메마른 감성을 지닌 자에게서는 그 어떤 것도 솟아나지 않을 것입니다. 이는 잘 알려진 진리이며, 이에 대해 나는 거부할 의도가 전혀 없습니다. 하지만 우리는 언제나 형성된 것을 계속 이어나가야 합니다. 최고의 것이라 할지라도 동일한 것, 유사한 것을 통해, 혹은 가치는 같은데 적대적인 것을 통해 발전시키고 불타오르게 하고 잘 길러 내야 합니다. 즉 한마디로 형성해야 하는 것입니다. 하지만 만약 최고의 것이 진정 의도적으로 형성하는 능력이 없다면, 우리는 즉시 그 어떤 자유로운 이념 예술에 대한 요구도 포기해야 합니다. 그러면 이념 예술은 텅 빈 이름이 될 것입니다.

신화가 바로 그러한 자연의 예술 작품입니다. 신화의 구조 내에서 최고의 것은 진정으로 형성되어gebildet 있습니다. 모든 것이 관계이며 변화입니다. '함께 형성'되어angebildet 있고 '변형'되어umgebildet 있습니다. 이렇게 서로 동화하고 [함께 조직을 형성하며] 변형하는 것이 바로 신화 고유의 과정이자 신화의 내적인 삶이며, 또 그 방법이라고 말할 수 있을 것입니다.

나는 낭만주의 문학의 저 위대한 재치가 개별적 착상이 아니라 전체의 구성을 통해 드러난다는 점에서 신화와 매우 유사하다고 생각합니다. 재치의 개념에 대해서는 우리의 친구 안드레아가 이미 세르반테스와 셰익스피어의 작품들을 통해 몇 번 설명한 바 있습니다. 인위적으로 배열된 혼란, 모순들의 황홀한 대칭, 전체의 가장 작은 부분에서조차 살아 움직이는 열광과 아이러니의 경이롭고 영원한 상호 교체, 이것들은 나에게 그 자체로 간접적 신화인 것처럼 보입니다. 유기적 조직체도 그와 같은 것이며, 분명 아라베스크는 인간이 가진 상상력의 형식들 중 가장 오래되고 가장 근원적인 것입니다. 재치도 신화도 최초의 근원이 되는 것, 모방 불가능한 것 없이는 존재할 수 없습니다. 그것은 결코 해체될 수 없는 것, 모든 변형을 거친 후에도 여전히 이전의 본성과 힘을 발휘하고 있는 것이며, 여기에서는 순수하고 심오한 통찰력이 겉으로는 전도되고, 터무니없는 것의 외양을 또는 무지하고 어리석은 것의 외양을 드러내 보이고 있습니다. 왜냐하면 이성적으로 사유하는 이성의 과정과 법칙을 폐기하고 우리 자신을 다시 상상력의 아름다운 혼란 속으로, 인간 본성의 근원적인 카오스로 옮겨 놓는 것, 그것이 모든 시문학의 시작이기 때문입니다. 그리고 이러한 카오스에 대한 상징으로서 고대 신들의 다채로운 북적거림보다 더 아름다운 상징을 아직까지 찾지 못했습니다.

그러니 그대들도 위대한 고대의 이 찬란한 형상들을 새롭게 부활시키기 시작하는 것이 어떻겠습니까? — 단 한 번 고대의 신화를 완전히 스피노자적으로, 그리고 숙고하는 모든 사람들에게서 현재의 물리학이 관심을 불러일으키고 있는 그러한 관점에서 관찰해 본다면, 모든 것이 그대들에게 새로운 광채와 삶으로 나타날 것입니다.

하지만 새로운 신화의 생성을 촉진시키기 위해 다른 신화들도 역시 그 심오함과 아름다움과 형성 정도에 따라 다시 일깨워져야 합니다. 고대 그리스 로마의 유산들처럼 오리엔트의 보물들도 우리가 접할 수 있다면 얼마나 좋겠습니까! 만약 점점 무디어지고 난폭해지는 민족이 미처 활용할 줄 모르고 놓쳐 버릴 그러한 기회를 보편적이고 심오한 의미를 통찰하고 고유의 독창적인 번역으로 뛰어난 독일의 몇몇 예술가들이 소유하고 있다면, 시문학의 어떤 새로운 원천들이 인도로부터 우리에게 흘러 들어오게 될까요? 우리는 최고로 낭만적인 것을 오리엔트에서 찾아야 합니다. 우리가 그 원천으로부터 물을 길어 올릴 수 있게 되면, 지금 우리에게 그토록 매력적인 스페인 문학에서와 같은 남방의 열정적인 모습은 어쩌면 다시 단지 유럽적이기만 하고 빈약한 것으로 나타날 것입니다.

일반적으로도 우리는 목적에 대한 하나 이상의 길을 파고들어 갈 수 있어야 합니다. 각자는 모두 즐거운 확신을 가지고 가장 개인적인 방식으로 자신의 고유한 길을 가야 할 것입니다. 왜냐하면 만약 개체성이라는 것이 단지 단어가 표현하고 있는 그것이라면, 즉 나누어지지 않은 하나, 내적으로 살아 움직이는 관계라면, 이 개체성의 권리가 여기, 최고의 것을 말하고 있는 이곳에서보다 더 많이 통용되는 곳은 없기 때문입니다. 나는 이 입장에 대해 주저하지 않고 다음과 같이 말하겠습니다. 인간의 본래적 가치는, 즉 인간의 미덕은 독창성이라고 말입니다. ―

그리고 내가 스피노자에 그토록 커다란 중요성을 부여하는 것은 나의 주관적인 선호로 인한 것도 아니며(그런 것일 경우 오히려 나는 명시적으로 거리를 두었습니다), 그를 유일한 지배자로 군림할 새로운 대가로 추대하기 위해서도 아닙니다. 오히려 스피노자라는 예를 통해 신비주의의 가치와 위상에 대한 나의 생각들, 그리고 이런 생각들이 시문학과 맺고 있는 관계를 가장 선명하고도 설득력 있게 나타낼 수 있었기 때문입니다. 나는 바로 이 점에서 스피노자의 객관성을 보았기 때문에 그를 다른 모두를 대표하는 자로 선택한 것입니다. 나는 그렇게 생각합니다. 피히테의 지식학이 관념론의 무한성과 사라지지 않는 풍부함을 인식하지 못한 사람들의 견해에 따라 적어도 하나의 완성된 형태로, 즉 모든 학문에 일반적인 틀로 남아 있듯이, 스피노자 역시 유사한 방식으로 모든 개인적 형태의 신비주의에 대한 근거와 토대가 됩니다. 내 생각에는 신비주의에 대해서도 스피노자에 대해서도 특별히 많은 이해가 없는 사람들 역시 이 점은 기꺼이 인정할 것입니다.

이 강연을 끝내기 전에 나는 다시 한번 물리학 연구를 권유하고 싶습니다. 그 역동적 모순들로부터 지금 자연의 가장 신성한 계시들이 모든 방면에서 활발히 나타나고 있기 때문입니다.

그리고 빛과 삶의 이름으로! 더 이상 주저하지 말고 각자 자신의 뜻에 따라 우리의 소명으로 주어진 위대한 발전을 촉진시킵시다. 위대한 시대의 흐름에 따릅시다. 그러면 그대들의 눈에서 안개가 걷히고 앞이 환하게 밝아질 것입니다. 모든 사유는 예견하는 것입니다. 그러나 인간은 바로 자신이 가진 예견의 능력을 의식하는 것에서부터 비로소 출발합니다. 그 힘이 헤아릴 수 없이 확장되는 것을 우리는 경험하게 될 것인데, 지금이 바로 그때입니다. 나의 생각으로는 이 시대를, 즉 보편적 혁신이라는 위대한 과정을, 영원한 혁명의 원리들을 이해하는 사람이라면 틀림없이 인간성의 양극을 파악하고 최초의 인간이 행한 행위와 곧 도래할 황금시대의 성격을 인식하고 알 수 있을 것입니다. 그렇게 되면 마침내 공허한 말들은 사라질 것이고, 인간은 자신이 무엇인지 깨닫게 되며 대지와 태양을 이해하게 될 것입니다.

이상의 내용이 내가 새로운 신화에 대해 생각하는 바입니다.

* * *

안토니오 이 강연을 들으면서, 그동안 종종 들어 왔지만 이제야 더욱 선명해진 두 가지 견해가 떠올랐습니다. 어디에서나 관념론자들은 나에게 스피노자는 정말 훌륭하지만 이해하기는 너무나 어렵다고 단언했습니다. 하지만 그의 비판적인 저술들에서 나는 천재의 모든 작품은 눈으로 볼 때는 분명하지만 이해하기에는 영원히 어려운 비밀로 남겨져 있다는 것을 알게 되었습니다. 그대의 입장에 따르면 이러한 말은 서로 짝을 이루며 밀접한 관계를 맺고 있습니다. 의도하지 않은 그러한 대칭이 참으로 재미있습니다.

로타리오 나에게는 우리의 친구 루도비코가 그가 말하는 신화의 본래적인 원천이라 할 수 있을 역사도 물리학만큼이나 은연중에 도처에서 근거로 삼고 있으면서도, 그래도 물리학이 그토록 뛰어난 것이라 주장하는 것처럼 보입니다. 만약 오래된 이름을 아직 존재하지 않는 어떤 것에 대해서 사용하는 것이 그래도 허용된다면 말입니다. 이에 대한 설명을 요구하고 싶습니다. 반면 시대에 대한 그대의 입장은 내가 말하는 바의 역사적 관점이라는 이름과 잘 들어맞는 것으로 보입니다.

루도비코 사람들은 가장 먼저 삶의 최초의 흔적들을 지각하는 곳에서 시작합니다. 그곳이 지금은 물리학입니다.

마르쿠스 저에게는 글의 진행이 조금 빨랐던 것 같습니다. 구체적인 것에서는 잠깐 멈추어 부연 설명을 해달라고 하고 싶었습니다. 하지만 전체적으로 그대의 이론은 나에게 교육적didaktisch 장르에 대해, 또는 문헌학자들의 용어로 연출 지시적didaskalisch 장르에 대해 새로운 전망을 제시해 주었습니다. 나는 종전의 모든 분류들이 교차하는 이 지점이 어떻게 필연적으로 시문학에 속하게 되는지 이제 알겠습니다. 분명 시문학의 본질은 바로 사물에 대한, 즉 인간뿐 아니라 외적인 자연에 대한 더 고차적이고 관념론적인 입장입니다. 전체의 이러한 본질적인 부분도 형성 과정 중에 분리되는 것이 유리할 수 있다는 점은 명백히 이해가 됩니다.

안토니오 나는 교육적 시문학을 하나의 고유한 장르로 인정할 수 없습니다. 낭만주의 시문학도 마찬가지입니다. 모든 시는 원래 낭만적이어야 하며, 모든 시는 더 넓은 의미에서, 즉 교육적이라는 단어가 심오하고 무한한 의미에로의 경향을 뜻할 때의 그런 의미에서 교육적이어야 합니다. 또 우리는 꼭 이 명칭을 사용하지 않고도 어디서나 이러한 요청을 해야 합니다. 심지어 가령 연극 같은 대중적인 예술에서도 우리는 아이러니를 요구합니다. 즉 우리가 요구하는 것은 사건들, 인간들, 한마디로 삶이라는 놀이 전체가 실제로도 놀이로 받아들여지고 묘사되도록 하는 것입니다. 삶의 놀이 전체가 우리에게 가장 중요한 것으로 보입니다. 그 안에 들어 있지 않은 것이 무엇이 있습니까? — 그러니 우리는 전체의 의미에 충실하기만 하면 됩니다. 감각, 마음, 이해력, 상상 각각을 개별적으로 자극하고 움직이고 몰두하게 하고 즐기게 하는 것은 우리가 전체를 향해 몸을 일으키는 바로 그 순간, 단지 기호이며 전체를 관조하는 수단으로 보입니다.

로타리오 예술의 모든 신성한 놀이는 세계의 무한한 놀이를, 영원히 자기 스스로를 형성하는 예술 작품을 멀리서 따라하는 것에 지나지 않습니다.

루도비코 달리 표현하면, 모든 아름다움은 알레고리입니다. 최고의 것은 말해질 수 없는 것이기 때문에 오직 알레고리로서만 말해질 수 있습니다.

로타리오 바로 그 때문에 모든 예술과 학문의 가장 내적인 신비들은 시문학의 소유입니다. 시문학에서 모든 것이 시작했고, 모든 것이 다시 시문학으로 되돌아가게 되어 있습니다. 인간의 이상적인 상태에서는 오로지 시문학만이 존재할 것입니다. 그렇게 되면 결국 예술과 학문도 하나인 것입니다. 우리의 상태에서는 오로지 시인만이 이상적인 인간이며 보편적 예술가일 것입니다.

안토니오 또는 모든 예술과 학문의 소통과 묘사는 시문학적 요소 없이는 가능하지 않다고 말할 수 있겠죠.

루도비코 나는 모든 예술과 학문의 힘이 어떤 하나의 구심점을 통해 서로 만난다는 로타리오와 같은 의견이며, 그대들이 심지어 수학으로부터도 열광을 위한 자양분을 얻고 그대들의 정신이 경이로움을 통해 불타오르기를 신들에게 희망해 봅니다. 하지만 나는 물리학을 선호하는데, 그 한 가지 이유는 물리학을 통해 그러한 접촉이 가장 뚜렷이 드러나기 때문입니다. 물리학은 가설 없이는 어떤 실험도 할 수 없습니다. 그런데 모든 가설은 아무리 제한된 것이라 해도 일관성 있게 생각하면 결국 전체에 관한 가설들로 귀결되며, 또 본래 그러한 보편적 가설을 기반으로 합니다. 그 가설을 적용하는 사람이 의식하지 않아도 말입니다. — 물리학이 기술적 목적이 아니라 보편적 결과와 관련을 맺자마자 어떻게 자신도 모르는 사이에 우주발생론으로, 천문학과 신지학神智學으로, 즉 어떻게 부르든지 간에 결국 전체에 대한 신비주의적 학문으로 이르게 되는지를 보면 정말 놀랄 만한 일입니다.

마르쿠스 나 개인적으로는 글의 형식이 조야해서 스피노자를 별로 좋아하지 않는데, 혹시 스피노자만큼 플라톤이 그에 대해 많이 알지 않았을까 생각합니다.

안토니오 우리가 아는 플라톤이 아니라면, 이 맥락에서 스피노자만큼이나 객관적일 수는 있을 것입니다. 그렇다 하더라도, 루도비코가 실재론의 신비들을 통해 시문학의 근원적 원천을 우리에게 보여 주기 위해서 플라톤보다 스피노자를 선택한 것은 더 잘된 것이라 생각합니다. 그 이유는 바로 스피노자에서는 어떠한 형식의 시문학도 생각할 수 없기 때문입니다. 반면 플라톤에서는 서술과 그 서술의 완전성과 아름다움이 수단이 아니라 목적 그 자체이기 때문입니다. 그래서 엄밀히 말하면 플라톤 철학의 형식은 이미 철저히 시문학적입니다.

루도비코 강연에서 이미 말했듯이, 나는 스피노자를 단지 한 명의 대표적인 예로 들었을 뿐입니다. 좀더 자세히 언급하려고 했다면 나는 아마도 저 위대한 야콥 뵈메에 대해서도 이야기했을 것입니다.

안토니오 동시에 우주에 대한 이념들이 그대가 다시 내세우고자 하는 고대 신화의 형상들에 비해 기독교적 형상에서는 그리 잘 들어맞지 않는 것은 아닌지에 대해서도 언급할 수 있었을 텐데요.

안드레아 고대의 신들을 존중해 주시기를 부탁드립니다.

로타리오 그리고 저는 엘레우시스 비의秘儀를 상기해 보시길 청합니다. 나는 이 문제의 가치와 중요성을 요구하는 글을 적어 와 그에 대한 나의 생각을 논리 정연하고 상세하게 발표할 수 있었다면 좋았을 것입니다. 오로지 비의들의 흔적을 통해 나는 고대의 신화적 신들의 의미를 이해할 수 있었습니다. 추측건대 비의를 지배하고 있는 자연에 대한 입장은 현재의 연구자들에게, 물론 충분한 역량이 있는 연구자들에게 커다란 통찰력을 불러일으킬 것입니다. 가장 대담하고 가장 위력적인, 심지어 가장 거칠고 광폭하다고까지 말하고 싶은 그러한 실재론의 서술이 가장 최고의 서술입니다. — 루도비코, 적어도 내가 그대에게 한 번 제우스의 양성兩性적 성격에서부터 출발하는 오르페우스 단편을 소개해 주기로 한 것은 잊지 말고 나에게 상기시켜 주시길 바랍니다.

마르쿠스 나는 빙켈만의 어떤 구절이 생각이 나는데, 거기서 그는 그대만큼이나 오르페우스 단편을 높이 평가했던 것으로 기억이 됩니다.

카밀라 루도비코, 혹시 그대가 스피노자의 정신을 어떤 아름다운 형식으로 서술할 수 있지 않을까요? 아니면 더 좋은 것은 그대가 자신의 입장, 즉 실재론이라 부르는 것에 대해 서술하면 좋지 않을까요?

마르쿠스 후자가 더 좋을 것 같습니다.

루도비코 아마도 그런 생각을 하고 있는 사람이라면 단테와 같은 방식으로만 서술할 수 있을 것입니다. 틀림없이 단테는 자신의 정신과 마음에 오로지 하나의 시만을 가지고 있었을 것이고, 종종 자신이 생각하고 있는 것이 도대체 서술 가능한 것인지 회의할 수밖에 없었을 것입니다. 하지만 그것은 성공했고 그래서 그는 할 일을 다한 것입니다.

안드레아 그대는 탁월한 모범을 제시했군요! 의심의 여지없이 단테는 몇 가지의 유리한 조건이 있었을 뿐 말할 수 없이 힘든 많은 환경 속에서 자신의 엄청난 힘으로 오로지 혼자서 당시에 가능했던 만큼 일종의 신화를 창조하고 형성해 내었습니다.

로타리오 원래 모든 예술 작품은 자연의 새로운 계시가 되어야 합니다. 하나이자 전체가 될 때만이 어떤 하나의 작품은 비로소 [예술] 작품이 됩니다. 오로지 그때에만 연구와 구별이 됩니다.

안토니오 하지만 나는 연구라는 것이 동시에 당신이 의미하는 예술 작품이기도 하다는 것을 말하려 했습니다.

마르쿠스 그러면 외부로 영향을 미치고자 하는 시들, 가령 뛰어난 드라마 같은 시들은 그렇게 신비적이지도 전체를 포괄하지도 않지만 이미 그 객관성으로 인해 연구들과 구별되지 않습니까? 이 연구들이란 우선은 예술가의 내적인 형성과 관련되고, 그다음에 자신의 궁극적 목적, 외부로의 객관적 작용을 비로소 준비한다는 점에서 말입니다.

로타리오 만약 단순히 훌륭한 드라마에 지나지 않는다면, 그것들은 목적을 위한 수단일 뿐입니다. 거기에는 독자적인 것, 자체 완결적인 것이 결여되어 있습니다. 나는 이것을 설명하기 위해 작품들의 자체 완결성이라는 말 외에 어떤 다른 말을 찾지 못하겠습니다. 그래서 이 표현을 계속 유지하려 합니다. 드라마는 루도비코가 염두에 두고 있는 것과 비교해 보면 응용된 시문학에 지나지 않는다고 해야 할 것입니다. 그렇지만 내가 작품이라고 부르는 것은 개별적 경우에 그대가 의미하는 뜻으로 아마 매우 객관적이고 드라마적일 수 있습니다.

안드레아 그런 방식이라면 고대의 장르들 중에서 오로지 서사시에서만 당신이 의미하는 그런 위대한 작품이 가능하겠군요.

로타리오 그건 서사시적인 것에서 하나의 작품이 유일한 작품이 되기도 하는 경우에 한해서만 옳은 말이라고 할 수 있습니다. 하지만 고대인들에게 비극과 희극 작품은 하나의 유일한 이상에 대한 다양한 표현들이자 변형에 지나지 않습니다. 그런 작품들은 체계적인 구성과 구조와 조직을 위한 최고의 표본들로 머물러 있으며, 이렇게 말해도 된다면, 작품들 중의 작품들입니다.

안토니오 이제 내가 이 향연에 기여하고자 하는 것은 [앞서의 발표보다] 약간 더 소화하기 쉬운 가벼운 것입니다. 나는 아말리아로부터 그녀에 대한 나의 개인적인 충고를 공개적으로 읽어도 좋다는 양해와 허락을 이미 받았습니다.

소설에 관한 편지

친구여, 내가 어제 그대를 옹호하기 위해 말한 것으로 들렸을 내용을 철회해야겠습니다. 그리고 그대가 완전히 잘못 생각한 것이나 마찬가지라고 말하고 싶습니다. 그대 본인도 토론의 마지막 부분에서 인정했습니다. 쾌활한 장난기와 영원한 시문학 같이 여성에게 타고난 요소를 제한하여 남성들의 근본적이고 답답한 진지함으로 끌어내리는 것은 여성의 가치에 반하는 것이었기 때문에 너무 깊숙이 들어갔다고 말입니다. 나는 스스로 잘못 생각했다고 말하는 그대의 의견에 찬성합니다. 게다가 나는 잘못을 인정하는 것만으로는 충분하지 않다는 것도 주장하고 싶습니다. 어떤 대가를 치러야 할 것입니다. 내 의견으로는 그대가 비판을 받고 거기에 스스로 수긍한 데 대한 대가는 이제, 어제 했던 대화의 주제를 비판적으로 다룬 이 편지를 인내심을 가지고 읽는 것입니다.

나는 하고 싶은 말을 어제 바로 했어야 했습니다. 아마도 나의 기분과 상황 때문에 그렇게 할 수 없었던 것 같습니다. 아말리아, 당신은 어떤 종류의 반대자에 반대하는 것이었죠? 물론 그 사람은 무엇이 이야기되고 있었는지 제대로 잘 이해하고 있었습니다. 마치 어떤 유능한 대가라면 당연히 해야 할 바대로 말입니다. 만약 그가 이야기할 수만 있었다면 당연히 그에 대해 다른 누구보다도 더 잘 얘기했을 것입니다. 하지만 신들이 이것을 허용하지 않았습니다. 이미 말했듯이 그는 대가이며, 그것은 확실합니다. 하지만 안타깝게도 우미優美의 여신들은 나타나지 않았습니다. 그래서 그는 당신이 마음속으로 생각하는 것이 무엇인지 전혀 눈치채지 못했고, 표면적으로는 그가 완전히 옳은 것으로 보였기 때문에, 나는 매우 강력하게 당신을 옹호하는 논쟁을 펼 수밖에 없었습니다. 그래야 사교적 대화에서의 균형이 깨어지지 않을 거라고 생각했기 때문이지요. 게다가 내게는 충고를 해야 할 불가피한 경우가 있다면 구두로 하는 것보다는 글로 하는 것이 더 자연스러운 것으로 여겨집니다. 말은 대화의 신성함을 해친다는 것이 나의 느낌입니다.

우리의 대화는 당신이 프리드리히 리히터의 소설들은 소설이 아니라 온갖 종류의 병적인 재치라고 주장한 데서 시작했습니다. 당신은 그 소설들에 그나마 드물게 나오는 이야기는 이야기로 간주하기에는 너무 형편없이 묘사되었기 때문에 사람들이 그 내용을 추측해야 할 정도라고 했습니다. 또 모든 것을 한데 모아 그것을 제대로 된 이야기로 만든다 해도, 그것은 기껏해야 고백록밖에 되지 않을 것이라고도 주장했습니다. 인간의 개체성이 너무나 잘 들여다보일 뿐 아니라, 게다가 그 개체성이 너무 터무니없다고 했습니다.

마지막 부분은 넘어가겠습니다. 그것은 결국 개체성의 문제일 뿐이기 때문입니다. 온갖 종류의 병적인 재치라는 데 대해서는 저도 동의합니다. 하지만 나는 바로 그 점을 옹호하여 과감히 주장하고 싶습니다. 비낭만주의적인 요즘 시대에 그렇게 그로테스크한 것들과 고백들이야말로 유일하게 낭만주의적인 창작물들이라고 말입니다.

이 기회에 오랫동안 마음속에 담고 있던 것을 쏟아 내 보겠습니다.

나는 종종 하인이 한 무더기의 책들을 그대에게 갖다 주는 것을 놀라워하고 속으로 격분하면서 지켜보았습니다. 어떻게 그대는 그대의 손으로 그런 지저분한 책들을 만질 수가 있습니까? — 어떻게 그대는 그대 자신이 지켜보는 가운데 산만하고 거친 어법들이 영혼의 성소로 입장하는 것을 허락할 수 있습니까? — 얼굴을 마주보면서 몇 마디 말밖에 나누지 못하는 것에 그대가 민망해하게 될 그런 사람들에 몇 시간 동안이나 그대의 상상을 허비하려는 것인가요? — 그것은 아마도 시간만 죽이고 상상력을 해치는 것 외에 아무 도움이 되지 않을 것입니다! 그대는 필딩Henry Fielding에서 라퐁텐[26]에 이르기까지 형편없는 거의 모든 책들을 다 읽었죠. 거기에서 얻은 것이 무엇인지 자문해 보시기 바랍니다. 그대의 기억 자체가 그 무의미했던 짓을 부끄러워할 것이며, 유년기의 치명적인 습관으로 이끌었던 것, 그토록 부지런히 끌어모았던 것은 금방 까맣게 잊혀지고 마는 것입니다.

그 반면 당신은 스턴을 사랑하고 종종 즐겨 읽으며 유쾌해하고 그의 방식을 받아들여 어떤 때는 모방하고 어떤 때는 조롱하던 시기가 있었다는 것을 아마 아직도 기억할 것입니다. 나는 당신이 쓴 농담 섞인 몇 통의 그런 편지를 가지고 있고, 앞으로도 세심히 보관할 것입니다. — 그러니까 스턴의 유머는 그래도 어떤 특별한 인상을 당신에게 남긴 것입니다. 그건 비록 꼭 이상적인 아름다움이라고는 할 수 없지만, 어쨌든 하나의 형식, 그대의 상상이 스턴의 유머를 통해 얻은 재치 있고 기발한 하나의 형식이었습니다. 우리에게 확고한 것으로 머물러 있어서 농담과 진지함에 사용되고 형성될 수 있는 어떤 하나의 인상은 사라지지 않습니다. 그리고 우리 내면에서 일어나는 형성의 놀이가 그 어떤 방식으로 매혹시키고 영양분을 주며 만들어 내는 것보다 더 근본적인 가치를 가진 것이 무엇이 있겠습니까?

당신 스스로도 스턴의 유머에 순수한 마음으로 재미있어 했다는 것을 느낄 것입니다. 이때의 즐거움은 우리가 어떤 책을 아주 형편없다고 생각하는 바로 그 순간 이 형편없는 책에 대해 가질 수밖에 없는 그러한 호

26) August Heinrich Lafontaine(1758~1831). 독일의 대중소설 작가.

기심 어린 긴장감과는 완전히 다른 성격의 것입니다. 이제 한번 자문해 보세요. 이때 당신이 느끼는 즐거움이 혹시 우리가 아라베스크라고 부르는 재미있는 장식 문양을 관찰할 때 느끼는 것과 유사한 것이 아닌지 말입니다. — 만약 그대가 스턴식 감성의 모든 부분으로부터 벗어나지 못하고 있다면 나는 여기 책 한 권을 보내고자 합니다. 하지만 나는 그대가 외국인들에 대해 신중한 태도를 가질 수 있도록, 이 책이 다행인지 불행인지 평판이 그리 좋지 않다는 것을 미리 말씀드려야 할 것 같습니다. 이 책 제목은 디드로의 『운명론자 자크와 그의 주인』입니다. 당신 마음에 들 것이라고 생각합니다. 재치 그 자체가 감수성과 함께 섞여 온전히 가득 차 있는 것을 그야말로 순수하게 느낄 수 있을 것입니다. 이 글은 통찰력 있게 구성되어 있으며 탄탄한 필치로 전개되고 있습니다. 나는 이 책이 하나의 예술 작품이라고 과장 없이 말할 수 있습니다. 물론 이것은 고급 문학이 아니라 단지 하나의, 그러니까 아라베스크입니다. 하지만 내가 볼 때는 바로 그런 이유로 이 책이 수준이 낮다고 할 수 없습니다. 나는 아라베스크를 시문학의 매우 구체적이고 본질적인 형식 혹은 표현 양식이라고 간주하기 때문입니다.

나의 생각은 이렇습니다. 시문학은 인간 속에 아주 깊이 뿌리내리고 있기 때문에 매우 불리한 상황에서조차도 계속해서 거칠게 자라날 때가 있습니다. 우리가 지금 거의 모든 민족에게서 노래와 이야기들이 널리 퍼져 있으며, 비록 조야할지라도 그 어떤 방식의 연극이 공연되고 있는 것을 볼 수 있듯이, 심지어 상상력이 메마른 우리의 시대에서도 산문에 적합한 계층, 즉 소위 학자들이나 지식인 계층의 몇몇 사람들은 보기 드물게 독창적인 상상력을 각자 자기 안에서 느끼고 표현했습니다. 사실 그들은 그러한 상상력 때문에 원래의 예술로부터는 상당히 멀어지게 되었지만 말입니다. 내 생각에 스위프트와 스턴의 유머는 우리 시대 지식인들의 자연시문학Naturpoesie일 것입니다.

나는 이 사람들을 다른 위대한 작가들과 나란히 세울 생각은 전혀 없습니다. 그러나 당신은 이들이나 디드로 같은 작가들에 대한 감이 있는 사람이라면 그것으로 이미 거기까지 가보지도 못한 어떤 다른 사람보다 저 신성한 재치, 아리오스토와 세르반테스와 셰익스피어의 상상력을 이해하는 법을 훨씬 더 잘 배울 수 있는 길에 들어서 있다는 것을 인정하게 될 것입니다. 이제 우리는 이 작품에 들어 있는 동시대인에게 청하는 요구들을 지나치게 부풀려서는 안 될 것입니다. 그토록 병적인 상황에서 자라난 것은 그것이 아무리 자연스럽다 하더라도 어쩔 수 없이 병적일 수밖에 없습니다. 하지만 재치가 예술 작품이 아니라 자연 산물이라는 점에서, 나는 이것을 차라리 유리한 장점으로 간주하고, 바로 그 이유로 리히터를 스턴보다 더 높이 평가하겠습니다. 왜냐하면 리히터의 상상력이 훨씬 더 병적이며, 따라서 훨씬 더 독특하고 더 환상적이기 때문입니다. 스턴을 다시 한번 읽어 보기만 하십시오. 당신이 스턴을 읽지 않은 지 오래 되었기 때문에 이번에는 이전과 좀 다르게 느껴질 거라 생각합니다. 그러고 나서 우리의 독일인 리히터를 그와 비교해 보세요. 그는 정말로 더 많은 재치를 가지고 있습니다. 적어도 그를 재치 있다고 생각하는 사람에게는 말입니다. 왜냐하면 리히터 자신은 이때 가벼운 실수를 한 것일 수도 있으니까요. 이런 장점을 통해 그의 감성마저도 현상적으로 영국적 감수성의 영역을 훨씬 더 능가하게 되는 것입니다.

그로테스크한 것에 대한 감각을 우리 안에 키우고 이러한 느낌의 상태를 유지해야 하는 또 하나의 외적인 근거가 있습니다. 요즘과 같은 책들의 시대에 우리는 널려 있는 시시한 책들을 들춰 보지 않을 수 없고, 심지어 읽어 보기라도 해야 합니다. 다행히도 이 중 몇몇 책들은 항상 시시한 종류의 장르입니다. 이 점에 관해서는 의견이 일치되어 있다고 확신해도 좋을 것입니다. 이때 사실 우리에게 중요한 것은 그 책들을 재치 있는 자연 산물로 간주하면서 그저 재미있게 생각하는 것뿐입니다. 친구여, 라퓨타[27]는 어디에도 없으며 모든 곳에 다 있습니다. 중요한 것은 우리들 마음에 따라 자의와 환상을 발동시키는 것입니다. 그러면 우리는 이미 그 섬 한가운데에 있습니다. 모든 것을 점점 더 명확히 가르고 나누는 지금 대부분 바로 그렇게 되었듯이, 우둔함이 어느 정도에 도달하면, 외적으로도 바보 같은 모습이 됩니다. 그리고 당신도 인정하겠지만, 이 바보 같음이야말로 인간이 상상할 수 있는 가장 유쾌한 것이며, 모든 재미있는 것에 고유한 마지막 원리입니다. 이런 기분으로 나는 종종 전혀 그럴 것 같지 않은 책을 읽다가 혼자서 웃음을 완전히 그치지 못할 때가 있습니다. 그리고 요즘 재치와 풍자라 불리는 어떤 것들에 전혀 공감하며 웃을 수 없기 때문에, 자연이 나에게 이러한 대체물을 주는 것은 당연합니다. 이와 반대로 가령 수준 높은 신문들은 이제 내게 익살극 같은 것이 되었습니다. 그리고 마치 빈의 사람들이 익살 인형극을 좋아하듯이 나는 스스로 보편적인 신문[28]이라 부르는 그 신문을 확실하게 지지합니다. 나의 입장에서 보면 이 신문은 모든 것 중에 가장 다양할 뿐 아니라 모든 측면에서 비길 데 없이 뛰어납니다. 왜냐하면 하찮은 지위로부터 어느 정도의 진부함으로 하락하고, 또 이로부터 일종의 둔감함으로 넘어간 후, 이 신문은 결국 둔감함

27) 『걸리버 여행기』에 나오는 수학자들의 섬.

28) *Allgemeine Literatur-Zeitung*을 가리킴[이 신문은 특히 1785년 1803년 예나에서 간행된 시절에 가장 활발한 전성기를 누렸으며 발행 부수가 많았다].

의 도상에서 마침내 바보 같은 우둔함에 빠지게 되었습니다.

이 모두가 당신에게는 이미 너무 현학적인 즐거움입니다. 그러나 당신이 안타깝게도 더 이상 용인할 수 없는 것을 새로운 마음으로 행하고자 한다면, 나는 하인이 도서관에서 책들을 무더기로 빌려 온다 하더라도 더 이상 그를 나무라지 않겠습니다. 아니 나 스스로 이러한 욕구를 위해 당신의 대리인을 자처하고, 문학의 모든 분야에서 고른 가장 아름다운 희극들을 당신에게 보내 드릴 것을 약속합니다.

다시 본론으로 돌아가겠습니다. 왜냐하면 나는 아무것도 놓치지 않고 당신의 주장을 한 걸음 한 걸음 따라갈 작정이거든요.

그대는 장 파울도 감성적이라고 거의 모욕적으로 혹평했지요.

내가 생각하는 바대로의, 그리고 내가 그 말의 근원과 본성에 따라 그렇게 받아들일 수밖에 없다고 믿는 그러한 의미에서 장 파울은 감성적이기를 바랍니다. 왜냐하면 나의 견해와 나의 언어 사용법으로는 감성적 소재를 환상적 형식으로 우리에게 보여 주는 것이 바로 낭만주의적인 것이기 때문입니다.

감성적인 것이라는 말에서 악의적으로 사용되는 저 일상적인 의미를 잠시 잊어 보십시오. 이 의미에서는 대부분의 사람들이 이 단어를 무미건조한 방식으로 감동적이며 눈물을 자아내는 모든 것으로 이해하고 있으며, 또 평범한 사람들로 하여금 이 감정을 의식할 때 말할 수 없는 행복감과 위대함을 느끼게 하는 그런 저 친밀한 관용으로 가득 차 있는 것으로 이해하고 있는 것입니다.

차라리 페트라르카나 타소를 생각해 보세요. 그들의 시는 아리오스토의 더욱 환상적인 로만체와는 반대로 아마도 감성적이라고 칭할 수 있을 것입니다. 나는 이 경우에서만큼 감성적인 것과의 대립을 그토록 선명하게 보여 주고 감성적인 것을 분명히 강조할 수 있는 다른 예가 금방 떠오르지 않습니다.

타소는 좀더 음악적이며 아리오스토가 가진 회화적 생생함도 물론 아주 형편없지는 않습니다. 내가 느끼기에 회화는 더 이상 베네치아 학파의 많은 대가들에서처럼 환상적이지 않습니다. 그들의 위대한 세기가 오기 이전의 코레지오나 또 어쩌면 라파엘의 아라베스크에서도 마찬가지입니다. 그 반면 근대의 음악은 그 안에서 지배하고 있는 인간의 힘에 대해 말하자면 전체적으로 자신의 성격에 충실히 머물러 있어, 거리낌 없이 감히 감성적 예술이라 부르고 싶습니다.

그렇다면 이 감성적이라는 것은 무엇입니까? 감정이 지배하는 곳에서 우리의 마음을 끄는 것인데, 물론 이때의 감정은 감각적인 것이 아니라 정신적인 것입니다. 이런 모든 감성적 동요의 근원과 영혼은 사랑입니다. 그리고 사랑의 정신은 낭만주의 시문학 도처에서 보이지 않는 듯 보이게 떠다니고 있음에 틀림없습니다. 이것이 감성적인 것의 정의를 이루는 것입니다. 『운명론자 자크와 그의 주인』에서 디드로가 유쾌하게 불평을 털어놓는 것처럼, 2행시 에피그람에서부터 비극에 이르기까지 어디서도 지나칠 수 없는 매혹적인 수난곡들은 여기서 오히려 가장 덜 감성적인 것입니다. 혹은 더 정확히 말하자면 이런 수난곡들은 경우에 따라 아무것도 아닐 수 있거나 혹은 매우 불쾌하고 무자비한 어떤 것일 수도 있는 정신의 외형적 문자조차도 아닙니다. 그렇습니다. 감성적인 것, 그것은 음악의 울림을 통해 우리를 어루만지는 신성한 숨결입니다. 이 숨결은 억지로 만질 수도 없고 기계적으로 파악할 수도 없는 것입니다. 이것은 사멸하는 아름다움에 의해 부드럽게 유혹당해 그 아름다움 속으로 모습을 감춥니다. 이것의 힘은 시문학의 마법 같은 언어 속으로도 뚫고 들어와 혼을 불어넣을 수 있습니다. 그러나 이러한 신성한 숨결로 가득 차 있지 않거나 혹은 그럴 수 없는 시에는 이 숨결은 결코 존재하지 않습니다. 그것은 무한한 존재이며 그 관심은 결코 인물들과 사건들과 상황들과 개인적 성향에 매달려 있거나 집착하지 않습니다. 즉 진정한 시인에게는 이 모든 것이 아무리 그의 영혼을 내밀히 사로잡고 있다 하더라도, 그것은 숭고한 것, 무한한 것에 대한 암시일 뿐이며, 형성하는 자연이라는 하나이자 영원한 사랑과 신성한 생의 충만에 대한 신비한 상형문자일 뿐입니다.

오로지 상상력만이 이러한 사랑의 수수께끼를 이해할 수 있으며, 수수께끼 그 자체로 표현할 수 있습니다. 그리고 바로 이 수수께끼 같은 것이야말로 모든 시문학적 표현의 형식 속에 들어 있는 상상적인 것의 원천입니다. 상상은 온 힘을 다해 스스로를 드러내려 합니다. 그러나 신적인 것은 자연의 영역에서는 단지 간접적으로만 전달되고 드러날 수 있습니다. 그 때문에 원래 상상이었던 것으로부터 현상 세계에 남겨질 수 있는 것은 오직 우리가 재치라 부르는 것뿐입니다.

감성적인 것의 의미에 대해 덧붙일 것이 한 가지 더 있는데, 그것은 바로 고대의 시문학과 상반되는 낭만주의 시문학의 고유한 경향에 관한 것입니다. 고대 시문학에 가상과 진리, 놀이와 진지함의 차이에 대한 고려는 들어가 있지 않습니다. 바로 여기에 커다란 차이가 있습니다. 고대의 시문학은 거의 예외 없이 신화에 잇닿아 있으며, 게다가 고유의 역사적 소재는 오히려 피하고 있습니다. 고대 비극조차도 하나의 놀이였으며, 민족 전체에 중요했던 어떤 실제 사건을 묘사한 시인은 처벌을 받기까지 하였습니다. 그 반면 낭만주의 시문학은 사람들이 알고 있고 믿고 있는 것보다 훨씬 더 많이 역사적인 기반에 의거하고 있습니다. 당신이 본 것 중 최초의 가장 훌륭한 연극, 당신이 읽은 그 어떤 소설의 경우, 그 안에 기발한 속임수가 들어 있다면, 당신은 틀림없이 그 근저에 비록 여러 번 변형을 거친 이야기이긴 해도 분명 어떤 실제 이야기가 깔려 있다는 것을 확신해도 좋을 것입니다. 보카치오는 거의 실제 이야기이고, 또 모든 낭만주의적 창작이 유래한 다른 근원들도 마찬가지입니다.

나는 고대적인 것과 낭만주의적인 것 사이의 대립이 지니는 한 가지 확실한 특징을 생각해 내었습니다. 그런데 내가 낭만주의적인 것과 근대적인 것을 완전히 같은 것으로 간주한다고는 믿지 마시기를 당신에게 부탁합니다. 나는 마치 라파엘과 코레지오의 그림이 지금 유행하고 있는 동판화와 상이한 것처럼, 낭만주의적인 것과 근대적인 것은 다르다고 생각합니다. 그 차이를 분명히 알고 싶다면, 부디 『에밀리아 갈로티』*Emilia Galotti*[29]를 읽어 보십시오. 이 책은 말할 수 없이 근대적이면서도 전혀 낭만주의적이지 않습니다. 그리고 그다음에 셰익스피어를 한번 생각해 보십시오. 나는 바로 이 셰익스피어에서 낭만주의적 상상의 씨앗과 그 원래의 중심을 찾습니다. 이전의 근대인들에게서, 즉 셰익스피어와 세르반테스에서, 이탈리아 시문학에서, 사태와 말 자체가 생겨나온 저 기사와 사랑과 동화의 시대에서 바로 낭만주의적인 것을 찾고 발견하고자 하기 때문입니다. 지금까지는 낭만주의적인 것이 고대인들의 고전적 시문학과 대조를 이룰 수 있는 유일한 것입니다. 오직 영원히 새로이 피어나는 상상의 꽃들만이 고대의 신화적 신들의 형상들 주위를 둘러 장식하기에 적당한 것입니다. 그리고 근대 시문학에서 가장 뛰어난 모든 것들은 정신이나 심지어 방식에 따라서 그러한 경향을 가지고 있는 것이 확실합니다. 그렇다면 고대로의 귀환이 있어야 할 것입니다. 우리의 문학 형식이 소설로 시작

29) 레싱의 드라마(1772).

했다면, 고대 그리스의 문학 형식은 서사시로 시작했고, 다시 서사시로 소멸했습니다.

이들 사이의 유일한 차이는, 낭만주의적인 것은 하나의 장르라기보다는 — 다소 강하게 혹은 약하게 나타나는 경우는 있을지라도 — 전혀 없어서는 안 되는 시문학의 요소라는 점입니다. 이제 왜 내가 모든 시문학은 낭만적이어야 한다고 요구하는지, 하지만 그중 하나의 특별한 장르이고자 하는 소설의 경우 왜 싫어하는지 그 근거가 그대에게 명백해졌기를 바랍니다.

그대는 어제 토론이 가장 활발해졌을 때, 소설이란 무엇이어야 하느냐며 소설의 정의에 대한 요구를 하였습니다. 마치 당신은 어떠한 만족할 만한 대답도 듣지 못할 것이라는 사실을 이미 알고 있다는 듯한 어투였습니다. 나는 이 문제를 해결할 수 없는 것으로 보지는 않습니다. 소설Roman은 낭만주의적romantisch인 책입니다. — 그대는 이 말을 아무 내용도 없는 동어반복이라 주장하겠지요. 그러나 나는 당신에게 사람들은 한 권의 책에서 이미 하나의 작품을, 그 자체로 존재하는 전체를 생각한다는 점만을 먼저 환기시키고 싶습니다. 그리고 연극이 보여지도록 정해져 있는 반면 소설은 아주 오래전부터 읽기 위한 것으로 정해져 있다는 점에서, 소설은 연극과 매우 중요한 대립을 이루고 있습니다. 여기서부터 두 형식 간 서술 기법상의 거의 모든 차이들을 이끌어 낼 수 있습니다. 연극 역시 다른 모든 문학 형식들처럼 낭만주의적이어야 합니다. 그러나 소설은 특정 조건들하에서만 그렇습니다. 즉 응용된 소설입니다. 반대로, 때때로 무시하거나 무시해도 좋을 그러한 문자의 통일성보다 더 고차원적인 어떤 통일성과의 관계를 통해, 혹은 이념들의 고리나 어떤 하나의 정신적 구심점을 통해 구성 전체가 전체나 작품이 되지 않는다면, 이야기가 드라마적 연관성을 지닌다고 해서 이것이 아직은 결코 소설을 전체로, 하나의 작품으로 만들지 않습니다.

이 점을 감안하면, 그 이외에는 드라마와 소설의 대립은 별로 일어나지 않습니다. 그래서 가령 셰익스피어가 드라마를 수용하고 다루고 있는 경우처럼, 오히려 드라마가 철저히 그리고 역사적으로 소설의 진정한 토대를 이룹니다. 그대는 소설이 서술 장르, 게다가 서사시적 장르와 대부분 동질적이라고 주장했습니다만, 그와 반대로 나는 노래 한 곡이 이야기만큼이나 낭만주의적일 수 있다는 것을 이제 처음으로 상기해 내었습니다. 그렇습니다. 나는 소설이란 것을 짧은 이야기와 노래와 다른 형식들이 섞여 있는 것 말고는 달리 생각할 수가 없습니다. 세르반테스는 바로 그렇게 창작했으며, 심지어 보통은 그토록 산문적인 보카치오마저도 노래들로 이루어진 테두리로 자신의 문집을 장식했습니다. 그렇지 않거나 그럴 수 없는 소설이 있다면, 그것은 오로지 작품의 개별성에 있는 것이지 장르의 성격에 연유하는 것이 아닙니다. 그것은 소설이라는 장르의 예외에 속하는 것입니다. 물론 이는 덧붙여 하는 말입니다. 내가 원래 제기하려던 반박은 다음과 같습니다. 자신의 기분이 끼친 영향이 전혀 드러나지 않는 경우보다 더 서사시 문체와 상반되는 것은 없습니다. 그런데 하물며 그 서사시 문체가 가장 뛰어난 소설들에서 일어나듯이 그렇게 자신의 유머에 몸을 내맡기고 유머와 유희할 수 있다면 더 말할 나위도 없습니다.

나중에 그대는 자신이 한 말을 다시 잊어버렸거나 아니면 그 말을 포기하고 다음과 같이 주장했지요. 즉 이 모든 분류는 아무 소용이 없다. 오로지 하나의 문학이 있을 뿐이다. 그리고 중요한 것은 어떤 것이 아름다운지 아닌지 하는 것이다. 오로지 융통성 없는 소인배만이 무엇이 어떤 항목으로 분류되는지 따질 것이다. — 당신은 내가 요즘 널리 퍼지고 있는 분류법에 대해 어떤 생각을 가지고 있는지 알고 있습니다. 그러나 나는 모든 대가들에게 꼭 필요한 것은 자신을 철저히 구체적인 목적에 제한시키는 일이라는 것을 알게 되었습니다. 그리고 역사적인 탐구를 통해 나는 더 이상 서로 융화될 수 없는 여러 가지 근원적 형식들에 도달하게 되었습니다. 그래서 내게는 낭만주의 시문학의 영역에서 가령 노벨레나 동화조차도 — 이렇게 말해도 된다면 — 서로 무한히 상반되는 것처럼 보입니다. 그래서 나의 유일한 바람은 예술가가 이러한 모든 형식들을 각자의 근원적인 특징으로 소급시킴으로써 이들을 혁신하는 것입니다.

만약 그런 예들이 실제로 나타난다면, 나는 원래의 의미에서 하나의 이론이 될 그런 소설의 이론을 구상할 용기를 얻게 될 것 같습니다. 즉 그 이론이란, 고요하고도 밝은 정서 전체로 대상을 정신적으로 직관하는 것이며, 신적인 형상들의 의미심장한 놀이를 축제의 즐거움으로 관조하는 것을 말합니다. 그러한 소설의 이론은 그 자체로 하나의 소설이어야 할 것입니다. 환상의 모든 영원한 울림을 환상적으로 반영하고, 기사 세계의 카오스를 다시 한번 혼란시킬 그러한 소설이어야 할 것입니다. 이때 이전의 존재들은 새로운 형상으로 살게 될 것이며, 이때 단테의 신성한 그림자는 지하 세계로부터 몸을 일으켜 걸어 나올 것이며, [페트라르카의] 라우라는 숭고한 모습으로 우리 앞에서 거닐게 될 것이며, 셰익스피어는 세르반테스와 느긋하게 대화를 나눌 것입니다. — 그리고 이때 산초는 또다시 돈키호테와 장난을 칠 것입니다.

이것이 진정한 아라베스크이며, 이런 아라베스크들이야말로 고백록과 함께 우리 시대에서 유일하게 낭만주의가 낳은 자연적 산물이라는 것을 나는 이 편지의 서두에서 주장한 바 있습니다.

만약 실제 이야기가 모든 낭만주의 시문학의 토대라는 것을 그대가 인정한다면, 내가 고백록도 여기에 포함시키는 것이 더 이상 낯설게 여겨지지 않을 것입니다. 그리고 당신이 한번 숙고해 본다면, 최고의 소설들에서 최고의 것은 바로 어느 정도 자신을 숨기고 있는 작가의 자기 고백이라는 것을 쉽게 생각해 낼 수 있으며, 또 확신할 수 있을 것입니다. 자기 고백은 경험의 결과이며, 자신이 가진 고유함의 정수를 보여 주는 것입니다.

물론 모든 종류의 소설에 내가 가지고 있는 낭만주의적 형식에 대한 생각을 그대로 적용할 수는 없지만, 그럼에도 나는 소설에 들어 있는 다수의 고유한 직관과 서술된 삶에 따라 이른바 소설들을 아주 정확하게 평가합니다. 이런 점에서 리처드슨[30]의 후계자들마저도 비록 그들이 잘못된 길을 걷고 있다 할지라도, 환영받을 수 있습니다. 우리는 '세실리아 비벌리'[31]로부터 적어도 그 당시 유행하고 있던 런던 사람들의 권태로움이 어떤 식이었는지, 그리고 어떻게 영국의 한 귀부인이 예민함으로 무너져 마침내 처참히 몰락하는지 알 수 있습니다. 악담이나 시골 귀족적 취향들 같은 것은 필딩의 소설에서는 마치 삶을 그대로 옮겨 놓은 듯하며, 『웨이크필드』[32]는 우리에게 지방 사제의 세계관에 대한 깊은 통찰을 제공해 주고 있습니다. 올리비아가 자신의 잃어버린 순수함을 마지막에 되찾을 수 있다면, 어쩌면 바로 이 소설이야말로 모든 영국 소설들 중에서 가장 훌륭한 소설일 것입니다.

하지만 아주 조금의 현실성조차도 이 모든 책들에서는 너무나 희박

---

30) Samuel Richardson(1689~1761). 근대 영국 소설의 주창자로 알려져 있는 소설가.

31) 1782년 발표된 프랜시스 버니(Frances Burney)의 소설 『세실리아』(*Cecilia*)의 여주인공[희극적이고 풍자적인 줄거리의 이 소설은 에드먼드 버크, 메리 울스턴크래프트, 쇼데를로 라클로 같은 사람들의 찬사를 받았다].

32) 올리버 골드스미스(Oliver Goldsmith)가 1766년에 발표한 소설 『웨이크필드의 목사』(*The Vicar of Wakefield*)[18세기 빅토리아 시대의 영국에서 매우 널리 읽혔던 소설이다].

하고 드물어 쉽게 찾을 수 없습니다. 어떤 여행 기록이, 어떤 서간 모음집이, 어떤 자기 기록이 이들을 낭만주의적 의미로 읽는 사람에게는 위의 모든 책들 중 최고의 책보다 더 훌륭한 소설이 될 수 없겠습니까? —

특히 고백록은 대부분 소박함의 도상에서 저절로 아라베스크에 이르게 되었는데, 이것은 위의 소설들에서는 기껏해야 마지막에 가서야 가능했던 일입니다. 즉, 가령 빈털터리가 된 상인들이 다시 돈과 신용을, 가난뱅이들이 먹을 것을 얻게 되고, 호감을 끄는 사기꾼이 진실하게 되며, 타락한 소녀가 다시 정숙하게 되는 경우에 말입니다.

나의 눈에 루소의 『고백록』은 최고로 훌륭한 소설입니다. 이에 비하면 『신 엘로이즈』*La Nouvelle Héloïse*는 그저 평범한 것에 지나지 않습니다.

나는 여기 당신에게 한 유명한 인물의 자기 고백을 보냅니다. 내가 아는 한, 당신은 아직 『회고록』[33]이라는 기번의 이 책에 대해 모를 것입니다. 이 책은 엄청난 교양이 들어 있는 책이며, 엄청나게 익살스러운 책입니다. 어쩌면 당신의 기대와는 다를 수 있을 텐데, 그 안에 들어 있는 이상한 소설은 사실 거의 완성되어 있습니다. 당신은 영국인이자 신사이자 대가이자 지식인이자 중년의 독신자이자 기품 있는 우아한 인물이 이 역사적 시대의 품위 속에서 우아한 우스꽝스러움을 통해 나타나는 것을 원하는 대로 충분히 선명하게 눈앞에서 보게 될 것입니다. 이 책에서 그토록 많은 웃음의 소재가 한데 모여 있는 것을 발견하기 전에, 사람들은 틀림없이 많은 형편없는 책들과 많은 시시한 사람들을 두루 겪었을 것입니다.[34]

---

33) 이 책의 「아테네움 단상」 219번 참조. 이 회고록은 J. Lord Sheffield라는 가명으로 1796년 출판되었다.

34) 여기서 잡지 『아테네움』 5호에 실렸던 「시문학에 관한 대화」의 부분은 끝난다. 괄호 안의 '다음 호에 계속'이라는 짤막한 언급이 이어진다.

* * *

안토니오가 이 편지를 낭독하고 나자, 카밀라가 여성들의 미덕과 관용을 찬양하기 시작했다. 즉 아말리아가 그런 정도의 충고를 받아들이는 것을 아무렇게나 생각하지 않는다고 말이다. 그리고 일반적으로 여성들은 남성들의 심각함에도 항상 인내하며, 더 중요한 것은, 그럼에도 변함없이 진심으로 대한다는 점에서, 심지어 인위적 존재[문화적 존재]Kunstwesen 로서 그들에 대한 모종의 믿음을 가지고 있다는 점에서 겸양의 표본이라는 것이다. — 로타리오가 이어서 말했다. '만약 그대가 겸양이라는 말로 그런 믿음을 이해한다면, 즉 우리가 아직 소유하고 있지 못하지만 그 존재와 가치는 추측해 볼 수 있는 어떤 탁월함을 가정하는 것이라면, 겸양은 아마도 뛰어난 여성들을 위한 모든 고귀한 교양의 가장 확실한 토대가 될 수 있을 것입니다.' — 이에 카밀라는 남성들 대부분이 다른 사람이 원하는 것이 무엇인지 이해하는 능력이 부족할수록 각자 자신을 그만큼 더 독특하다고 간주하는데, 그렇다면 겸양이 혹시 남성들에게 있어 가령 자부심이나 자기만족과 같은 것이 아니냐고 물었다. — 안토니오는 카밀라의 말을 끊고 다음과 같이 언급했다. 자신이 기대하는 것은 인류의 최선이며, 앞에서 나온 그런 믿음은 로타리오가 말한 것처럼 그 정도로 절실한 것은 아니다. 왜냐하면 그런 믿음은 아마 매우 드물 것이기 때문이다. 자기가 살펴본 바로는 대부분의 여성들은 예술, 고대, 철학 등등의 것을 근거가 없는 전통이며, 남성들이 시간을 때우기 위해 자기들끼리 서로 믿게 만드는 선입견이라고 간주하는 것 같다고 말했다.

마르쿠스가 괴테에 대한 몇 개의 소견을 말하겠다고 알려 왔다. "또다시 현재 살아 있는 시인의 특징을 논하겠다고?"라고 안토니오가 물었다.

마르쿠스는 안토니오에게 그 질책에 대한 답변은 논문 안에 들어 있다고 대답하고 글을 읽기 시작했다.

괴테 초기와 후기 작품에서의 상이한 문체에 관한 시론[35)]

나는 괴테의 작품이 얼마나 다양한 방식으로 시인들과 문학 애호가들에게 영향을 끼치는지 생각할 때면, 괴테의 보편성을 종종 새롭게 확인하곤 했다. 어떤 사람은 『타우리스 섬의 이피게니아』나 『토르콰토 타소』의 이상주의를 모범으로 삼고, 다른 사람은 기교 없이 자연스러운 가곡과 매혹적인 촌극Dramolett에서 가볍지만 독특한 방식을 배워 자신의 것으로 만들려 노력한다. 전자의 경우 『파우스트』의 열정에 타오르는 감정을 느낄 것이며, 후자의 경우 『헤르만과 도로테아』의 아름답고 단순한 형식을 즐길 것이다. 나의 입장에서는 괴테의 광범위하고 다양한 영역 전체를 하나의 중심으로 집중시켜 어느 정도 조망하기에 『빌헬름 마이스터』가 가장 적합하고 전형적인 예가 될 수 있다고 생각한다.

시인은 자신의 고유한 취향을 따라갈 것이며, 이것은 애호가들에게도 일시적으로는 아무런 문제가 없다. 하지만 전문가라면, 그리고 인식에 도달하려는 사람이라면 시인 자체를 이해하려는 경향, 즉 가능한 한 그

35) 이 '시론'에 나오는 괴테의 주요 작품들을 정리하면 다음과 같다. 『괴츠 폰 베를리힝엔』(드라마, 1774), 『토르콰토 타소』(드라마, 1789), 『헤르만과 도로테아』(민중서사시, 1797), 『베르테르』(1774), 『파우스트』 초고 판본(1773), 『파우스트』 초판(1800). 「클라비고」(희곡, 1774), 『타우리스 섬의 이피게니아』(1779), 『에그몬트』(1787), 「빌라벨라의 클라우디네」(1775), 「감상주의의 승리」(1784), 『여우 라이네케』(육보격의 "여우 이야기"roman de Renart, 1794), 『빌헬름 마이스터의 수업시대』(1795~1797), 「프로메테우스」(송시, 1772)(이 제목으로 드라마 단편도 있다). 시 「헌정」(1784)은 출판되지 않은 종교서사시의 도입부였다.

의 정신의 역사를 탐구하려는 경향을 느껴야 할 것이다. 물론 이것은 시도에 그칠 수 있다. 예술사에서 어떤 한 집단은 다른 집단들을 통해서만 해석될 수 있고 설명될 수 있기 때문이다. 어떤 하나의 부분을 그 자체로 이해하는 것은 불가능하다. 즉 어떤 한 부분을 개별적으로 관찰하는 것은 어리석은 일이다. 그리고 전체는 아직 완성되지 않았다. 따라서 이러한 종류의 모든 지식은 단지 접근Annäherung에 지나지 않으며 불완전한 상태이다. 그럼에도 불구하고 만약 이러한 접근 및 불완전이 예술가의 형성에서 본질적인 요소라면, 우리는 접근하려는 노력을 완전히 포기해서도 안 되고, 그럴 수도 없다. 불가피한 미완성은 자신의 이력을 아직 끝내지 않은 어떤 시인을 관찰할 때 그만큼 더 많이 나타난다. 하지만 이것이 감행 자체를 반대하는 이유는 전혀 되지 못한다. 우리는 생존하는 다른 예술가도 예술가로서 이해하려고 노력해야 한다. 이것은 오직 위에서 언급된 방식으로만 가능하다. 만약 우리가 원한다면, 우리는 또한 살아 있는 예술가를 마치 고대의 인물을 대하듯 판단할 수도 있어야 한다. 말하자면 판단의 순간에 그는 우리에게 고대인이 되어야 하는 것이다. 하지만 만약 우리의 진정한 연구 성과가 옛날부터 그래 온 것처럼 대중들의 몰이해로 인하여 여러모로 왜곡될 거라는 것을 스스로 알고 있다고 해서 그러한 성과를 전달하지 않는다면, 그것은 적절하지 못한 일이 될 것이다. 오히려 우리는 우리와 똑같이 진지한 태도로 자신들이 옳다고 생각하는 것에 대한 철저한 인식을 독자적으로 추구하는 사람들이 많다는 것을 가정해야 할 것이다.

그대들은 그 어떤 다른 작가에서도 괴테에서만큼 초기와 후기의 작품들이 눈에 띄게 상이한 경우를 쉽게 찾아보기 힘들 것이다. 괴테에서는 모든 청년기적 열광의 광포함과 완성된 교양의 성숙함이 서로 날카롭게 대립하고 있다. 그런데 이러한 상이함은 단지 관점이나 생각에서만 나타나는 것이 아니라, 서술방식이나 형식에서도 똑같이 드러난다. 그리고 이런 예술적 특성은 한편으로는 회화에서 사람들이 한 대가의 다양한 화풍이라는 말로 이해하는 것과 유사하며, 다른 한편으로는 우리가 고대 예술과 시문학의 역사에서 볼 수 있는 것과 같이 변형과 변화를 통해 진전되는 그런 발전 단계와 유사하다.

시인의 작품에 어느 정도 익숙해져 있고, 또 첨예하게 구별되는 양 극단을 주시하며 깊이 생각해 본 사람이라면 초기와 후기 사이의 중간 시기도 쉽게 관찰할 수 있을 것이다. 이 세 시기를 일반적으로 특징짓는 일은 모호한 상만 그려 낼 수도 있으므로, 그 대신 차라리 충분히 숙고한 결과에 따라 각 시기의 특징을 가장 잘 대표하고 있는 것으로 보이는 작품들을 소개하고자 한다.

괴테의 첫번째 시기를 대표하는 작품으로 『괴츠 폰 베를리힝엔』을, 두번째 시기에는 『토르콰토 타소』를, 세번째 시기에는 『헤르만과 도로테아』를 들 수 있다. 세 작품 모두 각 시기의 다른 작품들보다 가장 온전한 의미에서의 객관성을 더 많이 띠고 있고 더 높은 수준으로 이루고 있다.

나는 이 작품들을 괴테의 다양한 스타일과 관련시켜 짧게 설명하고, 나머지 작품들에 대해서는 같은 관점에서 몇 가지 부연 설명들을 덧붙이겠다.

『베르테르』에서는 모든 우연적인 것과의 완전한 분리가 직접적이고 확고하게 목적과 본질적인 것을 겨냥하며 서술되고 있으며, 이를 통해 미래의 예술가를 분명히 예고하고 있다. 이 작품은 세부 내용에서는 놀랄 정도로 뛰어나다. 하지만 전체적으로 보면 『괴츠 폰 베를리힝엔』에서와 같이 우리 눈앞에 갑자기 나타나는 중세 독일의 용감한 기사들이 지닌 그러한 힘, 그리고 바로 형식이 없음으로 인해 적어도 부분적으로나마 다시 형식이 되는 그런 무형식성이 자신을 무모할 정도로 관철시킬 때 발산하는 그러한 힘은 없다. 이를 통해 『괴츠 폰 베를리힝엔』에서는 서술 내의 기법 자체도 특정한 매력을 띠게 되고, 전체는 『베르테르』와 비교해도 시대에 거의 뒤떨어지지 않는다. 하지만 이 『베르테르』에서도 영원히 변치 않고 새로우며, 유일하게 주변으로부터 확연히 두각을 드러내는 것이 한 가지 있다. 그것은 자연에 대한 위대한 생각인데, 단순히 정적인 부분들뿐 아니라 격정적인 부분들에서도 분명히 드러난다. 이 자연관은 『파우스트』에 대한 암시들이기도 하며, 이러한 괴테의 격정적인 토로들에서 자연 탐구자의 진지함을 예고할 수밖에 없음은 당연한 일이다.

괴테의 모든 작품을 분류하는 것이 아니라 그의 예술적 발전 단계에서 중요한 계기들만을 짚어 내는 것이 나의 의도였다. 그래서 가령 『파우스트』 같은 작품을 남성적 문학의 소박한 힘과 의미심장한 재치를 드러내는 데 매우 유리한 중세 독일적 형식 때문에, 또 비극적인 것에의 경향 때문에, 또 그 이외의 다른 흔적들과 친화성 때문에 첫번째 시기에 속하는 것으로 생각할 것인지 아닌지는 그대들 자신의 판단에 맡기겠다. 하지만 분명한 것은 이 위대한 미완성 작품은 단순히 이미 거명한 세 작품처럼 어느 한 단계의 특징만을 대표하는 것이 아니라 시인의 정신 전체를 밝혀 준다는 점이다. 이런 성격은 『빌헬름 마이스터』에서 다른 방식으로 나타나는 것을 제외하고는 이후 다시 등장하지 않는다. 이 방식의 측면에서 볼 때 『빌헬름 마이스터』는 『파우스트』와 대조적이라고 할 수 있다. 여기서는 이 『파우스트』가 인간의 능력이 만들어 낸 가장 위대한 작품에 속한다는 것 말고는 더 이상 언급하지 않겠다.

「클라비고」를 비롯하여 상대적으로 덜 중요한 첫번째 시기의 다른 작품들에서 가장 특기할 만한 점은 괴테가 이미 일찍부터 특정한 목적, 즉 한

번 선택한 대상을 위해 정확하고 엄격한 제한을 가할 줄 알았다는 것이다.

『타우리스 섬의 이피게니아』는 첫번째 시기에서 두번째 시기로 이행하는 과정 중의 작품으로 생각하고 싶다.

『토르콰토 타소』의 특징은 성찰과 조화의 정신이다. 모든 것이 조화로운 삶과 조화로운 교양의 이상을 향하고 있으며, 이 가운데 부조화마저도 조화로운 분위기로 유지되고 있다. 너무나 음악적인 본성의 깊숙한 부드러움이 이 정도의 의미심장한 철저함으로 묘사된 적은 근대에서 아직 없었다. 여기 모든 것은 반정립과 음악이며, 작품의 시작과 끝에서 자기 자신의 아름다움에 스스로를 비추고 있는 듯한 고요한 그림 위로 더없이 우아한 사교적 분위기의 부드러운 미소가 가볍게 흔들리고 있다. 여기에는 유약해진 어떤 대가의 무례한 행동 같은 것들도 틀림없이 출현했을 것이다. 하지만 그런 것들마저도 시문학의 가장 아름다운 꽃들로 장식한 채 온화하게 나타난다. 전체는 뛰어난 계층들의 인위적 연관과 부조화의 분위기에서 흔들리고 있으며, 해결의 모호함은 오로지 오성과 자의가 단독 지배하고 있는 곳의 관점으로부터만 계산되어 있고, 감정은 거의 침묵하고 있다. 이 모든 특징들을 보면 나는 『에그몬트』*Egmont*가 이 작품과 가장 유사하거나, 아니면 서로 대립적인 쌍을 이룰 정도로 너무나 대칭적인 방식으로 다르다고 생각한다. 에그몬트의 정신도 우주의 거울이다. 다른 사람들은 에그몬트라는 이 빛의 반영일 뿐이다. 여기서도 아름다운 자연은 오성의 영원한 힘에 종속되어 있다. 단, 『에그몬트』에서의 오성은 악의적인 것을 좀더 강조하여 표현되어 있는 반면, 『에그몬트』 주인공의 자기애는 타소의 자기애보다 훨씬 더 고귀하고 친절하다. 부조화는 원래 바로 타소의 자기애 자체에, 그가 느끼는 감성의 방식에 있다. 다른 사람들은 자기 자신과 동일성을 느끼며, 더 높은 영역으로부터 온 외부인에 의해서만 방해받을 뿐이다. 그 반면 『에그몬트』에서 모든 불협화음은 조연들에게서 일어난다. 클레르헨의 운명은 우리의 마음을 찢어 놓고, — 불협화음의 둔탁한 메아리에 지나지 않는 — 브라켄부르크의 탄식을 들으면 거의 눈을 돌리고 싶을 정도이다. 그는 적어도 죽기라도 한다. 클레르헨은 에그몬트 안에서 살고 있다. 다른 사람들은 그저 역할을 할 뿐이다. 에그몬트만이 자신 안에서 고귀한 삶을 살고, 그의 영혼 속에서 모든 것은 조화롭다. 심지어 고통마저도 음악과 융합되고, 비극적 결말도 온화한 인상을 준다.

이 두 작품에 깃들어 있는 것과 동일한 아름다운 정신이 「빌라벨라의 클라우디네」에서는 갓 피어난 가장 가벼운 꽃들의 형상으로부터 숨을 내쉬고 있다. 괴테는 여기서 이미 일찍 루간티노라는 인물을 통해 한 유쾌한 방랑자의 낭만적 삶을 애정 어리게 묘사하고 있는데, 그의 감각적 매력은 너무나 특이한 변형을 통해 가장 정신적인 우아함으로 승화되고, 다소 거친 분위기에서부터 순수한 천공으로 높이 솟아오른다.

연극에 대한 괴테의 대부분의 구상과 창작은 이 시기에 속한다. 교훈적 성격이 강한 일련의 실험적 희곡들도 등장했는데, 이런 작품에서는 종종 예술적 형식의 원리와 방법이 개별 작품의 성공 자체보다 더 중요했다. 『에그몬트』 역시 로마 시대를 다룬 셰익스피어의 작품에 대한 괴테 자신의 이념에 따라 만들어졌다. 심지어 『토르콰토 타소』에서도 그는 아마 철저한 (비록 드라마적 오성은 아니지만) 오성의 드라마로서 유일한 독일 드라마를 모범으로 먼저 생각했을 것인데, 그것은 바로 레싱의 『현자 나탄』이다. 모든 예술가들에게 영원히 탐구해야 할 본보기가 될 『빌헬름 마이스터』가 어떤 점에서는 그 실제적 생성 시기에 따라 소설들 이후에 쓰인 하나의 연구서라는 것은 놀라운 일이 아닐 수 없다. 그런데 아마도 엄밀하게 따져 보면 이 각각의 소설들을 작품으로 간주할 수도 없고, 또 모두 함께 하나의 장르로 간주할 수도 없을 것이다.

이것이 바로 하나의 작품을 비로소 예술 작품으로 만드는 진정한 의미의 모방의 성격이다! 예술가에게 모범은 자신이 창조하려는 것에 대한 생각을 더욱 개체적으로 형상화하기 위한 자극이고 수단일 뿐이다. 괴테가 시를 짓는 방식, 즉 이념Idee에 따라 시를 쓴다는 것은, 플라톤이 요구하는 바대로, 우리가 이데아Idee에 따라 살아야 한다는 것과 같은 의미인 것이다.

「감상주의의 승리」 역시 고치Gozzi로부터 아주 멀리 벗어나 있는데, 아이러니의 측면에서 보면 그를 훨씬 능가한다.

『빌헬름 마이스터의 수업시대』를 어디에 위치시키는가의 문제는 그대들 자신에게 맡기겠다. 인위적인 사교의 성격에서나, 두번째 시기의 특징적 분위기를 결정하는 오성의 형성에서나, 첫번째 시기의 자취를 연상시키는 것이 없지 않으며, 배후에서는 세번째 시기의 특징이라고 할 수 있는 고전주의적 정신이 어디서나 활발히 움직이고 있다.

이 고전주의 정신은 단순히 외적인 것에만 존재하는 것은 아니다. 내가 착각하고 있는 것이 아니라면, 심지어 『여우 라이네케』*Reineke Fuchs*에서도 괴테가 고대적인 것과 일치시켜 만들어 낸 독특한 분위기는 형식과 마찬가지로 동일한 고전적 경향을 띠고 있기 때문이다.

운율, 언어, 형식, 어법의 유사성, 시상의 동일성, 더 나아가 대부분 남국적인 색채와 의상, 고요하고 부드러운 정조, 고대적 양식, 성찰의 아이러니 등이 엘레기와 에피그람과 서간문과 전원시를 하나의 원환圓環으로, 시들로 이루어진 하나의 가족 같은 것으로 만든다. 우리는 이 시들 모두를 하나의 전체이자, 어떤 의미에서는 하나의 작품으로 받아들이고 간주하는 것이 좋을 것이다.

이 시들이 지닌 마법과 매력 가운데 많은 부분은 여기서 표현되고 전달되고 있는 뛰어난 개체성에 근거한다. 이 개체성은 고전주의 형식을 통해 더욱 발전하게 된다.

첫번째 시기의 작품들에서는 주관적인 것과 객관적인 것이 두루 섞여 있다. 두번째 시기에서 작품의 실현은 최고도의 객관성을 보이고 있다. 그러나 여기서 원래 가장 흥미로운 것은, 조화와 성찰의 정신이 특정한 개체성과의 관계를 드러내고 있다는 것이다. 세번째 시기에서 주관성과 객관성은 완전히 분리되어 있는데, 『헤르만과 도로테아』는 철저히 객관적이다. 참되고 진정한 것을 통해 정신적인 유년기로의 회귀가 나타날 수 있다. 즉 마지막 시기는 첫번째 시기에 나타났던 에너지와 온기와 다시 결합하는 것이다. 하지만 자연성은 여기서 자연적인 감정의 토로 자체가 아니라 외적 효과를 위한 의도적인 대중성으로 보인다. 나는 이 시에서 매우 이상주의적인 태도를 발견한다. 이러한 태도는 다른 곳에서는 오직 『타우리스 섬의 이피게니아』에서만 나타날 뿐이다.

물론 작품 경향의 변화 단계라는 하나의 도식으로 괴테의 모든 작품을 분류하는 것은 나의 의도가 아니었다. 이 점을 하나의 예를 통해 더욱 분명히 하기 위해 가령 「프로메테우스」와 「헌정」Zueignung 같은 시는 대가 괴테의 다른 위대한 작품들과 나란히 세우기에 부족하지 않다는 것만을 언급하겠다. 누구나 이런저런 다양한 시들 전체에서 가장 흥미로운 것을 좋아하기 마련이다. 하지만 지금 이 자리에서 이야기되고 있는 고귀한 성향의 사람들에게 이보다 더 좋은 형식을 바랄 수는 없을 것이다. 진정한 전문가라면 그런 작품 하나로부터도 모든 작품들이 차지하고 있는 높이를 추측해 낼 수 있어야 한다.

『빌헬름 마이스터』에 대해서만은 몇 마디 더 언급해야 할 것 같다. 이 작품에서는 세 가지가 내게 놀랍고 위대한 특징으로 보인다. 첫째, 여기서 나타나는 개체성은 다양한 광선으로 흩어져 있으며 여러 명의 인물들 속에 분산되어 있다. 다음으로, 좀더 자세히 보면 근대의 덮개 아래 어디서나 재발견할 수 있는 고대의 정신이 있다. 고대와 근대의 이 위대한 조합은 모든 문학 형식의 최고의 과제로 보이는 것, 즉 고전주의적인 것과 낭만주의적인 것의 조화에 대한 전망을 완전히 새롭고 무한히 열어 준다. 세 번째는 나누어질 수 없는 어떤 하나의 작품이 어떤 의미에서는 그와 동시에 이중적인 두 개의 작품이라는 점이다. 어쩌면 내가 의미하는 바를 다음과 같은 말로 가장 분명히 표현할 수 있을 것이다. 즉 작품은 두 번 만들어졌다. 즉 두 번의 창조적 계기를 통해, 두 가지 이념으로부터 만들어졌다. 첫번째의 것은 단순히 예술가 소설에 대한 것이었다.[36] 그러나 곧 장르적 경향과 마주치자 작품은 갑자기 원래 의도보다 훨씬 더 커져 버렸고, 삶의 기술이라는 교양 이론이 덧붙여졌으며, 그래서 전체의 창조력이 되었다. 그 정도로 눈에 띄는 이중성은 낭만주의 예술의 전체 영역에서 가장 예술적이고 지적인 두 작품, 『햄릿』과 『돈키호테』에서 볼 수 있는 것이다. 하지만 세르반테스와 셰익스피어는 결국 각자의 정점에서 어느 정도 내리막길을 겪어야 했다. 물론 그들의 작품 모두가 새로운 개체이며, 그들은 새로운 장르를 그 자체로 형성함으로써 괴테의 보편성과 비교를 허용하는 유일한 작가들이다. 셰익스피어가 소재를 변형하는 방식은 괴테가 어떤

36) 이러한 언급은 프리드리히 슐레겔의 비판적 지성을 드러내는 것이라고 말할 수 있다. 왜냐하면 괴테가 공들여 작업한 『빌헬름 마이스터의 수업시대』의 토대가 된 원래의 1차 텍스트가 1777년경 작성된 「빌헬름 마이스터의 연극적 사명」이라는 것을 알게 된 것은 20세기 초이기 때문이다[이 텍스트는 1909년에 발견되었다]. 그리고 이 텍스트는 사실 "예술가 소설"을 이루고 있었다. R. Ayrault, *La genèse du romantisme allemand*, I, pp.741~742 참조.

이상적 형식을 취급하는 방식과 다르지 않다. 세르반테스도 개체적인 형식들을 모범으로 취했다. 차이가 있다면 괴테의 예술은 철저히 점진적이라는 것이다. 설령 그 시대가 보통 세르반테스와 셰익스피어에게 더 유리했다 하더라도, 그리고 괴테의 예술이 누구에게도 인정받지 못하고 외로이 남겨진 것이 그 위대함에 해를 끼치지 않았다 하더라도, 그럼에도 지금의 이 시대는 적어도 이 점에서는 괴테를 알아볼 능력과 토대를 갖추고 있다.

괴테는 미숙하기도 하고 이미 잘못 형성되기도 한 시기에 그런 것처럼 어디서나 산문과 잘못된 경향으로 에워싸인 가운데 어쨌든 할 수 있었던 만큼 초기의 열정을 분출해 냈고, 이로부터 자신이 걸어간 오랜 여정에 걸쳐 예술의 최고 경지를 이루어 냈다. 즉 최초로 고대와 근대의 시문학 전체를 포괄하고, 영원한 진보의 씨앗을 품고 있는 그러한 경지에 이른 것이다.

지금 활발하게 활동하고 있는 정신 역시 이러한 노선을 따라야 하며, 그렇게 될 것이다. 그리고 우리는 시를 짓는 능력, 특히 이념에 따라 시를 쓸 수 있는 능력을 가진 인물들이 드물지 않기를 희망해도 좋을 것이다. 만약 그들이 괴테를 모범으로 삼아 모든 종류의 습작들과 작품들을 지치지 않고 끊임없이 개선해 나가고자 추구한다면, 아직도 다양하게 적용될 수 있는 괴테의 보편적 경향과 진보적 원리를 자신의 것으로 만든다면, 또 괴테와 마찬가지로 지성의 확실함을 깜빡거리는 재기발랄함보다 선호한다면, 그렇게 되면 앞에 말한 그러한 씨앗은 사라지지 않을 것이고, 괴테는 세르반테스와 셰익스피어의 운명을 따르지 않아도 될 것이다. 그러면 그는 새로운 문학의 주창자와 지도자가 될 것이며, 그것은 단테가 다른 방식으로 중세에서 한 것처럼, 우리와 후세를 위한 것이 될 것이다.

* * *

안드레아 오늘 발표된 내용에서 시문학의 예술성에 대한 모든 질문들 중 내게 가장 중요한 것으로 보이는 문제가 마침내 언급되어 매우 기쁩니다. 즉 그것은 고대와 근대의 합일에 관한 것이며, 어떤 조건하에서 그런 합일이 가능하며, 또 어느 정도까지 유용한 일인지 하는 것이 여기서 중요할 것입니다. 이 문제를 철저히 다뤄 보는 것이 좋겠습니다!

루도비코 나는 고대와 근대의 제한적인 합일에는 반대합니다. 무조건적인 합일이어야 한다고 생각합니다. 시문학의 정신은 단 하나이자 어디서나 동일한 것입니다.

로타리오 물론입니다. 정신은 그렇습니다! 나는 여기서 정신과 활자의 구분을 통해 말해 보겠습니다. 당신이 신화에 대한 강연에서 서술하고 암시했던 것은 시문학의 정신이라 할 수 있을 것입니다. 그래서 내가 운율과 같은 것들, 또 성격과 행위, 그리고 거기에 종속되는 것을 오로지 활자로만 간주한다면, 당신은 이에 대해 틀림없이 아무것도 반대할 수 없을 것입니다. 정신에서는 고대적인 것과 근대적인 것의 무조건적인 연결이 가능합니다. 그리고 우리의 친구 마르쿠스가 우리에게 환기시킨 것은 오로지 그러한 합일에 관한 것입니다. 시문학의 활자를 통해서는 그렇게 말할 수 없습니다. 가령 고대의 운율과 근대의 운율은 영원히 서로 상충합니다. 이 둘 사이에 제3의 중재자는 없습니다.

안드레아 나는 성격과 열정의 처리 방식이 고대와 근대에서 완전히 상이하다는 것을 종종 감지했습니다. 고대인들은 성격과 열정을 이상적으로 생각했고, 조형적으로 완성했습니다. 근대인들에서 성격은 실제로 역사적이거나 아니면 흡사 그런 것처럼 구성되었습니다. 그런데 그에 반해 제작 방식은 오히려 아름다운 그림처럼 펼쳐지거나 초상화의 방식을 따랐습니다.

안토니오 원래는 모든 활자의 중심이라고 할 만한 어법을 그대는 이상하게도 시문학의 정신으로 생각하고 있음에 틀림없습니다. 왜냐하면, 물론 여기서도 양극단으로 일반적인 이분법이 나타나고 있으며 전체적으로는 고대의 감각적 언어의 성격과 우리의 추상적 언어가 뚜렷한 대립을 이루고 있지만, 그럼에도 한쪽 영역에서 다른 영역으로의 이행들이 아주 많이 발견되기 때문입니다. 그리고 만약 완전한 통일은 즉시 이루어질 수 없다고 해도, 왜 그런 이행들이 훨씬 더 많이 있을 수 없는지 나는 이해하지 못하겠습니다.

루도비코 그리고 나는 왜 우리가 오로지 단어에만, 활자의 활자에만 매달려 있는지, 그로 인해 언어가 시문학의 다른 모든 수단보다 훨씬 더 시문학의 정신에 가까이 있다는 것을 인식하지 못하는지 이해할 수 없습니다. 근원적으로 생각해 보면, 언어는 알레고리와 동일한 것으로서, 마법의 첫 번째이자 직접적인 수단입니다.

로타리오 단테와 셰익스피어와 그 외 다른 위대한 대가들에게서 우리는 그 자체로 이미 최고의 독창성을 나타내는 특징 전체를 지니고 있는 구절들과 표현들을 발견할 것입니다. 이들은 시문학의 그 어떤 다른 표현 수단들보다도 원저자의 정신에 가깝습니다.

안토니오 괴테에 관한 글에 대해 제가 비판할 수 있는 한 가지는 여기에 들어 있는 의견들이 지나치게 명령적으로 표현되고 있다는 점입니다. 산 하나만 넘어가도 이런저런 의견에 대해 완전히 다른 견해를 지니고 있는 사람들이 살 수 있기 때문입니다.

마르쿠스 제 생각만 이야기했다는 점은 기꺼이 인정합니다. 하지만 전체적으로는 우리 모두가 일치된 의견을 가지고 있는 예술과 교양의 원리들에 대해 최선을 다해 정직하게 연구한 후 저에게 드는 생각을 말했습니다.

안토니오 그 의견 일치라는 것이 아마 매우 상대적인 것 같습니다.

마르쿠스 그럴 수도 있겠지요. 당신도 인정하겠지만, 예술에 대한 진정한 판단은, 혹은 어떤 작품에 대한 완전히 정리되고 뚜렷이 형성된 의견이란, 이렇게 말해도 된다면, 항상 위험한 사실입니다. 하지만 역시 하나의 사실일 뿐이며, 바로 그 때문에 거기에 동기를 부여하는 것은 공허한 작업입니다. 동기 자체가 새로운 사실이거나 또는 원래의 사실에 대한 더 정확한 규정을 포함하고 있어야 하기 때문입니다. 또는 우리가 소유하고 있는 학문이 사실 예술 판단을 가능하게 하기는 하지만, 그 자체로는 너무 부족해서 많은 경우 모든 예술이나 모든 판단과 절대적으로 대립하는 것으로 볼 수밖에 없는 그러한 학문임을 보여 줄 수밖에 없는 곳에서는 외부로 미치는 영향도 마찬가지로 소용없기 때문입니다. 친구들 사이에서 능숙함을 과시하는 일은 피하는 것이 좋겠고, 그럼에도 결국 너무나 인위적으로까지 준비하여 어떤 예술 판단을 전달하려 할 때에 다음과 같은 요청 이외에 다른 요구는 있을 수 없습니다. 그것은 각자가 자신의 인상을 그대로 순수히 포착하고 또 엄격히 규정하려 시도해야 하며, 그렇게 전달된 인상을 자발적이고 흔쾌히 받아들이기 위해 자신이 그것에 동의할 수 있는지 아닌지 성찰해 볼 가치가 있는 것으로 존중해 달라는 요청입니다.

안토니오 또 우리가 지금 서로 의견 일치가 되지 않는다면, 그것은 결국 다음과 같은 것을 의미합니다. 즉 어떤 사람이 '나는 단 것이 좋아'라고 말하면, 다른 사람은 반대로 '나는 쓴 것이 더 맛있다'고 말하는 것입니다.

로타리오 많은 것에 대해서는 그렇게 말할 수 있겠지만, 그럼에도 예술의 문제에 있어서는 하나의 앎이 확실히 가능할 것입니다. 또 내 생각에는 만약 역사적 견해가 더욱 완벽하게 실현된다면, 그리고 시문학의 원리들을 우리의 철학자 친구가 시도했던 방법으로 주장하는 데 성공한다면, 문학 형식은 견고함에서나 규모에서나 부족함이 없는 토대를 갖추게 될 것입니다.

마르쿠스 현재의 상태에서 우리에게 방향을 제시해 주고, 동시에 끊임없이 우리를 과거로 끌어올려 상기시키고, 더 나은 미래를 위해 나아가도록 하는 데 너무나 중요한 모범을 잊지 말기 바랍니다. 적어도 원칙을 중시하고 모범에 충실히 따릅시다.

로타리오 반대할 것이 없는 가치 있는 결정입니다. 그리고 틀림없이 우리는 이러한 방식으로 본질적인 문제에 대해 서로 이해할 수 있는 법을 더욱 더 많이 배우게 될 것입니다.

안토니오 그러니 이제 우리가 바랄 것은 시에 대한 이념들을 우리 자신 안에서 발견하고, 그래서 이념에 따라 시를 짓는 뛰어난 능력을 발견하는 것뿐일 것입니다.

루도비코 당신은 가령 미래의 시들을 선험적으로 구성하는 것이 불가능하다고 여기십니까?

안토니오 당신이 나에게 시에 대한 이념들을 주신다면, 시 짓는 능력을 당신에게 한번 드려 보겠습니다.

로타리오 그것이 불가능하다고 보는 그런 생각이 당신의 입장에서는 옳을 수도 있습니다. — 하지만 나는 나 자신의 경험으로부터 반대의 경우를 알고 있습니다. 나는 시에 대한 선험적 구성에 몇 번 성공함으로써 어떤 특정한 시에 대한 나의 기대를 충족시켰으며, 이것이 예술의 이런저런 영역에서 가장 먼저 필요한 것이거나 또는 가능한 것이라는 점을 말할 수 있습니다.

안드레아 당신이 그러한 능력을 가지고 있다면, 언젠가 다시 고대 그리스 비극이 우리에게 돌아오기를 우리가 희망해도 좋은지도 말해 줄 수 있겠지요.

로타리오 농담으로나 진담으로나 당신이 어쨌든 저에게 그러한 요구를 했고, 그래서 내가 다른 사람들의 의견을 말하는 것이 아니라 적어도 나 자신의 견해 중 하나를 향연에 보탤 수 있어서 기쁩니다. ― 먼저 비의秘儀와 신화가 물리학의 정신을 통해 혁신을 겪게 된다면, 그때 비로소 모든 것이 고대적인 비극들, 그럼에도 의미를 통해 시대의 정신을 포착할 수 있다고 확신하는 비극들을 창조해 내는 것이 가능할 것입니다. 이때 더 큰 범위와 더욱 다양한 외적 형식이 가능할 것이며, 심지어 고대 비극의 여러 가지 종속적 형식이나 변형들을 통해 실제로 일어났던 것과 거의 유사하게 유용한 것이 될 수도 있습니다.

마르쿠스 지금의 우리 언어로 삼보격trimeter 시행은 육보격hexameter 시행만큼이나 뛰어나게 만들 수 있습니다. 하지만 코러스의 운율은 해결할 수 없는 문제가 아닐까 싶습니다.

카밀라 왜 내용이 신화적이어야만 하고 역사적이어서는 안 되는 거죠?

로타리오 왜냐하면 우리가 역사적 주제에서는, 고대의 정신을 전적으로 반영하는 특징들을 근대적인 방식으로 다룰 것을 요구하기 때문입니다. 예술가는 이 부분에서 이런저런 방식을 통해 고대 그리스 비극도, 낭만주의적 비극도 극복해야 할 것입니다.

카밀라 그렇다면 나는 당신이 니오베[37]를 신화적 주제로 고려하기를 바랍니다.

---

37) 니오베는 아폴론과 아르테미스 둘밖에 자식이 없다고 레토를 조롱했고, 레토는 이에 대한 복수로 니오베의 일곱 아들과 일곱 딸을 죽게 만들었다. 이를 슬퍼하던 니오베는 결국 제우스에 의해 계속 눈물을 흘리는 입상이 되었다.

마르쿠스 나는 그보다는 프로메테우스가 좋겠습니다.

안토니오 나는 보잘것없어 보일 수도 있는 아폴론과 마르시아스[38]의 오래된 신화를 제안합니다. 이 이야기는 매우 현재적인 것으로 보입니다. 또는 사실 이 이야기를 소재로 한 모든 작품에서 아마도 항상 현재적이었을 것입니다.

38) 사튀로스인 마르시아스는 아폴론에게 피리 시합을 청했으며, 뮤즈의 심판에 따라 아폴론에게 패배했다. 마르시아스의 불경함을 벌주기 위해 아폴론은 산 채로 그의 살갗을 벗겨 버렸다.

3. 아우구스트 슐레겔 『문학과 예술에 대한 강의』[1)]

일곱번째 강연[2)]

칸트의 체계에서 불만스러운 점은 그가 초월적 관념론을 끝까지 밀고 나가지 않고 중도에 머물러 버렸다는 것이다. 초월적 관념론에 대해 더욱 철저한 견해와 설명을 전개하기 위해서는 아름다움과 예술의 본질을 좀더 심도 있게 통찰하는 데까지 나가지 않으면 안 된다. 이 점 역시 이미 분명히 확인된 것이다. 피히테는 이 주제에 대하여 자신의 도덕론에서 단지 지나가듯 설명하였을 뿐이지만, 만약 독자적이고 상세하게 다루었더라면 최고의 기대를 걸어도 좋을 그런 방식이었다. 셸링은 처음으로 철학적 예술론의 토대를 초월적 관념론의 원칙과 명시적으로 연결시키기 시작하였

---

1) 이 텍스트의 한국어 번역에 사용한 독일어 원서는 A. W. Schlegel, *Kritische Schriften und Briefe*, hrsg. von Edgar Lohner, Bd. II: Die Kunstlehre, Stuttgart, 1963. — 옮긴이

2) 이전의 강의들은 이론의 이념과 미적, 문학적 비평의 이념에 대한 개관적 서문으로 되어 있다. 그다음에 이 주제에 대한 여러 역사적인 주장들을 요약한다. 이 요약 소개는 매우 자세히 전개되는 두 개의 장을 통해 끝을 맺는데, 하나는 버크와 숭고에 관한 것이고, 다른 하나는 오늘날까지도 그 평가와 논의가 넘쳐 날 정도의 이론을 만들어 내며 끊이지 않는 칸트의 『판단력 비판』에 대한 것이다[이 책의 원서에 프랑스어로 번역된 텍스트에는 '여덟번째 강연'으로 되어 있다. 하지만 독일어 원문에는 '일곱번째 강연'으로 되어 있고, 이어서 "이 체계에 대한 일반적 기술 및 코페르니쿠스적 체계와의 비교"라는 제목이 달려 있다].

고, 『초월적 관념론 체계』에서 특별히 별도의 한 장을 예술에 할애했다. 그는 인간에 존재하는 영원한 모순의 해결로서, 즉 인간 정신의 나누어진 경향을 재결합하는 최종 심급으로서 그 진정한 정점에 예술을 위치시켰다. 왜냐하면 이제 철학은 이러한 나누어진 경향들의 근원적 합일을 주장하며, 우리들 존재의 현상 전체를 이해하기 위해서는 그러한 합일로부터 출발해야 하기 때문에, 예술이야말로 유일하게 참되고 영원한 기관이자 동시에 철학의 기록 자료가 되어야 하는 것이다. 어떻게 이러한 결론에 이르게 되었는가에 대해서는 그전에 먼저 체계의 전체 연관성을 상세히 논해야 하고 또 그 근본 명제들로 되돌아가야 하므로 이 자리에서 설명할 수는 없다. 그래서 우리는 예술의 본질을 일반적이고 이해하기 쉽게 기술하고 있는 한 대목을 인용하는 것에 만족하고자 한다.

"만약 미적 직관이 단지 객관적이 된 초월적 직관에 지나지 않는다면, 예술이 유일하게 참되고 영원한 기관이자 동시에 철학의 기록 자료라는 것은 당연하다. 이 자료는 철학이 외적으로 기술하지 못하는 것을, 즉 행위와 제작 중의 무의식적인 것, 그리고 이 무의식적인 것과 의식적인 것과의 근원적 동일성을 항상 새롭게 기록한다. 예술이 철학자에게 최고의 것인 이유는 바로 예술이 그에게 성소와 같은 것을 열어 주기 때문이다. 이곳에서는 자연과 역사에서 나누어진 것, 그리고 삶과 행위뿐 아니라 사유에서도 영원히 자신으로부터 벗어나야 하는 것이 마치 하나의 불꽃인 양 영원하고 근원적인 합일 속에서 타오르고 있다. 철학자가 비자연적으로[künstlich] 자연으로부터 취하는 통찰은 예술에게는 근원적이고 자연적이다. 우리가 자연이라 부르는 것은 비밀스럽고 경이로운 문자에 갇혀 있는 한 편의 시이다. 하지만 수수께끼가 모습을 드러낼 수 있다면, 거기서 우리는 경이로운 미혹에 빠져 스스로를 추구하면서 스스로를 벗어나는 정신의 오딧세이아를 인식하게 될 것이다. 왜냐하면 언어를 통해 의미가 보이듯, 마치 우리가 추구하는 상상력의 나라가 어렴풋한 안개를 통해 보이듯, 그렇게 정신은 감각계를 통하여 나타나기 때문이다. 모든 훌륭한 회화는 현실 세계와 이상적 세계를 나누고 있는 보이지 않는 칸막이벽이 걷힘으로써 탄생한다고 할 수 있으며, 현실 세계를 통해서는 불완전하게만 비쳐 나는 상상계의 저 형체들과 영역들을 온전히 드러나도록 열어 주는 것일 뿐이다. 예술가에게 자연이란 철학가에게 자연이 의미하는 것과 같다. 즉 계속되는 제한 속에서 현상하는 이상적인 세계일 뿐이거나 또는 자신 바깥이 아니라 자신 안에 존재하는 어떤 세계의 불완전한 반영일 뿐인 것이다."[3]

우리는 사람들이 달갑지 않은 텅 빈 사념이라고 소리치며 비난하는 이 철학이 사실 내면의 삶을 억누르는 것과는 얼마나 거리가 먼지 목격하고 있으며, 오히려 이 내면의 삶을 지성적 사고의 금욕적 위협으로부터 확실하고 안전하게 지키는 것을 자신의 가장 절박한 일로 삼고 있음을 목격하고 있다.

셸링에 따르면 무한한 것이 유한하게 묘사되어 있는 것이 아름다움이라고 한다. 이러한 정의에는 당연히 숭고함이 이미 포함되어 있다. 나는 여기에 전적으로 동의하는 바이지만, 단지 표현을 조금 달리 하고 싶다. 아름다움은 무한한 것을 상징적으로 묘사한 것이라고 말이다. 왜냐하면 그

---

3) 아우구스트 슐레겔의 원문 텍스트에는 셸링의 이 인용문이 본문에는 실려 있지 않고, 본문에서는 강연에서 청중들에게 낭독한 부분의 『초월적 관념론 체계』(6부)의 페이지 번호만 기입하고 있다[대신 각주 번호를 붙여, 후주에 이 인용문 전체를 실었다. A. W. Schlegel, *Kritische Schrif ten und Briefe*, p.3255 참조]. "무의식적인 것"으로 번역된 독일어 단어 das Bewußtlose는 이 텍스트 전체에서 현대적인 혹은 프로이트의 '무의식' 개념이라기보다는 '본능적인 것'의 의미에 더 가깝다.

래야만 어떻게 무한한 것이 유한한 것 속에 나타날 수 있는지가 동시에 분명해지기 때문이다. 우리는 무한한 것을 가령 철학적 허구로 간주해서는 안 될 것이며, 또 이 세계 너머의 저편에서 구해도 안 될 것이다. 무한한 것은 어디서나 우리를 에워싸고 있으며, 우리는 무한함을 결코 비껴가지 못한다. 우리는 무한한 것 속에서 살고 활동하고 있으며 존재하고 있는 것이다. 물론 우리가 무한함을 확신할 수 있는 것은 오직 이성과 상상력을 통해서이다. 외적인 감각과 단순한 지성으로는 결코 무한함을 포착할 수 없다. 왜냐하면 이런 감각이나 단순한 지성인 오성은 유한한 것들을 지속적으로 정립하고 무한한 것을 부정함으로써만 존재하기 때문이다. 유한한 것은 우리들 자연의 표면을 이루고 있다. 만약 그렇지 않다면 우리는 어떠한 구체적인 실존도 가질 수 없을 것이다. 그리고 무한한 것은 우리들 자연의 토대를 이루고 있다. 만약 그렇지 않다면 우리는 결코 어떤 현실도 갖지 못했을 것이다.

무한한 것은 어떻게 표면으로, 현상으로 나타날 수 있는가? 그것은 오직 형상들과 기호들을 통해서 상징적으로만 가능하다. 존재물에 대한 시문학적이지 않은 견해는 존재물의 모든 것을 감관을 통해 지각하고 오성의 사고력을 통해 결정함으로써 다 해결된 것으로 간주하는 입장이다. 반면 시문학적 견해는 존재들을 끊임없이 지시하고 있으며 그럼으로써 그 안에서 결코 그치지 않고 생겨나는 비유적 형상을 감지한다(칸트는 언젠가 암호문의 해석을 언급하며, 암호문을 통해 '자연이 자신의 아름다운 형식들 속에서 형상적으로 우리에게 말을 건다'고 이야기한 적이 있다[4]). 그럼으로써 비로소 모든 것이 우리에게 생생해진다. (모든 예술의 토대에 놓여 있는 것

4) 『판단력 비판』 42절(B 170).

으로서의 시문학적인 것에 대한 가장 넓은 의미의[5]) 시 창작 행위는 영원한 상징화 작업에 다름 아니다. 즉 우리는 정신적인 어떤 것을 감쌀 수 있는 외적인 덮개를 찾거나, 혹은 외적인 어떤 것을 보이지 않는 내면과 연관시킨다.

오성의 사고력에 따르면 이제 정신과 물질은 철저히 대립적인 것이어서, 어느 한쪽에서 다른 쪽으로의 점차적인 이행은 전혀 일어날 수 없는 것이기 때문에, 이에 다음과 같은 질문이 생겨난다. 그렇다면 우리는 어떻게 정신적인 것을 물질적으로 드러내길 원하고, 또 물질적인 것에서 정신적인 것을 인식하길 원하게 되는가? 그것은 분명 경험과 추론에 근거하지 않은 어떤 절대적 활동을 통해서이다. 우리는 사변적으로만 설명될 수 있는 정신과 물질의 근원적 동질성을 무의식적이면서도 직접적인 방식으로 행위를 통해 알아차린다. 이것 없이는 모든 인간적 경향의 발전을 비로소 가능하게 만드는 인간들 사이의 소통이 결코 시작되지도 못했을 것이다. 왜냐하면 만약 사람들이 모든 약속된 의사소통 이전에 이미 서로 이해하고 있지 않았다면, 자신을 전달하려는 노력조차도 전달될 수 없었을 것이기 때문이다. 감정의 외침과 열정적인 몸짓들은 그에 선행하는 지식이 매개되지 않아도 직관적으로 즉시 이해된다는 것은 잘 알려진 사실이다. 또 그러한 것들은 의도하지도 않았고, 때로는 원하지 않았음에도 우리 안에서 일어나는 것들을 가장 잘 드러낸다. '표현'Ausdruck이라는 단어는 이를 위해 매우 적절하게 선택된 것이다.[6] 즉 내적인 것이 마치 우리가 모르

---

5) 아우구스트 슐레겔은 이 텍스트의 서문에서 모든 예술은 포에지의 요소, 즉 포이에시스(ποίησις)의 요소, 상상력의 자유로운 창조 행위의 요소를 지니고 있다고 말한다. 그리고 그에 따라 일반적인 의미의 포에지[Poesie]는 모든 예술의 공통 요소이며, 포에지의 통일성을 이루고 있는 미학 이론은 아마도 시학(poétique)으로 명명될 수 있을 거라고 분명히 강조한다.

는 어떤 낯선 힘에 의한 것인 양 밖으로 내밀려 나오는 것이다. 혹은 표현이란 외적인 것의 각인이 안으로부터 걸어 나오는 것이다. 말로 된 언어가 가진 능력은 직접적인 확실성을 통해 그 자체로 인식된 동류의 존재들과 소통하려는 이러한 경향을 무의식적으로 사용하는 것에 근거한다. 임의의 어떤 것이 의도적으로 지시되어야 할 경우, 그것은 우선 (이것이 비록 우리의 상태의 느낌에 지나지 않는다 하더라도) 대상으로서 우리 바깥에 세워져야 한다. 따라서 언어는 표현이라기보다는 묘사[Darstellung]인 것이다. 우리는 우리 자신을 표현하지만 대상은 묘사하는 것이다. 언어의 이러한 묘사 전체는 근원적으로 상징적이다. 그 안에 있는 최초의 것은 내면의 특정한 움직임들과 그것의 직접적인 기호로서 특정한 소리가 서로 맺고 있는 관계이다. 이 내면의 움직임들로부터 가장 먼저 기호들의 기호들이 형성된다. 그것들은 그다음에는 가장 다양한 방식으로 변형되어 하나에서 다른 하나로 계속적으로 전이된다. 이는 모든 표상들이 다시 다른 것을 위한 상이나 기호로 사용되지 않고서는 달리 가능하지 않다. 이러한 보편적 상징법 또는 형상화는 언어가 아무리 원래의 어원으로부터 멀리 떨어져 있다 하더라도 언어의 구조나 파생에서도 그 흔적을 쉽게 찾을 수 있다.

우리가 방금 살펴본 것처럼 언어는 단순한 표현에서 자의적인 사용을 거쳐 묘사에까지 진행된다. 하지만 자의성이 언어에서 지배적 성격이

---

6) 독일어 Ausdruck은 문자 그대로 "ex-pression"과 일치한다. 뒤따르는 구절에서 아우구스트 슐레겔은 herausdrücken(밖으로 밀어내다)이라는 단어를 사용한다. 반면, 바로 다음에서 (프랑스어로 impression과 유사한 "empreinte"로 번역된) Gepräge(각인된 것)라는 독일어 단어는 Druck과 같은 어간을 가지고 있지 않다. 의미를 둘러싼 이런 단어들의 놀이는 독일어에서나 프랑스어에서나 흡사 인쇄술[프랑스어: imprimerie, 독일어: Druckerei]의 작용에 따른 "impression"(자국, 각인)의 주위를 맴돈다. 요약하면, 여기서 말하는 Ausdruck은 "ex-impression"의 의미를 지니는 것이다.

되면 묘사, 즉 기호와 지시 대상과의 관계는 사라진다. 그러면 언어는 논리적 암호들의 집합에 지나지 않게 되며, 그럼으로써 오성의 사고력이 하는 계산들을 처리하는 데 이용될 뿐이다. 언어를 다시 시문학적으로 만들기 위해서는 언어의 형상성이 회복되어야 하는데, 이 때문에 일반적으로 비본래적인 것, 전이된 것, 비유적인 것은 시적인 표현에 본질적인 것으로 간주되는 것이다. 하지만 문학 형식의 원칙들에서는 보통 단순한 오성을 이러한 소위 허용된 장식품의 적당성 여부에 대한 심판관으로 만든다. 즉 비유나 형상들이 이루어져야 하지만, 지나치게 과감해서는 안 되고 무미건조한 산문을 조금 넘어서는 정도여야 하는 것이다. 시문학Poesie은 비유나 형상에 관한 한 열광적이고 절대적이라는 것을, 그리고 항상 나타나는 이러한 자신의 특징으로 인해 열광적이고 절대적이 된 후에는 가장 멀리 있는 것까지도 연결시켜 서로 넘나들게 할 수 있다는 것을 사람들은 보지 못한다. 모든 사물들을 서로 연결시키는 끊임없는 상징화는 언어가 최초로 형성되기 위한 기초가 될 뿐 아니라, 또한 언어의 재창조에서도, 시문학의 재창조에서도 회복되어야 할 것이다. 그리고 그것은 여전히 어리석은 우리들의 정신을 임시로 치료하는 것이 아니다. 이 상징화는 정신이 언젠가 거기에 완전히 도달할 수 있다고 할 경우 정신의 최고의 직관일 것이다. 왜냐하면 모든 사물은 가장 먼저 자기 자신을 묘사하기 때문이다. 즉 사물은 자신의 외면을 통하여 자신의 내면을 드러내고, 현상을 통하여 본질을 드러낸다(말하자면 자기 자신에 대한 상징이다). 그다음에는 자신과 가까운 관계에 있으며 그로부터 영향을 받고 체험하게 되는 것을 묘사한다. 모든 사물이 결국 드러내는 것은 우주의 거울이다. 한계 없이 전이되는 시문학적 문체 속에 하나가 모든 것이고 모든 것이 하나라는 위대한 진리가 예감이자 요청으로서 담겨 있다. 현실이 이 진리와 우리 사이에 놓여 있으며, 우리를 끊임없이 이 진리로부터 떼어 놓는다. [하지만] 상상력이 이 성가신 방해물을 제거하여 우리를 우주로 침잠하게 한다. 그 어떤 것도 고립된 채 존재하지 않고, 경이로운 창조를 통해 모든 것이 모든 것으로부터 생겨나는 그런 영원한 변신과 마법의 나라인 우주를 우리 안에서 살아 움직이게 함으로써 말이다.[7] ……

지금은 더 이상 통용되지 않는 경험적 세계 해석에서는 만물들이 이미 존재한다고 말한다. 반면 철학적 해석은 모든 것이 영원한 생성으로, 끊임없는 창조로 파악된다는 것인데, 이것은 이미 일상적 삶 속의 수많은 현상들에서 우리가 마주치고 있는 사실이다. 그래서 태고의 시대부터 인간도 역시 모든 것에 작용하여 생산해 내는 힘을 어떤 하나의 통일된 관념으로 통합했다. 이것이 가장 본래적이고 최고의 의미에서의 자연이다. 이 우주적 창조력은 그 어떤 개별적인 산물에서도 사라지지 않는다. 단지 우리가 외적 감각을 통해서는 결코 알아보지 못할 뿐이다. 이 창조력을 알아볼 수

---

7) 이 다음에 아우구스트 슐레겔은 언어의 상징성에 대해서는 나중에 포에지와 관련하여 다시 다루겠다고 알린다(스물세번째 강연 참조). 그다음에 그는 모방으로서의 예술의 문제로 들어간다. 우리가 여기서 다음에 발췌한 부분은 그가 제시하는 이론이다(동일한 대목이 베나르Bénard에 의해 번역된 셸링의 『철학적 저술』*Écrits philosophique*, Paris, 1847의 부록에 실려 있다). 그 사이에는 "예술은 자연을 모방해야 한다"라는 원칙에 대한 다양한 해석들을 요약, 개관하는 설명과 이전 세기에 있었던 이 문제에 대한 논쟁이 이어진다. 음악적 리듬 — 이것은 「시문학과 운율과 언어에 관한 편지」(1795) 이후 아우구스트 슐레겔에서 매우 자주 등장하는 모티브이다 —, 이것은 자연의 재현이라는 생각을 무력화시킨다. 바퇴(Batteux)에 의해 다시 만들어진 모방원리, 즉 "예술은 자연의 아름다움을 모방한다"는 그 자체로 무효화된다. 이는 환영의 원리, 개연성의 원리, 그리고 (인격과 관련된 심리주의의 의미에서의) 동기의 원리에 대해서도 마찬가지이다. 아우구스트 슐레겔은 브왈로(Nicolas Boileau) 식의 순수 형식적인 제약과 디드로 식의 순수 자연적인 것에 대한 요구 중 어느 한쪽도 지지하지 않는다. 왜냐하면 그가 말하고자 하는 생각은 바로 이러한 "자연"과 "모방"이라는 개념들 자체가 수정되어야 한다는 것이기 때문이다.

있는 가장 구체적인 지점이 있는데, 그것은 유기체적 존재로서 우리 자신이 다른 유기체 조직들과의 친화성 정도에 따라 창조력에 관여하고 있는 몫을 우리 안에 지니고 있는 바로 그곳에서부터이다. 전체 자연 역시 유기체적 구조를 이루고 있다. 하지만 우리는 그것을 보지 못한다. 자연은 우리와 같은 지적 존재이지만, 우리는 그것을 예감만 할 수 있을 뿐이며, 사변을 통해서야 비로소 분명히 통찰할 수 있다. 이제 자연을 이러한 가장 숭고한 의미로 받아들인다면, 즉 산물들의 덩어리가 아니라 생산하는 자 자체로서 받아들인다면, 그리고 '모방'이라는 표현 역시 좀더 고귀한 의미로, 즉 어떤 한 인간의 외양을 흉내내는 것이 아니라 그의 행위 원칙을 자신의 것으로 만든다는 의미로 받아들인다면, 이 경우 예술은 자연을 모방해야 한다는 기본 명제에 대해 더 이상 반박할 것도 없으며, 또 거기에 덧붙일 것도 없다. 다시 말하면, 예술은 자연과 마찬가지로 자율적으로 창조하고, 조직되는 동시에 조직하면서 살아 있는 작품을 형성하는 것이다. 이때 살아 있는 작품이란 추시계와 같이 외적인 메커니즘을 통해서가 아니라 태양계처럼 내재하는 힘을 통해 움직이고, 완전히 다시 자신에게로 되돌아오는 작품을 말한다. 프로메테우스가 지상의 흙으로 인간을 만들고, 태양으로부터 훔친 불로써 인간에게 생명을 주었을 때, 그는 바로 그런 방식으로 자연을 모방했던 것이다.[8] 이것은 마치 문학적 상징법이 진리를 정확히 맞혔을 때처럼 우리에게 아름다운 예를 제공하는 신화이다. 요즘의 뛰어난 물리학이 설명하고 있는 대로, 인간이란 전적으로 대지와 태양으로 이루어져 있기 때문이다.

---

8) 먼 고대의 예술가 상으로서의 프로메테우스. 이 구절에 관해서는 T. Todorov, *Théories du symbole*, pp.185~186 참조.

내가 아는 한, 단 한 명의 작가가 이러한 최고의 의미에서 예술 작품의 모방에 대한 근본 명제를 분명히 제시했다. 이 작가는 바로 모리츠이며, 『아름다움의 창조적 모방에 대하여』라는 소책자를 썼다.[9] 이 책의 결함은 모리츠가 뛰어난 사변적 정신을 지녔음에도 불구하고 당시의 철학에서 어떠한 발판도 찾지 못했으며, 그리하여 결국 신비주의의 미로에 빠져 길을 잃었다는 데 있다. 그는 아름다움을 자체 완결적인 것으로, 즉 그 자체로 존재하는 전체로서 우리의 상상력에 의해 포용될 수 있는 것으로 기술했던 것이다. [그런데 이제 여기서는 우리 직관의 범위를 능가하는 전체 자연의 위대한 연관성이 그 자체로 존재하는 유일하게 참된 전체라고 하자.][10] 그 안에 있는 모든 개별적 전체는 풀리지 않는 사물들의 연쇄적 고리로 인하여 상상된 것일 뿐이지만, 그럼에도 불구하고 이것은 전체로 고찰되어 우리의 관념 속의 저 위대한 전체와 유사하게, 또 영원히 확고한 법칙들에 따라 그렇게 형성될 수밖에 없을 것이다. 이 법칙들에 따라 이 전체는 모든 점에서 자신의 중심에 의지하고 있으며, 자기 고유의 현존재를 근거로 하고 있는 것이다. 따라서 창조하는 예술가의 손으로부터 생겨난 모든 아름다운 전체는 자연이라는 큰 전체 속에 존재하는 최고의 아름다움이 작은 것 속에 남긴 자국이다. 훌륭하다! 아름다움 속에 암시된 무한의 이념뿐 아니라 내면의 완성을 위한 예술의 열망도 이로써 가장 성공적으로 표현되어 있다.

하지만 예술가가 자신의 고귀한 스승인 창조하는 자연으로부터 조

---

9) 낭만주의의 '모방' 개념에서의 모리츠의 위치에 대한 토도로프의 해석은 T. Todorov, *Théories du symbole*, pp.179 이하 참조[원서에서 이 각주의 initiation(입문)이라는 단어는 맥락상 명백히 imitation의 오타로 보여 '모방'으로 옮겼다].

10) 이 책의 원서에 프랑스어로 번역된 텍스트에는 이 문장이 누락되어 있다.—옮긴이

언을 듣고자 한다면, 그 어떤 외적인 현상에도 들어 있지 않는 그를 도대체 어디서 발견할 것인가? 예술가는 오로지 자기 자신의 내면에서, 자신의 본질 가장 중심에서 정신적 관조를 통하여 그를 발견할 수 있다. 그곳이 아니라면 그 어디서도 가능하지 않다. 점성학자들은 인간을 **소우주**라고 불렀다. 이는 철학적으로도 매우 잘 정당화될 수 있는데, 왜냐하면 항상 변화하도록 되어 있는 만물의 운명으로 인하여 모든 원자는 우주의 거울이 되기 때문이다. 그런데 인간은 단순히 어떤 타자가 보았을 때 우주의 거울일 뿐 아니라, 그의 행위가 자신에게 되돌아가기 때문에 자기 스스로에게도 우주일 수 있는 존재 중 우리에게 알려져 있는 최초의 존재이다. 이제 명료함, 에너지, 충만함, 다양성을 통해 우주는 인간의 정신에 반영되며, 이러한 반영은 다시 우주 속에 반사되는데, 바로 그런 것들이 인간 정신의 예술적 천재성의 정도를 규정하고, 세계 속의 세계를 형성할 수 있는 상황을 인간 정신에 마련해 준다.

따라서 우리는 예술을 어떤 완성된 정신이라는 매개를 관통했으며 우리의 성찰에 비추어 보면 승화되고 함축된 자연이라고 정의할 수도 있다. 보통 전적으로 경험적인 것으로 받아들여지고 있는 모방의 근본 명제는 바로 그 반대로 말해질 수도 있다. 보통 예술이 자연을 모방해야 한다는 말을 달리 표현하면, 자연은 (개별적인 자연 사물은) 예술을 통해 인간의 전형이 된다는 것이다. 이와 반대되는 것이 진정 참된 명제이다. 즉 인간은 예술을 통해 자연의 전형이 된다. 플라톤에 의해 전해지는 위대한 가르침, 인간은 만물의 척도라는 말은[11] 예술 속에서도 입증이 되며 분명히

11) 여기서 이상하게도 플라톤의 가르침이라 잘못 말해지는 것은, 플라톤이 『테아이테토스』에서 인용하는 프로타고라스의 유명한 명제이다.

드러난다.[12] ……[13]

포에지

스물세번째 강연

그리스의 시인 시모니데스는 시라쿠스의 왕이 그에게 신성神聖이란 무엇인가 하는 질문을 던졌을 때, 하루 동안 생각할 시간을 달라고 청했다고 한다. 하루가 지나고 이틀 사흘 날이 계속 흘러 왕이 이제는 정말로 말해 달라고 요구하자, 시모니데스는 대답했다. 즉 생각을 오래 하면 할수록 점점 더 모호해진다는 것이었다. 포에지[시문학]란 무엇인가 하는 질문에 대해서도 나는 비슷하게 대답을 할 것 같다. 그래야 시모니데스와 마찬가지로 무엇인가 사실대로 말했다는 믿음을 갖게 될 것 같다. 시모니데스는 그렇게 대답함으로써 신성이라는 것이 무한의 사유라는 것을, 하나의 이념이라는 것을 암시했다. 물론 예술 전반에 대해서도 이와 마찬가지로 말할 수 있다. 예술의 목적, 즉 예술 추구의 방향은 아마 일반적으로 그려 낼 수 있을 것이다. 하지만 시간의 흐름 속에서 예술이 무엇을 실현해야 하고 할 수 있는지는 어떤 종류의 개념으로도 명확히 포착할 수 없다. 왜냐하면 그것은 무한하기 때문이다. 그런데 시문학의 경우 그것은 훨씬 더 높은 차원에서 일어난다. 왜냐하면 다른 예술들은 제한된 묘사 수단이나 매체의 성격으로 인해 어느 정도 측정할 수 있는 구체적 영역을 가지는 데 비해, 시

---

12) 일반적 예비설명(Einleitung)의 마지막 부분에 해당하는 이 강의는, 이어지는 **작풍**(기법, Manier)과 **문체**(Stil) 개념의 연구로 끝이 난다.

13) 아우구스트 슐레겔은 순수예술에 대한 개관을 한 뒤, 조각(그리고 부조), 건축, 회화(그리고 조경술), 음악, 무용의 순서에 따라 순수예술에 대해 차례로 설명한다. 우리가 이 책에서 그 앞부분을 수록하고 있는 「포에지」장은 선행하는 장들에서의 각 예술에 대한 설명과 비교해 볼 때 훨씬 더 상세히 전개되고 있다.

문학의 매체는 바로 인간 정신 전체를 의식에 도달하게 하고, 임의의 연관들을 지어 내고 표현하려는 표상들에 엄청난 위력을 부여하는 매체, 즉 언어인 것이다. 그로 인해 시문학은 대상에 얽매어 있는 것이 아니라, 자신과 같은 것들을 창조해 낸다. 시문학은 모든 예술 중에서 가장 포괄적이며, 모든 예술 도처에 존재하는 보편 정신과 같은 것이다. 다른 예술 형식을 통한 묘사에서도 익숙한 현실을 넘어 상상력의 세계로 우리를 고양시키는 것이 있다면, 우리는 그것을 그 예술이 가지고 있는 '시문학적인 것'이라 부른다. 이러한 의미에서의 포에지[시문학]라는 말은 예술적 창작 전반을, 이 예술 창작을 통해 자연을 풍부하게 하는 경이로운 행위 자체를 가리킨다. 단어 자체가 표현하고 있듯[14] 진정한 창조이자 생산인 것이다. 모든 외적·물질적 재료를 통한 묘사에 선행하는 것은 예술가의 정신에 존재하는 내면적 묘사이며, 이때 언어는 항상 의식의 전달자로 등장한다. 그래서 언어는 언제나 시문학을 모태로 하여 생겨난다고 말할 수 있다. 언어는 자연의 산물이 아니라 인간 정신이 각인된 것이며, 그 속에 표상들의 생성이나 친화성을 비롯하여 정신의 작동 구조 전체가 기록되어 있다. 그러므로 시문학에서는 이미 형성된 것이 다시 형성된다. 그리고 시적 조직체의 조형 가능성은 점점 높이 상승하며 강화되는 성찰을 통해 자기 자신으로 귀환하는 정신의 능력만큼이나 무한하다. 따라서 인간 자연의 현상이 다른 어떤 예술에서보다 시문학에서 보다 더 정신화되고 승화될 수 있다는 점은, 그래서 신비적이고 비밀스러운 종교에까지 이르는 길을 발견할 수 있다는 점은 그리 놀랄 만한 일이 아니다. 인간 자연의 현상은 그저 신체적으로 지각되는 우주만을 마주하는 것이 아니라, 모든 예술 형성물

14) 이 책 520쪽, 각주 5번 참조.

들을, 특히 시적 창작에 속하는 모든 것을 다시 자신의 자연으로 끌어들인다. 이 자연은 그럼으로써 사랑과 증오를, 다시 말하자면 열광을, 강력하게 우리를 지배하는 호감과 반감의 감정을, 조화롭고 새로운 창조물들을 생겨나게 하는 장소인 아름다운 카오스가 된다. 사람들은 포에지의 포에지를 말하는 것을 매우 낯설고 이해할 수 없는 것으로 여겼다. 하지만 시문학적인 어떤 것을 만들어 낸 바로 그 행위가 자신의 결과물로 되돌아간다는 것은 정신적 존재의 내적 유기체성에 대한 개념을 가지고 있는 사람에게는 아주 단순한 이야기이다. 원래 모든 포에지는 포에지의 포에지라고 말하는 것은 과장이 아닐 것이다.[15] 왜냐하면 시문학은 이미 언어를 전제로 하는데, 언어의 고안은 사실 시문학적 능력에 속하기 때문이다. 즉 이 시문학적 능력이란 그 자체로 항상 생성하고 있는 과정이며, 항상 변화 중에 있고 결코 완성되지 않는 인간 전체의 시이다. 더 나아가, 이전 시기의 문화에서는 어떤 시적인 세계관이 언어 내에서 그리고 언어로부터 탄생했는데, 이는 언어만큼 필연적이고 무의도적인 것이었다. 즉 상상력으로 가득 찬 하나의 세계관이 생겨났는데, 그것이 바로 신화이다. 신화는 가령 처음에는 언어를 통해 실행되는 자연 묘사의 좀더 고양된 잠재력 같은 것이다. 자유롭고 자기 의식적인 시문학은 신화를 토대로 계속 쌓아 나가면서 신화를 다시 자신의 소재로 만들어 시적으로 처리함으로써, 즉 시화詩化함으로써 한 단계 더 고양된 수준으로 나아간다. 이 과정은 그렇게 계속 이어질 수 있다. 시문학은 인간 형성Ausbildung(이러한 명칭에 진정으로 부합하며, 특정한 성향의 일방성이나 억제가 아닌 형성)의 전 과정에서 그 어

15) 아우구스트 슐레겔은 '포에지의 포에지'에 대해 프리드리히 슐레겔의 「아테네움 단상」 238번을 참조하라고 각주를 통해 말하고 있다. —옮긴이

떠한 기간에도 인간을 완전히 떠나지 않기 때문이다. 그리고 시문학은 가장 근원적인 것, 말하자면 다른 모든 예술의 시원 예술이며 모태 예술인 동시에, 인간의 마지막 완성이기도 하다. 즉 모든 것이 — 비록 이 대양으로부터 여러 형태로 갈라져 멀리 떨어져 나갔다 할지라도 — 다시 그리로 흘러 들어가는 대양인 것이다. 시문학은 아이가 태어나서 처음으로 하는 옹알이에도 혼을 불어넣고, 철학자가 하는 고도의 사변 너머에 있으면서도 정신이 자기 자신을 관조하기 위하여 모든 삶을 거부했던 바로 그곳에서 정신을 다시 삶 한가운데로 불러들이게 하는 예언적 통찰을 가능하게 한다. 이로써 시문학은 학문의 절정이고, 천상적 계시의 해설자이자 통역자이며, 고대인들이 제대로 지칭한 것처럼, 신들의 언어이다.

시문학은 모든 곳에 현존하는 것이며 모든 것을 관통하는 것이라는 바로 그 이유로 인해 우리는 시문학을 이해하기 더욱 힘들다. 마치 우리가 그 안에서 숨 쉬며 살고 있는 공기를 특별히 감지하지 못하는 것처럼 말이다. 시문학이 특별한 어려움 없이 최초의 근원 자체로부터 생겨났던 민족 혹은 시대에는 시문학을 완전히 소유했으면서도 어쩌면 그 본질에 대한 분명한 의식은 가장 적었을 것이다. 그리스인들의 경우가 실제로 그러하다. 그들은 자신들의 시문학을 완전히 이해할 수 있기에는 너무나 행복했고 너무나 축복받은 민족이었다. 우리들의 경우 시문학은 단순한 자연으로부터 지속적으로 발전해 오지 않고 복잡하게 얽혀 있는 야만성으로부터 간헐적으로 터져 나오는 가운데 이루어져 왔으며, 그로 인해 여전히 고립되어 있고 부조화를 이루고 있기 때문에, 이 주제에 대한 사변을 훨씬 더 철저히 끌고 갈 수 있다. 낭만주의 시문학에 대한 연구가 보여 주고 있듯이, 시문학적 지향들 자체가 더욱 사변적인 된 것도 이와 마찬가지 이유에서이다. 시문학이 새롭게 소생하고 있는 지금, 우리는 저 위대한 시문학의 시대 당시의 대가들과 창시자들에게 가능했던 것보다 더욱 심도 있게 그러한 시적 지향들을 다시금 통찰할 수 있다.

지금까지의 내용에서 우리는 처음부터 시문학Poesie이라는 단어에 대한 설명으로 시작해서 이로부터 모든 것을 뽑아내는 것이 얼마나 비생산적이고 궁색한 수법인지 알 수 있다. 심지어 몇몇 분석가들은 임의로 뽑아낸 한 부분을 가지고, 가령 어떤 시인의 시 한 구절을 통해 시문학의 본질을 산문과 대립시켜 설명할 수 있다고 믿었다. 이것은 마치 어떤 신전으로부터 나온 돌 하나와 보통 가정집으로부터 가져온 또 다른 돌 하나를 보여주고, 그럼으로써 이 두 건물이 다르다는 것을 주장하려는 것과 꼭 같다. (히에로클레스의 제자.[16]) 우리는 이러한 방법에서도 더할 수 없이 일반적인 특징들과 마주치게 된다. 가령 생생한 표상들을 요구하는 모든 것은 시문학적이라는 식의 이론이 얼마나 자의적인지 여기서 드러난다. 시문학의 근원적인 고향은 언어이기 때문에, 흩어져 있는 수많은 시적 요소들을 언어 속 그 어디서도 찾을 수 없을 정도로 언어가 시적 성격을 완전히 잃어버릴 수는 결코 없다는 것을 사람들은 도대체 깨닫지 못하고 있는 것이다. 이런 상황은 언어 기호를 가장 자의적이고 냉철하게 지적으로 사용할 때에도 마찬가지이며, 일상의 삶에서, 재빠르고 직접적이고 때로 열정적인 일상 언어에서는 더욱 그렇다. 심지어 가장 천박한 어조로 등장하기도 하는 많은 어법들, 관용구들, 비유와 상징들은 변형되지 않은 채 그대로 가치 있고 진지한 시문학에도 사용될 수 있다. 여자 노점 상인들의 말싸움에서도 표상의 생생함은 어떤 시인으로부터 뽑아낸 그 한 구절에서와 마

16) 분명 가자의 아이네아스(Aeneas of Gaza, 430~488)를 가리킨다. 신플라톤주의의 중요한 철학자 중 한 사람인 히에로클레스의 제자.

찬가지로 근원적인 것으로 설명될 수 있다는 점은 의심의 여지가 없다. 몰리에르의 시민귀족은 자신이 한평생 산문으로만 이야기했다는 것을 알고 나서 매우 당혹해한다. 왜냐하면 그는 산문의 기술을 배운 적이 한 번도 없기 때문이다. 만약 그가 시로도 말할 수 있다는 것을 누가 말해 준다면 그는 더욱더 놀랄 것이다. 물론 그에게 그렇게 말해 보게 했다 하더라도 그는 틀림없이 쉽게 할 수 있었을 것이다. — 개별적인 표현에 들어 있는 장식구나 비유적인 것[17]으로는 시문학의 현재적 실재를 전체 구성 속에서 입증하기에 결코 충분하지 않을 뿐 아니라(연설가도 장식구나 비유를 사용할 수 있으며, 그런 외형적인 측면에만 머무른다면, 우리는 아름다운 산문과 시문학의 본질적인 차이를 어떻게 구별할 것인가?), 다른 한편으로 개별적 구절들에 장식구나 비유가 없다고 해서 이것이 시적 원칙의 부재를 입증하는 것도 아니다. 이전에는 사람들이 시문학 구절에서 단어 위치를 바꿈으로써 시행을 흐트러뜨릴 때면, 여기서 일상적인 화법 이상의 것, 호라츠의 표현에 따르면 서로 분리된 시인의 사지들까지도 인식되어야 한다고 자주 요구했다. 그리고 이 어리석은 실험은 여전히 어떤 바보 같은 사람들에 의해 때때로 반복되며 이에 대한 논증이 이루어지곤 한다. 어쩌면 바로 단어들의 순서와 배열이, 이 두 가지에 의해 그런 방식으로 파괴되는 리듬과 함께 시문학적인 성격을 담고 있다는 것 같지 않는가? 만약 모든 것에서 개별적 부분 요소들만 중시하게 되면, 말의 구조에 대해 전혀 이해하지 못하게 되는데, 부분 요소들은 그때그때의 결합에 따라 완전히 다르

---

17) 독일어 das Bildliche; Bildlichkeit(비유적인 것)는 프랑스어로 또한 figuralité로 번역할 수 있다. 이 책에 수록되지 않은 강의의 다른 곳에서 '형태를 만들다'라는 일반적인 성격에 더 이상 한정하지 않고 기술적으로 의도된 수사학적 문채(文彩)를 말할 때 아우구스트 슐레겔은 Figur라는 단어를 사용한다.

게 규정되기 때문이다. 이러한 특징적 현상에 잘 들어맞는 몇몇 장르가 있다. 단지 여기에서는 다루지 않고, 그보다 먼저 시문학의 본질에서부터 그러한 시문학적 어법[18]의 당위성을 도출해야 한다.

운문으로 쓰여진 모든 것을 시문학으로 간주하는 것은 아주 오래되고 단순한 서민적 생각이다. 그런 경험적 태도는 예술의 유아기적 상태에서는 그다지 문제가 되지 않는다. 이 시기에서는 한 덩어리의 재료를 감각적으로 빚어내는 것 이상은 요구하지 않기 때문이다. 그러나 유감스럽게도 수없이 계속된 경험은 우리에게 완전히 산문적인 시행을 만들도록 지도했다. 우리는 질이 낮지만 매우 세련된 아마추어적 시구 제작술을 아름다운 제목으로도 결코 장려해서는 안 된다. 학문적 허영심이 시의 순수함을 파괴하고 시를 자의적인 작위성으로 다루기 이전, 이미 그리스인들에게서는 시문학이 가장 아름답고 활발한 전성기를 이루었던 기간에서조차, 즉 자연적인 영감 없이는 누구도 시를 쉽게 지을 수 없었던 때에도 이러한 통속적인 의견이 전적으로 옳은 것이 아니었다. 아리스토텔레스도 그래서 이를 비판했다. 왜냐하면 운문 창작에는 지엽적이고 특정한 시대에만 통용되는 계기들이 있었기 때문이다. 어떤 것을 운문으로 창작한다는 것은 비록 그 발생 방식에 따라 산문과 구별되는 성격을 낭독 전체에서 유지하고 있기는 했지만, 내용상 원래부터 시 창작 능력에 속하는 것은 아니었다. 그렇다고 '운문으로 쓰여진 모든 것은 시문학이다'라는 명제를 '운문으로만 작성되어야 하는 것만이 시문학이다'라는 식으로 조금 바꾼다 하더라도, 이 말이 우리에게 좀더 옳은 것이 될 수도 없을 것이다. 물론

---

18) 독일어 단어 Diktion(어법)은 Dichtung(시문학)과 그 어원이 같은 이중어이다. 어떤 장르에 특징적인 구성 방식을 말한다.

그로부터 뭔가를 얻어 낼 수 없는데, 이제 다음과 같은 질문을 우선적으로 던져야 하기 때문이다. 그 질문은 '그렇다면 도대체 무엇을 운문으로 담아내야 하는가?' 하는 것이다. 요컨대 낭만주의 시문학에서는 운문 없이도 가능할 뿐 아니라 많은 경우 운문화를 완전히 거부하는 장르가 생겨났다. 이것이 바로 소설이다. 우리는 역사적 토대가 없는 이론들의 공중누각을 지어서 나중에 이 이론들로 인해 진정한 시문학의 엄청난 영역이 자의적으로 수축되는 일이 생기지 않도록 조심해야 할 것이다.

단어의 정의를 통해서나 우연히 포착하여 알게 된 특징들은 아무것도 말해 주지 않는다. 시문학의 본질에 분석적으로 접근하기 위해서는 적어도 시문학적 전체를 예로 들어 시작해야 할 것이다. 그리고 이 전체를 구성하고 그 내적 구조에 따라 연구하여 이 전체를 필연적인 것으로 밝히려 노력해야 할 것이다. 하지만 그러한 전체는 틀림없이 어떤 특정한 장르에 속할 것이며, 따라서 사람들은 이 장르에 본질적인 것은 무엇이고 시문학 일반에 본질적인 것은 무엇인지 항상 암중모색할 것이다. 그 결과를 보면 종합적인 방식이 유일하게 참된 것이다. 즉 문학 장르들은 시문학 일반으로부터, 그리고 개별적인 시 작품과 그 부분들은 그 장르로부터 설명해야 한다. 그런데 이때 요구되는 것은 문제를 좀더 높은 관점에서 파악해야 한다는 것이다.

우리는 시문학을 발생론적으로 설명하고자 하며, 본능의 최초 단계에서부터 예술가의 의도가 완성된 상태, 즉 작품에 이르기까지 시문학이 계속 거쳐야 하는 다양한 단계에 따라 시문학을 살펴보고자 한다. 그래서 먼저 **자연시**Naturpoesie를 다루고, 그후 **인공시**Kunstpoesie를 다루기로 한다. 이 인공시에서야 장르의 분리가 시작된다. 혹은 이러한 분리가 바로 인공시의 출발점이다. 그다음 우리는 인공시의 전개 과정을 역사적으로 추적할 것인데, 그 이유는 가장 단순하고 순수한 것에서부터 복합적으로 구성되고 혼합된 것에 이르기까지의 인공시의 등급이 실제로 시간적 순서에 따르고 있기 때문이다. 내가 자연시에 대해 말하고자 하는 바도 역시 역사적 방식에 따른 것이다. 하지만 이것이 특정한 시대, 특정한 장소에서 일어난 것과 같이 명시적으로 입증된 사실들과 관련된다는 의미는 아니다. 역사적인 기록이나 보고는 더 상위적인 것에까지는 미치지 못한다. 즉 우리가 진술해야 하는 것은 인간의 본성으로부터 흘러나오며, 원래 개인의 발전에서나 인류 전체의 발전에서나 항상 반복되는 그런 영원하고 필연적인 사태인 것이다. **예술의 자연사**의 가능성에 관해서는 이전에 한 번 지나가면서 부수적으로 언급한 적이 있다. 예술의 자연사가 설명하는 것은 예술의 필연적 근원에 관한 것이며, 인간의 보편적 성향으로부터의 발전과, 그리고 초창기 인류에게서 몇몇 정신적 문화에 대한 의식이 싹트기 시작했을 때 틀림없이 등장했을 상황들로부터 예술이 맞이한 최초의 발전에 관한 것이다. 따라서 그러한 설명은 인간에게 자연스러운 것을 서술 수단이나 도구로 삼는 예술들에 대해서만 가능하다. 왜냐하면 인위적인 수단을 사용하는 모든 예술은 자연에 대한 관찰과 자연을 이용하려는 임의적 행위를 전제로 하기 때문인데, 이런 것들은 역사적으로만 주어질 뿐 철학적으로는 도출될 수 없기 때문이다. 예술의 자연적인 매체는 행위들이며, 인간은 행위를 통해 자신의 내면을 바깥으로 드러낸다. 그리고 그런 것에는 단어와 어조와 몸짓 외에 다른 것은 없다. 이것들이 실로 시문학과 음악과 무용의 뿌리이자 토대이기도 하다. 무용이 어떻게 모종의 의미에서 조형예술의 최초 발단으로도 간주될 수 있는지에 대해서는 앞에서 예술을 개괄적으로 설명할 때 이야기한 바 있다. 이 강연이 진행되는 동안 이미 예술의 자연사에 해당되는 다양한 논제들이 등장했었다. 가령 위에 언급된 세 가지 예술 장르는 서로 동시에 그리고 불가분의 통일체로 생겨났다는 것, 더 나아가 세 가지 모두에 공통된 형식으로서의 리듬의 발생에 대한 문제도 다루어졌다. 우리가 여기서 주장했던 것이 경험으로부터 이끌어 낸 것은 아니었다. 하지만 우리는 미개한 종족의 관찰을 통해 어느 정도 입증할 수 있었는데, 이들에게 예술은 원래에 더 가까운 형태로 남아 있었던 것이다. 앞으로 추가로 언급하게 될 시문학의 자연사에 관한 내용에서도 이러한 사정은 마찬가지이다.

현재 우리의 문화적 상황에서 시문학이란 극히 소수의 뛰어난 개인들만이 그에 대한 능력을 소유하고 있으며, 게다가 이러한 능력 역시 오랫동안 사유하고 부지런히 준비를 해야만 발휘될 수 있는 것으로서 매우 어려운 예술로 받아들여지고 있다. 이러한 현재의 상황에서 우리는 더 자세히 알지도 못한 채 시문학을 나중에서야 결실을 맺는 세련됨의 열매로, 여유롭게 즐기는 데 사용되는 허구의 창작으로, 즉 한마디로 정신의 사치에 지나지 않는 것으로 간주하려는 경향이 있다. 물론 문자로 쓰여진 가장 오래된 자료들뿐 아니라 가장 열악한 환경에 처해 있던 가장 미개한 종족들도 시문학의 시작을 보여 주고 있다는 경험적 지식은 이 점을 부정한다. 시문학의 시작을 볼 수 없는 곳, 가령 푸에고 섬의 아메리카 인디언들이나 에스키모인들 같은 경우에는 틀림없이 어떤 자연스럽지 않은 상황이 있다. 추측건대 다른 민족들에 의해 더 온화한 지역으로부터 갑자기 쫓겨나게 됨으로써 다시 불완전하고 둔감한 상태로 후퇴했을 수도 있다. 하지만 시문학이 모든 인간 행위와 활동에서 가장 절대적으로 필요한 것이자 최초의 것이며 가장 근원적인 것이라는 사실을 단순한 경험으로부터는 알 수 없다는 점은 분명히 설명될 수 있다. 만약 오해를 불러일으킬 위험이 없다면 나는 다음과 같이 말하고 싶다. 시문학은 세계와 동시에 창조되었다고 말이다. 하지만 인간은 자신의 세계를 항상 스스로 창조하며, 또 시문학의 시작은 인간 현존재의 최초의 활동과 동시에 일어나기 때문에, 철학적으로 이해했을 때 방금 말한 나의 주장은 글자 그대로의 의미에서 옳은 것이다.

그러니 시문학의 뿌리를 찾아내기 위해서 우리는 인류의 가장 오래된 역사에까지 거슬러 올라가야 한다. **자연시**의 성장에서 우리는 다음 세 단계 내지 형성 시기를 구별할 수 있다. ① **시원어**Ursprache의 형태를 지닌 **원초시**Elementarpoesie 단계이다. ② 우리 내면에서 시문학적 연속들이 형식의 외적 법칙을 통하여 다른 방식의 상태들로부터 분리됨, 즉 **리듬**이다. ③ 시문학적 요소들이 세계 전체에 대한 하나의 상으로 결합되고 통일됨, 즉 **신화**이다. 여기서 나는 신화를 리듬 다음에 놓는다. 비록 신화에 대한 초라한 시작밖에 찾아볼 수 없다고들 하는 민족들에게서 운율에 대한 관찰이 눈에 뜨인다 해도, 그 발전 단계 너머에서 무엇인가 끌어낼 것이 있어서는 아니다. 그보다는 리듬만이 시문학에 있어 모든 것이 독립적으로 존재할 수 있는 조건 전반이 되기 때문이다. 반면 신화는 시원어 속에 있는 시문학적 맹아의 좀더 고양된 잠재성으로 보인다. 다시 말하면, 언어 기호에 포함되어 있는 저 첫번째 상징 너머에 위치하며, 자유롭게 다룰 경우 진정으로 시문학적인 작품으로 즉시 이행할 수 있는 우주의 두번째 상징이 신화라 할 수 있다.

그러므로 이제 우리는 언어와 운율[19]과 신화에 대해 이야기할 것인

---

19) 독일어에서 '운율'(Metrik)을 가리키는 단어에는 그 외에 Silbenmass도 있다(문자 그대로 '음절의 단위'). 아우구스트 슐레겔은 다른 곳에서도 Metrik이라는 단어를 사용한다. 물론 '말[의 표현]'(mots)과 그 구성에 대한 관계를 강조할 경우에는 당연히 독일어 단어가 사용되었다.

데, 이때 그 범위를 단지 엄밀한 의미의 인공시에 선행하는 것에 제한하는 것이 아니라 이런 주제들에 대해 이야기될 수 있는 모든 것을 동시에 다 망라하여, 가장 다양하고 가장 아름답게 형성된 상태로서의 언어, 운율, 신화도 고찰할 것이다. 언어는 그 기원에서부터 시문학의 재료이며, 운율은 가장 넓은 의미로 이야기하자면 시문학의 실재 형식, 즉 시문학이 현상 세계로 진입하기 위해 따르게 되는 외적인 법칙이다. 끝으로 신화는 시문학의 정신이 원초적 세계로부터 구성해 낸 조직체와 같은 것이며, 이 정신은 이제 신화 조직의 매체와 기관들을 통해 나머지 모든 대상들을 관조하고 파악한다. — 결국 장르들과 관계없이 형성될 수 있는 것을 자기 안에 담고 있는 보편적 시문학은 이 세 가지 부분으로 완결된다고 할 수 있을 것이다.

보통의 시학 이론에 등장하는 방법은 이와 완전히 다른 것이다. 거기서는 문체[어법]Diktion나 시행 구성은 마지막 단계에 설명하는 것으로서 끝에 가서야 다루어진다. 사람들은 표현에 필요한 형상성뿐 아니라 시행의 조화로운 화음도 또한 단순한 장식이라고, 즉 한가하게 향유를 열망하는 상상력 또는 감성이라고 생각한다. 그 두 가지는 완성된 시문학에 마치 낯선 외형처럼 덧입혀지며, 이를 통해 단순히 문법적이고 수사학적인 연습에 지나지 않는 것으로 필연적으로 격하될 수밖에 없다. 유감스럽게도 사람들은 실제로도 너무나 자주 그런 식으로 시문학 활동을 하고 있다. 반면 우리는 발생론적인 설명을 통해 그러한 수단의 사용이 어떻게 해서 시문학의 본질 내에서부터 생겨나며, 그에 따라 필연적인 것으로 설명할 수 있는지 통찰하게 될 것이다. — 신화는 서사시에서 많은 경우 경이로운 것이라는 이름 아래 매우 불완전하며 참된 의미가 없는 것으로 여겨진다. 신화가 극도로 중요한 해명을 제시할 수 있음에도 불구하고 말이다.

언어에 대하여

가장 이상한 것에 대해서도 친숙해지면 정신이 무뎌지는 것처럼, 언어가 얼마나 경이로운 장치인지 사람들은 아마도 살아가는 동안 거의 생각해 보지 않았을 것이다. 사람들은 끊임없이 말을 하고 있지만 그때 자신들이 무엇을 하고 있는지 의식하지 않으며, 말한다는 것이 무엇인지 성찰을 거쳐 이해해 본 적도 없다. 그러니 한 번이라도 말한다는 것에 대해 그것이 무엇인지 말해 보아도 괜찮을 것이다. 우리는 우리에게 매우 익숙한 혀, 입술, 이, 턱의 일정한 운동을 통해 음성을 내며, 이 소리는 반드시 우리 자신과 다른 사람들에게 특정한 표상을 불러일으키게 되어 있다. 감각적이고 물질적인 대상에서 이 사실을 가장 잘 이해할 수 있다. 왜냐하면 이런 대상들은 제시해 보일 수 있기 때문이다. 우리는 기호와 이 기호가 가리키는 것[20]을 연결시킬 수 있으며, 이것이 자주 반복되어 일어날 경우 자연스럽게 기억에 남게 되어 이름을 들으면 그와 연결된 사물을 연상하게 되는 것이다. 말하는 사람이나 듣는 사람이 이전에 본 적이 있거나 감각적으로 인지한 적이 없이 다른 단어들을 사용한 묘사를 통해서만 알고 있는 사물들에 대한 표상도 오로지 말들만이 불러일으킬 수 있다. 또는 정신적인 세계에서만 존재하기 때문에 우리가 감관을 통해서는 전혀 지각할 수 없는 그러한 것들에 대한 표상도 마찬가지로 말을 통해서만 가능하다. 그러나 말들이 단순히 그 자체로 독립적으로 존재하는 무엇을 의미하는 이름에

---

20) 기호가 가리키는 것(das Bezeichnete)은, 즉 '지시된 것'이다. 하지만 프랑스어로 시니피에(le signifié, 기의)로 번역되는 이 단어는 소쉬르적 개념은 아니다. 오히려 반대로 '기의'와 '지시대상'(le référent) 사이의 불분명함을 담고 있다.

그치는 것은 아니다. 말들은 우리의 생각 속에서 사물들로부터 일단 분리해 낸 다음 고유한 속성으로서 다시 사물에 부여하는 특징을 표현하기도 한다. ― 더 나아가 말들은 갑자기 일어나는 변화들, 그 무엇이 일어남을 표현하는데, 물론 모든 일이 어떤 특정한 사물을 통해 어떤 특정한 사물에 일어나는 것이기는 하지만, 여기에 주목하는 것이 아니라 순수한 사건 그 자체만을 가리키는 것이다. 또 화자와 화자가 말하고 있는 대상 및 내용들과의 관계뿐 아니라 사물들 간의 다양한 관계들도 말들은 지시하고 있다. 마지막으로 우리의 사유와 표상들을 결합시키는 방식들, 그리고 너무나 복잡 미묘한 의미를 지니고 있어 철학자라도 설명하는 데 곤란을 겪을 수 있지만 반면 전혀 교육을 받지 못한 사람도 아무 문제없이 사용하는 그러한 단어들도 여기에 해당된다. 이 모든 것으로부터 이제 우리는 다른 사람에게 가령 어떤 외적인 목적에 대해서만 알려 주는 것이 아니라 말하는 사람의 마음속 가장 깊은 곳까지 들여다보게 하는 자신의 이야기를 구성할 수 있다. 이를 통해 우리는 아주 다양한 종류의 열정을 불러일으키고, 도덕적 결단들을 확고하게 하거나 없애 버리며, 또 모여든 군중들을 고무시켜 연대감을 형성하게 한다. 가장 큰 것이나 가장 작은 것, 가장 신기한 것, 전대미문의 것, 심지어 불가능하고 생각할 수도 없는 것이 아주 가볍게 우리의 입을 통해 흘러나온다. 사소하게 보이는 기호들을 사용하여 가장 끔찍한 유령들을 물리치는 곳에서 드러나는 이 경이롭게 활동하는 힘, 이 진정한 마법, 그리고 마치 아르키메데스가 지구 바깥의 한 점만 있으면 지구를 움직이겠다고 한 것과 마찬가지로, 그것을 사용하면 우주를 완전히 뒤바꿀 수도 있게 하는 그런 지배력, 이것은 오로지 지식인들과 현자들만이 고유하게 가지고 있는 것은 아니다. 가장 우둔한 자라도 자신이 필요한 대로 이 능력을 사용할 수 있다. 게다가 그는 이 놀라운 전문 지식을 자신의 방식으로 자신의 삶에서 필요한 때 습득하여, 그때 들인 노력에 대한 기억은 거의 남아 있지 않으며, 말하는 것을 자신에게 자연스럽고 몸에 배어 있는 일들로 여길 정도이다.

이런 생각들을 하면 자연스럽게 다음과 같은 질문이 생겨난다. 언어는 어떻게 우리에게 오는 것인가? 우리는 어디에서부터 언어를 갖게 된 것인가? 우리는 아마 언어가 어른들로부터 아이들에게 전해진 것이라는 생각을 할 수 있을 것이다. 그러나 몇 가지 좀더 깊이 구체적으로 생각해 보았을 때, 우리는 그런 식의 전수를 통한 언어 습득은 이미 언어 고안 능력을 전제로 한다는 것을 알 수 있게 된다. 성인들은 어떻게 외국어를 배우는가? 외국어의 기호들이 모국어 기호들에 상응하기 때문에 그들은 자신의 언어와 비교함으로써 외국어의 기호를 이해하고 기억에 남긴다. 그러나 아이들은 그 어떤 외국어를 매개하지 않고 자신의 모국어를 배워야 하는데, 이는 사실 가장 위대한 언어학자의 능력까지도 훨씬 뛰어넘는 것이다. 우리는 형체를 가진 사물들의 이름은 실제로 그 물건을 보여 줌으로써 설명할 수 있다는 것을 알고 있다. 같은 방식으로 다양한 행위들을 설명할 때에는 몸짓언어를 사용하면 도움이 된다. 그러나 그 외 다른 모든 것에 대해서는 추측을 해야만 한다. 여전히 너무나 낯설고 그 무엇을 통해서도 설명할 수 없는, 표상의 한 종류에 해당하는 어떤 기호를 차츰차츰 추측해 나가는 것이야말로 그런 무엇인가를 소리로 표현하여 지시할 수 있으며, 그렇게 할 수 있는 능력 자체를 선택할 수 있다는 가능성을 증명하는 것이다. 또한 우리는 아이들이 나중에 어른이 되어 가면서 더 이상 사용하지는 않지만, 언어를 실제로 만들어 내고 있다는 것을 관찰할 수 있다. 아이들에게서는 인류가 언어를 고안해 내는 과정에서 일어나는 일이 희미하나마 흔적을 남기며 계속 반복되고 있는 것이다.

스물네번째 강연

앞에서 언어의 기원에 대한 문제가 제기되었는데, 이는 이미 오래전 고대에서도 철학자들이 몰두했던 문제이며, 이후 최근까지도 그와 관련된 많은 책들이 쓰여 왔다. 이 문제에서 사람들은 자주 철학적인 것, 즉 인간 정신의 본성으로부터의 언어의 파생이나 이때 정신이 부득이하게 취하게 되는 과정의 서술을 (우리가 알 수 있다고 믿고 있는) 역사적인 것 내지 실제로 일어났던 것과 혼합시키고 혼동했다. 가령 모든 언어를 공통의 모태가 되는 하나의 언어로 환원시키고 이를 언어 기원에 대한 연구와 직결시켰던 것이다. 바로 이 때문에 근거 없는 가설들이 그토록 많이 생겨난 것이다. 우리는 언어의 기원 전반을 어떤 특정한 시점에 한정시킬 수 있는 어떤 것으로 보는 것이 아니라, 마치 세계가 매 순간 새롭게 창조된다는 것과 같이 언어는 항상 생겨나고 있다는 의미로 접근해야 할 것이다. 인간이 아마 엄청난 시간을 언어 없이 살다가, 언젠가 갑자기 언어를 고안해 내었을 것이라고 믿는다면, 이것은 완전히 거꾸로 된 생각이다. 왜냐하면 우리가 곧 살펴보게 될 것처럼, 언어 없이는 인간은 인간으로 존재하지 못했을 것이기 때문이다. 이런 의미에서, 언어는 인간에게 선천적인 것이라고 말할 수 있다. 그런데 이러한 견해는 언어의 기원에 대한 잘못된 설명들에서도 발견할 수 있다. 이것을 좀더 진정한 철학적 의미에서 이해하자면, 일반적 관점에서 인간에게 타고난 것처럼 보이는 모든 것은 인간의 고유한 행위를 통해서야 비로소 드러날 수밖에 없다는 것이다. — 이 문제를 다루고 있는 몇몇 가설들은 본질적인 문제는 전혀 건드리지 않고, 오히려 설명되어야 할 것을 먼저 전제로 하고 있다. 가령 신이 최초의 인간들에게 언어를 가르쳤다거나, 언어는 최초의 인간들이 서로 합의하여 확정한 것이라는 가설이 바로 그런 것이다. 전자의 경우 결코 성서를 증거로 삼을 수 없다. 왜냐하면 성서가 말하고 있는바, 신은 인간에게 동물들을 보여 주었는데, 그 목적은 인간이 직접 동물들에게 이름을 부여하기를 원했기 때문이다. 그런데 신학은 이 부분에서 탐구의 정신을 멈추었다. 히브리어가 정말로 모든 언어의 모태 언어이며, 하늘에서도 히브리어로 말한다는 사실에 대해 의심하는 것은 신성모독으로 여겨지던 때가 있었던 것이다. — 우리가 방금 위에서 살펴본 것처럼, 어떤 언어를 습득할 때에도 언어를 고안할 때 요구되는 것과 동일한 능력이 작용하며, 이 작용이 단지 좀더 높은 수준에서 일어날 뿐이다. 따라서 이 첫번째 가설은 아무것도 설명하지 않는다. 두번째 가설도 마찬가지이다. 왜냐하면 언어가 확정되기 위해서는 그전에 이미 서로 의사소통을 해야 하는데, 이런 의사소통이 설사 말이 아니라 몸짓언어였다고 해도 어쨌든 오로지 언어를 통해서만 가능하기 때문이다. 언어는 관념이나 표상들을 항상 기호를 사용하여 나타내며, 이 기호를 보고 그런 표상들을 인식하는 능력을 전제로 한다. — 또 다른 이론들은 자연적 현상을 좀더 충실히 반영하고 있긴 하지만, 그럼에도 피상적이고 불충분하다. 이런 이론들에 따르면, 언어는 동물들이 감정을 느낄 때 울부짖는 외침으로부터 나온 것이거나, 또는 외부 대상을 묘사하는 데서 생겨난 것이며, 그래서 결국 이 두 가지 모두로부터 생겨난 것이라는 주장이 나온다. 첫번째 이론에 따르면, 격정의 단순한 외침들인 감탄사들이 모든 언어의 토대이고, 두번째 이론에서는 소리를 거칠게 모방한 의성어들이 모든 언어의 토대이다. 그런데 어떻게 이런 빈약함에서부터 언어가 다양하고 풍부하게 발전했는지, 게다가 어떻게 두 가지 주장 중 하나로부터 종류가 완전히 다른 세번째 주장으로 넘어갈 수 있는지 이해하기 어렵다. 우리는 앞에서 언젠가 모든 예술을 모방으로 환원시키려는 이론들에 좀더 고차원적인 모방 개념을 부여했다. 즉 모방은 인간 정신이라는 매개를 관통하는, 그리고 그 정신의 각인을 통해 표현되는 대상 묘사이지, 맹목적인 베끼기가 아니라는 주장이었다. 그와 마찬가지로 우리는 음악에서도 감정을 덜 재료적인 의미에서의 음악의 원리로 정당화하였다. 다시 말해 감정이란 우리의 상태, 즉 내적 감각의 성질이 표상들과 맺고 있는 일반적인 관계라는 것을 밝혀내었다. 감정과 모방이라는 두 단어를 그렇게 받아들일 때, 그리고 오로지 그때만이 이 두 단어는 가장 내밀히 결합되어 언어의 생성을 충분히 설명할 수 있다. 언어 형성의 한 부분으로서 대상들의 모방은 모든 예술적 묘사 중 가장 낮은 단계이다. 이는 우리가 이미 보았듯이, 연주를 할 때 감정을 표현하는 것이 음악의 기본 토대인 것과 같다.

인간은 동물인 동시에 이성적 존재이다. 인간이 목소리를 사용한다는 것은 다른 동물들과 공유하는 점이다. 이것은 분절되지 않은 불분명한 외침으로서, 고통이나 다른 흥분들로 인해 자기도 모르게 내뱉게 되는 것이며, 이런 점에서 외적인 인상들에 그런 식으로 의존하고 있다는 것에 대한 단순한 표현이기도 하다. 또한 인간은 분절된 소리도 낼 수 있지만, 인간의 신체 기관이 이러한 능력을 가지고 있다고 해서 여기서 바로 언어 능력을 말할 수 있는 것은 아니다. 그것은 오히려 언어 능력에 부정적인 조건일 뿐이다. 다양한 종류의 동물들은 어느 정도까지는 그런 능력을 인간과 공유하고 있으며, 비록 완전히 기계적이긴 하지만, 말하는 것도 배울 수 있다. 즉 필요에 의해, 그리고 자주 반복함으로써 특정한 운동을 일으키는 어떤 자극이 신체 기관에 전달된다. 그러나 동물들은 자발적으로 무엇인가를 지시하기 위해 습득한 단어들을 사용하는 법은 없으며(비록 그렇게 보일지는 모르겠지만), 따라서 그것은 말하는 기계가 내는 소리와 마찬가지로 본래적 의미에서의 언어가 아니다.

동물의 존재에 대해 우리가 가지고 있는 관념은 매우 복잡하기만 하다. 하지만 그런 만큼 우리가 가진 정신의 기능들이 이루는 유기체에 대한 이상주의적인 설명에서 분명히 알 수 있는 것은, 이 정신적 기능들은 어떠한 내면 세계, 즉 어떤 인격뿐 아니라 외부 세계도 가지지 않는다는 사실이다. 그들에게는 원래 대상이란 존재하지 않고 오로지 상태들만 존재한다. 그리고 정신적 기능들 자체가 상태들인 이유로 이 상태들 역시 대상들을 가지지 않는다. 우리가 동물들에 독립적인 실존이 있다고 생각하는 것 자체가 착각에 지나지 않는다. 동물들은 자연의 단순한 환영에 지나지 않으며, 동물들이 관념을 가지고 있다고 이야기할 때, 이것은 그들에게서 작용하는 보편적인 세계영혼만을 의미할 수밖에 없다. 그래서 우리는 동물들이 꿈을 꾸는 것을 관찰한다고 믿는데, 하지만 원래 동물들 **그들**이 꿈을 꾸는 것이 아니라 그들 속에 있는 **그것**이 꿈을 꾸는 것이다. 모든 변화에도 불구하고 인간 안의 무엇인가를 불변하는 것으로 주장하는 자발적 원리인 자아나 인격이 아직 매우 미약할 때, 즉 아동기에 인간은 매 상황에 완전히 몰입하고, 내면에서도 모든 대상으로 변모하는 것 같은 일이 일어날 것이다. 그 때문에 어린 시절의 기억들은 완전히 사라지거나 혹은 얽혀 있고 맥락 없이 조각나 있다. 그렇지 않았다면 아주 강렬한 인상들이 틀림없이 뚜렷한 흔적을 남겨 놓았을 것이기 때문이다. 그런데 동물의 종속성과는 다른 자발적 원리는 이제 오로지 맥락과 통일성을 만들어 내고자 하는 노력을 통해 스스로를 관철시키게 된다. 즉 자발적 원리는 감각적 인상들을 서로 비교하는데, 비교될 수 있기 위해서 이 감각적 인상들은 공존해야 하며, 이것은 곧 인상들을 붙들어 고정할 수 있는 능력을 전제한다. 여기에 바로 근원적인 언어 행위가 있다. 어떤 하나의 인상이 포착되어 고정되는 곳, 그것이 기호이다. 이러한 의미에서만 언어 능력과 이성 능력이 같은 것이며, 인간은 언어 없이는 생각할 수 없었을 것이고 보편적인 개념을 형성할 수도 없었을 것이라는 말이 참이 된다. 그래서 일반적이고 좁은 의미로 언어라는 말을 쓸 때 사람들이 앞의 주장에 반대하여 청각 장애자의 경우를 예로 드는 것은 당연한 것이다.

이렇게 볼 때 말을 한다는 것은 무엇보다도 내적인 행위이지만, 틀림없이 몸에 전달되어 운동으로서 나타나게 되는 그런 내적 행위이다. 우리는 여기서 우리가 하는 가장 복잡한 일련의 생각들이 신체를 통해서는 전혀 표시되지 않으면서도 연속적으로 이어질 때, 이를 가벼움으로 추상화시킬 수밖에 없을 것이다. 반면 아주 미개한 인간에게 어떤 새로운 관념은 마치 미숙한 솜씨로 다루어 보려고 하는 무거운 물체와도 같다. 그들의 힘겨운 노력은 몸 전체를 통해 드러나게 될 것이다. 또 우리는 교육을 받지 못한 사람들은 소리내어 생각할 수밖에 없다는 것을 관찰할 수 있다. 어떤 사람들은 독서할 때 그냥 속으로만 책을 읽지 못한다.

사람들은 보통 언어의 기원을 단순히 사회적 삶을 위한 필요성에서 나온 것이라고 보았다. 그런데 우리는 인간이 처음부터 사회를 이루어 살았음에도, 이것이 언어가 파생된 기원이라 볼 수 없다는 것을 기꺼이 인정할 수 있다. 철학적 의미로 볼 때 오히려 사유 도구로서의 언어, 즉 스스로 숙고에 이르기 위한 수단으로서의 언어에 대한 필요성이 사회적 소통의 필요성에 필연적으로 선행한다. 인간은 가장 먼저 자기 자신과 대화하기 때문에, 혹은 다른 사람들과 소통하고자 한다면 자신의 언어가 가진 효과를 자기 자신에게서 먼저 확인해야 하기 때문에(만약 그렇게 하지 않는다면 무엇을 근거로 다른 사람들이 자신을 이해한다는 확신을, 즉 그들이 언어 기호들로부터 자신이 가지는 것과 같은 관념을 연결해 낼 거라는 확신을 가질 수 있단 말인가?), 언어 행위자로 하여금 자신이 하고 있는 언어 활동의 작용을 완전하고도 직접적으로 인지할 수 있게 해주는 어떤 움직임이 언어 도구로서 필수적인 우선권을 차지하게 된다. 이것이 바로 **목소리의 음색**이다. 또한 인간은 자신의 표정과 몸짓의 작용도 어느 정도 인지하여 그것을 내면으로부터 느낀다. 그리고 이 표정과 몸짓이 특정한 감정적 동요의 표현인 것처럼, 표정과 몸짓은 또한 다시 거꾸로 작용하여 감정적 동요를 생겨나게 한다. 이것은 누구나 자신의 경험에서 관찰할 수 있다. 따라서 표정과 몸짓의 경우에도 우리가 의도하는 영향을 다른 사람에게서 기대할 수 있다는 확신을 갖기 위해서는 그 영향을 자기 자신에게서 시험해 보는 것이 먼저인 것이다. ― 사람들은 종종 미개인이 단어나 목소리, 또는 표정만을 사용하여 말하는 것이 아니라 몸 전체, 팔과 다리를 모두 사용하여 말한다는 사실에 주목해 왔다. 유기적으로 서로 규정하는 상호작용 속에서 신체의 나머지 부분도 입을 통한 말하기 행위에 끊임없이 동참한다. 혹은 입이 말하고 있는 곳, 말을 할 때 나머지 신체 부분은 무관심하라고 관습이 명하는 곳, 그곳에서는 반자연적이고 활기 없는 상태가 절정에 이르고 있다. ― 하지만 그럼에도 점차적인 문화 형성 과정에서 목소리를 통해 말하는 것이 우세를 차지하게 되고, 그리하여 이것이 특별히 언어라 칭해지게 된 것이다. 이는 한편으로는 위에 언급된 이유, 즉 인간은 그 어떤 종류의 움직임도 자신의 목소리가 내는 음색보다 더 직접적이고 완전하게 자신의 영향으로서 지각할 수는 없기 때문이며, 또 다른 한편으로는 지금까지 종종 언급되었던 것처럼, 소리로 들을 수 있는 것과 내적 감각은 아주 가까운 관계에 있다는 점으로부터 설명할 수 있다. 말하자면, 들을 수 있는 것은 공간적으로 지각되는 것이 아니다. 물론 우리가 그 소리가 시작되는 어떤 장소를 추론해 볼 수는 있겠지만, 그렇다 해도 이것이 감각 속에서 나타나는 것은 아니다. 더 나아가 음색은 독립적인 것이거나 대상들의 지속적인 속성이 아니며, 오히려 대상들에서 일어나는 변화들에 대해 알려 준다. 이는 우리가 자신에 대한 의식을 동일하게 유지하고 있는 가운데에서도 우리들 내면에서는 표상들이 계속 변화하고 있는 것과 꼭 마찬가지이다. 우리 목소리의 음색을 통해 우리는 전달되는 내용을 우리의 표상들로서 가장 잘 특징지을 수 있다.

위에 서술된 내용에 따르면 시원어는 자연적 기호들에 근거하고 있다. 다시 말하면, 언어는 지시 대상과 본질적인 관계를 맺고 있는 기호들로 이루어져 있다. 왜냐하면 언어는 내적 자극을 통해 야기되는 언어 수단의 움직임들에 기인하기 때문이다. 언어는 감각적 인상에서부터 출발하여 사유를 향해 나아간다. 즉 언어의 성격은 동물적 의존성과 이성적인 자유의지 사이의 한가운데에서 흔들리고 있다. 강연에서 이것은 노래와 유사한 그 어떤 것으로 나타날 것이다. 왜냐하면 우리가 살펴본 바와 같이, 노래는 감정을 나타내는 동물의 소리인데, 일종의 분절된 외침으로서 인간적인 것으로 변형된 것일 뿐이기 때문이다. 언어는 그 최초 형태에서는 매우 낭랑하고 강렬한 억양으로 발음되었을 것이다. 분절은 (말을 할 때의 간격처럼) 발성 기관의 자유롭고 의도적인 움직임으로 인한 것이며, 따라서 그와 유사한 정신적 행위들에 상응한다. 음성적인 감정 표현을 동반하지 않는 독립적인 발성은, 말로 표현된 표상들이 감정적 동요와 관계없이 순수하게 지성적 요소로 다루어지면 질수록, 더욱 지배적이 된다. 그러나 분절적 발성이 비록 임의적 성격에 따르고 있지만, 원래 인간은 자연 기호를 생산해 내기 위하여 이 발성을 사용하고 있다. 즉 인간은 발성을 이용하여 모방하고 있는 것이다. 마치 자연적 몸짓에는 표현하는 몸짓과 모방하는 몸짓, 이 두 가지 종류가 있는 것처럼, 음성 기호에서도 마찬가지이다. 언어에서 감탄사 등을 사용한 감정의 표현이 아직 가공되지 않은 동물적 외침이 아닌 것처럼, 발성을 사용한 음성기호의 그러한 모방만이 그저 수동적인 베끼기가 아니다. 예를 들어, 인간이 처음에는 동물들 각자가 내는 고유한 소리에 따라 동물들을 지칭했다고 가정해 보자. 그러면 서투르게 모방했을 경우 분절된 언어에 전혀 근접하지 못했을 것이며, 또 그와 연결시킬 방법도 찾지 못했을 것이다. 인간만이 동물이 내는 이런 소리들을, 그리고 동물들이 지니고 있는 모든 것을 의인화시켰고, 그럼으로써 그것들을 기호를 통해 나타나는 표상에 따라 받아들였다. 다른 종류의 소음들도 마찬가지이다. 이런 변환 과정은 단순히 그와 같은 소음들을 정확히 모방하는 능력이 없어서 그런 것으로 설명될 수 없다. 인간은 언어로 하고 있는 것보다 훨씬 더 고도의 모방을 아직도 할 수 있으며, 원래는 그런 능력에 있어 훨씬 더 많은 소질을 가지고 있었음이 분명하다. 이는 모방에 근거한 언어 기원 이론이 지나치게 적용되는 것에 반대할 때 특히 강조되어 지적되는 사실이다.

시원어는 주관적 관계에서나 대상적 관계에서나 그 자체로 이미 변환을 통한 묘사이며, 자연적이면서도 동시에 인간적 자유의 특징을 그 자체로 지니고 있다. 시원어는 그 어떤 식으로도 처음 시작했을 때 이상으로 확장될 수 없었다. 즉 표상들을 나타내기 위해 그와 유사한 기호들을 찾아내어야 했던 것이다. 음성적 기호들과 직접적이고 본질적인 유사성을 가지고 있는 것은 오로지 소리로 들을 수 있는 것뿐이다. 때문에 다른 감각영역에 속하는 것은 매개된 유사성을 통해 표현되어야 한다. 매개된 유사성은 우선 한편으로는 다양한 소리들, 부드러움 등에 대한 인상과의 유사성에 근거한다. 어떤 맹인이 붉은 색을 트럼펫의 울림과 한번 비교해 보았다고 한다. 너무나 잘 들어맞았다! 그래서 **붉음**das Rote은 여러 언어들에서 알파벳 R로 표현되게 되었는데, rauschen, rieseln, rasseln, ῥέειν[21] 등 순전히 소음과 잡음을 나타내는 단어들이 이 철자 R로 시작한다. rauh[거친] 같은 촉감을 나타내는 단어도 마찬가지이다. blau[푸른]라는 단어를 rot[붉은]와 비교해 보면, 색깔 자체가 그런 것처럼 서로 대립된다. — 하지만 다른 한편으로는 유사성은 또 대상의 특성에 속하는 것과 같은 발성기관의 활동이나 움직임에 근거한다. 여기서부터 유사한 방식으로 결합하는 단어들의 거대한 가족 집단이 유래한다. 가령 철자 L이 다른 자음과 결합하여 가벼운 움직임의 의미가 들어 있는 단어들을 만들어 낸다. fließen, gleiten, glatt 등이 그 예이다. 또 여러 언어에서 st로 시작하는 단어는 말없는 확고함을, str로 시작하면 최선을 다하는 힘, spr로 시작하면 갑작스럽게 터져 나오는 힘 등등을 의미한다. 이러한 예들은 단지 설명을 돕기 위해 든 것일 뿐이다. 왜냐하면 모든 언어는 그 원래의 형태로부터 엄청나게 멀리 떨어져 있으며, 따라서 아주 희미한 유사성만을 종종 알아챌 수 있고, 때로는 그마저 완전히 사라져 버리기도 했다는 것은 당연한 일이기 때문이다.

그러므로 언어가 확장되려면 이미 감각의 영역에서 끊임없이 이어지는 비교들의 연결고리가 전제되어야 한다. 감각적 관찰에서는 결코 일어나지 않는 것까지도 언어를 통해 지칭하려는 열망을 가지고 있는 것은 오로지 인간뿐이다. 여기서 인간은 오성의 관점에서 보자면 죽음을 각오하고 도약을 해야만 건너갈 수 있을 어떤 협곡 앞에 서 있는 것처럼 보인다.

---

21) 아우구스트 슐레겔은 "말하다"를 의미하는 어떤 그리스 단어를 생각하고 있는 것 같다. 하지만 슐레겔이 쓰고 있는 이 형태의 단어는 문헌에 남겨져 있는 확인된 말이 아니다. 혹은 그것이 아니라면 흐르는 활동을 소리로 이해하여 "흐르다"를 뜻하는 동음이의어를 말하는 것일 수 있다[rausche, rieseln, rasseln은 모두 독일어로 각각 바스락거리거나 콸콸 흐르는 소리, 졸졸 흐르는 소리, 덜그덕거리는 소리 등을 나타내는 의성어이다].

왜냐하면 육체적인 것이 그와 완전히 반대되는 정신적인 것과 어떤 유사성이나 친족성을 가지고 있단 말인가? 그럼에도 인간은 저 건너편에 도달하는 것은 물론, 그것도 아무런 문제없이 편하게 넘어간다. 그는 튼튼하게 연결되어 있어 어느 곳 하나 허술한 데가 없는 다리를 그 사이에 놓는다. 어떻게 이것이 가능한가? 인간에게는 오성에 의해 분리되는 것, 즉 자연이 가진 감각적인 부분과 정신적인 부분, 이들의 통일성에 대한 모호한 예감이 내재해 있다. 이것이 인간이 감각적인 것만을 서로 연결시키는 것이 아니라 감각적인 것을 비감각적인 것과도 연결시켜 지시하는 데 대한 정당성을 부여하고, 계속 추진하도록 한다. 그래서 가장 구체적인 것이 결국 가장 숭고하고 정신적인 직관에 대한 기호로 사용되어야 하는 것이다. 이렇게 하여 언어에서 모든 것은 모든 것에 대한 상징이 되며, 그럼으로써 언어는 사물들의 일반적인 상호작용에 대한 알레고리가 되거나, 또는 좀 더 높은 차원에서 말하자면, 만물의 동일성에 대한 알레고리가 된다. 즉, 사람들이 보통 언어에서 철학적이지 않은 것으로 간주하는 바로 그것을 통해 언어는 철학의 목적을 미리 암시한다. 그런데 철학의 목적은 본질적으로는 시문학의 목적과 하나이며, 이 시문학의 목적에 필요한 완전한 능력을 근원적으로 입증해 보이는 것이 바로 언어이다.

그래서 이제 언어에서는 감각 세계의 일차적 묘사를 넘어 비감각적인 직관의 이차적 묘사가 구축되는데, 이 둘을 이어 주는 것이 바로 은유Metapher이다. 비유적 성격, 즉 대조를 통한 기호화는 물론 일차적 영역에서 이미 등장한다. 하지만 우리 안에 있는 상징화 능력에 대한 완전한 의식은 이 이차적 묘사에서야 비로소 표면화된다. 그리고 이 상징화 능력을 자유롭고 의도적으로 사용함으로써 시원어의 시문학적 요소들로부터 이제 고유한 시문학이 형성된다.

시문학적 문체에서 가장 아름다운 장식인 비유와 은유는 이렇게 보면 처음에는 지시어의 빈곤으로 인한 비상수단이었던 셈이다. 일반적으로 예술의 인위적인 형성이 그 자연적인 근원과 맺는 관계도 바로 그러하다. 항상 필요에 의해 출발해서 자유로운 놀이가 되는 것이다. 언어의 이러한 근원적인 형상성은 상상력이 제한된 민족들에게는 과장된 것으로 느껴지기 쉬운데, 사람들은 이 형상성을 이전에는 단순히 오리엔탈적인 특성으로 간주했다. 하지만 이제는 그것이 어떤 특정 단계에서는 모든 언어에 공통된 것이라는 점을 안다. 다만 그 단계에 머무르는 것을 몇몇 풍토나 나라의 형태에서는 특별히 매우 선호한다는 사실에는 변함이 없다.

인간은 언어를 한가하게 관찰만 하고 있는 어떤 것으로 고안한 것이 아니라, 몰려오는 육체적 힘들을 느끼며 자신의 실존을 주장하고자 애쓰는 그러한 것으로 만들어 내고 있다. 이른바 움직여진 것, 변화하고 있는 것, 눈에 띄게 분명히 작용하고 있는 것은 인간에게 그 무엇보다도, 그리고 정지해 있는 것보다 훨씬 더 강력한 충격을 줄 것이다. 따라서 변화들이 가장 먼저이고, 그다음에 사물들, 그다음에 속성들, 그리고 마지막으로 관계들이 언어로 표시되었을 것이라고 일반적으로 주장할 수 있다. 때문에 가령 히브리어처럼 근원에 좀더 가까이 머무르고 있는 그러한 언어들의 뿌리는 동사들이다. 말하자면, 지나간 시간이 근원적인 시간이다. 그 의미는 어떤 하나의 사건은 파악되자마자 이미 지나갔다는 것에 있다. 현재는 뒤늦은 추상화로 보이는데, 우리는 이런 추상화를 통해 지나가 버리는 것을 어느 정도 지속적인 어떤 것으로 변모시킬 수 있다. 인간의 정신은 가장 먼저 작용에 반응하기 때문에, 그리고 그 어떤 낯선 작용의 원인을 인식하기 전에 자기 자신이 내적으로 직접 느끼는 작용의 원인을 먼저 알아차리기 때문에, 모든 변화들을 자신의 고유한 작용 방식의 이미지로서 상상한다. 말하자면, 어떤 의지에 의해 실행되는 것으로서, 즉 행위들로서 표상하는 것이다. 인간의 정신은 이런 행위들이 단순히 다른 살아 있는 생물에만 있다고 여기는 것이 아니라, 기계적인 힘들에도 생명력을 부여하며, 자연 전체를 인간화시킨다. 이는 신화와 관련해서 우리에게 극도로 중요한 주제이다.[22] 시원어의 고유한 특징은 가령 명사를 생각해 볼 때, 계속적으로 의인화가 일어난다는 것이다. 그중 대상들의 작용 방식에 따라 유비적으로 상응하는 것으로 생각되어진 성性에 따른 명사 구분은 몇 개의 언어에서는 사라졌지만 아직도 여전히 그 형태를 유지하고 있다(여기서 예외가 되는 것: 태양과 달.[23] 그리고 가령 동물의 이름은 모두 **한 가지** 성을 가지고 있다는 점 등등).

위에서 살펴본 바를 통해 인공시가 의도적으로 추구하고 있는 의성어, 은유, 모든 종류의 비유, 의인화, 수사적 표현들은 시원어에 이미 자연스럽고도 절대적인 필요에 의해 존재하고 있으며, 그것도 매우 지배적으로 존재하고 있다는 사실이 입증되는데, 언어의 뿌리에서 예고되고 있는 원초시Elementarpoesie가 바로 여기에 바탕을 두고 있다. 이런 의미에서 자주 이야기되는 주장, 즉 시문학은 산문보다 더 오래되었다는 말은 옳다. 물론 이것은 사람들이 이미 확고한 예술 형식을 시문학에 부여한다면 주장할 수는 없는 것이기는 하지만 말이다. 이 문장은 또한 문자로 쓰여진 산문은 능숙하게 글을 쓰고 사용하는 능력을 전제한다는 것, 그리고 오랜 이전부터 구두로 전승된 시들이 존재해 왔다는 것을 의미할 수도 있는데, 이 역

22) 레싱은 「라오콘」에서 호메로스의 언어에 대해 언급한다. — 미모사는 세네갈의 원주민들에게는 "좋은 날"[낮 인사]이라 불린다. — 아우구스트 슐레겔 원주

23) 독일어에서 태양(Sonne)은 여성형 명사이고, 달(Mond)은 남성형 명사이다.

시 적어도 꽤 많은 나라들의 경우 옳다고 할 수 있다.

그렇다면 산문적인 것은 도대체 어떻게 언어 속으로 들어오게 되는가? 이는 상상력이 만들어 낸 언어 기호를 오성이 장악함으로써 일어난다. 즉 처음에는 하나의 상이었던 기호가 어떤 개념으로 변화하는 이러한 이중성은 언어의 본질에 근거하는데, 지시된 관념이 상상력과 연결되느냐 오성과 연결되느냐에 따라 달라지는 것이다. 오성에서 문제가 되는 것은 오로지 어떤 목적의 실현이다. 그래서 오성은 소리의 양태와 관련해서나 전이된 의미를 지닌 단어들의 상징성과 관련해서나 기호와 지시 대상과의 유사성은 전혀 고려하지 않는다. 우리는 이것을 정신적 활동에 대한 많은 표현들에서 분명히 알 수 있는데, 이러한 표현들은 지금은 단순한 추상적 개념을 나타내지만 원래는 감각적으로 투박한 형상들이었던 것이다. 가령 verstehen[이해하다]은 hinzustehen[그쪽으로 가서 서다]으로부터, vernehmen[듣고 이해하다]는 sich nehmen[자신을 위해 취하다]으로부터 나온 말이다. 이성[Vernunft], 파악하다[begreifen], 가르치다[알리다][unterrichten], 통찰하다[einsehehn], 추론하다[schließen] 등의 단어들도 마찬가지이다. — 오성의 부지런함은 단어 하나하나와 그 의미에 작용하는 것에 그치는 것이 아니라, 훨씬 더 나아가 자신의 모든 논리적 형식들을 발전시킬 수 있는 장소인 단어들의 조합 방식에까지도 개입한다.

단어의 파생 자체가 화자의 편의에 따라 일어남으로써 단어들은 시간이 흐르면서 더 이상 파생된 유래를 찾기 어려워진다. 상징법, 즉 상상의 보편적 도식화는 오성이라는 지성적 사고가 수행하는 더 엄격하지만 생명이 없는 개념 정의에 자리를 내주어야 했다. 그리고 이렇게 해서 언어는 문화의 발전 속에서 생생한 지시의 단일체로부터 자의적이고 관습적인 기호들의 체계적 축적으로 변모되어 등장하게 된다. 이것은 특히 학술

언어에서 가장 철저하게 행해지는데, 여기서 언어는 혼이 담긴 숨결로부터 대수학적 암호로 가능한 한 큰 폭으로 전락하게 된다. — 그러나 이는 언어가 단지 하나의 특정하고 일방적인 방향으로 사용된 것일 뿐이다. 왜냐하면 일반적으로 볼 때 언어가 전적으로 비문학적으로 된다는 것은 있을 수 없기 때문이다. 언어에는 비록 아주 잘 숨겨져 있긴 하지만 시문학적 요소가 항상 흩어져 존속하고 있으며, 감각적 명료함과 활기, 형상성은 언제라도 다시 나타날 수밖에 없게 되어 있다. — 더구나 이미 산문적으로 되어 버린 언어에서도 단순히 필요에 의해서만 사용되고 인위적으로 조탁을 하지 않는 일상적 언어 방식을 통해 언어 기호가 가진 모종의 자연성이 다시 두드러지게 나타난다. 하지만 이 자연성은 자유로운 묘사의 기품을 주장한다기보다는 좀더 거칠고 서투른 모방이라고 해야 할 것이다. 그래서 그 안에는 고귀하지 못하고 저열한 혼합물이 섞여 있는데, 왜냐하면 아메리카 미개인은 (아마도 농노나 하층계급 전반, 또는 유럽 문화의 억눌린 짐꾼들보다 상위에 위치한다고 할 수도 있을 것인데) 항상 품위 있게, 게다가 장엄하게 표현하기 때문이다. 민중어의 그와 같은 특징들은 유치한 의성어에 있다. 즉 개인적으로 만들어 낸 부차적 개념들을 너무나 많이 담고 있어서 지방의 한 영역에만 통용되는 표현들이며, 기괴하고 원색적인 비교들이나 과도한 활력의 추구가 나타난다. 이 모든 것이 우스꽝스러운 특징을 띠고 있으며, 그래서 특히 희극에는 그런 단어들과 상투적 어법을 사용하는 것이 매우 좋을 것이다. 반면, 가장 생생한 민중어의 표현들을 시문학 속에서 거리낌 없이 찾아낼 수 있고 그래야만 한다는 뷔르거[24]의 주장은 그 자신의 시들에서 입증되었다시피 비속함의 샛길로 빠지기 쉽

24) 「아테네움 단상」 122번의 각주 참조.

다. — 우리는 대부분의 속담도 위에서 서술한 특징을 지니고 있으며, 속담 속에는 시문학적 원칙과 함께 현실 원칙도 나타나고 있다는 것을 확인할 수 있을 것이다.

만약 언어가 이제 위에서 언급된 방식으로 묘사적이기를 그만둔다면, 또는 적어도 언어가 대상에 대한 생생한 관찰보다 특히 오성의 작업을 묘사하기를 더 선호한다면, 언어의 묘사적 경향은 어떻게 다시 회복될 수 있을 것인가? 그것은 필요에 의해 언어 바깥에서 추구되었으며, 그로 인해 언어를 단순한 수단으로 격하시켰던 목적이 언어 안으로 다시 옮겨짐으로써만 가능한데, 이것은 아름다운 예술의 노력을 통해서 일어날 수 있는 일이다. 이때 말Rede은 선택이나 결합을 통해 지배적인 언어 사용을 따르거나 혹은 스스로 법칙이 된다. 전자의 경우 **아름다운 산문**이 생겨나고, 후자의 경우 **인공시**Kunstpoesie가 생겨난다. 인공시가 자신의 본질로부터 이끌어 낸 법칙은 시간의 연속성 속에서 들을 수 있는 청각적인 것에까지 확장되며, 이 관점에서 **운율**이라 칭해진다. 운율의 필요성은 시문학의 보편개념에서 이미 도출되었는데, 이에 대해서 우리는 후에 다시 언급할 것이다. 이 자리에서는 우선 시문학적 표현법[문체]을 다루고자 한다. 산문과 대조적으로 시문학에 고유한 것은 종종 시적 자유의 이름으로 이해된다. 하지만 이것은 자주 잘못된 관념으로 이끌기 쉽다. 왜냐하면 그것은 일상적인 언어 사용의 측면에서 볼 때 자유라 할 수 있지만, 시문학적인 언어 사용에서는 자유가 아니기 때문이다. 그렇지 않다면 그런 자유는 결함이 많은 개념이다. 시 전체의 장르와 정신에 따라 그 자유들은 자신이 서 있는 바로 그 자리에서 필연적이어야 한다, 즉 법칙이어야 한다.

스물다섯번째 강연

이제 우리는 시문학적 언어에 대해 장르와의 연관성 없이 일반적으로 말할 수 있는 것을 간략하게 훑고 지나가고자 한다.

완전히 잘못된 주장임에도 불구하고 많은 사람들이 신봉하고 있는 의견이 있는데, 그것은 평범한 산문에서조차 자리를 차지할 수 없는 것이라면 그 어떤 것도 시문학적 표현에서 허용하지 않는 것(가령 시구를 위해), 그것이 시문학적 표현의 탁월함이라는 것이다. 프랑스의 예술 비평가들, 특히 루이 14세 시대의 예술 비평가들은 이 점을 다양한 측면에서 특별히 강조하였다. 물론 그들이 그러한 방향으로 가게 된 것은 자신들의 언어가 가진 제한적 성격을 통해서였다. 우리 독일인들 중에는 고트셰트[25]의 이론과 실천이 가장 폭넓게 영향을 끼치며 소개되었다. 그리고 비록 이 학자의 명성은 완전히 사라졌지만 그 이론은 다른 형태로 계속해서 나타났으며, 최근까지도 많은 학자들 가운데 특히 빌란트에 의해 다시 강하게 주장되었다. 여기서는 문체의 정확함이 규정되었는데, 이것이 이 불행한 단어의 가장 중요한 주장들 중 하나이다. 하지만 오히려 시문학이 언어에서 시적 표현과 일상적 언어 표현을 가능한 한 구별할 수 있는 수단을 발견해 낸다면, 이것은 시문학 자체를 위해서 오히려 극도로 중요하고 유리하다. 그럼으로써 시문학은 즉시 평범한 현실을 넘어 고양되고자 한다는 것을 알리고, 청자는 보통 말을 구사할 때와는 다른 정신력에 자신이 예속되어 있는 상태라는 사실을 경험한다. 오성을 사용하게 되면 이 연속성이 어느 정도 제거되는데, 그 이유는 말의 목적이 그 마지막에 가서야 주어지

---

25) Johann Christoph Gottsched(1700~1766). 계몽주의 초반의 작가이자 문학 이론가, 독일 고전주의의 주창자.

기 때문이다. 예술적 방식은 이 목적을 언어로 다시 옮겨 놓고, 그럼으로써 연속성은 이제 그 자체로 하나의 가치를 얻는데, 이는 운율을 통해서도 표현된다. 청취자는 단지 전체 의미만을 파악하려는 목적으로 개별적 부분들을 건너뛰어 넘어가서는 안 된다. 개별적 부분 하나하나에 머물러야 한다. 그리고 이것은 습관적인 일이 아니기 때문에 그의 관심을 다시 불러 일깨움으로써 촉진된다. 왜냐하면 보통 우리는 일상적 삶에서 단어 자체를 듣지 않고 그 의미만을 듣기 때문이다. 시문학적 언어를 산문 언어와 구별시키는 몇 가지 차이점들은 다음의 내용들로 정리할 수 있다. ① 우선 일상적인 말에서는 보기 드문 고유한 단어들이다. 이 단어들은 일찍이 사용되었던 오래된 것일 수도 있고, 혹은 단지 어떤 한 지방에서만 알려진 것, 하지만 보편적으로 알려진 것일 수도 있으며, 또 마지막으로 오로지 시문학을 위해 특별히 파생되고 구성된 것일 수도 있다. ② 단어들의 고유한 변화 방식, 그리고 그와 함께 단어가 띠게 되는 형태의 특징, 즉 단어를 이루고 있는 철자와 음절, 예정되어 있는 변화들, 생략법 등등. 여기서 우리는 딱딱함과 충돌음만 피하면 된다. ③ 고유의 문장 구조. ④ 고유의 어순. 물론 시문학은 아마도 가장 필요한 것으로 사용되는 언어로서 쉽게 이해되기를 바랄 것이다. 만약 시문학이 완전히 이해 불가능하게 될 정도로 언어 사용과의 유사성을 모두 벗어나고 잃어버리게 된다면 시문학은 자신의 고유한 목적을 파괴하는 것이 될 것이다. 하지만 시인은 모든 사람을 위해 글을 쓸 필요가 없다. 적어도 지식과 교양의 정도가 놀라울 정도로 서로 멀리 떨어져 있는 시대에는 말이다. 시인은 자신의 독자층을 임의로 제한할 수 있으며, 만약 그가 자신의 작품이 겨냥하는 독자층에게 이해되기만 한다면 그 누구도 그에게 이해하기 어렵다고 비난해서는 안 된다. 심지어 그는 작품의 내용상 이 독자층에게 적지 않은 정신적 노력을 요구할지도 모른다. 그러나 물론 아무리 숙고를 해도 분명해지지 않는 절대적인 모호함과 복잡함은 언제나 잘못된 것이라 할 수 있다. 왜냐하면 그런 불명료함은 어떤 시에서 단지 부분적으로만 타당하여, 전체적인 인상은 전달할 수 없기 때문이다. 더 나아가 통속적 내용이 단순히 문법적 기교를 통해 마치 꿰뚫어 볼 수 없는 심오함을 지닌 것처럼 끌어올려졌다면 이것은 결코 정당화될 수 없는 경우다. 클롭슈토크의 많은 송가들이 그 예이다. — 분명한 것은 이해도의 범위가 더 멀리 확장되면 될수록, 또 대중들에게조차 이해되면서도 산문적인 언어 사용으로부터 멀리 벗어날 수 있을수록, 한 민족의 언어와 정신은 그만큼 더 시문학적으로 된다는 점이다. 그리고 바로 이 점에서 남유럽 언어는 북유럽 언어보다 훨씬 뛰어나다. 북유럽 언어는 시문학을 마치 온실에서처럼 길러 대다수의 미각에 이국의 열매 같은 맛이 나는 것으로 만들었으며, 또 시문학을 생생한 낭독을 통해 맞아들일 능력을 완전히 상실했다. ……[26]

26) 이후 직접 이어지는 부분에서는 동의어, 형용사, 직유, 그리고 다양한 종류의 비유법의 사용 등 "시문학적 기법[문체]"에 대한 점점 더 전문적인 고찰이 전개된다. — 이 강의에서 이후 뒷부분의 장들은 '운율에 관하여', '신화에 관하여', '문학 장르에 관하여', '서사시에 관하여'의 순으로 이어져 있다.

4장

비평

LA CRITIQUE

1. 성격의 형성

초월적 관념론은 일종의 동어반복이다. 논쟁을 포함한 예술 비평을 생각해 본다면, 그보다는 **비판적** 관념론이라는 말이 더 적당하다.

— 프리드리히 슐레겔, 「철학적 단상」 유고, 1796~1806[1)]

「시문학에 관한 대화」에 나오는 인물들은 각자가 자신의 역할을 하나씩 맡을 수 있었는데, 그 이유는 텍스트 자체가 드러내었듯이 그들 모두가 이러저러한 방식으로 시문학 작품의 창작에 몰두하고 있었기 때문이다. 하지만 우리가 이미 본 것처럼, 일단 요청을 받았을 때, 그에 대한 강제성은 결국 효력이 없었던 것으로 드러난다. 그들 중 단 한 사람만이 이 텍스트 마지막 부분에서 자신이 쓴 시들 중 몇 편을 언급하는데, 우연히도 이 사람은 바로 자신의 글을 소개하고 발표하겠다고 말한 약속을 지키지 않은 로타리오이다.[2)] 비록 텍스트에 등장하는 인물들은 글을 발표하느라 분주한 저자들이지만, 주인공들로서 그들은 작품을 기다리고 있는 등장인물들이다. 그들은 아마도 작품에 대한 기다림을 나타내는 다양한 모습들일

---

1) F. Schlegel, *Kritische Schriften und Fragmente*, Bd. 5: 1794~1818, p. 24, 453번. —옮긴이
2) 다시 상기해 보면, 로타리오는 노발리스를 말한다. 여기서 노발리스를 뚜렷이 구별시키는 차이에 대해서는 '종결' 장에서 다시 언급할 것이다.

것이다

그럼에도 그들은 어쨌든 시인이기 때문에 '서술자'narrateur가 서두에서 세심하게 신경을 써서 일종의 시적 창작을 넘어서면서도 동시에 대화 그 자체에 원동력과 주제도 부여하는 그러한 과제를 그들에게 정해 주었다. 왜냐하면 "시인은 자신 고유의 시문학의 표현을 …… 남기는 것에 만족해서는 안 되고", "자신의 시문학과 시문학에 대한 입장을 영원히 확장"해야 하기 때문이다[이 책 435쪽]. 그러므로 어떤 경우에라도 '작품화' œuvrer만으로는 더 이상 충분하지 않다. 작품에 대한 관점 역시 획득되어야 한다. 「시문학에 관한 대화」의 등장인물들은 작품을 기다리고 있으며, 또한 작품에 대한 관점을 기다리고 있다. 이 두 가지 계기는 불가분의 관계에 있을 것이다.

우선은 이 두 계기가 우리에게 엄청나게 진부한 주장을 다시 확인시켜 준다고 말하는 것에 만족하자. 예나 낭만주의자들에 대해 할 수 있는 가장 진부한 확인, 그것은 드물고 사소한 몇몇 예외를 제외하면, 비평 작품만을 창작했다는 것,[3] 혹은 오늘날 주로 쓰이는 용어를 사용하면, '이론적' 작

---

3) 여기서 문제가 되는 것이 프리드리히 슐레겔의 텍스트 중 하나이므로 이것과 관련하여 그의 작품에 나타나는 '장르'들의 상호 관계를 상기시키는 것에 만족하기로 하자. 미완성으로 남겨진 1799년의 『루친데』 이전에 이미 슐레겔은 적어도 일곱 편의 비평적 글을 발표했다. 「비판적 단상」, 그리고 잡지 『아테네움』에 그의 이름으로 실린 그의 글들이 그것이다. 이후 잡지 『아테네움』에 실린 몇 편의 소네트를 포함하여 1800년의 시들과 비극 「알라르코스」(1802)를 제외하면 그의 활동은 전적으로 비평적인 것이 될 것이며(1801년 슐레겔 형제는 함께 공동으로 작업하여 『특징화와 비평들』*Charakteristiken und Kritiken*을 출판했다), 그다음에 1829년 죽기까지 비평과 언어학 연구나 철학적 글들을 동시에 발표했다. 그의 유일한 책은 『인도인들의 언어와 지혜에 대하여』(*Über die Sprache und Weisheit der Indier*, 1808)이다. 그 외 다양한 강연이나 수업을 제외하면 그의 '장르'는 항상 전형적인 실제적 비평 장르다. 그가 참가했거나 혹은 자신이 창간을 했거나 그것은 항상 잡지의 장르였다(*Europa*, 1804 ; *Deutsches Museum*, 1812 ; *Concordia*, 1820). 객관적 사실에 대한 외적인 확실성으로 인해, 이것이 때로는 아이러

품만을 창작했다는 것이다. 앞으로 살펴볼 기회가 있겠지만, 그것이 오직 **비평**에 대한 낭만주의 이념이 정열적으로 몰두하고 진력했던 모든 것을 현재의 맥락에서 재조명하고 세심한 이론으로 발전하게 하는 것이다.

따라서 작품에 대한 **관점**을 약속하거나 실행하는 것(하지만 어느 정도까지?)으로서 낭만주의 비평은 작품을 기다리는 공간 혹은 시간을 차지하고 있다. 그리고 지금까지 충분히 언급한 대로 낭만주의는 결국 이러한 기다림의 무한화로 이루어져 있기 때문에, 비평은 작품이 부재하는 장소를 차지하고 있기도 하다(적어도 일차적으로는 블랑쇼가 부여했던 그런 의미가 아니라, 이 표현의 평범한 의미에서의 작품 부재의 장소). 우리가 제공해 놓은 이러한 배경하에서 이제 제기되어야 할 마지막 질문은 다음과 같은 것이다. 그렇다면 '작품이 진행 중인 공간'tenant-lieu de l'œuvre은 어떻게 되는가? 혹은 자신이 불가피하게 부재할 수밖에 없는 장소를 '비평'이 점령한다면 절대적 **문학 장르**는 어떻게 되는가?

이 장에서는 이와 관련하여 다음의 두 텍스트가 실린다.

— 하나는 1802년에서 1803년 사이의 겨울에 예나에서 열렸던 셸링의 『예술철학』 강의 서문이다. 이 강의록은 1859년 셸링의 아들에 의해 출간되었으며, 셸링 자신의 강의 노트를 토대로 한 것이다. 우리는 이번에도 앞서 아우구스트 슐레겔의 『문학과 예술에 대한 강의』와 관련하여 내세웠던 것과 같은 종류의 이유로 강의 전체 중에서 한 부분만을, 그것도 매우

니로, 때로는 유감의 태도로 다루어지는 가운데, 이 장에서 계속 언급하는 벤야민의 분석 *Der Begriff der Kunstkritik in der deutschen Romantik*을 제외하고는 지금까지 **비평**의 낭만주의 개념에 대한 정확한 분석은 제대로 이루어지지 않았다.

적은 분량을 발췌하여 싣는다. 그렇지만 이 텍스트의 일반적 서문에 나타나는 특징과 그 의도의 성격에서, 이렇게 발췌한 근거가 이번에 더욱더 잘 제시되어 있음을 보게 될 것이다.

— 또 다른 텍스트는 프리드리히 슐레겔의 「비평의 본질에 대하여」인데, 이 텍스트 역시 서문에 속한다. 이 글은 1804년 슐레겔이 출간한 레싱의 텍스트 모음집(『레싱의 사유와 견해』*Lessings Gedanken und Meinungen aus dessen Schriften*)에 대한 편집자 서문으로 쓴 글이다. 이 '일반적 서문'은 모음집을 이루는 세 부분 중 앞부분에 등장하며, 특별 서문들을 통해 보충 확장되었다. 이 특별 서문 중 몇 가지 내용에 대해서 앞으로 또 언급이 있을 것이다.

이 두 텍스트를 같이 묶는 것이 자의적으로 보일 수도 있다. 텍스트를 읽으면 이러한 인상은 없어지겠지만, 그전에 적어도 간단하게나마 같이 묶은 주된 이유를 언급해 보자. 셸링의 서문은 단지 강의의 대상으로서의 예술철학만이 아니라, 이 예술철학의 대상으로서 예술에 관한 판단 형성, 즉 그 자체가 "사회적 교양"gesellschaftliche Bildung[4]의 본질적인 부분으로서 여겨지는 그러한 형성을 말하고 있다. 달리 말하면, 목표로 삼는 대상이 또한 '비평적'이기도 한 것이다. 비록 이 단어가 명시적으로 등장하는 것은 아니지만 말이다. 물론 여기에는 틀림없이 그럴 만한 이유가 있으며, 이에 대해 앞으로 살펴볼 것이다. 뒤집어서 말하면, 프리드리히 슐레겔이 말하는 '비평'은 철학과의 본질적인 관계 없이는 규정되지 않는다. 그 외에도 쓰여진 연도를 고려해 보면 이 두 텍스트 사이에는 또 다른 연관성이 있다. 셸링의 강의가 시작된 1802년에는 예나 그룹의 해체가 이미 완전히 이

4) 셸링의 『예술철학』, 이 책 605쪽 참조.

루어진 상태였다. 프리드리히 슐레겔이 파리에 거주하며 강의를 하고 있을 때, 바로 예나라는 도시에서 행해진 셸링의 예술 강의는 소위 아테네움 시대와 '공동철학'과 「시문학에 관한 대화」의 연출 이후 그 영향으로 생겨난 새로운 상황을 상징한다. 작품에 대한 기다림은 대학으로 흘러들어 갔고, 이제 더 이상 아이러니가 없는 경쟁으로 이어졌다(우리는 이에 대한 징후를 가령 셸링의 강의에서 그 시대 직전에 생겨난 예술 이론의 "파편들"에 대한 암시들을 통해 발견할 수 있다).

우리는 아테네움을 둘러싼 낭만주의의 이 짧은 역사가 이 이야기의 다른 어떤 곳에서보다 바로 여기에서 그 정당성에 있어 더욱 '본질적'인 성격을 — 이것이 가능하다면 — 지닌다는 것을 이해할 수 있다. 예나 그룹의 분열, 그것은 진정 낭만주의 기획의 중단이며, '미래의 단상'의 실제적인 단편화이며, 낭만주의자들이 자기 시대의 '낭만주의 부재'를 확인한 것이며, 따라서 우리가 지금 알게 된 것처럼, 교묘하고 필연적으로 낭만주의 자체를 (역설적으로? 아이러니하게? 비판적으로?) 확인하는 것이다.

이것이 바로 셸링과 슐레겔의 텍스트를 나란히 배치함으로써 드러내고자 하는 것이다. 이 두 텍스트가 부득이하게 함께 그려 내고 있는 대상, 즉 비평, 혹은 예술에 대한 이론적 구상이 예나-이후의 상황에서 (그리고 이 이후의 상황으로서, 이제부터는 이론의 문제 자체에 대한 확고한 이론적 입장을 통해) 나타나는 유일한 이유는, 처음부터 낭만주의에서 작동했으며, 어떤 면에서는 낭만주의를 구성했다고 할 수 있는 것이 바로 이것이기 때문이다.[5)]

그러므로 실제적인 시작에서부터 다시 출발해야 한다. 한편으로 낭만주의의 탄생 장소가 철학에 — 예술과 시문학에 관한 철학적 문제에 —

위치하고 있다는 것을 우리가 충분히 강조했다고 한다면, 다른 한편으로 이제 우리는 이러한 탄생이 무엇보다도 철학과 문학 비평의 만남을 통해 생겨난 것이라는 점을 강조해야 한다. 슐레겔 형제는[6] 가족적 전통에 따라 비평 작업에 헌신했다. 그들은 무엇보다 문헌학자이며 이론가들이지 시인은 아니다.

우리는 이어지는 두 텍스트에서 셸링과 프리드리히 슐레겔 모두 자신의 의도를 정당화하기 위하여 비평 이론의 역사에 의거하고 있는 것을, 혹은 두 사람 모두가 깎아내리고 있는 용어를 사용하자면, '미학'의 역사에 의거하고 있는 것을 보게 될 것이다. 「비판적 단상」 40번에서 미학이라는 용어의 사용을 비난한다면,[7] 그것은 그리스어에서 이 단어는 오로지 감성의 학문만을 지칭하기 때문이다. 이것이 전제하는 것은 칸트의 미학에만 머무르지 않고 이를 넘어서, 18세기에 예술과 취향 판단에 대한 이론적 논의가 거의 전적으로 근거로 삼고자 했던[8] (이 점에 관해 어떻게 오늘날에도 여전히 낭만주의자들과 동일한 범주에 따라 말하지 않을 수 있겠는가?) 이론적 장치를 직접 공격하는 것이다. 두 텍스트 모두가 말하고 있는

---

5) 우리가 살펴보았던 「비판적 단상」 이후 모든 텍스트들에 걸쳐 이 주제가 빈번히 등장하고 있음을 독자들은 알 수 있을 것이다.

6) 슐레겔 형제의 아버지 요한 아돌프 슐레겔(Johahn Adolf Schlegel, 1721~1793)은 루터교 목사였으며, 얼마 동안 잡지 *Bremer Beiträge*의 공동 편집인으로 일했다. 특히 바퇴(Batteux)의 유명한 저서 『하나의 원리에 한정되는 순수예술들』(*Les Beaux-Arts réduits à un même principe*)을 비판적 주석과 함께 번역했다.

7) "독일에서 만들어졌고 독일에서 통용되는 의미로 미학적(Ästhetisch)이라는 단어는 지시된 대상과 지시하는 언어 모두에 대해 똑같이 완전한 무지를 드러내 주는 말이다." 그리고 2장 '이념', 「예술의 한계 내에서의 종교」도 참조. 한편 우리는 「독일 관념론의 가장 오래된 체계 구상」의 저자 셸링에게 이 용어는 폄하되지 않았다는 것을 알 수 있다.

8) 우리는 상황을 단순화시켜 여기서는 낭만주의자들에게 중요한 작가들, 가령 레싱, 디드로, 헴스테르호이스 등등의 작가들은 논의 대상에 제외한다.

바를 체계화하기 위해 달리 표현해 보면, 볼프(프리드리히 슐레겔은 그를 인용한다)와 그의 제자이자 미학의 '창시자'인 바움가르텐(셸링은 이 사람을 언급한다)이 발전시킨 그러한 것으로서의 미학적 능력이 가진 심리학적 경험주의를 공격하는 것이다(여기서 미학적이라는 용어는 이번에는 그 "예술적"artistique 의미에서 이전의 경우와 불가분의 관계에 있다). 하지만 이와 함께 또한 — 어느 정도는 이 심리학과 유사한 의도하에 — 순수한 천재성과 그 열광의 돌발성에 근거하는 예술 이론을 (말하자면 섀프츠베리와 디드로의 전통에 있는 예술 이론을) 비판하는 것이 중요한 문제이기도 하다. 즉 근본적으로 작품 창조에 대해 말하자면 — 그리고 이와 불가분의 관계에 있는 예술 감상에 대해서도 함께 말하자면 —, 코기토cogito에 대해 행해지는 인간학적 해체나 포기를 (비록 그것이 '자연적' 질서가 되었건 '초자연적' 질서가 되었건 간에) 비판하는 것이 중요하다. 앞에서 좀더 자세히 거론했던 모티브를 간단히 다시 불러와 언급하자면, 주체성subjectivité 너머에서, 절대주체성subjectité의 [큰]주체에서 예술 작품이 가진, 혹은 작품으로서의 예술이 가진 창조적이고 비판적 능력을 회복해야 한다. 이와 동시에 그러한 [큰]주체가 **작동**하는 데 있어 그러한 능력을 다시 회복시켜 주기 위하여, 이 작품에서 그것이 '자연적인' 것이든 '초자연적인' 것이든, 즐거움의 영역이든 도덕적 영역이든 모든 종류의 외적 목적성을 제거해야 한다. 그리하여 이번에는 칸트 식의 관념론에 부합하여 말해 보면, 이후 예술-주체로 규정되는 [큰]주체의 '능력들의 자유로운 놀이'와 '목적 없는 합목적성'을 포함하여, [큰]주체의 자기 실행 능력이라 부를 수 있는 것을 바로 **그것 자체를 위해** 다시 되찾는 것이 중요하다.

이 말에는 사실 두 가지 방식의 예술(Kunst, ars, 즉 기술인 동시에 아름다움 작품들의 영역)이 함축되어 있다. 한편으로 볼 때, [큰]주체가 실행자로, 심지어 작동 그 자체로서 이해될 경우, 예술은 **장인**artifex이, 심지어 **기예**ars가 되어야 한다(사람들이 어떻게 믿든지 간에 주체와 과정의 구별과 대립이 결국 무화된 것은 사실 관념론에서부터 시작된 것이다). 더 정확히는 작품 제작 과정의 작위성 자체가 되어야 한다. 이렇게 낭만주의는 그 통속화된 이미지가 보통 우리에게 주는 믿음과는 반대로, [큰]주체와 모든 '자연성'과의 확고한 단절을 감행했다.[9] 작품 제작이 항상 자연적이고 유기체적 생성을 원형archétype으로 삼는 것이라 생각할 수 있다 하더라도, 절대주체성subjectité을 특징화하는 것은 바로 제작pro-duction 그 자체, 자기 스스로를 생산하는 것의 자연적 조건을 넘어서 제작하는 것pro-ducere이다. 이러한 제작은 항상 자신의 형식을 설립하고 조성하는 것, 즉 형식으로 만들기mise en forme, **형성**Bildung 혹은 **형상화**Gestaltung이다.

다른 한편으로 볼 때 — 물론 여전히 이 논리의 기본 입장에 따라 — 제작의 본질은 (자연이 그런 것처럼) 단순히 형식들을 정하는 것일 수는 없다. 만약 셸링이 그의 강의 초반부터 "예술 작품"이 "유기체적 존재 전반"보다 "훨씬 더 고차원적으로 조직되어 있고 내적으로 더욱 복잡하기 때문에" 더 상위의 것으로 본다면, 그것은 기본적으로 "예술철학"을 필연적으로 만드는 바로 그 이유 때문이다. 즉 제작은 형식을 생성하는 것 그 이상이기 때문이다. 제작은 형식을 형식으로 만드는 것이어야 하며, 이 "형식의 형식화"는 앞에서 「이념들」의 "종교"에서 모든 쟁점을 구성하는 것으로 나타났던 바로 그것이다. 형식의 형식화, 그것은 **아름다움**에 접근하는 것이다. 노발리스의 한 단상은 다음과 같이 말하고 있다. "모든 아름다움은 스스로의 계시를 받아 완성된 개체이다."[10] 따라서 낭만주의 시대에

9) 우리는 이에 대해 3장 '시', 1. 「이름 없는 예술」에서 언어의 기원과 관련하여 이미 살펴보았다.

[큰]주체는 기예[art]에서 [아름다운] 예술[beaux-arts](칸트도 말하고 있는 순수예술[die schöne Kunst])로, 그리고 이 [순수]예술에서 이제 절대적인 의미에서의, 또 모든 의미에서의 예술[art]로 이행한다.

낭만주의가 미학적 비평에 대한 비판을 통해 의도한 것은 사실 예술비평을 수정하거나 완성시키는 것이라기보다는 예술의 ([큰]주체의) 진정한 개념을 정립하는 것이었다.

그러나 이 예술 개념 자체에서 보면 우리는 이것이 어떤 식으로 그 안에 비평의 진정한 개념을 함축하고 있는지 알 수 있다. 두 가지 측면에서 이를 설명할 수 있는데, 우선 첫번째로 형식의 형식화는 — 이런 표현을 사용해 보자면 — 이 '형식화'를 '형식으로 만들기'를 요청하고 있기 때문이다. 즉 형식화하는 작동[opération]은 자기 자신에게 보여져야 하며(['서곡'에서 등장한 용어를] 다시 언급하자면, '형상미학'[eïdesthétique]), 따라서 형식을 획득해야 한다. 이론이란, 「시문학에 관한 대화」에서 소설의 이론과 관련하여 이 단어가 "대상에 대한 정신적인 직관"으로 번역된 것처럼, 작동과 본질적으로 동일한 것이며, 동일한 외연을 갖는다. 그럼에도 불구하고 동시에 '소설의 이론'과 일치시켜 본다면 — 물론 그 내용이 심오하고 복잡해서 이 자리에서는 설명할 수는 없겠지만 —, 비평에는 다음과 같은 두 번째 측면이 전제되어 있다. 즉 형식에 형식을 부여할 필요성은 모든 형식[forme]에 [큰]형식[Forme]이 부재하다는 것을 말해 주며, 주어진 모든 형식에게 [큰]형식의 회복, 완성 혹은 대체를 요청한다는 것을 가리킨다는 것이다.

따라서 이 두 가지 방향의 내용은 비평을 아름다운 작품의 '자기 계

10) 「꽃가루」 초고의 101번 단상.

시' 장소에, 그리고 모든 작품에 있어서는 [큰]작품Œuvre 부재의 장소에 위치시킨다.

결국 이렇게 칸트적 **비판**의 모티브는 (개념이라고까지는 하지 않더라도) 낭만주의에서 계승되고 **지양**되었다. 칸트의 비판적 '체계'는 이성의 비판적 능력이 비판적 (혹은 다른 의미로 말하면, 형성하는) 활동력 그 자체에 적용되어야 한다는 바로 그 지점에서 예술을 전제했다. 『판단력 비판』은 이성의 절대주체성subjectité의 최종적 조합을 구성해 내고 있는 것이다. 이성은 자신의 관념성을 스스로 만들어 내는 제작자로서 여기에 도달했다. 이미 알려져 있듯이 칸트에게서 이 관념성은 오로지 '반성된' 것이거나 '유추적인' 것으로 남아 있다. 관념론은 정확히 이 관념성을 **정립하는** 데 있으며, 따라서 판단 자체를 이념으로 승격시키는 데 있다. 이것이 바로 셸링의 강의에서 예술에 대한 철학적 "학문"이 "예술 작품들에 대한 지적 관조"뿐 아니라 "예술 작품들에 대한 판단"[11] 역시 — 이 둘을 서로 잘 구별하기는 어렵지만 어쨌든 서로 조화시키는 어떤 병치를 통해 — 형성하도록 규정되어 있는 이유다. 지적 관조라는 것은 셸링이 말하고 있듯이 모든 형식이나 모든 "잠재적 힘"[포텐츠]puissance과 같은 것 속에서 나타나는 원초적 동일성의 [큰]주체가 자기 안에서 행하는 반성에 다름 아니다(이 반성은 더 이상 칸트에서처럼 그렇게 제한적인 의미를 지니지 않는다).

낭만주의 비평은 관념론적 **반성**으로부터 직접 생겨난 것이다.[12] 어떤

11) 셸링의 『예술철학』, 이 책 605쪽 참조.

12) 비평과 반성의 관계라는 주제에 대해서는 P. Szondi, *Poésie et poétique de l'idéalisme allemand*, pp.101 이하 참조.

점에서는 그것 자체가 시문학적 반성 **자체**의 전형을 이룬다. 왜냐하면 만약 분석을 해본 결과로 작품에 대한 판단이 작품 내에서의 [큰]형식의 생산과 동일시되어야 한다는 것이 분명해진다면, 「비판적 단상」 117번에서 이미 다음과 같이 이야기된 것은 놀랄 일이 아니기 때문이다. "시문학만이 시문학을 비평할 수 있다. 소재의 측면에서, 즉 작품 생성 과정에서 필수적인 흔적의 서술로서나, 또는 아름다운 형식의 측면에 있어서나, 그리고 고대 로마의 풍자시 정신에 깃들어 있는 자유로운 분위기를 통해서나, 그 자체로 예술 작품이 아닌 예술 비평은 예술 왕국에서 그 어떤 시민권도 행사하지 못한다."

이렇게 볼 때, 비평의 정의는 적어도 형식적으로는 '초월적 포에지' 그 자체에 대한 정의를 포함하고 있는 것으로 해석할 수 있다. 초월적 포에지는 이전 장에 실린 텍스트들이 보여 주었듯이 "포에지의 포에지"로 정의될 수 있다. 「아테네움 단상」 238번에 등장하는 용어들에 따르면, "생산물을 통해 생산자를" 드러내거나 "모든 묘사에서 자기 스스로를 함께 묘사"하는 것, 그것은 비평을 시문학과 동일시하는 것이다. 더 정확히 말하면, 그것은 시문학의 정의 속에 시문학 비평의 정의와 기능을 미리 포함하고 있거나 흡수했다는 말이다. 이 점에서 우리는 쉽게 '비평'을 '시문학'의 중복으로 간주할 수밖에 없게 되는데, 사실 이것이 낭만주의적 사유의 한 양상이 점근적으로 접근해 가는 곳이 어디인지 말해 준다. 이 점근선이 가리키는 것, 그것은 시문학 속으로 비평이 완전히 흡수되는 것, 혹은 비평의 부재이다. 그것은 시문학의 근원적 상태에 다름 아니며, 「비평의 본질에 대하여」 서두에 표현되고 있듯이 "시문학에 대한 감각"에 완전히 빠져 있었던 "위대한 시인들의 시대"이다. 따라서 비평의 모티브가 그 모든 것에도 불구하고 어쨌든 그 자체로 계속 존재하는 한, 그리고 그 근원이 사라진 이상(이에 관해서는 곧 살펴볼 것이다), 단순히 시문학의 개념에만 그치지 않는 비평의 개념을 규정하는 일은 여전히 중요한 과제로 남아 있다. 이것이 우리가 노력해야 할 사항이다. — 하지만 우리가 방금 확인한 사실이 그 출발점이 되어야 한다는 점에는 변함이 없다. 즉 비평은 원칙적으로 순수한 시문학이 존재하고 있을 [저 먼 곳의] 소실점으로부터만 이해할 수 있다는 것이다.

이것이 의미하는 것은 여전히 비평의 철학적 개념이 그 출발점이 되어야 한다는 것인데, 「아테네움 단상」 281번은 칸트를 계승하고 이를 지양하는 가운데 다음과 같이 표현하고 있다. "규정하는 능력의 이론과 규정되는 감정 작용의 체계가 형식 속에서 마치 예정조화설에서의 사태와 사유처럼 서로 가장 내밀히 합일되어 있는 것, 여기에 비판적 방법의 본질이 있다." 물론 이상할 정도로 무리하게 라이프니츠를 이 맥락 속에 끼워 넣은 것은 철학적 관점에서 보면 아마도 모든 의미에서의 '비판 이전'으로의précritique 퇴행이라고 부를 수 있는 것을 잘 보여 주고 있다. 그럼에도 불구하고, — 다른 관점에서 보면 피히테가 겉으로 보이는 것보다 더욱 비판적이라는 점을 다소 강력하게, 그리고 명분이 필요한 듯이 증명하는 데 몰두하고 있는 — 이 단상은 애매하고 우회적인 방식으로나마 칸트에 대한 신뢰도 드러내고 있다(그와 동시에 사실 드러내 놓고 시인하고 있지는 않지만 피히테와의 거리감도 나타낸다). 왜냐하면, '가장 내밀한' 합일은 그럼에도 그 상태 그대로 주장되거나 나타날 수 없는 채로 남아 있기 때문이다. 우리가 '서곡'에서부터 벤야민을 빌려 언급한 바 있는 것처럼, 관념론에서 낭만주의 고유의 움직임이 처음으로 시작된 것은 피히테의 자아 **정립**과 관련된 유보 혹은 거리 두기에서이다. 따라서 이것은 가장 본질적으로는 **비판**의 회귀나 재출현으로 드러난다고 할 수 있을 것이다.[13] 여기서 합일은 어떤 '정신'을 필요로 하는데, 이 정신은 규정하면서 규정되며, 생산자이자 생산물이며, 표현하는 동시에 표현되는 등 두 가지 서로 구분되는 계기들을 통해서만 주어질 수 있다. 이 이중성을 감소시키기 위한 유일한 방법은 이 이중성이 요구하고 있는, 그리고 어떤 점에서는 이 이중성이 결코 완전히 폐기할 수 없는 모든 우회로를 통과하는 것밖에 없다. 칸트적 용어로 말하면, 이 우회로는 대상의 생산 가능성의 조건을 대상과 함께 표현해 내고자 하는 요구로 이루어져 있다. 그리고 낭만주의의 용어로 말하자면, 이것은 지금까지 충분히 강조한 표현대로 형식을 형식화하는 모든 논리의 문제이다.

이 두 가지 말은 분명 같은 것이 아니다. 이제 좀더 세밀한 분석을 통해 낭만주의의 비판적 태도가 칸트의 태도에 비해 어떻게 양가적인 방식으로 움직이는지 드러나야 할 것이다. 한편으로 그것은 순수한 자기-표현의 목적을 위해 '비판 이전'으로의 복귀를 실행한다(그리고 그러한 복귀는 우선 예를 들자면, 헤겔적 지양과도 같은 것이다). 다른 한편으로, 그것은 이러한 배치 상황 전체를 비판적 모티브가 악화되는 것과 같은 결과로 몰고 간다.

셸링의 강의는 여러 가지 측면에서 이 두 극단 중 첫번째 경우를 보여 주고 있다. 이 강의에서 예술을 장악한 (이런 표현이 허용된다면) 관념론의 위력이 보여 주는 영향은 너무나 대단해서 사실 비평 개념은 매우 간단히 불필요한 것이 되었으며, 더 이상 이곳에 등장하지도 않는다. 다른 관점에

---

13) 이런 점에서 초기 횔덜린과의 친화성도 언급할 수 있을 것이다. 물론 횔덜린은 관념론의 바깥에서 칸트적 비판을 유지하고 주장했다는 점을 통해 더 분명히 특징지어지겠지만 말이다.

서 예술의 위대함을 인정하는 찬사에도 불구하고, 여기서 예술철학은 유일한 '철학'의 체계, 그것을 어떤 개별적 '포텐츠'Potenz에 고유한 것으로 재현한 것들 중 하나일 뿐이다. 이 점에서 셸링의 『예술철학』 서문이 담고 있는 이 체계의 설계도는 "철학"이라는 단어에 대한 다른 여러 가지 가능한 "부가어들"과 같은 수준에 예술을 놓고 있는데, 이 보충적 부가어들은 철학 자체의 그토록 많은 "우연적인"[14] 측면을 나타내는 것이다. 하지만 철학은 "항상 절대와 직접 관계한다". 때문에 예술은 결국 "구성"을 수행하는 "학문"에서도 누락된다. 그래서 사실 여기서 제외되어 있는 예술의 역사를 아는 것은 비평의 개념과 함께 이 개념에 대한 낭만주의 고유의 토대가 될 정도이다(「비평의 본질에 대하여」가 이 점을 잘 드러내고 있다). "비본질적이고 형식적인" 것으로 시간을 규정하는 가운데, 구성은 명백히 "부정이나 지양"으로 이루어져 있다(여기서 지양Aufhebung이라는 헤겔의 개념을 사용하기에 거의 아무것도, 아니 어떤 것도 부족할 것이 없다). 바로 여기가 셸링의 개념을 패러디해서 낭만주의의 "무차별점"Indifferenzpunkt이라 부르고 싶은 그러한 지점이다. 이 무차별점은 이념의 자기 사변적 통일성 속으로 사라지기 때문이다.

그런데 상황은 그렇게 간단하지 않다. 그리고 이 '무차별점'에서 보면 이 복잡한 상황은 ― 비록 세련된 논증으로 보여도 ― 결국은 예술의 역사의 '지양'과 같은 문제에서 연유하는 것으로 밝혀질 수도 있다. 왜냐하면 원칙 혹은 어떤 의도에 따라 폐기되어 버린 이 예술의 역사와 관련하여, 혹은 좀더 폭넓게 역사 일반과 관련하여, 셸링은 이미 일찍 다음과 같이 말할 수 있었던 것이다. "호메로스의 서사시는 절대자 속에서 역사의

14) 셸링의 『예술철학』, 이 책 611쪽 참조. 이 표현은 이후 621쪽에서도 나타난다.

토대를 이루는 동일성 자체이다."[15] 이는 역사의 단순한 지양과 양립 불가능한 주장인데, 다음의 두 가지 이유에서 그렇다. 첫번째, 여기서 역사의 부정적 동일성은 (고대와 근대의 차이라는) 역사적 차이의 한쪽 측면에 의해 특징지어지는 역사적 산물로서 스스로에 주어진다. 두번째로, 절대적인 것l'absolu은 여기서 하나의 형식을 통해 주어진다는 것이다. 하지만 그럼에도 불구하고 만약 절대l'Absolu의 절대성은 바로 모든 형식들 일반을, 그것도 동일한 방식으로 점유하고, 또 자신의 순수한 동일성으로 회귀하게 하는 데 있다는 것을 충분히 상기시키기만 한다면, 이 두 가지 이유는 별로 중요하지 않을 것이다. 물론 분명 이것만으로는 아직 충분하지 않다. 절대와 관련하여 보았을 때 모든 형식들은 서로 무차별적이어야 하기 때문이다. 그런데 지금은 이 경우가 아닌 것이다. 호메로스의 서사시는 예술 형식들의 경우를 보여 주는 단적인 예이다. 이 형식들은 다른 것들, 즉 자연과 역사의 "현실적 사물들"과 마찬가지로 "불완전한 재현물"이 아니다. 이 형식들은 현실적 사물들의 세계 안에서 표현된 원형들의 객관성이다. 예술은 "반영된 세계" 속에 있는 이념의 현존이다. 예술은 분명 이념이 "복제된" 상태로 현존하는 것이지만, 이 "복제"는 원형의 "완전성"과 동일한 것이다.[16] 정확히 예술의 철학적 "구성"의 절정을 이루는 이 단락 전체를 자세히 읽기 위해서는 다음과 같은 사실이 명백해져야 한다. 즉, 여기서 표본과 복제, 원형Urbild과 모형[대립상]Gegenbild이라는 전통적인 쌍은 'Ur'(근원의)를 'Gegen'(반대의)으로 바뀌게 하고, 또 거꾸로도 마찬가지로 일어나게 하는 다소 특이한 작동 과정에 이용되고 있다는 것이다. 혹

15) 셸링의 『예술철학』, 이 책 616쪽 참조.
16) 셸링의 『예술철학』, 이 책 617쪽 참조.

은 여기서 모든 것은 마치 두 접두사들이 사실 원형Urbild과 모형Gegenbild이 라는 두 단어에 공통된 단어인 상Bild보다 — 전통적 가치와 위계질서에 따라 — 덜 중요한 의미를 지니고 있다는 듯이 일어난다. 달리 말하면, 절대의 절대성이 모든 형식에 스스로를 바치는 데 있다면, 그것은 바로 **형성**Bildung 내지 형식화이며, 이것이 이 절대에 본질적인 것이다. 이제부터 예술의 본질을 만들어 내는 이 형성과 관련하여, 절대적인 것의 **철학적** 현시présentation, 그것의 이상적 **표현**Darstellung이 **형성**과의 관계에서도 결코 명시적으로 존재하지 않으며, 그 자신에게도 잘 드러나지 않는 것은 물론, 그뿐 아니라 예술의 가치를 만들어 내고 예술을 철학과 '동일한 수준에' 놓는 그런 **객관성**을 인정받지도 않는다는 사실을 확인하는 것으로 충분하다. 여기에서 빠져 있는 것은 가령 헤겔이 '순수 사유의 요소'로서, 전적으로 사변적인 **표현**으로서 나타내고자 하게 될 그런 것이다. 이제 결론이 분명해진다. 그런데 이 결론은 헤겔이 똑같은 문제로부터 도출해 낸 결론과는 완전히 반대되는 것이다. 즉 현시의 현시, 그것은 여기서 예술 작품의 형식화이며 예술 작품 안에서의 형식화를 말한다.

결국 여기서 예술철학의 진정한 근거를 찾을 수 있는데, 예술철학은 철학이 그 안에서 자신의 진정한 현시의 요소로 이행하는 한, 혹은 이행해야 하는 한, 철학 일반의 '반복'에 지나지 않는 것이다. 분명하기도 하고 가능적이기도 한 방식으로 얽혀 있는 이러한 연관성을 좀더 높은 차원에서 파악하는 일은 중요하다. 왜냐하면 낭만주의의 모든 가능성이 근본적으로 그 안에서 움직이고 있기 때문이다. 다음과 같이 말해 보자. 방금 재구성한 과정이 예술의 **지양** 역시도 만들어 낸다는 주장은 항상 옳을 것이다. 그러나 이 주장은 이때 헤겔에게서 나타나는 것이 여기에는 없을 때에만 타당할 것이다. 즉 적어도 모든 형식 밖에서 바로 이 **지양**의 고유한 현시를 규정하고자 하는 헤겔의 시도 말이다. 그와 반대로 바로 이 점에서부터 이념의 현시에 **뒤따르는** 것은, 즉 그것을 지양relève하는 것이 아니라 교체relais하는 것, 그것은 여기서 예술적 **형성**(그리고 특히 모든 시문학적 형성)이다. 물론 그 이유는 원칙적으로 이념 혹은 절대가 여기 **형식**의 문제를 통해 (그러므로 작품의 문제를 통해) 제시되고 있기 때문이다. 이 문제가 (하나의 역사 전체를 통해 움직이고 있고 살아 있는 화신으로서의) **형상**figure이라는 헤겔적 문제와 완전히 일치하는 것은 결코 아니다.

물론 그 차이는 너무나 사소하다. 그러나 이 차이는 셸링이 거론하지 않으려 한 것처럼 보였던 비평의 문제가 그의 글 속에서 **실제로** 다시 등장할 만큼 충분히 중요한 것이다. 이 모티브는 너무나 하찮게 보이는 방식으로 다시 나타난다. 그러나 그 이유는 너무나 절대적이다. 즉 '구성'은 당연히 '보편적'으로만 남아 있는 것에 만족할 수 없는데, 그렇지 않으면 형식에 필요한 개체성을 갖지 못할 것이기 때문이다. 그래서 셸링이 말하고 있듯이 구성은 확장되어 "종 전체로 간주되는 그러한 개체들에까지도 관계하는 것이다. 그래서 [그는] 이 개체들과 그들의 시문학의 세계를 구성하고자 한다". 이 말은 다음을 의미한다. '나는 그들의 시문학을 시문학화하려 한다. 나는 이 개념의 궁극적 가치에 따라 그로부터 **비평**을 할 것이다.' 셸링은 마치 이 말로는 충분치 않은 것처럼 덧붙여 말한다. "시문학과 문학 장르 이론에서 나는 가장 뛰어난 작가들, 가령 셰익스피어, 세르반테스, 괴테의 개별 작품들에 나타난 특징까지도 다룰 것이다. 그렇게 하여 우리에게 부족한 그들에 대한 현재적 입장을 여기서 보충할 수 있을 것이다."[17] 이번에는 조금 악의적으로 해석하여 다음과 같이 옮겨 보자. '나는

17) 셸링의 『예술철학』, 이 책 610쪽 참조.

나 혼자서 「시문학에 관한 대화」를 다시 고쳐 보이겠다.' **특징**, 그것은 비평의 가장 고유한 관심사이다. 이에 대해 곧 다루어질 것이다. 다시 한번 말하자면, 예술철학은 만약 "사변적 서사시"로서 완성되지 않는다고 한다면, 오직 기능을 통해 비평의 형태로만 행해질 수 있기 때문이다.

…… 전체 상황을 어느 정도 다시 상기해 보자. 그리고 「비평의 본질에 대하여」의 마지막 부분에서 철학자를 대상으로 이야기하고 있는 프리드리히 슐레겔을 한번 생생히 그려 보자(이 장면은 일 년 후 일어난다. 이 철학자는 지금 뷔르츠부르크 대학에서 예술철학 강의를 하고 있다). 여기서 슐레겔에 따르면 비평의 본질은 철학자를 특징짓는 데 있다. 이것은 "철학에서 지금까지 가장 어려웠던 일이다. 철학에 대한 서술이 지금까지 시인들을 서술하는 것보다 불충분하게 이루어져 왔던 것도 여기에 이유가 있을 것이다. 물론 이것은 장르 자체의 본질에 근거하겠지만 말이다".[18)]

그러나 셸링에 의해서는 위에 언급된 '대화'가 일어나지 않았다면 그것은 우연이 아니다. 셸링과 슐레겔이 서로 엇갈리고 있는 이 결정적인 지점은 또한 "철학적 장르"와 "문학적 장르"를 돌이킬 수 없이 분명히 구분하는 — 혹은 섞어 놓는 — 지점이기도 하다.

따라서 우리는 '비평의 본질'이 기댈 수 있는 가장 중요한 것으로부터, 정확히 말하면 역사로부터 다시 시작해야 한다. 그리고 역사로부터 착상해 내어, 그것의 철학적 **지양**과는 반대 방향으로 — 그리고 여기서 이미 여러 번 요청된 용어와 주제의 도움을 받아 —, 일련의 **시대들**로서 (「시문학에 관한 대화」의 첫번째 발표 제목에 여러 '시대들'Epochen이라는 단어가

18) 「비평의 본질에 대하여」, 이 책 634쪽 참조.

나오는 것과 마찬가지로) 그렇게 시작해야 한다. 달리 말하자면, 중단된 순간들로부터 혹은 역사적 연속성의 중단 상태들로부터 시작해야 하는 것이다. 여기서 슐레겔이 방편으로 삼는 역사란 결국 그러한 중단 상태들로부터 이루어진 것이다. 즉 그것은 너무나 강렬했으며 그만큼 또 빨리 멈추어 버린 시문학의 두 시대 고대 그리스와 로마, 그리고 "시문학적 감각" 혹은 생산적poïétique 능력이 어느 정도 사라져 버린 비평의 긴 두 시대이다. ―「아테네움 단상」에서 끈질기게 다루었던 여러 가지 주제들을 급히 상기하여 말해 보자면, 결국 근대라는 당시의 시대는 분산의 시대, 순수한 "경향"의 시대이며, "화학적" 시대이며(유기체적 시대가 아니며), 단상적 혹은 단편화된 시대 그 자체이다. 이 시대, '낭만주의 시대'의 궁극적 특징은 아마도 슐레겔이 레싱에 관한 작품들에 대한 개별 서문들 중의 하나에서 지적하는 것이 될 것이다. "[근대, 혹은 적어도 우리 독일에서] 비평과 문학은 동시에 태어난 것이다. 그리고 비평이 약간 더 일찍 태어났다."[19]

비평으로 시작하는 시대 ― 그러한 시작은 실제로 상상할 수 없기 때문에 '거의 비평으로 시작하는 시대'라고 해야 한다면(그런데 프리드리히 슐레겔은 「비판적 단상」 80번에서 아이러니하게도 칸트의 범주들 속에서 '거의' 혹은 '대략'이라는 범주가 없다고 아쉬워한다) ―, 그것은 소위 근원의 상실에 토대를 둔 시대이다. 물론 이 상실은 위대한 포에지(고대 그리스와 로마 문학)의 상실이며, 사실 포에지 자체의 상실을 말하며, 이때 시문학은 당연히 작품들보다는 작품의 창조적 능력을 의미한다(그리고 이 점을 고려하여 우리는 아마도 슐레겔의 텍스트 내에서 실제로 낭만주의 포에지의 탁월

---

19) '결합하는 정신에 관하여'(Vom kombinatorischen Geist)라는 소제목을 달고 있는 글이다[F. Schlegel, *Kritische Schriften und Fragmente*, Bd. 3: 1803~1812, p.66].

함을 만들어 내는 징후들을 발견해 내야 할 것이다. 즉 고대 그리스 시문학과 관련하여 여기 혹은 다른 어떤 곳에서도 결코 같은 방식으로 강조되지는 않았던 그러한 즉흥적이고 비-'학문적' 성격, '고향'에 대한 애착, 간단히 말해 자유롭고 너그러우며, 충만하고 다채로운 모습들을 말이다).

그런데 우리가 잘 알고 있듯이 이 상실된 근원이라는 주제가 만약 그 고유한 문제에만 한정되었다면(달리 말해 만약 여기에서와 같이 상실된 근원의 양분화를 야기하지 않았다면, 또 근원 이후의 일종의 때늦은 근원으로서의 '낭만주의'를 야기하지 않았다면), 매우 **고전적인** 것 이상은 될 수 없었을 것이다. 그러나 만약 원래적 포이에시스poiesis의 상실, 곧 생산의 상실이 비평의 (거의) 근원적 성격에까지 이행할 수 있다고 한다면, 그때는 문제가 달라진다. 근원에 있는 비평, 그것은 근원에서 작품을 **구성**하는 것이기도 하다. 그런데 예술 그 자체는 항상 예술 작품들의 구성이어야 한다. 그것이 아니라면 예술은 다른 무엇일 수 있겠는가? "작품을 완전히 구성하기도 전에 시나 산문을 예술이라 부르는 일은 성급한 태도라는 점 역시 분명하다"(「아테네움 단상」 432번). 구성(비평)은 예술이다. 더 정확히 말해, **전체적** 구성은 (예술)작품이 되기 위해 작품에 필요한 비평적 보완이자 보충이다.[20] 비평과 함께 시작하는 시대, 그것은 아마도 완성된 예술 작품보다는 오히려 예술 작품의 보충이나 **완성**과 함께 시작하는 — 사실은 시작하는 것이 아니라 중단하는 — 시대일 것이다.

분명 바로 이것이 낭만주의 비평 개념을 이루고 있는 심오한 이중성이다. 처음에 얼핏 보면 비평은 "시 창작"Dichtung의 잔류일 뿐이다. 왜냐하

20) 분명 이 '보충'은 데리다가 『그라마톨로지』에서 루소를 출발점으로 삼아 선명히 설명했던 것과 같은 그러한 '보충'의 시대와 논리에 속하는 것이다.

면 여기에 비평의 의미와 기념비적 작품들이 보존되어 있기 때문이며, 비평은 기념비적 작품에 의미를 부가함으로써 고전주의를 정착시키기 때문이다. 하지만 비평은 작품을 생산하지는 않으며, 대체물 이상은 결코 아니다. 「아테네움 단상」 89번을 읽어 보자. "비평은 그동안 여러 철학자들의 노력에도 찾을 수 없었고, 또 원래 찾기도 불가능한 도덕적 수학과 적당함convenance의 학문에 대한 유일한 대안이다." 여기서 "적당함"은 독일어 das Schickliche를 번역한 말이다. 이 말은 적합한, 알맞은, 어떤 목적이나 주어진 운명에 부합함을 의미한다. 2장 '예술의 한계 내에서의 종교'라는 제목 아래 분석이 행해진 후에는 이 적당함이 무엇을 의미하든 도덕으로서의 적당함은 더 이상 잘못 해석될 수 없을 것이다. 우리는 「비평의 본질에 대하여」에서 위대한 시문학에 부여된 사회적 혹은 '민족적' 역할을 통해서도, 또 비평의 '대중적' 목적을 통해서도, 도덕과 미학의 복잡한 관계를 다시 읽게 될 것인데, 그러한 내용은 가령 다음과 같은 지적에서도 드러난다. "특히 칸트 이후 …… 모든 특별한 미적 감정을 무한의 감정이나 자유에 대한 상기로 환원함으로써 적어도 시문학의 품위는 구제할 수 있었다."[21] 적당한 것, 그것은 작품이 인간성의 도덕적 목적에 대한 적합성으로서의 자신 자신에 부합하는 것이다. 이러한 적당함의 '수학'이 불가능함을 밝히고, 거기에 대체물로서의 비평을 제시하는 것, 그것은 정확히 칸트의 상황 바로 그것을 재생산하는 것이다. 즉 '현시'présentation의 수학적 양태, 다시 말하면 그 선험적a priori 개념과 함께 직관을 드러내는présenter 양태, 칸트는 이 양태를 『순수이성비판』에서 "개념의 구성을 통한 인식"이라고 부르는데, 이것은 철학과 거리가 먼 것이다. 비판 철학 전체는 어떤

21) 「비평의 본질에 대하여」, 이 책 628쪽 참조.

불가능한 **보편학**mathesis의 대체물이다.

그러나 다른 측면에서 보았을 때, 비평은 아마도 자신이 대신하고 있는 것의 내부로 회귀하는 것인지도 모른다. 그것도, 낭만주의적으로 말하자면 이 내부의 가장 안쪽으로 들어오는 것이다. 구성을 자신의 과제로 설정하는 가운데(이 '재구성' 혹은 '사후적 구성'이 「비평의 본질에 대하여」 마지막 부분에서 이야기하는 후-구성nachkonstruieren이다), 비평이 다시 강조하는 개념은 셸링의 텍스트가 증명하고 있듯이 관념론이 칸트주의에 반대하여 철학적 역할과 품위를 다시 회복해 준 그 개념이다. 구성은 자신이 구성하거나 재구성하는 것의 심장부까지 접근한다. 구성은 개념과 직관을 함께 포착하고 연결하여 드러낸다. 구성은 작품이라고 하는 뛰어난 유기체의 한가운데로 회귀하여, 결국 작품의 창조를 재조직한다. 이것이 프리드리히 슐레겔의 이 텍스트에 나타나는 마지막 주제이다.

이런 점에서 만약 셸링의 예술철학에 고유한 관념론적 방향이 어떤 형식도 없는 절대에 대해서 그것의 **형성**Biildung이나 모든 **표현**Darstellung까지도 넘어 그 절대의 순수한 **계시**révélation로 이끄는 그러한 것이라면, 이와 반대로 비평의 방향은 형성 중인 과정의 중심부로 침투하는 쪽으로, 그리고 그 생산성을 재구성하는 쪽으로 나가는 것이다. 이 방향이 앞의 첫번째 경우보다 결코 덜 관념론이지 않다는 것은 쉽게 알 수 있다. 여기서는 현시의 관념론 대신에 다른 관념론을 내세우고 — 또는 강요하고 — 있다고 말할 수 있기 때문이다. 이 관념론은 우리의 현대성 속에서 항상 작동하고 있으며, 심지어 '유물론'이나 '구조주의', 혹은 '기계론'이 지배적인 곳에서도 작동하고 있는 관념론이다. 이 관념론은 생산의 관념론, 생산의 조건들의 관념론이며 생산의 조건들을 제시하는 관념론이다. 그러므로 낭만주의 비평은 결정적으로 지금까지의 모든 역사를 열어 놓는다. (단순한 두번째 재생산물의) 모방에 대한 **비판은**[22] 두번째이자 첫번째 재-생산으로서의 비평을 창시한다. 달리 표현해 보면, 심지어 작품에 대한 첫번째 생산을 두 번 창시한다고 할 수 있다. 이제 예술의(작품의, 예술가의) 진정한 동일성은 주어져 있는 어떤 다른 동일성과의 (혹은 개연성과의) 유사성과는 더 이상 관련이 없고, **비판적 동일성**의 구성과의 유사성에 있다. 만약 이제부터 작가가 동시에 비평가이자 이론가 혹은 시인이지 않고서는 더 이상 작가일 수 없다면(보들레르, 말라르메, 발레리의 경우), 또 만약 비평가가 비평가 자체일 뿐 아니라 비평가로서 또 작가여야 한다면(벤야민, 바르트, 주네트의 경우), 혹은 작품이 자기 구성 (혹은 해체) 없이는 작동될 수 없는 것이라면(말라르메, 프루스트, 조이스의 경우), 그것은 언제나 이 비판적 동일성의 이름으로 일어난다. 이것은 결국 다음과 같이 「아테네움 단상」 116번에서 말하는 '낭만주의 포에지'의 바로 그 동일성이다. 즉 낭만주의 포에지가 "원하고 또 해야만 하는 것은 시문학과 산문을, 독창성과 비판을 …… 서로 융합하고 섞는 것"이다.

포에지의 시적 **완전성**은 비판적 동일성의 단계로 접근하는 것이다. 이것은 그 완성의 극치인 동시에, [큰]작품-주체의 모든 논리에 따라 자신의 이상성 속에서 언제나 무한한 재생산이 가능한 완성을 보충하는 것이

---

22) 이것은 단순히 모방에 대한 고전적 견해에 대한 비판만이 아니라 괴테의 입장에 대한 비판도 포함한다. 그에 따르면 예술은 "원형들"(Urbilder, 즉 괴테에 있어 핵심적인 역할을 하는 "근원적 현상"Urphänomen의 질서 내에 위치하고 있는 "근원적 형식들")의 유사성을 제공하는데, 그렇다고 해서 예술이 이 원형들을 "객관성"에 넘겨주는 것은 아니다. 낭만주의자들과 괴테는 비슷한 측면이 많음에도 불구하고 바로 이 점에서 결정적인 차이를 보인다. 또한 이 차이가 괴테가 "장르"의 문제를 검토하지 않은 이유를 설명해 준다. 물론 우리가 이 책 3장, 1. 「이름 없는 예술」에서 보았듯이, 여기서 『파우스트』는 예외다. 괴테와 낭만주의자들의 차이에 대해서는 W. Benjamin, *Der Begriff der Kunstkritik in der deutschen Romantik*, pp.105 이하 참조.

다. 고대 비평의 소박한 과제는 문집과 고전적 정전正典을 정착시키는 것이었으며, 이러한 과제의 핵심은 "뛰어나고 완성된 것으로, 그리고 영원히 모방할 가치가 있는 것"[23]을 판단할 수 있는 능력에 있었다(그러므로 재치나 천재성, 심지어 지적 관조에서 지양된 어떤 판단 자체를 필요로 한다). 그런데 이 과제는 이 관점으로부터 **낭만주의적** 기획을 규정하고 있는 것을 충족시키기 위하여 이제 변형된다. 그것은 즉 근대적 고전주의의 창시, 혹은 고전성으로서의 근대성의 창시이며, 이를 용어의 사회적 기원에 따라 다시 말해 보면, **최상의 것**classicum, 뛰어난 예술의 창시이다. 이것이 「비판적 단상」 20번에서 표현되고 있는 가치이다. "고전 텍스트는 결코 완전히 이해될 수 없어야 한다. 그러나 교양이 있고 스스로 교육하는 사람은 거기서 점점 더 많이 배우고자 한다." 그리고 프리드리히 슐레겔이 잡지 『아테네움』 마지막 호에 실었던 「이해 불가능성에 대하여」라는 텍스트에서 이 단상을 인용하면서 내세웠던 것이 바로 이 낭만주의적 고전성의 기획, 즉 비판적 기획이다. 이 잡지의 텍스트들, 아우구스트 슐레겔의 변증법적 엘레기들, 프리드리히 슐레겔 자신의 『루친데』, 이런 것들은 오늘날에는 이해 불가능한 것들이지만, '19세기에는' 고전이 될 것이었기 때문이다. 낭만주의 비평은, 그리고 당연히 낭만주의 이후의 비평과 시학은 미래의 고전적 작품을 구성하고 있는 것으로 이해할 수 있는 것이다. 이것이 또한 낭만주의 포에지 '자체'와 관련하여 비평이 그 자체로 우월하면서도 아직은 생기지 않은 지위를 가지고 있었던 이유이다. 다시 「아테네움 단상」 116번에서 말하듯이, 이 "예견적 비평"만이 그러한 낭만주의 "포에지"의 이상을 "특징적으로 그려 내는 일을 감행할 수 있을 것"이다.

23) 「비평의 본질에 대하여」, 이 책 623쪽 참조.

그러나 위의 내용을 통해 낭만주의 비평이 자연스럽고 간단히 자신이 유래한 관념론 내부로 다시 돌아간다는 것을 말하고자 하는 것은 아니다. 낭만주의 비평은 오히려 관념론을 한 번 더 전환시킴으로써 복잡하게 만든다. 이 한 번의 추가적 전환은 분명 형이상학 일반을 위협하기 위한 것도 아니며, 특히 관념론을 위협하고자 하는 것도 아니다. 관념론은 이로부터 계속해서 더욱 유리해지며, 낭만주의는 또 다른 '현대인들'인 우리들만큼이나 그로부터 얻는 것이 많기 때문이다. 그럼에도 불구하고 이 전환은 관념론을 방해하거나 지연시킨다.

약간의 아이러니와 함께 접근해 보면, 그것은 우선 「비평의 본질에 대하여」 마지막 부분에서 철학자를 — 그리고 관념론자를 — 대상으로 시도하는 그러한 전환이다. 만약 비평에 대한 "더욱 학문적 개념"을 약술하기로 하는 마지막 단락에서 전개되는 맥락의 굴곡을 따라갈 경우, 이 비평은 철학과 역사의 능력을 기르기 위해 다시 철학과 역사 자체에 호소해야 할 뿐 아니라, 또한 "역사와 철학을 연결하며, 이 둘을 새로운 제3의 것으로 합일"시켜야 한다는 사실을 발견하게 될 것이다. 하지만 아직 이것은 전환의 첫번째 부분에 지나지 않는다. 전체적으로 보았을 때 이것은 지양의 전환이기 때문이다. 즉 관념론 안에서 한 번 더 관념론적 전환이 일어나는 것이다. 그러나 조금 더 가면 이러한 작동이 일어나기 위해서는 비평이 철학을 특징지어야 한다는 것이 밝혀진다. 따라서 철학은 바로 이 비평을 통해 사전에 특징지어져 있지 않고서는 (텍스트를 통해 이해할 수 있듯이, 만약 이러한 선제 조건이 비평의 모든 "고유한 과제와 내적 본질"을 형성하지 않는다면……) 비평을 통해 실행될 수 없는 것이다. 그러므로 특징짓기라는 작동이 우선 특징적인 철학자에 적용되어야 한다(이러한 특징짓기라는 작동은 사실 셸링의 강의에서 예술철학의 과제 중 필수적이면서도 하위의 측면, 혹은 적어도 종속적인 측면으로 설명되었던 것이다. 하지만 이때의 작동은 우리가 이미 살펴본 것처럼 관념론의 의도를 방해하고 미끄러지게 하는 그러한 작동이다).

그리고 이것은 "장르 자체의 본질에 근거"하지 않을 경우 "철학에 대한 서술이 지금까지 시인들을 서술하는 것보다 불충분하게 이루어져 왔기" 때문이다[「비평의 본질에 대하여」, 이 책 634쪽]. 가설이 무엇이든 결론은 동일하다. 철학을 포에지로 만들어야 하며, 이것이 비평의 과제이다. 달리 말해 철학은 **형성되어 있는** 것이 아니다(여기서 철학이 의미하는 것은 **이상**[理想]**의 학문 그 자체**라는 것을 잊지 말아야 한다). 비평이 철학의 특징을 형성해야 한다.

(프리드리히 슐레겔은 특히 자신의 예나 강의를 실패로 돌아가게 만든 경쟁 상대인 셸링의 특징을 형성할 수 있을 거라고 생각했을 것이다![24])

절대[l'Absolu]의 학문은 완전히 완성되어야 한다. 모든 것은 그 안에서 일어나고, (낭만주의) **포에지**의 모든 문제가 그곳에 있다. 따라서 모든 것은 완성의 이중 논리 속에서 일어난다. 즉 절대의 절대화, 모든 작품들이 [큰]작품으로 실현되는 것, 그리고 차이, 잉여, 그리고 또 한 번의 완성으로 인해, 완성의 특이한 흔적으로 인해 잘못 설정된 과도함이 동시에 일어난다.

따라서 이것은 특징화를 통해 일어난다.[25] **구성**의 대상, 그것은 성격

24) 프리드리히 슐레겔의 「철학적 단상」 유고도 참조. 여기서 프리드리히 슐레겔은 다음과 같이 말한다. "철학의 비평과 철학의 철학은 같은 것이다. — 철학은 너무나 많은 것을, 아니 하늘과 땅의 거의 모든 것을 비평(비판)했기 때문에 자신도 한 번 비평의 대상이 되는 것을 받아들일 수 있다"[F. Schlegel, *Kritische Schriften und Fragmente*, Bd. 5: 1794~1818, p. 18, 228번].
25) '특징화'라는 용어는 낭만주의자들이 먼저 받아들여 사용했는데, 1799년에 발행된 괴테의 『프로필렌』(*Propyläen*, 1798~1800)에서 중요한 역할을 한다.

이다(그리고 이후 성격의 본질, 혹은 특징적 성격은 분명 철학자라는 것을 상기하게 될 것이다). 성격은 다음 두 가지를 함께 포함한다. 성격은 칸트가 직접적 현시로서의 도식들이나 상징들과 대립시키는 가운데 정의하고 있듯이 "감성적 기호들에 의한 개념들의 표시"[26]를 형성할 뿐 아니라, 어떤 본질이나 자연의 독특한 자국, 고유한 흔적, 즉 표지標識; critère를 만들어 낸다. 특징화는 비평의 본질인데, 특징화는 표지가 되고자 하기 때문이며, 이때의 표지라는 용어의 의미는 우리로 하여금 기호학과 판단과 비평의 (또한 도덕적 모범성의 장르의) 역사 모두에 공통된 근원에까지 거슬러 올라가게 하는 그러한 것이다. 즉 기호에 대한, 그리고 표현과 표현되는 것 사이의 올바른 관계로서의 표지[크리테리온]kritérion에 대한 스토아적 이론에까지도 거슬러 올라간다. 크리테리온은 이디오마idioma, 즉 속성을 부여하며, 이것을 판타스마phantasma, 즉 텅 빈 환영과 구별해 준다. 표현을 현시로 전환시키면, 그리고 판타스마로부터 이디오마를 만들어 내면, 이것이 낭만주의의 표지학critériologie이다. 이것을 철학적 포이에시스[생산]에 대한 플라톤적 요청에 적용시켜 보면, 이것이 바로 **문학 장르**이다. 만약 우리가 적어도 좀더 자유로운 관점을 선호하며, 문학 장르는 결코 **볼 수 있는** 것이 아니라는 사실을 잠시 잊는다면 말이다.

프리드리히 슐레겔의 텍스트에서 자연에 대한 적절한 기호로서 성격은 "영혼의 본성"에 대한 물리학적 앎을 요청하는 가운데 분명히 드러난다. 그리고 곧 화가와 음악가를 위한 "눈과 귀의 물리학"과 같은 그러한 종

---

26) 칸트의 『판단력 비판』, 59절[Immanuel Kant, *Kritik der Urteilskraft*, hrsg. von Karl Vorländer, Hamburg: Felix Meiner, 1924, p.211]. 이후 뒤따르는 모든 것의 배후에서 우리는 우주 체계의 모든 속성을 생산해 내는 표시들의 언어 혹은 조합으로서 **특징화**를 말하고 있는 라이프니츠의 사유가 가지는 중요성을 놓쳐서는 안 될 것이다.

류의 "학문"을 포에지에게도 요청하게 된다(그것이 문학의 특성이자 특권을 만들어 내는 결핍이다. 즉 문학의 물리학이란 존재하지 않는데, 문학은 모든 물리학을 넘어서 있기 때문이다. 즉 문학은 형이상학이다). 이 학문은 자신의 기획을 일종의 "격정학"Pathetik의 학문으로서 명시하고 있다. "분노나 욕정 등의 본질에 관한 올바른 통찰을 가지고 있는" 학문이어야 한다.[27] 따라서 이것은 **파토스**pathos로서의 성격에 대한 학문, 달리 말해 프리드리히 슐레겔 자신의 그리스어 원용과 일치시켜 표현하는 것에 그가 동의한다면, 심원한 감성의 **미학**esthétique이 될 것이다. 이것은 또한 플라톤 이후 철학적 이성으로부터 억압받아 왔고, 아리스토텔레스의 **카타르시스** 이후(17세기와 18세기 '열정'의 역사를 지나 슐레겔에 이르기까지) 문학적 욕망의 가장 밝거나 가장 어두운 부분을 움직이고 있으며, 언제나 변함없이 문학에 '장르'의 본질을 부여하고 있는 **격정들**의 학문이다.

격정적 성격의 학문, 그것은 물론 완벽한 기예에 대한 철학적 의지가 지닌 목표이다. 그런데 프리드리히 슐레겔의 비평은 여기에 만족하지 못한다. 그러한 학문은 "시인의 행동에 영향을 미치기는 거의 불가능할 것"[28]이기 때문이다. 적어도 작품을 만들 능력이 있는 작품들에 대한 것은 아니라도, 비평은 그 자체로 실천적이고 생산적이어야 하며, 그렇게 약속되어 있다. 작품은 형성하는 것이어야 하는데, 교육학적인 의미에서의 형성적인 것이 아니라[29] 형식화mise-en-forme를 형성화한다는 의미에서의 형성이어야 한다(교육학적인 의미에서의 형성 역시 여전히 전통적 비평과의 단

---

27) 「비평의 본질에 대하여」, 이 책 629쪽 참조.
28) 「비평의 본질에 대하여」, 이 책 629쪽 참조.
29) 이 점에 관해서는 W. Benjamin, *Der Begriff der Kunstkritik in der deutschen Romantik*, p.102 참조.

절을 가리키며, 우리의 시대적 환경 속에서 되풀이될 단절이다).

비평이 특징이 되어야 하는 것은, 말하자면 성격의 **형성**을 통해 그 자체로 완전히 완성되어야 하는 것은 바로 이런 이유에서이다. 그러나 "성격의 형성"을 통해서 비평은 문학 속에서 여러 방식으로 자신에게로 회귀하고, 또 비평 자신의 욕망과 건강한 아이러니가 — 적어도 프리드리히 슐레겔의 이상 속에서 — 형용어구가 갖는 객관적이면서도 주관적인 이중 가치에 따라 **문학 비평**이라고 부르는 그것이 된다.

성격은 무엇보다 자기 자신을 통해 장르를 구성한다. 낭만주의자들에게 중요한 표준이 되는 전통 속에서 섀프츠베리를 그 최초의 모범으로 삼아 등장하는 특징이 있는데, 이 **특징**을 통해 라브뤼예르La Bruyère의 작품은 교훈적 장르의 근대적 버전을 '영원히 불멸하는 것으로 만든다'. (근대적 버전인 이유는 라브뤼예르가 이미 알려진 대로 아리스토텔레스로부터 리케움을 물려받은 후계자 테오프라스토스의 『성격론』을 모방하고 있기 때문이다. 그리고 한참 후 프리드리히 슐레겔은 자신의 '아테네움'을 세우기 위해 이 '뤼케움'을 떠나게 된다.[30] ……) 그런데 이 교훈적 장르는 따라서 그 자체로 격언 장르와 권고시 장르의 또 다른 형식을 만들어 낸다. '성격'의 장르는 이런 장르들과는 달리 — 비평에서 흔히 쓰이는 용어를 사용하면 — '교훈적 회화'에 '재미있고 생생한 묘사'를 결합하는 것 외에도, 인물들을 연출하여 이들이 시간차를 두고 간접적으로 표현하는 발화 대신 일인칭 화법을 통해 (비록 일인칭 주체가 익명이고 부재한다 하더라도) 교훈적 진리를 서술한다. 이 장르에서는 미메시스mimesis가 디에게시스diegesis를 대신한다. 이 장르는 소설의 요약이나 구상일 수도 있으며, 어쨌든 「시문학에

---

30) '뤼케움 단상'이라고도 불리는 「비판적 단상」과 「아테네움 단상」을 의미한다. — 옮긴이

관한 대화」에서 이 표현이 사용된 맥락을 되짚어 보면 "낭만적 책"인 것은 확실하다.

인물personnage은 성격caractère에서 본질적이다. 독일어에서는 17세기의 프랑스어에서처럼 이 두 단어가 동일하다. 「시문학에 관한 대화」의 프랑스어 번역을 읽는 독자는, 독일 독자라면 인물personnage이라는 단어와 성격caractère이라는 단어가 같이 등장할 경우 **성격**Charakter이라는 하나의 단어로 읽는다는 사실에 주의해야 할 것이다. 물론 이것은 언어적 감각에서나 낭만주의적 감각에서 매우 중요한 점이다.

앞에서 보았듯이, 「아테네움 단상」 418번은 루트비히 티크의 가장 유명하고 가장 "환상적"이며 가장 "아라베스크적" 인물들에 대해 분석하면서 소설의 중요한 장점을 어떤 인물의 "표현"présentation에서 찾는다.[31] 티크의 소설 주인공 프란츠 슈테른발트와 같은 **인물**[성격]Charakter에게서 "낭만주의적 정신은 즐거이 자기 자신에 대해 상상의 날개를 펼치는 것처럼 보인다." 하나의 성격, 혹은 특징, 그것은 **미메시스**를 통해 생산되는 주체이며, 자신을 표현하고 연출하는 가운데 [큰]주체를 재생산하거나 재구성할 능력이 있는 (물론 **오로지 이 이유를 위한**) 주체다. 이 [큰]주체란 자기 구성적이며, 자기 모방적이며, 자기 아이러니적인 주체다. 즉 **판타지**[상상]Phantasie의 의미에서의 자기 상상적인 주체이며, 판타스마[환영]가 곧 자신의 이디오마[속성]인 주체이며, 그리고 자기 스스로를 표상하며 자기 스스로를 **형성하며** 자기 스스로를 환하게 밝히는 그러한 주체다. 이것은 곧 [큰]작품-주체Sujet-Œuvre이다. 그러한 [큰]인물은 "현실적인 것"을 모방할 필요도 없다. 혹은 그 어떤 심리학적-사회학적 내면보다 더욱 내면적인

---

31) 이 책 3장 '시', 1. 「이름 없는 예술」 참조.

내면에서부터 어떤 형상figure도 없는 [큰]형상Figure을 재-구성한 것이 되기 위해 필요한 것만 현실에서 모방하면 된다. (이것이 결국 **누보로망**이 이전 소설과 마찬가지로, 그리고 어떤 점에서는 아마 발자크의 소설보다 더 많이 낭만주의라는 명칭을 주장할 수 있는 이유다.)

성격이라는 것은 **스스로를** 특징짓는 것이다. 그리고 자기 특징화는 두 가지 극단적인 측면이 있다. 한편으로 자기 특징화는 문학 비평의 **토포스**topos를 가리키는데, 여기서 성공적으로 그려진 인물은 곧 자신의 삶에 의해 살아 움직이는 사람이고자 하며, 또 사람들이 말하듯이 소설가를 '벗어나 있는' 것이다(다시 말하면, 우리의 현대성에서 소설 혹은 탈-소설은 모방적인 전통적 '인물'을 없애 버림으로써 이러한 의지를 그 절정에까지 드러내고 있다). 바로 이 한쪽의 극단에서 인물이 이제 더 이상 작가 자신일 수밖에 없다면, 즉 「소설에 관한 편지」에서 찬양되고 있는 루소의 『고백록』에서처럼 생기를 띠는 유일한 사람일 수 없다면 말이다('작가 자신이 본 작가'는 이후 엄밀하게 말해 '비평 자신에 의한 비평'이라는 말을 의미할 수 있을 뿐이다). 그리고 자기 특징화의 또 다른 극단이 있다(하지만 사실 이것은 앞의 내용과 양립할 수 없는 것은 아니다). 즉 다른 한편으로 성격이 스스로를 특징짓는다는 말은 본질을 나타내는 특징이나 현저히 눈에 띄는 흔적으로서, 최소한이지만 충분한 조건으로서의 **특징화**를 요구한다는 의미이다. 이 특징화란 바로 우리가 이미 「아테네움 단상」 302번에서 읽은 것처럼, "펜대를 몇 번 움직여" 어떤 "생각"의 "특별한 인상Physiognomie"을 특징지을 수 있게 하는 방법, 특히 재능이나 천재성을 말한다.[32]

특징화한다는 것, 그것은 어떤 생각의 본질을 이루는 것에 대한 본질

---

32) 이 책 1장 '단상', 1. 「단상의 요청」 참조.

적 비전을 포착하여 표현하는 것이다. 따라서 그 개성의 '인상'을 포착하고 표현하는 것이다. 「비평의 본질에 대하여」에서는 철학자를 특징화하는 것을 비평의 중요한 과제로 삼고 있는데, 그 유일한 이유는 오로지 철학자의 개성 속에서만, 또 개성을 통해서만, 그의 독창성을 통해서만 철학이라는 것이 진정으로 철학일 수 있기 때문이다. 이 점으로부터 우리는 도로테아에게 보내는 편지인 「철학에 대하여」가 피히테와 관련하여 그가 자기 자신을 특징화하지 않는다는 것을 유일한 유보 조건으로 달고 있다면,[33] 그것은 엄청난 비판을 표현한 것이라는 사실을 알 수 있다. 결국 이것은 철학이 피히테에서까지도 여전히 자신의 진리를 파악하지 못하고 있다는 것을 의미하기 때문이다.

그러나 이 진리는 대화 속에 있는 것도, 체계적인 철학 논문 속에 있는 것도 아니다. 이 진리는 "펜대를 몇 번 움직여" 그려 내는 철학자의 실루엣 속에 있다. 즉 이 진리는 단상들이라고까지는 할 수 없다면, 적어도 '단상적 요청'이 우리에게 가리켜 보이고자 하는 형식에 따라서만 자신을 표현할 수 있다. 비판에 대한 이 절대적 필요성("게다가 아무리 지나쳐도 충분할 수 없는 것, 비판적이라는 것이 그런 것이다", 「아테네움 단상」 281번)은 단상적 요청을 그 절정으로 이끈다. 진정한 비평은 오로지 작품 '전체'에 대한 파악을 통해,[34] 또 단순하고 직접적이고 본질적이며, 그래서 즉시 독특한 특색들로 이어지는 특징화를 통해 가능하다. 이러한 특색들은 작품의 특색이라기보다는 작품 안에서 작동하고 있는 것의 특색이다. 단상, 혹은 폐허는 여기서 자신의 필요성을 확실히 확인받는다. 오직 단상들을 통

33) 이 책 2장 '이념', 1. 「예술의 한계 내에서의 종교」 참조.
34) 이 책 628쪽, 630쪽 참조.

해서만 자신을 드러내는 것은 또한 특징화시킬 준비가 되어 있는 자신의 성격도 함께 제공하기 때문이다. 달리 말해, 어떤 점에서는 외적이고 우연적으로 보이는 단편화 과정이 사실 외적 형식들의 잔해 속에서 — 이것이 고대 세계의 몰락이든 혹은 근대 시문학의 카오스적 상황이든 — 자기 특징화를 시작하게 하는 모호하고 숨겨져 있는 과정이라는 것을 짐작해야 할 것이다. 설령 어떤 텍스트도 이러한 추측을 진정으로 입증하지 않는다 해도, 지금까지 우리가 읽고 이야기한 것을 통해 모든 것이 그것을 정당화하고 요구하고 있다. 그리고 틀림없이 우리의 현대성은 낭만주의로 인한 그림자 속에서만 가령 노발리스의 죽음이나 횔덜린의 정신병을 위시하여 역사의 가장 바깥에 있는 것으로 간주되는 사건들까지도 다시 문학과 연관시킬 수 있도록 할 수 있을 것이다. '존재론적'이며 단순히 '문학적인' 것만은 아닌 이러한 본보기적 단편화들은 우리에게 문학의 성격을 창시해 주었으며(낭만주의 자체가 우리로 하여금 창시하게 만들었다), 우리들의 '문학 비평'에 대해 모든 결정을 내렸다.

비평은 미를 판단하거나 미의 형식을 완성하는 것을 과제이자 사명으로 삼고 있는데, 미는 정확히 말하면 "특성 없이는 생각할 수 없는" 것이다(「아테네움 단상」 310번). 성격은 틀림없이 분명하고 생생한 형식으로 **구체화**되는 그러한 것으로서 "본질적 특징"을 한정하는 것이다(「아테네움 단상」 310번은 어떤 특징화의 생명력 있는 특색을 가장 잘 나타낼 수 있는 형성Bildung과 상Bild의 전형으로서 조각을 주로 이야기하고 있다). 만약 비평이 이 장의 모토에서 표현된 요청에 따라 **예술** 비평이어야 한다면, 그 주된 이유가 비평이 예술 작품들이나 이미 주어져 있는 아름다운 것들에 대한 평가를 통해 전문화된 활동이기 때문은 아니다. 예술이 있어서 비평이 있는 것도 아니다. — 이와 반대로 이어지는 두 텍스트, 프리드리히 슐레겔의

「비평의 본질에 대하여」와 셸링의 『예술철학』 서문은 헤겔이 아니라(헤겔은 이 점에서 낭만주의자들을 따르고 있다) 낭만주의자들이 처음으로 **이미 지나간 것**으로서의 예술을 말하고 있다는 것을 보여 주는 적절한 예들이다. — 그보다는 오히려 비평이 있기 때문에 예술이, 완전히 다른 예술이 있다고 해야 할 것이다.

그러므로 예술의 **과거성**passé 속에서 그리고 낭만주의 전체가 토대로 삼고 있는 모든 역사적 도식 속에서, 그 개념이나 심지어 그 이름 속에서 전제되는 것, 그것은 바로 예술의 완성이다. 즉 개체, 서사시, 고대 그리스 비극은 끝났으며 다시 돌아올 수 없다. 물론 이들의 본질로서 고전성이 재구성을 통해 복합적으로 회귀하는 경우는 제외하고 말이다. 따라서 완성과 함께, 그리고 완성 속에는 또한 미완성도 함축된다. 이 미완성은 근대 예술의 단순한 발전을 전개시킬 그런 연속성 내의 미완성이 아니라, 비판적 완전성parachèvement의 필요성을 끊임없이 재개하는 완성achèvement의 미완성이다.

"진정한 비평가는 이차적 능력을 가진 작가이다."[35] 즉 모든 작품과 모든 작가를 완전하게 하는 것은 작가이다. 그러나 이 말은, 완전하지 않은 것은 — 이차적 능력이 없는 것, 제곱되지 않은 것, 자기 자신에 의해 배가되지 않은 것은 — 완성되지 않았다는 것을 뜻하기도 한다. 마찬가지로 낭만주의에게도 완성된 것은 아무것도 없다. 완성이 존재했던 적도 전혀 없다. 심지어 고대 이전의 고대에서도 없었다. "한때 존재했던 황금기의 환영은 앞으로 다시 오게 될 황금기로 가까이 가는 것을 방해하는 커다

35) 프리드리히 슐레겔의 「철학적 단상」 유고[F. Schlegel, *Kritische Schriften und Fragmente*, Bd. 5: 1794~1818, p.35, 927번].

란 장애물들 중 하나이다. 황금기가 과거에 존재했다면 그것은 진정한 황금기가 아니었다. 황금은 녹슬지 않으며 풍화에 부식되지도 않는다……”(「아테네움 단상」 243번). 근대에서도 경우는 마찬가지인데, 가령 종교의 관점에서 다음과 같이 표현된다. “나에게 있어 기독교주의는 하나의 사실로 보인다. 하지만 이제 막 시작한 사실이어서, 어떤 하나의 체계 속에서 역사적으로 서술할 수는 없고 오로지 예견적divinatorisch 비평을 통해서만 그 특징을 설명할 수 있는 그러한 사실이다”(「아테네움 단상」 221번). 미완성이 — 즉 시대 자체가 — 카오스적인 것 전반에 가장 근본적이고 고유한 생산성을 제공하며, 따라서 덜 낭만주의적인 것 — 또 우리가 여러 텍스트를 통해 이미 알고 있는 것처럼, 특히 좀더 독일적인 것 — 을 통해서 그 시대는 낭만주의적 태도를 보일 경향이 많다. “독일 정신이 특징화의 주된 대상이 되는 이유는 아마도 어떤 국가가 불완전한 단계에 있을수록 그만큼 더 많은 비평의 대상이 되며, 역사의 대상은 되지 못하기 때문일 것이다”(「아테네움 단상」 26번).

그러나 비평적인 욕망 가장 깊은 곳에서, [큰]주체의 욕망 가장 깊은 곳에서 문제가 되는 것은 항상 개체의 생생한 통일성이다. 성격의 형성화가 만약 비평을 통한 작가의 완전한 완성이어야 한다면, 그에 대한 모델은 가장 생생하고 가장 내밀한 교환, 즉 대화이다. 혹은 그보다는 “공동포에지”sympoésie일 것이며, 여기에는 불가피하게 남녀 성모델의 의미가 내포되어 있다. “만약 공동철학과 공동포에지가 충분히 보편적이고 내면적이 되어 많은 상호보완적 본성들이 공동의 작품들을 형성하는 경우가 더 이상 예외적인 것이 아니게 된다면, 전적으로 새로운 학문과 예술의 시대가 시작될 것이다. 우리는 종종 두 개의 정신이 마치 나누어진 반쪽들처럼 원래는 하나를 이루고 있으며, 오로지 서로와의 관계 속에서만 그들이 실현할 수 있는 모든 것일 수 있다는 생각을 하지 않을 수 없다"(「아테네움 단상」 125번).

'공동포에지'의 이상은 사실 텍스트 속에서는 항상 잠시 등장할 뿐이며, 또 전통적으로 그 중요성이 자주 소홀하게 평가되어 왔는데, 그럼에도 불구하고 비평은 이 이상과 연관하여 좀더 복잡한 필요성을 나타내며, 이 필요성의 강조는 낭만주의의 짧은 역사에서 가장 나중의 기간에 해당한다. '공동포에지'를 플라톤주의와 합일시키는 것은 유한한 개체의 단순한 무한화만을 초래할 것이다. 여기서도 역시 형상화가 관념론에서 낭만주의를 구별시킨다. 바로 위에 인용된 「아테네움 단상」 125번에서는 모든 측면에서 별로 일관성이 없게도 다음과 같은 내용이 이어진다. "만약 개체들을 통합시키는 하나의 예술이 있다면, 또는 요구하는 비평이 단지 요구만 하는 것 그 이상일 수 있다면, — 그럴 수 있는 수많은 기회를 비평은 도처에서 찾을 수 있다 — 나는 장 파울과 페터 레베레히트[36]가 결합되는 것을 보고 싶다. 장 파울에게 없는 모든 것이 바로 페터 레베레히트에게 있다. 장 파울의 기괴한 재능과 페터 레베레히트의 환상적인 교양이 합쳐진다면, 최고의 낭만주의 시인이 탄생할 것이다."[37]

페터 레프레히트는 티크의 작품 속 인물이다. 그리고 위의 구절이 낭

---

36) 루트비히 티크의 필명이기도 하다. — 옮긴이

37) 장 파울의 위치에 대해서는 이 책 3장의 「이름 없는 예술」 및 「시문학에 관한 대화」 중 「소설에 관한 편지」 참조. 이후의 문학사 전체가 강조한 것이 바로 낭만주의는 스스로를 철저히 고갈시키고자 하는 포에지에 대한 단 하나의 이론서만을, 즉 장 파울의 『미학 예비강의』(*Vorschule der Ästhetik*, 1804)만을 생산해 냈다는 것이다. 그러나 사실 이 책은 더 이상 낭만주의적이지는 않으며, 낭만주의자들을 ("허무주의자들"로) 특징짓고 있는 책이다(이 단어의 운명이 여기서 정해졌다). 하지만 다른 한편 사람들이 이 책에 대해 항상 던지는 비난, 그것은 …… 자기-특징화일 뿐이다.

만주의 시인으로 선택된 모델들의 성격 때문에 가치가 있다고 한다면, 여기 제시된 비평적 작동의 성격, 즉 작가와 인물의 결합으로 인해 이 구절은 더욱더 중요한 의미를 지닌다. 만약 인물이 개인의 자율성을 가져야 한다면, 작가는 "이차적 능력"에 도달하기 위하여 문학적 성격을 지녀야 한다. 즉 작가 역시 **창작되고**gedichtet[38], 만들어지고, 고안되고, 쓰여져야 한다.

작가도, 인물도 아니다. 바로 문학 비평이 1800년 이후로 문학의 범주들을 사라지게 했고, 문학적 성격이 남긴 파악 불가능한 윤곽의 흔적을 추적했다.[39]

결국 그러한 비평이 항상 재구성하고 완성시켜야 하는 것은 모든 작품 너머, 모든 작가 너머 그리고 모든 장르도 너머 있는 "잃어버린 고대의 비평"[40]이다. 이미 한번 완전히 완성되었던 고대의 비평이 생산하고자 하는 것은 "이미 존재했었고 완성되었으며 이미 시들어 버린 어떤 문학에 대한 주석이 아니라, 아직 완성해야 하며, 형성해야 하며, 심지어 시작부터 다시 해야 할 문학의 오르가논organon으로서의 비평이다. 문학의 오르가논, 즉 단순히 보존하고 설명하는 것이 아니라, 조절이나 지시, 자극을 통해 간접적으로나마 스스로를 생산해 내는 그러한 비평이다".[41] 이 비평은 비판적 힘 그 자체를 완성하게 될 것이며, 이 능력을 재구성하기 위

---

38) 우리는 위대한 문학적, 철학적 인물들의 '시적 허구화'(Dichtung)에서부터 『짜라투스트라』를 거쳐 『이 사람을 보라』에 이르기까지 니체가 낭만주의로부터 물려받은 모든 것이 무엇인지 알고 있다. 그러나 니체에게서 가장 본질적으로 낭만주의적인 것은 분명 **철학자-예술가**의 주제이다.

39) 「아테네움 단상」 439번 참조. 이 단상에서는 특징화에 전적으로 보편적인 문학적 중요성을 부여하고 있다.

40) 「비평의 본질에 대하여」, 이 책 629쪽 참조.

41) '결합하는 정신에 관하여'(레싱의 텍스트 모음집 『레싱의 사유와 견해』 안에 있는 글)[F. Schlegel, *Kritische Schriften und Fragmente*, Bd. 3: 1803~1812, p.66].

해 판단의 가장 내적인 친밀함으로 되돌아갈 것이다. 그 뿌리가 칸트에 의해 영원히 상실된 것으로 단정된 내밀함으로, 즉 도식주의에 의해 커다랗게 벌어져 있는 심연의 바닥까지 말이다. 만약 칸트의 **도식**이 결코 **진정으로** 설명될 수 없는 개념과 직관 사이의 결합이라면, 낭만주의에서 **성격**은 이 결합에 대한 설명이며 그 진리에 다다른 형상figure이다. **성격**은 자신의 가장 고유한 힘을 완성시킨다. 즉 고유의 형식을 발생시키는 힘, 그리고 단 하나의 특징으로부터 그 통일성 및 아름다움을 파악해 내는 힘을 완성시킨다. 성격은 판단의 **고유어**[관용어]idiome를 다시 회복시키는데, 이 고유어는 '모국어'를 통해 새어나오고 있다. 「비평의 본질에 대하여」에서는 이 모국어의 운명이 '낭만주의 포에지'의 운명과 밀접히 연결되고 있다. 이견이 있을 수 있겠지만, 특징화는 고유어법idiomatique이며, 바로 이 고유어법으로서 낭만주의는 형상미학eïdesthétique을 완성하고자 꿈꾼다. 이것이 낭만주의가 부응하고자 하는 유일한 주제이다. 문학 장르, 그것은 이념의 고유어법이다.

하지만 이런 식으로 문학 장르는 느리고 감지되지 않으며 항구적인 비틀림의 효과들을 이용하는데, 이것은 (우리가 지금까지 계속 보아 온) 비평이라는 주제가 성격이라는 주제와 함께 관념론에 그 흔적을 남겨 놓은 것이다. 관용어적 **지양**은 분명 **지양** 그 자체이다. 감각 내에서 감각을 지양하고, 이념 안에서 언어를 지양하는, 철학과 포에지가 결합된 지양이다. 왜냐하면 지양은 더 이상 순수한 통찰, 이론이라는 단 하나의 주제에 매달리지 않고, 그보다는 여기서 형식화를 요청하며, 문학으로 실현된 이론을 형식화 자체에 의거하여 조심스럽게 변형한다. "…… 개념의 생성 과정 속에서, 즉 개념과 함께 개념의 내적 역사도 동시에 제시하면서 개념을 구성"한다는[42] "고귀한 사명"을 특징에 부여하는 가운데, 낭만주의 비평은 단순하면서 동시에 구불구불한 역사로 통해 있다. 이 역사 속에서 헤겔의 변증법적 **표현**Darstellung은 겉으로 보이는 것보다 니체의 예술가적 계보학과 훨씬 더 가까이 있다.

42) 「비평의 본질에 대하여」, 이 책 634쪽 참조.

2. 셸링 『예술철학』 서문

나는 먼저 이 강연들이 철저히 학문적인 의도를 지니고 있음을 여러분들이 염두에 두기를 바란다.[1] 학문 일반과 마찬가지로 예술에 대한 학문 역시 그 어떤 외적인 목적 없이도 **그 자체**로 흥미로운 것이다. 어떤 점에서는 중요하지 않은 수많은 대상들이 일반적인 지식욕뿐 아니라 심지어 학문적 정신까지도 불러 모으고 있다. 그런데 바로 예술이 그럴 수 없다는 것은 이상한 일이다. 예술은 거의 유일하게 우리가 경탄하는 최고의 대상들을 자기 안에 포함하고 있는 오직 **하나**의 대상인데도 말이다.

예술이 자기 완결적이고 유기체적이며, 자연과 마찬가지로 자신의 모든 부분에서 필연적인 하나의 전체라고 생각하지 않는 사람은 아직 예술에 대한 이해가 매우 뒤쳐져 있다고 할 수 있다. 만약 우리가 자연의 내적인 본질을 꿰뚫어 봐야 한다는, 그리고 그토록 많은 위대한 현상들을 영원

1) 우리는 1859년 판본을 따른다. 셸링의 아들은 이 텍스트에서 『예술철학』 14번째 강의 "학문 연구의 방법에 대하여"의 처음 몇 줄과 동일한 부분을 삭제했다고 분명히 밝혔다.

히 동일한 형태와 법칙성으로 다 쏟아 내는 저 풍부한 원천을 탐구해야 한다는 의무감을 느낀다면, 절대적인 자유로움으로부터 최고의 통일성과 법칙성을 만들어 내고, 우리 자신 안에 있는 정신의 경이로움을 자연보다 훨씬 더 직접적으로 인식하게 하는 예술이라는 유기체를 통찰하는 것은 우리의 관심을 얼마나 더 많이 끌 수 있겠는가! 만약 어떤 식물이나 유기체적 존재 전반의 구조, 내적인 골격, 관계들과 얽힘들을 가능한 한 깊이 추적하는 것이 우리의 관심을 끈다면, 훨씬 더 고차원적으로 조직되어 있고 내적으로 더욱 복잡한 존재에서, 즉 예술 작품이라 불리는 것에서 그러한 얽힘들과 관계들을 인식하는 일은 얼마나 더 많이 우리를 자극하겠는가!

가령 몰리에르의 드라마[2]에서 무슈 쥬르댕은 스스로 의식하지 못한 채 평생 산문으로 말했다는 것을 알고 놀라워하는데, 대부분의 사람들에게 예술은 이 쥬르댕이 사용한 산문과 유사한 것이다. 자신의 의견을 표현할 때 사용하는 언어가 이미 완전한 예술 작품이라는 점에 대해 숙고해 보는 사람은 극히 드물다. 그렇다면 조금이라도 완성된 형태의 연극적 현상을 만들어 내기 위하여 얼마나 많은 전제 조건을 필요로 하는지 질문 한 번 던져 보지 않고 연극을 관람했을 사람들은 얼마나 많을 것인가! 자신들에게 흥미를 일으키는 건축물에서 그 조화의 근거들을 추적해 볼 시도도 하지 않고 그 아름다운 건축이 주는 고귀한 인상을 느꼈을 사람들은 얼마나 많을 것인가! 시 한 편이나 뛰어난 연극 작품으로부터 영향을 받아 동요하고 황홀해하고 깊은 감동을 받으면서도, 도대체 예술가는 어떤 방법으로 자신들의 감정을 지배하고 자신들의 영혼을 정화하고 자신들의 깊은 내면을 흔들어 놓을 수 있는지 탐구해 보지 않은 사람들은 또 얼마나

2) 「서민귀족」(Bourgeois gentilhomme), 2막 4장. — 옮긴이

많을 것인가! 전적으로 수동적이고, 그런 점에서 고귀하지 못한 이런 식의 예술향유를 오성을 통해 활동적 관조Beschauung와 예술 작품의 재구성이라는 훨씬 더 고귀한 향유로 변모시킬 생각은 하지도 못하고서 말이다.

도처에서 예술이 자신에게로 흘러 들어오게 하지 않고서 예술 작용을 체험하려는 사람은 거칠고 교양이 없는 사람으로 여겨진다. 그러나 똑같은 정도는 아니라 하더라도, 그 정신으로 보면 예술 작품이 일깨우는 단순히 감각적인 감동, 감각적 흥분 또는 감각적 만족을 예술 그 자체의 작용으로 간주하는 것 역시 마찬가지로 거칠고 조야한 것이다.

이런 것들을 예술을 통해 고통스러워하면서도 활동적이며, 감동을 받았으면서도 동시에 깊이 침잠한, 그러한 자유로운 관조로 이끌지 않는 사람에게, 예술의 모든 작용들은 단순한 자연의 작용에 지나지 않을 것이다. 이때 그 사람 자신은 자연적 존재의 상태이며, 예술로서의 예술을 한 번도 진정으로 경험해 보거나 인식해 보지 못한 것이다. 그를 움직이는 것은 아마도 개별적인 아름다움들일 것이다. 하지만 진정한 예술 작품에서는 개별적 아름다움이란 존재하지 않으며, 오로지 전체만이 아름답다. 따라서 **전체**의 이념으로 고양되지 않는 사람은 작품을 평가할 능력이 전혀 없다. 하지만 우리는 이러한 무차별성에도 불구하고 스스로 학식이 있다고 자처하는 많은 사람들이 예술의 문제에 있어 판단을 내리고 전문가 행세만 하려 드는 것을 보게 된다. 그리고 서투른 평가는 누군가에 대해 취향이 없다는 평가보다 더 깊은 영향을 끼치지 않는다. 그래서 평가하는 데 있어 스스로 결함이 있다고 느끼는 사람은 어떤 예술 작품으로부터 매우 결정적인 영향을 받았을 때, 그로부터 얻었을 독창적인 생각에도 불구하고, 자신의 약점을 노출시키는 것보다는 차라리 평가를 자제하게 된다. 좀 덜 겸손한 다른 사람들은 자신들의 평가를 통해 스스로 웃음거리가 되거나, 지각 있는 사람에게 피해를 준다. 따라서 예술에 대한 학문을 가진다는 것, 즉 **이념** 혹은 전체, 그리고 부분들이 상호 간에 맺는 관계 및 전체와 맺는 관계, 또 전체가 다시 부분과 맺는 관계를 파악하고 자기 안에서 형성할 수 있는 능력은 — 예술 연구보다 더욱 사회적인 연구란 전혀 있을 수 없기 때문에 — 심지어 일반적 사회적 교양에 속한다. 하지만 바로 이것은 **학문**을, 특히 철학을 통하지 않고는 가능하지 않다. 예술과 예술 작품의 이념이 엄밀하게 구성되어 있을수록, 그만큼 더 판단의 느슨함에서뿐 아니라 예술과 시문학에서 보통 그 어떠한 이념 없이 행해지는 그런 분별 없는 시도에서도 많은 것이 목표에 따라 작동된다.

예술 작품의 지적 관조를 형성하기 위해서나, 특히 예술 작품에 대한 판단을 형성하는 데 있어서나 예술에 대한 엄밀한 학문적 태도가 얼마나 절실한 일인가에 대해서는 다음의 내용만 언급하도록 하겠다.

최근에 들어서 심지어 예술가들에게서도 서로 상이하고도 매우 대립된 판단이 생겨나는 것을 특히 자주 목격하게 된다. 이에 대해 우리는 매우 쉽게 설명할 수 있다. 예술이 꽃을 피우는 시대에서 이러한 현상은 보편적인 지배 정신의 필연성이고, 행운이며, 흡사 위대한 대가들 사이에 어느 정도 보편적 동의가 이루어지는 전성기와 같은 것이어서, 예술사에서 볼 수 있는 바와 같이 위대한 작품들이 거의 동시에 서로 엎치락뒤치락하며 마치 어떤 하나의 공동의 숨결에 의해, 그리고 마치 공동의 태양 아래 이루어지듯 그렇게 생겨나고 성숙해 가는 것이다. 알브레히트 뒤러는 라파엘과 동시대에, 세르반테스와 칼데론은 셰익스피어와 동시대에 활동했다. 만약 그런 행운과 순수한 생산의 시대가 지나가 버리면, 그다음에는 반성과 함께 보편적 분열이 등장한다. 한때는 생생한 정신이었던 것이 이제 전통이 된다.

고대 예술가들의 경향은 중심에서부터 주변을 향해 뻗어 나간 것이었다. 후대의 예술가들은 이로부터 표면적으로 드러난 형식을 수용했고 이것을 직접 모방하려고 노력했다. 그들은 몸통은 없이 그림자만 간직하게 된 셈이다. 예술가들은 이제 예술에 대한 각자 자신만의 고유하고 독특한 관점을 형성하고, 기존의 것조차도 이에 따라 평가한다. 어떤 사람들은 내용 없는 형식의 공허함을 인식하고 자연의 모방을 통한 물질성으로 돌아갈 것을 주장한다. 공허하고 텅 빈 형식의 찌꺼기를 벗어나지 않는 다른 사람들은 이상적인 것을, 즉 이미 형성되어 있는 것의 모방을 주장한다. 그러나 그중 누구도 형식과 재료가 분리되지 않은 채 솟구쳐 나오고 있는 예술의 진정한 근원으로 돌아가지는 않는다. 이것이 어느 정도 현재 예술과 예술 비평이 처한 상황이다. 예술이 그 자체로 그토록 다양한 만큼 그에 대한 평가의 관점들도 다양하고 섬세한 차이를 표현하고 있다. 사람들은 논쟁하면서 서로를 이해하지 못한다. 그들 중 어떤 사람은 진리의 척도에 따라 판단하고 또 어떤 사람은 미의 척도에 따라 판단하지만, 이때 진리가 무엇인지 아름다움이 무엇인지 아는 사람은 없다. 몇몇 예외를 제외하면, 이런 시대에는 진정으로 노련한 예술가들에게서도 예술의 본질에 대한 그 어떤 것도 경험될 수 없는데, 그 이유는 일반적으로 그들에게는 예술과 아름다움의 이념이 결여되어 있기 때문이다. 심지어 전문 예술인들 사이에서도 만연하는 이러한 불일치는 예술의 진정한 이념과 원리를 학문에서 찾아야 할 시급한 근거가 된다.

모든 고귀한 것, 위대한 것, 이념적인 것에 대항하여, 심지어 문학과 예술에서의 아름다움 자체에 대항하여 싸우는 일종의 농민전쟁이 문학에서 일어나는 이 시대에는 보다 진지하고 이념으로부터 이끌어 낸 예술 수업이 더욱 많이 필요하다. 이 시대에는 경박하고 자극적인 것, 또는 불쾌한 방식의 고상함이 최고의 숭배를 받는 우상이 되었다.

오로지 철학만이 창작 활동에서 대부분 고갈되어 버린 예술의 원천들을 성찰의 대상으로 다시 살려 낼 수 있다. 오로지 철학을 통하여 우리는 예술에 대한 진정한 학문에 도달하기를 희망할 수 있다. 이는 물론 오로지 신만이 부여할 수 있는 의미를 철학이 줄 수 있다는 것은 아니며, 자연이 판단을 거부한 것에 철학이 판단을 내릴 수 있다는 말도 아니다. 철학은 진정한 예술 감각이 구체적인 것을 통해 관조하고 있는 것을 이념을 통해 어떤 변하지 않는 방식으로 표현한다는 것이며, 그럼으로써 참된 판단이 확정된다는 것을 의미한다.

특히 나는 나에게 이 학문을 연구하도록 했으며, 또 그 학문에 대해 지금 이렇게 강연을 하도록 영향을 주었던 이유들에 대해 설명할 필요를 느낀다.

무엇보다 나는 여러분들께 이 예술의 학문을 지금까지 미학으로서 혹은 예술과 학문에 대한 이론으로서 이 이름이나 어떤 다른 이름으로 이야기되어 온 그 어떤 것과도 혼동하지 말기를 부탁한다. 학문적이고 철학적인 예술 이론은 여전히 그 어디에도 없다. 기껏해야 단편적 이론들로 존재하며 그나마도 잘 이해되지 않고 있으며, 전체와의 맥락 속에서만 이해될 수밖에 없다.

칸트 이전에 독일의 예술 이론은 모두 바움가르텐 미학의 단순한 후예에 지나지 않았다. 왜냐하면 이 미학Ästhetik이란 표현을 최초로 사용한 사람이 바움가르텐이기 때문이다.[3] 바움가르텐의 미학을 평가하기 위해서는 이 미학 자체는 다시 볼프 철학의 후예였다는 점을 언급하는 것만으

---

3) A. G. Baumgarten, *Aesthetica*, 2 Tle., Frankfurt(Oder), 1750~1758. —옮긴이

로 충분하다. 칸트 바로 직전 시대에는 철학에서 통속성과 경험주의가 지배적이었는데, 이때 심리적 통찰의 원리를 원칙으로 삼는 영국과 프랑스 철학자들의 예술과 학문에 관한 유명한 이론들이 제시되었다. 사람들은 아름다움을 경험주의적 심리 통찰로부터 설명하려 하였고 예술의 경이로움 자체를 마치 당시의 유령 이야기나 그와 유사한 다른 미신들과 마찬가지로 계몽적이면서도 동시에 모호한 방식으로 다루었다. 이러한 경험주의의 파편들은 이후에 쓰여진, 부분적으로 좀더 개선된 주장들이 등장하는 저서들에서도 여전히 찾아볼 수 있다.

또 다른 미학들은 어떤 점에서는 요리법이나 처방전이라 할 수 있는데, 가령 비극에 대한 요리법은 다음과 같을 것이다. '공포를 많이 넣을 것, 하지만 너무 많지는 않도록. 가능한 한 많은 양의 연민과 무수한 눈물.'

칸트의 『판단력 비판』 역시 그의 다른 저서들과 다를 바가 없었다. 칸트주의자들로부터 기대할 것은 정신이 없는 철학에서와 같은 극심한 저속함뿐이었다. 많은 사람들이 미적 판단력 비판을 따라 외웠고, 강단에서나 책을 통해서나 미학으로 소개했다.

칸트 이후 몇몇 뛰어난 인물들이 진정한 철학적 예술학의 이념을 위한 훌륭한 자극을 주었고 그와 관련된 약간의 개별적 업적을 남겼다. 그러나 아직도 학문적으로 전체를 구축하거나 아니면 **절대적** 원리 자체만이라도 — 보편적으로 타당하거나 엄밀한 형식으로 — 제시한 사람은 없다. 또 경험주의와 철학의 엄밀한 분리가 진정한 학문성을 위해 요구되는 일이지만, 아직도 많은 사람들이 그렇게 하고 있지 않다.

강연할 내용으로 내가 생각하고 있는 예술의 철학의 체계는 따라서 본질적으로, 또 형식과 내용에서도 지금까지 있어 왔던 것들과 구별될 것이다. 지금까지 있었던 원리들로부터도 훨씬 더 멀리까지 거슬러 올라가고자 하기 때문이다. 내가 잘못 생각하고 있는 것이 아니라면, 내가 자연 철학에서 다중적으로 얽혀 있는 자연의 조직을 풀어 낼 수 있도록 했고, 그 현상들의 카오스를 가려내는 것을 어느 정도 가능하게 한 바로 그 방법이 미로와 같이 꼬여 있는 예술 세계에서도 역시 우리를 이끌고 안내할 것이며, 예술 세계의 대상들에 대한 새로운 조명을 밝혀 줄 것이다.

앞으로 언급하게 될 몇 가지 근거에서 예술은 모든 구성의 본질적인 요소가 된다고 할 수 있는데, 예술의 **역사적** 측면에 관한 한 나는 스스로 만족한다고 자부할 정도의 확신이 별로 없다. 나는 모든 영역 중에서도 가장 무한한 이 영역에서 각각의 부분에 대한 가장 일반적인 지식조차도 획득하기가 얼마나 어려운지 너무나 잘 알고 있다. 하물며 모든 부분들에 대하여 구체적이고 정확한 지식을 전달한다는 것은 말할 나위도 없기 때문이다. 내가 내세울 수 있는 유일한 것은, 아주 오랫동안 고대와 근대의 시문학 작품들에 대해 진지하게 연구해 왔고, 이러한 연구를 나에게 절박한 일로 삼았다는 것, 그리고 나 자신이 조형예술 작품들에 대한 몇 가지 견해를 표명해 왔으며, 전문적으로 활동하고 있는 예술가들과의 교류를 통해 한편으로는 그들 자신이 이 문제에 대해 서로 의견이 일치하지 않으며 정통해 있지도 않다는 것을 알게 되었지만, 또한 다른 한편으로는 행복하게 예술 행위를 하는 것 외에도 예술에 대해 철학적으로 생각해 본 사람들과도 교류하면서 나의 목적에 필요하다고 생각되는 예술에 대한 역사적 견해들을 일부 습득하게 되었다는 것이다.

나의 철학 체계를 아는 사람들에게 예술철학은 최고의 힘[포텐츠]Potenz을 통해 이 철학 체계가 반복되는 것에 지나지 않을 것이다. 나의 철학 체계를 아직 모르는 사람에게는 아마도 이것이 이 예술철학에 적용되는 방법만이 더욱 확연하게 눈에 띄고 또 한층 분명해질 것이다.

구성은 단순히 보편적인 것만이 아니라 종 전체로 간주되는 그러한 개체들에까지도 관계하는 것이다. 그래서 나는 이 개체들과 그들의 시문학의 세계를 구성하고자 하는데, 우선 호메로스와 단테와 셰익스피어만을 언급하겠다. 조형 예술 이론에서는 가장 위대한 거장들의 개체성들에 어떤 일반적 특징들이 있는지 서술될 것이다. 시문학과 문학 장르 이론에서 나는 가장 뛰어난 작가들, 가령 셰익스피어, 세르반테스, 괴테의 개별 작품들에 나타난 특징까지도 다룰 것이다. 그렇게 하여 우리에게 부족한 그들에 대한 현재적 입장을 여기서 보충할 수 있을 것이다.

보편 철학에서 우리는 진리의 엄격한 얼굴 그 자체를 보는 것에 기쁨을 느낀다. 예술철학에 국한되는 철학의 이 특수한 영역에서 이제 우리는 아름다운 모든 것의 영원한 미와 그 원형들에 대한 관조에 이르게 된다.

철학은 모든 것의 토대이며 모든 것을 포괄한다. 철학의 구성은 앎의 모든 힘[포텐츠]들과 모든 대상들과 관계하는데, 그것을 통해서만이 최상의 존재에 도달한다. 철학 안에서도 예술론을 통해 좀더 한정된 어떤 영역이 형성되어 우리는 여기서 영원한 것을 더욱 직접적으로 마치 가시적인 형태와 같은 것으로 볼 수 있다. 그리하여 이 예술론은 제대로 이해될 경우 철학 자체와 완전한 일치를 이룬다.

지금까지 이야기한 내용에서 이미 예술철학이 무엇인지 부분적으로 암시되었다. 그러나 이제 그에 대한 좀더 분명한 설명이 있어야 할 것이다. 나는 다음과 같이 가장 일반적인 물음을 제기해 보겠다. **예술철학은 어떻게 가능한가?**(왜냐하면 학문의 관점에서는 가능성에 대한 증거가 현실성이기도 하기 때문이다).

예술철학이라는 개념에는 서로 대립적인 것이 연결되어 있다는 것은 누구나 알 수 있다. 즉 예술은 실재적인 것, 객관적인 것이며, 철학은 이상적인 것, 주관적인 것이다. 따라서 예술철학의 과제를 미리 다음과 같이 규정할 수 있을 것이다. 즉 **예술 안에 있는 실재적인 것을 이상적인 것을 통해 표현하는 것**이라고 말이다. 그런데 문제는 바로 **실재적인 어떤 것을 이상적인 것을 통해** 표현한다는 것, 그것이 의미하는 바가 무엇인가이며, 또 우리가 이것을 모르고서는 예술철학의 개념에 대해 분명히 말할 수 없다는 것이다. 그러므로 우리는 이 연구 전체에 좀더 심도 있게 접근해야 한다. — 이상적인 것을 통한 표현이란 말 자체는 곧 구성한다Konstruieren는 말이며, 예술의 철학이란 말은 곧 예술의 구성화Konstruktion이어야 하므로, 우리의 연구는 구성의 본질로 더 깊이 들어가야 할 필요가 있다.

'예술철학'에서 '예술'이라는 부가어는 철학이라는 보편 개념을 단순히 제한하는 것뿐이며, 이 개념을 지양하지는 않는다. 우리들의 학문은 철학이어야 한다. 이것이 본질적인 것이다. 우리가 다루는 예술철학은 바로 예술과 관련된 철학이어야 한다는 점은 이 개념에서 우연적인 것에 지나지 않는다. 하지만 어떤 개념의 우연적인 것이 본질적인 것을 변화시킬 수도 없으며, 철학은, 특히 예술철학으로서의 철학은 그 자체로 그리고 절대적으로 고찰될 때의 그것 이외의 다른 것일 수도 없다. 철학은 그저 하나일 뿐이며, 본질적으로 하나이다. 철학은 나누어질 수 없다. 철학이라는 것 자체는 전체이며 나누어지지 않는 것이다. 철학의 비분리성에 대한 개념은 우리가 다루는 학문의 전체 이념을 파악하기 위하여 여러분이 특히 계속 붙들고 있어야 하는 것이다. 철학의 개념에 대해 얼마나 터무니없는 오용이 행해지고 있는지는 충분히 알려져 있다. 우리에게는 이미 철학이 있으며, 심지어 농업에 관한 철학도 있다. 짐마차에 관한 철학을 주장하는 사람까지도 생겨나서 결국 존재하는 모든 대상들의 수만큼의 철학들이 생겨나게 될지도 모른다. 그래서 우리는 온통 가득한 철학들로 인해 정작 철학 자체는 완전히 잃어버리게 될지도 모른다. 그런데 이 많은 철학들 외에도 세분화된 철학적 학문이나 철학적 이론들도 있다. 이 역시 아무 소용이 없다. 오로지 단 하나의 철학과 철학이라는 단 하나의 학문이 있다. 사람들이 보통 다양한 철학적 학문으로 부르는 것들은 완전히 왜곡된 것이거나 아니면 나누어지지 않은 단 하나의 철학 전체를 다양한 힘들[포텐츠들]로 혹은 다양한 이념적인 규정들하에서 서술한 것일 뿐이다.

나는 여기서 방금 언급한 포텐츠라는 표현에 대해 설명하고자 하는데, 이제 처음으로 이 말에 대한 이해가 매우 중요한 맥락에서 등장하기 때문이다. 포텐츠는 모든 만물 및 우리가 구별하는 모든 것의 본질적이고 내적인 동일성에 대한 일반적인 철학 이론과 관계하는 말이다. 이것은 진정으로 그 자체 오직 유일한 본질이며 하나의 절대적 실재이며, 절대적인 것으로서 이 본질은 나눌 수 없는 것이어서 나누거나 분리함으로써 다양한 본질로 이행할 수 없다. 이것은 나눌 수 없는 것이기 때문에, 사물들의 다양성 자체가 있을 수 있는 것은 단지 이것이 나누어지지 않은 전체로서 다양한 규정들 아래 지정됨으로써만 가능하다. 나는 이 규정들을 '포텐츠들'Potenzen이라 부른다. 포텐츠들은 본질에서는 아무것도 변화시키지 않는다. 본질은 항상 그리고 필연적으로 동일한 것으로 그대로 남아 있다. 그 때문에 포텐츠들은 이념적인 규정들이라 불린다. 가령 우리가 역사나 예술에서 인식하는 것은 자연에도 있는 것과 본질적으로 동일한 것이다. 즉 절대성 전체는 그 모든 것에 고유하다. 그러나 이 절대성은 자연에서, 역사에서, 예술에서 각각 상이한 포텐츠들을 통해 존속한다. 만약 순수 본질을 적나라하게 드러내 보이기 위해 이 포텐츠들을 제거할 수 있다면, 모든 것에는 실제로 '하나'만이 있게 될 것이다.

이제 철학은 모든 포텐츠들의 총체성을 통해서만 완전한 현상으로 나타난다. 왜냐하면 철학은 우주와 그대로 일치하는 상이어야 하기 때문이다. — 그런데 이 우주=**모든 이념적 규정들의 총체성 속에 묘사된 절대자.** — 신과 우주는 하나이거나 혹은 동일한 것의 상이한 양상일 뿐이다. 신은 동일성의 관점에서 본 우주이며, **모든 것**이다. 왜냐하면 신은 유일하게 실재적인 것이며 신 이외에는 아무것도 없기 때문이다. **우주**는 총체성의 관점에서 파악한 신이다. 그러나 철학의 원리인 절대적 이념 속에서 동일성과 총체성은 다시 하나이다. 나는 철학의 완전한 현상은 모든 포텐츠들의 총체성 속에서만 나타난다고 말하겠다. 절대자 그 자체에는, 따라서 철학의 원리 속에는 어떠한 포텐츠도 **없는데**, 그 이유는 바로 절대자가 **모든** 포텐츠들을 포함하기 때문이다. 또 다른 한편으로 절대자 안에 어떠한 포텐츠도 없기 때문에, 그 안에는 또 모든 포텐츠들이 포함되어 있는 것이다. 나는 이 원리를 철학에 있어 **동일성의 절대적 지점**absoluten Identitätspunkt이라고 부르는데, 그 이유는 바로 절대자는 어떤 특수한 개별 포텐츠와도 같지 않기 때문이며, 그럼에도 모든 포텐츠를 포함하기 때문이다.

이러한 무차별점은Indifferenzpunkt 바로 절대적인 것이기 때문에, 그리고 그저 단순한 하나이며 나눌 수 없고 분리할 수 없기 때문에 필연적으로 다시 각각의 **개별적** 단일성 (포텐츠를 이렇게 부를 수도 있다) 속에 존재한다. 하지만 이 역시 만약 이 **개별적** 단일성들 각각에서 다시 모든 단일성들이, 즉 **모든 포텐츠들**이 회귀하지 않는다면 가능하지 않다. 그러므로 철학에는 절대자 이외에는 아무것도 없다. 다시 말하면 우리가 철학에서 알고 있는 것은 오로지 절대자, 즉 언제나 그저 단순한 일자일 뿐이며, 개별적 형식들 속에서도 그저 단순한 일자일 뿐인 절대자이다. 여기서 정확히 이해되어야 할 것은, 철학은 결코 개별자 자체와 관계하는 것이 아니라 항상 절대자와 직접 관계하며, 개별자와 관계할 때는 단지 개별자가 절대자 전체를 자기 안에 수용하여 자신을 통해 드러내는 경우일 뿐이라는 점이다.

이로부터 이제 드러나는 사실은 **개별적** 철학은 존재하지 않으며 개별적이고 특수한 철학적 학문들도 마찬가지로 있을 수 없다는 것이다. 철학은 모든 대상들 속에서 오로지 하나의 대상만을 가진다. 그리고 바로 이런 이유로 철학 자체도 단 하나이다. 보편적 철학 내에서 모든 개별적 포텐츠는 그 자체로 절대적이며, 그리고 이 절대성 속에서 손상을 입거나, 혹은 이 절대성에 손상을 주지 않으면서도 다시 전체의 한 부분으로 존재한다. 모든 부분은 항상 각자 전체를 반영하고 자신 안에 완전히 수용한 경우에만 전체의 진정한 부분이 된다. 이것이 바로 유기체적 존재나 시문학 작품에서 찾을 수 있는 개별자와 보편자의 결합이다. 가령 시문학 작품에서 다양한 형태들이 각각 전체의 유용한 부분이지만, 그럼에도 작품의 완전한 완성에 있어 그 자체로 절대적인 것이기 때문이다.

물론 우리는 이제 전체로부터 개별적 포텐츠들을 따로 부각시켜 그 자체로 다룰 수 있을 것이다. 그러나 우리가 **절대자**를 그 안에서 실제로 묘사하는 한에서만 이 묘사는 그 자체로 철학이다. 그렇게 되면 우리는 이 묘사를 가령 자연철학, 역사철학, 예술철학 등으로 부를 수 있다.

여기서 이제 다음의 내용이 증명되었다. ① 만약 절대자 속에서 영원하고 필연적인 이념을 근거로 하며, 나누어지지 않은 절대자의 본질 전체를 자기 안에 수용하는 경우가 아니라면, 어떠한 대상도 철학의 대상으로 인정받을 수 없다. 서로 다른 것인 모든 다양한 대상들은 단지 실체 없는 **형식들**일 뿐이다. — 실체는 오로지 일자만을 가지며, 이 일자를 통해 절대자를 그 자체 보편자로서, 그리고 **그것의** [절대자의] 형식을 개별자로서 수용할 수 있다. 그러므로 가령 자연철학이라는 것이 있다면, 그 이유는 자연이라는 개별자의 형태로 절대자가 형성되었으며, 따라서 자연에 대한 절대적이고 영원한 하나의 이념이 있기 때문이다. 역사철학이나 예술철학에서도 이와 마찬가지이다.

② 이렇게 하여 예술철학의 **가능성**이 증명되었고 그럼으로써 이제 예술철학의 실재성도 증명된다. 바로 이 점에서 예술철학과 단순한 예술 **이론** 사이의 경계 및 차이점도 함께 드러내 보일 수 있다. 즉 자연학 혹은 예술학이 자신 안에서 절대자를 표현한다면, 이 학문은 참된 철학, 곧 자연**철학** 혹은 예술**철학**이다. 하지만 그 외 개별적인 포텐츠가 **개별적**인 것으로 취급되고 **개별적** 법칙으로 제시될 때, 또 전적으로 보편적인 철학으로서의 철학이 아니라 대상에 대한 **개별** 지식, 즉 한정된 목표와 관계있을 때, 그러한 모든 경우 학문은 철학이 아니라 자연론, 예술론과 같이 어떤 개별 대상에 대한 **이론**으로 불릴 뿐이다. 물론 이 이론은 가령 자연론을 자연철학으로부터 빌려 올 수 있듯이, 자신의 원리들을 다시 철학으로부터 빌려 올 수 있다. 그러나 그것은 빌려 온 것에 지나지 않기에, 철학이 아니다.

따라서 나는 예술철학에서 우선 예술로서의 예술, 이러한 **개별자**로서의 예술이 아니라, **예술의 형태를 통해 우주를 구성하고자 한다**. 그리고 **예술**철학은 **예술의 형식이나 포텐츠를 통해 나타나는 우주학**이다. 이 단계를 통해 비로소 우리는 이 학문과 관련하여 예술에 대한 절대적 학문의 영역으로 올라갈 수 있다.

예술철학이 예술의 형식을 통한 우주의 묘사라는 것만으로는 아직 이 학문에 대한 완전한 이념이 주어진 것이 아니다. 그것은 우리가 예술철학에 필수적인 구성의 **방식**을 더욱 상세히 규정하고서야 비로소 있을 수 있다.

구성의 대상이 될 수 있는 것, 그에 따라 철학의 대상이 될 수 있는 것은 무한자를 개별적인 것으로 자신 안에 수용할 수 있는 능력이 있는 것뿐이다. 철학의 대상이 되기 위해 예술은 무한자를 개별자인 자신 안에서 실제로 표현을 하거나 적어도 그 가능성이라도 있어야 한다. 그러나 이것은 예술에 관해서 일어나는 것만은 아니며, 철학과 같은 정도에서의 무한자의 표현으로서도 존속한다. 즉 철학이 절대자를 **원형**Urbild 속에서 표현한다면, 예술은 절대자를 **모형**[모상]Gegenbild 속에서 표현하고 있는 것이다.

예술은 매우 정확하게 철학과 일치하며, 또 예술 자체가 가장 완전하고 객관적으로 철학을 반영하기 때문에, 철학이 이상적인 것을 관통하고 있는 모든 포텐츠들을 예술도 필시 두루 거쳐야 한다. 그리고 이 하나만으로 우리가 다루는 학문이 요구하는 필수적인 방법에 대한 어떠한 의심도 불러일으키지 않기에 충분하다.

철학은 현실의 사물들이 아니라 그 사물들의 원형을 표현한다. 그런데 예술도 마찬가지이다. 그리고 예술 자체 속에서 ― 원형으로서, 즉 그 완전성을 통해 ― 객관적이 되는 것들, 그리고 반영된 세계 자체에서 지성세계를 표현하는 것들도 사실 철학이 입증하는 바에 따르면 현실적 사물들이 단지 불완전한 재현물로서 모사하고 있는 이러한 원형들이다. 몇 가지 예를 들자면, 가령 **음악**은 바로 자연과 우주 자체의 원형적인 리듬이며, 이 리듬이 음악이라는 예술을 수단으로 모사된 세계를 뚫고 터져 나오는 것이다. **조형예술**이 만들어 내는 완전한 형식들은 유기체적 자연 자체를 객관적으로 묘사한 원형들이다. 호메로스의 서사시는 절대자 속에서 역사의 토대를 이루는 동일성 자체이다. 모든 회화는 지성세계를 펼쳐 보인다.

이를 전제하여, 보편 철학에서는 우주 전반과 연관하여 우리가 풀고 있는 모든 문제들을 예술철학에서는 방금 언급한 것과 연관하여 해명해야 할 것이다.

① 우리는 예술철학에서도 무한자의 원리로부터 출발할 수밖에 없

다. 즉 우리는 무한자가 예술의 무제약적 원리임을 입증해야 할 것이다. 절대자는 철학에서는 진리의 원형이듯이, 예술에서는 **아름다움**의 원형이다. 따라서 우리는 진리와 아름다움이 유일한 절대자의 두 가지 상이한 고찰 방식에 지나지 않는다는 것을 보여야 할 것이다.

② 철학 전반과 관련해서와 마찬가지로, 예술철학과 관련해서도 두번째 문제는 다음이 될 것이다. 그 자체로 그저 하나이며 일자인 것이 어떻게 다수성과 구별 가능성으로 이행하는지, 그래서 어떻게 보편적이고 절대적인 아름다움으로부터 개별적이고 아름다운 사물들이 생겨날 수 있는지의 문제이다. 철학은 이 물음에 이념들과 원형들에 관한 이론을 통해 대답한다. 절대자는 완전히 하나의 일자이다. 하지만 이 일자는 개별적 형식들 속에서 절대적으로 관조됨으로써 이로 인해 절대자가 지양되지 않는데, 이것이 바로 이념이다. 예술도 마찬가지이다. 예술도 근원적 미das Urschöne를 오직 그 개별 형식들로서의 이념들 속에서만 관조하는데, 물론 이 이념들 각각은 그 자체로 신적이고 절대적이다. 그리고 철학이 이념들을 **그 자체** 있는 그대로 관조하는 반면, 예술은 이념들을 **실재적으로** 관조한다. 따라서 **이념들**은 실재적으로 관조되는 한, 예술의 소재인 동시에 모든 개별적 예술 작품들을 완성된 존재물로 비로소 생겨나게 하는 보편적이고 절대적인 질료이다. 이러한 **실재적이고** 살아 있으며 실존하고 있는 이념들은 신들이다. 이에 따라 보편적 상징 혹은 실재적인 것으로서의 **이념들에 대한** 보편적 **표현**은 신화에서 전개되었으며, 위에서 언급된 두번째 과제의 해결은 신화의 구성에 달려 있다. 사실 모든 신화의 신들은 철학의 이념들이 객관적이거나 실재적으로 관조된 것에 지나지 않는다고 할 수 있다.

그러나 **현실적이고** 개별적인 예술 작품이 어떻게 생성되는지에 대해서는 여전히 대답되지 않았다. 절대적인 것 — 비현실적인 것 — 이 동일성 어디에서나 존재하는 것처럼, 현실적인 것은 보편자와 개별자의 비-동일성 속에, 즉 분리되어 개별자 혹은 보편자 속에 존재한다. 이렇게 하여 여기에서도 하나의 대립이, 즉 조형적 예술과 언어 예술의 대립이 생겨난다. 조형 예술과 언어 예술은 철학에서 실재적인 것과 이상적인 것의 계열과 같다. 조형 예술에서는 무한자가 유한자에 수용되는 그러한 통일성이 지배하고 있으며, 이 계열의 구성은 **자연철학**에 상응한다. 언어 예술은 이와는 다른 통일성이 지배하고 있는데, 유한자가 무한자로 형성되는 그러한 통일성이다. 이 계열의 구성은 철학의 보편적 체계에서 **관념론**에 상응한다. 나는 첫번째 통일성을 **실재적** 통일성, 두번째 통일성을 **이상적** 통일성이라 부를 것이며, 이 두 가지를 다 포함하는 통일성을 **무차별성**Indifferenz이라 부르겠다.

이제 이 각각의 통일성들을 그 자체로 확정시키면, 모든 통일성이 그 자체로 절대적이기 때문에 각각의 통일성 속에서 이 통일성들이 다시 회귀해야 한다. 즉 실재적 통일성 속에는 실재적 통일성, 이상적 통일성, 그리고 이 두 가지가 합일된 통일성이 나타난다. 이상적 통일성에서도 마찬가지이다.

이 형식들 각각이 실재적 통일성이나 이상적 통일성 속에 포함되었다면, 예술의 개별적 형식은 그 각각의 형식에 상응한다. 즉 실재적 통일성에 포함된 실재적 형식에는 **음악**이, 이상적 형식에는 **회화**가, 실재적 형식 내에 다시 두 통일성이 하나로 형성되어 표현된 형식에는 **조각**이 상응한다.

이상적 통일성의 경우도 이와 마찬가지다. 이상적 통일성에는 다시 서정적 시문학 형식, 서사적 시문학 형식, 드라마적 시문학 형식이라는 세 가지 형식이 포함된다. 서정시는 무한자를 유한자로 형상화하는 것이며 곧 개별자를 말한다. 서사시는 유한자를 무한자 속에 표현하는 것(종속시키는 것)이며 보편자를 말한다. 드라마는 보편자와 개별자의 종합이다. 그러므로 이 기본 형식에 따라 예술 전체는 실재적인 현상을 통해서도 이상적인 현상을 통해서도 구성될 수 있다.

지금까지 우리는 예술의 모든 개별적인 형식들을 구체적으로 살펴보았으며, 이제 시간이라는 조건을 통한 예술 규정의 문제에 이르렀다. 예술이 그 자체로 영원하고 필연적이듯이, 시간 현상 속에서도 우연적인 것이 아니라 절대적 필연성이다. 예술은 이 관계에 있어서도 가능한 앎의 대상이며, 이러한 구성의 요소들은 예술을 시간 현상 속에서 나타내는 대립들을 통해 주어진다. 그러나 예술과 관련하여 예술의 시간 의존성을 통해 상정되는 대립들은 시간 자체와 마찬가지로 필연적으로 비본질적이고 단순히 형식적인 대립들이다. 그래서 본질 속에 내재하거나 예술의 이념 자체에 근거한 **실재적** 대립들과는 전적으로 구별되는 것이다. 보편적이고 예술의 모든 분야를 관통하는 이러한 형식적 대립은 **고대** 예술과 **근대** 예술의 대립이다.

만약 우리가 예술의 모든 개별적 형식들에서 그러한 대립을 고려하지 않는다면, 그것은 구성의 근본적인 결함일 것이다. 그러나 이 대립은 그저 형식적인 대립으로만 간주되기 때문에 구성은 바로 부정이나 지양을 통해 이루어진다. 우리는 이 대립을 고려하는 동시에 예술의 **역사적** 측면도 또한 서술할 것이며, 그렇게 함으로써만 우리들의 구성 전체를 최종적으로 완성시킬 수 있을 것이다.

예술에 대한 나의 전체적인 생각으로는, 예술은 그 자체 절대자의 유출이다. 예술의 역사는 예술이 우주의 예정들과 맺고 있는 직접적인 관계와 이 결정들을 미리 정해 놓은 절대적 동일성과의 직접적인 관계를 가장 분명히 보여 줄 것이다. 오직 예술의 역사에서만 모든 예술 작품들의 본질적이고 내적인 통일성이 드러난다. 즉 모든 예술 창작물들은 단 하나의 천재적 정신으로부터 생겨난 것인데, 이 하나의 정신은 과거의 예술과 새로운 예술 사이의 대립들에서도 오로지 두 가지 상이한 형태로만 나타나는 것이다.

3. 프리드리히 슐레겔 「비평의 본질에 대하여」

레싱이 하고자 했고 시도했고 이루어 놓았고 행했던 모든 것은 비평이라는 개념으로 요약하는 것이 가장 적절할 것이다. 비평은 이것이 지녔던 오래된 가치를 다시 되살려 이전과 마찬가지로 포괄적으로 받아들인다면, 그토록 다양하고 널리 퍼져 있었던 레싱의 정신적 활동 영역 전반을 모두 조망하기에 충분한 개념이다.

레싱의 시문학적 시도는 시학과 극작술의 원리를 위한 사례 연습으로 간주할 수 있다. 하지만 정신적 성향으로 보아 레싱이 원래 속해야 할 영역인 철학에서 그는 체계적 이론가나 교파의 창시자라기보다는 비평가였다. 다른 사람의 의견을 솔직하고 세심하게 검토하고, 일반적으로 통용되는 많은 판단들을 반박하고, 오래되었거나 거의 잊혀진 이런저런 역설들을 변호하고 다시 주장하는 것, 바로 이런 형식을 통해 레싱은 철학의 영역에서 자신의 의견들을 단지 간접적으로만 개진하곤 했던 것이다.

고문헌학이거나 드라마나 문법, 그리고 본격적인 문학 연구 등의 영역에 있는 레싱의 다른 저작들 대부분은 좀더 일반적 의미의 비평 개념에 따른다 해도 이 형식에 속한다. 나는 그가 펼친 모든 논쟁들 역시 적어도 이 비평과 매우 가까운 장르로 간주되어야 하지 않을까 생각한다.

그러나 우리가 비평이라고 부르는 이 학문 혹은 예술은 그토록 많은 것을 포괄하기 때문에, 그럼에도 오로지 언어예술과 언어들이 다다르는 곳까지만 그 영역을 확장하기 때문에, 그 개념은 더욱 정확하게 규정되어야 할 절대적 필요가 있다. 이 작업을 위해 가장 좋은 것은 비평 개념의 기원을 되돌아보는 것이다.

비평을 처음으로 생각해 내고 활성화시켰을 뿐 아니라 동시에 최고의 수준으로 완성시킨 사람들은 바로 비평이라는 말 자체를 우리에게 물려준 그리스인들이다. 위대한 시인들의 시대가 지나간 후에도 그리스인들에게서는 시문학에 대한 감각이 완전히 사라지지는 않았다. 문자로 남겨진 대부분의 기념비적 작품들은 일부는 내적으로 기억할 만한 가치에 의해, 다른 일부는 매우 광범위한 분야의 애호가층을 통해 보존되어 왔고, 여전히 계속 보존되고 있는데, 이로부터 이후 곧 하나의 학문이 생겨났다. 이 학문은 이 작품들 모두를 아는 것, 특히 이 모두를 조망하는 것이었기 때문에 특정한 방식으로 분류하는 작업 없이는 불가능했다. 즉 시들이 후세에 전해지고, 책들이 당시 확산된 방식은 심지어 커다란 전체 속으로 빠져 길을 헤매기보다는 차라리 하나의 개별 작품에 집중하고자 하는 통찰력 있는 사람에게까지도 거기에 몰두할 거리를 제공했다. 즉 텍스트에서 조금 혹은 많이 소실된 부분들과 보충된 부분들을 고대의 문헌들로부터 추정해 내고, 다양한 필사본들의 비교를 통해 수집하거나, 또는 맥락으로 예측해 내고 여러 번 검토하고 비교를 반복하여 마침내 확정 짓는 것, 이것은 어떤 한 권의 작품을 가지고도 수년간에 걸친 광범위한 작업이 되었으며, 때로는 한 사람이 완성할 수 있기에는 너무 방대한 것이었다.

이 두 가지 작업, 즉 그리스 시문학 전체를 분명하게 구분하는 고전적 작가들의 선별 작업과 다양한 판본들의 분석은 고대의 비평에서 항상 중심축을 이루어 왔다. 물론 전자의 작업과 비교하면 후자의 작업은 비평을 통해 그리 완전무결하게 완성된 것은 아닐 수 있다. 또 어쩌면 우리의 기억 속에 남았을지도 모르는 어떤 것들이 고전적 작품들의 선별을 통해서 같은 작품군에 속하지 않는다는 이유로 계속 전해지지 않았을 수도 있다. 하지만 이때 적용되었던 원칙은 전적으로 올바른 것이었다. 이 작업을 한 [그리스] 비평가들은 결함이 없는 것이거나, 많은 경우 결코 극단적이지 않은 것만을 뛰어나고 완성된 것으로, 그리고 영원히 모방할 가치가 있는 것으로 간주한 것이 아니다. 그들은 자신의 장르에서 가장 앞서 있는 최고의 것이나 혹은 마지막의 것으로서 가장 효과적으로 만들어졌거나 기교적으로 가장 완성된 것을 가장 뛰어난 것으로 간주했던 것이다. 물론 이것이 편협하고 어리석은 사람에게는 거부감을 일으킬 수도 있었겠지만 말이다. 그리고 그들의 연구 방법도 뛰어났다. 고전 작품들을 쉬지 않고 꾸준히 반복하여 재차 읽어 나가는 것, 연작들 전체를 계속해서 처음부터 다시 시작하여 면밀히 검토하는 것, 그것만이 제대로 된 독서라 할 수 있다. 그렇게 함으로써만이 충분히 성숙한 결과뿐 아니라 예술 감각과 예술 판단이 생겨날 수 있는데, 이는 오직 예술과 문화 전체에 대한 이해를 통해서만 가능하다.

물론 그들에게는 유리한 점이 있었다. 고대 그리스인들에게 예술 감각은 매우 보편적이었으며, 그리스의 비평가들은 대부분 사람들이 이미 가지고 있는 일반적인 판단들을 확인하고 설명하기만 하면 되었다. 판단들을 임의로 수정하는 경우는 그리 많지 않았으며, 개별적 사항에서만 부차적인 관심들로 인해 예술 감각을 잘못된 방향으로 이끄는 일이 있었다.

그리고 사소한 결정에 관해서만 논쟁이나 의견 차이가 일어났다. 하지만 전체적으로는 예술 판단과 원칙들에 관하여 의견이 일치하였다. 그리스 문학과 시문학이 전적으로 자기완결적인 하나의 전체였다는 점은 당연한 일이 아닐 수 없다. 여기서 전체 속에 드러나는 개별적인 것의 경우를 찾기는 어렵지 않았다. 이 민족들에게서 시문학에 대한 감각은 결코 완전히 사라진 적이 없었다. 하지만 서적 출판술이 발명되고 서적의 보급이 확산된 이후 형편없고 또 전혀 소용없는 엄청난 양의 책들 속에서 근대인들의 자연적 감각이 허우적거리고 짓눌리고 혼란을 느끼며 잘못 인도되는 그런 종류의 일은 그 당시 아직 전혀 일어나지 않았다. 무수한 고대 시인들 중에서 아마도 평범했거나 정말 엉뚱한 것을 추구했거나 혹은 참된 길로부터 멀리 떨어져 갈피를 잡지 못한 누군가가 없었던 것은 아니다. 하지만 널리 읽히고 계속해서 연구되고 있는 전승 작품들 중 다수만이 실제로 뛰어난 것이었다. 그에 비해 수준이 떨어지는 작품들은 예외에 속하는 것이었고, 그래서 이 책들 가운데서도 교양이 없거나 비예술적인 것은 없었다. 이런 것은 오로지 어떤 뛰어난 저작은 지극히 드문 예외에 속하고, 그에 비해 정말 형편없는 작품이 대부분일 경우에 있을 수 있는 일이다.

로마인들의 경우 비평을 고대 그리스인들로부터 직접 수용했고, 고대 그리스의 비평을 철저히 모방했지만, 그럼에도 사정은 완전히 달랐다. 바로 그러한 상황, 즉 다른 민족으로부터 문화와 시문학을 수입한 상황이 지식인들의 정서와 비지식인들의 정서 사이의 깊은 간극을 형성하는 요인이 되었기 때문이었다. 그래서 로마의 지식인들 사이에는 심지어 어느 정도까지 그리스적인 것을 모방해야 하고, 어느 정도로 토착적인 것을 그대로 보존해야 하는지의 문제가 끝나지 않는 논쟁의 대상이 되었는데, 이 논쟁은 문학의 원칙들 자체에 대한 것만큼이나 중요한 것이었다. 이 부분에서 로마의 상황이 우리와 더 비슷하다. 또 한편 로마인들의 민족성은 몇 명의 위대한 학자들 그 이상을 배출해 낼 수 있기에는 너무나 실용적이었다. 물론 이들을 잇는 계승자도 없었지만 말이다. 특히 그들의 시문학은 새로운 근원이 되기에는 너무 빈약했고, 그래서 어쩔 수 없이 곧 다시 막을 완전히 내렸다.

지금 낭만주의 시대의 근대인들에게 풍부한 시문학이 없는 것은 아니다.[1] 하지만 이 시문학은 삶으로부터 너무나 직접적으로 피어난 것이기 때문에, 이 삶과 완전히 함께 묶여 있으며, 그래서 특히 독일의 경우가 그런 것처럼, 제도와 관습이 몰락하면 시문학도 함께 몰락하게 되어 있다. 이때의 시문학은 대부분 기사와 제후들에 의해 주도되었고, 성직자들은 드물었는데, 이들 성직자들은 기사나 제후들과 비교하면 차라리 학자라 불릴 만했다. 독일, 스페인, 프랑스의 남부와 북부의 경우가 그랬다. 하지만 유일하게 이탈리아에서는 처음의 위대한 세 시인이[2] 동시에 학자이기도 하였다. 물론 그들이 처한 조건은 분명 제한적이었지만, 그래도 저 낭만주의 초기 주창자들 중 누구보다도 더욱 학문적이었으며, 또 시인인 동시에 고대 문학을 다시 부활시킨 최초의 인물들이었다. 그래서 이 초기의 이탈리아 문학만이 남겨지게 되었고, 계속해서 생생한 영향력을 끼치며 보존되었다. 프로방스의 노래들, 중세 프랑스의 창작물들, 그리고 중세 독일 문학의 뛰어난 작품들은 소실되었다. 더 이상 거의 아무도 알지 못하는 것이 되어 버린 시문학은 대부분 아직도 도서관의 먼지 속에서 자신들

---

1) 프리드리히 슐레겔은 **시문학**(Poesie)이라는 말을 이중적으로 사용한다. 한 번은 작품들을 지칭하고 또 한 번은 시문학의 성격을 나타내기 위해 사용한다.

2) 단테, 페트라르카, 보카치오를 말한다.

을 해방시켜 줄 구원자를 고대하고 있다. 낭만주의 문학을 탄생시킨 정신과 삶이 사라지고 파괴되었기 때문에 이 시문학 자체도 몰락하게 되었을 뿐 아니라, 그와 동시에 시문학에 대한 모든 감각도 사라져 버렸다. 그 이유는 고대 그리스에서와는 달리 비평의 시대가 문학의 시대를 계승했기 때문이었는데, 이는 새로운 아름다움을 창조해 낼 힘이 더 이상 남아 있지 않은 상태에서 적어도 옛날의 아름다움이라도 후세에 전달하기 위한 것이었다. 비평의 부재로 인하여 낭만주의 시문학은 너무나 일찍 급격하게, 그것도 몇몇 나라에서는 철저하게 몰락했으며(이와 함께 민족 고유의 삶에 대한 자각과 조상들에 대한 기억도 사라졌으며), 이러한 비평 부재의 결과로 모국어가 등한시되고 황폐화되었다. 이러한 상황은 조금만 살펴보아도, 진지한 몰입의 대상이 아니라 취미로 즐기고 있는 듯 보이는 예술이 어떤 중요성과 가치를 가지고 있는지 너무나 분명하게 드러내고 있다. 사실 어떠한 문학도 비평 없이는 오래 지속될 수 없으며, 언어가 기념비적 시문학들을 보존하고 있지 않고 시문학의 정신에 자양분을 공급하지 않는 곳에서는 어떠한 언어도 황폐화의 위험을 벗어나지 못한다. 신화가 인간들의 시 창작 활동과 조형예술 활동의 모든 장르들에 있어 공통된 원천이자 근원이 되는 것처럼, 시문학은 전체의 최고 정점이어서, 이 시문학의 화려한 전성기에는 모든 예술과 학문이 완성되자마자 곧 그 정신이 마침내 [시문학으로] 용해된다. 그와 마찬가지로 비평은 인식과 언어의 구조물 전체를 이루고 있는 공동의 버팀목이다.

그래서 근대인, 특히 우리 독일인들은 철저한 학문과 비평의 결여로 인하여 우리의 시문학뿐 아니라 그와 함께 우리 민족에 적합한 사고방식도 잃어버렸다. 물론 고대 그리스의 몰락 이후 망명 중의 그리스인들이 그들의 지적 자산을 널리 퍼뜨린 이후 유럽에서 학문이 부족하지는 않았다.

로마법이 제정되고 인쇄술이 발명되었으며 대학이 설립되었다. 하지만 이러한 학문은 그렇게 철저히 외국의 것이었기 때문에 모국어는 더욱 등한시되기만 했다. 그런데 시문학적 직관은 이미 완전히 사라져 버렸고, 그래서 많은 경우 그저 지식인에 지나지 않았던 이 지식인들에게는 비평을 위한 가장 중요하고 본질적인 조건들이 결여되어 있었다. 이 상황은 시문학적 직관을 다시 획득하고, 미적인 가치 혹은 무가치에 대해 판단할 수 있기 위한 초창기의 시도들에서 제대로 잘 드러났다. 즉 이제 서서히 철학 역시 학문과 연결시키려 했고, 또 그래서 아름다움과 예술에 대한 보편적 개념들을 사용하고자 시도하게 되었는데, 이때 종종 이 개념들이 적용될 수 있는 곳과 아닌 곳을 제대로 구분하지 않는 경우도 있었던 것이다. 또 이런 종류의 시도는 고대 저술에서도 발견되었고, 이것이 적어도 전통으로서 영향을 끼치며 막연한 믿음뿐 아니라 가능한 한 모든 것을 적용해 보려는 시도를 자극할 수밖에 없었다. 하지만 그래서 또 이러한 노력의 첫번째 결실에서부터 예술 감각의 절대적 부족의 정도가 얼마나 심각하기에, 그리고 모든 시문학으로부터 얼마나 멀어졌기에, 사람들은 다시 시문학에 가까워지려고 노력하고 있는가 하는 점이 즉시 드러났던 것이다. 왜냐하면 사람들은 각각의 개별적 구절에 대해서만 판단을 내렸으며, 그것이 가치가 있는지 없는지에 대해 어떠한 감정도 없이 아주 세세하게 논쟁했으며, 또 그 구절을 향유하는 근거를 영혼의 본성에서부터 자연적인 것으로 설명하려고 시도했을 뿐 아니라, 더 나아가 상당히 공허한 몇 가지 추상화를 통해서 때때로 엄청난 궤변을 동반하여 도출하려 했기 때문이다. 모든 종류의 이해에 있어 첫번째 조건이며, 따라서 예술 작품의 이해에서도 가장 중요한 것은 전체에 대한 직관이다. 방금 언급된 것과 같은 완전히 상반된 방법들에서는 이러한 직관은 생각될 수 없었으며, 시인들의 시에서 결국 시적 회화라고 불리며, 그 법칙들을 하나의 체계로 질서 정연하게 정돈할 수 있었던 그런 부분들만을 읽게 되는 지경이 되었다. 레싱의 경력과 비평에서 첫번째 단계는 이런 시기에 속한다. 그리고 레싱의 미학이 아직은 전적으로 이 잘못된 경향을 연상시키고 있기는 하지만, 그럼에도 불구하고 이 위대한 정신이 내디딘 첫걸음의 약점들을 있을 수 있는 것으로 받아들여 다음과 같은 점은 그의 미학에 대한 찬사로 언급해도 될 것이다. 즉 레싱 초기의 미학적 견해는 그저 볼프 학파의 해부적 심리학을 근거로 예술 향유를 설명하는 약점을 보이고 있는데, 여기서 취하고 있는 예술 현상에 대한 설명 방식은 우선 감각기관이 이성적인 것이라고 임의로 전제되며, 그다음 이성 역시 — 이 이성은 비이성적으로 되지 않아야 하기 때문에 — 전적으로 이기적인 것으로 간주하는 것이다. 그런데 심지어 이러한 약점에서도, 즉 레싱의 초기 사유에 나타나는 바로 이러한 가장 불충분한 시도에서조차 사람들은 어떤 위대한 엄격함의 차이를 느끼고 즐거워하지 않을 수 없는 것이다. 거의 모든 것이 유일하게 현실적인 실재성의 개념으로 환원된다. 그리고 몇몇 사람들은 가장 엄격하고 가장 일관된 실재론의 경향을 한동안 보였던 레싱 후기 철학의 최초의 싹을 이미 여기서 찾으려 하기도 한다.

이러한 경향은 시문학이 인간에게 얼마나 낯설게 되었는지 특히 강하게 보여 주었다. 인간에게 있어 예술 감정은 그들이 모든 사물에 앞서 이해하고 설명하고 싶어 했던 하나의 현상이었다. 하지만 그를 통해 예술에 대한 이해가 열린 것도 아니고 시인 자신이 더 많은 자극을 받은 것도 아니었다. 새로운 시대에, 특히 칸트 이후에 사람들은 이와는 다른 방향의 길을 가기 시작했고, 모든 특별한 미적 감정을 무한의 감정이나 자유에 대한 상기로 환원함으로써 적어도 시문학의 품위는 구제할 수 있었다. 그러나 비평으로 보자면 예술 감각을 모든 방면에서 실천적으로 행하고, 적용하고 형성하기보다는 단지 설명만 하려고 한다는 점에서 여전히 그리 많이 달라지지 않았다. 화가와 음악가에게 눈과 귀의 물리학이 한편으로는 사유되어질 수 있고, 한편으로는 개별적인 정보들과 이념들 속에서 적어도 그 싹으로서 이미 존재하는 것과 마찬가지로, 시문학에도 그와 유사한 학문이 있을 수 있을 것이다. 이때 그것은 시문학 자체가 좀더 포괄적인 예술이므로 미학Ästhetik이어서는 안 되며, 또 시문학은 일반적으로 의식 학문의 개념보다는 철학의 개념과 일치할 것이기 때문에 상상학Fantastik이어서도 안 되며, 그보다는 분노나 욕정 등의 본질에 대한 올바른 통찰로서의 가령 격정학Pathetik 같은 것이어야 할 것이다. 물론 이 학문에 비하면 인간과 대지에 대한 물리학적 이론이 훨씬 더 불완전하다는 것은 확실하다. 어쨌든 그러한 학문은 비록 물리학의 부분으로서는 매우 실제적인 학문이 될 수 있겠지만, 시인의 행동에 영향을 미치거나 그의 본성을 변화시키기는 거의 불가능할 것이다. 적어도 예술의 형성은 그렇게 이루어져서는 안 될 것이며 비평에 있어서도 그런 노력은 소용이 없을 것이다.

그러나 레싱의 정신은 잘못된 경향을 극도로 추구하는 것과는 어울리지 않았다. 그는 과감하게 하나에서 또 다른 것으로 넘어갔으며, 순탄하지 않은 행로 속에서 많은 철학들뿐 아니라 매우 다양한 문학의 영역들을 거쳐 나아갔다. 그에게서는 이미 일찍이 심리학적인 설명 이외에 예술 장르들을 엄격히 구분하려는 노력, 더 나아가 예술의 개념을 학문적 엄밀함을 통해 규정하려는 노력이 표현되었다. 이런 열망은 고문헌학에 관한 연구와 드라마 작품에서 지배적인 가운데, 그에게서 결코 사라지지 않았다. 이런 훌륭한 경향을 통해 비로소 잃어버린 고대의 비평을 우리에게 다시 회복시켜 줄 더 나은 비평을 위한 토대가 실제로 세워지게 된다. 고대에서 장르의 구별은 모두에게 직관적으로 분명했다. 장르들은 예술과 시예술 전반의 본질로부터, 또 그리스 예술과 시예술의 본질로부터 자유롭게 발전했으며, 원래의 장르에서 변형된 경우에서조차 대부분 그 고유한 성격을 명백하고 변함없이 그대로 유지하고 있었다. 그런데 점차 우리의 비평의 대상이 되어야 할 것이 모든 고대와 근대 민족들의 시문학이라는 더 큰 전체라 한다면, 이 전체에서는 구체적인 개념 없이 단순한 감정만으로 충분할 수 있기에는 너무나 많은 것이 장르들에서 수정되었고, 너무나 다양하게 수정되었다. 그리고 레싱이 글을 썼고, 쓰기 시작했을 당시 지배적이었던 견해들을 고려해 보면, 사람들이 모두에게서 모든 것을 요구했으며, 그래서 어떤 개념도 갖지 못했다는 점, 그리고 다른 모든 것들과 마찬가지로 모든 작품 역시 자신과 같은 종류나 장르에서만 뛰어나야 하며, 그렇지 않으면 근대문학에서도 많은 것이 그렇듯이 실체 없는 진부한 것이 된다는 점에서도 보편적 사유 방식이라는 엄청난 비예술이 명백히 모습을 드러냈다. —

그래서 레싱의 예술 개념 역시 많은 수정을 필요로 한다 할지라도, 적어도 그의 미학은 제대로 된 길을 가고 있었다. 왜냐하면 장르의 분리가 철저히 완성된다면, 이러한 장르의 분리는 언젠가 예술과 시문학 전체의 역사적 구성에 도달하도록 되어 있기 때문이다. 그런데 이러한 전체의 구성과 인식이야말로 우리가 자신의 지고한 사명을 실제로 실현해야 할 비평의 가장 본질적인 하나의 근본 조건으로서 내세운 것이다.

또 다른 한 가지 근본 조건은 참되지 않은 것을 구별해 내는 것이다. 그러나 물론 이 요소는 물론 자국의 문학에 적용할 때는 완전히 다른 형태를 갖추어야 한다. 고대로부터 전승된 것은 외적인 조건에 의해 상당 부분 위조의 위험으로부터 벗어날 수 있었다. 그 반면 책의 경우, 더 나아가 심지어 인간의 사고방식에 있어서도 진짜와 원본의 자리를 차지했던 가짜와 위작의 수는 현재 엄청나게 많다. 이제 적어도 보다 뛰어난 것의 싹이 자리 잡을 수 있는 공간이 형성되기 위해서는 모든 종류의 오류와 망상은 마침내 제거되어야 한다. 이 예술을 자신의 생애 전반에 걸쳐, 특히 후반부에 탁월하게 실행했던 레싱적 의미에서 우리는 이것을 궁극적으로 '논쟁'Polemik이라 부를 수 있다.

여기까지 전개된 비평 개념의 역사적 발전은 작가로서 레싱의 이력을 동시에 포함하며, 그의 정신적 발전의 다양한 시기와 맞물린다. 그러나 우리는 저 근원적인, 이른바 고전 문헌학도 도처에서 관찰할 수 있다. 즉 문학적으로 조금이라도 흥미로울 수 있는 모든 것에 대한 활발한 관심, 심지어 언젠가 사람들의 관심을 끌었다는 이유만으로 실제로 문학가나 사서인 사람이 흥미를 가지게 되는 그런 것에 대한 활발한 관심도 관찰할 수 있다. 사람들은 독일어에 대한 세심한 주의가 기울여졌던 흔적을 여기저기서 알아차리고 즐거워한다. 독일어로 된 고대 기념비를 알게 되는 경우는 현재도 여전히 드물지만 당시에는 더욱 드물었다. 『영웅서사시집』*Heldenbuch*에 대해 레싱은 이미 일찍이 중요한 주석을 썼는데, 이 글이 소실된 것은 매우 유감스러운 일이다. 그리고 나중에 완전히 다른 작업에 몰두하는 중에도 성배와 원탁의 기사들을 다룬 서사적 소설은 그에게 여전히 연구의 대상이었다.[3)]

---

3) 『영웅서사시집』은 15세기의 전후 중세 후기의 다양한 영웅 서사시를 내용으로 하는 필사본이나 인쇄물을 편집한 모음집이다. 이 자료에 대한 레싱의 주석은 현재 남아 있다. 프리드리히 슐레겔은 아마도 이어지는 어떤 또 다른 논평글이 존재했고, 이것이 소실되었다는 사실을 알고 있었던 것 같다. — 성배와 원탁의 기사에 관한 것은 레싱의 편지 내용 속에서만 알 수 있는 것이다.

바로 그렇다. 그의 정신은 결코 라틴어나 그리스어에서만 비평가일 뿐 다른 문학에서는 문외한이며 통찰도 없기 때문에 비평가와는 정말 거리가 먼 그런 다른 학자들의 좁은 영역으로 내몰리지 않았다. 그들과는 반대로 레싱은 모든 것을 비판적 정신으로 다루었다. 철학과 신학도 시문학이나 고문헌학과 똑같이 다루었다. 레싱은 자주 고전적인 것을 보통 근대적인 것을 말할 때만 사용했던 가벼움과 대중성을 통해 다루었고, 이전에는 고대인들을 다룰 때에만 필요하다고 보았던 그런 엄격함과 정확성으로 근대적인 것을 검토했다. 이미 언급했듯이, 그는 자국의 옛 문학을 연구했지만, 그럼에도 불구하고 외국의 새로운 문학을 충분히 접했다. 적어도 어디로 방향을 잡아야 하는지, 그리고 무엇을 연구해야 하는지에 대한 지침은 올바로 소개할 수 있기 위한 목적이었다. 그래서 지금까지 그에게 우세한 영향을 끼쳤던 프랑스 문학 대신에 영국의 고대 문학을, 그다음엔 이탈리아 문학과 스페인 문학을 수용했다.

그러나 그의 비평은 매우 포괄적이었음에도 불구하고 철저히 대중적이었고 일반적으로 적용될 수 있었다. 만약 윌리엄 존스[4] 경과 같이 모든 것을 다 포괄하는 어떤 위대한 정신의 학자가 시문학의 구조만이 아니라 모든 언어의 전체 조직을 친족성의 연결 고리를 통해 그 근원에까지 추적해 나가며, 숨겨져 있던 연결 과정을 최초로 밝혀 냈다면, 그리고 볼프[5]가 비길 데 없는 예리함으로 모든 편견, 회의, 오해, 근거 없는 가정, 애매함과

4) William Jones(1746~1794). 영국의 인도학자이자 법관[동양 언어에 대한 저술을 많이 남겼으며, 인도게르만어족에 관한 연구로 유명하다].

5) Friedrich August Wolf(1759~1824). 독일의 고전문헌학자. 슐레겔은 자신의 호메로스 해석과 관련하여 『일리아드』와 『오뒷세이아』가 호메로스 한 사람에 의한 것이 아니라 일련의 다양한 서사시로부터 구성된 것이라는 볼프의 주장을 거론한다.

과장, 조잡하거나 눈에 띄지 않을 정도의 정교한 위조, 씁쓸함 등으로 이루어진 그 시대의 미로를 통해 마침내 뛰어난 고대 민족이 남긴 가장 오래된 고대의 예술 문화유산의 기원과 진정한 유래에까지 파고들어 갔다면, 아주 소수의 사람들만이 이러한 연구에 참여할 수 있으며 그렇게 되어야 한다는 점은 당연한 이치에 따른 것이다. 어떤 한 시대에 이렇게 비교秘教적 방식의 몇몇 비평가들이 존재한다면, 그리고 그들을 이해하는 소수의 사람들이 존재한다면, 그것으로 충분하다.

하지만 레싱의 좀더 대중적인 비평의 정신은 일반적으로 이해 가능한 것의 영역에 있다. 그것은 문학의 모든 주변 영역 어디서나 확산되어 있어야 하는데, 왜냐하면 문학에서 이 정신이 적용 대상으로 삼지 않는 그 어떤 것도 그토록 위대하지 않으며 또 어떤 것도 겉보기에 그토록 사소하지 않기 때문이다. 이 정신은 솔직하게 연구하고, 어디서나 올바른 예술 개념을 추구하며 이를 점점 더 엄격하게 받아들이면서도 가볍게 움직이는 정신이지만, 특히 저 평범한 것과 형편없는 것에 대해서는 정당한 경멸과 제거를 의미한다.

이는 특히 독일에 적합하고 바랄 만한 것이다. 우리는 학식 있는 민족이다. 그 누구도 우리에게서 이 명성을 문제 삼지 않을 것이다. 그래서 나는 우리가 만약 학문과 비평을 통해 많은 부분 아직도 생성되어야 할 우리 문학에 확고한 토대를 마련하지 않는다면, 지금까지 이미 가지고 있는 작은 부분 역시 곧 잃어버리게 되지 않을까 하는 두려움이 있다.

이제 이 서문을 끝맺으면서, 지금까지 서술된 역사적 발전 과정을 통해 설명하는 것 이상 어떻게 더 정확하고 학문적으로 비평의 개념을 규정할 수 있을 것인가에 대해서만은 약술해야 할 것 같다. 이를 위해 다음의 몇 가지를 덧붙이고자 한다. 우리는 역사와 철학을 연결하며, 이 둘을 새로운 제3의 것으로 합일시키는 중간고리로서 비평을 생각해야 한다. 비평은 철학적 정신 없이는 성장할 수 없다. 이 사실은 누구나 인정할 것이다. 마찬가지로 역사적 지식도 비평에 필수적이다. 비평은 분명히 역사와 전승을 철학적으로 선별하고 검토하는 일이다. 그러나 바로 그것은 분명 철학에 대한 모든 역사적 견해이기도 하다. 물론 여기서, 사람들이 보통 그렇게 부르는 것이 의견들과 학설들을 마구 섞어 놓은 것을 의미하는 것이 아님은 당연하다. 철학사는 지금 이야기되고 있는 비평과 마찬가지로 아마도 단 하나의 학설, 단 한 명의 철학자를 대상으로 할 수도 있을 것이다. 왜냐하면 단 하나의 사유 체계와 단 하나의 정신이라 하더라도 각각 그 발생과 형성사를 제대로 파악하기란 쉬운 일이 아니며, 그래서 그것이 뛰어난 독창적 정신일 경우 그것만이 대상으로 삼을 만한 가치가 있을 것이다. 다른 사람의 사유를 그 사유 전체가 가진 아주 섬세한 특성까지 재구성하고[nachkonstruieren] 감지하고 특징짓는 것보다 더 어려운 것은 없다. 이것은 지금까지 철학에서 가장 하기 어려웠던 일이다. 지금까지 철학의 서술이 시인들을 서술하는 것보다 불충분하게 이루어져 왔던 것도 여기에 이유가 있을 것이다. 물론 이것은 장르 자체의 본질에 근거하겠지만 말이다. 그럼에도 불구하고 말할 수 있는 것은, 우리가 과정과 구조를 재구성할 수 있다면 어떤 작품이나 어떤 정신을 이해할 수 있다는 점이다. 작품이나 정신에 대한 이러한 철저한 이해를 구체적인 단어로 표현을 하자면 '특징짓기'[Charakterisieren]라고 말할 수 있을 것인데, 이러한 이해가 비평이 해야 할 원래의 작업이며 비평의 내적 본질이다. 이제 역사라는 거대한 덩어리가 남긴 확실한 결과를 하나의 개념으로 요약할 수 있을 것이다. 또는 하나의 개념을 단순한 구별을 위해 규정하는 것이 아니라, 최초의 근원부터 마지막 완성까지의 개념의 생성 과정 속에서, 즉 개념과 함께 개념의 내적 역사도 동시에 제시하면서 개념을 구성할 수 있을 것이다. 이 두 가지 모두 특징화Charakteristik이며, 바로 이것이 비평의 지상 과제이자 역사와 철학의 내밀한 결합이다.

종결

CLÔTURE

1. 낭만주의적 모호성

> 이러한 형이상학의 과정은 다수의 원환圓環 속에서 일어나야 할 것이며, 점점 확장되고 커져야 할 것이다. 만약 목적에 도달했다면, 항상 처음부터 다시 시작해야 할 것이다. 카오스와 체계 사이를 계속 오가는 가운데 카오스를 체계로 만들면서, 그리고 마침내 새로운 카오스를 만들어 내면서. (이 과정은 매우 철학적이다.)
>
> — 프리드리히 슐레겔, 「철학적 단상」 유고, 1796~1806[1]

우리는 결론을 내리지는 않겠다. 결론, 즉 낭만주의의 해결 혹은 해소Auflösung는 이 책 전체에서 이미 끊임없이 되풀이되어 왔다. 우리는 모든 텍스트를 통해 지칠 줄 모르고 회귀하는 어떤 해결 구조에 매우 자주 주목해 왔다. 그것은 그 주제들의 급격한 증가로 보나 "유기체보다 더욱" 복잡하게 얽혀 있는 기능들에 있어서나 특이한 것이었는데, 비록 헤겔 논리학의 '순환들의 순환'과 정확히 같은 형태를 만들지는 않는다 하더라도, 어쨌든 바로 위에 이 장의 모토로 사용된 프리드리히 슐레겔의 유고 단편이 그려 내고자 한 그러한 나선들의 나선을 만들어 내는 구조와 같은 것이다. 자신 내부의 결단으로부터 나온 이 무한한 나선적 교체는 [큰]작품과 [큰]주체-작품과 [큰]작품-주체의 중심을, 또 작동의 생산적poïétique 중심, 심지어 [큰]작품의 작동성을 이루는 생산적 중심을 「이념들」의 중심이었던 그 중심으로 계속해서 다시 옮겨 놓는다. 자기 자신의 소용돌이가 만들어 내

---

1) F. Schlegel, *Kritische Schriften und Fragmente*, Bd.5: 1794~1818, p.75, 1048번. — 옮긴이

는 나선 운동에 의해 생생하게 살아 있는 중심으로 계속 데리고 가는 것이다. 이곳, 즉 작품에 의해, 모든 문학 장르에 의해, 그리고 모든 철학적 주관주의에 의해 형성되는 그 모든 개념 아래에서 작품이 작동하며, 심지어 **그것**ça이 작동하고 있다. 왜냐하면 설령 낭만주의자들이 아직 **그것**es(ça)을 니체적 의미로 사용하지는 않았다 하더라도, 그 외 '무엇이' 여기서 문제가 될 수 있겠는가? 호메로스의 서사시와 같은 위대한 작품은 "자연"이 그 "진정한 작가"라고 한다면(「아테네움 단상」 51번), 그런데 이 '자연'은 우리가 이미 살펴본 대로 그 어떤 자연성의 모든 구속을 하나하나 해방시키는데 생각을 몰두하고 있는 자연이라고 한다면 말이다.

1797년 라헬 레빈은 프리드리히 슐레겔에 대해 "그 안에서 일들이 계속 펼쳐지고 있는 머리tête"를 가졌다고 묘사했다.[2)] 이것은 낭만주의의 [큰]주체를, 즉 문학 장르의 주체 혹은 [큰]주체가 된 문학을 정의하는 말이 될 수 있다. 이 머리는 구상되고 구성되며 섞이고 발생하고 단편화되며 포에지가 되기 때문이다. 그러나 이 머리를 특징화하기 위해서는 여인의 재치가 필요했다.

하지만 이와 동시에 우리는 그런 재치는 이 구조 내에서, 즉 **체계**와 **카오스** 사이, **오르가논**의 두 양극 사이에서 — 작동한다고는 할 수 없지만 — 끊임없이 떠돌아다닌다는 것을 지적했다. 우리가 낭만주의에서 처음부터 강조하고자 했던 것은 그 장소가 아니라 관념론과의 (즉 여기서 완결되는 형이상학과의) 차이의 놀이였다. 이 차이는 때로는 보완적 복합성을 통해, 혹은 망설임이나 동요를 통해 나타나는 차이이며, 또 떠다니고 있음schweben[미해결]을 통해 나타나는 차이인데, 이 schweben이라는 단

---

2) E. Behler, *Friedrich Schlegel*, Reinbek bei, Hamburg: Rowohlt, 1966, p.164에서 재인용.

어는 낭만주의의 텍스트들에서 과도하게 사용되는 단어들 중 하나이며, 그토록 유명한 '낭만주의적 모호성'을 함축하고 있으면서도 때로는 낭만주의에는 그 구조상 이념의 전망을 완전히 **수용하지** 못하는 모종의 불가능성이 있다는 점도 의미할 수 있는 단어이기도 하다. 물론 그러한 수용이 여전히 낭만주의의 목적으로 남아 있음은 분명하고, 낭만주의와 관념론의 차이는 미미하다. 우리는 우리에게 유용할 수도 있다고 생각했던 관념론/낭만주의라는 단순한 도식을 무한히 복잡하게 만들 필요가 있다. 그것은 프리드리히 슐레겔이 칸트에게서 발견하고자 했을 법한 "거의"à peu près의 차이이거나, 혹은 무한한 격자 구조 속으로의 자기구성과 자기생산의 힘에 의해 관념론에서 결국 생산되는 매우 사소한 위기에 지나지 않는 경우가 대부분이다. 그러나 낭만주의가 관념론을 **완성**시켰으며 그 완성의 역사를 우리에게 열어 놓았다는 사실이 일단 확실하다면 — 이것이 그리 많은 것을 간과하지 않고 이루어 놓은 우리의 작업이기를 바라는데 —, 낭만주의가 관념론의 안팎에서 작용시키고 발휘하는 것이 무엇인지 식별하는 것부터 시작하는 것은, 이것이 완성되지 않은 이 역사 속에서 시기상조가 아닌 이상 아마 불가능한 일도 아닐 것이다(물론 이미 논의했듯이 낭만주의가 관념론의 안팎에서 작용시키고 발휘하는 것은 '문학'과 '철학'의 관계라는 문제로 되돌아가지 않는다).

다시 말해 보자. 단상, 종교, 소설, 비평이 각각 차례대로 문학적이고 글자 그대로의 **장르**를 재창시하는데, 하나하나 열거하면, 장르Gattung, 종, 동일한 고유성의 고유한 생성, 동일성에서 혼합된 동일성으로의 자기 생성이다. 즉 자연 발생génération spontanée, 혹은 그 당시 사람들이 불렀던 것처럼 generatio aequivoca[다의적 발생], 이것은 모든 경우 그것ça이 생산되게 하는 두 가지 의미를 모두 담고 있었다. — 이러한 사실로부터 각각 차례대로 장르의 모든 장르는 동시에 이러한 발생의 모호성[équivoque]을, **다의성**[aequivoca]의 모호성을 더욱 공고히 한다. 종이란 사실 불분명하고 동일성 없는 혼합인 것이다. 해체의 유기체적 과정 그 한가운데에서 가령 어떤 것은 셸링의 **해소**[Auflösung] 속에서 항상 헤겔의 **지양**[Aufhebung]을 견뎌 내었을 것이며, 또 슐레겔의 소설 중 어떤 것은 항상 셸링의 **해소**로부터 빠져나갔을 것이다.

그 자체로서의[comme tel] 혼합은 관념론과의 어떠한 차이도 만들어 내지 않는다. 오히려 관념론을 더욱 공고히 하는데, 이는 철학적 예술 이념을 통해서라기보다는 로마의 풍자문학을 통해서 일어난다. 이 혼합이 그러한 차이를 만들어 낼 것이라고 상상하는 것은 어떤 점에서는 예나의 낭만주의에 대한 환상이 아니라 오히려 현재의 낭만주의에 대한 환상으로부터 생겨난 것인지도 모른다. 그럼에도 불구하고 (그리고 또 '어느 정도까지는'이라고 해야 할 것이다. 왜냐하면 나선 형태로 이어지는 프리드리히 슐레겔의 완고함은 그가 '알고 있었던' 것에 대하여 여실히 말해 주고 있기 때문이다) 낭만주의가 궁극적으로 입증하고 있는 것은 **그 자체로서의** 혼합은 없다는 점이며, 따라서 혼합은 작품을 만들어 내지 않으며, 작동하지도 않는다는 점이다. (아무것도 아니기 때문에) 혼합 그 자체[lui-même]인 것도 아니며 혼합 그 자체를 생산해 내지도 않는 혼합의 모티브가 혼합의 다의성으로 인해 기껏해야 자신이 혼합하는 것, 즉 장르와 문학과 철학을 그 극단적 가장자리까지 끌고 갈 뿐이라는 점을 입증하는 것이다. 어쩌면 그것은 작동을 흐트러뜨리거나 중단시키는 것의 가장자리까지, 우리가 의도적 다의성을 가지고 문학적 절대[Absolu]의 절대화[ab-solution][해방]이라고 부르는 것의 가장자리까지 끌고 갈 것이다.

낭만주의는 다음과 같은 것을 '알고 있었을' 것이다. 혹은 모리스 블랑쇼 같은 누군가가 거기서 다음과 같이 읽어 낼 수 있도록 했을 것이다. 즉 "낭만주의적 선언 덕분으로 문학이 자기 스스로를 표명하기 시작하는 가운데, 이제 이 문학이 품게 되는 질문은 불연속성 혹은 형식으로서의 차이라는 문제이며, 이것은 독일 낭만주의, 특히 아테네움을 중심으로 한 초기낭만주의가 단순히 예감만 한 것이 아니라 구체적으로 제시했던 문제의식과 과제이다. 그것도 이 문제와 과제가 장차 니체에게서, 그리고 니체를 넘어 다시 복원되기 전에 말이다".[3)]

이것이 함의하고 있는 것이 무엇인지 이제는 매우 엄격하게 평가할 수 있을 것이다. 그리고 이는 우리가 언급했거나 하게 될 다른 사람들뿐 아니라 특히 블랑쇼가 우리로 하여금 낭만주의 텍스트를 읽어 내도록 하게 하는 범위 내에서 가능한 일이다.

그 방식으로 볼 때 낭만주의의 본질적 성격을 명료하게 표현하기에 매우 알맞게 잘 만들어진 이 '문학의 자기 선언'은, 오로지 이 선언에서는 작품의 장르[Gattung]가 끊임없이 '아무것도 하지 않은[dés-œuvré]' 것으로 존재하는 한에서만 하나의 자기 선언이라 할 수 있다. 문학의 자기 선언이 근본적으로 무행위의 상태인 이유는 명시적으로든 아니든 그토록 많은 아테네움의 텍스트들이 요구했던 시적 **사변**이 생겨나지 않았거나 혹은 항상 장르의 해체 및 혼합의 해체와 함께 생겨났기 때문이다. 그러므로 이 자기 선언에서는 문학이 철학과 동일화되고, 또 철학은 문학과 동일화되는 일만 결코 일어나지 않을 뿐 아니라, 문학이 자기 스스로와 동일화되고 철학이 자기 스스로와 동일화되는 일도 결코 없다. 여기서 동일자는 자신의

3) M. Blanchot, *L'Entretien infini*, p.527.

동일성에 도달하지 않는다. 바로 이것이 낭만주의에서 아직 문학도 철학도 아니었던 무엇이 이미 알았던 사실이며, 이는 그 어떤 이론적, 시문학적, 비평적 학문성과도 공통적인 영역이 없는 그러한 앎으로부터 나온 것이다. 그럼에도 불구하고 낭만주의는 동시에 이 앎에 대한 보편적 기획을 전개시키기 시작했던 것이다. 다시 블랑쇼로 되돌아가면 — 왜냐하면 방금 위에서 인용된 구절에서 블랑쇼는 자신이 낭만주의에 대해 빚을 지고 있다는 것을 인정했기 때문에 — , 문학에 대한 이러한 자기 선언은 **중성적** neutre 선언으로, 혹은 선언의 **부정**pas 으로 이해되어야 한다.

이 말이 또 한편으로 의미하는 바는, 그러한 선언은 엄밀히 말해서 철학이 이 말에 부여할 수 있는 어떤 의미에서도 선언이 아니라는 것이다. 분명 이 선언은 칸트적 현상성의 영역에 있는 것이 아니며, 어떤 경우에도 현상 너머에 있는 '물자체'를 심급으로서 주장하는 칸트주의에 따르지 않는데, 이 칸트주의에 대해 낭만주의와는 달리 일종의 변형이나 비교를 제시하는 입장이 괴테에 의해 주장된다(위에서 언급된 바 있다[4]). 또한 우리가 앞에서 여러 번 확인한 사실은 그러한 선언이 아무리 비슷해 보인다 할지라도 셸링적 개념에 따른 순수한 계시와 혼동되는 것도, 또 헤겔적 현시présentation의 과정과 혼동되는 것도 아니라는 점이다. 항상 무엇인가 부족하다. 그것이 [큰]개념Concept의 결여로 인한 것이든 [큰]형식Forme의 과도함으로 인한 것이든 간에 말이다. 하지만 결국 선언은 더 이상 스스로를 형식화와 동일시할 수는 없다. 왜냐하면 끊임없이 장르의 문제를 해체시키는 것은 바로 형식이기 때문이다.

여기서 문제가 되고 있는 선언은, 자신을 선언하는 가운데 일어나는

---

4) 이 책 4장 '비평', 1. 「성격의 형성」 참조.

선언의 독특한 소멸을 통해서만 오로지 표현될 수 있어야 하는 (그리고 이것은 어느 정도까지 하나의 표현일 수 있을 것인가?) 그러한 선언인 것처럼 보인다. 블랑쇼가 우리에게 알려 주려고 시도한, 가령 — 블랑쇼가 낭만주의라는 직물로부터 풀어내기 시작한 실들의 하나에 한정시켜 보자면 —, "단상적 글쓰기"의 불확실성 속에서 사유하는 법은 사실 이러한 장르에 속하는 그 무엇이다. 하이데거가 특히 지속적으로 매달렸던 성찰이 요구하고 있는 것 역시 이런 종류의 그 무엇이다. 즉 그것은 언어에 대한 성찰로서 많은 부분 훔볼트로부터 그 토대가 형성되기 시작했으며(즉 슐레겔 형제의 연구를 확장함으로써 이루어진 것이며[5]), 또 장 파울을 인용하고 노발리스와 횔덜린을 해설하는 가운데 마치 낭만주의의 가장자리들을 두루 통과하듯이 그 어떤 고유의 속성보다 더욱 '고유하게' 언어 속에서 말하고 있는 그 무엇의 문제로 이끄는 것이다. 글쓰기로부터, 글쓰기의 흔적과 흩뿌림[산종]으로부터 시작한 데리다의 작업이 계속 진척되어 나간 방향 역시 — 나가야 할 그 어떤 방향이 있다고 한다면 — 이 '무엇'을 향해서였다. — 낭만주의자들은 단 한 순간도 이러한 사유들 중 하나를 그려 본 적이 없다고 덧붙일 필요가 있을까? 낭만주의 안에서 그 사유들은 오히려 모호하게 흐려져 있었다. 그러나 아마도 바로 그 때문에 낭만주의는 자신의 고유한 모호성을 유지하는 가운데 그러한 사유들을 이 기간에 가능하도록 할 수 있었을 것이다.

또 이런 사유들 중 그 어떤 것도 마치 그것이 모호성이 해결된 것이거

5) 훔볼트에 관해서는 T. Todorov, *Théories du symbole*, pp.203 이하 참조. 하이데거에 관해서는 『언어로의 도상에서』(*Unterwegs zur Sprache*)에 실린 마지막 텍스트 「언어로의 길」(Der Weg zur Sprache, 1959) 참조.

나 모호성의 해결이어야 하는 듯이 포착되거나 임의로 다루어질 수 없다는 사실 역시 말할 필요가 없을 것이다. 낭만주의의 마지막을 완성하면서 이러한 사유들은 체계를 확실하게 뒤흔들어 놓았다. 그러나 이는 동시에 해결과 해체, 체계와 카오스의 시대가 이로써 끝났음을 나타내는 것이다. 여기서 — 기본적으로는 여전히 우리와 다른 것이 많지 않으므로 — 낭만주의자들의 용어를 사용하여 다음과 같이 말해 보자. 낭만주의가 "미래로 옮겨 놓은" 것, 여전히 우리들의 것이기도 한 이 미래로 되돌려 놓은 것이 이루고 있는 것은 단지 「아테네움 단상」 216번에서 말하는 의미에서의 "시대의 지배적 경향"이라고 말이다. 그리고 이 경향이란 다시 말하자면 프리드리히 슐레겔이 설명한 바 있듯이,[6] 시대의 카오스 속에 존재하는 무형식적인 형식들, 그리고 우리의 "미래의 단상들"인 것이다. 반면 그로부터 우리가 아마도 배우기 시작했던 것, 그것은 미래란 단상적**이다**라는 것, 그리고 거기에 작품 **기획**을 위한 장소는 없다는 것이다.

따라서 오늘날에 이르기까지 낭만주의적 모호성이 '문학'의 모든 문제를 지배하고 있는 한, 우리가 분명히 드러낼 수 있는 유일한 것은 이러한 낭만주의적 모호성, 즉 작품 부재의 모호성이다. 이 짧은 '종결'장의 목적은 한마디로 낭만주의에 대한 몇몇 증언을 중심으로 다시 한번 낭만주의를 요약 정리하는 것이다.

첫번째 증언은 만들어질 수 없는 것이다. 이것은 어느 정도까지는 단지 작품의 부재일 뿐이다. 그것은 셸링의 기획인 '사변적 서사시'가 미심

---

6) 잡지 『아테네움』의 마지막 호에 실린 「이해 불가능성에 대하여」(1800) 참조[F. Schlegel, *Kritische Schriften und Fragmente*, Bd. 2: 1798~1801, pp.235~242].

찍긴 하지만 어쨌든 확실한 실패이기 때문이다. 이에 대해서는 이미 앞에서 충분히 다루어졌으므로 다시 언급하지는 않겠다. 우리는 다만 그러한 실패가 — 비록 모호한 방식으로이긴 하지만 — 이념의 예술적 자기 형식화를 자신의 가장 고유한 장소로 지정했던 사변의 실패라는 사실을 지적하는 데에 그치도록 하겠다. 또 이 자기 형식화 대신에 우리는 진정한 사변이자 사변에 대한 조롱으로서 비더포르스트의 풍자적인 「고백」을 제시했는데, 이것이 사변에 대한 조롱인 이유는 풍자라는 장르가 저급해서가 아니라 풍자로서 자신이 만들어 내는 것이 이념 그 자체가 아니기 때문이다. 정확히 말해 사실 그러한 문제 제기가 혼합 '그 자체'lui-même, 그 자체로서의comme tel 혼합, 즉 동일성으로서의 풍자와는 다른 무엇을 생산해 낼 수 있었다면, 가장 먼저 자신을 풍자화했어야 할 것이다. 철학은 문학의 사육제를 통해 확고해진다.

두번째 증언은 이 글 바로 뒤에 나올 프리드리히 슐레겔의 소네트 「아테네움」이다. 갑작스럽게 보이겠지만, 우리는 어느 정도 의도적으로 이 책에서 읽을 수 있었던 프리드리히 슐레겔의 모든 텍스트와 이 텍스트들이 보여 주고 있는 극단적으로 비판적인 제안들과는 오히려 대조적인 것으로서 이 소네트를 제시한다. 이 시는 잡지 『아테네움』의 마지막 호에 출판된 일련의 소네트 중 하나에 속하며, 앞으로 읽게 되겠지만 이 소네트의 주제는 막 해체되려는 순간의 잡지 그 자체, 낭만주의의 그 자체이다. 프리드리히 슐레겔의 다른 몇몇 시들 및 드라마 「알라르코스」와 함께 이 소네트는 낭만주의자들의 '수장'으로서 슐레겔이 창작할 수 있었던 '완성된' 것 전부를 이룬다. 그것은 심지어 완성 그 자체이며, — 이렇게 말해도 된다면 — '선험적으로' 구성된 완성이 소네트로 표현된 것이다. 게다가 고전적 형식 중 가장 표준적 형식인 소네트는 여기서 철저히 규칙적이고 운이 완벽하게 맞추어져 있다(그런데 「비판적 단상」 124번에서 나타나듯이 프리드리히 슐레겔에게 운율은 동일자의 회귀이다……). 낭만주의 기획의 본질은 소네트라는 이 소우주적 작품 안에 들어 있는 자유로운 공동체, 무한함에의 욕구, 선명한 형식화, 낭만주의 없는 시대에 대한 풍자, 자기 현시와 같은 첨예한 주장이 (집중되는 것이라고까지는 할 수 없다면) 적어도 공고히 되기를 바라는 것이다. 사실 여기에 있는 모든 것이 소우주적이라기보다는 현미경적이라는 것은 그리 어렵지 않게 읽어 낼 수 있다. 아주 작고 사소하며, 전체적으로 보면 오히려 우스꽝스럽고, 허세가 심한 내용에 과장된 형식이 겹쳤다. (이 소네트의 번역은 어쩔 수 없이 어색할 수밖에 없는데, 특히 프랑스 번역에서도 각운을 맞추어야 했기 때문에 더욱 그렇다. 번역으로 인한 오해를 줄이기 위해 우리는 독일어 텍스트도 함께 실었다.) 슐레겔이 다른 곳에서 많은 글을 발표했음에도 불구하고, 만약 그가 바로 이런 식의 시행을 쓰고 또 — 잡지 『아테네움』에 — 발표하지 않았더라면, 우리가 여기서 그에 대해 언급할 필요가 없었을 것이다. 하지만 이 소네트는 비웃음의 대상에 그치는 것만이 아니다. 이 소네트는 '이름 없는 예술'에 대한 요청 속에 들어 있는 그 어떤 심오한 모호성이 도대체 가장 고전적이고 가장 정리된 장르를 가장 고되고 힘든 작품화mis en œuvre로 이끌어 가게 했는가 하는 질문을 제기하게 한다. 이 모호성이 이 시에서나 다른 곳에서나 지금까지 그 모든 것에도 불구하고 그치지 않는 **신념**을 말과 형식을 통해 다시 활성화시키고 있으며, 언어의 그 어떤 모호한 마술 속에서 항상 다소 막연한 상태이면서, 때로는 낭만주의자들 스스로도 서슴지 않고 조롱했던 운문화의 욕구를 가장 기대할 수 없는 바로 그곳에서, 포에지화에 대한 **열광**mania을 불러일으키고 있는 것이다. 이러한 열광은 아마도 문학의 시대에 그 어떤 장르이든지 간에 글쓰기를 시도하는 자라면 누구라도 휩싸이지 않을 수 없는 그러한 것이다. 사실 이것은 [큰]작품Œuvre을 통해, 즉 부재하면서도 절대적인 작품의 현시를 통해 아주 잠깐 사로잡히는 현혹에 지나지 않는다.[7]

이 소네트 다음에 마지막으로 노발리스의 「대화들」 중 두 편이 실려 있다. 노발리스는 이것을 언젠가 잡지 『아테네움』에 실으려고 했었지만 결국 발표되지 않았다. 물론 주제에서나 원고 상태로 보아서나 별도로 분류되어야 함에도 불구하고 보통 이 두 편의 대화와 함께 속했던 다른 「대화들」(총 6편)도 마찬가지로 발표되지 않았다.[8]

그러므로 우리가 여기서 보여 주고자 하는 것은 시인 노발리스가 아니다. 즉 프리드리히 슐레겔과 아주 다른 능력을 지녔지만 그보다 '낭만주의 포에지'의 **시적** 출현과 완성에 대해 더 강하게 믿었으며, 또 슐레겔과 셸링이 종교 바깥으로 끌어내어 유지하고 있었던 종교를 — 미적으로 — 믿었던 그 노발리스 역시 아니다. 그보다는 성서의 이념, 즉 "책들로 이루어진 체계, 무한한 책, 책 중의 책"이라는 「이념들」 95번의 모호성 전체를 프리드리히 슐레겔과 공유하는 노발리스이며, 유고로 남은 한 단상에서 "책들의 **단상적** 세계"를 현실 세계와 대립시키는 노발리스이다.[9]

우리는 이 대화들에서 아마 가장 현대적인 형태를 띠고 있는, 말하자면 "성서적" 모호성의 형태, 혹은 책들의 번식이라는 모호성의 형태를 띠고 있는 작품 부재의 모호성을 읽을 수 있을 것이다. 「꽃가루」 알갱이들의

---

7) 모든 것을 고려해 볼 때, 이 역시 낭만주의자들 자신이 시문학 전체 내에서, 혹은 이를 넘어 서정시에서 보았던 애매한 위치를 확인해 준다.

8) 노발리스의 「대화들」은 아직 프랑스어로 번역되지 않았다. A. Guerne의 노발리스 프랑스어 전집(*Œuvres complètes*)에 실려 있지 않다.

9) 노발리스 유고 단상모음 *Vorarbeiten* 237번을 말한다.

확산과 마찬가지로 이러한 번식은 그것이 퍼뜨려 분산시키는 것을 끊임없이 재결합하고 재조직화하는데, 이는 틀림없이 번식 (혼합의 다른 형태) **그 자체**를, 그리고 작동으로서의 번식을 목적으로 하고 있을 것이다. 왜냐하면 이 대화 두 편의 소재뿐 아니라("우연들의 조합"으로서의 "도서 박람회[la foire]"는 책들의 진정한 체계이다), 광업·공업·제조업·상업과 같은 메타포들이 연출해 내는 것은 작품에서 가장 노동자답고, 부지런한 측면이기 때문이다. 이런 서술들에서 아이러니나 유머가 관통하고 있는 한, 우리는 노발리스가 문학의 **흥행적-상업적** 성격을 보여 주고 있다고 말할 수 있다. 그러나 노발리스는 또한 완전히 **경제적**으로만 작동하고 있는 작품, 즉 기술·생산·이윤으로서의 예술도 찬양한다. 그리고 '진정한' 문학의 생산 조건으로서 생산 조건을 나타내 보여 주는 것도 역시 찬양한다.

이런 식의 연출을 통해 「대화들」은 이차적 능력으로의 자기구성, 작품이 제시해야 할 인간 형성의 표현, 유일한 [큰]주체의 무한성과 같은 [큰]작품의 모든 중요한 주제들을 다시 부각시킨다. 그러나 그와 동시에 「대화들」은 이 주제들을 두번째 대화의 또 다른 은유적 (수학적) 주제로, "쌍곡선적" **변이**[variation]로 끌고 간다. 여기서 적어도 추측할 수 있는 것은 바로 이것이 관념론이 계속해서 등을 돌리고, 그러면서도 또 등을 기대고 있었던 **수학적** 이상을 회복하는 동시에 이것을 조롱의 대상으로 만든다는 점이다. 어쨌든 가장 극단적인 아이러니는 불가능한 보편학[Mathesis]을 토대로 하여 문학의 수학화가 **모든** 책들, 모두의 책들, 그리고 모든 것에 대한 책들을 무의미하고 그로테스크하게 번식시킨다는 것이다. 즉 작동하고 있는 바로 그곳에서 무의미의 번식이 일어난다는 아이러니이다. 물론 그렇다고 「대화들」이 그로테스크와 무의미 속에서 책과 책들에 대한 일종의 헤아릴 수 없는 관용을, 더 이상 작품을 만들지 못하는 작품들의 과다함을, 더 이상 번호를 매길 수 없을 정도의 급속한 확산을 불러일으키는 것을 막지는 못할 것이다.

이 모호성이 「소설에 관한 편지」 한가운데 있었다. '우리는 책들의 시대 속에 있다'라고 프리드리히 슐레겔이 여기서 썼었다. — **우리는** 여전히 그렇다.

2. 프리드리히 슐레겔「아테네움」소네트

형성의 빛줄기 전체를 하나로 포착해 내고자,
병적인 것에서 건강한 것을 완전히 분리해 내고자,
자유로운 동맹 속에서 진정으로 노력했고
오직 우리 자신만을 의지하고자 했다.

오래된 방식에 따라 난 계속 그렇게 하지 않을 수 없었다.
끊임없이 의심의 상처를 새로이 자극하기 위한,
내게서 보였던 편협함을 증오하기 위한,
제대로 된 방법을 그토록 분명히 알고 있었음에도.

이제 소리치고 글을 쓴다 정신을 잃고 매우 몰입한 채로,
마음속 깊은 곳에서 깊이 상처받은 것처럼,
함부르크에서 슈바벤 지방까지 평지의 민족이.

우리의 목적을 이루었는지,
난 더 이상 의심하지 않는다. 실행할 것을 맹세했었지,
우리의 생각이 일반적이고 강력한 것이 되도록.

Das Athenaeum

Der Bildung Strahlen all' in Eins zu fassen,
Vom Kranken ganz zu scheiden das Gesunde,
Bestrebten wir uns treu in freiem Bunde
Und wollten uns auf uns allein verlassen:

Nach alter Weise konnt' ich nie es lassen,
So sicher ich auch war der rechten Kunde,
Mit neu zu reizen stets des Zweifels Wunde,
Und was an mir beschränkt mir schien, zu hassen.

Nun schreit und schreibt in Ohnmacht sehr geschäftigt,
Als wärs im tiefsten Herz tief beleidigt,
Der Platten Volk von Hamburg bis nach Schwaben.

Ob unsern guten Zweck erreicht wir haben,
Zweifl' ich nicht mehr; es hats die Tat beeidigt,
Dass unsre Ansicht allgemein und kräfitg.

3. 노발리스「대화들」1, 2

대화1

A 도서 박람회 최신판 책자가 도착했구나?

B 응, 아직 잉크도 채 마르지 않았어.

A 글자라는 것이 얼마나 부담스러운 것인지. 책을 엄청나게 쏟아 내는 시대가 되었어.

B 너는 꼭 오마르주의자Omarist[1] 같구나. 너희 같이 생각하는 사람들 중 가장 철저한 사람을 따라 칭하자면 말이야.

A 설마 너는 요즘 유행하고 있는 책 전염병을 찬양하는 것은 아니겠지?

B 그것이 왜 찬양이지? 단지 나는 이런 광고용 책자들이 매년 늘어나는 것에 진심으로 기뻐하고 있어. 수출은 명예를 가져올 뿐이지만 수입은 금전적 이익을 가져오니까. 물론 우리나라에서는 이웃 나라들에서보다 참되

1) 칼리프 오마르 1세는 [프톨레마이오스 2세에 의해 이집트 알렉산드리아에 세워진 후 이미 기원전 48년 율리우스 카이사르의 이집트 방문 시 한 차례 불이 난 적이 있는] 알렉산드리아 도서관을 두 번째로 파괴했으며, 약탈한 책들로 반 년 동안 공중 목욕탕의 땔감으로 사용했다고 한다.

고 훌륭한 생각들이 더 많이 퍼져 있지. 포토시[2)]나 브라질보다 더 풍부하고, 아메리카의 발견보다 더욱 위대한 혁명을 실제로 일으키고 있으며, 또 일으키게 될 강력한 광산들을 독일에서 발견한 것은 이번 세기 중반의 일이야. 그 이후로 우리는 학문적 성과와 평가, 눈부시고 유용한 작업들에 있어 이미 얼마나 많은 발전을 이루었는지 몰라. 지금 우리는 도처에서 가공되지 않은 청동이나 아름다운 형식들을 거둬들이고 있어. 청동은 녹여 주물하고, 아름다운 형식들은 모방하여 더 뛰어나게 만드는 법을 알고 있지.

그런데 너는 우리가 이 모든 것을 덮어 버리고 우리 아버지들 시대의 처참한 가난으로 되돌아가기를 원하고 있는 것 같구나! 적어도 활동을 위한 계기가 되지는 않을까? 그리고 모든 활동은 칭찬할 만한 것이 아닐까?

A 그렇게 따지면 아무것도 반박할 수 없지. 하지만 이제 위대한 예술과 귀금속을 좀더 자세히 살펴보자.

B 나약함과 구체적인 것에 대한 결여로 인해 전체에 반대하는 논증을 편다면 나는 그것을 받아들일 수 없어. 그런 문제는 전체적으로 관찰되어야 한다고 생각해.

A 형편없는 부분들로 이루어진 전체는 그 자체로 형편없는 것이야. 아니 전혀 전체라고 말할 수도 없어. 좋아, 그것이 만약 **계획적인 발전**이라 하자. 모든 책이 그 어디에선가 어떤 빈자리를 채우고 있으며, 그래서 모든 도서 박람회는 교양의 고리로서 하나의 체계를 이루고 있는 부분이라 하자. 그렇다고 해서 모든 도서 박람회가 꼭 필요한 기간이며, 그래서 합목적적인 진보로부터 마침내 이상적인 교양으로의 완결된 길이 생겨난 것이라 할 수 있을까? 부피는 훨씬 작지만 그 내용의 무게는 훨씬 무거운 그런 종류

---

2) 오늘날의 볼리비아 지역[당시 스페인 총독 관할이었던 리오 데 라 플라타의 한 지방 포토시의 동명의 수도이다].

의 체계적인 책자가 생겨난 것이라 할 수 있는 것일까?

B 너를 비롯해 많은 사람들은 마치 유대인처럼 생각하는 것 같다. 유대인들은 영원히 메시아를 기다리고 있지. 메시아는 이미 오래전부터 와 있는데도 말이야. 너는 그렇다면 체계가 무엇인지 알기 위해서는 인류의 운명이, 또는 인간의 본성이 우선 우리의 강의실들을 자주 방문해야 할 필요가 있다고 생각하는 것인지? 내게는 우리의 철학자들이 인간의 본성으로부터 아직 배울 게 더 있을 것처럼 보인다. 우연들은 개별적인 사태들, 즉 우연들의 조합이다. 우연들의 만남은 다시 그냥 우연인 것이 아니라 법칙이다. 가장 심오하고 의도적인 지혜의 결과이다. 박람회 책자의 목록에서 각자의 결실을 담고 있지 않는 책이란 없다. 그 책이 자신이 자라난 토대에 단지 거름이 되었을 뿐이라 해도 말이야. 우리는 수많은 동어반복들을 발견한다고 생각한다. 동어반복들은 자신들이 생겨난 곳에서는 그래도 이러저런 이념들을 탁월하게 소생시켰다. 그것들은 오직 전체를 위한 것이다. 우리에게만 동어반복인 것이다. 즉 가장 질 낮은 소설이라 해도 적어도 작가의 친구들에게는 그것이 즐거움을 선사했을 것이다. 형편없는 설교자들과 종교 서적들도 독자들과 추종자들이 있기 마련이며, 열 배의 힘을 내는 인쇄 장비로 청자와 독자에게 영향력을 행사한다. 그것도 철저한 영향을 말이야.

A 너는 독서의 부정적인 결과와 이렇게 현대적이고 고급스러운 상품에 들인 엄청난 비용에 대해서는 까맣게 잊어버린 것 같다.

B 친구여, 돈이란 것이 활기를 주기 위해 있는 것이 아닌가? 도대체 돈이 이런 우리의 자연적인 욕구에 사용되어서는 안 되는 이유가 뭐지? 돈이 사유에 대한 감각을 살리고 만족시켜서는 안 되는 이유가 무엇이지? 부정적인 결과를 고려하여 나는 네가 우선 잠시 진지하게 생각해 보기를 부탁한다. 왜냐하면 너의 그런 반박에 화가 날 지경이니까.

A 네가 말하려는 것이 무엇인지 안다. 그리고 사실 나는 소심한 사람의 의심을 나의 것으로 만들 생각은 없다. 하지만 너 자신도 종종 책 읽기에 신물이 난다고 불평한 적이 있잖아? 인쇄된 자연에 돌이킬 수 없이 너무나 익숙해져 버렸다고 종종 말한 적이 있잖아?

B 그런 식의 나의 불평이 오해를 일으켰을 수도 있겠다. 하지만 그것은 사람들이 정도에 맞게 말하는 것이 아니라, 감정에 따라 기분이 내키는 대로 일방적으로 말하는 그런 불쾌한 순간을 표현한 것에 지나지 않는다는 것을 제외한다면, 나는 그때 우리들의 본성이 가진 어쩔 수 없는 약점에 대해, 그리고 습관적으로 되고 길들여지려는 성향에 대해 불평한 것이지, 기본적으로는 기호세계Chifferwelt에 대한 불만을 말한 것이 아니다. 우리가 결국 책만을 보고 다른 것들은 더 이상 볼 수 없으며, 우리 몸이 가진 오감을 더 이상 가지고 있지 않는 것이나 마찬가지라 해도 그것이 기호 세계의 잘못은 아니야. 왜 유독 우리는 그렇게 마치 초라한 이끼처럼 인쇄 원판에 집착하고 있는 것일까?

A 그러나 만약 그렇게 계속된다면, 우리는 결국 더 이상 학문 전체를 연구할 수 없게 될 것이다. 책들의 양이 어마어마하게 많아지고 있기 때문이야.

B 나는 그렇게 생각하지 않아. 연습이 대가를 만든다고 했어. 독서에 있어서도 마찬가지이다. 너는 곧 이런 사람들을 이해할 수 있게 될 것이야. 사람들은 종종 두 쪽도 채 읽지 않고서 자기가 읽고 있는 책의 저자가 누구인지 안다. 때로는 인상을 보고 사람을 알듯이 책 제목만 보아도 충분히 그 특징을 읽어 낼 수 있다. 서문 역시 책을 가늠하는 아주 예민한 측량 기계에 속한다. 그래서 좀더 영리한 사람들은 이제 내용을 이런 식으로 누설하는 개요 부분을 보통 건너뛴다. 물론 게으른 사람들도 그렇게 하는데, 그 이유는 잘 쓰여진 서문은 책의 본문보다 어렵기 때문이다. 왜냐하면 혁명적인 젊은 레싱이 표현하듯이,[3] 서문은 책의 제곱근인 동시에 제곱수이

다. 여기에다 나는 뛰어난 서평 역시 다르지 않다고 덧붙이고 싶다.

고대 문헌학자들의 인용과 주석 방식, 그것은 즉 책들이 풍부하지 않았고 문학적 정신은 과잉[4]이던 시대로부터 생겨난 산물이었다.

A 나는 잘 모르겠다. 내게는 훌륭한 책들조차도 너무 많다. 나는 어떤 한 권의 책으로 얼마나 많은 시간을 보내는지 모른다. 또는 모든 좋은 책들이 내게 평생 동안 몰두할 수단이 된다. 결코 고갈되지 않는 향유 대상이 된다. 그렇다면 너는 왜 단지 몇 명의 뛰어나고 좋은 사람들과만 교류를 하는 것이지? 결국 같은 이유에서 그런 것이 아닌가? 우리는 단지 소수의 것만 완전히 즐길 수 있도록 그렇게 제한되어 있는 것이 아닐까? 그리고 결국 한 가지 아름다운 대상에 자신을 철저히 바치는 것이 몇 백 개를 스쳐 지나가는 것보다, 어디서나 홀짝홀짝 들이마시며 그럼으로써 종종 서로 상충하는 많은 대상들을 어중간하게 즐김으로써 아무것도 영원히 얻지 못하고 일찌감치 감각에 무디어지는 것보다 더 나은 것이 아닌가?

B 너는 마치 성직자처럼 이야기하고 있구나. 하지만 유감스럽게도 너는 지금 범신론자와 이야기하고 있어. 범신론자에게는 측량할 길 없는 세계가 겨우 충분한 정도의 넓이에 지나지 않아. 물론 나는 소수의 훌륭한 사람들에 만족해. 그럴 수밖에 없으니까. 그렇다면 우리가 많이 가질 수 있는 것은 무엇이 있지? 책은 그럴 수 있어. 내가 볼 때 책을 출판하는 일이 아직 충분히 제대로 확장되지 않았어. 내가 아버지가 되는 행운을 누리게

3) '혁명적인 젊은 레싱'은 프리드리히 슐레겔을 가리킴. 노발리스는 여기서 슐레겔의 「비판적 단상」 8번을 암시하고 있다. 레싱으로 비유한 이유는 프리드리히 슐레겔이 예나에서 보여 준 역할 때문이다. 또한 슐레겔은 이미 1797년에 「레싱에 대하여」를 『순수예술학교』에 발표하기도 했다. 다른 한편 우리는 「비평의 본질에 대하여」에서 프리드리히 슐레겔이 레싱을 특징짓는 가운데 자신을 어떻게 비평가의 모델과 동일시하는지 읽을 수 있다.

4) 「비판적 단상」 69번의 각주 참조.

된다면 가능한 한 많은 아이들을 갖고 싶어. 열 명, 열두 명 정도가 아니라 적어도 백 명은 되어야지.

A 그럼 여자들도 많을수록 좋은가?

B 아니, 단 한 명이면 돼. 진심이야.

A 엉뚱하게도 일관성이 없는 말이군.

B 엉뚱하지도, 일관성이 없는 것도 아니야. 내 안에는 오직 하나의 정신이 있을 뿐, 백 개의 정신이 있을 수는 없기 때문이지. 물론 나의 정신이 수백, 아니 수백만 개의 정신으로 변모하듯, 나의 아내 역시 존재하는 만큼의 많은 여자들로 변모해야 할 것이지. 모든 인간은 무한히 변화할 수 있는 존재야. 마치 아이들처럼. 책도 마찬가지이고. 나는 온갖 종류의 예술과 학문서적들로 이루어진 장서 전체를 눈앞에 보고 싶어. 내 정신의 작품으로서 말이야. 그렇게 다른 모든 것들도 마찬가지야. 우리는 지금 『빌헬름 마이스터의 수업시대』만 가지고 있지. 우리는 그와 같은 정신으로 쓰여진 수업시대를 가능한 한 많이 가져야 해. 지금까지 살았던 모든 인간들의 수업시대 전체를 말이야. —

A 이제 그만하지. 머리가 어지러워. 내일 더 이야기해. 그때 나는 다시 네가 좋아하는 와인 몇 잔을 함께 마실 준비가 되어 있을 테니까.

대화 2

A 오늘 너는 글쓰기 작업이나 그 밖의 것들에 대한 네 생각을 계속 이야기할 마음이 있니? 나는 생생하고 모순적인 충격들을 감당할 수 있기를 기대하고 있어. 그리고 만약 네가 나에게 자극을 준다면, 그것이 아마도 너에게 도움이 되겠지. 너도 알다시피 행동에 게으른 사람이 일단 움직이

기만 한다면 그는 그만큼 점점 더 멈출 수 없이 대담해지는 법이니까.

B 물론이지. 어떤 물체가 더욱 힘들여 힘을 발휘할수록 그만큼 더 많은 힘을 감당할 수 있어. 이런 의미에서 우리는 그 진리를 분명히 확인해 주는 독일 문학을 생각해 볼 수 있겠지. 독일 문학의 역량은 엄청난 것이야. 독일 문학이 금은 세공술에 이용하기 쉽지 않다는 말은 그렇게 혹독한 비난이 될 수 없어. 하지만 독일 문학이 그 전체로는 독일 민족의 옛 병사들 무리와 같다는 것을 부인할 수 없다. 그들은 일대일 싸움에서는 아마도 열 개의 로마 군단을 다 무찔렀을 것이지만, 집단으로서는 전체적인 상황과 군기와 단결된 가벼운 움직임과 유리한 상황을 조망하는 능력에 있어서 쉽게 무너졌기 때문이다.

A 너는 독일 문학의 속도와 힘이 여전히 성장하고 있다고, 아니면 적어도 아직 같은 방식으로 가속화되고 있는 운동의 시대에 있다고 믿고 있는 것인가?

B 물론 성장하고 있다고 생각하지. 그것도 그 본질이 자신의 주위를 둘러싸고 있으면서 운동을 지속시키고 있는 느슨한 물질들로부터 분리되어 스스로를 정화시킴으로써 그렇게 성장하고 있지. 문학과 같은 어떤 존재에서는 거기에 충격을 가하는 힘, 자극하는 힘이 그 속도가 증가하는 것과 비례하여 커지며, 또 그래서 그 역량 역시 증가하는 경우가 일어난다. 너는 여기서 무한성을 말하고 있다는 것을 알 거야. 그것은 상승하는 상호작용을 하고 있으며 그 산물이 쌍곡선의 형태로 진행하고 있는 두 가지 가변적 요소들이다. 하지만 좀더 분명한 상을 그리기 위해 여기서 중요한 것은 크기의 운동과 확장이 아니라, 자연이라는 총체 개념으로 불리는 상태들의 향상된 변이variation(상이함)[5]라는 점을 상기해야 한다. 저 두 가지 가변적 요소 중 하나를 우리는 감각 능력, 조직 가능성, 소생 능력이라 칭하고자 한다. 여기에는 변이성의 의미가 동시에 포함되어 있다. 다른 하나는

에너지, 질서, 자극하는 다양한 잠재성이다. 서로 상호 증대 관계에 있는 이 두 요소를 철저히 생각해 보고, 그다음에 거기서 일련의 산물들을 추론해 보아라. 풍부함은 단순함과 함께 성장하며, 낭랑함은 조화로움과 함께 성장한다. 부분들의 독립성과 완전성은 전체의 독립성 및 완전성과 함께 성장하고, 내적인 합일은 외적인 상이함과 함께 성장한다.

A 우리들의 문학계의 역사를 보여 주는 이러한 상이 그토록 뛰어나고 흐뭇한 것일 수 있겠지만, 여전히 지나치게 현학적인 감이 있다. 나는 그 정도로만 표면적으로 이해하고자 한다. 그렇게 하는 것이 좋을 것 같다. 그리고 이제 너에게 설명할 수 없는 설명 대신에 차라리 영원히 녹지 않는 만년설의 영역을 떠나 나와 함께 산기슭과 식물 분포 지역의 몇 가지 현상에 대해 가능한 한 어렵지 않게 이야기할 것을 부탁한다. 이곳에서 너는 신들과 그리 가깝지 않고 내게는 두려워해야 할 신탁이 없다.

---

5) 독일어 원문에 Variation(Verschiedenung [독일에서 거의 사용되지 않는 단어이다])으로 표기되어 있다.

부록

옮긴이 후기 포에지와 철학은 합일되어야 한다

우여곡절 끝에 전체 번역을 맡아 오래 걸려 완성을 하고, 그후 또 한참의 시간이 지나 드디어 『문학적 절대』 한국어 번역이 세상의 빛을 보게 되었다. 여기에는 이유가 있었다. 이 이유의 성격은 여러 가지 의미에서 이중적인데, 이 책의 성격으로 볼 때 불가피한 이중성이라 할 수 있다. 우선 1978년 출판된 이 책은 필립 라쿠-라바르트와 장-뤽 낭시, 두 '프랑스' 철학자가 쓴 '독일' 초기낭만주의 문학 이론에 관한 책이다. 게다가 슐레겔 형제를 비롯한 여러 독일 낭만주의자들의 텍스트가 프랑스어로 번역되어 이 책의 절반 이상을 차지하고 있다. (그 이유는 이 책에서 저자들이 자세히 설명하고 있다.) 이러한 성격 때문에 원래 이 책은 프랑스어 텍스트 번역자와 독일어 텍스트 번역자를 각각 요했다. 하지만 한편으로 이 책은 프랑스 철학자들이 쓰긴 했지만 그 내용이 '독일' 낭만주의의 '문학'에 대한 것이라는 점에서 프랑스어 공동 역자를 찾기 어려웠다. 그래서 원래 독일 낭만주의자들의 텍스트만 독일어에서 번역하기로 했던 내가 할 수 없이 전체 번역을 맡게 되었고, 프랑스어도, 낭만주의도 전공하지 않은 니체 연구자로서 당연히 많은 부담과 부족함을 느끼며 번역을 시작했다. 적지 않은 시간을 들여 나름대로 최선을 다했지만, 이 작업이 독일어 텍스트나 프랑스어 텍스트 모두에서 원문의 의미를 정확하고 충실히 살린 자연스러운 번역이 되었는지 확신이 없다.

그럼에도 불구하고 이 책을 번역하는 내내 즐거움과 기쁨의 순간이 끊이지 않았다. (어쩌면 니체 전공자에게 그것은 당연한 일인 것 같다.) 물론 그로 인해 번역자로서의 부담감이 완전히 사라질 수 있었다는 말은 결코 아니다. 하지만 적어도 인간의 정신에서 감성과 이성이, 예술과 학문이 서로를 배제하거나 절대적이고 근원적으로 나누어진 것이라고는 생각하지 않는 한 독자로서, 나는 독일 초기낭만주의자들의 아름답고 엄밀한 텍스트에 편안히 사로잡히고 자연히 몰입할 수밖에 없었다. 또 그와 동시에 그들의 문제의식을 계승하고 깊이 통찰하여 이 『문학적 절대』라는 하나의 새로운 텍스트를 창조한 라쿠-라바르트와 낭시의 해석과 입장에도 역시 공감할 수 있었다.

번역 기간 중의 이러한 경험과 독서를 나의 개인적인 전공 영역과 관련시켜, 현대철학으로의 전환을 시작한 니체의 해방적이고 실험적인 사유 방식과 태도와 그 개념들이 가령 프리드리히 슐레겔과 얼마나 유사한지, 또 이 책의 저자들이 전개하고 있는 초기낭만주의 해석이 얼마나 니체적인지에 대해 이 자리에서 길게 설명할 필요는 없어 보인다. 그러한 사실에서 우리는 그 내용 자체보다는 오히려 독일 초기낭만주의 작가와 철학자들이, 특히 프리드리히 슐레겔이 얼마나 '현대적'인가를 새로이 발견 혹은 재발견하고, 구체적으로 확인하고 강조할 수밖에 없기 때문이다. 니체가 철학과 예술을 결합시키며, 미학적 혁명이라 부를 만한 사유를 철학을 통해 시작하기 이전, 이미 1800년경의 독일 예나에서는 이른바 '아테네움' 그룹과 그들이 펴낸 잡지를 중심으로 니체 이후의 사유에 비해 손색이 없을 만큼 현대적인, 그래서 그 당시 매우 급진적인 사유가 시작되었다. 현대의 수많은 철학적-미학적 주제들은 2백여 년 전, — 칸트 이후 독일 관념론의 영향 아래, 그리고 이 관념론과 대립하고 극복하는 가운데 — '문학' 개념에 대한 반성을 통해, 포에지 개념을 통해, 단상의 원리 및 글쓰기의 문제를 통해 포에지와 철학의 합일을 시도한 예나 낭만주의에서 이미 제시되었고 근본적으로 다루어졌던 것이다.

이런 점에서 볼 때 횔덜린과 니체와 하이데거의 번역자이자 정신적 후예로서, 또 블랑쇼의 정신적 동지로서 라쿠-라바르트가 역시 비슷한 철학적 관심을 공유하고 있던 낭시와의 공동작업을 통해 당시 프랑스에 만연해 있던 (그리고 아직도 도처에 만연해 있을) 독일 낭만주의에 대한 오해를 불식하기 위한 의도와 함께 초기낭만주의에서 그러한 현대성을 철저히 부각시킨 것은 어쩌면 당연한 것이다. 라쿠-라바르트가 공역자로 번역한 발터 벤야민의 『독일 낭만주의 예술비평 개념』*Der Begriff der Kunstkritik in der deutschen Romantik*(1920)으로부터 특히 강한 영감과 영향을 받은 이 책에서, 저자들이 낭만주의에 대해 "감행하고" 있는 것은 물론 독일 초기낭만주의 문학의 진정한 모습과 그 성격에 대한 "엄밀한 의미의 철학적 작업"이고 "낭만주의의 철학적 지평"에 대한 강조이지만, 물론 그것은 그러한 성찰과 내용 자체가 동시에 초기낭만주의자들 고유의 관심과 작업이었기 때문이다. 즉 라쿠-라바르트와 낭시의 철학적 해석의 대상이 단순히 철학적 영역에 머무르고 있지 않듯이, 초기낭만주의 문학적 작업도 그저 단순히 문학에 관한 것이 아니었다. "모든 예술은 학문이 되어야 하고, 모든 학문은 예술이 되어야 한다. 포에지와 철학은 합일되어야 한다"고 말한 프리드리히 슐레겔의 사유에는 고대 그리스부터 현대까지 미메시스와 표현,

작품과 장르 등 예술의 모든 문제뿐 아니라, 이와 불가분으로 시문학과 철학의 관계 및 사유와 이성, 주체와 체계, 세계와 형식의 문제들에 대한 현대철학의 모든 반성과 비판이 함께 들어 있다. 초기낭만주의자들의 문학/철학적 논의 속에는 생성, 과정, 구성, 자기생산, 포에지의 포에지, 유기체, 조직, 그 안에서 일어나는 자율적 창조와 끊임없는 진행 등 현대성의 모든 문제가 들어 있다. 그것은 아름다운 형식을 창조해 내는 원리로서, 또 존재를 발생시키는 생성 원리로서 예술과 포에지에서뿐 아니라 사유에서도 작동하고 있는 카오스라는 역동적 힘에 관한 것이다. 살아 있는 사유이자 살아 있는 작품으로서, 포에지와 철학은 공동의 작동 원리를 가지는 것이다.

옮긴이 후기를 통해 이 책의 번역과 용어에 대해 특히 다음의 사항을 알려 두고자 한다.

— 이 책의 원서에 프랑스어로 번역되어 실려 있는 독일 낭만주의자들의 텍스트를 한국어 번역에서는 독일어 텍스트로부터 직접 옮겼다. 따라서 독일어 텍스트에서 프랑스어로 옮기는 과정에서 생기는 용어 선택에 관한 내용의 각주는 한국어 번역에서는 불필요한 것이라 생략했다.

— 이 책에 등장하는 중요한 독일어 단어들 중 가령 Bildung이나 Darstellung과 같이 본래적 다의성이나 철학적 의미로 인해 불가피하게 상이하게 번역할 수밖에 없는 것들이 있었다. 맥락에 따라 '교양'이나 '도야', '교육', '문화' 등으로 옮겨질 수 있는 Bildung의 경우 이 책에서는 특히 "형성"하고 만들어 내는 작동 자체로서의 의미가 그 개념의 뿌리로부터 강조되어 등장한다. 그리고 이 책의 저자들 자신이 "이 단어는 정말 애매하다"고 말하고 있는 Darstellung이라는 개념은 주체나 작품이나 대상 등의 존재적 표현이나 현시, 서술 방법, 설명이나 묘사, 더 나아가 형상화, 연출 등 모든 종류의 형식화를 의미하는 다양한 맥락에서 사용되고 있다.

— 초기 낭만주의에서 가장 중요한 개념의 하나인 Poesie는 한국어 번역에서 '포에지'와 '시문학' 두 가지로 번역했다. 사실 이 개념은 결코 단순히 '시'나 '문학'으로만 옮길 수 없는 개념이다. 시라면 가장 넓은 의미의 시이고, 문학이라면 가장 넓은 의미의 문학이며, 우리의 맥락에서는 물론 그 이상이다. 이 책의 저자들도 언급하고 있듯이 "프리드리히 슐레겔은 Poesie라는 말을 이중적으로 사용"하는데, 한 번은 작품들을 지칭하고 또 한 번은 시문학의 본질적 성격을 나타내기 위해 사용하기 때문이다. 전자의 경우 역사서나 문학 외적인 텍스트를 지칭하는 산문Prosa과 구별하여, 시 혹은 문학을 둘 다 포함하는 말이다. 고대 그리스 문학, 즉 서사시나 서정시나 비극은 모두 시였고 이들 작가들은 모두 '시인'이었다. 따라서 Poesie는 오늘날 우리가 일반적으로 가장 넓은 의미에서 '문학'이라고 부르는 것이자, 문학에 대한 총체적이고 상징적인 은유로서의 '시'를 동시에 포함하는 개념이다. 따라서 일반적인 의미에서 장르를 비롯하여 여러 문학 형태로서의 포에지를 지칭하는 경우에는 가령 '그리스 시문학', '근대 시문학' 등으로 번역하였다. 후자의 경우, 즉 포에지Poesie 개념을 포이에시스poiesis(생산) 개념과 어원적으로 그리고 철학적으로 연결시켜, 창작하고 (허구를) '만들어 내는' 성격과 능력 자체로 설명하는 경우는 '포에지'라고 그대로 표기했다. 따라서 이 단어에 대해 '포에지'와 '시문학' 외에 다른 번역 용어를 사용하지 않았다. 이 책에서 이와 관련된 한 구절을 인용하며 옮긴이 후기를 맺는다.

"문학의 절대, 이것은 포에지[시문학]라기보다는 …… **포이에시스**이며, 이는 분명 낭만주의자들에게 부족하지 않았던 어원학적 연구에 기초한 것이다. 포이에시스, 그것은 생산이다. 일반적으로 말하자면, '문학 장르'에 대한 생각은 문학적인 것의 생산이라기보다는 생산 **그 자체**와 더욱 관련이 깊다. 낭만주의 포에지는 포이에시스의 본질에까지 꿰뚫고 들어가려 하며, 문학적인 것은 여기서 생산 그 자체의 진리를 생산해 낸다. 그리고 이 책에서 계속 밝혀지게 되듯이, 그것은 곧 **자기 스스로를** 생산하는 것, 즉 아우토포이에시스[자기생산성]autopoiesis의 진리인 것이다."

서지사항

이 책에 수록된 낭만주의 텍스트들의 독일어판 서지사항

셸링(?), 「독일 관념론의 가장 오래된 체계 구상」

F. W. J. Schelling, *Briefe und Dokumente*, hrsg. von Horst Fuhrmann, Bonn: Bouvier, 1962.

프리드리히 슐레겔, 「비판적 단상」

Friedrich Schlegel, *Kritische Friedrich Schlegel Ausgabe*, hrsg. von Ernst Behler unter Mitwirkung von Jean-Jaques Anstett und Hans Eichner, Paderborn-Darmstadt-Zürich, 1958ff.

「아테네움 단상」

우리는 바로 위에 언급된 프리드리히 슐레겔 비판본 전집(Kritische Friedrich Schlegel Ausgabe) 외에도 스트라스부르 국립대학 도서관에 소장되어 있는 잡지 『아테네움』의 원본 텍스트를 참조했다.

셸링, 「하인츠 비더포르스트의 에피쿠로스적 신앙고백」

Deutsche Literatur: Reihe Romantik, hrsg. von Prof. Paul Kluckhohn, Bd. 9, *Satiren und Parodien*, Leipzig: P. Reklam, 1935.

아우구스트 슐레겔,『문학과 예술에 대한 강의』

August Wilhelm Schlegel, *Kritische Schriften und Briefe*, hrsg. von Edgar Lohner, Bd. II: *Die Kunstlehre*, Stuttgart: Kohlhammer, 1963.

셸링,『예술철학』

F. W. J. Schelling, *Philosophie der Kunst*, Darmstadt: Wissenschaft-liche Buchgesellschaft, 1966.

프리드리히 슐레겔,「비평의 본질에 대하여」

Friedrich Schlegel, *Schriften und Fragmente*, hrsg. von Ernst Behler, Stuttgart: A. Kröner, 1956.

노발리스,「대화들」1, 2

Novalis, *Schriften*, hrsg. von P. Kluckhohn und R. Samuel, Stuttgart: Kohlhammer, Bd. II, 1960.

독일 낭만주의 텍스트들의 프랑스어 번역은 안느-마리 랑(Anne-Marie Lang)과의 공동 작업으로 이루어졌다.

참고문헌

우리는 이 책의 저술 과정에 꼭 필요했던 중요한 저작들만 소개한다. 독일 낭만주의에 대한 상세한 참고문헌을 길게 작성하는 일은 별도로 이루어져야 할 작업이기 때문에 여기서는 생략한다.

우선 예나 낭만주의만을 직접적으로 다루고 있는 저서 두 권을 소개하겠다. 여러 측면에서 볼 때 이 두 권의 책이 없었다면 우리의 작업은 가능하지 못했을 것이다.

1. Roger Ayrault, *La Genèse du romantisme allemand*, 4 vols, Paris: Aubier-Montaigne, 1961~1976.

이 책에 대해서만은 그 구성이나 내용 면에서 볼 때, 프랑스에서는 낭만주의가 제대로 이해되지 못했다고 한 우리의 언급이 해당되지 않는다.

2. Walter Benjamin, *Der Begriff der Kunstkritik in der deutschen Romantik*[in *Gesammelte Schriften*, Bd. I-1, Frankfurt a. M.: Suhrkamp, 1980].

1919년 박사학위 논문으로 완성되어 1920년 출판된(Bern: Franke) 이 책은 독일 낭만주의에 대한 기존의 전통적인 연구들에 "혁명적인" 반향을 불러일으켰다. 이 책에서는 예나 낭만주의에서의 예술, 문학, 비평 개념에 대한 근본적인 분석이 최초로 이루어졌을 뿐 아니라 예나 낭만주의의 철학적 성격이 일관되게 강조되었다. 이 책은 1973년 독일 주어캄프(Suhrkamp) 출판사에서 재발간되었다.

그 외 참고문헌

Béguin, Albert(ed.), *Le Romantisme allemand*, Paris: Cahiers du Sud, 1949. (1966년 'Bibliothèque 10/18'(UGE)으로 재출간)

Berman, Antoine, "Lettres à Fouad-el-Etr sur le romantisme allemand", *La Délirante*, no. 3, Paris, 1968.

Blanchot, Maurice, "L'athenaeum", *L'entretien infini*, Paris: Gallimard, 1969.

Genette, Gérard, *Mimologique*, Paris: Seuil, 1976.

Heidegger, Martin, *Schellings Abhandlung Über das Wesen der menschlichen Freiheit*, Tübingen: M. Niemeyer, 1971. [*Gesamtausgabe*(GA) 42]

Novalis, *Schriften*, hrsg. von P. Kluckhohn und R. Samuel, Stuttgart: Kohlhammer, 1960~1988.

Schlegel, Friedrich, *Lucinde*, trad. J. J. Anstett, Paris: Aubier-Flammarion, 1971.

Szondi, Peter, *Poésie et poétique de l'idéalisme allemand*, Paris: Minuit, 1975.

Todorov, Tzvetan, *Théories du symbole*, Paris: Seuil, 1977.

연대표

예나 낭만주의가 태동하게 된 대략적인 상황을 보여 주기 위하여 이와 관련된 철학사와 문학사적으로 몇몇 중요한 사건을 선별하였다.

1790년 이전

1755 빙켈만, 「회화와 조각에 있어서 그리스 작품의 모방에 관한 고찰」

1759~65 레싱, 「문학에 관한 편지」

1766 레싱, 「라오콘, 혹은 회화와 시문학의 경계에 관하여」

1767~68 레싱, 「함부르크 연극론」

1772 헴스테르호이스의 초기 저작들이 프랑스어로 발표됨(1782년 독일어로 번역됨)
헤르더, 「언어의 기원에 관하여」

1774 괴테, 『젊은 베르테르의 슬픔』

1780 레싱, 「인간의 교육에 관하여」

1781 칸트, 『순수이성비판』
실러, 「군도」
포스, 호메로스의 『오뒷세이아』를 독일어로 번역(『일리아드』는 1793년에 번역됨)

1782 루소의 『고백록』 1부가 유고로 출판됨(나머지는 1789년에 출판됨)

1784 헤르더, 「인류사의 철학에 관한 이념」

1785 모리츠, 「아름다움의 조형적 모방에 관하여」

1790 칸트, 『판단력 비판』

괴테, 「식물 변형론」

1790~1798년

1791 모리츠, 「신화론, 혹은 고대의 신화문학」

1792 실러, 「비극적 대상에서 느끼는 즐거움에 대하여」

1793 아델룽, 「고지 독일어 방언에 관한 완벽한 문법-고증 사전 시도」 시작

칸트, 『이성의 한계 안에서의 종교』

1794 피히테, 「지식학의 개념에 관하여」(초판)

1795 괴테와 실러, 잡지 『호렌』 창간

장 파울, 『헤스페루스』

셸링, 「철학의 원리로서의 자아」

실러, 「인간의 심미적 교육에 관한 편지」

「소박문학과 감상문학」

티크, 『윌리엄 로벨 씨 이야기』

샹포르, 『성찰과 경구, 일화』(사후 출판)

아우구스트 슐레겔, 「시문학과 운율과 언어에 관한 편지」

프리드리히 슐레겔, 「그리스와 로마 연구의 가치에 대하여」(미출간 텍스트)

1796 바켄로더(그리고 티크), 「예술을 사랑하는 한 수도사의 심경 토로」

디드로, 『운명론자 자크와 그의 주인』
괴테, 『빌헬름 마이스터의 수업시대』(1부)

1797 셸링, 「자연철학의 이념」
티크, 「금발의 에크베르트」
횔덜린, 『휘페리온』 I
프리드리히 슐레겔, 「비판적 단상」(잡지 『순수예술학교』에 실림)

1798~1800년 (아테네움 그룹이 활동했던 시기)

1798 바더, 「자연 속의 피타고라스의 사각수」
리터, 「직류전기에 관하여」

1799 괴테, 『프로필렌』
헤르더, 「오성과 경험: 순수이성비판에 대한 메타비평」
바켄로더, 「애호가를 위한 예술에 대한 환상」
횔덜린, 『휘페리온』 II
슐라이어마허, 『종교론』
노발리스, 「기독교 혹은 유럽」
프리드리히 슐레겔, 『루친데』

1800 상 파울, 「거인」(1803년 완성)
셸링, 『초월적 관념론 체계』

1800~1810년

1801 셸링, 「나의 철학 체계에 대한 전체적 서술」, 『예술철학』 강의
아우구스트 슐레겔, 『문학과 예술에 대한 강의』

1802 헤겔과 셸링, 『비판적 철학 잡지』 창간
노발리스, 『하인리히 폰 오프터딩엔』
프리드리히 슐레겔, 「알라르코스」

1803 프리드리히 슐레겔, 잡지 『유럽』 창간(1805년까지 간행됨)

1804 장 파울, 『미학 예비강의』
횔덜린, 소포클레스의 「안티고네」와 「오이디푸스 왕」 번역 및 해설

1805 아르님과 브렌타노, 「소년의 마술피리」 1권

1807 헤겔, 『정신현상학』

1808 클라이스트, 「펜테질레아」
프리드리히 슐레겔, 『인도인들의 언어와 지혜에 대하여』 출간 및 가톨릭으로 개종

1809 괴테, 『친화력』

『아테네움』 목차

잡지 『아테네움』 각 권의 목차는 다음과 같다. 우리가 이 책에 수록한 텍스트들은 별표(*)로 표시했으며, 목차를 통해 이 텍스트들이 다른 어떤 텍스트들과 함께 발표되었는지 알 수 있다. 제목이 붙어 있지 않은 글이나 서평에는 대괄호로 간단한 내용 설명을 붙였다.

1798년 **Vol. I, 1.**

Vorerinnerung. (A. W. und F. Schlegel)

I. Die Sprachen. Ein Gespräch über Klopstocks grammatische Gespräche. (A. W. Schlegel)

II. Blüthenstaub. (Novalis)

III. Elegien aus dem Griechischen. (A. W. und F. Schlegel)

IV. Beyträge zur Kritik der neuesten Litteratur. (A. W. Schlegel)

Vol. I, 2.

I. Fragmente.* (A. W. Schlegel, F. Schlegel, Caroline Schlegel(?), Novalis, Schleiermacher)

II. Ueber Goethe's Meister (I). (F. Schlegel)

1799년 **Vol. II, 1.**

I. Ueber die Philosophie. An Dorothea.* (F. Schlegel)

II. Die Gemählde. Gespräch. (A. W. und Caroline Schlegel)

III. Ueber die natürliche Gleichheit der Menschen. (A. L. Hülsen)

Vol. II, 2.

I. Die Kunst der Griechen. An Goethe. Elegie. "Kämp fend verirrt sich die Welt". (A. W. Schlegel)

II. Ueber Zeichnungen zu Gedichten und John Flax man's Umrisse. (A. W. Schlegel)

III. Der rasende Roland. Elfter Gesang. (A. W. Schlegel)

IV. Notizen

Einleitung. (A. W. Schlegel)

Schleiermachers Reden über die Religion. (F. Schlegel, Rezension)

Anthropologie von Immanuel Kant. (Schleiermacher, Rezension)

Litterarischer Reichsanzeiger oder Archiv der Zeit und ihres Geschmacks. (A. W. Schlegel)

1800년 **Vol. III, 1.**

I. An Heliodora. (F. Schlegel)

II. Ideen.* (F. Schlegel)

III. Natur-Betrachtungen auf einer Reise durch die Sch weiz. (A. L. Hülsen)

IV. Gespräch über die Poesie (I).* (F. Schlegel)

V. Notizen

Garve's letzte noch von ihm selbst herausgegebene Schriften. (F. Schleiermacher, Rezension)

[Wettgesang zwischen Voss, Matthisson und Schmidt]. (A. W. Schlegel, Rezension)

Vol. III, 2.

I. An die Deutschen. "Vergaset auf ewig ihr der hohen Ahnen". (F. Schlegel)

II. Gespräch über die Poesie (II).* (F. Schlegel)

III. Hymnen an die Nacht. (Novalis)

IV. Lebensansicht. (Sophie Bernhardi)

V. Idyllen aus dem Griechischen. (A. W. und F. Schlegel)

VI. Sonette

An Ludwig Tieck. (A. W. Schlegel)

Die Reden über die Religion; Schellings Weltseele; Das Athenaeum*; Zerbino. (F. Schlegel)

VII. Notizen

Ramdohrs moralische Erzählungen. (Dorothea Schlegel)

Engels Philosoph für die Welt. (Schleiermacher, Rezension)

[Parny, La guerre des dieux]. (A. W. Schlegel, Rezension)

Verstand und Erfahrung. Eine Metakritik zur Kritik der reinen Vernunft von J. G. Herder. (A. F.

Bernhardi, Rezension)

Fichtes Bestimmung des Menschen. (Schleiermacher, Rezension)

[Soltaus Uebersetzung des Don Quixote]. (A. W. Schlegel, Rezension)

[Belletristische Zeitung]. (A. W. Schlegel)

VIII. Ueber die Unverständlichkeit. (F. Schlegel)

찾아보기

【ㄱ, ㄴ, ㄷ】

감성적인 것 33, 490~491
격정학(Pathetik) 590, 629
계시 171, 219, 230, 293
고대 그리스 16, 28, 85, 95, 126, 165, 182
  ~의 시문학 28
고슴도치의 비유 31
고유어법(idiomatique) 600
공동철학(Symphilosophie) 48, 91~92, 140, 160
  ~의 동시성 94
공동포에지(sympoésie) 91, 140, 170, 597
  ~의 이상 598
관념론적 반성 572
괴테, 요한 볼프강 폰(Goethe, Johann Wolfgang von) 17, 21~22, 28, 30, 33, 119
  『베르테르』 503
  『빌헬름 마이스터의 수업시대』 142, 189, 239, 339, 350
교양(Bildung) 18, 57, 67, 96, 113, 121, 124, 129, 133~134, 148
  최고의 ~ 109
  ~의 문제 67
교훈적 129, 187, 200, 281, 402, 435, 440, 445
구상력(Einbildungskraft) 54, 68
  ~의 가능성 68
그로테스크 103~104, 212, 239, 241~242, 331, 440, 650
  ~ 서사시 426
  ~한 것 103, 244, 489
  ~한 양식 453
기획(projet) 11, 15, 18, 21, 60, 64
  낭만주의의 ~ 21, 29~30
  문학적 ~ 18
낭만적 시(romantisches Gedicht) 16
낭만주의 9, 13~20, 25~29, 31~41, 51~54, 57, 59, 78~80

~ 문학 장르 166
~ 비평 565
~ 철학 35
~ 포에지 165
~의 무차별점 576
~적 기획 586
~적인 것 16
낭만파(Romantik) 20~21
낭만화 13, 17, 424
노발리스(Novalis) 20, 24, 26, 37~38, 49, 78, 80~83, 91, 99
「꽃가루」(Blütenstaub) 26, 81, 83, 99, 109, 115
「기독교 혹은 유럽」(Die Christenheit oder Europa) 275, 304, 368
니체, 프리드리히 빌헬름(Nietzsche, Friedrich Wilhelm) 12
노벨레 129, 240, 257, 453
단상(Fragment) 14, 20, 35~37, 39, 49, 79, 81~87
~의 도덕적 장르 279
~의 모랄 장르 399
~적 요청 398
~적 체계 269
~적 총체성 89
단테, 알리기에리(Dante, Alighieri) 33, 35, 127, 184, 199, 425
단편화 42, 82, 87, 90
담론성(discursivité) 100, 107
대중성 199
~의 시대 364
대중적 장르 298
대화 14, 51, 89, 92, 96
데리다, 자크(Derrida, Jacques) 100, 111, 582, 645
도야(Bildung) 57, 67, 96, 113, 260, 288, 310, 315, 323
독일 관념론 36, 49~50, 63, 666
독일 낭만주의 26, 38, 248, 643
디드로, 드니(Diderot, Denis) 33, 53, 85, 119, 121, 160
『운명론자 자크와 그의 주인』(*Jacques le fataliste et son maître*) 119, 121
『회화론』(*Essais sur la peinture*) 183
디에게시스(diegesis) 422

【ㄹ, ㅁ, ㅂ】

라로슈푸코, 프랑수아 드(La Rochefoucauld, François de) 79, 281
라이프니츠, 고트프리트 빌헬름 폰(Leibniz, Gottfried Wilhelm von) 151, 160, 191, 204~205, 221, 230~231
레싱, 고트홀트 에프라임(Lessing, Gotthold Ephraim) 53, 96, 139, 202, 213, 230~231
~의 아이러니 139
로마 15
~의 풍자문학 642
로만체(romanze) 15, 257
리듬 175, 320, 364
리히터, 요한 파울 프리드리히(Richter, Johann Paul Friedrich) 103, 250~251, 485, 488
모국어 541, 600
모랄(Moral) 79, 300, 366
~ 장르 301~302, 399
모랄리스트 79, 86, 300, 314

~의 장르 281
모방 13, 29, 90, 125. 132, 155, 164, 177, 199
모호성 13~14, 18, 40, 102, 115, 425
낭만주의적 ~ 639
발생의 ~ 642
몽테뉴, 미셸 에켐 드(Montaigne, Michel Eyquem de) 79, 86, 300
무위(désoeuvrement) 117~118, 267, 409, 431
무차별성(Indifferenz) 101, 604
무한성 92, 97~98, 163, 281, 294, 305, 307, 312, 321, 338
무한화 40, 277
문학(littérature) 9~40, 51, 59~60, 66~67, 77, 99, 120, 126, 130, 132~134, 136~138
~ 이론 18
~ 장르 14
~의 자기 선언 643
~의 절대 31
~적 [큰]장르 412
물리학(Physik) 20, 30, 60, 62, 70, 158
미메시스(mimesis) 282, 285, 402~403, 416, 422
미학(esthétique) 10, 15, 35, 51~53, 64~65, 67, 590
바움가르텐, 알렉산더 고틀리프(Baumgarten, Alexander Gottlieb) 53, 283, 569
알베르 베갱(Béguin, Albert) 12
벤야민, 발터(Benjamin, Walter) 40, 59, 93, 106, 308, 371, 410, 415
보카치오, 조반니(Boccaccio, Giovann) 425, 452
볼테르(Voltaire) 218
블랑쇼, 모리스(Blanchot. Maurice) 111, 116~117, 426
비극 예술 444
비판적 관념론 47, 151, 194, 563
비판적 동일성 585
비판철학 52, 202, 241
비평 15, 20, 26~27, 30, 32, 39, 42, 50
예견적 ~ 166
~ 작품 564
빙켈만, 요한 요하임(Johann Joachim Winckelmann) 28, 174, 204, 213~215, 280, 324, 329, 459

【ㅅ】

사랑 92, 105, 121, 129, 131
사포(Sappho) 141
새로운 신화 49, 67
생산 30~32, 42, 65, 98, 105, 108
~ 그 자체 32
~적 주체 108
샹포르, 니콜라스 세바스티앙 드(Chamfort, Nicolas Sébastien de) 79, 83, 128~129
서사시 16, 142, 160, 166, 195, 239, 325
사변적 ~ 369
영웅~ 369
서사적 형식 442
서정시 173, 247, 251, 422
순수 ~ 422
세르반테스, 미겔 데(Cervantes, Miguel de) 33, 425
『돈키호테』(*Don Quijote*) 15

셰익스피어, 윌리엄(Shakespeare, William) 16, 33, 35, 104
~의 드라마 16, 104
소박성(naïveté) 99, 103, 154, 212
소설 13, 15, 30, 32, 400
낭만주의 책 14
~의 이론 34
~적 낭만주의(romantisme romanesque) 17~18
~적 독법 41
소설가 407
소크라테스(Socrates) 122, 126, 138
~적 아이러니 138
쇼펜하우어, 아르투어(Schopenhauer, Arthur) 41
순수문학(schöne Literatur) 392
슈투름 운트 드랑(Sturm und Drang) 17, 53
슐라이어마허, 프리드리히 에른스트 다니엘(Schleiermacher, Friedrich Ernst Daniel) 22, 24, 37, 303~304
『종교론』(*Reden über die Religion*) 303, 311, 326, 328, 332, 389, 368
슐레겔, 아우구스트 빌헬름 폰(Schlegel, August Wilhelm von) 21~22, 24, 37, 84, 109, 269
『문학과 예술에 대한 강의』*(Vorlesungen über schöne Literatur und Kunst)* 12, 36, 282, 368, 389
슐레겔, 프리드리히 폰(Schlegel, Friedrich von) 14, 18, 21~26, 36~37, 77, 93, 119, 231, 269, 315, 406
『그리스 시문학 연구』(*Über das Studium der Griechischen Poesie*) 22
「시문학과 운율과 언어에 관한 편지」(Briefe über Poesie, Silbenmaß und Sprache) 22
『루친데』(*Lucinde*) 268
스탈, 제르맨 네케르(Staël, Germaine Necker) 32~34, 392
스페인 문학사 454
스피노자, 바뤼흐(Spinoza, Baruch) 195, 204~205, 211, 227, 263, 284, 299
시문학 14
시스타시스(systasis) 93~94, 99
시원어(Ursprache) 537
시학(Poetik) 11, 20, 538, 586
신비주의(Mystik) 20
신화 49, 105, 176~177, 211, 214, 238
아름다운 ~ 474
~적인 것 177
~적 존재 197
실러, 요한 크리스토프 프리드리히 폰(Schiller, Johann Christoph Friedrich von) 17, 288, 421

【ㅇ】

아라베스크(Arabesque) 249
아르킬로코스(Archilochos) 175
아리스토텔레스(Aristoteles) 533, 590
아이러니 104, 114, 117, 120, 125, 138, 168, 212, 280, 307
아테네움 그룹 23, 272, 404
아포리즘 26, 81, 87
아폴론적인 것과 디오니소스적인 것의 대립 28
알레고리 129, 229, 310, 416

알렉산드리아 29, 151, 197, 397
언어 15, 42, 68, 125, 190, 243, 315
~의 기원 416
에로, 로제(Ayrault, Roger) 26
여성-진리 138, 293
여자의 사명 337
예나 낭만주의 11, 80, 429
예술가 23, 105, 113, 119, 240, 269
예술 비평 141, 177, 448
예술적 창조 282
예술적 형성 579
예술철학 30, 304, 566, 576
오르가논(organon) 64~69, 94, 112, 415
운문 533~534, 648
원초시(Elementarpoesie) 537
유기체 29, 52, 64, 87, 99, 112
~적 성격 90~91, 101
~적 성장모델 52
~적인 것 100
유한성 103, 277~278, 395, 307, 328
이념(idée) 23, 42, 61, 65, 70, 96, 111
이디오마(idioma) 589
이론적 낭만주의 11, 14, 19, 78
이름 없는 예술 226, 648
이성의 신화 67, 72
2차 문학(littérature au carré) 39
인공시(Kunstpoesie) 165, 200, 412
인문 13, 433, 438, 492
인상 92, 505, 513, 544

【ㅈ, ㅊ, ㅋ】

자기생산(autopoiesis) 32, 114, 273, 286
~으로서의 무한성 307
~의 미메시스 286
자기-표현 575
자기-형성 100
자연 10, 307, 312, 321, 337
~의 예술 작품 119
자연시 165, 412, 414, 418, 421
자연철학 134, 334
작품-주체 116
장르 15, 19
문학적 ~ 100
철학적 ~ 580
재치(Witz) 101, 106~112, 120~123, 175, 191, 208, 222
재현 가능성 307
절대의 절대성 578
절대적인 것 114, 578, 612, 617
절대주체성(subjectité) 273, 281, 301
종교(religion) 19, 310~310, 320~330, 368, 371~372
~로서의 예술 302
주체-작품 305
중보자(Mittler) 195, 306
절대적 ~ 291
천재 112, 199, 203, 207, 227
천재성 114, 199, 207, 209, 212
체계(Système) 30, 35, 40, 47, 49, 58, 94, 110, 308, 318, 323, 412
초기낭만주의(Frühromantik) 9~12, 643
초월적 감성론 53~54
초월적 포에지 196, 199, 419
카오스(Chaos) 102~103, 442, 450, 469
~적 유기체 103
~적 작품 102
칸트, 이마누엘(Kant, Immanuel) 52,

516, 519, 568
코기토(Cogito) 40, 54, 106, 569
[큰]작품(Œuvre) 31, 40, 88, 95, 102, 371, 572
~-자기인식 114
~-주체 114
[큰]장르(Genre) 400
[큰]주체(Sujet) 400, 405, 416, 418, 421, 569
[큰]체계(System) 60, 67, 83, 93, 96, 99, 108, 113
~-주체 63
[큰]형식 571, 573, 644

【ㅌ, ㅍ, ㅎ】

특징화 96, 151, 201, 256, 300, 406
판타스마(phantasma) 589
페트라르카, 프란체스코(Petrarca, Francesco) 141, 431
포에지(poésie) 14, 31, 34, 59, 66, 105, 134, 200, 241, 258, 286, 296
~와 철학 288
~의 쌍곡선화 415
~의 철학 200
~의 포에지 19, 59
포이에시스 31, 98
철학적 ~ 589
~적 분해 415
포텐츠(Potenz) 572, 576, 609, 612
표현(Darstellung) 14, 57, 136, 290, 300
플라톤(Platon) 68, 313, 334, 360
피히테, 요한 고틀리프(Fichte, Johann Gottlieb) 22, 360, 477, 516
하이데거, 마르틴(Heidegger, Martin) 29, 645, 666
허구화(mise en fiction) 399, 404, 407, 599
헤겔, 게오르크 빌헬름 프리드리히(Hegel, Georg Wilhelm Friedrich) 29, 32, 41, 47, 63, 304, 418, 420, 422
현상(Erscheinung) 54
현시 54
형상미학(eïdesthétique) 68
호라티우스(Horatius) 142
호메로스(Homeros) 30
~의 서사시 195
~적인 것 442
횔덜린, 요한 크리스티안 프리드리히(Hölderlin, Johann Chritian Friedrich) 49
흩뿌림(dissémination) 100